Schon wieder eine Leiche im beschaulichen Christianssund: Ein junger Mann liegt erschlagen in einem Schuppen. Kommissar Flemming Torp ist ratlos, es gibt weder einen Verdächtigen noch ein Motiv. Diesmal kann ihm auch sein Freund Dan Sommerdahl nicht helfen, denn der »kahlköpfige Detektiv« ist schwer damit beschäftigt, einen Heiratsschwindler ausfindig zu machen, der sich an die Lieblingslehrerin seiner Tochter herangemacht hat. Während Torp mit seinen Ermittlungen um die Leiche am Strand auf der Stelle tritt, kommt Dan dem Heiratsschwindler auf die Schliche. Nicht ohne Neid muss Torp anerkennen, wie sich Sommerdahl zu einem veritablen Ermittler mausert. Als er sich durchringt, mit ihm zusammenzuarbeiten, erscheinen die Ermittlungen in beiden Fällen in ganz neuem Licht.

Anna Grue, 1957 in Nykobing geboren, ist eine der erfolgreichsten skandinavischen Krimi-Autorinnen. Nach einigen Stationen bei bekannten dänischen Zeitungen und Zeitschriften widmet sich Anna Grue seit 2007 ausschließlich dem Schreiben von Büchern. Ihre Serie um Dan Sommerdahl stand regelmäßig auf der dänischen Bestsellerliste. Anna Grue lebt mit ihren drei Kindern und ihrem Mann in der Nähe von Kopenhagen.

Ulrich Sonnenberg arbeitete als Buchhändler und bei einem großen deutschen Verlag. Seit 2004 lebt er als freier Übersetzer und Herausgeber in Frankfurt am Main. 2013 erhielt er gemeinsam mit Peter Urban-Halle den Dänischen Übersetzerpreis.

ANNA GRUE

Der Judaskuss

Sommerdahls zweiter Fall

Aus dem Dänischen
von Ulrich Sonnenberg

Berlin Verlag Taschenbuch

FSC
www.fsc.org
MIX
Papier aus verantwortungsvollen Quellen
FSC® C083411

September 2015
Die Originalausgabe erschien 2008 unter dem Titel
Judaskysset
bei Politikens Forlag, Kopenhagen

Umschlaggestaltung: ZERO Werbeagentur, München,
unter Verwendung von Motiven von
John Race/Trevillion Images und FinePic®, München
Druck und Bindung: CPI books GmbH, Leck
Printed in Germany
ISBN 978-3-8333-0973-1

www.berlinverlag.de

Für Johan,
meinen Jüngsten – und Größten

BALLESLEV,
EIN VORORT VON CHRISTIANSSUND,
DONNERSTAG, 1. MÄRZ 2007

Ein junger Igel schnüffelte sich durch eine dicke Schicht fauliger Blätter. Die warmen Tage im Februar hatten ihn einige Wochen zu früh aus dem Winterschlaf erwachen lassen. Jetzt lag die Temperatur um den Gefrierpunkt und der kleine Igel fror. Er musste so viele Kalorien wie möglich zu sich nehmen, um seine Widerstandskraft zu stärken. Der Igel gab sich nicht sonderlich viel Mühe, sich zu verstecken oder leise zu sein. Obwohl er sich in einem Wohngebiet mit vielen Menschen befand, war zu dieser Tageszeit von den Zweibeinern kein Laut zu hören. Die Vögel schüttelten sich im Schlaf, eine Maus huschte über die Blätter, und unter den Büschen an der Nordseite des Gartens strich eine gestreifte Hauskatze lautlos davon.

Als der Igel einige Meter am Bretterzaun zum Nachbargarten entlanggelaufen war, blieb er einen Moment mit bebender Schnauze an einem Schuppen stehen. Die Tür stand einen Spalt weit offen. Und aus diesem schmalen Spalt strömte ein Geruch, der das hungrige Raubtier neugierig werden ließ. In gewisser Weise roch es nach Nahrung – ein zerquetschter Regenwurm, eine zertretene Schnecke, ein neugeborenes Mäusejunges –, andererseits auch nach etwas ganz anderem. Etwas, das einmal lebendig gewesen war, so viel stand fest … aber war es essbar? Der Igel lief bis zur Türöffnung. Der Duft wurde stärker, süß und heftig. Das Tier blieb eine Weile an der Tür stehen, schnupperte und schnüffelte. Was immer dort drinnen lag, es war nicht nur tot, es war auch groß. Sehr groß. Viel zu groß für einen kleinen Igel. Schließlich behielt der Überlebensinstinkt die Oberhand über die Neugierde. Der Igel warf einen letzten Blick auf die Tür, drehte dann um und lief verblüffend rasch davon. Wenige Augenblicke später war er durch die Hecke verschwunden, auf der Jagd nach Beute in einer angemessenen Größe.

Es sollten einige Stunden vergehen, bevor andere bemerkten, dass etwas nicht in Ordnung war. Erst im Laufe des Vormittags begannen die Kollegen des Toten, sich zu wundern; so spät kam Mikael normalerweise nie zur Arbeit, hieß es. Sie wiederholten den Satz gegenüber ihrer Chefin, die in immer kürzeren Intervallen ihren Kopf in das Großraumbüro steckte und nach dem jungen Mitarbeiter fragte. Um halb elf hatte Mikaels engste Kollegin mehrfach vergeblich versucht, ihn anzurufen – sowohl auf dem Festnetz wie auf seinem Mobiltelefon. Sie ging zur Direktorin.

»Mir gefällt das nicht«, sagte Lotte.

»Mir auch nicht«, erwiderte die Chefin. »Kannst du nicht hinfahren und nachsehen, ob alles okay ist?« In einem sanften Bogen warf sie einen Autoschlüssel über den Schreibtisch. »Wenn er nicht zu Hause ist, müssen wir bei den Krankenhäusern nachfragen.«

Lotte ging zum Parkplatz, auf dem ein kleiner dunkelblauer Personenwagen mit dem Logo und dem Slogan der Firma stand. Sie fuhr die kurze Strecke bis Balleslev am östlichen Ende von Christianssund. Ein friedliches Viertel, in dem sich große gelb geklinkerte Häuser mit Reihenhäusern hinter weiß lackierten Geländern abwechselten. Das Viertel war überladen mit Immergrün, Thuja, Tannen, Taxus … Irgendwann in den Sechzigern, als die Leute in die neu gebauten Häuser zogen, hatte man sie als kleine, nette Büsche gepflanzt, jetzt waren sie zu bedrohlichen

Monstern herangewachsen, die jeden Sonnenstrahl abschirmten. Lotte parkte vor einem der Reihenhäuser am Kiplings Vænge; am Zaun hing ein kobaltblauer Briefkasten. Sie musste nicht auf das Namensschild sehen, sie war schon einmal hier gewesen; vor ein paar Monaten hatte sie Mikael abgeholt, um mit ihm zu einem zweitägigen Seminar ins Hotel Nyborg Strand zu fahren. Er hatte einen etwas verlegenen Eindruck gemacht, weil er noch immer zu Hause bei seiner Mutter wohnte. Mit Recht, dachte sie jetzt, als sie die wenigen Meter bis zur Haustür ging. Auf jeden Fall hatte er die Chancen vertan, die er bis zu diesem Tag möglicherweise bei ihr gehabt hätte.

Sie hörte die Klingel deutlich, abgesehen davon war es absolut still im Haus. Kein Ton drang heraus, auch nicht, als Lotte ein zweites und drittes Mal klingelte und in die Knie ging, um durch den Briefschlitz zu rufen. Sie blieb in der Hocke sitzen, horchte angestrengt, aber sie hörte kein Lebenszeichen.

Lotte erhob sich und wischte sich etwas Staub von den Knien. Dann trat sie auf den Bürgersteig, wandte sich nach rechts und klingelte an der Tür der Nachbarn. Augenblicklich wurde geöffnet. Lotte war sofort klar, dass der kränklich aussehende Herr sie beobachtet hatte. »Ja?«, fragte er. Ein krankhaft dünner Mann mit papiertrockener Haut und dunklen Rändern unter den Augen.

»Entschuldigen Sie die Störung«, sagte sie mit einem Lächeln, von dem sie hoffte, dass es entwaffnend wirkte. »Mein Name ist Lotte Bendtsen, ich bin eine Kollegin von Mikael. Also dem Sohn aus dem Haus Nr. 14.« Ihre ausgestreckte Hand blieb unbeachtet in der Luft hängen. Sie ließ sie fallen. »Ich dachte, vielleicht wissen Sie …«

»Sie sind verreist«, antwortete der Mann und schob die Tür zu.

Lotte legte eine Hand auf die Klinke, um noch ein paar Sekunden herauszuschinden. »Beide?«

»Der Sohn arbeitet. Das werden Sie doch wohl wissen, als seine ... Kollegin.« Er ließ das Wort wie eine besonders große Unterstellung klingen.

»Nun ja, das ist es ja gerade ...« Lotte hielt noch immer die Klinke fest. »Er ist nicht zur Arbeit erschienen, und nun sind wir ein wenig beunruhigt.«

»Ich weiß nichts. Gehen Sie!« Diesmal warf er die Tür zu. Lotte blieb stehen und starrte auf das gelb getönte Reliefglas des kleinen Gucklochs. Sie hätte dieses hässliche Fenster gern eingeschlagen und diesem Muffelkopp irgendetwas Kindisches zugeschrien, aber sie behielt die Fassung und ging zurück zum Auto.

Eine Weile betrachtete sie die Seite an Seite in einer geschlossenen Zeile stehenden Häuser. Man konnte nicht um sie herumgehen. Um vom Vorgarten in den Garten hinter dem Haus zu kommen, musste man durchs Haus. Was machten die Leute bloß, wenn sie vorne und hinten den Rasen mähen wollten? Schleppten sie den Rasenmäher über die Auslegeware und fuhren mit dem Staubsauger hinterher? Lotte konnte es sich nicht vorstellen. Es musste einen anderen Weg in die Gärten hinter den Häusern geben. Sie ging bis zum Ende der Straße und bog um die Ecke. Und richtig. Auf der Rückseite verlief ein breiter Weg, der auf beiden Seiten von hohen Bretterzäunen mit Pforten zu den Häusern begrenzt wurde. Auf jeder einzelnen Pforte standen sorgfältig Straßenname und Hausnummer, die meisten waren mit soliden Hängeschlössern gesichert. Als Lotte die Pforte zu Nr. 14 offen stehen sah, war sie so erleichtert, dass sie vollkommen vergaß, sich darüber Gedanken zu machen, warum das Hängeschloss und der Riegel, der eingerastet sein sollte, auf dem Boden lagen. Die Teile waren noch immer zusammengeschlossen, und die acht Schrauben steckten noch in ihren Löchern – als hätte jemand das ganze Schloss mit einem Ruck herausgehebelt.

Vorsichtig betrat Lotte den Gartenweg, wobei sie auf Reaktionen hinter den Fenstern des Hauses achtete. Aus den Augenwinkeln sah sie, wie sich im Nachbarhaus eine Gardine bewegte. Das Risiko, dass jeden Moment die Polizei auftauchen und sie festnehmen könnte, ließ sie innehalten. Schließlich schüttelte sie dieses Gefühl ab und ging weiter auf das Haus zu. Sie legte die Hände um die Augen und drückte ihr Gesicht ans Fenster des Erdgeschosses. Ein Wohnzimmer. Ziemlich anonym. Schwarze Ledermöbel. Ein überdimensionierter Flachbild-Fernseher, violette Usambaraveilchen auf dem Fensterbrett. Auf dem Glastisch standen ein benutzter Teller, ein fast leeres Glas Milch und ein zusammengeknülltes Stück Küchenrolle. Sie klopfte mit den Knöcheln an die Scheibe und rief nach Mikael, es gab keine Reaktion. Einen Moment überlegte Lotte, den Gartentisch an die Mauer zu schieben und einen Stuhl daraufzustellen, um hinaufzuklettern und einen Blick ins Fenster des ersten Stocks werfen zu können, gab den Plan jedoch sofort wieder auf. Sollte der Idiot von nebenan wirklich die Polizei gerufen haben, wäre es nicht gerade hilfreich, wenn die Ordnungshüter sie auf einer provisorischen Leiter fänden. Erst als sie zurück zur Pforte ging, bemerkte sie den grün gestrichenen, von Efeu überwucherten Schuppen, der sich kaum vom Gebüsch in der hintersten Ecke des Gartens unterschied. Die Tür des Schuppens stand einen Spalt weit auf, und noch bevor sie es bereuen konnte, hatte Lotte zugegriffen. Langsam drehte sich die Tür nach außen und gab den ungeschützten Blick ins Innere frei. Was auf dem Boden lag, war klar zu erkennen.

Mit einem Krachen knallte die Schuppentür wieder zu, und Lottes hysterischer Schrei übertönte für einen Moment das Geräusch der sich nähernden Sirenen. Vorbei war es mit dem Frieden am Kiplings Vænge. Unablässig kamen und gingen für den Rest des Tages fremde Menschen, die hinter den Absperrungen zu tun hatten, während die Anwohner und eine Gruppe Journalisten die Aktivitäten von der anderen Seite des rot-weißen Absperrbandes verfolgten. Kriminaltechniker, Rechtsmediziner, Polizeifotografen, Sanitäter, Kriminalbeamte in Zivil. Selbst diejenigen, die mit alldem nicht zu tun haben wollten, konnten sich nicht entziehen. Der unwirsche Nachbar, der, wie sich herausstellte, nierenkrank war, wurde im Laufe des Tages mehrfach vernommen; und auch Lotte musste eine gründliche Erklärung und ihre Fingerabdrücke abgeben, bevor sie auf Anraten des Arztes etwas zur Beruhigung einnehmen durfte.

Abgesehen von der Mutter des Toten, die zutiefst schockiert aus einem Bibelcamp abgeholt werden musste, war Lotte von den Ereignissen am meisten gezeichnet. Der Anblick von Mikael Kjeldsens Leiche hatte sich auf ihre Netzhaut gebrannt; sie würde diesen Anblick nie wieder vergessen, wie viele Psychologen und Therapeuten ihr auch zu helfen versuchten. Obwohl sie es nie zugegeben hätte, war sie doch erleichtert, das Gesicht des toten Mikael nicht gesehen zu haben. Sie wagte nicht daran zu denken, wie es gewesen wäre, in seine leeren blauen Augen zu schauen und ein letztes Mal den spärlichen Ansatz seines Schnurrbarts zu sehen. Die Leiche hatte auf dem Bauch gelegen, mit den Beinen an der Tür, umgeben von zerschlagenen Blumentöpfen, halb abgespulten Bindfadenrollen und einer Menge Blumenstäbe in verschiedenen Längen. Sein linker Arm steckte unter dem Schenkel, der rechte ragte nach vorn, in einem hässlichen Winkel an die Wand des Schuppens gedrückt. Dort, wo sein Kopf hätte sein sollen, lag ein grauer massiver Kasten, ein ausgemusterter alter Computerbildschirm der großen und unhandlichen Sorte. Was wog so ein Ding? Acht Kilo? Zehn? In einem Chaos aus Blut, Glassplittern, Knochenstümpfen und Hirnmasse lag der Bildschirm so dicht auf dem Betonboden, dass darunter unmöglich Platz für einen Kopf sein konnte. Irgendjemand hatte den schweren Bildschirm mit großer Kraft auf Mikaels Hinterkopf geschlagen, vielleicht, als er gerade etwas von einem der Regalbretter nehmen wollte. Sie könnte versuchen, das Bild seines misshandelten Körpers zu verdrängen, aber sie wusste, dass es ihr nie gelingen würde.

Auch den Anblick des Bluts würde sie nicht vergessen. Es war überall, bedeckte den Boden, durchtränkte seine Jogginghose und das T-Shirt; es hatte die Bretterwände bespritzt und den Rasenmäher die Farbe wechseln lassen – als hätte ihn jemand schwarzrot angesprüht. Und dann war da noch dieser Geruch: stickig, süßlich, metallisch. Wie der Geruch, der von einem vakuumverpackten Rinderfilet aufsteigt, wenn die Plastikhülle aufgeschnitten wird. Nie wieder würde sie sich einen Splatterfilm ansehen können, dachte sie, und als hässliche Assoziation ging ihr noch ein unerquicklicher Gedanke durch den Kopf: Wer würde den Schuppen später sauber machen? Der Mutter war doch keinesfalls zuzumuten, die makabren Reste ihres einzigen Kindes selbst zu entfernen? Wäre Lotte etwas robuster gewesen, hätte sie möglicherweise ihre Hilfe angeboten, aber so, wie die Sache im Moment stand, musste sie um ihrer selbst willen möglichst großen Abstand halten.

Bevor sie endlich einschlief, dachte sie noch kurz an das merkwürdig filigrane Muster auf den Fliesen vor dem Schuppen: eine feine glänzende, schwarzrote Bordüre von kleinen Pfoten – wie die Spur eines sehr kleinen Tiers, das dem Schuppen etwas zu nahe gekommen war, als das Blut noch nicht geronnen war.

ERSTER TEIL

SAMSTAG, 3. MÄRZ 2007

1 Die ersten blassen Strahlen der Morgensonne bahnten sich ihren Weg zwischen den Lamellen der Jalousie; sie trafen auf das Fußende des Betts und den Rand des herunterhängenden Lakens, das den Boden streifte. Ursula hatte Rückenschmerzen, aber bewegen wollte sie sich auch nicht, um nicht zu riskieren, ihn zu wecken. Sie wollte den Anblick ihres jungen Liebhabers genießen, ohne dass er es wusste. Wenn er bemerkte, dass sie ihn betrachtete, würde er sie möglicherweise ebenfalls anschauen wollen. Und sie mochte nicht, dass jemand ihre nackte Haut bei Tageslicht sah. Er musste nicht unbedingt auf den Kontrast zwischen ihrer schlaffen, mit Sommersprossen übersäten Hülle und seiner eigenen seidenweichen Haut aufmerksam gemacht werden. Straff und geschmeidig umgab sie ihn, jeder einzelne Muskel, jede Sehne, jeder Knochenvorsprung zeichnete sich so scharf ab, als wäre er aus marzipanfarbenem Marmor gehauen. Jedes Mal, wenn sie ihr eigenes weiches, schlaffes Bauchfell mit seinem flachen, harten Unterleib verglich, zog sich etwas in ihr zusammen. Ihr wabbliges Oberarmfleisch gegen seinen wohldefinierten Bizeps. Ihre dreiundfünfzig Jahre gegen seine neunundzwanzig.

Diese Zeit am frühen Morgen war so kostbar. Aus Furcht, den Zauber zu brechen, wagte sie kaum zu atmen.

Plötzlich öffnete Jakob die Augen. Sie waren auf sie gerichtet, allerdings ließ sich ihr Ausdruck nur schwer erkennen. Sein

Gesicht befand sich nur fünfzehn Zentimeter von ihrem entfernt, viel zu nah, um etwas anderes von ihm zu sehen als ein unscharfes Bild. Normalerweise trug Ursula ihre Lesebrille nicht im Bett; ein Impuls sagte ihr, den Kopf zurückzunehmen und die Augen scharf zu stellen, doch sie bekämpfte den Drang und lächelte stattdessen versuchsweise. Seine hübschen grüngrauen Augen schlossen sich wieder, ohne dass er eine Miene verzogen hätte. Falscher Alarm. Er schlief noch. Er schmatzte ein paarmal im Schlaf, drehte ihr den Rücken zu und zog bei dieser Bewegung die gesamte Bettdecke mit sich. Nicht, dass es ihr etwas ausgemacht hätte. Ihre Hitzewallungen würden sie schon warm halten, obwohl sie nun ungeschützt und nur mit einem dünnen Nachthemd bekleidet im Bett lag.

Vorsichtig brachte Ursula sich in eine angenehmere Position, die Schmerzen im Rücken ließen schlagartig nach. Sie seufzte erleichtert, wippte mit den Füßen und spürte sofort, wie das Blut freier durch die Adern floss. Sie zwang sich, ruhig und entspannt zu atmen, darauf zu vertrauen, dass er nicht im Laufe der nächsten Stunde erwachte. Sie schätzte die Stille dieser frühen Morgenstunden, des einzigen Zeitpunkts am Tag, an dem sie ungestört über ihr einzigartiges Glück nachdenken konnte.

Ursula Olesen kannte Jakob Heurlin seit vier Monaten, einer Woche und zwei Tagen, und in dieser Zeit hatte es tatsächlich keine wache Minute gegeben, in der sie nicht an ihn gedacht hatte. Wenn sie unterrichtete, wenn sie fernsah, wenn sie aß, trank oder auf die Toilette ging. Alles erinnerte an ihn. Das Gefühl des Stoffs auf der Haut, wenn sie morgens eine frisch gebügelte Bluse über den Kopf gleiten ließ, die Stimmen der Nachrichten durch die geschlossene Küchentür, der Geschmack von trockenen Zimtschnecken, der Anblick eines türkisfarbenen Pinselstrichs auf einer weißen Leinwand. Ihre Sinne hatten ihn verschlungen, so wie ihr Körper ihn empfangen hatte und mit seinem eins geworden war. Er war in sie übergegangen, ein Teil von ihr.

Natürlich hatte Ursula schon geliebt. Genug, um zweimal verheiratet gewesen zu sein; genug, um ihre Tochter Anemone bekommen und untröstlich geheult zu haben, als ihre Ehen vorbei waren. Aber nie, niemals wie jetzt. Nie zuvor hatte sie es wie Magie empfunden, wie ein ... nun ja, Wunder. An diesem Wort kam man nicht vorbei, dachte sie und ließ die Augen über Jakobs nackten Rücken gleiten. Die Sonnenstrahlen strichen nun über ein Schulterblatt, den Nacken und die sich deutlich abzeichnenden Muskeln auf jeder Seite des perfekten Bogens seiner Wirbelsäule. Er hatte eine kleine, längliche Tätowierung auf der rechten Schulter, ein indisch aussehendes Wort.

प्रायश्चित्त

Es bedeutet ›Farbe‹, hatte er gesagt. Eine einleuchtende Wahl für einen Mann, der sein Leben der Malerei gewidmet hatte. Oder besser: den Materialien der Malerei. Das hatte sie zusammengebracht: ihr gemeinsames, glühendes Interesse für die Kunst.

Ursula hatte den größten Teil ihres Lebens Kunst und Fotografie an Abendschulen und einer technischen Schule unterrichtet. Nach ihrer zweiten Scheidung vor zwölf Jahren hatte sie sich am Egebjerg-Internat beworben und die Stelle bekommen – ein Job mit einer dazugehörigen Wohnung für sie und ihre Tochter. Als Anemone vor ein paar Jahren nach Berlin gezogen war, um zu studieren, hatte sie die Wohnung zunächst als ein bisschen leer empfunden. Allerdings fiel es schwer, sich richtig einsam zu fühlen, wenn man mit achtzig bis neunzig Schülern und elf Lehrerkollegen zusammen lebte, bei denen es sich mehr oder weniger automatisch auch um ein enges privates Umfeld handelte. Das Leben als Alleinstehende hatte Ursula daher auch nicht nennenswert gestört, nachdem die erste Umstellungsphase vorbei war. Sie hatte sich ohne allzu großen Verdruss darauf eingestellt, für den Rest ihres Lebens allein zu leben.

Hübsch war sie nicht, jedenfalls nicht in ihren eigenen Augen. Doch ihr volles hennafarbenes Haar, das zu einem exakten Pagenkopf frisiert war, ihre humorvollen braunen Augen und ihre flinken, energischen Bewegungen machten sie zu einer faszinierenden Person, die beachtet wurde. Ursula Olesen war eine Frau, die andere Menschen gern kennenlernen wollten, und Jahrgang für Jahrgang war sie die Lieblingslehrerin ihrer Schüler, obwohl sie selbst nicht richtig verstand, warum.

An einem Montag Ende Oktober, vor vier Monaten, einer Woche und fünf Tagen, hatte Ursula die E-Mail einer Firma namens Future Colours bekommen. Eigentlich wollte sie sofort auf die Löschtaste drücken. Sie bekam so viele Reklamemails von Händlern mit Kunstbedarf, und allen war gemeinsam, dass sie die Budgets von Internaten grob überschätzten. Sie wollte keinen weiteren potenziellen Lieferanten enttäuschen. Trotzdem ließ sie das freundliche kurze Anschreiben neugierig werden. Der Inhaber der Firma, ein Jakob Heurlin, lud das Egebjerg-Internat ein, eine neue Serie Acrylfarben gratis zu testen. Future-Farben wären, so erklärte Herr Heurlin, ökologisch, lichtecht und trotzdem so billig, dass auch Lehranstalten mit verhältnismäßig bescheidenem Materialbudget sie sich leisten konnten.

Ursula traf einen raschen Entschluss und lud den Firmeninhaber zu einem Treffen drei Tage später ein. Der Donnerstagnachmittag war für administrative Dinge, Aufräumen, Planung und Ähnliches reserviert, warum nicht auch für ein Gespräch über Farben, dachte sie und klickte auf das Senden-Symbol. Sollte Heurlins Projekt völlig aussichtslos sein, würde sie ihn schon schnell wieder rausschmeißen.

Am Donnerstag hatte sie um vierzehn Uhr hinter der Gardine im Schulatelier gestanden und ihn aus dem Auto steigen sehen, einem etwas betagten Lieferwagen mit dem Logo von Future Colours auf der Seite. Hatte sie sich sofort in ihn verliebt? Oder passierte es in dem Augenblick, als er die Wagentür zuwarf und sie zum ersten Mal von seinem schimmernden blonden Haar geblendet wurde? Oder als er pfeifend die Hintertür seines Wagens öffnete und einen offensichtlich schweren Pappkarton auf eine verschrammte gelbe Sackkarre hob? Oder als er mit ruhigen, entspannten Bewegungen die Karre den Plattenweg hinaufschob und sie bemerkte, wie jung er war? Nein, dachte sie, erst einige Sekunden später war es passiert. Als er die Tür öffnete und sie sich gegenüberstanden. Sein Lächeln zog sich bis in die Augen, es sah aus, als würde die grüne Iris eine Spur farbintensiver, als er zum allerersten Mal seinen Blick auf sie richtete. Obwohl das wohl kaum möglich war.

Er hatte die Sackkarre in ihren Unterrichtsraum gewuchtet und ihre Hand gedrückt. Ihr in die Augen gesehen. Gelächelt. Und gelächelt. Hinterher hatte er behauptet, auch bei ihm sei es Liebe auf den ersten Blick gewesen, aber das konnte Ursula sich kaum vorstellen. Sie selbst war so überwältigt, dass sie Angst hatte zu stolpern, als sie seine Hand losließ und den Augenkontakt unterbrach. Sie hatte sich an einen Arbeitstisch stützen müssen, bevor sie sich umdrehte und zu dem kleinen Erker vorausging, in dem sie normalerweise ihre kleinen, informellen Gespräche mit Schülerinnen führte, wenn eine nach der anderen kam und über ihre Lieben, ihr Heimweh oder ihre Examensängste reden wollte – und am Ende des Schuljahres über ihren Kummer, weil die Zeit auf dem Internat bald vorbei sein würde.

»Kaffee?« Sie hatte bereits Tassen und eine Thermoskanne auf den niedrigen Tisch gestellt. Das Fensterbrett des Erkers stand voller Grünpflanzen, Asparagus, Grünlilien, Paradiesbäume.

»Sehr gemütlich haben Sie es hier«, hatte Jakob gesagt und eine Hand sanft über den Rücken eines Sessels gleiten lassen. Seine Finger waren lang und schmal, die Nägel sehr sauber. Wieder lächelte er, und Ursula musste sich hastig setzen, um nicht übergriffig zu werden. Du benimmst dich ja lächerlich, schimpfte sie mit sich. Wie eine liederliche Alte. Schluss jetzt.

»Nehmen Sie etwas in den Kaffee?« Ihre Hand zitterte ein wenig, als sie ihm die gefüllte Tasse reichte.

»Nein, danke.« Seine Finger streiften ihre Hand, und sie hatte das Gefühl, als würde sie sich jeden Moment auflösen.

Jakob fing an, seine ökologischen Farben zu beschreiben, zog einen Plastikbehälter nach dem anderen aus dem Karton und zeigte ihr die hübschen Etiketten im englisch-romantischen Stil. Dass seine Produkte frei von giftigen Substanzen waren, demonstrierte er, indem er den Deckel von einer grünen Farbe schraubte, die Spitze seines Zeigefingers in die Farbe steckte und sie ableckte. Lächelnd sah er ihr dabei in die Augen. Die Bewegung hatte nichts bewusst Erotisches, nichts Schlüpfriges, es war kein aufdringlicher Flirt. Trotzdem zielte sie direkt auf Ursulas Unterleib, der sich inzwischen in einem Zustand befand, in dem sie es nur im äußersten Notfall wagen konnte aufzustehen.

»Urs?« Ein junges Mädchen stürmte zur Tür herein und blieb abrupt stehen, als sie Jakob Heurlin bemerkte. »Entschuldigung! Ich komme später noch mal wieder«, sagte sie und begann ihren Rückzug.

»Komm ruhig herein, Laura«, rief Ursula. Ein wenig Ablenkung konnte nicht schaden. »Das ist Jakob Heurlin, der sehr schöne Farben herstellt ...« Er erhob sich halb und streckte die Hand aus. »... und das ist Laura Sommerdahl, die praktisch ihre gesamte

Freizeit nutzt, um zu malen. Sie wird höchstwahrscheinlich Ihre erste Testpilotin, Jakob.«

Heurlin und die Internatsschülerin gaben sich die Hand und murmelten einen Gruß. Ursula registrierte, dass Jakob nicht mehr als höfliches Interesse für die attraktive Siebzehnjährige zeigte, die mit ihrem nackten, flachen Bauch, ihren mandelförmigen Augen und ihrem ranken, eleganten Hals mehr als einen Blick wert war. Vielleicht ist er schwul, schoss ihr plötzlich durch den Kopf. Ja, das musste die Erklärung sein. Schwule flirten immer mit älteren Frauen. Das ist so herrlich unverbindlich für beide Seiten. In gewisser Weise war sie von ihrer Erkenntnis enttäuscht, auf der anderen Seite aber auch erleichtert. Es war schon in Ordnung, sich ein bisschen in einen jungen Mann zu vergucken, wenn die Beziehung von vornherein unmöglich war. So wie über Robbie Williams oder Orlando Bloom zu fantasieren. Allerdings nicht über Frederik Gulløv, den jungen, heterosexuellen und tatsächlich existenten Englischlehrer der Schule.

Laura bekam den Rat, den sie brauchte; allerdings konnte sich Ursula jetzt, ein knappes halbes Jahr später, nicht mehr daran erinnern, was ihre Schülerin tatsächlich wollte – obwohl sich eigentlich jedes einzelne Detail dieses Tages in ihr Gehirn eingebrannt hatte. Die Begegnung mit Jakob sollte eine Viertelstunde später eigentlich beendet werden. Er stand auf, ließ den Pappkarton mit den Farben und Broschüren stehen, die Sackkarre zog er hinter sich her zur Tür, wo er sich umdrehte und ihr die Hand gab. Wie es dann dazu kam, dass sie plötzlich an der offenen Tür zum Hof standen und sich leidenschaftlich küssten, konnte keiner der beiden glaubwürdig erklären, obwohl sie dieses Thema wieder und wieder diskutiert hatten. Aber nichtsdestoweniger war genau dies geschehen. Und der Kuss hatte sich in einem langen, atemlosen Verlauf zu erheblich mehr entwickelt. Erst auf dem Arbeitstisch zwischen halb feuchten Klumpen aus ungebranntem Ton und einem Haufen alter Lappen – Ursula war zumindest so geistesgegenwärtig gewesen, die Tür zuzutreten –, dann oben in ihrer Wohnung, auf ihrem Sofa und auf ihrem schmalen Doppelbett. Seit diesem Tag lebte Jakob praktisch bei ihr, abgesehen von einem Tag zu Beginn ihrer Beziehung, nach knapp einer Woche. Er hatte nicht gesagt, wohin er wollte. Nur, dass er am nächsten Abend zurück sein werde. Sie hatte ihn vermisst, sie wurde fast krank, überzeugt, ihn nie wiederzusehen. Doch am nächsten Tag kam er wie versprochen zurück. Mit zwei Koffern und einem Umzugskarton. Er sah unglaublich müde aus, als er die Sackkarre mit seinen Habseligkeiten den Plattenweg hochschob. Müde und verschlossen, weit weg in seinen eigenen düsteren Gedanken. Ursula vermutete, er sei daheim in Middelfart gewesen, um die Beziehung zu einer Frau oder Freundin zu beenden. Vielleicht hatte er sogar Kinder? Sie wusste es nicht. Er hätte ihr sicher erzählt, was er aufgeben musste, um mit ihr zusammen sein zu können, aber sie hatte es nie über sich gebracht, ihn zu fragen. Als würde allein die Frage den Zauber brechen. Nicht einmal in ihrem langen, wunderschönen Winterurlaub in Südfrankreich, wo er mehrmals ein paar Schritte zur Seite getreten war, um Anrufe auf seinem Handy entgegenzunehmen, hatte sie ihn gefragt. Obwohl er jedes Mal traurig und geradezu aufgelöst zurückgekommen war. Sie hatte ihn umarmt, ihn geneckt, ihn zum Lachen gebracht und mit ihm geschlafen, bis er vergessen hatte, was immer er vergessen musste.

Und jetzt? Ursula drehte den Kopf und sah, wie die Sonnenstrahlen seinen Schenkel erreichten. Im Grunde war sie so glücklich wie nie zuvor. Noch immer hatte sie nicht das Gefühl, diese ganze Seligkeit verdient zu haben; sie verstand nicht, warum er gerade sie gewählt hatte, er hätte doch jede bekommen können, auf die er mit dem Finger zeigte. Aber sie hatte allmählich gelernt, es als Tatsache zu akzeptieren. Sie war so glücklich, dass sie zum ersten Mal seit vielen, vielen Jahren wieder darüber nachdachte, ob sie das Leben im Internat vielleicht an einem nicht allzu fernen Tag doch beenden sollte. Vielleicht sollten Jakob und sie den Traum Wirklichkeit werden lassen, den sie sich in den langen Nächten ausgesponnen hatten, in denen sie dalagen und dösten, eifersüchtig auf den Schlaf des anderen, der sie zeitweilig auseinanderbringen würde. Wenn sie diesen Traum wahr werden ließen, war es egal, ob in ihrem Vertrag stand, dass sie ab einem bestimmten Alter aufhören konnte. Sie könnte für den Rest ihres Lebens mit etwas arbeiten, das sie begeisterte und wozu sie sich eignete. Und das Beste: Sie konnte zusammen mit dem Mann arbeiten, den sie liebte.

Ursula beschloss, sich am nächsten Tag ernsthaft mit der Sache zu befassen. Es war kein Entschluss, den man treffen konnte, ohne vorher sorgfältig nachzudenken.

SONNTAG, 4. MÄRZ 2007

2

»Wie heißen die, Urs?« Jakob zeigte auf ein paar blassviolette, unansehnliche Blumen.

»Märzveilchen.« Sie ging in die Hocke und pflückte eins. »Sind ziemlich viele, was?«

Er reichte ihr eine Hand, sie griff dankbar danach und ließ sich hochziehen. Sie steckte ihm das Veilchen ins Knopfloch und küsste ihn flüchtig auf die Wange. »Komm«, sagte sie. »Soweit ich mich erinnern kann, steht die tollste Bank mit Aussicht gleich hinter der nächsten Biegung.« Auf dem schmalen Pfad am Rand der Klippe konnten sie nicht Hand in Hand gehen, sondern mussten im Gänsemarsch laufen; Ursula vorn, Jakob dahinter.

Die Bank stand dort, wo sie immer gestanden hatte, sie ließen sich nebeneinander fallen. Wenige Meter vor ihren Schuhspitzen hörte das Gras abrupt auf und ein beinahe senkrechter Sandsteilhang führte direkt ins Wasser des Kattegats, das heute die gleiche grüngraue Nuance hatte wie Jakobs Augen.

Er nahm ihren linken Handschuh und zog sich seinen rechten aus, sodass ihre bloßen Hände sich in seiner Jackentasche berührten. »Worüber wolltest du mit mir reden, Urs?«

Sie seufzte und legte ihre Wange an seine Schulter. »Ich habe dich belogen, Jakob.«

»Hm?« Sein Tonfall war neutral.

»Oder, nein, nicht direkt belogen. Ich habe dir etwas verschwiegen.«

»Das machen wir doch alle, oder? Das ist ein Menschenrecht.«

»Na ja, aber …« Sie drückte seine Hand in der warmen Jackentasche. »Ich bin nur nicht sonderlich stolz auf meine Motive … Ich wollte nicht, dass du … Ich habe mir gern eingebildet, dass du bei mir bleibst wegen … ja … wegen *mir*. Und dann kam mir der Gedanke, dass ich den Rest unseres gemeinsamen Lebens glauben würde, du hättest mich nur deshalb genommen, weil ich dir von dem Geld erzählt habe, und …«

Jakob schüttelte den Kopf. »Bisher habe ich keine Ahnung, was du mir eigentlich sagen willst.«

Ursula antwortete nicht. Sie traute ihrer eigenen Stimme nicht.

»Urs?« Jakob klang besorgt. »Was für Geld? Und warum um alles in der Welt sollte ich nicht bei dir bleiben?« Er zog ihre Hand aus der Tasche und führte sie an seinen Mund, sodass die nächsten Worte sich wie ein warmer Flügelschlag an ihrem Handrücken anfühlten. »Am besten, du atmest tief durch und fängst noch einmal von vorn an, ja?«

Sie tat ihr Bestes, wirklich. Trotzdem dauerte es eine Minute, bevor sie ihre Gefühle so weit im Griff hatte, dass sie fortfahren konnte. »Okay.« Sie richtete sich auf und drehte sich so, dass sie ihm ins Gesicht sehen konnte. »Vor anderthalb Jahren habe ich sehr viel Geld im Lotto gewonnen. 11,3 Millionen Kronen, um genau zu sein.«

»Wow!«

»Ja, nicht? Wow!« Sie setzte ein schiefes Lächeln auf. »Ich habe es nur einem einzigen Menschen auf der Welt erzählt, Anemone. Und sie habe ich lediglich eingeweiht, weil ich es musste.«

»Du musstest?«

»Eigentlich brauchte ich den Gewinn nicht. Ich bin glücklich mit meinem Job, meiner Wohnung, meinem alten Auto … Meine Eltern haben Geld genug, irgendwann werde ich sogar erben. Ich habe nie von einem Nerz geträumt. Nein, ich beschloss, das Geld auf einem hochverzinslichen Konto anzulegen und nicht anzurühren, bis ich eines Tages pensioniert werde oder das plötzliche Bedürfnis nach einer Weltreise habe.«

»Was ist mit Anemone?«

»Ja, sie brauchte durchaus Geld. Eine Menge Geld. Sie hatte gerade angefangen, mit Video- und Computerkunst zu arbeiten, und die Ausrüstung war teuer. Sie hatte eine kleine, ganz ordentliche Wohnung in Berlin, die allerdings nicht ausreichte; sie hatte Probleme, einen Platz für ihre Sachen zu finden und das Ganze zum Laufen zu bringen. Ich entschloss mich, Anemone eine Wohnung zu kaufen und ihr ein Konto mit festen, monatlichen Überweisungen einzurichten.«

»In Berlin?«

»In Prenzlauer Berg. Ich habe ihr eine zweigeschossige Atelierwohnung mit einer gemütlichen Dachterrasse und ein paar schönen Zimmern gekauft, die sie vermieten oder, wenn sie will, Gästen aus Dänemark anbieten kann. Ihrer alten Mutter zum Beispiel …« Ursula lächelte. »Die Wohnung war teuer, und die Einrichtung auch nicht gratis, trotzdem habe ich noch über sieben Millionen auf der Bank.«

»Aber … das ist doch gut für dich!« Er lächelte, sah aber noch immer ein wenig desorientiert aus.

Sie zog die Brauen zusammen. »Verstehst du wirklich nicht, warum ich dir nichts von dem Geld erzählt habe?«

»Ich weiß nicht … Wie ich es sehe, hast du dich entschieden, etwas Geld zurückzulegen, bis du es wirklich brauchst, und deshalb erzählst du es nicht überall herum. Das ist doch dein gutes Recht.«

»Ich hätte es dir sagen müssen.«

»Und weshalb? Ich brauche dein Geld nicht. Ich habe meine Firma und bin darüber hinaus in der glücklichen Situation, dass ich den größten Teil meiner Arbeit per E-Mail erledigen kann. So habe ich Zeit genug, um mit der Frau meines Lebens zu schlafen, und ...«

»Jakob!« Ursula sah sich mit einem nervösen Kichern um, doch sie waren mutterseelenallein auf dem hohen Steilufer.

Er grinste. »Komm her«, sagte er und legte die Arme um sie. Als er weitersprach, war seine Stimme so leise, dass sie nicht in der Lage gewesen wäre, ihn zu verstehen, hätte er nicht seine Lippen an ihr Ohr gelegt. »Ich habe gehört, was du gesagt hast, Urs. Und in gewisser Weise verstehe ich dich gut. Aber ich finde, du bist ausgesprochen ungerecht, sowohl dir als auch mir gegenüber. Warum fällt es dir so schwer zu glauben, dass ich dich liebe? Ich liebe dich wegen dir, weil du *du* bist. Ich meine es ernst, wenn ich sage, dass du die Frau meines Lebens bist.«

»Aber du könntest mein Sohn sein ...«

»Hör auf damit!« Er griff nach ihren Schultern und schüttelte sie einmal leicht, bevor er sie losließ und die Hände in die Taschen stopfte. »Ich will das nicht hören. Ich bin nicht dein Sohn, ich bin dein Freund, und ich will mit dir den Rest meines Lebens verbringen.«

Ursula lachte trocken. »Eher *meines* Lebens.«

»Okay, dann deines. Obwohl ich den Gedanken nicht ertrage.« Jakob machte eine Pause und blickte übers Wasser. Plötzlich sah er betrübt aus. Ursula streckte eine Hand nach ihm aus, er schob sie beiseite. »Nein, lass mich«, sagte er und stand auf. Er wandte ihr den Rücken zu und schaute hinunter zum Strand, wo ein Schwarm Möwen irgendeine Festmahlzeit verspeiste; vermutlich an Land getriebener Fischabfall, den ein Fischkutter über Bord geworfen hatte. »Die Welt ist schon eigenartig eingerichtet. Und ich hatte mich entschlossen gerade heute …«, begann er. Er drehte sich nicht zu ihr um, sodass das Ende des Satzes vom Wind verweht wurde.

Ursula stand auf und stellte sich dicht neben ihn. »Entschuldige, Schatz. Ich habe dich nicht verstanden.« Sie steckte die Hand unter seinen Arm, und diesmal schubste er sie nicht weg.

»Ich habe nur festgestellt, wie sonderbar das Leben manchmal ist«, sagte er. »Eigentlich hatte ich die Absicht, heute um deine Hand anzuhalten … Dann hast du dir genau diesen Tag ausgesucht, um mir von deinem Lottogewinn zu erzählen und anzudeuten, dass ich nur wegen des Geldes bei dir bleiben würde. Tja … Jetzt ist es völlig unmöglich.« Er wandte den Kopf ab, seine Augen schimmerten. »Ist dir das nicht klar, Ursula?«

»Du wolltest um meine Hand anhalten?« Ihr Gehirn hatte den Rest seiner Antwort herausgefiltert. Diese eine Botschaft blieb, klar und deutlich wie ein Strandstein auf dem Boden einer schneeweißen Badewanne. »Du wolltest mich heiraten?«

Er starrte auf den Möwenschwarm. »Eigentlich hatte ich den Ring so bestellt, dass er am Sechsundzwanzigsten hier sein würde, unserem Fünfmonatstag. Gestern kam die Nachricht des Goldschmieds, dass er schon fertig ist … und da konnte ich nicht länger warten.«

»Der Ring?«

»Ja, aber das ist ja jetzt auch egal«, antwortete er. »Wenn du glaubst, ich würde das nur wegen des Geldes machen, dann … Wenn ich mich etwas hochgestochen ausdrücken soll, habe ich tatsächlich das Gefühl, dass meine Ehre beschmutzt ist.«

»Du hast einen Ring gekauft?«

Endlich drehte er sich um, und als er ihr verblüfftes Gesicht sah, ihm zugewandt wie eine Sonnenblume der Sonne, konnte er ein Lächeln nicht zurückhalten. »Willst du ihn sehen?«

»Es hat noch nie jemand um meine Hand angehalten«, sagte sie. »Nicht wirklich. Mit einem Ring und …«

»Komm.« Er griff nach ihrem Ellenbogen und führte sie zurück zur Bank. Dann zog er eine kleine schwarze Veloursschachtel aus der Tasche und hielt sie ihr hin. »Es gibt eine Bedingung«, erklärte er und hielt die Schachtel fest.

»Und die wäre?«

»Ich will nichts mehr von dem Geld hören.«

»Oh.« Ursula ließ die Hände sinken. »Das kann ich nicht versprechen.«

»Warum nicht?«

»Weil es natürlich einen Grund gibt, warum ich dir von dem Geld erzählt habe. Denn ich habe mir überlegt, was wir meiner Ansicht nach damit tun sollten.«

»Wir?«

»Wollten wir nicht heiraten?« Sie sah ihn mit einem durchtriebenen Gesichtsausdruck an, und sein hübsches Gesicht leuchtete auf. Er glich einem Kind, das nach jahrelangem Quengeln endlich einen Welpen bekam.

Sie küssten sich. Lange. Und nachdem sie erst einmal damit angefangen hatten, taten sie noch andere Dinge, die eigentlich in den Bereich der Intimsphäre gehören und sich nur durchführen ließen, weil das Gebüsch hinter der Bank einen so effektiven Windschutz vor dem scharfen Märzwind bot. Als Ursula endlich die Gelegenheit bekam, sich den Ring anzusehen, entdeckte sie, dass es sich um die Miniaturausgabe eines Märchens in Weißgold mit winzigen Perlen und einem einzelnen Brillanten handelte. Komplett mit eingraviertem Fünfmonatsdatum und einer Liebeserklärung, die er ihr vorlesen musste, weil sie so weinte, dass sie selbst sie nicht lesen konnte – obwohl sie ihre Lesebrille aufgesetzt hatte.

Als sie zurück zum Auto gingen, hatte Ursula alles über den Altersunterschied und ihre übliche Paranoia vergessen, so glücklich war sie. Erst nach ihrer Rückkehr ins Internat fiel ihr ein, dass sie Jakob noch nichts von ihren großen Zukunftsplänen erzählt hatte.

*

»Stimmt es, dass du gekündigt hast?« Laura Sommerdahl war offensichtlich den ganzen Weg zum Werkraum gelaufen. Sie war außer Atem und ihre Wangen leuchteten.

Ursula richtete sich auf und legte die Schere beiseite. Sie schnitt gerade die Papierdekorationen für das letzte Schulfest vor dem Schuljahresende aus. Sie lächelte. »Ja.«

»Und was sollen wir jetzt machen?« Laura stand das Entsetzen im Gesicht.

»Wer ist wir?« Ursula griff nach einem sauberen Becher und goss ihrer Lieblingsschülerin Tee ein. »Du und die anderen dieses Jahrgangs beendet, soweit ich weiß, in ein paar Monaten das Internat, wir müssen uns also in jedem Fall trennen. Du wirst wahrscheinlich zu Hause in Christianssund aufs Gymnasium gehen, oder?« Laura nickte. »Und der Jahrgang 07, 08 kennt mich doch gar nicht. Sie beginnen mit einem jungen, frischen Lehrer und sind mit ihm oder ihr bestimmt ebenso glücklich, wie ihr es hoffentlich mit mir gewesen seid.«

»Was ist mit den Lehrern?«

Ursula schüttelte den Kopf und lachte. »Du bist süß, Laura. Du glaubst, alles würde immer so bleiben wie in diesem Schuljahr – dem einzigen, das du in diesem Internat verbracht hast. Aber so ist es nicht. Ein Internat verändert sich ständig. Fast jedes Jahr geht jemand. Nur Gitte ist länger hier als ich. Wir sind es gewohnt, uns jeden Sommer zu verabschieden und jemanden neu zu begrüßen. So ist es nun mal.«

»Ja, aber trotzdem ...« Laura blickte mürrisch in ihre Tasse.

Ursula legte den Kopf schräg. »Willst du gar nicht wissen, was ich stattdessen machen werde?«

»Wahrscheinlich wirst du irgendwo anders unterrichten. Wenn du diesen Jakob geheiratet hast«, knurrte sie.

»Du bist ja eifersüchtig, Fräulein Sommerdahl!« Ursula wedelte mit den Fingern, dass der Brillant nur so glitzerte. »Nein, das werde ich nicht tun. Ich werde etwas machen, wovon ich mein ganzes Leben lang geträumt habe und wozu ich erst jetzt die Gelegenheit habe.«

Laura blickte ganz gegen ihren Willen neugierig auf. »Was denn?«

»Jakob und ich legen unser Erspartes zusammen und kaufen ein kleines Hotel in Nizza. Dann holen wir uns eine Gruppe junger dänischer Künstler, um die Zimmer des Hotels zu gestalten. Als Bezahlung dürfen sie lebenslang eine Woche im Jahr umsonst in ihrem Zimmer wohnen. Findest du das nicht toll?«

»Meine Eltern haben mal in einem Hotel in Berlin gewohnt, das fast genauso ...«

»In der Luisenstraße?«

»Weiß ich nicht. Irgendwo in der Innenstadt.«

»Wenn wir an dasselbe Hotel denken, dann habe ich die Idee tatsächlich daher. Einige Zimmer sind vollkommen unmöglich, mit großen Steinen auf dem Boden, an denen man sich die Füße stößt, oder mystischen Dingen, die von der Decke hängen. Man stößt mit dem Kopf an Federn und Eisenketten, wenn man versucht, zum Schrank zu kommen ...« Ursula lachte und sah plötzlich jung aus. »Aber einige Zimmer des Arte Luise Kunsthotels in Berlin sind wirklich sehr schön und gelungen. Ich habe mir gedacht, zuerst ein Gespräch mit unseren Künstlern zu führen, damit sie nicht auf allzu ausgefallene Ideen kommen. Es soll ein angenehmes Erlebnis sein, bei uns zu wohnen, und wenn die Künstler wissen, dass sie in ihren eigenen Zimmern wohnen dürfen, werden sie es schon gemütlich und nett gestalten.«

»Ist das nicht teuer?«

»Sicher. Aber wie gesagt, wir haben ein bisschen gespart. Es wird schon reichen. Im Augenblick freuen wir uns wie kleine Kinder an Heiligabend!«

»Wann geht es los?«

»Oh …« Ursulas Blick ging in die Ferne. »Das ist ein bisschen kompliziert. Wir denken, jetzt das richtige Haus gefunden zu haben. Die Lage ist perfekt, was das Meer, den Blumenmarkt und alles andere angeht. Der Makler hat uns einen Videofilm und Unterlagen geschickt. Es sieht total klasse aus. Leider kann ich nicht mitfahren und es mir selbst ansehen, hier ist zu viel zu tun. Aber ich vertraue Jakobs gutem Geschmack. Er fliegt am Montag, und wenn es so ist, wie wir es uns erträumt haben, dann unterschreiben wir und nutzen den Rest des Jahres, um Künstler anzusprechen und die Handwerker zu beauftragen. Mit etwas Glück können wir bereits im nächsten Frühjahr eröffnen.«

»Und wann wollt ihr heiraten?«

»Ach, das eilt doch nicht …« Ursula griff zu Schere und Papier. »Der Anwalt hat alles geregelt, wir haben beide die Vollmacht über unsere Konten und können entscheiden. Na ja, wir gehen davon aus, dass wir am Mittsommernachtsfest heiraten. Vielleicht können wir schon in unserem eigenen kleinen Hotel feiern …« Sie schickte Laura ein glückliches Lächeln und schnitt weiter Papier aus.

19.–21. MÄRZ 2007

3 Wusste Ursula vielleicht bereits am Flughafen, dass sie Jakob nie wiedersehen würde? Da sie nicht die Gabe des Hellsehens besaß, konnte ihr Gefühl nur einen einzigen Grund haben: Jakob selbst.

Er war ein begabter Schauspieler, ja, sogar sehr begabt. Doch selbst der abgefeimteste Betrüger ist schließlich ein Mensch, und wer weiß das schon so genau, vielleicht empfand der Mensch Jakob Heurlin tatsächlich etwas für die herzliche, vertrauensvolle und intelligente Frau, mit der er die vergangenen vier Monate und drei Wochen geteilt hatte? Vielleicht kratzten die Gefühle seine sorgfältig aufgebaute Fassade ein ganz klein wenig an, vielleicht blitzte das schlechte Gewissen über seine Tat eine Mikrosekunde lang auf? Wir werden es nie erfahren, und die arme Ursula schon gar nicht.

Sie blieb am Check-in-Schalter im Terminal 2 stehen und sah seiner großen, schlanken Gestalt nach, die sich über die Rampe in Richtung Transitbereich, Gate und des wartenden Flugzeugs bewegte. Neben ihm ging ihr gemeinsamer Anwalt Einar Greiff-Johansen, ein blasser Mann mittleren Alters mit dünnem grauem Haar und einer Brille mit Silberfassung. Sie unterhielten sich dort oben, vermutlich über Angebote, Prioritäten und den neuesten Einfall des französischen Maklers. Erst als sie die Kurve zur Security-Schleuse am Ende des Ganges erreicht hatten, drehte Jakob sich um und schenkte Ursula für einige kostbare Augenblicke seine volle Aufmerksamkeit. Dann hob er den Arm, winkte ihr zu und verschwand um die Ecke.

In diesem Moment hatte sie es gewusst. Nicht nur gefürchtet oder gespürt, sondern *gewusst*. Und hätte sie ihrem intuitiven Wissen entsprechend gehandelt, wäre zumindest der ökonomische Schaden vermieden worden. Aber so etwas tut man doch nicht, oder? Man unterschreibt schließlich nicht einfach einen Haufen schriftlicher Vereinbarungen mit der Bank, dem Anwalt, dem Makler und dem Mann, den man liebt und den man heiraten will – und dann wird, drei Minuten nachdem er außer Sichtweite ist, alles annulliert, weil man aus unerklärlichen Gründen *weiß*, dass man betrogen worden ist. Auf keinen Fall, es sei denn, man will sich bewusst zum Narren machen. Abgesehen davon war der ökonomische Faktor ein Detail, das ihr zumindest kurzfristig egal war.

Ursula weinte nicht. Stattdessen hatte sie das Gefühl, als würde alles an ihr erstarren, jeder einzelne Körperteil. Die Eingeweide wurden hart wie Leder, zu schweren Klumpen; ihre Muskeln verknoteten sich und ihre Glieder wurden so steif, dass sie die Abflughalle nur unter größter Kraftanstrengung verlassen konnte. Sie lief über den Taxihalteplatz zum Kurzzeitparkhaus … und musste sich übergeben. Ihr Körper setzte in langen, schmerzhaften Krämpfen den Versuch fort, ihr Innerstes nach außen zu stülpen, obwohl ihr Magen sich bereits innerhalb der ersten zehn Sekunden entleert hatte. Erst als die Krämpfe nachließen, weinte sie ein wenig. Aus Erschöpfung, aus Demütigung, aufgrund des Schocks über ihr heimliches Wissen. Nicht aus Kummer. Noch nicht. Wenn sie den Kummer zuließe, wäre sie nicht mehr imstande, irgendeine Form der Kontrolle zu bewahren. Das wusste sie instinktiv. Und da sie das Privileg des Zweifelns gern behalten wollte, verdrängte sie alle Vorahnungen, so gut es eben ging, ließ den Wagen an und fuhr nach Hause. Sie musste Gewissheit haben, bevor sie etwas Übereiltes unternahm.

*

Glücklicherweise war es nicht Laura, die sie fand, obwohl es beinahe so gekommen wäre. Das junge Mädchen hatte an ihre Tür geklopft, nachdem Ursula am nächsten Morgen weder zum Frühstück noch zum gemeinsamen Singen oder zum Unterricht erschienen war. Laura klopfte, erst diskret, dann beharrlicher, und rief nach Ursula. Aus der Wohnung drang kein Laut. Laura gab auf und ging zurück zu dem abgeschlossenen Atelier, wo der Rest der Klasse wartete. Auf dem Weg kam sie an Ursulas rotem Auto vorbei. Sie war also nicht weggefahren. Merkwürdig.

Lauras Freundin Kisa rauchte. »War sie nicht da?«

»Jedenfalls macht sie nicht auf.«

»Vielleicht schläft sie einfach nur lange? Vielleicht hat sie auch geheult, weil ihr Loverboy zum Hauskauf verreist ist …« Kisa kicherte, bemerkte Lauras Gesichtsausdruck und wurde wieder ernst. »Ich rauche die Zigarette fertig, dann hole ich den Schlüssel zum Atelier«, sagte sie. »Wir können doch auch ohne Urs anfangen.« Sie nahm einen tiefen Zug.

Laura schüttelte langsam den Kopf. »Mir gefällt das nicht.«

»Und was willst du tun?« Die Frage stellte Line, eine weitere Schülerin, die auf Ursula wartete. »Die Tür einschlagen?«

Wieder kicherte Kisa. »TOCHTER DES KAHLKÖPFIGEN DETEKTIVS IN DRAMA AUF INTERNAT VERWICKELT. LESEN SIE DEN ARTIKEL IN DER HEUTIGEN AUSGABE.«

»Hör auf damit.« Laura drehte sich um. »Ich rede mit Gitte.«

Und so kam es, dass die Leiterin der Schule, Gitte Svendsen, an diesem Vormittag Ursula Olesens bewusstlosen Körper fand. Die Kunstlehrerin lag im Bett. Ihr rotes Pagenhaar und das Kopfkissen waren von Erbrochenem verschmiert, das Laken und die Matratze von Urin durchtränkt. Der Gestank war bis in den winzigen Eingangsbereich zu riechen. Gitte befahl Laura, draußen zu warten. Als sie zum Bett ging, kam sie an einem Papierkorb vorbei, dessen Boden mit leeren Tablettenstreifen verschiedener Medikamente übersät war. Wie hatte sich Ursula nur diese Menge an lebensgefährlichen Präparaten beschafft?

Gitte griff nach Ursulas Handgelenk. Es fühlte sich kühl, aber nicht kalt an, Gitte spürte den Puls – er war langsam, schwach. Am Ringfinger glitzerte der aufwendige Verlobungsring. Als Gitte sich aufrichtete, um einen Krankenwagen zu rufen, bemerkte sie Laura, die direkt hinter ihr stand. Das Gesicht des jungen Mädchens war schockverzerrt; sie riss die Augen so weit auf, dass man rund um die Iris das Weiße sehen konnte. »Ist sie tot?«, fragte sie und hielt sich eine Hand vor Nase und Mund.

»Raus!«, befahl Gitte. »Raus mit dir!« Sie schob Laura vor sich her, auf den Flur. »Wir unterhalten uns später, Laura.«

»Ist sie tot?«

Gitte schüttelte den Kopf, dass der Zopf in ihrem Nacken hin und her peitschte. »Nein. Aber sie ist sehr schwach. Ich muss jetzt einen Krankenwagen rufen. Geh zu den anderen und erzähl ihnen nicht, was du gesehen hast. Du kannst ihnen sagen, Ursula sei krank und muss ins Krankenhaus, ja? Ich komme zu dir, sobald es geht«, sagte sie und schlug die Tür zu.

Laura blieb regungslos stehen, das Gesicht auf den geschlossenen Eingang zu Ursulas Privatleben gerichtet. Ein glänzendes, selbst gefertigtes Keramikschild hing in Augenhöhe. JAKOB & URSULA stand mitten auf dem türkisfarbenen Oval. Die beiden Namen waren nicht mit Glasur auf eine glatte Fläche geschrieben, wie es normalerweise üblich ist, sondern in den noch nicht durchgehärteten Ton geritzt worden: tiefe, kraterähnliche Spuren, die dann trockneten, gebrannt und glasiert und wieder gebrannt worden waren, bis die Buchstaben sich nicht mehr auslöschen ließen. Es war ein Namensschild, das ein Leben lang halten sollte. Wenn die Besitzer des Schildes eines Tages tot und fort wären, würde das Schild noch immer da sein. Es konnte mehrere Jahrtausende halten, wenn es sein musste.

Laura machte auf dem Absatz kehrt und lief direkt in ihr Zimmer. Sie legte sich aufs Bett, rollte sich in ihre Tagesdecke ein und fing an zu weinen.

*

Kaum zwei Tage später war Ursula Olesen wieder zu Hause. Sie saß in einem Sessel, um die Beine hatte sie sich eine violette Decke gelegt. Sie war blass, und ihre Augen sahen aus, als ob sie sich nach dem tiefen Schlaf sehnten, aus dem sie geweckt worden war. Viele Worte brachte sie nicht heraus, aber sie hatte denen, die ihr nahestanden, doch das Notwendigste erzählt: Anemone, Laura, Gitte und Helle aus der Küche.

Jakob hatte sie verlassen, und sie hatte gewusst, dass er es tun würde. Er hatte am Abend nicht, wie vereinbart, angerufen, er hatte weder sein Telefon abgenommen noch auf die vielen SMS reagiert, die Ursula ihm geschickt hatte. Sie hatte sich die Telefonnummer des Hotels herausgesucht und lange mit einer Frau an der Rezeption gesprochen. Es gab keinerlei Zweifel: Jakob hatte ein Einzelzimmer im Hotel Suisse reserviert, aber er war nie dort aufgetaucht. Als sie einen Mitarbeiter vom Kundenservice der Fluggesellschaft erreichte, bekam sie den endgültigen Beweis, dass etwas überhaupt nicht in Ordnung war. Jakob Heurlin und Einar Greiff-Johansen hatten zwar eingecheckt, sie waren jedoch nie am Gate erschienen. Das Flugzeug flog mit einer Viertelstunde Verspätung ohne sie nach Nizza.

Jakob war weg. Spurlos verschwunden. Als sie sich bei der Netbank einloggte, handelte es sich eigentlich nur noch um eine Formalität. Sie wusste genau, dass sämtliche Konten leer geräumt sein würden. Das Einzige, was er nicht angerührt hatte, war das Konto mit Anemones Geld, das ebenso weg gewesen wäre, wenn er auch dafür eine Vollmacht gehabt hätte. Alles andere war abgehoben. Die Ersparnisse, der Lottogewinn, sogar ihr Gehaltskonto und das Mastercard-Konto. Dazu natürlich Jakobs eigene Konten, auf deren Vollmacht sie in ihrer Naivität so stolz gewesen war.

Kurz hatte sie versucht, sich vom Weiterleben zu überzeugen. Sie hatte eine wunderbare, hübsche, fröhliche und talentierte Tochter. Sollte Anemone als Fünfundzwanzigjährige ohne Mutter sein? Sollten Ursulas Eltern ihr einziges Kind auf diese Weise verlieren? War sie nicht einfach nur egoistisch und verzogen? Sie hatte noch immer einen Job und eine Wohnung, wenn sie ihre Kündigung zurückzog. Vor ihr lagen noch zwölf, dreizehn Jahre, in denen sie arbeiten konnte. Es war möglich, neue Ersparnisse aufzubauen, einen neuen Traum zu finden, wie sie ihren dritten Lebensabschnitt verbringen wollte. Es gab Menschen, die ihr vertrauten, die sie mochten, die sie brauchten … Der Schmerz traf sie wie eine Keule. Sie hatte Wut, Schock, Demütigung und Selbsthass verspürt, doch es war ihr gelungen, den Schmerz fernzuhalten, solange sie sich darauf konzentrierte, sich Jakobs Betrug klarzumachen. Als sie irgendwann in ihrem engen Wohnzimmer saß, in dem nur der Computerbildschirm in der Dunkelheit leuchtete, übermannte sie der Schmerz, zog sie mit sich, drückte sie in das Polster ihres Sofas, quetschte Tränen, Rotz und lautes, jammerndes Geheul aus ihrem Körper. Da wusste sie, dass es hier nicht um einen Entschluss ihres rationalen Ichs ging. Sie konnte nur auf eine Weise reagieren, sie wollte fort, schlafen, verschwinden. Je länger, desto besser.

Im Medizinschrank fand sie die Resultate des zehnjährigen Machtkampfs zwischen ihr und ihrem praktischen Arzt. Als Ursula in die Wechseljahre kam, hatte sie mehrfach ihren Arzt aufgesucht, um nachts besser schlafen zu können und ihre Stimmungswechsel unter Kontrolle zu bekommen. Es sollte ihr ein wenig besser gehen. Die Antwort des Arztes bestand jedes Mal in einem Rezept, mal für das eine, mal für das andere beruhigende oder schlaffördernde Mittel. Imovane, Oxapax, Apozepam, Halcion … Jedes Mal war sie mit dem Rezept gehorsam zur Apotheke gegangen, hatte die vorgeschriebene Dosis ein, zwei Tage genommen, den tiefen, ungestörten Schlaf genossen … und den Rest der Tabletten in den Schrank gepackt. Es widersprach ganz einfach ihrer Mentalität, sich mit künstlichen Mitteln außer Gefecht zu setzen; es gefiel ihr nicht, dass sie derart die Kontrolle verlor. Aber es dauerte nicht lange, bis sie sich erschöpft vom Schlafmangel wieder zu ihrem Arzt schleppte und ein neues Rezept bekam – in der Hoffnung, dass das nächste Präparat nicht ganz so heftig anschlug wie das vorherige. Im Laufe der Jahre waren es sehr, sehr viele Tabletten geworden. Sie hatten sich in ihren neutral aussehenden Verpackungen auf dem obersten Regalbrett des Medizinschranks angehäuft und waren langsam, aber sicher verstaubt. Sie nahm die Schachteln heraus und legte sie auf ihren Schreibtisch, wo sie die Tabletten aus den Blisterhüllen drückte, bis schließlich ein beeindruckend großer, pastellfarbener Haufen vor ihr lag: Die weißen, rosafarbenen, lavendelblauen Tabletten leuchteten verführerisch.

Sie wollte drei Abschiedsbriefe hinterlassen: für Anemone, für Gitte … Sie schrieb, während sie den Haufen Tabletten schluckte. Jedes Mal, wenn sie eine Handvoll in den Mund steckte, spülte sie mit einem Rest des Orangensafts nach, den Jakob am Vortag gekauft, geöffnet und mit Wodka gemischt halb ausgetrunken hatte. Als sie begann, schläfrig zu werden, legte sie sich ins Schlafzimmer. Sie war beinahe bewusstlos, als sie anfing, sich zu übergeben, und damit die Wirkung der Medikamente verzögerte. Hätte ihr Magen den gesamten Inhalt bei sich behalten, wäre Gitte nicht rechtzeitig gekommen, um sie zu retten … aber dieses Detail wurde nie wieder erwähnt. Ebenso wie sich ihre Umgebung die meisten anderen Einzelheiten selbst zusammenreimen musste.

Merkwürdig, dachte Ursula jetzt. Sie hatte sich hundertprozentig darauf eingestellt, in jener Nacht zu sterben. Trotzdem war sie in gewisser Weise erleichtert, dass man sie rechtzeitig gefunden hatte. Der Instinkt, am Leben zu bleiben, war verblüffend. Schmerz und Kummer quälten sie noch immer, und wenn sie nicht Medikamente bekäme, hätte sie es möglicherweise sofort wieder versucht. Aber gerade in diesem Moment, mit ihren beiden Lieblingsfrauen an ihrer Seite – hatten sie etwa einen Wachtdienst eingerichtet? –, hatte sie das Gefühl, einigermaßen im Gleichgewicht zu sein. Und über eine Sache konnte sie sich zumindest freuen: Den Brief an ihre Eltern hatte man ungeöffnet und ungelesen in den Müll geworfen. Die beiden alten Menschen ahnten nicht, was passiert war, und würde es nach Ursula gehen, sollten sie es auch nie erfahren.

VORMITTAG, DONNERSTAG, 22. MÄRZ 2007

4

Dan Sommerdahl hatte sich von dem schönen Wetter locken lassen und war ein paar Kilometer länger als gewöhnlich gelaufen. Obwohl es in den Lungen brannte und die Oberschenkelmuskeln schmerzten, genoss er die Tour. Er war in einem ruhigen Tempo über die schmalen Waldwege gejoggt, zu hundert Prozent auf seine Atmung konzentriert, auf die Arbeit der Muskeln und auf seinen Pulsschlag, den er wie ein Brausen in seinem Körper spürte und der sich als blinkende, hellgrüne Zahl auf einem Pulszähler ablesen ließ, seinem neuesten Spielzeug. Dan war so auf das Training konzentriert, dass er kaum den Kopf drehte, während er an der Riesenvilla seines ehemaligen Chefs am Bøgebakken vorbeilief. Merkwürdiger Gedanke, dass es erst wenige Monate her war, seit sich ihre Wege getrennt hatten.

Als Dan die Aussichtsplattform erreichte, gönnte er sich wie gewöhnlich ein paar Minuten Pause und studierte seine Stadt von oben. Christianssund war eine klassische dänische Provinzstadt: vierunddreißigtausend Einwohner, hübsch an einem Fjord gelegen, eine Stunde Autofahrt bis zur Hauptstadt, eine düstere Domkirche aus dem 14. Jahrhundert, ein renommiertes Gymnasium, ein idyllisches Stadtzentrum mit Fachwerkhäusern und Stockrosen. In vielerlei Hinsicht war diese Provinzstadt also wie die meisten Provinzstädte. Aber von dem Aussichtspunkt hier oben würde ein scharfer Beobachter sehen, dass die Stadt auch ihre ganz besonderen Wahrzeichen hatte. Vor allem den Rathausmarkt, der mit seiner Platzierung unmittelbar am Hafen eine ganz andere Stimmung ausstrahlte als die meisten anderen Rathausplätze in Dänemark. Abgesehen vom Rathaus standen hier das Polizeipräsidium, ein Ärztehaus und das Hotel Marina. Von hier zog sich die Hauptschlagader der Stadt, die Algade, schnurgerade bis zum Bahnhof. Von jedem Punkt der leicht abschüssigen Einkaufsstraße aus konnte man den Fjord sehen, und an schönen Tagen herrschte im Stadtzentrum beinahe Urlaubsstimmung. Selbstverständlich hatte auch Christianssund seine Vororte, seine sozialen Wohnungsbauprojekte und falsch geplanten Shoppingcenter, doch das war alles leicht zu vergessen, wenn man von dieser Seite des Walds auf die Stadt blickte. Dan Sommerdahl wohnte mitten im attraktiven Herzen Christianssunds, in einem gelben Fachwerkhaus aus dem 18. Jahrhundert; es konnten Wochen und Monate vergehen, in denen er nicht in die Außenbezirke kam. Und man konnte kaum behaupten, dass er es vermisste.

Er setzte sich wieder in Bewegung, und nach einer Viertelstunde in dem gebrochenen Licht unter den Buchen lief er in Richtung Park, zurück zu seinem Haus in der Gørtlergade. Es ging bergab, und Dan nutzte wie gewöhnlich die Gelegenheit, das letzte Stück zu spurten. Er rannte so schnell, dass er beinahe das Gefühl hatte zu schweben. Als er vor seiner Haustür stehen blieb, überprüfte er den Schrittzähler. 10,6 Kilometer. Das war recht ordentlich für einen ganz gewöhnlichen Wochentag. Und die Uhr zeigte erst neun, der Tag hatte gerade erst begonnen. Er spürte beinahe, wie der Glorienschein erstrahlte.

Dan polterte die Treppe hinauf in den ersten Stock, wobei er sich aus seinem durchgeschwitzten Trainingszeug schälte. Im Badezimmer traf er seine Frau, sauber, frisch frisiert und mit gerade aufgelegtem Make-up. Sie wollte in ihre Praxis. Dan beugte sich vor, um ihr einen Abschiedskuss zu geben, doch sie trat einen Schritt zurück und hielt ihn mit ausgestreckten Händen davon ab. »Pfui Teufel, nein!«, sagte sie grinsend. »Du stinkst wie die gesamte Fußballnationalmannschaft nach einem Spiel!«

»Woher weißt du denn, wie die Nationalmannschaft riecht?«

»Es gibt einiges, was du nicht weißt.« Marianne rümpfte die Nase und drückte sich an ihm vorbei in den Flur, ohne dass sein Schweiß auf ihre Bluse tropfte. »Wenn du mich küssen willst, kannst du mich in der Mittagspause besuchen. Wenn nicht, musst du es dir halt vorstellen!« Sie winkte über die Schulter und lief die Treppe hinunter.

Dan zog sich die letzten Kleidungsstücke aus und stellte sich unter die Dusche. Während das Wasser über seinen Körper strömte, ging ihm noch einmal sein alter Chef durch den Kopf. Es war noch nicht lange her. Sehr viel war passiert, seit sie unter dramatischen Umständen ein letztes Mal miteinander gesprochen hatten. Vor vier Monaten hatte Dan sein eigenes kleines Büro in Rasmus' altem Zimmer gegründet. Er war schon ein wenig nervös gewesen, ob die kleine Firma funktionieren würde, aber es war erstaunlich einfach gewesen. Tatsächlich konnte er mehr oder weniger selbst bestimmen, welche Jobs er annahm und wie beschäftigt er sein wollte. Und das war durchaus eine ideale Situation für einen Menschen, der erlebt hatte, wie Stress zur Arbeitsunfähigkeit führen konnte. In den letzten Monaten hatte Dan die Medikamente abgesetzt und war stattdessen von den häufigen Joggingtouren an der frischen Luft abhängig geworden. Musste er aus irgendeinem Grund mehrere Tage aussetzen, bekam er Kopfschmerzen. Sehr mysteriöses Phänomen, diese Lauferei ...

Seit der Aufklärung der Tode von zwei jungen Mädchen vor einigen Monaten hatte Dan Sommerdahl einen gewissen Ruf in der Öffentlichkeit. Der Spitzname ›Der kahlköpfige Detektiv‹ hatte sich festgesetzt, sogar ein Fernsehkanal hatte sich an ihn gewandt und wollte ihn als Moderator einer Krimi-Unterhaltungsshow. Er hatte dankend abgelehnt, zumal er genug damit zu tun hatte, sein Dasein als Selbstständiger zu organisieren. Die Aufklärung des Lilliana-Falls war eine spannende Herausforderung gewesen, und kurzzeitig hatte er sogar mit dem Gedanken gespielt, sich als eine Art Privatdetektiv niederzulassen. Diese Idee hatte er aber ebenso schnell wieder verworfen. Privatdetektiv klingt doch nach Thermoskanne, Henkelmann und zerknautschter Jacke, oder? Völlig daneben und nicht sonderlich profitabel. Dazu hatte er keine Lust. Außerdem hatte Kriminalkommissar Flemming Torp, sein bester Freund, nicht sonderlich begeistert reagiert, als Dan sich in die Ermittlungen einmischte … Besser, ich halte mich da künftig raus, hatte er sich gedacht.

Dan öffnete die Badezimmerfenster, trocknete sich gründlich ab und putzte sich die Zähne, bevor er sich im Schlafzimmer vor seinen Garderobenschrank stellte. Jeden Morgen genoss er den kleinen Triumph, seine Kleidung nach eigenem Geschmack wählen zu können – nicht danach, was irgendein Kunde gerade passend finden würde. Wieder einmal blieb es bei schwarzen Jeans und einem klein karierten Gant-Hemd. Er betrachtete sein Gesicht im Spiegel an der Rückseite der Tür. Waren in den Augenwinkeln ein paar Furchen dazugekommen? Ein kleiner Klecks von Mariannes Augencreme. Er musste sich auch so etwas kaufen. Dan war vierundvierzig, sah mindestens fünf Jahre jünger aus … und er wollte, dass es so blieb. Als er vor ein paar Jahren bemerkte, dass sein Haar schütterer wurde, hatte er sofort zum Rasierer gegriffen und die ganze Mähne abrasiert. Ja, er war kahl. Freiwillig. Aber auf die geile Art. Grob gesagt lassen sich zwei Gruppen von Männern unterscheiden, die ihre Haare entfernen, erklärte Dan gewöhnlich. Die eine Gruppe ergänzt den Look mit

Tätowierungen, rassistischen Ansichten und einem Kampfhund; die andere neigt eher zu Armani, Tarantino und dem neuesten Nokia. Nicht schwer zu erraten, zu welcher Gruppe Dan sich zählte.

Als er sich eine Tasse Kaffee, eine Banane und die *Politiken* aus der Küche geholt hatte, ging er in sein Büro, den ersten Arbeitsplatz seit Jahren, den er nicht mit anderen teilen musste. Mit einem zufriedenen Seufzen setzte er sich, schaltete den Computer ein und verbrachte die Wartezeit, indem er seine Banane aß und die Überschriften der Zeitung überflog. Die Geschichte des Mordes an einem Mikael Kjeldsen war auf die Innenseiten gerutscht und bestand nur noch aus einer Notiz, in der die Polizei von Christianssund die Aufforderung an die Öffentlichkeit wiederholte, sich zu melden, wenn man irgendwelche sachdienlichen Hinweise geben konnte. Armer Flemming, dachte Dan. Flemming Torp hatte mehrere Wochen rund um die Uhr gearbeitet, um den ungewöhnlich brutalen Mord an einer erst dreiundzwanzigjährigen studentischen Hilfskraft in einem Schuppen in Balleslev aufzuklären. Dan wusste, dass er und seine Kollegen keinen Schritt weitergekommen waren. Inoffiziell hatte er aus den Reihen der Polizei erfahren, dass Flemming ein paar Leute für eine andere Ermittlung abstellen musste. Flemming hatte es nicht leicht. Dan blätterte weiter. Im hinteren Teil der Zeitung stand die Notiz, ein weiteres kleines schwarzes Kind sei unter großer Aufmerksamkeit der Medien nach Hollywood gebracht worden, wo eine Gruppe Filmstars darin wetteiferten, die Kinder der Dritten Welt zu retten, indem sie eins nach dem anderen handverlesen adoptierten und vergoldeten. Dan schnitt eine Grimasse und legte die Zeitung beiseite. Manchmal war er es so leid.

Er öffnete seine Mailbox. Es gab mehrere ungelesene Mails. Die meisten waren Spam oder bezogen sich auf seine Arbeit. Er öffnete sie nicht und klickte stattdessen einen Namen an, der ihn weit mehr interessierte. Dans und Mariannes siebzehnjährige Tochter Laura ging vollkommen in ihrem Leben im Internat auf und ließ nur selten etwas von sich hören – es sei denn, man rechnete die SMS oder Anrufe mit, in denen sie um Geld bettelte oder eine Fahrt mit Dan oder Marianne als Privatchauffeur herausschlagen wollte. Eine persönliche Mail von Fräulein Sommerdahl war durchaus ein Ereignis, und Dan klickte sie sofort an.

Von: laurasommerdahl@hotmail.com
An: dan@sommerdahl.dk
Gesendet: Mittwoch, 21.03.2007, 22:34 Uhr
Betreff: Brauche Hilfe
Lieber Papa,
kannst Du Dich an Ursula Olesen erinnern? Unsere Kunstlehrerin? Du hast mit ihr bei der Weihnachtsfeier gesprochen. (Die mit den roten Haaren.) Nun ja, ganz kurz gesagt ist Folgendes passiert: Ihr Liebhaber hat sie verlassen und sie um ihre gesamten Ersparnisse betrogen (mehrere Millionen!). Sie hat versucht, sich mit Schlaftabletten umzubringen (ich war dabei, als sie gefunden wurde), und nun ist sie wieder zu Hause und wir wechseln uns mit der Betreuung ab, bis es ihr wieder besser geht. Es ist furchtbar! Ich könnte diesen blöden Scheißkerl erwürgen! Kannst Du nicht bitte einmal mit ihr reden? Nein, nicht die therapeutische Nummer. Vielleicht kannst Du sie davon überzeugen, diesen Jakob anzuzeigen??? Sie schämt sich so fürchterlich über das, was passiert ist, und will nicht, dass jemand daraus eine große Nummer macht. Sagt, es sei ihre eigene Schuld, weil sie so naiv war, aber das kann doch nicht stimmen! Würdest Du herkommen und mit ihr reden, Papa?

Vielleicht kannst Du sie ja zu einer Anzeige bewegen. Du bist doch so eine Art halber Polizist, oder?
Kuss von Laura

Oh, verflucht! Dan las die Mail noch einmal. Er hatte überhaupt keine Lust, gegenüber einer klimakterischen, selbstmordgefährdeten Kunstlehrerin den ›halben Polizisten‹ zu spielen. An Ursula Olesen konnte er sich gut erinnern, er wusste, dass Laura sehr an ihr hing, seit sie aufs Internat ging. Letzten Herbst, als Dan unter Stress zusammengebrochen war und sich krankmelden musste, war es für seine Tochter bestimmt nicht leicht gewesen. Soweit er wusste, war es besonders Ursula gewesen, die ein Ohr für die Sorgen ihrer Schülerin gehabt hatte. Und eine Schulter für ihre Trauer, als der alte Hund der Familie vor einigen Monaten eingeschläfert werden musste. Er schuldete Ursula Olesen in vielerlei Hinsicht großen Dank, das wusste er. Aber sollte er eine Menge Zeit vergeuden, um die Frau davon zu überzeugen, ihre Demütigung den Behörden zu präsentieren? Und vermutlich auch der Boulevardpresse und damit der gesamten dänischen Bevölkerung? Dan verstand ausgezeichnet, warum Ursula Olesen nicht zur Polizei gehen wollte, und er hatte überhaupt keine Lust, derjenige zu sein, der sie davon abbrachte.

Auf der anderen Seite … Er wollte jederzeit alles tun, um Laura glücklich zu machen, die so freundlich und loyal denjenigen gegenüber war, die sie liebte. Dan spürte, dass seine Tochter in dieser Sache ganz entschieden war. Sie würde sich mit der erschreckenden Hartnäckigkeit darin verbeißen, die sie von ihrer Mutter geerbt hatte. Und sie würde nicht lockerlassen, würde sich mit ihren hübschen weißen Zähnen in ihm verbeißen, bis zuerst er und dann Ursula aufgegeben hatten. Er konnte ebenso gut gleich alle weiteren Skrupel fahren lassen und tun, worum sie ihn bat. Irgendwie hatte das Mädchen ja recht; ein Mann wie Jakob musste aufgehalten werden, bevor es ihm gelang, die Bankkonten weiterer Frauen zu melken.

Dan schaute auf die Uhr des Computers. Kurz nach zehn. Er könnte noch vor zwölf in Egebjerg sein, mit seiner Tochter zu Mittag essen und am Nachmittag mit Ursula Olesen reden. Er schrieb Laura eine SMS, erhielt umgehend eine Bestätigung und legte Marianne eine Nachricht hin, bevor er zum zweiten Mal an diesem Morgen das Haus verließ.

DONNERSTAG, 22. MÄRZ 2007, MITTAGS

5

Das Internat von Egebjerg war auf einem ehemaligen Herrenhof untergebracht, dessen drei überdimensionierte Gebäude eine parkähnliche Anlage mit Bänken, Beeten und Bäumen umschlossen. Die große viereckige Rasenfläche mitten auf dem Platz war umgeben von einem weiß lackierten Zaun, drei Weißdornbäume spendeten Schatten. Eine kleine Herde verblüffend zahmer Schafe wurde im Sommerhalbjahr auf dem Rasen gehalten, und erst kürzlich war das erste Lamm dazugekommen. Ein blökender Chor in zwei Tonhöhen empfing Dan, als er aus dem Auto stieg. Er trat an den Zaun und bückte sich, um ein ehrwürdig kauendes Gotlandschaf am Rücken zu kraulen, bemerkte aber sofort, dass dessen dicke Wollschicht für Klapse und Streicheleinheiten eher nicht geeignet war. Die Wolle war hart, fettig und total verfilzt. Da muss jemand aber dringend mal zum Friseur, dachte er und belächelte den kleinen, eifrig wedelnden Lämmerschwanz, der unter dem grauen Massiv des Mutterschafs hervorlugte.

Dan ließ den Wagen auf dem Gästeparkplatz stehen und lief den Rest des Wegs zum Hauptgebäude. Die Schüler wohnten im ersten und zweiten Stock; Küche, Speisesaal und der Gemeinschaftsraum lagen im Erdgeschoss, in dem hohen Keller waren die Klassenräume untergebracht. Weitere Unterrichtsräume und Werkstätten waren auf die beiden anderen Gebäude verteilt, ebenso die Privatwohnungen der Lehrer – klugerweise in einigem Abstand zu den Zimmern der Schüler.

Auf der Treppe kam Dan eine Gruppe siebzehnjähriger Jungen entgegen. Keiner von ihnen hatte seine Hose bis zur Taille hochgezogen; sie saß mitten auf dem Hinterteil und wurde von einem überdimensionierten Gürtel und hin und wieder – in aller Diskretion – von einer hilfreichen Hand fixiert, wenn der Besitzer sicher war, dass niemand es sah. Die gewünschte Wirkung war möglicherweise eine Illusion von Schwerelosigkeit: kräftige Jeans, die trotz des zusätzlichen Ballasts von Nietengürteln, Schlüsselbunden, Mobiltelefonen und Kleingeld auf der Hälfte eines schmalen Jungenarschs in der Schwebe blieben. Vielleicht hatten sie einen Klettverschluss an der Unterhose? Dan begriff die Mode dieser hängenden Hosen nicht, er hatte sie nie verstanden und sie würde ihm wohl auch nicht mehr klar werden. Plötzlich fühlte er sich alt.

»Hej!« Der größte der Jungen lächelte breit.

»Hej!«

Einer der anderen drehte sich um. »Du bist Lauras Vater, oder?« Als Dan nickte, fügte der Junge mit einem verlegenen Grinsen hinzu: »Der kahlköpfige Detektiv.«

»Eben der!« Dan griff nach der Türklinke, aber der große Bursche kam ihm zuvor. Er hielt die Tür auf, bis Dan eingetreten war. Sehr freundlich, dachte Dan, aber nicht gerade das, was einem erwachsenen Mann das Gefühl gibt, jünger zu sein.

Es war halb eins, und Dan hatte das deutliche Empfinden, dass das Mittagessen bereits vorbei war. Ein durchdringender Geruch nach Schweinefleisch und gekochtem Kohl hing in der Luft, und die klappernden, scharrenden, kichernden Geräusche aus der Mensa klangen eher nach Aufräumen und Abwasch als nach Essensvorbereitungen. Außerdem waren überall auf den Fluren und Treppen junge Leute – mit oder ohne sichtbare Unterwäsche. Einige schrieben SMS, andere unterhielten sich in kleinen Grüppchen, wieder andere trugen Tabletts mit benutzten Gläsern heraus oder beschäftigten sich mit Handfeger und Kehrblech. Das übliche Gefühl der Desorientierung überkam ihn. Es müsste eine topgeführte Rezeption oder zumindest ein klares und eindeutiges Beschilderungssystem in so einem Internat geben, dachte er. Vielleicht könnte man eine Tafel erfinden, auf der sich zu jeder Zeit die Position eines Schülers ablesen ließe; oder so eine geheime Karte wie in den Harry-Potter-Büchern. Er wurde hier noch regelrecht konfus.

»Hej, Papa!« Laura hatte die Arme um ihn geschlungen, bevor er sie überhaupt entdeckte. Er sog den Duft ihres Shampoos ein, während sie sich umarmten. Shampoo und …

»Verdammt noch mal, Laura! Hast du angefangen zu rauchen?«

Perplex versuchte sie sich loszureißen, gleichzeitig hielt sie die Hände vor den Mund. »Du sagst doch nichts Mama, oder?«

»Deiner Mutter? Du machst dir Sorgen wegen deiner Mutter? Und was ist mit mir? Bin ich hier etwa der Blödmann?«

»Du weißt, was ich meine …«

»Nein, bei allen guten Geistern, das weiß ich nicht. Ich bin doch der Nichtraucher bei uns zu Hause. Ich hasse Zigarettenrauch. Und ich habe den größten Teil meines Lebens damit verbracht, mich mit deiner Mutter über genau dieses Thema zu streiten. Jetzt hat sie endlich aufgehört, und du hast am meisten Angst vor ihrer Reaktion?«

Laura ließ die Schultern hängen. »Ach, Papa …«

Dan bemerkte plötzlich, wie still es um sie herum geworden war. Mindestens acht junge Menschen verfolgten den Auftritt mit ernsten Mienen, und Dan wurde klar, dass er gerade definitiv sein neues Image als altes, mürrisches Arschloch zementierte. Wie konnte er seine Tochter nur in aller Öffentlichkeit so herunterputzen … »Entschuldige, Schatz«, sagte er und berührte sanft ihre Schulter. »Wir reden ein andermal darüber, ja?«

Sie blickte zu ihm auf. »Und Mama?«

Dan schüttelte mit der Andeutung eines Lächelns den Kopf.

Laura machte sofort ein fröhlicheres Gesicht. »Hast du Hunger?«

»Ein bisschen«, gab er zu. »Und Durst.«

Sie ging in die Küche voraus und manövrierte ihn gekonnt um die Horden von Schülern, die offensichtlich zur Küchenmannschaft gehörten. Zwei Frauen, gut und gern im mittleren Alter, leiteten den Aufmarsch, Laura wandte sich an die ältere der beiden. Ein paar Worte reichten, dann nickte die Frau, öffnete den Kühlschrank und klapperte auf ihren ausgelatschten weißen Clogs davon, ohne Dan auch nur eines Blickes zu würdigen. Laura schien die unhöfliche Attitüde nicht bemerkt zu haben, daher vermutete Dan, dass es sich lediglich um den normalen Umgangston in der Schulküche handelte.

»Ich kann dir ein bisschen falschen Hasen aufwärmen«, tönte es aus der Tiefe des Kühlschranks, wo Laura Tupper-Dosen untersuchte. »Willst du frisch gebackenes Roggenbrot oder geschmorten Weißkohl dazu?«

»Roggenbrot.« Er sah, wie sie mit einer geübten Bewegung ein paar gebackene Hackfleischscheiben auf einen Teller wippte, ihn mit einer Schale abdeckte und in die Mikrowelle stellte. Innerhalb von drei Minuten zauberte sie außerdem zwei Scheiben Roggenvollkornbrot, einen Löffel Rotkohl und ein großes Stück Butter hervor. Als Getränk entschied er sich für fettarme Milch. Laura goss ihm ein großes Glas ein, stellte alles auf ein Tablett, wischte den Küchentisch hinter sich ab und überließ es ihrem Vater, das Tablett in den jetzt leeren Speisesaal zu tragen.

»Falscher Hase mit geschmortem Weißkohl oder Rotkohl? Ich

dachte, ihr bevorzugt vegetarisches oder thailändisches Essen. Ihr esst ja wie im Altenheim.« Er schnitt den ersten Bissen ab, steckte ihn in den Mund und kaute mit einem seligen Gesichtsausdruck.

»Ich dachte, du bist Lifestyle-Experte? Junge Leute mögen am liebsten die althergebrachten Gerichte«, erklärte sie in einem belehrenden Tonfall.

»Ja, ja … solange es sich nicht um Hering, weiche Zwiebeln, Leber, Sagosuppe oder Rosenkohl handelt.« Er lächelte sie an, als sie beleidigt die Arme über der Brust verschränkte. »Jetzt werd nicht gleich sauer, Laura. Erzähl mir lieber von der armen Ursula Olesen, während ich esse. Wann musst du in den Unterricht?«

»Eigentlich in einer Viertelstunde. Aber Gitte hat mir erlaubt zu schwänzen, wenn es mit dir länger dauert.«

»Gitte? Die Schulleiterin? Sag mal, wissen eigentlich alle, dass ich heute komme?«

Sie schüttelte den Kopf. »Nur Gitte, Helle und ich. Helle, das ist die Alte aus der Küche.«

»Die Saure?«

»Sie ist nicht sauer. Sie ist Ursulas beste Freundin und kreuzunglücklich über die ganze Geschichte. Außerdem ist sie ein bisschen verlegen, weil du ja ziemlich bekannt bist.«

Na ja. Das vergaß er ständig. »Was ist mit Ursula? Ist sie gewarnt?«

Laura nickte.

»Okay, dann schieß los!«

Laura erzählte die lange und traurige Geschichte mit allen Details, die ihr bekannt waren. Dan hörte aufmerksam zu, während er die einfache, aber wohlschmeckende Mahlzeit verzehrte. Als er Messer und Gabel beiseitelegte und sich auf dem Stuhl zurücklehnte, tauchte plötzlich und unerwartet eine Hand auf seiner rechten Seite auf. Sie stellte eine Tasse heißen Kaffee auf den Tisch und räumte den leeren Teller ab. Dan drehte sich um und sah, dass die Hand der weißhaarigen Küchenchefin gehörte.

Er erhob sich und streckte die Hand aus. »Vielen Dank fürs Essen, Helle. Es ist selten, dass man einen falschen Hasen bekommt, der auf die richtig gute alte Art zubereitet ist. Herrlich! War der Rotkohl hausgemacht?«

Ihre Augen huschten über sein Gesicht, und sie murmelte etwas, das er nicht richtig verstand. Dann zog sie ihre Hand zurück und griff noch nach dem leeren Milchglas, bevor sie wieder in der Küche verschwand.

Laura kicherte. »Du hast die Damen im Griff, oder, Papa?«

»Ach, hör schon auf.« Er setzte sich und schnupperte an dem Kaffee. »Aber da wir gerade von Frauenverstehern reden … Wie war er eigentlich?«

»Jakob?«

Dan nickte. »Nur dein ganz persönlicher Eindruck?«

Sie zog die Brauen zusammen und biss sich auf die Unterlippe, während sie einen Augenblick nachdachte. »Na ja, du wirst es mir nicht glauben, Papa, ich konnte ihn tatsächlich nie leiden. Auch nicht, als er ständig hier wohnte und Ursula so glücklich war. Und das sage ich nicht, um hinterher alles besser gewusst zu haben. Ich habe Zeugen! Alle andern sind bald in Ohnmacht gefallen und fanden ihn wunderbar, aber ich … Ich weiß nicht. Mir *fehlte* irgendetwas an ihm. Ich glaube, besser kann ich es nicht erklären.«

»Wenn du sagst ›die anderen‹, wen meinst du damit? Deine Freundinnen hier auf der Schule? Oder die anderen Lehrer?«

»Alle. Also … er sah einfach super aus, obwohl er schon ein bisschen alt war. Groß, muskulös, schmale Hüften, sexy Augen. Außerdem war er immer wahnsinnig höflich und sehr hilfsbereit.« Laura platzierte ihre Ellenbogen auf den Tisch und stützte das Kinn auf ihre Fäuste. »Vielleicht lag es daran, er war so höflich und korrekt, als hätte er sich ständig hundertprozentig unter Kontrolle. Ich meine, jeder normale Mann guckt doch auch mal jungen Mädchen hinterher, oder? Vor allem, wenn die so supergut aussehen wie ich.« Sie legte den Kopf zurück und lachte schallend. Wieder erinnerte sie ihn an ihre Mutter, die auch immer herzlich über ihre eigenen witzigen Bemerkungen lachte. »Alle Männer, auch wenn sie glühend in ihre Frauen oder Freundinnen verliebt sind, schenken einer Sahneschnitte wie mir doch zumindest einen Blick, oder?«

Wenn du wüsstest, Mädchen. Wir sind durch und durch alte Ferkel, dachte Dan. Aber er hielt die Maske aufrecht und beließ es bei einem Nicken.

»Jakob aber nicht. Nicht ein einziges Mal. Auch die anderen Mädchen oder die Lehrerinnen guckte er nicht an. Nur Ursula. Als wären seine Augen an ihr festgeleimt. Als hätte er beschlossen, nie wieder wegzusehen. Sie fand das natürlich toll, und die anderen meinten, es sei süß, mir war es eher unheimlich.« Sie lehnte sich zurück. »Hilft dir das?«

»Sehr.« Dan trank einen Schluck Kaffee. Auch der war mehr als okay. Sein Respekt vor Helle aus der Küche stieg mehr und mehr. »Du warst der Ansicht, dass Jakobs totale Fokussierung auf Ursula etwas Konstruiertes hatte.«

»Genau. Er hat's übertrieben; er hat so getan, als sei er vollkommen verrückt nach ihr, als müsse er sie ständig berühren, sie küssen und ihr klebrige Komplimente machen.«

»Klebrig?«

»Na ja, andeuten, wie fantastisch sie im Bett ist und so. Also hör mal ... in ihrem Alter! Das mit anzuhören, war eklig!«

Dan vertiefte dieses Thema nicht weiter. Er wusste nicht so genau, ob er sich anhören wollte, wo Lauras Meinung nach die

Altersgrenze für die sexuelle Ekelschwelle lag. Wenn Jakob ›schon ein bisschen alt‹ und Ursula in ihrer Rolle als Liebhaberin direkt ekelerregend war, dann hatte Dan das hässliche Gefühl, sein eigener Zustand könnte auch schon bald einen kritischen Punkt erreichen.

»Na, Prinzessin«, sagte er stattdessen. »Soll ich dir sagen, was ich glaube, bevor wir mit der armen Frau überhaupt geredet haben?«

Sie nickte.

»Ich glaube, es wird sehr, sehr schwer werden, sie zu überreden, damit zur Polizei zu gehen.«

»Ja, sicher, Papa, aber könntest du nicht wenigstens ...«

»Natürlich werde ich einen ernsthaften Versuch wagen, zaubern kann ich jedoch nicht. Sie ist eine erwachsene Frau, und wenn sie nicht will, kann niemand sie zwingen.« Dan legte ein paar Fingerspitzen auf Lauras Handrücken. »Hör mal, Laura, möglicherweise ist dir das ja auch schon passiert, irgendein Idiot hat dich sitzen lassen und war nicht imstande, es auf anständige Art und Weise zu beenden. Du musstest selbst herausfinden, dass es vorbei ist, und dich dabei vor deinen Freundinnen blamieren ...« Sie nickte. »Die möglicherweise obendrein noch herumgelaufen sind und deine Geheimnisse weitergetratscht haben, zum Beispiel, was dir gefällt oder nicht gefällt, wenn ihr allein seid, wenn du verstehst, was ich meine.« Sie verstand. Und wandte den Blick ab. »Was ich dir sagen will, ist, derartige Situationen ... es wird mit den Jahren nicht einfacher, sie zu ertragen. Nein, nicht um deine Gefühle kleinzureden«, fügte er hastig hinzu, als er sah, dass sie protestieren wollte. »Selbstverständlich kann man tief verletzt sein, auch wenn man jung und hübsch ist, und doch, in all dem Ärger weißt du tief in deinem Inneren genau, dass es noch eine Unmenge anderer Männer auf der Welt gibt und du es schaffen wirst, jedenfalls besser als dieser Vollidiot, der dir in einer bestimmten Situation so wehgetan hat.« Sie blickte auf. Dan hatte offenbar einen blanken Nerv getroffen, er entschied sich aber, es zu ignorieren. »Stell dir vor, du bist Ursula. Sie steht am anderen Ende des Laufbands und stellt sich allmählich darauf ein, mit all dem, womit du gerade anfängst, aufzuhören. Höchstwahrscheinlich empfand sie Jakob als ihre allerletzte Chance für eine Liebesbeziehung.«

Laura nickte. »Sie nannte ihn ihr Mirakel.«

»Da siehst du's. Ein Mirakel. Man erwartet nicht, dass es jeden Tag passiert. Jedenfalls nicht, wenn man gut und gern die Hälfte seines Lebens hinter sich hat.« Dan leerte die Tasse und schob sie beiseite. »Wenn ich raten sollte, würde ich sagen, Ursula verbrachte die meiste Zeit der letzten Monate damit, sich in den Arm zu kneifen, um herauszufinden, ob sie vielleicht doch träumt. Garantiert hat sie gewaltige Angst davor gehabt, sich lächerlich zu machen. Vor euch Schülern, den Kollegen und ihrer Tochter gegenüber. Am meisten Angst hatte sie sicherlich davor, sich vor Jakob lächerlich zu machen; davor, dass er sie tief in seinem Inneren eklig fand, sie für alt, verbraucht und schlaff hielt, und sich irgendwann in eine andere, eine jüngere Frau verlieben würde.«

»Wir wissen nicht, ob nicht das vielleicht sogar der Fall ist.«

»Wir wissen offenbar so gut wie nichts. Aber von Ursulas Seite aus betrachtet, ist etwas geschehen, was all ihre Sorgen bestätigt hat, egal, wie die Erklärung lautet: Er hat sie verlassen, er hat ihr Geld mitgenommen, er hat sie nicht geliebt. Das ist die totale Demütigung. Es ist enorm, dass sie überhaupt mit mir spricht. Mehr kannst du meiner Ansicht nach nicht erwarten.«

DONNERSTAG, 22. MÄRZ 2007, NACHMITTAG

6 Wie langsam kann man gehen, ohne dass es auffällt? Diese Frage ging Dan durch den Kopf, als er sich im Schneckentempo durch den Sonnenschein bewegte, am Schafpferch vorbeiging und eine Schwalbe beobachtete, die aussah, als hätte sie Stress beim Nestbau. Er näherte sich dem Ostflügel, in dem Ursula Olesens Wohnung lag. Er hatte überhaupt keine Idee, wie er das Gespräch anpacken sollte, obwohl er noch vor wenigen Minuten versucht hatte, Laura mit seiner blendenden psychologischen Analyse zu beeindrucken. Das eigentliche Rätsel dieses Falles faszinierte ihn, dennoch fürchtete er sich in Wahrheit bei dem Gedanken, mit der armen, betrogenen Ursula allein zu sein. Würde sie die ganze Zeit weinen? Würde sie darauf bestehen, ihm intime Details über ihre Beziehung zu diesem Wunderknaben zu erzählen? Oder ihn zwingen, ihre banalen Liebesbriefe zu lesen? Erwartete sie, dass er sie umarmte und tröstete? Dan schauderte. Er musste darauf achten, eine gewisse professionelle Distanz zu wahren und sich auf das Praktische zu konzentrieren, sagte er sich. Für alles andere hatte sie einen ganzen Haufen Freundinnen und Kolleginnen.

Was dann folgte, bewies einmal mehr, wie gründlich man sich irren kann, wenn man seinen Vorurteilen nachgibt und versucht, sich von vornherein eine bestimmte Situation in all ihren Details auszumalen. Erstens war er nicht allein mit Ursula. Als er an der Tür klingelte, an der zwei leere Schraubenlöcher die einzige

Spur des Türschilds waren, öffnete eine junge Frau. Ein wenig unerwartet, doch die Situation wurde erst recht verwirrend, als die Frau sich als Anemone vorstellte, Ursulas Tochter. Die in Berlin wohnte. Die Künstlerin. Hätte Dan vorher jemand gebeten zu beschreiben, wie ein Mädchen mit einem derart lyrischen Namen wohl aussähe, hätte er mit Worten wie ›langes blondes Haar‹, ›schwebender Gang‹, ›ein bisschen hippieartig‹ oder ›feminin‹ geantwortet. Vergiss es. Die Frau an der Tür war der lebende Beweis dafür, dass man bei der Auswahl der Namen seiner Kinder sorgfältig nachdenken sollte. Anemone war eine durch und durch unromantische Erscheinung mit einem großen, kantigen Männerkörper und den Schultern einer professionellen Schwimmerin. Ihr dichtes, mittelbraunes Haar rahmte ein blasses ovales Gesicht ein. Das Lächeln war zurückhaltend und entblößte eine Reihe regelmäßiger weißer Zähne. Ein fester Händedruck, nicht länger als nötig.

»Kommen Sie rein«, sagte sie mit einer verblüffend hellen, melodischen Stimme. »Wir sitzen auf dem Balkon und genießen die Sonne.«

Balkon? Genießen? War das hier nicht ein Haus des Kummers und der Sorgen? Dan folgte Anemone durch das kleine, vollgestellte Wohnzimmer, an dem es keinen Quadratzentimeter freie Fläche mehr an der Wand gab. Die Bilder hingen eng nebeneinander, so dicht wie bei einer Collage. Aquarelle, Kupferstiche, Postkarten, Ölgemälde. Ein enormes karamellfarbenes Samtsofa mit ganzen Haufen von bunten selbst gehäkelten Kissen nahm einen großen Teil des Platzes ein, auf dem niedrigen Tisch davor lagen sorgfältig gestapelt Kunst- und Einrichtungszeitschriften aus der ganzen Welt.

Am Ende des Wohnzimmers führte eine schmale Tür in ein Schlafzimmer, das ebenso voller Bilder hing wie das Wohnzimmer. An der Längsseite des kleinen Zimmers verlief ein winziger Balkon, es gab gerade genügend Platz für drei schmale Stühle. Ein mikroskopisch kleiner Klapptisch war an die Mauer unter den Balkonkästen geschraubt, in denen sich eine Menge Stiefmütterchen der Sonne zuwandten. Auf einem der Stühle saß eine weitere Überraschung. Ursula Olesen hatte nichts mit seiner Vorstellung von einer tief betrübten Frau zu tun. Sie sah nicht aus wie jemand, der gerade einen Selbstmordversuch überlebt hatte, sondern weit besser, als er sie in Erinnerung hatte. Das hennafarbene Haar wurde von einer Lederspange im Nacken zusammengehalten, sie hatte ein sorgfältiges, aber diskretes Makeup in braunen und goldenen Tönen aufgelegt. Ihr gestreiftes, figurbetontes Hemd hing locker über ein Paar Jeans, und über der Schulter trug sie einen dunkelgrauen Cardigan. Sie sah ernst und ausgeglichen aus, und als sie ihn willkommen hieß, war ihre Stimme fest und ruhig. Unglaublich, was man mit modernen Medikamenten alles erreichen kann, dachte Dan, der nur allzu gut deren Wirkung kannte.

»Ich vermute, Sie haben die Geschichte bereits gehört«, sagte sie, nachdem sie eiskaltes Mineralwasser in drei Gläser gegossen hatte. Anemone hatte sich auf den mittleren Stuhl gequetscht.

»Soweit sie Laura bekannt ist, ja.«

»Was Sie nicht wissen, ist, dass Mone und ich den Vormittag damit verbracht haben, ihn übers Internet zu suchen. Und er … es gibt ihn einfach nicht.« Ihre Stimme zitterte plötzlich. Ihre seelischen Bollwerke hatten nicht lange standgehalten. Sie schaute ihre Tochter an, die mit dem Bericht fortfuhr.

»Seine Farbenfirma gibt es auch nicht. Wir wussten schon, dass er keine Homepage hat, aber das hat uns nicht überrascht, er hatte ja gerade erst begonnen, Farben zu produzieren. Sie sollten ja noch gar nicht verkauft werden.« Sie zog eine Plastiktüte unter ihrem Stuhl hervor. »Das hier ist sein Produkt.« Sie gab Dan einen weißen Plastikbehälter mit Schraubverschluss und einem sehr hübschen, romantischen Etikett mit dem Bild eines Waldsees, umgeben von knorrigen Eichen. »Ich weiß es natürlich nicht, aber mein Gefühl sagt mir, dass er in die sauberen Behälter mit den vornehmen Etiketten ganz gewöhnliche Acrylfarbe gekippt hat. Ich bin ein bisschen durch Googles Bildarchiv gesurft, und nach einer Stunde hatte ich's gefunden …« Sie reichte ihm den Farbausdruck eines von Hand gezeichneten Etiketts, das jenem auf dem Farbeimer zum Verwechseln ähnlich sah. »Es stammt von einem kanadischen Öko-Reiniger. Er musste bloß die Schrift austauschen und sich so viele Etiketten ausdrucken, wie er benötigte.«

»Haben Sie auch seinen Namen überprüft?«

Die beiden Frauen nickten gleichzeitig. »Das Schlimmste ist«, sagte Ursula, »dass ich es vor langer Zeit hätte herausfinden können. Ich wusste doch nichts über ihn. Ich hätte ihn überprüfen müssen, ich hätte …«

»Hör jetzt auf, Mutter.« Anemone nahm ihre Hand. »Deine Selbstvorwürfe kannst du dir für später aufheben. Sie sind jetzt nicht unser Thema.«

Ursula zog die Hand zurück und richtete ihren Blick auf die Felder vor dem Fenster. Ihr Gesicht hatte sich verschlossen.

»Entschuldigung, aber was *ist* denn das Thema?«, fragte Dan.

»Hat Laura es nicht gesagt?« Anemone sah ihn mit erhobenen Augenbrauen an. Und dann kam die vierte Überraschung dieser Begegnung: »Ich will Sie anheuern, um Jakob zu finden und das Geld meiner Mutter zurückzuholen.«

Dan runzelte die Stirn. »Da müssen Sie etwas missverstanden haben. Ich bin Werbetexter, kein Privatdetektiv.«

Er sah, dass Anemone Einwände vorbringen wollte, und hielt

eine Hand hoch, um sie zu stoppen. »Die Zeitungen nennen mich den kahlköpfigen Detektiv, das mag schon sein, und es ist wirklich eher ein Gag als eine Jobbeschreibung.«

»Sie haben doch diese Doppelmorde aufgeklärt …«

»Ich habe letzten Herbst einem guten Bekannten bei der Polizei ein bisschen bei dem Fall geholfen, ja. Aber das war ein Zufall und bestimmt nichts, womit ich meinen Lebensunterhalt verdienen möchte.«

Anemone kniff die Augen zusammen. »Wenn Sie kein Interesse haben, warum zum Teufel sind Sie dann den ganzen Weg von Christianssund hierhergekommen, um mit uns zu reden?«

»Weil meine Tochter mich darum gebeten hat. Sie wollte helfen. Laura mag Sie sehr, Ursula.«

Ursula nickte und hielt den Blick weiter auf den Horizont gerichtet.

»Ich begreife überhaupt nichts«, erklärte Anemone. »Was haben Sie sich denn gedacht, worüber wir hier reden? Wollten Sie meiner Mutter eine Gesprächstherapie anbieten, oder wollten Sie nur Ihre Solidarität mit dem weiblichen Geschlecht demonstrieren?«

»Na, na, Mone …«, murmelte ihre Mutter.

»Ist schon okay, Ursula«, erwiderte Dan. »Ich verstehe, dass Anemone verwirrt ist. Mir geht es genauso.« Er sah Ursulas Tochter an. Der Zorn hatte ihre blassen Wangen rot anlaufen lassen. Es stand ihr, aber das sollte er ihr im Moment wohl besser nicht sagen. »Ich glaube, meine liebe und wohlmeinende Tochter hat uns beide hinters Licht geführt«, sagte er dann. »Ihnen hat sie gesagt, Sie könnten mich als Privatdetektiv anheuern, und mir, ich solle Sie überreden zur Polizei zu gehen.«

»Zur Polizei?« Ursula sah ihm direkt ins Gesicht. »Das will ich nicht! Unter keinen Umständen!«

Anemone wandte den Blick von Dan ab, drehte ihm, soweit der beengte Raum es zuließ, sogar den Rücken zu. »Also wirklich, Mutter, das ist unglaublich! Dieser Mann hat dich um über sieben Millionen Kronen betrogen. Das ist natürlich ein Fall für die Polizei und nicht für irgendwelche Amateure.«

»Sieben Millionen?« Dan hielt mitten in einer Bewegung inne. Er hatte gerade aufstehen wollen – zur Tür und dann weg von dieser übellaunigen Domina. Dieser gewaltige Betrag weckte allerdings seine Neugierde.

Als Anemone ihm den Kopf zuwandte, sah er an dem kleinen Kräuseln in ihrem Mundwinkel, dass es genau die Reaktion war, die sie erwartet hatte. »Na, jetzt ist es schon interessanter, wie?«

Dan ignorierte sie. »Wie um alles in der Welt konnte er Sie um sieben Millionen erleichtern, Ursula?«

Sie zuckte die Achseln und trank einen Schluck Mineralwasser.

»War das Geld nicht in Immobilien oder Wertpapiere angelegt?« Dan schüttelte den Kopf. »Sagen Sie nicht, es lag unter Ihrer Matratze!«

Ursulas Lächeln erreichte die Augen nicht. »So schrullig bin ich auch wieder nicht«, erwiderte sie. »Das Geld ist immer noch auf einem hochverzinslichen Festgeldkonto mit einer dreimonatigen Kündigungsfrist. Mein Kundenberater bei der Bank hat jedoch einen dieser Summe entsprechenden Betrag auf einem offenen Konto zur Verfügung gestellt, damit hätten wir in drei Monaten … Er hat das Geld abgehoben. Und nach Ablauf der Kündigungsfrist muss es natürlich erstattet werden.«

Anemone legte eine Hand auf den Arm ihrer Mutter. »Ganz ehrlich, Mutter. Lass es. Der Mann hat schließlich erklärt, dass er nicht für uns arbeiten will.«

»Sie tun jedenfalls nicht viel, um es verlockender für mich zu machen«, entfuhr es Dan. »Wenn Sie möchten, dass andere etwas für Sie tun, sollten Sie sich ein wenig psychologisches Einfühlungsvermögen zulegen. Oder allgemein übliche Formen der Höflichkeit.«

Die junge Frau sprang so abrupt auf, dass ihr Stuhl über den Zementboden des Balkons schrammte. »Ich denke, Sie gehen jetzt besser«, sagte sie und ging voraus zur Tür. »Das hier ist Zeitverschwendung.«

Dan erhob sich ebenfalls. Er gab seiner Gastgeberin die Hand. »Auf Wiedersehen, Ursula. Ich hoffe wirklich, dass Sie eine Lösung für all diese Probleme finden. Und ich bedauere sehr, Ihnen nicht helfen zu können.«

Ein wenig linkisch standen sie sich auf dem winzigen Balkon gegenüber. Sie legte den Kopf zurück und sah ihm einen Moment lang in die Augen. Dann drückte sie sich an ihm vorbei und ging ins Schlafzimmer, wo ihre Tochter wartete. »Kannst du nicht einen Spaziergang machen, Mone?«, bat sie ruhig. »Dann rede ich weiter mit Lauras Vater.«

»Aber …«

»Ich schätze wirklich sehr, was du im Augenblick für mich tust. Aber jetzt musst du mir mal das Feld überlassen. Lass uns eine Stunde Zeit. Okay?«

Anemone zuckte ihre Schwimmerschultern, machte auf dem Absatz kehrt und verschwand. Ein paar Sekunden später wurde die Tür zum Gemeinschaftsflur so heftig zugeworfen, dass in der ganzen Wohnung die Bilder wackelten.

»Entschuldigen Sie«, sagte Ursula. »Meine Tochter ist manchmal so … intensiv.« Sie setzte ein schiefes Lächeln auf. »Können wir uns nicht einfach ein wenig unterhalten, Dan? Vielleicht haben Sie ja eine gute Idee, wie ich auf eigene Faust weitersuchen könnte?«

Als Dan zwei Stunden später in seinem Auto nach Hause fuhr,

hatte man ihn gerade mit seinem ersten selbstständigen Fall als Detektiv betraut. Er und Ursula hatten einen Tagessatz und eine Berichtsform vereinbart, und als Anemone sich nach einem einstündigen abkühlenden Spaziergang wieder zu ihnen gesellte, gab sie ihm einen Vorschuss für ein paar Wochen.

»Es ist vollkommen grotesk«, erklärte sie, als sie ihm den kleinen Stoß Geldscheine übergab. »Jetzt verfüge nur ich noch über Geld. Ich habe die Wohnung beliehen. Gut, dass du mir eine so teure gekauft hast, Mutter.«

Ursula hatte den Kopf geschüttelt. »Es ist grotesk, wahrlich«, hatte sie gesagt. »Wenn es nicht so absurd wäre, würde ich mich totlachen.« Sie hatte das Gesicht zu einer Grimasse verzogen, die mit etwas gutem Willen als Lächeln angesehen werden konnte, und Dan hinausbegleitet. »Wann sehen wir uns wieder?«

»Wie gesagt, ich maile Ihnen mehrmals in der Woche einen Bericht. Sehen müssen wir uns vorläufig nicht, denke ich. Jedenfalls nicht, bevor ich nichts wesentlich Neues zu berichten habe.«

NACHT AUF FREITAG, 23. MÄRZ 2007

7 »Willst du nicht langsam ins Bett?« Mariannes Gesichtszüge zerflossen schläfrig, ein fächerförmiger Abdruck ihres Kopfkissens zeichnete sich auf ihrer Wange ab. In einem knielangen, löchrigen T-Shirt, ihrem bevorzugten Nachthemd, lehnte sie am Türrahmen; von ihrer widerspenstigen hellbraunen Löwenmähne hatte sie das Haargummi entfernt, sodass ihre Haare in alle Richtungen abstanden. »Es ist nach zwei!« Sie kratzte sich an der Schulter und gähnte.

Ihr Mann versetzte dem Bürostuhl eine Vierteldrehung, bis er ihr direkt gegenübersaß. »Ich mache die Katalogtexte für Schwerin noch fertig«, sagte er. »Dann kann ich mich ab morgen auf die Jagd nach diesem Jakob konzentrieren.«

Sie ignorierte seinen beschäftigten Gesichtsausdruck und schlurfte zu dem Sessel in der Ecke. »Ich hatte einen Albtraum«, sagte sie und ließ sich hineinfallen. »Kannst du mir nicht meine Decke holen?« Dan gehorchte, ohne zu protestieren. »Wovon hast du geträumt?«, erkundigte er sich, als er ihr einen Augenblick später die Bettdecke reichte.

»Von einer Obduktion. Ich habe eine große Geschwulst im Körper einer älteren Frau untersucht, als ich plötzlich bemerkte, dass es sich um Lauras Leiche handelte.«

»Pfui Teufel.«

»Genau.« Sie gähnte erneut. »Und ausgerechnet ich, die ich Obduktionen hasse.«

»Tja, das war nun nicht gerade das, was ich …«

»Nein, nein.« Sie verscheuchte das Thema mit einer ungeduldigen Handbewegung. »Dan, ich glaube, ich habe eine Idee.«

»Ja?« Dan schielte auf sein Notebook. Es würde noch mindestens eine Stunde dauern, bevor er ins Bett kam. Aber wenn Marianne zu einem nächtlichen Powwow erschien, gab es kaum Hoffnung zu entkommen, das wusste er. Er konnte sich ebenso gut gleich ergeben. »Ein neuer Einrichtungsspleen?«

»Ach, hör auf!« Ärgerlich pustete sie sich eine Strähne aus dem Gesicht. »Was meinst du mit Spleen? Du solltest froh sein, dass sich wenigstens einer hier im Haus ein bisschen dafür interessiert.«

»Entschuldige. Was wolltest du sagen?«

Sie blickte ihn noch einen Moment beleidigt an, dann taute sie auf. »Es war eine Idee im Fall Ursula. Du glaubst, dieser Jakob hat es mehr als nur einmal getan, oder?«

»Ja.«

»Du meinst also, er ist ein Heiratsschwindler?«

»Also verheiratet waren sie noch nicht.«

»Nein, aber trotzdem.« Marianne schnitt eine Grimasse. »Du weißt genau, was ich meine.«

»Ja, sicher. Die ganze Nummer war so ausgefuchst, dass er es einfach schon mal gemacht haben muss. Zum Beispiel gibt es keine Firma, die Future Colours heißt. Trotzdem hatte er ein Auto mit diesem Logo, Warenproben mit Etiketten, eine Mailadresse mit futurecolours.dk als Domain … Solche Dinge brauchen Zeit, und er muss von vornherein gewusst haben, auf wen er es abgesehen hatte. Das ganze Set-up war wie maßgeschneidert für Ursula.«

»Es wirkt ziemlich professionell.«

»Genau. Und es gibt eine Menge Dinge, von denen ich noch nichts weiß. Wie konnte dieser Jakob beispielsweise wissen, dass

Ursula über ein Millionenvermögen verfügte? Hat er in einer Bank gearbeitet? Oder ist er ein Hacker? Sie schwört, nie irgendjemand anderem als ihrer Tochter von dem Lottogewinn erzählt zu haben.«

»Na ja, könnte die Tochter nicht ...«

»Anemone?« Dan grinste. »Du hättest sie sehen sollen. Sie ist die Selbstbeweihräucherung und Mäßigung in Person. Sie hat überhaupt nicht genügend soziale Intelligenz, um mit anderen Menschen zu tratschen.« Er schob seiner Frau eine Schachtel Halspastillen zu. »Nein, das mit dem Vermögen hat Jakob irgendwo anders aufgeschnappt. Da bin ich mir sicher.«

»Danke. Wer ist er überhaupt?«, fragte Marianne und nahm sich ein Lakritz. »Du sagst, Ursula hätte versucht, ihn im Netz aufzuspüren?«

»Nur über Google und solche Seiten. Man müsste sich schon ans Einwohnermeldeamt wenden, um sicherzugehen, aber im Moment sieht es nicht so aus, als gäbe es jemanden mit diesem Namen.«

»Hat sie jemals seinen Pass gesehen?«

»Mehrfach. Pass, Führerschein, alle Papiere waren auf Jakob Heurlin ausgestellt und sahen total echt aus, dennoch müssen sie gefälscht gewesen sein.« Dan zog einen Kollegblock heran und machte sich eine Notiz. »Ich muss bei den Reiseveranstaltern und der Bank überprüfen, ob sie vielleicht eine Fotokopie des Passes haben.«

»Was ist mit dem Wagen?«

»Was meinst du?«

»War das Auto unter seinem Namen registriert?«

»Ich kann sie gern fragen, aber es ist nicht sehr wahrscheinlich, dass sie das überprüft hat.«

»Na ja, der Wagen muss doch zu finden sein, du kannst das

überprüfen. Wie sind sie zum Flughafen gekommen, als sie ihn das letzte Mal gesehen hat?«

»Sie fuhren in ihrem Wagen.«

»Dann muss sein Wagen doch noch immer in …«

»Du hast recht. Ich überprüfe es.« Eine weitere Notiz. Er hob die Augenbraue. »Willst du den Fall nicht übernehmen, Marianne? Klingt, als hättest du die Sache im Griff.« Er lächelte, aber seine Augen blieben ernst.

»Ach, lass mich doch, Dan, ich will mich ja nicht aufspielen. Ich finde es bloß spannend.« Ihre dunklen Rehaugen glitzerten. »Ist das nicht in Ordnung?«

Er schickte ihr einen Kuss durch die Luft, wurde aber gleich wieder ernst. »Ich habe übrigens auch diesen Anwalt überprüft, mit dem Jakob verschwunden ist. Einar Greiff-Johansen.«

»Und?«

»Ihn gibt es natürlich auch nicht. Nur Jakob hatte mit ihm zu tun, und wenn Papiere zu unterschreiben waren, kam Greiff-Johansen immer zu ihnen, nie umgekehrt.«

»Ursula hat also nie seine Kanzlei gesehen? Sehr praktisch.« Marianne hielt eine Faust vor den Mund und gähnte. »Entschuldigung. All diese Bankunterlagen, davon muss es doch Kopien geben?«

»Gibt es auch. Greiff-Johansen steht als Anwalt für sämtliche Transaktionen darin. Das Problem ist nur, dass die Anwaltskammer noch nie von ihm gehört hat.«

»Müsste die Bank so etwas nicht überprüfen, wenn es um so viel Geld geht?«

»Ja, und das hätten sie sicherlich auch getan, wenn sie etwas mehr Zeit gehabt hätten. Denk dran, der gesamte finanzielle Teil dieses Schwindels dauerte nur vier, fünf Tage, und zwei davon waren ein Wochenende …«

»Oh.«

Dan starrte wieder auf seinen Block. »Ich habe Ursula gefragt, ob sie ein paar gute Fotos von Jakob hat. Hat sie nicht.«

»Sie unterrichtet Fotografie!«

»Meine Worte. Aber Jakob Heurlin hasste offenbar Kameras, und sie erklärte mir irgendetwas von künstlerischem Ausdruck und Inhalt vor Form. Ziemlich langweilig, aber lange Rede, kurzer Sinn: Sie hat nur ein einziges Bild von ihm. Es zeigt seinen Rücken und wurde aufgenommen, während er schlief. Sehr künstlerisch, schwarz-weiß. Ich hab's hier irgendwo.«

Dan blätterte einen Stapel durch und zog ein Foto heraus. Er reichte es Marianne. »Hier, schau selbst, besser geht's nicht. Achte auf die Tätowierung an der Schulter, vielleicht hilft sie bei der Identifikation, wenn ich das Schwein irgendwann erwische.«

»Hm. Dann ist meine Idee vielleicht doch nicht so gut.«

»Was hast du dir vorgestellt?«

»Ich habe mir gedacht, man könnte Jakob auf diesen Partnervermittlungs-Homepages suchen«, sagte sie. »Aber dazu brauchen wir ein vernünftiges Foto.«

»Wer sagt denn, dass der Mann ein Dating-Profil hat? Ursula hat ihn doch ganz anders kennengelernt.«

»Also hör mal, ich habe ja keine Ahnung, ob dieser Jakob ein solches Profil hat oder nicht. Aber wenn du mit deiner Theorie recht hast, dass er diese Nummer mehr als einmal abgezogen hat, dann gibt es höchstwahrscheinlich einige enttäuschte hinterlassene Damen in seinem Kielwasser. Die meisten von ihnen sind Singles; jedenfalls spricht alles dafür, denn rein statistisch ist die Chance, einen nur einigermaßen passenden Liebhaber zu finden, nicht sonderlich groß für eine Frau, die die Wechseljahre hinter sich hat.«

Dan zuckte die Achseln. »Nee, vielleicht, aber …«

»Auf der anderen Seite«, fuhr Marianne unbeirrt fort, »stirbt die Hoffnung ja zuletzt. Obwohl sie sich einmal die Finger verbrannt haben, ist es nicht sicher, dass sie es alle aufgegeben haben, einen Mann zu finden, oder?« Sie fischte noch eine Halspastille aus der Schachtel. »Wenn du wüsstest, wie viele alleinstehende Frauen ich kenne, deren Daten im Netz stehen. In unserem Alter. Und älter.« Plötzlich lächelte sie. »Und nicht einmal alle sind wirklich Single oder Frauen!«

»Ich kenne überhaupt niemanden, der ...«

»Da irrst du dich aber gewaltig, mein Lieber. Du kennst eine Menge Leute, die sich im Netz verabreden. Beinahe ebenso viele wie ich. Der Unterschied besteht allerdings darin, dass Frauen sich das erzählen und Männer nicht. Oder besser, wenn Männer so etwas erzählen, dann vertrauen sie sich typischerweise einer Freundin oder Schwester an. Nicht einem anderen Mann.«

Dan sah sie an und wusste plötzlich, von wem sie sprach. »Hat Flemming ...?«

»Da musst du ihn schon selbst fragen.« Marianne schüttelte sich und zog die Füße unter die Decke.

Na gut. Flemming und Marianne führten also noch immer ihre langen Gespräche – ohne Dan. Er musste aufstehen, um sich die Eifersuchtswelle nicht anmerken zu lassen, die seinen Brustkasten schmerzen ließ. »Ich muss mal pinkeln«, sagte er und verschwand, bevor sie etwas sagen konnte. Dans Jugendfreund, Flemming Torp, war mit Marianne zusammen gewesen, bevor sie und Dan sich vor bald fünfundzwanzig Jahren so stürmisch verliebt hatten, dass es in Wahrheit niemals um eine reelle Wahl gegangen war. Das Unglaubliche an dieser Geschichte war, Dans und Flemmings Freundschaft hatte nicht nur diese heftige Probe überstanden, sondern ihr Leben lang gehalten: in der Zeit, als Flemming auf die Polizeischule ging und Dan sich seine ersten

Sporen in der Werbung verdiente; in den vielen Jahren, in denen Flemming mit Karin verheiratet gewesen war; in Urlauben, wo die beiden Familien mit ihren kleinen Kindern ganz Nordeuropa bereist hatten; in der Zeit von Flemmings und Karins Scheidung vor einem Jahr. Zu Karin hatten sie den Kontakt verloren, als sie zu ihrem neuen Mann in Hvidovre zog, aber Flemming war noch immer ein fester Bestandteil ihres Lebens, ein loyaler und hilfsbereiter Freund.

Das Problem bestand darin, dass Dan in den letzten Jahren die zwanghafte Idee entwickelt hatte, seine Frau und sein bester Freund könnten eine Affäre haben. Kindisch, aber so war es. Eigentlich müsste Flemming eifersüchtig sein, denn schließlich hatte er damals Marianne verloren. Er hatte sich mit der Nächstbesten begnügen müssen und keine sonderlich glückliche Ehe geführt. Offensichtlich fühlte er sich in seinem hässlichen Reihenhaus einsam und vergrub sich in seine Arbeit als Kommissar bei der Polizei von Christianssund. Flemming hatte allen Grund, seinen charismatischen Freund zu beneiden. Aber nicht er war eifersüchtig. Sondern Dan. Und Dan musste all seine Kraft aufbieten, um dieses Gefühl zu unterdrücken. Er wusste genau, wie pathetisch das war. In seinen rationaleren Momenten – neunzig Prozent seiner Zeit – war ihm schon klar, dass es zwischen Flemming und Marianne nicht zu einer einzigen unpassenden Berührung gekommen war, seit sie ihren netten, realen Liebsten damals in den Achtzigern gegen sein attraktives Arschloch von Freund getauscht hatte.

Denn ein Arschloch war Dan damals gewesen. Eine Sache war seine Arbeitswut und Kontrollsucht, die dazu führte, dass er oft für längere Zeit nicht nach Hause kam. Eine andere sein Verbrauch an Kokain und Tequila. Beides gehörte damals in gewisser Weise zur Werbebranche wie das Rauchen von Zigarren und überdimensionierte Schulterpolster im Kopenhagener Nachtleben. Noch schlimmer war, dass Dan seine Frau in diesen Jahren systematisch mit einer topgestylten Werbetussi nach der anderen betrog. Es war erbärmlich. Tatsächlich trieb er es so schlimm, dass er schließlich bereit war, mit der ganzen Familie in seine Heimatstadt Christianssund zu ziehen, um sein unwürdiges Verhalten zu beenden. Hier waren die Verlockungen nicht so groß, und allein die Größe der Stadt ließ ihn zweimal überlegen, ob er sich auf eine neue Mediengrafikpraktikantin stürzen sollte oder nicht.

Die Strategie hatte funktioniert. Dan war nur noch selten schwach geworden, das letzte Mal lag schon viele Jahre zurück. Allerdings hatte er parallel zur Einstellung seines Drogenkonsums und zur Neuordnung seines Sexuallebens diese Zwangsvorstellung entwickelt, die mit den Jahren immer größer und quälender geworden war. Manchmal wachte er nachts schwitzend vor Panik auf. Als hätte sein schwarzes Gewissen sich diese maßgeschneiderte Strafe ausgedacht und gäbe sich alle Mühe, sie mit den Jahren auszubauen und zu verfeinern. Als Dan vor einem halben Jahr mit einer heftigen Depression aus der Bahn geworfen wurde, war eine Erklärung sein anstrengender Job als Kreativdirektor einer Werbeagentur gewesen, denn als leitender Angestellter war er im Grunde ungeeignet. Dieses Problem war gelöst. Er hatte in der Agentur gekündigt und sich selbstständig gemacht. Er hatte keinerlei Verantwortung mehr für Untergebene.

Eine andere und eher versteckte Ursache des Zusammenbruchs war sein Schamgefühl wegen der jahrelangen Untreue gewesen, kombiniert mit der Zwangsvorstellung, Marianne wolle ihn wegen Flemming verlassen. Ein rationalerer Mensch hätte diesen Teil des Problems natürlich mit seinem Ehepartner besprochen – oder zumindest mit seinem Therapeuten –, Dan dagegen hatte ein für alle Mal beschlossen, Marianne solle in diesen, den verräterischsten Teil seiner Persönlichkeit niemals Einblick erhalten. Also schlug er sich im Stillen mit seinen Gespenstern herum und entzog sich, wenn jemand ihm zu nahe kam. Wie jetzt, als er das Büro so abrupt verlassen hatte. Er wusch sich ausgiebig die Hände, bis er spürte, dass seine Atmung sich normalisiert hatte, holte zwei kalte Flaschen Bier aus dem Kühlschrank und ging zurück in sein kleines Arbeitszimmer, wo Marianne noch immer das Foto von Jakobs nacktem Rücken betrachtete.

»Weißt du, was man machen könnte?«, sagte sie, als hätte sie die Unterbrechung überhaupt nicht bemerkt.

Dan zog seinen Bürostuhl an den Sessel und steckte die Füße unter ihre Decke. »Nein, meine Liebe. Erzähl!« Er reichte ihr die beschlagene Bierflasche, sie nahm sie mit abwesender Miene entgegen. »Skål.«

Sie tranken. Marianne stellte die Flasche auf den Boden und trocknete ihre Hand an der Bettdecke ab. »Diese ganze Affäre mit Jakob und Ursula? Sie hat sich doch vom Anfang bis zum Ende auf dem Internat abgespielt, oder?«

»Ja?« Dan genoss die Wärme ihres Oberschenkels an seinen Füßen.

»Du nimmst aber auch Platz weg, Mann!« Sie rutschte ungeduldig auf dem Sessel herum. »Also gut, die meiste Zeit waren sie natürlich allein, doch in einem Internat ist es unmöglich, sich vollständig zu isolieren, egal wie verliebt man ist.« Dan nickte. »Die beiden mussten sich unter die anderen mischen, wenn sie aßen, wenn gefeiert oder unten am Feuerplatz gegrillt wurde.«

»Woher willst du wissen, dass Jakob überall teilgenommen hat?«

»Wie sollte Laura sonst zu ihrer Meinung über ihn kommen? Die Jugendlichen haben ihn gesehen, er war Teil ihres Alltags, in größeren oder kleineren Portionen.«

»Worauf willst du hinaus?«

»Was hat jeder Teenager ständig bei sich?«

Er musste nicht lange nachdenken. »Ein Handy.«

»Genau. Eher vergessen sie ihr Geld, die Monatskarte oder ihre Jacke als ihr Telefon. Das ist ihre Sicherheitsleine, ihr ständiger Draht zu allen, mit denen sie in Kontakt bleiben wollen. Und oft genug sind dabei auch MP3-Player und der Internet-Zugang wichtige zusätzliche Werkzeuge. Außerdem benutzen sie es als Tagebuch.«

»Sie machen sich damit Notizen? Benutzen das Diktafon? Oh«, sagte Dan, als er endlich kapierte. »Die Kamera.« Natürlich. Die meisten Mobiltelefone hatten inzwischen ziemlich gute Kameras, und sie wurden benutzt. Junge Menschen schickten sich unablässig Schnappschüsse und kleine Videofilme, es gab so gut wie keine Situation, die zu banal war, um nicht verewigt und vielleicht sogar auf dem Computer abgespeichert zu werden. Dan zog die Füße zurück und rollte auf seinem Bürostuhl zurück an den Schreibtisch. »Du hast vollkommen recht.« Er öffnete sein Mailprogramm und fing an zu schreiben. »Nicht einmal eine kamerascheue Person wie Jakob würde dem unbändigen Drang von neunzig Internatsschülerinnen und -schülern entgehen können, alles um sich herum zu dokumentieren«, sagte er und klapperte weiter.

»Schreibst du Laura?«

»Hmm ...«

»Bittest du sie, die anderen zu fragen?«

Dan las die wenigen Zeilen noch einmal und drückte dann auf den ›Senden‹-Button. »Zunächst habe ich sie gebeten, ihr eigenes Handy und die ihrer engsten Freundinnen zu checken. Wenn sich dabei keine brauchbaren Fotos finden, müssen wir den Radius erweitern.«

FREITAG, 23. MÄRZ 2007

8 Als Laura ihre diskrete Fotosammlung am nächsten Tag gegen fünfzehn Uhr beendete, hatte Dan gut zehn einigermaßen brauchbare Porträts von Jakob Heurlin. Er kannte inzwischen das güldene Haar des jungen Mannes, seine aufrechte Haltung und hellroten Ohren. Aber nicht ein einziges Foto zeigte sein Gesicht deutlich. Er war ganz einfach zu schnell gewesen für die Heerscharen von eifrigen Handy-Fotografen, hatte es immer geschafft, den Kopf rasch genug zur Seite zu drehen, nach unten zu blicken oder eine Hand vors Gesicht zu halten. Und Jakobs Vorliebe für große Sonnenbrillen ließ die Erfolgsrate nicht gerade in die Höhe schnellen.

Laura hatte auch eine Videoaufzeichnung geschickt. Sie stammte vom Faschingsfest der Schule vor ein paar Monaten. Alle waren verkleidet, und vielleicht hatte der kamerascheue Jakob es deshalb zugelassen, mehrere Minuten lang gefilmt zu werden, ohne dass er sich abwandte oder hinter anderen versteckte. Ganz offensichtlich war das Mädchen hinter der Kamera einigermaßen fasziniert von dem jungen Mann. Die ganze Zeit stand er im Zentrum des Bildfelds, lachend und redend. Er hatte sich als Nordseefischer verkleidet, das blonde Haar versteckt unter einem gelben Südwester, den Körper vermummt mit Strickpullover und schwarzen Wattstiefeln, eine Stummelpfeife im Mundwinkel. Das Gesicht war teilweise verborgen unter einem imponierenden grauen Vollbart, die Wangen hatte er sich knallrot gepudert. Wäre dieser wettergegerbte Greis nicht in Gesellschaft von Ursula Olesen gewesen, hätte Dan ihn nicht erkannt. Ursula trug ein Piratenkostüm, eine Augenklappe und an der Seite einen klobigen, mit Pailletten besetzten Pappsäbel. Sie hatte keinen Versuch unternommen, ihr hennafarbenes Haar zu verbergen, sondern sich lediglich ein Bandana um die Stirn gebunden. Sie war leicht zu erkennen, und da sie und Jakob permanenten physischen Kontakt hatten, war ein Irrtum ausgeschlossen. Die ganze Zeit hielt einer den anderen am Arm, steckte die Hand in die Gesäßtasche des anderen, bürstete unsichtbare Fusseln von den Schultern. Sie flüsterten sich ins Ohr, knabberten gegenseitig an ihren Faschingskreppeln und flochten die Finger der Hände ineinander, die nicht gerade einen Keramikbecher mit Tee hielten. Dan wusste natürlich, dass dieser kleine Filmschnipsel für die Suche überhaupt nicht zu verwenden war, dennoch sah er ihn sich drei Mal an, fasziniert von der Intimität, die dieses ungleiche Paar in seinen grotesken Verkleidungen ausstrahlte. Er fing an zu verstehen, warum Jakobs Verschwinden ein so großer Schock für seine Verlobte gewesen war.

Schließlich wählte Dan ein einigermaßen scharfes Bild im Halbprofil aus, dazu eine stark beschnittene Kopie von Ursulas Schwarz-Weiß-Foto, auf dem die indische Tätowierung deutlich zu erkennen war. Er stellte die beiden Fotos in einen dunkelgrünen Kasten und versah sie mit einem kurzen Text: KENNEN SIE DIESEN MANN? *Er ist ca. 29 Jahre alt, 194 cm groß und hat graugrüne Augen. Die abgebildete Tätowierung befindet sich auf seiner rechten Schulter. Der Mann wurde zuletzt am 19. März im Flughafen Kastrup, Terminal 2 gesehen. Alle Informationen sind willkommen bei dan@sommerdahl.dk. Volle Diskretion garantiert!* Das Layout der Anzeige wäre natürlich überzeugender gewesen, wenn Dan ein Artdirector zur Seite gestanden hätte, aber es ging auch so. Er hatte absichtlich nichts von einer Belohnung geschrieben. Er wollte keinesfalls das Risiko irrelevanter Anrufe eingehen.

Bereits eine Stunde später stand die Anzeige auf den Homepages der beiden größten dänischen Kontaktbörsen. Die Preise waren ziemlich gepfeffert, aber als er den Anzeigenverkäuferinnen den Hintergrund erklärte, hatte die eine ihm einen anständigen Rabatt gewährt und die andere die Anzeige sogar gratis eingestellt. Sie schien sehr betroffen von der Geschichte und hatte Dan mehrfach viel Glück bei der Jagd gewünscht, bevor sie endlich auflegte.

Hinterher rief er Kriminalkommissar Flemming Torp an. »Störe ich?«

»Nein, überhaupt nicht, wenn ich ehrlich sein soll. Wir kommen in dieser verdammten Mordsache nicht weiter, ich habe das Gefühl, auf der Stelle zu treten.«

»Mikael Kjeldsen?«

»Ja, wer sonst? Wir wälzen uns hier in der Stadt ja nicht gerade in Mordfällen. Jedenfalls nicht seit der Geschichte mit Lilliana.«

»Mir tut besonders die Mutter leid.«

»Das kann man wohl sagen. Er war ihr einziges Kind. Aber, nun ja, sie hat ja ihren Gott.«

»Ist sie religiös?«

»Und wie. Sie scheint vierundzwanzig Stunden am Tag zu beten.«

»Hat ihr Sohn das auch gemacht?«

»Bestimmt. Sie ist Mitglied irgendeiner Sekte, und der Sohn war das gezwungenermaßen auch.«

»Er hat studiert, oder?«

»Ja. Informatik an der Universität von Kopenhagen. Zusätzlich hatte er einen Job bei einem Finanzberater hier am Ort. Als IT-Fachmann.«

»Vollzeit?«

»Nein, Teilzeit. Sie haben ihn wegen seines kleinen Handicaps fast gratis bekommen.«

»Äh, ich verstehe nicht ganz?«

»Ach so, ja, das wurde nicht veröffentlicht. Mikael Kjeldsen fehlte die Hälfte seiner linken Hand, ihm standen nur der Daumen und der Zeigefinger zur Verfügung.«

»Das hat aber doch nichts mit seiner Arbeitskraft zu tun? Ich meine, diese IT-Leute benutzen selten sämtliche Finger, wenn sie tippen.«

»Keine Ahnung. Sein Arbeitgeber bekam jedenfalls einen Teil des Gehalts erstattet, und jetzt ziehen sie lange Gesichter, weil sie für einen neuen Mann den Marktpreis bezahlen müssen.«

»Hatte Mikael eine Freundin?«

»Nee. Und offensichtlich auch keine richtigen Freunde. Er hat bei seiner Mutter gewohnt und scheinbar nicht viel anderes getan, als zu studieren, zur Arbeit zu gehen und mit seinem Computer zu spielen.«

»War er ein Hacker?«

Kurze Pause. »Wieso fragst du?«

»Nur so. Diese Vollnerds, deren soziales Leben sich komplett im Netz abspielt, hacken doch auch gern ein bisschen, klauen ein paar Programme, laden Spielfilme runter, so 'n Zeug halt. Natürlich illegal, aber selten aus einem anderen Grund als aus Spaß. Irgendwie gehört das zu diesen Jugendlichen.«

»Wir haben diese Möglichkeit tatsächlich in Erwägung gezogen, seine beiden Computer sind noch immer zur Untersuchung bei den Experten in Kopenhagen. Bisher deutet allerdings nichts darauf hin, dass er ein Hacker gewesen ist.«

»Also, wenn du mich fragst«, begann Dan.

»Ja?« Flemmings Bürostuhl knarrte.

»Ich meine nur … ein Computernerd ohne soziales Leben, den jemand ermordet, indem er ihm einen alten Bildschirm über den Kopf zieht, das muss doch was mit IT zu tun haben!«

»Hast du denn die Zeitungen nicht gelesen? Mikael wurde nicht durch den Bildschirm getötet.«

»Was meinst du?«

»Wir haben uns ziemlich gewundert, als wir die Leiche fanden. Nicht viele können einen elf Kilo schweren, unhandlichen Computerbildschirm anheben und dann einen ausgesprochen präzisen Wurf ausführen, ohne dass es dabei zu irgendwelchen Geräuschen kommt. Und in diesem Fall hätte das Opfer etwas gehört und sich umgedreht, das ist ein Reflex. Aber nichts deutet darauf hin, dass Mikael seinen Mörder gehört hatte. Der Rücken zeigte in Richtung Schuppentür, und sein Gesicht schaute nach vorn, als er getroffen wurde.«

»Hm?«

»Die Erklärung erhielten wir durch den Obduktionsbericht. Mikael war bereits tot, als irgendjemand – höchstwahrscheinlich der Mörder – den Computerbildschirm auf seinen Kopf fallen ließ.« Flemming machte eine Kunstpause. »Mikael wurde durch mindestens zwölf, höchstens achtzehn heftige Schläge mit einem Spaten getötet.«

»Mit der flachen oder der scharfen Seite?«

»Die ersten drei, vier Schläge wurden mit der scharfen Seite ausgeführt. Keinerlei Zweifel, dass jeder einzelne Schlag bereits kräftig genug war, um ihn zu töten. Sein Schädel wurde schlichtweg gespalten. Trotzdem schlug der Mörder weiter auf den Kopf des Toten ein. Die Schläge trafen den Hinterkopf und die linke Seite des Schädels, als hätte ein Rechtshänder in einem schrägen Winkel mit einer Axt zugeschlagen. Diesmal allerdings mit der flachen Seite des Spatens.«

»Ist ja widerlich.«

»Ja, nicht?«

»Da muss doch überall Blut gewesen sein? Der Mörder muss in Blut gewatet ... Gab es nicht eine Unmenge Fußabdrücke?«

»Einige, ja. Von dunkelgrünen Gummistiefeln Größe 44.«

»Verflucht, woher willst du die Farbe wissen?«

»Das war nicht schwer herauszukriegen. Sie standen nämlich noch immer dort – fein säuberlich vor der Gartenpforte. Tatsächlich waren es Mikaels eigene Stiefel. Die standen immer im Schuppen.«

»Dann hat der Mörder vor und nach der Tat die Schuhe gewechselt? Mann, eiskalt!«

»Wenn du damit sagen willst, dass es sich um einen geplanten Mord handelt, tja, da hast du sicher recht. Alles war sorgfältig geplant und hinterher wurde ebenso sorgfältig aufgeräumt. Aber die eigentliche Tat, die kann man wahrlich nicht kaltblütig nennen. Der Mensch, der Mikaels Kopf kurz und klein gehackt hat, wurde von starken Gefühlen getrieben, einer gewaltigen Wut.«

»Na ja, klar.«

»Wir hatten gehofft, an den Stiefeln Spuren zu finden, es gab jedoch keinerlei Hautpartikel, Haare oder sonst etwas. Wir haben lediglich ein paar grüne Flusen gefunden – und wie sich herausstellte, stammten sie von Mikaels Wollsocken, die zusammengerollt in seiner Kommode lagen.«

»Und was heißt das? Hat der Mörder sie getragen und sie dann wieder zurückgelegt?«

»Nein, das wäre wirklich etwas zu verwickelt.« Flemming trank irgendetwas. »Diese Flusen müssen vom letzten Mal stammen, als Mikael die Stiefel trug. Die Theorie der Techniker ist, dass der Täter die Gummistiefel mit ein paar dünnen Plastiktüten ausgestopft hat, um Spuren zu vermeiden. Und er oder sie trug die ganze Zeit über Gummihandschuhe. Es gibt nicht den Hauch eines Fingerabdrucks, weder auf den Stiefeln noch auf dem Computerbildschirm.«

»Woher stammt der Bildschirm?«

»Ein alter von Mikael. Er sollte auf den Sperrmüll und ist dann offenbar im Schuppen vergessen worden.«

»Alles lag also parat. Die Stiefel, der Bildschirm, der Spaten, klingt, als wäre es jemand gewesen, der Haus und Garten gut kannte.«

»Ja, und genau das ist ja so merkwürdig. Annemarie Kjeldsen und ihr Sohn kannten nicht sonderlich viele Menschen. Sie trafen sich nur mit Mitgliedern ihrer Gemeinde.«

»Dann muss es wohl einer von denen gewesen sein.«

»Sie haben alle ein Alibi.«

Dan knabberte an seiner Unterlippe, während er nachdachte. »Du hast den Mörder *er* oder *sie* genannt. Wohl eher, um politisch korrekt zu sein, oder? Eine Frau könnte doch wohl kaum solch einen Mord verüben?«

»Es ist nicht sonderlich wahrscheinlich, dass eine einigermaßen zurechnungsfähige Frau ausgerechnet diese Methode wählen würde, um jemanden umzubringen, nein. Andererseits können wir es auch nicht ausschließen. Mikael war auf der Stelle so tot wie ein Hering, und der Mörder hat gerade mal so viel Kraft gebraucht, als hätte er oder sie Holz gehackt.«

»Und niemand hat etwas gehört?«

»Es muss einen ziemlichen Schlag getan haben, als der Bildschirm am Ende auf ihn geworfen wurde. Aber nach der Rekonstruktion haben wir festgestellt, dass es nicht einmal so laut war, um jemanden im Nachbarhaus zu wecken. Der Schuppen steht zehn Meter von den Häusern entfernt, und sämtliche Geräusche werden von dem Efeu und dem dichten Gebüsch rund um den Schuppen erheblich gedämpft.«

»Wann ist er gestorben?«

»Zwischen Mitternacht und zwei, sagt der Rechtsmediziner.«

Dan dachte einen Augenblick nach. »Ich frage mich schon die ganze Zeit, was Mikael wohl im Schuppen gesucht hat. Es gehört doch schon etwas dazu, einen jungen Mann an einem ganz gewöhnlichen Werktag gegen Mitternacht in einen Schuppen im Garten zu locken.«

»Ihn lockte etwas ziemlich Spezielles. Auf dem obersten Regalbrett des Schuppens stand ein batteriebetriebener Wecker, der mit einer Lampe gekoppelt ist. Wenn Alarm ausgelöst wird, blinkt die Lampe mit einem sehr kräftigen blauen Licht, so ähnlich wie das Blaulicht an unseren Polizeifahrzeugen. Außerdem wird ein fürchterliches Sirenengeheul ausgelöst. Das würde sogar einen verkaterten Teenager wecken!«

»Stand das Ding schon immer im Schuppen?«

»Nein. Mikaels Mutter ist sich ganz sicher, den Wecker noch nie gesehen zu haben.«

»Mikael wurde also von dem Sirenengeheul und dem Blaulicht aus dem Haus gelockt? Nicht sonderlich diskret.«

»Die Sirene war abgestellt. Nur das Blinklicht wurde aktiviert. Wir haben den Wecker gründlich untersucht. Tatsächlich stand er nicht länger als höchstens einen Tag in dem Schuppen. Kein Staubkorn daran. Ich glaube, der Täter oder die Täterin hat das Blinklicht gegen zwölf eingeschaltet, die Schuppentür offen stehen lassen und im Gebüsch neben dem Schuppen gewartet. Mikael saß im Wohnzimmer und sah fern. Er bemerkte das Licht, wunderte sich und ging in den Garten. Als er die Lampe entdeckte, ging er zur Rückwand des Schuppens und hob die Arme hoch zum Regal. Der Täter trat durch die Tür und schlug den Spaten mit voller Kraft auf Mikaels Hinterkopf. Mikael fiel, und der Täter schlug immer weiter, bis er vollkommen sicher sein konnte, dass Mikael tot war. Dann nahm er oder sie den Bildschirm – und bang!«

»Hat noch jemand dieses Blinklicht gesehen?«

»Nein. Der Schuppen steht zwischen ein paar sehr dichten Nadelbäumen. Wir haben es aus den verschiedensten Winkeln probiert, Licht aus dem Schuppen konnte nur im Haus Nr. 14 gesehen werden.«

»Ich verstehe immer noch nicht, wie all das völlig unbeobachtet vonstattengehen konnte. Das ist doch ein dicht besiedeltes Viertel?«

»Es gibt einen ungewöhnlich aufmerksamen Mann im Nachbarhaus, ein Nierenpatient, der uns anrief, bevor die Leiche überhaupt gefunden wurde. Er wollte Mikaels Kollegin wegen unerlaubten Eindringens anzeigen. Wenn irgendjemand etwas gesehen hätte, dann er. Das Problem ist nur, dass der Mann jeden zweiten Tag zur Dialyse ins Krankenhaus muss. Wenn der Mörder das gewusst hat …«

»Wusste der Täter auch, dass Mikaels Mutter verreist war?«

Flemming seufzte. »Zweifellos. Viele wussten es. Annemarie Kjeldsen war auf einem Treffen dieser Sekte, in der sie Mitglied ist. Das Haus des Herrn. Es war eine Art Bibelcamp, soweit ich es verstanden habe, eine Großveranstaltung mit Studienkreisen unter Beteiligung von hochrangigen Mitgliedern aus der ganzen Welt. Sie fand in einem Versammlungshaus in der Nähe von Maribo statt und wurde schon Wochen vorher beworben.«

»Wenn es sich um eine so große Show handelte, wieso war Mikael dann nicht dabei?«

»Er hatte das ganze Wochenende dort verbracht, ist aber am Montag früh nach Hause gefahren, um zur Arbeit zu gehen, hat seine Mutter erklärt.«

»Ah ja.«

Flemming räusperte sich. »Lass uns das Thema wechseln. Ich bekomme sofort wieder schlechte Laune, wenn ich mich damit beschäftige. Wie geht's dir denn?«

»Och, ich habe im Augenblick tatsächlich einiges zu tun.«

»Ja?«

»Na ja, du weißt schon …«

Es entstand eine Pause. Dann lachte Flemming. »Dan, verdammt? Für wie dumm hältst du mich eigentlich? Wenn du dir die Zeit nimmst, mich mitten in der Arbeitszeit anzurufen, obwohl du angeblich im Augenblick einiges zu tun hast, dann weiß ich doch genau, dass ich dir einen Gefallen tun soll. Raus damit!«

»Uff. Was bin ich froh, dass ich nicht von Verbrechen leben muss, wenn du in der Nähe bist.« Er blickte auf seinen Block. Die Seite war übersät mit geometrischem Gekritzel, den Spuren der langen Gespräche mit den Anzeigenverkäuferinnen der Partnerportale. Ganz oben standen zwei Buchstaben und fünf Ziffern, das Nummernschild von Jakob Heurlins Lieferwagen. Er fasste einen raschen Entschluss. »Hast du Zeit, heute Abend zum Essen zu uns zu kommen?«

»Ist es *so* umfassend?«

»Na ja. Das Problem ist, dass ich ein ziemlich ernstes Schweigegelübde breche, wenn ich dir etwas erzähle, aber ich denke eigentlich …«

»Also brauchst du sowohl meine Hilfe als auch meine berühmte Diskre…?« Flemming unterbrach sich abrupt. »Sag mal, du bist doch nicht wieder dabei, Detektiv zu spielen, Dan?«

»Ach, das wäre zu viel gesagt. Ich habe nur jemandem versprochen, nach einem Mann zu suchen, der einen Bekannten um einen Haufen Geld betrogen hat.«

»Meinst du nicht, das wäre etwas für die Profis?«

»Der Betreffende möchte unter keinen Umständen die Polizei einschalten.«

»Bekommst du Geld dafür, oder ist es nur ein Freundschaftsdienst?«

»Sowohl als auch.«

»Hm.« Noch eine Pause. »Na, da muss ich mich nicht einmischen. Hauptsache, du passt auf.« Als Dan nichts erwiderte, fügte er hinzu: »Ich komme um sechs. Soll ich eine Flasche Wein mitbringen?«

»Etwas anderes wäre mir lieber …«

»Und was?«

»Könntest du ein Nummernschild für mich überprüfen, als so eine Art Gastgeschenk?«

Flemming lachte. »Das geht entschieden zu weit! Ich kann dir den Namen des Halters nicht nennen, wenn du den wissen willst.«

»Aber du könntest doch überprüfen, ob ein bestimmtes Fahrzeug als gestohlen gemeldet ist, oder?«

»Das geht. Du bekommst ein Ja oder ein Nein. Wie ist die Nummer?«

Dan las sie ihm vor und gab ihm eine Beschreibung von Jakobs grauem Lieferwagen.

»Was hast du gesagt, wie heißt der Halter des Wagens?«

»Das habe ich noch gar nicht gesagt. Aber der angebliche Halter nennt sich Jakob Heurlin.«

»Buchstabier mir den Namen … H-E-U-R-L-I-N … Heurlin? Merkwürdiger Name. Ich kann ja mal nachsehen, ob ich ihn im Strafregister finde.«

»Könntest du das tun?«

»Kannst du dich selbst im Nacken kratzen?«

»Okay. Aber hast du auch Zeit dafür?«

»Ich freue mich über Abwechslung und über jede Pause im Balleslev-Fall. Eine Sache noch: Glaubst du, du könntest mir ein paar Fingerabdrücke beschaffen?«

Dan überlegte. »Mein Klient ist der Einzige, der es möglicherweise könnte. Würde er dadurch nicht misstrauisch? Ich habe schließlich versprochen, die Polizei rauszuhalten. Verstehst du, was ich meine?«

»Hm. Kannst du nicht sagen, du hättest ein privates Labor gefunden, das mit dem internationalen Register für Fingerabdrücke zusammenarbeitet? Erklär doch einfach, dass es in England oder so liegt, mach es ein bisschen geheimnisvoll. Dann ist dein Klient so beeindruckt, dass er keine weiteren Fragen mehr stellt.«

»Ich werde tun, was ich kann.«

»Bis heute Abend.«

SAMSTAG, 24. MÄRZ 2007

9 Am nächsten Morgen hatte Dan dröhnende Kopfschmerzen; weder die Joggingtour noch die anschließende Dusche linderten die Schmerzen. Nicht, dass diese plötzliche Krankheit irgendetwas Geheimnisvolles gehabt hätte; er konnte nicht einmal auf sich selbst wütend sein, dachte er und schluckte drei Kopfschmerztabletten und einen halben Liter Mineralwasser. Schließlich hatte ihn ja niemand gezwungen, gestern Abend so viel zu trinken. Aber es war einfach unglaublich gemütlich gewesen, und Flemmings mitgebrachte Flasche Rotwein hatte Gesellschaft von erst einer, dann zwei und schließlich drei Flaschen aus Dans und Mariannes Vorrat bekommen. Zum ersten Mal seit Monaten hatten sie sich einen kleinen Rausch erlaubt, und nachdem Dan Flemming eine kurze Zusammenfassung des Ursula-Falls gegeben hatte, waren Ernsthaftigkeit und Arbeit vergessen. Platte Witze und der saftigste lokale Klatsch hatten die Oberhoheit über das Sofa übernommen, während die späten Abend- zu frühen Morgenstunden und die Weingläser immer fettiger wurden. Es war lange her, dass Dan so viel gelacht hatte. Konnte es sein, dass seine Bauchmuskeln nach der ungewohnten Anstrengung noch immer ein bisschen schmerzten? Flemming hatte ein Taxi zurück in sein gelbes Backsteinhaus in der Weststadt genommen, und Dan war so gut gelaunt, dass er vollkommen vergessen hatte, darauf zu achten, ob Mariannes Abschiedskuss ein bisschen länger dauerte oder nicht. Er hatte die Arme

um ihre Taille gelegt, als sie dem Taxi nachwinkten, und als es verschwunden war, hatte Marianne, bereits im Halbschlaf, sofort die Treppe erklommen.

Dan hatte den Abwasch von Hand erledigt, er wollte die nächtliche Ruhe nicht durch die Spülmaschine stören. Er wusch bestimmt nicht gern ab, aber während sein in Rotwein mariniertes Gehirn die Begebenheiten des Tages und die abendliche Unterhaltung Revue passieren ließ, genoss er es, allein in der gemütlichen Küche zu stehen. Von Minute zu Minute verwandelte sich das Chaos in Ordnung: Schmutzige Teller, Essensreste, Weinflecken und zerknüllte Servietten wurden beseitigt, Weingläser poliert, die Tischdecke in die Wäsche geworfen und eine saubere auf den Esstisch gelegt, die Kerzenhalter sorgfältig vom Wachs gereinigt, die Wasserschale aufgefüllt. Ach nein, er richtete sich auf. Die Wasserschale gab es ja nicht mehr. Sie war verschwunden, seit der alte Labrador der Familie eingeschläfert werden musste. Es war mehrere Monate her, aber Dans Unterbewusstsein hatte noch immer nicht akzeptiert, dass Luffe nicht mehr da war.

Mindestens einmal am Tag suchte er den korpulenten gelben Körper auf dem Sofa, bückte sich nach einem besonders geeigneten Ast im Park, griff nach einer Packung Hundekekse im Supermarkt, überprüfte automatisch mehrfach am Tag, ob eine schwarze Hundetüte in der Gesäßtasche steckte. Er hatte es mehrfach fertiggebracht, an der Garderobe unter den Mänteln der Familie nach der Hundeleine zu suchen und sich lautstark darüber zu beschweren, dass irgendjemand sie nicht an ihren Platz gehängt hatte.

Das einzig Vernünftige wäre selbstverständlich, sich einen neuen Hund anzuschaffen, darin waren sich alle einig; eigentlich konnte es nicht schnell genug gehen. Das Problem bestand nur darin, dass sie sich nicht auf eine Rasse einigen konnten.

Marianne wollte einen kleineren, etwas handlicheren Hund, den man auch hochheben konnte – und am liebsten einen, der nicht haarte. Sie wollte mit anderen Worten einen Pudel. Allerdings als Einzige. Rasmus war für einen Boxer, Laura begeisterte sich leidenschaftlich für eine französische Bulldogge und Dan … Ja, Dan sah überhaupt keine Veranlassung, die Rasse zu wechseln. Was war denn verkehrt an einem Labrador? Wenn es nach ihm ginge, sollte es ein gelber Rüde sein, der Luffe genannt wurde. Wieder. Denn in Wahrheit wollte Dan nicht nur einen Hund – er wollte Luffe wiederhaben.

Als er die Zeitung gelesen und seine Mails gecheckt hatte, leerte er die zweite Tasse Kaffee dieses Samstags und zog den Mantel an. Ein langes Tagesprogramm lag vor ihm. Der erste Tagesordnungspunkt führte ihn zum Internat, seiner Frau hatte er versprochen, Laura eine Tüte mit sauberer Wäsche mitzubringen. Auf dem Weg nach Egebjerg hörte er das Lieblingsalbum seiner Jugend, Bruce Springsteens *Born in the USA*. Er drehte die Lautstärke auf und schmetterte ein Duett mit dem Boss. Als die letzte Nummer endete, waren seine Kopfschmerzen verschwunden. Wenn das Marianne wüsste. Sie hasste Springsteen und meinte, seine Musik wäre etwas für pathetische Männer in mittleren Jahren, die nie das erreicht hätten, wovon sie geträumt hatten. Möglicherweise hatte sie recht, trotzdem war Dan der Ansicht, dass Springsteens Musik funktionierte. Natürlich gab es die schlichte Erklärung, dass er exakt zur Zielgruppe gehörte, aber darüber wollte er jetzt nicht allzu sehr nachdenken.

Er fuhr bis zum Ateliereingang und ließ den Wagen unverschlossen, als er hineinging. Der Raum summte vor Aktivität, als hätte jemand vergessen, die Schule darüber zu informieren, dass Wochenende war. Rund zehn Schüler arbeiteten an großen Pappstücken, die an flachen Holzskeletten befestigt wurden – eindeutig Kulissen für ein Theaterstück. Auf die Vorderseiten waren verschiedene Motive gemalt, eines zeigte die Ecke eines Kachelofens mit ein paar gestreiften Katzen in einem Korb, ein anderes ein Himmelbett, und auf einer dritten Tafel war die detaillierte Wiedergabe eines Rokokospringbrunnens zu sehen.

»Was wird denn gespielt?«, fragte er Ursula. »Holbergs *Jeppe vom Berge*?«

»Gut erkannt.« Sie lächelte. »Aber die Antwort lautet ja und nein. Diese Kulissen stehen auf der Bühne, wenn die Zuschauer hereinkommen. Wir spielen Holberg – bis wir von einigen Autonomen unterbrochen werden, dann verändert sich das Stück vollkommen. Es ist wirklich gelungen. Sie dürfen sich darauf freuen.« Sie blickte zu ihm auf. »Sie kommen doch am Dienstag, oder?«

»Ja, sicher«, beeilte er sich zu antworten und fluchte innerlich, weil er keine Ahnung hatte, dass die Abschlussvorstellung des jährlichen Gemeinschaftsprojekts schon so bald stattfand. Scheiße, wieso verfolgte er das Schulgeschehen nicht aufmerksamer. »Hej, Laura!«

»Hej, Pa!« Sie umarmte ihn lange. Keiner der beiden bemerkte, dass sie einen schmierigen, hellblauen Fleck auf dem teuren Hemd ihres Vaters hinterließ. »Was machst du hier?«

»Nur etwas holen. Ich fahre gleich wieder.« Er reichte ihr die Tüte mit der frischen Wäsche.

»Danke.« Sie schob die Tüte unter einen Tisch.

»Sie trinken doch eine Tasse Tee?«, erkundigte sich Ursula.

Dan schüttelte den Kopf. »Nein danke.« Er ging zur Tür, Ursula folgte ihm. An der Tür drehte er sich um und sah seine Tochter an. »Du willst nicht mit nach Hause?«

»Keine Zeit, Papa. Wir haben morgen und am Montag Generalprobe und das Bühnenbild ist noch längst nicht fertig. Grüß Mama … und Rasmus, wenn ihr ihn seht.«

»Werden wir vermutlich nicht, aber wenn das Wunder geschehen sollte, gern. …«

Der Kies knirschte unter ihren Füßen, als Dan und Ursula die hundert Meter vom Atelier zu ihrer Wohnung gingen. Es war heute etwas kühler, aber Schafe und Schwalben taten ihr Bestes, die frühlingshafte Stimmung vom letzten Mal heraufzubeschwören. Er warf seiner Klientin einen Blick zu. Sie war noch immer blass und das Lächeln drang nicht bis in ihre Augen, aber selbstmordgefährdet sah sie nicht aus. »Wie geht's Ihnen, Ursula?«

Sie blickte weiterhin geradeaus. »Ach, wissen Sie, es muss ja.«

»Ist Anemone noch hier?«

»Sie fährt am Freitag. Sie muss zu einer Vernissage.«

»In Berlin?«

Ursula nickte. »Ich glaube, im Grunde ist es ganz schön, wieder allein zu sein.« Sie blickte ihn kurz an. »Also nicht, dass ich nicht froh wäre, sie hier zu haben, aber …«

»Sie müssen sich nicht entschuldigen. Ich verstehe das voll und ganz. Ich habe auch Kinder.«

In einem ihrer Küchenschränke stand eine hohe, geblümte Schachtel mit einer voluminösen Goldschleife. »Den Whisky hat er von Gitte bekommen, unserer Schulleiterin, als er im Winter sämtliche Möbel in der Kantine lackiert hat.« Ihre Stimme war ausdruckslos, aber Dan registrierte, dass sie Jakobs Namen noch immer nicht laut aussprechen konnte. »Seine Fingerabdrücke müssen darauf sein. Ich erinnere mich genau, dass er sie aus der Schachtel genommen hat, um das Etikett zu lesen, bevor er sie wieder zurückstellte.«

»Sie haben die Flasche nicht angefasst?«

Sie schüttelte den Kopf. »Ich mag keinen Whisky.« Der Schatten eines Lächelns glitt über ihre Lippen. »Er übrigens auch nicht … Deshalb bin ich mir sicher, dass die Flasche seitdem nicht berührt wurde.«

»Und Anemone?«

»Sie trinkt nicht.«

»Ich hätte trotzdem gern auch die Fingerabdrücke von Ihnen und Ihrer Tochter. Wenn doch etwas …«

Sie zuckte die Achseln. »Mone?«, rief sie in Richtung Wohnzimmer, und einen Augenblick später tauchte ihre Tochter auf, im Bademantel und mit einem hellblauen Handtuch um den Kopf. Sie hob fragend eine Augenbraue. »Mone, Dan braucht unsere Fingerabdrücke.« Ursula holte zwei Glasteller aus einem Hängeschrank. »Was ist damit?« Sie hielt sie Dan vors Gesicht.

»Keine Ahnung. Ich weiß nicht, wie man Fingerabdrücke nimmt. Wird das nicht mit Stempelfarbe gemacht?«

Wieder zuckte Ursula die Achseln. Sie sprühte die beiden Teller mit Glasreiniger ein und polierte sie. Dann rieb sie ihre Hände sorgfältig mit einer Handcreme ein, ließ sie einen Moment einziehen und drückte nacheinander jeden einzelnen Finger auf den Tellerboden. Als sie fertig war, schob sie Anemone den anderen Teller zu, die es ihrer Mutter mit einem widerwilligen Gesichtsausdruck nachtat.

»War das alles?«, fragte die junge Frau, als auch sie ihre Abdrücke hinterlassen hatte. Dan nickte, und sie verschwand ohne ein weiteres Wort.

Ursula sah ihr nach und lächelte Dan an. »Kinder, was?«

Er erwiderte ihr Lächeln und dankte im Stillen dem Schicksal, dass seine Kinder der furchteinflößenden Anemone überhaupt nicht ähnelten. Dann packte er die Schachtel mit der Flasche und eine Tüte mit den Tellern ein und versprach Ursula, dass sie alles zurückbekäme. Er legte die Sachen in den Kofferraum und wandte sich Ursula zu, die neben ihm von einem Fuß auf den anderen trat.

»Ja?«, sagte er.

»Gibt es … Haben Sie schon irgendetwas Neues gehört?«

Dan schüttelte den Kopf. »Es ist noch zu früh für Ergebnisse, Ursula. Die Anzeige wurde erst gestern Nachmittag geschaltet.«

»Sie ist gut.«

»Danke.«

»Ich bin froh …« Sie senkte den Blick und räusperte sich. »Es ist gut, dass du – ich sage jetzt einfach mal du – seinen Namen in der Anzeige nicht erwähnst, finde ich.«

»Ursula …« Dan berührte sanft ihre Schulter. »Es ist nicht sein richtiger Name. Ganz bestimmt nicht.«

»Trotzdem. Wenn er es gesehen hat …« Ihre Stimme versagte.

»Wenn er es sieht, dann passiert nichts.« Dan öffnete die Wagentür. »Er nennt sich jetzt höchstwahrscheinlich anders. Und er wird garantiert nicht angelaufen kommen, um sich zu beschweren.« Er ließ das Seitenfenster hinunter. »Vertrau mir.«

Sie nickte, ohne ihn anzusehen. Als er den Wagen langsam aus der Einfahrt rollen ließ, sah er sie stehen – die Arme beschützend an die Brust gedrückt, die viel zu roten Haare flatterten ihr ums Gesicht. Sie sah plötzlich so klein aus.

10 Dan Sommerdahl klapperte nacheinander die Büros der Luftfahrtgesellschaften und der Autoverleiher ab, erst im neuen Terminal, dann im alten. Er zeigte die Fotos von Jakob Heurlin, betonte, dass er sich damals möglicherweise anders genannt habe, und erklärte in so wenigen Worten wie möglich, warum er den Mann suchte. Ohne Erfolg. Nirgendwo. Niemand konnte sich an den hübschen, blonden Mann erinnern.

»Haben Sie daran gedacht«, sagte eine große, uniformierte Frau bei Finnair, »dass der Mann vielleicht zwei Tickets gekauft hat – eins für den Ort, wo er offiziell hinwollte, und eins für sein tatsächliches Reiseziel?«

»Ja«, antwortete Dan. »Habe ich tatsächlich. Aber es war doch einen Versuch wert, oder? Ich meine, wenn er die Tickets vorher gekauft hat, dann vermutlich im Netz. Dann kann man ihn unmöglich finden, wenn ich nicht weiß, welchen Namen er benutzt hat.«

»Vielleicht gibt es jemanden in der Transithalle, der ihn gesehen hat?« Sie legte den Kopf ein wenig schräg und betrachtete noch einmal das Foto. »Er sieht nicht aus wie jemand, den man sofort vergisst.«

»In der Transithalle? Muss man dazu nicht einen Flugschein vorweisen und erst einmal durch den Check-in?«

»Wenn Sie einen Presseausweis haben, kommen Sie über das Flughafenbüro hinein.«

»Zu ärgerlich.«

»Tja, dann versuchen wir etwas anderes.« Die Frau tastete eine dreistellige Nummer in ein rotes Telefon und wechselte einige Worte mit jemandem. »Sie sind der kahlköpfige Detektiv, nicht wahr?«, sagte sie, als sie auflegte.

»Ja.« Es endete vermutlich damit, dass er sich selbst an diesen Spitznamen gewöhnte.

»Es kommt jemand von der Security, der Ihnen durch die Schleuse hilft.« Sie lächelte. »Gute Jagd!«

Der Security-Mann stellte sich als Anders vor und war offensichtlich ausgesprochen beeindruckt, dass ein Privatdetektiv seine Hilfe benötigte. Wie sich herausstellte, war die Prozedur ganz harmlos und keineswegs kompliziert. Name, Adresse. Führen Sie Scheren, Messer oder andere spitze Gegenstände mit sich? Eine rasche Kontrolle mit dem Metalldetektor, dann wurde Dan mit einem kleinen Gästeschild ausgestattet, mit dem er sich im Transitbereich jederzeit ausweisen konnte. Als er seine Verblüffung äußerte, lachte Anders. »Was, glauben Sie denn, machen die Verkäufer in den Läden oder die Angestellten der Restaurants? Sich einmal am Tag ein Ticket nach London kaufen?«

Na ja. So gesehen hatte der Mann ja recht. Dan hatte nur nie darüber nachgedacht.

Er ging in der Transithalle auf und ab, und plötzlich überkam ihn Urlaubsstimmung. Jetzt auf dem Weg nach Barcelona, Athen oder Los Angeles zu sein … Er bestellte sich einen doppelten Espresso für einen Betrag, für den er außerhalb dieser heiligen Hallen eine komplette Mahlzeit bekommen hätte, ließ seinen Blick durch die Halle schweifen, während er die letzten Tropfen schlürfte, und beschloss, im Duty-free-Shop zu beginnen. In der Herrenabteilung der Parfümerie konnte sich keine der perfekt gekleideten und intensiv duftenden Verkäuferinnen an den Mann auf dem Foto erinnern. Dan ging weiter. Damenparfüm, Schnaps, Süßigkeiten. Nichts. Er setzte die Recherche in der Halle fort: Modegeschäfte, Schuhläden, Dekorationsgegenstände, Delikatessen, Elektronik, CDs. Als er den großen Laden mit Büchern und Zeitschriften aus der ganzen Welt erreichte, hatte er es beinahe aufgegeben, trotzdem zeigte er das inzwischen ziemlich abgegriffene Bild einer kleinen, schmächtigen Blondine an der Kasse.

»Ja«, sagte sie, ohne zu zögern, und pustete sich eine lange Strähne aus den Augen. »Den habe ich gesehen.«

»Sind Sie sicher?«

»Kann es vor circa einer Woche gewesen sein?«

»Letzten Montag.«

»Wusste ich's doch.« Sie schaute noch einmal auf das Foto und gab es Dan zurück. »Ich kann mich daran erinnern, weil ich gerade aus dem Urlaub zurückgekommen war. Er fiel mir gleich auf, als er den Laden betrat; ich dachte noch, das ist aber ein sehr guter Anfang, gleich so einen wunderhübschen Mann zu sehen. Also, wenn alle Kunden so aussähen wie der – oder Sie, natürlich.« Sie lächelte flirtend.

Dan nickte zurückhaltend. »Können Sie sich erinnern, was er gekauft hat?«

Sie ging zu den Ständern mit den Reiseführern. »Er hat sehr lange hier drin geblättert«, sagte sie und zeigte auf einige dicke, englischsprachige Reiseführer.

»Sie erinnern sich nicht, für welches Land er sich interessierte?«

»Ich konnte ihm ja schlecht über die Schulter gucken, und er hat kein Buch gekauft.«

»Die Antwort lautet also nein?«

»Leider. Aber hiervon hat er eins genommen.« Sie ging ein paar Meter weiter und nahm ein britisches Magazin von der Dicke eines kleineren Telefonbuchs aus dem Regal. Es widmete sich Oldtimern. »Außerdem wollte er drei Päckchen Lakritz-Kaugummis.«

»Meine Güte, haben Sie ein gutes Gedächtnis!«

Ihre Wangen wurden dunkelrot. »Danke.«

Dan lächelte. »Sie können sich nicht zufällig daran erinnern, ob ihn jemand begleitete?«

»Er war allein. Ich hätte ihn doch nie so angestarrt, wenn er seine Frau oder eine Freundin dabeigehabt hätte.«

»Ich dachte eher an einen Mann.«

»Oh.« Sie runzelte die Stirn. »Meinen Sie, er war ... also er hat jedenfalls nicht so ausgesehen.«

»Sie missverstehen mich. Ich meine eher einen Kollegen oder einen guten Freund. Hat jemand auf ihn gewartet, während er in den Reiseführern blätterte und Kaugummi kaufte?«

Sie schüttelte energisch den Kopf. »Er war allein. Ganz sicher.«

Dan notierte sich ihren Namen. Sie hieß Pia und bestand darauf, ihm auch ihre Handynummer zu geben. Dan musste sich beherrschen, nicht allzu laut zu jubeln, als er das Geschäft verließ. Die erste Spur. Die erste Zeugin. Plötzlich war er voller Zuversicht. Er würde den Kerl finden und Ursulas Geld zurückholen. Er war so vertieft in seine Überlegungen, dass er beinahe umgestoßen wurde, als ein großer, schlaksiger Bursche im Overall in voller Fahrt seinen Weg kreuzte. Dan wich im letzten Moment aus und warf einen resignierten Blick auf den jungen Mann, der sich offensichtlich mental ganz woanders befand. Ein paar dünne weiße Kabel führten aus seiner Brusttasche unter die verfilzte Mähne, und Dan hätte einen Zwanziger gewettet, dass sie in einem Paar mikroskopisch kleiner Lautsprecher endeten, die man sich in die Ohren stopfen konnte. Er ließ den Blick über das Gesicht des großen Mannes gleiten, registrierte den fernen Blick in den hellblauen Augen und das schwarz angelaufene

Silberpiercing in der rechten Augenbraue, dann erkannte er ihn wieder.

»Benjamin!«

Der junge Mann glotzte ihn einen weiteren Augenblick ausdruckslos an, dann breitete sich ein großes Lächeln über sein blasses Gesicht aus. »Oh Mann, Dan!« Er riss die Ohrenstöpsel heraus und schaltete den MP3-Player ab. »Dan Sommerdahl! Ich freue mich, dich zu sehen!«

Benjamin Winther war in den ersten Kriminalfall verwickelt, mit dem Dan zu tun gehabt hatte. Er und seine Mutter hatten während der dramatischen Ereignisse eine Woche bei Dan und Marianne gewohnt, und auch danach hatten sie noch einige Wochen Kontakt gehabt. Doch dann war ihre Bekanntschaft, wie so oft bei derartigen Verbindungen, in denen die Beteiligten im Grunde keine Gemeinsamkeiten haben, im Sande verlaufen. Dan hatte Benjamin seit einer Begegnung im Januar nicht mehr gesehen. Es war ihm peinlich, als ihm bewusst wurde, dass er nicht einmal an ihn gedacht hatte. Trotzdem war es zu seiner großen Überraschung keine Lüge, als er antwortete: »Es ist viel zu lange her, Benjamin. Kommst du uns nicht bald mal wieder besuchen?«

»Sehr gern, danke.« Benjamin fingerte an seinem Piercing. »Habt ihr schon einen neuen Hund?«

»Noch nicht. Wir können uns nicht auf die Rasse einigen. Was machst du hier?«

Benjamin lächelte. »Ich wünschte, ich könnte sagen, ich bin auf dem Weg nach Gran Canaria, aber …« Er wies mit der Hand auf den blauen Overall und das Plastikschild. »Leider arbeite ich hier. Der langweiligste Job der Welt.«

»Was machst du?«

»Putzen, aufräumen, die Gepäckwagen zusammenschieben, zur Hand gehen halt, du weißt schon.«

Dan wusste es eigentlich nicht und beschloss sofort, dass er auch kein sonderlich großes Bedürfnis danach hatte, es zu erfahren. »Na, aber du bekommst hoffentlich Rabatt bei den Flugtickets, oder?«

»Na ja, schon.« Benjamin kniff die Augen zusammen. »Und was machst du hier?«

Dan deutete auf sein Gastschild. »Ich bin von Amts wegen hier.«

»Ein Werbekunde?«

»Nee, diesmal nicht. Ich suche einen Mann, der mit dem Vermögen einer Frau durchgebrannt ist. Den hier.« Er zog das Foto aus der Gesäßtasche und gab es Benjamin. »Du hast ihn nicht zufällig letzte Woche gesehen?«

Benjamin betrachtete das unscharfe Porträt sorgfältig und schüttelte den Kopf. »Leider nicht.« Dann lächelte er. »Du spielst also wieder den kahlköpfigen Detektiv«, stellte er fest und legte das Bild in Dans ausgestreckte Hand. »Hast du dein eigenes Detektivbüro eröffnet?«

»Aber nein.« Dan lachte. »Ich tue lediglich einer Lehrerin von Laura einen Gefallen.«

Benjamin richtete sich auf und wurde ernst. »Wohnt Laura wieder zu Hause?«

»Noch nicht. Aber in ein paar Monaten ist die Internatszeit vorbei, dann kommt sie zurück, um aufs Gymnasium zu gehen.«

Benjamin nickte. Er hatte die Hoffnung auf die hübsche Laura offenbar noch nicht ganz aufgegeben. Dan tat er aufrichtig leid. Der Mann hatte doch gar keine Chance. Ein Mädchen wie Laura würde sich niemals mit so jemandem begnügen.

»Was hältst du von einer Cola?«

»Nein danke. Eigentlich muss ich ja arbeiten.« Benjamin sah sich um. »Aber, Dan …«

»Ja?«

»Wenn du irgendwo von einem Job hörst, der interessanter ist als dieser, darfst du dich gern bei mir melden. Könnte ja auch sein, dass du mich für die eine oder andere Detektivarbeit gebrauchen kannst. Jemanden beschatten oder so, ich glaube, da bin ich ziemlich gut.«

Sie verabschiedeten sich, und auf dem Weg zu seinem Auto zermarterte Dan sich den Kopf, doch er kannte niemanden, der für jemanden wie Benjamin Verwendung hatte. Das Problem bestand einfach darin, dass der junge Mann Mitte zwanzig war und keinerlei Ausbildung hatte. Nicht einmal zum Abitur oder auch nur zu einer Form von autodidaktischem Spezialwissen hatte er es gebracht, da war es schwer, einen sinnvolleren Job zu finden als putzen und Gepäckwagen herumschieben. Auch wenn man ein netter und hilfsbereiter Bursche war, der einen weitaus schwereren Start ins Leben gehabt hatte als die meisten anderen Menschen.

MONTAG, 26. MÄRZ 2007, NACHMITTAGS

11 Dan lieferte die Flasche und die beiden Teller ab. Als er Flemming erklärte, wie Ursula, ohne zu zögern, ihre eigene – und wohlgemerkt brauchbare – Methode entwickelt hatte, Fingerabdrücke zu nehmen, schüttelte der Kommissar lächelnd den Kopf. »Unglaublich, wie viele Leute C.S.I. im Fernsehen sehen! Eigentlich müsste man sich wundern, dass es noch immer irgendwelche armen Hunde gibt, die noch *nichts* von DNA-Spuren oder Fingerabdrücken gehört haben. Aber zum Glück sind die Trottel noch in der Überzahl.« Er steckte alle drei Gegenstände in einen eigenen Umschlag, füllte ein paar Formulare aus und schickte alles in die kriminaltechnische Abteilung. »Möchtest du eine Tasse Kaffee?«

»Nein danke. Ich muss nach Hause. Hast du schon etwas von dem Nummernschild gehört?«

Flemming nickte. »Die Nummernschilder wurden im Oktober auf Amager gestohlen, und ich vermute, dass der Lieferwagen ebenfalls geklaut ist. Gib mir die Rahmen- und Motornummer, dann prüf ich es weiter. Wenn der Wagen aus der gleichen Gegend stammt, könnten wir zumindest annehmen, dass er sich dort aufgehalten hat. Als Jakob Heurlin steht niemand in den Registern, zu denen wir Zugang haben.«

»Hm. Hoffen wir auf die Fingerabdrücke.«

»Schraub deine Erwartungen nicht zu hoch.«

»Bis bald.«

»Bis bald. Und Grüße!«

In Dans Postfach befanden sich drei E-Mails: eine von einem Kunden und zwei von unbekannten Absendern, beide mit Hotmail-Adressen. Dan beantwortete zuerst die Mail, die etwas mit seiner eigentlichen Arbeit zu tun hatte, bevor er die beiden anderen öffnete. Die erste Mail stammte von einer Frau, die mit Irene unterschrieben hatte. Sie glaubte, den Mann aus der Anzeige wiedererkannt zu haben, und bat um umgehenden Anruf.

Dans Adrenalinniveau war im roten Bereich, als er ihre Telefonnummer eingab, und stürzte erst ab, als die Frau zum zweiten Mal fragte, was sie gewonnen hätte. Ihm wurde klar, dass Irene glaubte, es handele sich um eine Teaserkampagne für einen neuen Film und der Mann auf dem Foto sei Matt Damon. Es gelang ihm, nicht zu lachen, während er ihr behutsam die grausame Wahrheit erklärte. Der Mann, den er suchte, war zehn Jahre jünger als der amerikanische Schauspieler, deutlich schmächtiger gebaut und sprach fließend Dänisch. Gar nicht davon zu reden, dass er tatsächlich dort draußen in der Realität existierte. Irene klang beleidigt, als sie das Telefonat beendete.

Mit bangen Ahnungen öffnete er die zweite unbekannte Mail. Sie las sich anders:

Von: lli@hotmail.com
An: dan@sommerdahl.dk
Gesendet: Montag, 26.03.2007, 14:06
Betreff: Joachim Heinsen
Anlagen: IMG_00347.jpg
Lieber Dan Sommerdahl,
ich habe Ihre Anzeige auf firstdate.dk gesehen, und ich glaube, ich habe den jungen Mann auf dem Foto wiedererkannt. Haarfarbe und Frisur sind anders, aber ich habe einmal einen kurzen

Blick auf seine Tätowierung werfen können, und sie sieht absolut identisch aus. Er heißt Joachim Heinsen, war mit meiner Nachbarin verheiratet, wurde aber plötzlich sehr krank, unheilbar, hieß es. Er verschwand im letzten Herbst spurlos, und ich fürchte, dass er jetzt tot ist. Daher war ich schockiert, als ich diese Suchanzeige sah – wenn er es ist. Ich habe das einzige Foto angehängt, das ich von Joachim finden konnte. Wenn Sie auch meinen, dass es ihm ähnlich sieht, würde ich gern so schnell wie möglich mit Ihnen reden.
Mit freundlichen Grüßen Liselotte Ingdal

Dan klickte zweimal auf die angehängte Bilddatei, und Jakob Heurlins Gesicht füllte den Bildschirm aus. Das Foto war sehr unscharf, zeigte aber unverkennbar ihn. Sein Gesicht war blasser und wirkte dünner, das Haar erheblich länger als auf den Fotos, die Laura besorgt hatte. Es hatte auch einen dunkleren Ton. Doch der schmale, markante Nasenrücken, die hohen Wangenknochen, die Körperhaltung ... Es war Jakob, der sich in einer dunkelgrauen, etwas bauschigen Jacke und einem weißen Hemd über eine zierliche Frau mit nussbraunen Augen und einem kleinen kuppelförmigen Rokokobouquet zwischen den Händen beugte. Sie hatte eine pinkfarbene Dahlie im Haar und legte den Kopf zurück, sodass sie ihren Mann anlächeln konnte. Tränen glänzten in ihren Augen. Die beiden sahen aus wie ein ganz traditionelles Brautpaar. Abgesehen von einem Detail: dem Altersunterschied. Der Bräutigam war um die dreißig, die Braut mindestens doppelt so alt.

Dan klickte mit der rechten Maustaste auf ›Eigenschaften‹. Die Datei war am 11. September des Vorjahrs auf einen Computer überspielt worden, wahrscheinlich von einer Kamera. Das heißt, die Hochzeit musste vorher stattgefunden haben, wahrscheinlich nicht allzu lange vorher. Der sogenannte Joachim Heinsen verschwand im Herbst. Dan schaute in seine Notizen. Jakob war zum ersten Mal am 26. Oktober im Internat von Egebjerg aufgetaucht, sechs, sieben Wochen nach Joachims stimmungsvoller Heirat und dem offenbar recht ergreifenden Krankenlager. Das passte tatsächlich unglaublich gut zusammen. Jakob Heurlin und Joachim Heinsen hatten ganz offensichtlich mehr als die Initialen gemeinsam.

Dan rief die Nummer an, die Liselotte Ingdal angegeben hatte. Das Telefon wurde sofort abgehoben, als hätte sie mit der Hand am Hörer gesessen. Ihre Stimme war freundlich, entschieden, ein wenig unpersönlich. Sie verabredeten sich für den nächsten Vormittag bei ihr zu Hause. »Dann können Sie sich auch das Haus ansehen, in dem Birgitte und Joachim wohnten. Wir dürfen ruhig einen Blick über die Hecke werfen, ohne die neuen Eigentümer zu belästigen.«

»Wohnten? Ist sie ebenfalls ausgezogen?«

Die Pause dauerte lediglich eine Sekunde. »Oh«, sagte sie dann, leicht verwirrt. »Das hatte ich ja noch gar nicht gesagt, Birgitte ist tot.«

»War sie so verzweifelt darüber, verlassen worden zu sein, dass sie …?«

»Wieso verlassen?«, unterbrach Liselotte Ingdal. »Joachim hat sie nicht verlassen.«

»Aber wie …?«

»Warum sollte er sie verlassen? Der arme Mann liebte sie ja bis zum Tode. Buchstäblich! Nein, es war eher umgekehrt.«

»Jetzt bin ich es, der verwirrt ist.«

»Birgitte und Joachim heirateten, als sie erfuhren, wie krank er war. Er hatte keine Familie und wollte sichergehen, dass ihr sein Erbe zufiel – ohne allzu viel Erbschaftssteuer zahlen zu müssen. Selbstverständlich liebten sie sich.«

»Selbstverständlich.«

»Als Joachim noch kränker wurde und sie einsehen mussten, dass er sterben würde, da ...« Liselotte versagte die Stimme, sie musste sich räuspern. »Entschuldigen Sie. Es ist noch immer so ... Nun, als er so krank geworden war, beschlossen er und Birgitte, zusammen zu sterben; eine Art Selbstmordpakt, wenn Sie so wollen. Sie nahmen starke schmerzstillende Mittel, die Joachim aus dem Krankenhaus besorgt hatte, als sie aufgaben.«

»Hatte er Krebs?«

»Einen Hirntumor.« Sie schwieg.

Nachdem er eine Weile einem leisen elektronischen Sausen zugehört hatte, fragte Dan: »Hallo? Sind Sie noch da?«

»Äh, ja, Entschuldigung.«

»Warum entschuldigen Sie sich ständig?«

»Entschuldigung. Ich meine ...«

»Was ist dann passiert? Führten sie den Selbstmord durch?«

»Nur Birgitte starb. Joachim wurde rechtzeitig gefunden.« Sie schniefte. »Leider, hätte ich beinahe gesagt. Es war fürchterlich für ihn. Seine geliebte Frau zu verlieren, wenn man selbst sterben muss.«

»Was hat er getan?«

»Nach dem Begräbnis verschwand er. Niemand weiß, wohin er gegangen ist. Vielleicht in ein Hospiz, er war ja so verzweifelt, der arme, arme Mann. Jedenfalls hat sein Anwalt das Haus mit sämtlichem Inventar verkauft.«

»Können Sie sich erinnern, wann das war? Also Birgittes Tod, das Begräbnis, Joachims Verschwinden?«

»Die Beerdigung fand am 12. Oktober statt, das weiß ich noch. Und Joachim war bereits am selben Abend verschwunden.«

Ja, dachte Dan. So muss es gewesen sein. Als Joachim Heinsen seine Rolle als Birgittes untröstlicher Witwer ausgespielt hatte, war er in eine andere Stadt verschwunden. Er ließ sich sofort die Haare schneiden und bleichen, vielleicht hat er auch die Farbeimer mit den hübschen, neuen Etiketten versehen und sich die richtigen Klamotten ausgesucht. Möglicherweise hat er sich ein gutes Abendessen gegönnt, eine Massage, einen Drink oder zwei … Seine Ehefrau hatte man wenige Stunden vorher begraben, und Joachim beschäftigte sich bereits mit den Vorbereitungen dafür, die Rolle des Jakob Heurlin zu spielen, die Antwort auf Ursula Olesens intimste Träume.

12

Das Leben als Jakob Heurlin war vorbei. Und nicht lange davor hatte er sich von dem anstrengenden Dasein als sterbender Joachim Heinsen verabschiedet. Jay lehnte sich im Liegestuhl zurück und schloss die Augen; er schwitzte die geliehenen Identitäten aus, spürte, wie sie in der brütenden Hitze verdampften. Die Uhr zeigte an diesem Vormittag nicht einmal zehn, doch die Temperatur näherte sich bereits dreißig Grad. Er fühlte sich träge, hatte in der letzten Woche nichts anderes getan, als zu schlafen, zu essen und Sonnenbäder zu nehmen. Aber hatte er es nicht auch verdient? Zwei große Jobs direkt hintereinander; ein Nettoverdienst von knapp zwölf Millionen Kronen, wenn Käs' Anteil ausgezahlt war. Ein recht anständiges Jahresgehalt, fand er. Zudem steuerfrei. Ein Lächeln glitt über Jays Gesicht; ein kurzes Glücksgefühl, bevor seine Muskeln sich wieder entspannten. So lustig war es andererseits auch wieder nicht. Jay ging die Art und Weise, wie er sein Geld verdiente, durchaus nahe. Sehr sogar. Er war schließlich nicht aus Stein, und einigen seiner Opfer gelang es tatsächlich, ihm während der Arbeit näher zu kommen, als ihm lieb war. Wenn es so weit kam, musste er sehen, wie er sich daraus wieder lösen konnte. So war es auch mit seiner letzten Eroberung gewesen, dieser hennafarbenen Kunstlehrerin aus Egebjerg. Er wusste, dass er sich den Rest seines Lebens den Anblick von Ursula würde in Erinnerung rufen können, als sie ihm zum Abschied winkte und vergeblich versuchte, ihre Tränen zu verbergen.

Ihre Vorgängerin loszuwerden, war dagegen eine ungemeine Erleichterung gewesen. Birgitte Johns hatte eigentlich einen vielversprechenden Eindruck gemacht; sie schien eine zu sein, mit der es ein Vergnügen sein würde, eine gewisse Zeit zu verbringen. Es war erst drei Monate her, seit er sie zum ersten Mal getroffen hatte. Ihre Daten hatte Jay aus seiner üblichen Quelle, und er hatte sie wie immer gut genutzt. Seit seinem letzten Betrug waren fast drei Monate verstrichen, eine lange Pause, und er hatte sich wirklich gefreut, wieder zu arbeiten, als er an seinem Laptop saß und überlegte, wie er am besten mit der einundsechzigjährigen Witwe in Kontakt treten konnte. Er hatte Käs' Bericht und das beigefügte Foto studiert, wo auch immer der Mann es herhaben mochte. Die Sache sah gut aus. Laut Käs' Notizen war Birgitte Johns über dreißig Jahre mit einem neuseeländischen Ingenieur verheiratet gewesen, der bei seinem Tod vor vier, fünf Jahren ein mehr als stattliches Vermögen hinterlassen hatte. Sie hatte eine Ausbildung als Büroangestellte absolviert, war aber während ihrer langen, kinderlosen Ehe Hausfrau geblieben. Sie wohnte in einem bescheidenen roten Backsteinbungalow im Kopenhagener Vorort Valby. Birgitte war eine gepflegte, gut erhaltene Dame, die auf ihre Haut achtete, sich die Haare färbte und zweimal in der Woche zur Gymnastik ging. Jay hatte mit anderen Worten die begründete Hoffnung, den rein physischen Teil seiner Aufgabe ohne große Probleme absolvieren zu können, möglicherweise sogar ohne pharmakologische Hilfe. Aber wie sollte er sich seinem Opfer nähern? Birgitte hatte keine Arbeit, ging nicht in Bars, unternahm nie Gruppenreisen und die Gymnastikgruppe war nur für Frauen. In den Unterlagen fand sich nichts, also beschloss Jay, sie diskret zu beobachten, bis er den richtigen Angriffswinkel gefunden hatte.

Bereits am zweiten Tag hatte er Erfolg. Von seinem Aussichtsposten in dem geliehenen japanischen Fließheckmodell beobachtete er, dass Birgitte mehrfach am Tag ihre beiden Rassekatzen zu sich rief; schlanke, elegante Wesen mit glitzernden Halsbändern und riesigen, beinahe durchsichtigen Ohren. Wenn sie vor dem Haus mit dem Postboten, einer vorbeigehenden Bekannten oder der Nachbarin sprach, sah sie ihnen nie in die Augen, sondern suchte mit ihrem Blick ständig den Garten ab, unter den Büschen, entlang der Hecke, hinter den Gartenmöbeln. Sie schien erst zur Ruhe zu kommen, wenn die beiden Katzen in Sichtweite waren; als kämpfe sie mit einer gewaltigen Angst, dass ihnen etwas zustoßen könnte. Als würde sie es zutiefst bereuen, die Tiere je aus dem sicheren Gefängnis des Hauses herausgelassen zu haben.

Die beiden Katzen sahen eigenartig aus, fand Jay. Es handelte sich um Abessinier, hatte er herausgefunden, als er am Abend ein Bild der Rasse im Netz fand. Eine alte äthiopische Rasse. Wildfarben, was immer das auch bedeuten mochte. Typisch, dass Käs Birgittes Leidenschaft für Katzen in seinem Dossier nicht aufgeführt hatte. Jay musste es ihm sagen, wenn sie sich das nächste Mal sahen. Genau so etwas brauchte er schließlich. Aber dafür hatte der alte Muffkopp vermutlich zu wenig Fantasie.

Die nächsten Tage hatte Jay damit verbracht, alles über Rassekatzen zu lesen, vor allem natürlich über Abessinier. Er hatte sich auch einen passenden Namen ausgesucht: Joachim war ausreichend royal, um bei einer kleinbürgerlichen Hausfrau aus Valby Eindruck zu schinden. Und Heinsen? Na ja, es klang gut, außerdem hatte der Name den korrekten Anfangsbuchstaben. Man muss an seinen Prinzipien festhalten, dadurch wurde alles überschaubarer, dachte er. Käs war dabei, die gefälschten Papiere zu beschaffen – Pass, Taufschein, Führerschein und Kreditkarte –, außerdem hatte er einen Leihwagen bestellt, einen VW Golf, silbermetallic, vorzeigbar, neutral. Jay wählte seinen Beruf gewöhnlich mit großer Umsicht. Es sollte interessant klingen, gleichzeitig aber auch langweilig – interessant genug, um Birgittes Neugier zu wecken, und so solide, dass sie ihn nicht für einen Nassauer hielt. Außerdem durfte es kein Job sein, für den sie allzu großes Interesse entwickelte. Es bedeutete jedes Mal unglaublich viel Arbeit, um Büros, Kollegen und den ganzen Background zu beschaffen. Schließlich entschied er sich, ein selbstständiger Architekt zu sein, der zurzeit für ein geheimes Projekt der Landesverteidigung arbeitete. Das klang gut, signalisierte aber sofort, dass keine neugierigen Fragen gestellt werden sollten. Er bestellte ein paar einfache Visitenkarten mit Name, Titel und der Nummer seines Mobiltelefons, und er besorgte sich ein anspruchsvolles Architekturprogramm für sein Laptop, das sehr überzeugend aussah, sollte sie ihm irgendwann einmal über die Schulter sehen.

Es fehlte noch das, was Birgitte Johns zum Anbeißen bewegen könnte. Möglicherweise war sie beeindruckt von einem an der Akademie ausgebildeten Architekten mit vertraulichen Aufgaben, aber deshalb war sie noch nicht verliebt. Jay hatte inzwischen viele Jahre Erfahrung in dieser hoch spezialisierten Branche, er wusste, dass das große Geld nur mit Liebe zu holen war. Was Naivität und Generosität anging, konnte sich nichts mit einer liebeskranken, gut abgelagerten Frau messen.

Mit anderen Worten, hier mussten andere Mittel her. Eine Stunde Recherche auf seinem Laptop lieferte ihm die Informationen, die er brauchte; und zehn Minuten Arbeit in einem gewöhnlichen Textverarbeitungsprogramm reichte für den Rest. Auf dem Fotokopierer der örtlichen Bibliothek erstellte Jay fünfzig Exemplare eines pastellfarbenen DIN-A5-Blatts mit dem mahnenden Text:

SICHERE KATZE – GLÜCKLICHE KATZE. *Sind Sie Katzenbesitzer? Und darf Ihre Katze ihre Freiheit draußen genießen? Dann kennen Sie sicher die Angst, dass Ihrem Lieblingstier etwas zustoßen könnte. Gibt es zum Beispiel eine viel befahrene Straße in einem Radius von wenigen Kilometern, ist Ihre Sorge durchaus begründet. Jedes Jahr werden Tausende zahmer Katzen überfahren. CatSafe hat die Lösung. Ein einfaches Sicherheitssystem lässt Ihre Katze im Garten bleiben – völlig ungefährlich, nahezu unsichtbar und ohne Unannehmlichkeiten für Mensch und Tier. Rufen Sie die angegebene Nummer an und bestellen Sie eine persönliche Bedarfsanalyse bei Ihnen daheim. Vollkommen unverbindlich. Mit freundlichen Grüßen Joachim Heinsen, Architekt, Mitglied des Architektenverbands.*

Rund um den Text lief eine Bordüre mit Katzensilhouetten, und unter seinem Namen hatte Jay den Abdruck einer Katzenpfote einkopiert. Totaler Scheiß, aber es wird funktionieren, dachte er. Er verteilte die Flugblätter an alle Häuser in der Umgebung Birgittes, damit sie keinen Verdacht schöpfte. Dann besorgte er sich eine echte Broschüre der englischen Firma CatSafe, kopierte sie in ordentlicher Farbqualität und legte sie in eine Mappe mit Block, Stift und Visitenkarte. Das klassische Verkäuferset.

Zuletzt investierte er in eine neue Garderobe. Ein paar helle, leichte Anzüge, zehn Hemden – fünf weiße, fünf in gedeckten Farben – und ein paar hübsche, diskret gemusterte Krawatten. Frauen in Birgittes Generation und sozialer Schicht waren noch immer der Ansicht, dass Jeans und karierte Hemden ein Zeichen von manueller Arbeit seien. Und da eine wesentliche Ursache für Jays einzigartigen Erfolg als Betrüger darin bestand, den Vorurteilen seiner Opfer immer zuvorzukommen, fiel sein Entschluss nicht schwer: weg mit seinen Lieblingssachen. Zusammen mit einer Reihe anderer persönlicher Habseligkeiten kamen sie in einen Koffer, der aus vielerlei Gründen nicht in das Bild von Joachim Heinsen, Mitglied des Architektenverbands, passte. Den Koffer stellte er in das Einzelzimmer, das er in einem anonymen Hotel an der Sjællandsbro bezogen hatte. Es war ihm wichtig, eine neutrale Basis zu haben, wenn er seiner Tätigkeit nachging; einen Ort, wo er allein sein konnte, sich mit Käs traf, das Haar färbte, seine Geschäfte regelte und sein inneres Pornokino mit Bildern eigener Wahl versorgte. Außerdem war es vernünftig, einen Ort zu haben, an den er sich zurückziehen konnte, wenn er ›arbeitete‹. Denn schon bald sollte sich zeigen, dass das Bedürfnis, sich zurückzuziehen, auf dieser Mission besonders groß war. Birgitte Johns war bis zu ihrem Todestag eine der Frauen gewesen, die sich nur in kleinen Dosen ertragen ließen.

JUNI 2006

13

Sie hatte angebissen. Natürlich. Bereits bei ihrer ersten Begegnung, bei der Jay mit ihr die Broschüre durchgegangen war, ihren Garten vermessen, ihren Sherry getrunken und ihre teuren Katzen bewundert hatte, war sie ihm verfallen. Er hatte es spüren können. Aber durch seine gut entwickelten Antennen wusste er auch, dass es klug wäre, bei diesem Opfer langsam vorzugehen. Birgitte Johns war eine Dame, die Wert auf Umgangsformen legte; sollte sie den Eindruck von Respektlosigkeit oder vulgärem Auftreten haben, würde sie den Kontakt umgehend abbrechen. Vordergründig war sie ebenso reserviert wie ihre geliebten Haustiere. Er beließ es deshalb bei dieser Gelegenheit dabei, als höflicher, subtil flirtender Verkäufer aufzutreten.

Für dieselbe Attitüde entschied er sich bei ihrem zweiten Treffen, bei dem er ihr ein maßgeschneidertes Angebot für die Installation von CatSafe vorlegte, ein aufwendiges Einzäunungssystem, das auf einer unsichtbaren Präzisionsbarriere aus hochfrequenten Geräuschen basierte. Es würde nicht billig werden, also brauchte es noch ein Glas Sherry, noch einen Annäherungsversuch an die abweisenden Katzen und noch eine Portion höfischen Flirts, wie es sich zwischen einem jüngeren, unerfahrenen Mann und einer welterfahrenen Dame wie Frau Johns gehörte. Er registrierte, wie sie langsam weich wurde, und sie ergab sich vollends, als er eine kleine Digitalkamera hervorholte und fragte, ob er ein paar Fotos von ihren wunderbaren Tieren machen dürfe.

Als er aus der Tür trat, kam ihnen auf dem Gartenweg eine zierliche Dame, die Anfang vierzig sein mochte, mit einer foliendeckten Plastikschale in den Händen entgegen.

»Liselotte!«, rief Birgitte Johns. »Liebes, du kommst schon mit dem Essen? Ach, du bist ein Engel!« Ihre Worte klangen wie ein Vorwurf.

»Oh, entschuldige …« Die Frau, die Liselotte hieß, sah verwirrt aus. Ein wenig linkisch blieb sie ein paar Schritte vor Birgittes Haustür stehen. »Ich wollte nur …« Sie sah Jay an. »Ich wusste nicht, dass du Besuch hast.«

»Joachim, das ist meine Nachbarin Liselotte Ingdal und das ist Architekt Joachim Heinsen, Liselotte. Er verkauft unsichtbare Katzenzäune.«

Liselotte wackelte mit einem Ellenbogen. »Ich freue mich, entschuldigen Sie, dass ich Ihnen nicht die Hand geben kann.«

Birgitte nahm ihr die Schale ab. »Gib sie mir, Liebes.« Sie hob das Silberpapier ein wenig an. »Kann man es direkt aufwärmen?«

Liselotte ließ Jays Hand los und nickte. »Wir müssen nicht einmal fünf Minuten Pause machen«, sagte sie.

»Zweimal in der Woche haben wir einen Damenabend«, erklärte Birgitte. »Wir sind vier alleinstehende Mädchen.« Sie lächelte kokett. »Dann sehen wir uns ein Video an und … Ach, was rede ich!« Sie kicherte, ausgesprochen unschicklich. Zum Abschied nickte sie Jay zu und ging mit der abgedeckten Schale in die Küche.

Damenabend? Alleinstehende Mädchen? Um Himmels willen, dachte Jay und konnte endlich sein angestrengtes Lächeln einstellen. Er ging zum Golf und blickte Liselottes Rücken nach, als sie zurück zu ihrem Haus ging. Hübsche Gestalt, aber unglaublich entmutigende Kleidung: marineblaue Hose, beige Bluse, eine zarte Goldkette mit einem kleinen Herzen. Eine Pagenfrisur mit unbestimmbarer Haarfarbe, nicht ein Hauch Make-up. Nicht verwunderlich, dass Liselotte nicht verheiratet war.

Beim dritten Mal ging er direkter vor. Er erschien eine Woche später unangemeldet und überreichte Birgitte einen Stapel Papierabzüge der Katzenfotos. Wie erwartet, verlor sie jede Form von Anstand. Mehrfach legte sie ihm ihre Hand mit den langen, rot lackierten Fingernägeln auf den Arm, und wenn sie lachte, beugte sie sich etwas zu ihm vor, sodass er den Duft ihres Parfüms riechen konnte. Als sie ihn hinausbegleitete, spürte er plötzlich, dass der Augenblick gekommen war. Er trat auf die Treppe und drehte sich abrupt um.

»Nein, ich muss Sie noch etwas fragen«, sagte er ernst, »etwas Persönliches.« Sie sahen sich direkt ins Gesicht, eine natürliche und nicht unerwartete Folge seines Manövers auf der Treppe. »Und du darfst nicht böse werden …« Er hatte zwei Finger an den Kragen ihrer Bluse gelegt. »Ja?« Er hatte die Schlafzimmeraugen aufgesetzt.

Sie sagte nichts, schüttelte nur leicht den Kopf und starrte in seine Pupillen, hypnotisiert.

»Du bist so …« Er wandte einen Moment den Blick ab – lange genug, dass sie eine merkwürdige Leere verspürte –, dann sah er ihr wieder direkt ins Gesicht. Timing, Timing, Timing. Er konnte die Erregung in ihren sorgfältig arrangierten Zügen sehen, er spürte, dass die letzten Bollwerke ihrer Verteidigung wie Mikado-Stäbchen in sich zusammenfielen. »Willst du … darf ich …« Seine Finger streiften ihre Brust, als er seine Hand zurückzog. Sie zuckte zusammen, sagte aber nichts. »Birgitte, ich«, stammelte er dann. Als sie in seine Arme glitt und ihren Mund an seinem öffnete, wunderte er sich wie immer, wie leicht es ging. Sie schmeckte ein wenig nach Sherry und Lippenstift. Nicht direkt unangenehm, wenn die ersten Sekunden überstanden waren. Jay spürte, dass sie bebte und nur noch flach atmete; einen Moment hatte er Angst, dass die Frau mit einem Herzschlag zu Boden sank, bevor er überhaupt angefangen hatte. »Komm«, sagte er und schob sie leicht vor sich her in den Flur. »Komm mit ins Wohnzimmer.«

14 Schon nach wenigen Wochen wusste er, dass er sich harte Arbeit aufgebürdet hatte. Wie sich schon bald herausstellte, war Birgitte Johns ein unangenehmer Mensch: borniert, rechthaberisch, verurteilend. Jay konnte nur mit Mühe die verliebte Fassade aufrechterhalten, wenn sie mit einem kleinen angestrengten Lächeln dem Rest der Menschheit ihre boshaften Kommentare mit auf den Weg gab – den Nachbarn, Einwanderern, Verkehrsteilnehmern und den Frauen in der Gymnastikgruppe. Im Grunde gab es nur vier Wesen, die nach Birgittes Ansicht über jede Kritik erhaben waren: Joachim, die Katzen und sie selbst. Gleichzeitig forderte sie einen stetigen Strom von Bestätigungen, Schmeicheleien und Zustimmung. Und Jay, der eigentlich genau darin Weltmeister war, spürte, dass er sich wesentlich mehr anstrengen musste, als ihm guttat. Unmittelbar unter der obersten Schicht war diese sanfte, schöne Frau ein hässliches, bitteres Biest.

Jay hatte sein Opfer falsch eingeschätzt, und das war ihm noch nie passiert – jedenfalls nicht so fatal. Er hatte gedacht, der Sex würde Birgitte so süchtig werden lassen, dass die Kontovollmacht nahezu von allein gewährt würde. So war es normalerweise. Das alte Sprichwort von stillen Wassern, die tief sind, war selten ganz falsch. Abgesehen von Birgittes Fall. Das Geschlechtliche interessierte sie nur peripher, nachdem das erste Erstaunen sich gelegt hatte. Wenn seine gesamte Strategie darauf basierte, was sich in ihrem Unterleib abspielte, würde sein Projekt fehlschlagen. Und Jay hasste es zu verlieren. Vielleicht war es in Wahrheit ja auch sehr gut, dass er sich etwas anderes überlegen musste. Birgitte war sexuell längst nicht so stimulierend, wie er sie im ersten Moment eingeschätzt hatte. Sie war gut erhalten, ja, aber inspirierend war sie wahrhaftig nicht. Bisweilen fiel es ihm schwer, das zu leisten, was er eigentlich von sich erwarten durfte. Die Lösung dieses Problems hieß Viagra, im Internet gekauft und an die Adresse des Hotels geliefert. Richtig dosiert war es eine unschätzbare Unterstützung, aber was half es, wenn der Frau Sex mehr oder weniger egal war?

Bereits nach einem Monat veranstaltete er im Hotelzimmer ein Krisentreffen mit sich selbst. Auf der Tagesordnung stand nur ein Punkt: *Was zum Henker mache ich jetzt?* Er sah zwei Möglichkeiten. Entweder er fand eine neue Strategie, oder er gab das Ganze auf, fuhr in sein privates Paradies und beauftragte Käs, ein neues Opfer zu finden. Der Gedanke, Birgitte zu verlassen, war bestrickend, und Jay spürte die Versuchung. Er wusste, wie spannend Vorbereitungen und Auftakt einer neuen Aufgabe waren; er wusste aber auch, dass es ebenso anstrengend war, eine Mission bis zum bitteren Ende durchzuführen. Und in diesem Fall konnten die noch verbleibenden Monate verdammt lang werden. Auf der anderen Seite war der zu erwartende Gewinn hoch. Er schaute noch einmal in die Unterlagen. Zog er fünfzehn Prozent für Käs ab, gab es knapp fünf Millionen Kronen zu holen, wenn das Haus und die Wertpapiere verkauft waren. Das war nicht zu knapp … Und er hatte bereits einige Energie und Geld in das Projekt investiert, den Einsatz wollte er natürlich wieder herausbekommen. Außerdem musste er im Stillen zugeben, dass er mehr und mehr zu der Ansicht kam, dass Birgitte die Behandlung verdiente, die er ihr zugedacht hatte. Dieses dumme, frigide Weibsstück.

Jay zündete sich einen Joint an, legte die Füße auf die Fensterbank und betrachtete die Autoschlange zur Sjællandsbro, während er nachdachte. Sex war ausgeschlossen. Ja, sicher musste diese Frau regelmäßig gevögelt werden – Hauptsache, sie glaubte, dass er es gern tat –, aber das war nicht der Schlüssel zu ihrem Vermögen. Er musste ein anderes Bedürfnis finden, das er decken konnte. Was mochte sie? Oder besser: Was liebte sie? Die Antwort kam ebenso schnell wie damals, als er sich während der Planung dieselbe Frage gestellt hatte: die Katzen. Die Scheißkatzen. Aber er konnte sich schließlich nicht in eine Katze verwandeln. Vielleicht sollte er ein bisschen um die Ecke denken. Jay nahm einen tiefen Zug und pustete den dichten, weißen Rauch langsam in Richtung Fenster, das einen Spalt offen stand. Welches Bedürfnis befriedigte Birgitte, wenn sie ihre Katzen herzte, mit ihnen kuschelte und in Babysprache redete? An und für sich war es einleuchtend. Aber sich in ein Kind zu verwandeln, war ebenso schwer wie …

Er stand auf und ging auf dem beigefarbenen Teppichboden auf und ab, während der Rauch den Raum erfüllte und er sein Gehirn im zweiten Gang arbeiten ließ. Ein anderes Bewusstseinsniveau, bei dem Gedanken und Assoziationen freier flossen. Seine Fähigkeit, sich in die Gedanken, Gefühle und Träume anderer Menschen hineinzuversetzen, entfaltete sich am besten, wenn der Stoff die Schleusen zwischen den einzelnen Abteilungen seines Gehirns öffnete – und so war es auch dieses Mal. Die Erkenntnis traf ihn wie ein Schlag ins Gesicht. Jay konnte nicht zum Kind werden, nein, und sie brauchte ja auch kein Kind, jedenfalls kein richtiges Kind mit Geschrei und Geheul, Rotz und Schweinerei. Was für eine Unordnung ein Kind in Birgittes wohlgeordnetes Leben bringen würde, wie es sie zwingen würde, ihren Horizont zu erweitern, andere Menschen zu treffen, sich zu öffnen …

Jay schwitzte plötzlich so heftig, dass er das Gefühl hatte, ersticken zu müssen. Er legte die zweite Hälfte des Joints auf die Nachttischkante, riss sich die Kleider vom Leib und legte sich aufs Bett, Arme und Beine gespreizt. Eine lebende Ausgabe von da Vincis vitruvianischem Menschen. Er schaute an sich hinunter, ein wenig verwundert darüber, dass kein Dampf von seinem nackten Körper aufstieg. Seine Gedanken drehten sich im Kreis. Birgitte musste Mutter sein dürfen, aber keinesfalls für ein Kind. Sie brauchte jemanden, der ohne sie nicht zurechtkam. Jemanden, der zu ihr aufsah, der ihrem Rat folgte, der sie für die Klügste auf der Welt hielt. Aber übertrug man diese Eigenschaften auf einen Mann, bekäme man einen Schlappschwanz. Würde sie so jemanden akzeptieren? Und war es glaubwürdig, so unvermittelt den Charakter zu wechseln? Joachim Heinsen war sicher nicht unbedingt der Typ Schlappschwanz. Jay betrachtete einen Lichtreflex an der Decke. Er stand einige Sekunden still, bewegte sich ein wenig und kam wieder zur Ruhe, bis er ganz verschwand. Der Widerschein eines Seitenspiegels, von einem Auto auf der Brücke, dachte er und wartete, ob ein weiterer auftauchte. Nichts passierte. Aber der kleinen Ablenkung hatte es offenbar bedurft, um das Problem des Tages zu lösen. Er hörte sich selbst laut »YES!« in das leere Zimmer sagen. Dann setzte er sich ruckartig auf und zog den Computer heran. Jetzt wusste er, wie er der Mann blieb – die selbstsichere, sexy Trophäe –, der Birgitte verfallen war; und sich gleichzeitig in jemanden verwandeln konnte, der sie als Mutter brauchte, der sich erlauben durfte, ein bisschen abhängig und hilflos zu sein. Er rief Google auf und fing an, nach Krebskrankheiten zu suchen.

*

»Birgitte Johns.«

»Ich bin's.«

»Joachim? Wo bleibst du? Wir essen in zehn Minuten, und du hast versprochen …«

Stille.

»Joachim? Bist du noch da.«

Ein Seufzen. Wieder Stille.

»Hallo? Joachim?«

»Ich bin hier.« Lange Pause. »Du darfst nicht … Es tut mir so leid, aber …« Noch ein Seufzen. »Birgitte, es ist besser, wenn ich heute Abend nicht komme.«

»Was redest du denn da?«

»Ich bin nur nicht sonderlich unterhaltsam im Moment.«

»Ist etwas passiert?«

Stille.

»Joachim! Ist etwas passiert?« Ihre Stimme klang schrill. »Ist etwas nicht in Ordnung?«

Stille. Dann: »Wir reden morgen darüber, ja? Ich kann im Augenblick nicht mehr sagen.« Er beendete das Gespräch und zählte »ein-Kasten-Bier, zwei-Kästen-Bier, drei-Kästen-Bier …«. Schon beim elften Kasten war sie wieder am Apparat. Er unterdrückte ein Lächeln und nahm den Anruf an. »Ja?« Er ließ seine Stimme belegt klingen, als ob er versuchte, die Tränen zurückzuhalten.

»Was ist denn, Joachim?«

Er schluchzte.

»Wo bist du? Ich komme zu dir.«

»Birgitte, das ist im Moment nicht so gut.«

»Wenn du nicht sofort sagst, was los ist, dann …«

»Ich kann nicht.«

Jetzt musste sie eine Pause machen. »Ist es … Gibt es eine andere? Bist du verheiratet?«

»Wie kannst du so etwas glauben?«

»Aber wieso …?«

»Birgitte, ich liebe dich.«

»Dann komm nach Hause und erzähl mir, was los ist, Joachim.«

Stille.

»Joachim?«

»Ich nehme ein Taxi.«

»Hast du getrunken?«

Nein, aber ich bin high wie eine siebenköpfige Reggaeband, dachte Jay. Laut sagte er: »Der Arzt hat mir etwas zur Beruhigung gegeben.«

»Joachim! Um Himmels willen, was ist passiert?«

Und so ging es weiter. Erst am Telefon, dann während der verdorbenen Mahlzeit. Bla, bla, bla. Sie musste ihm die Geschichte in kleinen Brocken aus der Nase ziehen. Und wurde zunehmend verzweifelter. Das verkochte Gemüse und die zähen Koteletts zeugten von der stundenlangen Verzögerung, doch weder Birgitte noch Jay bemerkten es. Sie fragte, er wich aus, sie weinte, er beschränkte sich auf blanke Augen und eine brüchige Stimme.

Schließlich gestand er. Man hätte an diesem Nachmittag eine Geschwulst in seinem Kopf entdeckt. Aller Wahrscheinlichkeit nach inoperabel. Er hätte seit einiger Zeit heftige Kopfschmerzen und Wahrnehmungsstörungen gehabt, wollte sie aber nicht beunruhigen. Er müsse zu weiteren Untersuchungen, sollte der erste Spezialist jedoch recht behalten, war nichts zu machen. Jay hatte beschlossen, unter keinen Umständen lebensverlängernde Maßnahmen zu akzeptieren.

»Keine Chemotherapie?«

»Keine Chemo, keine Bestrahlung.« Er nahm ihre Hand. »Ich will die verbleibende Zeit nur mit dir genießen, Birgitte. Das ist alles, was ich mir wünsche.«

Wieder weinte sie. »Aber sie müssen doch irgendetwas tun können, du bist doch ein junger Mann. Das ist so ungerecht!« Sie legte die Arme um ihn und er roch ihren sauren Atem. »Ich gehe mit dir zur nächsten Untersuchung, Joachim. Du sollst nicht allein sein, wenn …«

»Nein!« Er schob sie ein Stück zurück, um ihr in die Augen zu sehen. »Ich möchte niemanden dabeihaben, Birgitte. Und dich schon gar nicht.«

»Aber warum nicht?«

»Ich will nicht, dass du mich so siehst. Lass mir dieses bisschen Würde, das mir noch bleibt.«

Und so weiter. Und so fort. Die ganze Nacht lang. Tränen, Jammern und Klischees, Satz um Satz, Berührung um Berührung. Mittendrin bestand Birgitte darauf, ihrem todgeweihten Liebhaber mit einem Blowjob zu dienen; es kostete ihn sämtliche Fantasie, die er mobilisieren konnte, bis sein Körper entsprechend dankbar reagierte. Als sie gegen vier endlich einschlief, war Jay so erschöpft, dass man ihn hätte auswringen können. Mein Gott, die neue Taktik funktionierte, aber es war eine ungewöhnlich anstrengende Vorgehensweise. Er entschloss sich, am nächsten Tag mit Käs Kontakt aufzunehmen. Joachim Heinsen musste ein hübsches kleines Vermögen dokumentieren können, vernünftig erspart und vernünftig angelegt. Es dürften keine unüberschaubaren Probleme entstehen, einen entsprechenden Bankbeleg zu beschaffen, und je eher sie diese Sache beendeten, desto besser.

Jay schlief mit dem Rücken zu Birgitte ein, sodass er ihren Atem nicht riechen musste. Ob sie eine Parodontose ausbrütet?, dachte er in seiner letzten wachen Sekunde in dieser Nacht.

15 Nach einem Monat konnte Jay seiner Geliebten unter Tränen mitteilen, dass er höchstens noch ein paar Monate zu leben hatte, und wenige Tage später kam sein Anwalt zu Besuch. Die Rolle spielte wie gewöhnlich Käs, diesmal hatte er sich sogar einen neuen Anzug gekauft und einen schwarzen Mercedes geliehen. Briefpapier und Visitenkarten waren in einer schönen, dunkelgrünen Antiqua auf elfenbeinfarbenem Grund gedruckt: Rechtsanwalt Einar Greiff-Johansen, Esplanaden, Kopenhagen. Sehr überzeugend. Jay nickte anerkennend, als Birgitte einen Augenblick den Blick abwandte. Sie zweifelte nicht eine Sekunde an der Echtheit des Anwalts, als er einen Stapel eng beschriebener Dokumente aus seiner dunkelbraunen Mappe mit der schönen Patina zog.

»Ich weiß nicht, ob mein Klient Ihnen erzählt hat, wie sich das Testament zusammensetzt …?«, begann er.

Birgitte sah von Käs zu Jay und wieder zurück. Sie schüttelte den Kopf. »Ich verstehe nicht, warum *ich* erben soll, Joachim.« Sie schluckte. »Ich habe doch Geld genug. Es muss doch andere geben, die …«

»Ich habe keine Familie«, sagte Jay und legte eine Hand auf ihr Knie. Sie saßen nebeneinander auf dem Sofa, während Käs den Sessel gegenüber eingenommen hatte. »Ich finde, es wäre dumm, wenn der Staat alles bekäme. Deshalb soll es aufgeteilt werden zwischen dem Katzenschutzverein, dem Tierschutzbund

und dir, mein Schatz.« Er lächelte ihr erschöpft zu. Er hatte in den letzten Wochen deutlich abgenommen – das Resultat eines gezielten Einsatzes des Fingers über der Toilettenschüssel nach jeder Mahlzeit. Sein Haar war stumpf und glanzlos (Spezialwachs), die Haut gräulich (ein sehr fein gemahlener Spezialpuder), und seine Augenlider hatten die Tendenz zuzufallen, wenn die Erschöpfung und die Schmerzen ihn übermannten. Aber unter den papierdünnen Lidern leuchteten seine Augen genauso lockend wie immer.

Wieder flossen Tränen über Birgittes Wangen. Sie konnte nicht antworten, schüttelte nur den Kopf.

Jay rief Liselotte Ingdal an, sie sollte als Zeugin dabei sein, und sie brachte zu diesem Zweck noch ein weiteres ›alleinstehendes Mädchen‹ mit. Die andere verschwand sofort, nachdem sie ihre Unterschrift geleistet hatte, aber Liselotte setzte sich auf den freien Platz neben Birgitte, die nun endlich aufgehört hatte zu weinen.

»Nicht, dass es mich etwas anginge«, sagte Käs plötzlich, während er seine Unterlagen zurück in die Mappe steckte, »aber ich verstehe nicht, warum Sie nicht heiraten.«

Birgitte, Jay und Liselotte drehten ihm gleichzeitig die Köpfe zu. »Heiraten?«, wiederholte Joachim und runzelte die Stirn.

»Ja, entschuldige, aber du weißt ja, dass du bald sterben musst, Joachim, also wird Birgitte garantiert in ein paar Monaten erben.« Er ignorierte das Gejammer, das sich in der Mitte des Sofas erhob, und fuhr fort: »Wenn Birgitte dich beerbt, so wie die Dinge nun stehen, muss sie ungefähr vierzig Prozent Erbschaftssteuer zahlen, alles mit einberechnet. Wenn sie aber verheiratet ist und ihr gemeinsames Eigentum vereinbart, sieht die Sache ganz anders aus. Dann gehört die Hälfte deines Geldes Birgitte sofort, und für die restliche Summe fallen keine Steuern an. Wir reden hier über einen ziemlich beachtlichen Betrag.« Er blätterte in einigen zusammengeklammerten Seiten. »Joachim Heinsens Nachlass umfasst insgesamt gut drei Millionen Kronen, Birgitte, es ist also bestimmt eine Überlegung wert.«

Und dann begann alles von vorn: Tränen, Stille, Klischees und noch mehr Tränen. Noch einigermaßen beherrscht während Käs' und Liselottes Anwesenheit, heftiger im Laufe des Abends. Es endete damit, dass er am nächsten Morgen ganz altmodisch um ihre Hand anhielt.

Drei Wochen später wurden Birgitte und Jay getraut. Mit Gütergemeinschaft. Der Countdown für Birgittes Tod hatte begonnen.

16 In den ersten Wochen nach der Hochzeit verbrachte Jay einige Zeit in seinem Hotelzimmer. Birgitte erzählte er, sein Projekt für die Landesverteidigung beenden zu wollen, damit er in Frieden sterben könne. Ein paarmal in der Woche, erklärte er, wäre er darüber hinaus bei einem tüchtigen Facharzt, der die richtige Schmerztherapie für seinen sterbenden Patienten zusammenstellte. Alles in allem müsse er mindestens die Hälfte des Tages außer Haus sein, obwohl er natürlich viel lieber jede Minute zusammen mit seiner Ehefrau verbringen würde. In Wahrheit musste Jay weg von Birgitte, um die Fassade überhaupt aufrechterhalten zu können. Sein altes, entschlossenes Ich war gefangen in einem schweren Mantel der Erschöpfung, und es kostete ihn nahezu übermenschliche Anstrengungen, sich ihr gegenüber liebevoll oder auch nur einigermaßen freundlich zu verhalten. Allmählich war es nicht mehr nur Schauspiel, wenn er sich an eine Wand stützen musste, weil er einen Moment das Gleichgewicht verlor oder so erschöpft war, dass er vor dem Fernseher einschlief. Die Hungerkur der letzten Wochen zehrte an ihm, sein Gedärm schrie vierundzwanzig Stunden am Tag. Er hatte nie ein Gramm zu viel gewogen, jetzt war er ausgesprochen mager, und seine Hüftknochen stachen heraus, dass man sich an ihnen verletzen konnte.

In seinem Hotelzimmer konnte er jedenfalls für eine kurze Weile sein Unwohlsein bekämpfen. Jeden Tag kaufte er eine Menge Fast Food, Burger, Pommes, Pizza, Chips, und aß, so schnell er konnte. Die manische Mahlzeit war der Höhepunkt des Tages. Das Gefühl, sich den Magen zu füllen, etwas anderes zu schmecken als den eigenen Speichel, zu kauen, zu schlucken, zu spüren, wie dieses saugende Gefühl im Zwerchfell schwand, es war ein Genuss ohnegleichen. Hinterher trank er so viel Cola, dass sein Bauch beinahe explodierte – und schließlich kotzte er alles in die Toilettenschüssel. Wenn er danach auf dem Bett lag, schwach von den Anstrengungen der künstlich hervorgerufenen Krämpfe, hatte er eine Weile Ruhe vor dem Hunger. Ihm wurde übel, wenn er nur ans Essen dachte. Den Rest des Tages nahm er ein schwaches Amphetaminpräparat, wenn der Hunger zu groß wurde.

Aber nicht die physischen Leiden waren in dieser Phase am schwierigsten zu ertragen. Die Unsicherheit entmutigte ihn. Jay war es nicht gewohnt, an sich selbst zu zweifeln. Die wenigen Male, in denen er seine betrügerischen Beziehungen aufgeben musste, ohne das erwünschte Vermögen erbeutet zu haben, ließen sich an einer Hand aufzählen; und jede einzelne Niederlage war durch einen unglücklichen Zufall zu erklären: ein erwachsener Sohn, der plötzlich auftauchte und seine Mutter und ihren jungen Liebhaber misstrauisch beobachtete; eine zum Pflücken reife Frau, die von einem Lastwagen angefahren wurde, bevor sie das Testament unterschreiben konnte, oder damals, als Käs zwei Konten verwechselt und Jay zur verkehrten Frau geschickt hatte. Den Fauxpas bemerkte er erst nach mehrwöchigem Zusammenleben mit der anhänglichen, sexfixierten Frührentnerin, die lediglich eine Bagatellsumme von zweihundertdreißigtausend Kronen gewonnen hatte. Damals hatte Jay getobt und sichergestellt, dass Käs den Ernst seines dämlichen Versehens einsah. Idiot, dachte Jay und seufzte. Käs war ein Clown, obwohl er durchaus nützlich sein konnte, wenn man ihn an der kurzen Leine hielt.

Für die momentane Situation konnte Jay weder Käs verantwortlich machen noch sein schwindendes Glück. Birgitte war ganz einfach eine härtere Nuss, als er gedacht hatte. Und er hatte ja auch nicht gewusst, wie anstrengend es war, auf eine einigermaßen überzeugende Art und Weise über Monate einen Sterbenden zu spielen. Bisweilen hatte er aufgeben wollen, doch er nahm sich jedes Mal wieder zusammen. Es ging nur darum, den richtigen Zeitpunkt abzuwarten. Die praktische Seite war geregelt. Zweihundert feine weiße 25-Milligramm-Pethidin-Tabletten warteten in ihren Schachteln, und zur Sicherheit hatte er verschiedene Drinks mit Pethidin-Mischungen ausprobiert. Bloody Mary übertönte den Geschmack eindeutig am besten. Die Tabletten hatte er über Käs' Kontakte gekauft, und Jay war ziemlich stolz auf sein gefälschtes Apothekeretikett. Es war praktisch identisch, bis auf einen Tippfehler bei seinem Namen, um das Bild zu vervollkommnen.

Das Problem eines kollektiven Selbstmords bestand darin, dass es so aussehen musste, als seien beide Partner sich wirklich einig gewesen, zusammen in den Tod zu gehen. Vor allem, wenn einer der Partner versuchte zu überleben. Und noch schlimmer, wenn dem Überlebenden ein solides Vermögen ausgezahlt werden würde. Optimal war es, wenn die Idee zum Selbstmord vom Opfer selbst kam, von demjenigen, der tatsächlich sterben soll. Am allerbesten war es natürlich, wenn der andere sich so manipulieren ließ, dass er sich selbst den Tod wünschte. Misslang das, waren eine effektive Vertuschung der Tatsachen und gründliche Vorbereitungen in der näheren Umgebung fast ebenso hilfreich.

Jay ging das Problem an zwei Fronten an. Innerhalb der vier Backsteinwände des Bungalows redete er mehr und mehr davon, dass er sterben und Birgitte verlassen müsse. Der vom Tode gezeichnete Joachim erklärte, wie gespalten er war. Auf der einen

Seite wollte er nie mehr von ihr getrennt sein, er hielt den Gedanken an eine Trennung nicht aus. Auf der anderen Seite beschrieb er plastisch seine unerträglichen Schmerzen und gestand, dass er sich mehr und mehr nach Befreiung sehnte. Er vertiefte sich in Lesestoff mit dem Todespakt als Motiv der ultimativen Liebeserklärung. Und er ließ die Bücher überall liegen, sodass sie ihr gar nicht entgehen konnten. *Die Leiden des jungen Werther*, *Romeo und Julia*, eine moderne Nachdichtung des Mythos von Orpheus und Eurydike. Er lieh sich eine DVD über das tragische Leben von Elvira Madigan und schluchzte sich hindurch. Birgitte weinte mit, zog allerdings nicht direkt die gewünschten Schlussfolgerungen. Selbstverständlich war sie unglücklich darüber, dass er sterben musste, dennoch zeigte sie keinerlei Neigung, ihm im Jenseits Gesellschaft zu leisten.

Jay verstärkte daher den Einsatz an der externen Front. Es bedeutete leider, dass er die volle Kontrolle über die Situation übernehmen und seine letzte kleine Insel der Freiheit aufgeben musste. Er war gezwungen, an Birgitte zu kleben, er musste Tag und Nacht ihre Aufmerksamkeit beanspruchen und sie vor Erschöpfung an den Rand des Zusammenbruchs bringen. Auf diese Weise sicherte er sich zwei Dinge: dass sie niemals unter vier Augen mit Liselotte sprach und hin und wieder am Tag in einen tiefen Schlaf fiel, der es ihrem Mann erlaubte, eine ungestörte Unterhaltung mit der Nachbarin zu führen. Liselotte Ingdal wurde zu seiner Vertrauten in den letzten harten Wochen, in denen er nicht mehr in seinem Hotelzimmer Zuflucht suchen konnte. Ihr vertraute er seine Sorge um Birgitte an. Er erklärte, wie die arme Frau mehrfach am Tag den Wunsch äußerte, ihm in den Tod zu folgen. Er bat sie inständig, ein waches Auge auf sie zu haben, die ja bald Witwe sein würde. Sie musste ihm versprechen, sich der Katzen anzunehmen, wenn ihre Besitzerin eine Zeit lang verreisen müsse oder – Gott möge es verhindern! – so weit ging, ihre Selbstmordpläne zu verwirklichen. Er rang ihr das Versprechen ab, diese Vertraulichkeiten Birgitte gegenüber auf keinen Fall zu erwähnen.

Liselotte ging sofort darauf ein. Aufmerksamkeit war sie nicht gewohnt, und ihre Teilnahme und Dankbarkeit drückte sie dadurch aus, dass sie bis zum Schluss die perfekte Alliierte blieb. So loyal, so diskret, so verständnisvoll.

Am letzten Tag in Birgittes Leben saß Jay erschöpft in dem Sessel, der nach und nach seiner geworden war, und betrachtete seine schlafende Frau. Birgitte lag auf dem Sofa. Ihre Gesichtshaut war fleckig von den vielen Wochen, in denen sie geweint hatte, in der Hand hielt sie ein zusammengeknülltes Papiertaschentuch. Sie war in zwei Monaten fünfzehn Jahre gealtert. Auf der Rückenlehne über ihr lagen die Katzen in perfekter Symmetrie, ihre Stellung erforderte hundertprozentige Synchronisation: Wange an Wange, die rötlichen Körper zusammengerollt, nur die beiden wippenden Schwanzspitzen ragten heraus. Die Katzen verfolgten ihn mit ihren Blicken, wo immer er sich auch befand. Wachsam. Zurückhaltend, skeptisch. Er stand auf, um diesen vier cognacfarbenen Spionagelinsen zu entgehen.

In der Küche schluckte Jay eine Amphetamintablette, um seinen Hunger zu dämpfen. Er spülte die Tablette mit einem Schluck Wasser hinunter und ging dann langsam in den Garten. Es war windstill, ein klarer, milder Herbsttag. Plötzlich wurde ihm schwindelig, er musste sich an die Hausmauer stützen, als er an den Webergrill kam, der unter einer silbergrauen Plastikplane stand und wie ein übergewichtiger Geist aussah. Er hob die Plane und steckte die Hand in den Bauch des Geists. Vor einer Woche hatte Jay bei seinem festen Dealer am Litauens Plads einen Großeinkauf getätigt und sein kleines Lager in einer Plastikschüssel auf dem Grillrost versteckt. Wenn sie leer war, musste sein Vorhaben beendet sein – egal wie das endgültige Resultat aussehen würde. Sein Körper hielt es nicht mehr aus, so einfach war das.

Er zündete sich den vorletzten Joint zwischen der Ligusterhecke und der niedrigen Mauer an, die die Terrasse vom Rest des Gartens abtrennte. Hier hatte er sein Versteck, wo weder Birgitte noch Liselotte ihn fanden. Er zog den Rauch tief in die Lungen und behielt ihn dort, während er in die Hocke ging; er lehnte sich gegen die kühlen roten Backsteine und stieß den Rauch langsam aus. Er sah der weißen Rauchwolke hinterher, als sie langsam über den Rasen schwebte, sich auflöste und verschwand. Wenige Sekunden später spürte er den ersten schwachen Effekt; er fühlte, wie seine steifen Glieder und Muskeln sich langsam lösten, wie das unangenehme Gefühl im Zwerchfell verschwand, wie sein Mut und sein Selbstbewusstsein zurückkehrten. Es würde schon gehen. Ein letztes Gespräch mit Liselotte, dann war er bereit. Er musste sichergehen, dass sie einige notwendige Informationen bekam, die sie weitergeben konnte, und die richtigen Schlussfolgerungen zog, bevor sie morgen früh mit der Polizei sprechen würde, wenn man die beiden Körper im Doppelbett gefunden hatte.

DIENSTAG, 27. MÄRZ 2007

17

»Das habe ich nicht getan. Wie oft soll ich es denn noch sagen?« Auf Liselottes blassen Wangen zeichneten sich scharf abgegrenzte rote Flecken ab, ihre Brille war im Laufe des Gesprächs verrutscht.

»Nicht einmal, als er direkt nach der Beerdigung verschwand?«

»Joachim ist gestorben!« Sie knallte eine Faust auf den Esstisch. Die Erschütterung erfasste noch die Märzenbecher, die Dan mitgebracht hatte. Ihre hellgelben Blüten zitterten erschrocken. »Ich fand es erstaunlich, dass er sich bis zum Begräbnis aufrecht hielt. Dem Mann ging es entsetzlich. Es gab keinen Grund, ihn wegen irgendetwas zu verdächtigen.«

»Liselotte …«, Dan legte eine Hand auf ihre Faust. »Niemand macht Ihnen irgendwelche Vorwürfe. Jakob oder Joachim oder wie immer wir ihn nennen wollen, ist ein sehr cleverer Betrüger. Ich bin bisher auf niemanden gestoßen, der auch nur den kleinsten Verdacht gegen ihn hegte, solange er in Aktion war.«

Sie schob Dans Hand beiseite und stand auf. »Ich brauche etwas, das stärker ist als Kaffee«, sagte sie. »Ein Glas Weißwein?«

Dan schüttelte den Kopf. »Aber wenn Sie etwas Wasser hätten …«

Liselotte holte die Getränke. In dem Wasserglas schwammen Eiswürfel und eine halbe Scheibe Zitrone, sie hatte sich die Weinflasche mitgebracht. Dan guckte verstohlen auf seine Armbanduhr. Er konnte ihr eine Stunde mehr widmen.

»Okay. Sie haben ihn also nie verdächtigt.« Dan trank einen großen Schluck Wasser. »Und Sie sind sicher, dass es sich wirklich um einen Selbstmordpakt gehandelt hat, also, dass Birgitte auch sterben wollte?«

Sie nickte, jetzt, nach dem ersten Glas, etwas ruhiger.

»Kam die Polizei zu Ihnen?«

»Ich habe die 112 angerufen, dann kamen ein Streifenwagen und zwei Krankenwagen.«

»Aber niemand hat Verdacht geschöpft?«

»Jetzt fangen Sie schon wieder damit an!«

»Ich meine, hatte die Polizei einen Verdacht?«

»Die haben das natürlich untersucht, nicht wahr? Plötzlicher, unerwarteter Tod, die ganze Geschichte.« Liselotte füllte erneut ihr Glas. Der Weißwein war von so minderwertiger Qualität, dass Dan es bis zu seinem Platz am anderen Ende des Tisches roch. Ein plötzlicher Brechreiz drohte ihn zu übermannen, aber es gelang ihm, ihn zu bekämpfen. »Ich konnte ihnen ja sagen, wie lange Birgitte darüber nachgedacht hatte, sich das Leben zu nehmen. Und Joachim konnte es doch niemand verdenken, er war ja ohnehin … Er musste doch …« Wieder begann sie zu weinen.

»Haben Sie gedacht, er sei tot, als Sie die beiden fanden?«

Sie nickte.

»Und dann?«

»Dann habe ich durchs Fenster gesehen, dass er atmete.« Sie holte tief Luft und hielt einen Moment den Atem an. »Ich holte den Zweitschlüssel und ging hinein, dann sah ich, dass er sich übergeben hatte. Das hat ihn wahrscheinlich gerettet. Haben sie jedenfalls im Krankenhaus gesagt. Sie haben seinen Magen ausgepumpt, aber er war fast leer.«

»Und Birgitte?«

»War ganz kalt. Wir konnten nichts mehr tun.«

»Was haben sie genommen? Wissen Sie es?«

»Pethidin. Daran kann ich mich genau erinnern. Ich habe es auch mal nach einer Operation bekommen. Joachim hatte eine Menge davon herumliegen.«

»Sie kennen nicht zufällig den Namen des Arztes von Joachim?«

Liselotte schüttelte den Kopf. »Die Polizei kann Ihnen sicher weiterhelfen.«

»Oder der Anwalt, der das Testament aufgesetzt hat?«

Wieder begann sie, den Kopf von einer Seite zur anderen zu wiegen, hielt aber inne. »Vielleicht …« Sie sah ihn an. »Ich glaube schon. Er hieß Einar, genau wie mein Vetter auf Bornholm.«

»Einar?« Dan spürte, wie eine Sehne sich spannte. »Können Sie sich an den Nachnamen erinnern?«

»Irgendetwas mit G, ein Doppelname.« Liselotte zog die Brauen zusammen. »Gitz-Frandsen oder so. Oder Gitz-Johansen, aber das ist ein Künstler, oder?«

»Könnte es«, Dan blätterte in seinem Notizbuch, bis er die richtige Seite fand, »Einar Greiff-Johansen gewesen sein?«

»Ja!« Ihr Gesicht leuchtete auf. »Ja, so hieß er.«

»Merkwürdig, dass er denselben Namen zweimal benutzte.«

Wieder richteten sich ihre Stacheln auf. »Vielleicht, weil es sein richtiger Name ist. Sie wissen doch nicht, ob …«

»Ganz ruhig.« Dan stand auf und trat ans Fenster. Auf der Terrasse standen drei billige weiße Plastikstühle mit geblümten Kissen. Auf dem passenden Gartentisch lagen ein paar Scheiben Graubrot, von den kleinen Vögeln des Gartens halb aufgepickt. »Ich habe den Namen Einar Greiff-Johansen überprüft«, sagte er dann. »Sowohl beim Einwohnermeldeamt als auch bei der Anwaltskammer. Es gibt ihn nicht, Liselotte, tut mir leid. Und

Joachim Heinsen ist nicht gestorben. Er ist lediglich ein tüchtiger Schauspieler.«

»Aber das ist doch unmöglich! Er hat abgenommen und ...«

»Haben Sie je davon gehört, dass man auch abnehmen kann, ohne Krebs zu haben? Was, glauben Sie, machen Fotomodelle?«

»Nun ja, aber ...«

»Jedenfalls tauchte Joachim vierzehn Tage nach Birgitte Johns' Beerdigung in Egebjerg auf«, sagte er. »Und da war er keineswegs tot.«

Liselotte leerte noch ein Glas und goss sich wieder ein. Das war das dritte, dachte Dan. Plötzlich ertönte ein lauter Knall aus der Küche. Und noch einer. Dan zuckte zusammen, aber Liselotte drehte sich nicht einmal um. Eine Sekunde später standen die beiden Abessinier nebeneinander in der Tür zum Wohnzimmer und starrten Dan mit ihren hübschen, blassbraunen Kristallaugen an. »Das sind Hera und Athene«, sagte Liselotte und betrachtete die Tiere ausdruckslos. »Birgittes Katzen. Warum man ein paar Vollblutäthiopiern griechische Namen gibt, geht über meinen Verstand.«

»Sie sind hübsch«, sagte Dan und ging in die Hocke, um die Katzen anzulocken.

»Wollen Sie sie haben?« Liselotte putzte sich die Nase. »Ich bringe es nicht fertig, sie einschläfern zu lassen.«

»Warum können Sie sie nicht behalten?«

Sie zuckte die Achseln. »Ich habe mir eigentlich nie etwas aus Katzen gemacht. Es war nur schwer es abzulehnen, als sie mich gefragt haben.«

»Wer hat denn gefragt? Die Polizei?«

»Nein, nein, Joachim und Birgitte. Oder besser, er hat in ihrem Auftrag gefragt.« Einen Moment schaute sie in ihr Glas, während sie den Wein hin und her schwenkte. »Tatsächlich war es so, dass …«

»Was?« Dan gab es auf, Kontakt zu den Katzen aufnehmen zu wollen, und setzte sich wieder.

Liselotte atmete tief durch und sah ihm in die Augen. »Na ja, ich denke darüber nach. Wenn Joachim tatsächlich ein Betrüger ist, dann war das sein geschicktester Zug. Ich hätte nie geglaubt, dass Birgitte sich das Leben nehmen wollte, hätte sie nicht von vornherein gewusst, ihre Katzen kämen in gute Hände. Das muss er gespürt haben.«

»Nein, dumm ist er nicht.« Dan entschied sich zu fragen. »Liselotte, waren Sie verliebt in ihn?«

Sie stieß ein kurzes, trockenes Lachen aus. »Das waren wir wohl alle.« Sie füllte und leerte ihr viertes Glas Wein, mechanisch, als sei sie sich nicht bewusst, was sie tat.

»Alle?«

»Wir alle aus unserem Club der alleinstehenden Mädchen. Oh!« Sie fasste sich an den Hals. »Das werden mir die anderen nie glauben. Sie werden sagen, ich sei eine Lügnerin, wenn ich ihnen erzähle, dass Joachim so eine Art Heiratsschwindler war.«

»Nicht so eine Art, Liselotte. Er ist ein Heiratsschwindler. Punkt. Ein anderes Wort gibt es dafür nicht.«

»Können Sie es ihnen nicht erzählen? Unser nächstes Treffen ist am …«

Um Himmels willen, dachte Dan. »Leider nein. Ich habe wirklich keine Zeit.« Als ob er sich solch einer Schar vergessener Hormonbomben aussetzen wollte. »Sie werden in den Zeitungen darüber lesen, wenn die ganze Geschichte aufgeklärt ist. Aber ich habe noch eine Frage, Liselotte. Sie haben mir geschrieben, dass Sie Joachim Heinsens Tätowierung wiedererkannt hätten.«

»Ja. Er lief oft mit nacktem Oberkörper im Garten herum.«

»Hat er Ihnen je erzählt, was die Zeichen bedeuten?«

Sie nickte. »Sie bedeuten ›heilige Katze‹ auf Hindi.«

»Sind Sie sicher?«

»Deswegen gefiel er Birgitte doch gleich. Weil er so verrückt war nach Katzen, dass er es sich sogar tätowieren ließ.«

»Gibt es in Indien heilige Katzen?«

Liselotte zuckte erneut die Achseln.

»Sie glauben noch immer nicht, dass Joachim ein Betrüger ist, oder?«

Sie sah ihn an, ohne zu antworten.

»Soll ich Ihnen verraten, was diese Tätowierung angeblich bedeutete, als er kurze Zeit später eine andere Frau verführte und ausplünderte? Eine Frau, die zufällig Kunst unterrichtet und ihr Fach geradezu fanatisch betreibt?«

Keine Antwort, nur blanke, graue Augen.

»Als sie ihn fragte, sagte er ihr, dort stünde ›Farbe‹. Eigenartig, finden Sie nicht?«

»Vielleicht ist er es gar nicht. Es könnten zwei verschiedene Männer sein. Vielleicht ist der andere ja sein Bruder.«

»Ich gebe es auf«, erwiderte Dan und erhob sich. »Glauben Sie, was Sie wollen.«

»Ich begleite Sie hinaus«, sagte sie und stand ebenfalls auf. Sie schwankte. Die vier Gläser hatten offenbar ihren Zweck erfüllt.

Dan stützte ihren Ellenbogen, bis sie das Gleichgewicht wiedergewonnen hatte. Plötzlich schlang sie die Arme um ihn und drückte einen ungeschickten Kuss auf seine Lippen. Es gelang ihr, ihre Zungenspitze in seinen Mund zu stecken, der saure Wein traf auf seine Geschmackspapillen. Pfui Teufel. Er riss sich los und hielt sie auf Abstand. Ihr verschleierter Blick und die halb geöffneten Lippen waren kaum anders zu deuten als der Gedanke, der ihm sofort durch den Kopf gegangen war.

»Es war nett, mit Ihnen zu plaudern«, sagte er entschlossen und behielt den Griff bei, der sie in passendem Abstand hielt.

Die Zurückweisung traf sie ebenso glockenrein wie der Alkohol einen Augenblick vorher. Ihr Blick sammelte sich wieder, sie gewann die Kontrolle zurück und griff dankbar nach der Rettungsplanke, die er ihr ausgelegt hatte. »Ups«, sagte sie ein wenig schrill. »Ich habe wohl einen Moment das Gleichgewicht verloren.« Ihre Lippen klebten an den Vorderzähnen, als sie versuchte zu lächeln.

Er wagte es, ihren Arm loszulassen, nebeneinander gingen sie zur Haustür. Die Situation erinnerte an Ursulas Beschreibung ihrer ersten Begegnung mit Jakob, und Dan verstand plötzlich, wie genial diese Methode war. In dem Augenblick, in dem man sich von einem Fremden oder einem fast Fremden verabschiedet, den man gern wiedersehen möchte, sind alle Verteidigungsmechanismen außer Kraft gesetzt. Man weiß, dass man rasch handeln muss, wenn etwas passieren soll; sollte die Annäherung dann aus irgendeinem Grund schiefgehen, ist die Situation schnell überstanden und man kann alles rasch wieder vergessen.

Als er den Gartenweg hinunterging, spürte er Liselottes Blick im Rücken. Er drehte sich um und nickte. »Vielen Dank, Sie waren eine große Hilfe«, sagte er und setzte sich in den blauen Ford Focus. Dan drehte den Schlüssel im Zündschloss, schnallte sich an und wollte gerade losfahren, als sie ans Seitenfenster klopfte. Er betätigte den automatischen Fensteröffner und das Fenster glitt mit einem leisen Summen herunter. »Ja?«

»Mir ist da noch etwas eingefallen.« Ihre Stimme klang ein wenig außer Atem, als hätten die acht Meter Gartenweg sie angestrengt. »Haben Sie es mit Ihren Nachforschungen auch bei dating40plus.dk versucht?« Ein Hauch von Weißwein wehte ins Auto. »Ich weiß, dass viele diese Seite nutzen, die so sind … Sie wissen schon, nicht mehr im Teenageralter, und es ist doch denkbar …«

»Vielen Dank«, unterbrach Dan sie rasch. »Die Seite kannte ich noch nicht. Ich rufe den Webmaster gleich heute Nachmittag an. Nochmals danke!«

DIENSTAG, 27. MÄRZ 2007, ABENDS

18 Die Gemeinde Christianssund hatte im Vorjahr neue Bänke für den Rathausmarkt angeschafft. Nach einem groß angelegten Designerwettbewerb hatten sich die Entscheidungsträger mit größter Selbstverständlichkeit für das Modell entschieden, das nicht eine einzige Anforderung erfüllte, auf die man sich im Vorfeld geeinigt hatte. Die neuen Bänke waren weder hübsch noch billig, geschweige denn einladend. Dafür hatten sie einen unschätzbaren Vorzug: Man konnte unmöglich auf ihnen sitzen. Doch, natürlich konnte ein müder Tourist seine Beine ausruhen, während er die Aussicht über den Fjord genoss. War man gut im Futter, ließ es sich durchaus einige Minuten zurückgelehnt darauf aushalten. Aber länger nicht. Denn die besonders designten Bänke hatten so scharfe Kanten, dass schon ein kurzer Aufenthalt Abdrücke am Hintern hinterließ. Gleichzeitig war in dem verschnörkelten organischen Muster keine einzige gerade Linie zu finden. Es fiel folglich ausgesprochen schwer, irgendeine Ruheposition einzunehmen, weder sitzend und schon gar nicht liegend.

Nie hatte jemand das eigentliche Ziel der neuen Stadtmöbel klar formuliert, und in Wahrheit war es sicherlich nur eine Minderheit, die den Bänken im Vorübergehen mehr als ein Achselzucken an Aufmerksamkeit schenkte. Und doch gab es eine Gruppe von Bürgern, die den entscheidenden Punkt in der Sekunde erkannten, in der die neuen Bänke aufgestellt wurden. Die teuersten und unbrauchbarsten Gartenmöbel des Landes waren ausschließlich für die kleine, besonders auffällige Klientel angeschafft worden, die normalerweise auf den Bänken herumsaß. Natürlich nicht, um sie anzulocken. Die Bänke waren mit dem ausdrücklichen Ziel ausgesucht worden, diese Benutzer auf Abstand zu halten. Und es funktionierte.

Die Meinung über dieses raffinierte Manöver spaltete die Bevölkerung auch in der Gørtlergade 8. Dan Sommerdahl fand es eigentlich recht angenehm, dass man nicht mehr auf diese krakeelenden Typen mit ihren Kampfhunden stieß, wenn man ins Hotel Marina oder am Kai spazieren gehen wollte, während Marianne sich darüber aufregte, dass die Gemeinde sich entschlossen hatte, diese schwache Gruppe von Bürgern so apartheidmäßig zu behandeln, wie sie es in einem Leserbrief an die *Christianssund Tidende* ausdrückte. Wieso hatte man das Geld nicht verwendet, um diesen Menschen zu helfen? Einige der Männer und Frauen, die nun vom Rathausmarkt vertrieben worden waren, gehörten zu ihren Patienten; und sie wusste, dass deren Probleme mit Sicherheit nicht gelöst waren, nur weil sie nicht mehr im Straßenbild auftauchten. Im Gegenteil, es war für Sachbearbeiter, Polizisten und andere Beteiligte jetzt nur noch schwerer zu entscheiden, wer eine Ermahnung, Unterstützung oder nur ein wenig praktische Hilfe brauchte. Jedes Mal, wenn einer dieser Patienten in ihre Sprechstunde kam, hörte sie eine neue Geschichte, in der es um Existenzprobleme, Armut und psychische Krankheiten ging. Und jedes Mal regte sie sich wieder auf.

So auch heute, als Dan und Marianne am Esstisch saßen und es sich eigentlich bei Spaghetti Carbonara und Baguette gemütlich machen wollten. In den Gläsern hatten sie einen ausgezeichneten italienischen Rotwein, und die letzten Sonnenstrahlen des

Abends malten orangefarbene Aquarellstreifen auf die Tapete. Die Stimmung war dennoch alles andere als behaglich. Marianne hatte Poul-Erik Hansen einen Krankenbesuch abgestattet, einem der Trinker, die regelmäßig auf dem Rathausmarkt anzutreffen gewesen waren. In den letzten Wochen hatte er so heftig gesoffen, dass sogar seine Saufkumpane anfingen, sich Sorgen zu machen. Am Morgen hatte einer von ihnen sich gewundert, weil Hansen einen ganzen Tag nichts hatte von sich hören lassen, und als er zu ihm nach Hause ging, um nachzusehen, hatte sich herausgestellt, dass der alte Mann in seiner Küche umgefallen war. Er war noch bei Bewusstsein, hatte jedoch hohes Fieber und bekam kaum noch Luft. Sein Kumpel hatte versucht, einen Krankenwagen zu rufen, doch die Notrufzentrale hielt einen Einsatz nicht für zwingend notwendig. Ob es an der leicht nuschelnden Stimme des Anrufers lag, der einigermaßen unorthodoxen Adresse (›der grüne Schuppen westlich der Container‹) oder der allgemeinen Bürokratie, war nicht bekannt. Auf jeden Fall hatte Hansens Saufkumpan schließlich Marianne angerufen, Poul-Eriks Ärztin, und sie gebeten, den Krankenwagen zu rufen.

Marianne war nie bei ihrem Patienten zu Hause gewesen, und den Schock über die unfassbaren Zustände, in denen der alte Mann hauste, hatte sie noch nicht überwunden. Der Abfall lag kniehoch, es gab weder eine Toilette noch fließendes Wasser oder irgendeine Form von Heizung. Die Wände waren mit religiösen Symbolen oder Bibelsentenzen bedeckt, aufgetragen mit den Fingern und mit einer bräunlichen Substanz, die nicht zu näheren Nachforschungen einlud. Der Gestank war unbeschreiblich. Die Behausung war ebenso vernachlässigt, übel riechend und verwahrlost wie Poul-Erik Hansen selbst. Lediglich der Hundewelpe des alten Mannes befand sich in einem einigermaßen präsentablen Zustand; eine lebhaft aussehende

Promenadenmischung, die auf den Namen Rumpel hörte. Als der Krankenwagen in Richtung Krankenhaus abgefahren war, hatten Hansens Freund und Marianne den kleinen Hund ratlos betrachtet. Sie verständigten sich darauf, dass Poul-Eriks Freund ihn mit nach Hause nehmen würde. Wenn sich der Krankenhausaufenthalt allerdings hinziehen sollte, müsse das Tier ins Heim, meinte er. Poul-Erik könne sich ja einen neuen Hund anschaffen, wenn er wieder gesund wäre. Marianne hatte den Gedanken kaum ertragen und mit Hansens Freund die Handynummern ausgetauscht. »Ruf mich an, bevor du irgendetwas unternimmst«, hatte sie gesagt.

»Na, dann ist doch alles gut?«, meinte Dan und tunkte den letzten Saucenrest mit einer Scheibe Brot auf.

»Gut?« Marianne sah ihn wie aus allen Wolken gefallen an. »Wie kommst du denn darauf? Der Typ war eindeutig kein Hundefreund. Sonst hätte er das mit dem Tierheim nie gesagt!« Sie leerte ihr Wasserglas. »Mir wird ganz schlecht, wenn ich daran denke, dass ich das kleine Vieh bei ihm gelassen habe.«

»Ich meine, ist doch eigentlich klasse, dass diese Penner, äh, sozialen Außenseiter sich gegenseitig helfen, oder?«

Marianne räumte Teller und Gläser ab und trug sie zur Spüle, ohne zu antworten. Dan stopfte sich rasch den letzten Rest Brot in den Mund, bevor sie es ihm aus der Hand nahm. Er betrachtete seine Frau, die mit hektischen Bewegungen das Geschirr abspülte, in die Spülmaschine räumte und den Tisch abwischte. Alles offensichtlich gleichzeitig. Während er kaute, überlegte er verzweifelt, was er falsch gemacht oder gesagt hatte. Oder lag es vielleicht daran, dass er etwas *nicht* gesagt hatte?

Plötzlich dämmerte es ihm. »Wie groß ist denn der Hund?«, erkundigte er sich unschuldig und lehnte sich auf dem Stuhl zurück.

Marianne wischte weiter den Tisch ab, aber ihre Bewegungen wurden kein bisschen sanfter. »Nicht sehr groß. Wenn Rumpel ausgewachsen ist, wird sie vermutlich ungefähr die Größe eines Beagles haben.«

»Sie? Hat er einer Hündin diesen Namen gegeben?«

Die Hand mit dem Lappen hielt inne. »Ja, ist das nicht süß?« Marianne drehte ihren Kopf zur Seite, und einen kurzen Moment konnte er ihre Lachgrübchen sehen. »Sie hat eine Menge struppiger brauner Locken, einen weißen Fleck am Hintern, ist so fröhlich und so was von munter.« Jetzt drehte sie sich ganz um. »Rumpel kann so hoch springen …« Der Wischlappen wedelte in Brusthöhe. »… ohne Anlauf. Ein richtiger kleiner Zirkushund.«

»Hm?«

»Und außerdem sieht es niedlich aus, wenn sie den Kopf schief legt.« Marianne demonstrierte es. »Du hättest sie sehen sollen, als sie angelaufen kam.«

Dan stand auf und griff nach seiner Jacke. »Wo wohnt dieser hundehassende Kumpel?«

Jetzt strahlte sie. Die dunklen Augen glänzten unter dem langen, abstehenden Pony, als sie in ihrer Handtasche wühlte. »Hier habe ich seine Nummer.«

Nun ging alles blitzschnell. Die Übergabe geschah in der Hjørringsgade, wo Hansens Freund, der eine Erfrischung brauchte, Rumpel an den Fahrradständer einer Kneipe gebunden hatte. Verdammt hart, auf so einen Hund aufzupassen, vertraute er Dan und Marianne an, die allerdings wenig Anzeichen von Mitgefühl zeigten.

Eine Stunde später saßen sie mit einer satten, frisch gewaschenen und sehr glücklichen Rumpel zwischen sich auf dem Sofa.

»Aber denk dran«, sagte Dan und legte eine Hand in Mariannes schlanken Nacken. »Es ist nicht unser Hund. Wir haben Rumpel nur geliehen.«

»Ja, ja«, sagte Marianne, die ihre Arme um den Hund geschlungen hatte. Es sah aus, als wollte sie mit dem Tier verschmelzen, um im Laufe der Nacht zu einem Wesen mit vier schwarzen leuchtenden Augen zu werden. »Natürlich.« Sie hob nicht einmal den Kopf.

Dan unterdrückte ein Seufzen. Er hoffte, Rumpels rechtmäßiger Besitzer war empfänglich für gute Worte und Bargeld, wenn er entlassen wurde. Sonst könnte sich die Geschichte zu einem Skandal ausweiten. DER KAHLKÖPFIGE DETEKTIV STIEHLT HUNDEWELPE VON KRANKEM RENTNER. Na, kommt Zeit, kommt Rat, dachte er. Könnte ja sein, dass der alte Säufer den Löffel abgibt. Hoffen durfte man doch. Er bedachte das Pärchen auf dem Sofa mit einem letzten Blick und ging nach oben in sein kleines Arbeitszimmer.

Liselotte Ingdal hatte recht gehabt. Bereits nach wenigen Stunden auf der Homepage für Liebeshungrige über vierzig gab es eine überwältigende Reaktion auf die Suchanzeige. Eine von denen, die ihm gemailt hatten, war Mitglied in Liselottes Club der alleinstehenden Mädchen und bestätigte Joachim Heinsens Beschreibung in jedem Punkt. Ein männlicher Lehrer des Egebjerg-Internats hatte Jakob Heurlin identifiziert, und gleich zwei Frauen aus Odense hatten den Mann auf dem Foto vor ein paar Jahren als Jesper Hundsved gekannt. Eine dritte Identität. Dan notierte sich ihre Telefonnummern, er wollte morgen mit ihnen Kontakt aufnehmen. Es war ein bisschen spät, um sie jetzt noch anzurufen. Blieben drei Mails, die ihm aus verschiedenen Gründen besonders auffielen. Eine war von Fiona Krause, einer der Art-Direktorinnen an seinem alten Arbeitsplatz, der Werbeagentur Kurt & Ko. Sie hatte vor einigen Jahren mit einer *vierten*

Ausgabe von J.H. zusammengearbeitet, einem Freelance-Texter namens Jais Hintze. Selbstverständlich sei er damals noch grün hinter den Ohren gewesen, schrieb sie, aber er war ein Riesentalent. Zwischen den Zeilen ahnte Dan, dass die beiden nicht nur zusammengearbeitet hatten. Was wäre wohl passiert, wenn sie ihn heute kennenlernen würde? Bei Fiona handelte es sich um eine voluminöse Frau von achtundfünfzig Jahren, aber sie war etwas Besonderes. Schonungslos präsentierte sie ihre Schwächen, und sie brach sämtliche Regeln. Ihr Talent, das Falsche zu sagen, eigene oder die Geheimnisse anderer Leute auszuplaudern und bei den unpassendsten Gelegenheiten lauthals zu lachen, war geradezu legendär. Paradoxerweise hatte sie großen Erfolg in einer Branche, in der das Äußere mehr zählte als alles andere. Attitüden, Aussehen, Stil. Die simple Erklärung bestand darin, dass Fiona unglaublich gut war: nicht nur in ihrem Job, die meisten Menschen fühlten sich in ihrer Gegenwart ganz einfach wohl. Dan vermisste sie plötzlich sehr. Kurz entschlossen beantwortete er ihre Mail mit einer Einladung zum Mittagessen am folgenden Tag. Sie reagierte innerhalb von dreißig Sekunden mit einem dreißig Punkt großen JA DANKE sowie einer Reihe tanzender Bananensmileys.

Er unterbrach die Lektüre seiner Mails und surfte ein bisschen auf dem Partnerportal für reife Damen. Der Webmaster hatte ihn mit einem Passwort versorgt, sodass er frei manövrieren konnte. Müde blätterte er in den Profilen und sah Gesichter vorbeiflimmern: ein hoffnungsvolles Lächeln nach dem anderen. Birthe, vierundfünfzig, Witwe; Hanne, fünfundvierzig, alleinstehend; Kirsten, dreiundsechzig, Witwe; Bente – Dan hielt abrupt inne. Das Gesicht, das ihn vom Bildschirm anstarrte, war niemand Geringeres als seine ältere Schwester. Ihre fröhlichen blauen Augen waren sorgfältig mit Mascara und Eyeliner nachgezogen, das dunkelbraune Haar hatte sie zu einem Pferdeschwanz zusammengebunden. Sie saß seitlich zur Kamera und drehte ihren Kopf auf eine kokette Art, die sie möglicherweise bei Filmstars abgeguckt hatte. Auf dem Foto war zu erkennen, dass in ihrem Ohr ein silberner Ohrring mit einem Türkis hing. Dan verspürte eine Mischung aus Zuneigung und Ohnmacht. Seine liebe, nette große Schwester, warum bot sie sich auf diese Weise zum Verkauf an, stellte ihre Einsamkeit aus, entblößte sich derartig? Er las, was sie geschrieben hatte: Einundfünfzig Jahre alt, geschieden, zwei erwachsene Kinder, Beamtin, Eigentumswohnung, es sich zu Hause gemütlich machen, lange Wanderungen ... Mein Gott, wie sie in Klischees verfiel. Dan klickte die Mailbox an. Vielleicht war das die Erklärung, dass eine Mail gekommen war von ... Ja, ganz recht.

Von: bentepetri@gmail.com
An: dan@sommerdahl.dk
Gesendet: Dienstag, 27.03.2007, 16:43
Betreff: Get together
Nein, ich kenne den Mann nicht, den Du seit heute aus unerfindlichen Gründen auf dating40plus suchst. Aber WENN Du ihn findest – oder einen, der ihm ähnlich sieht –, darfst Du mir gern einen Tipp geben. Er sieht aus wie jemand, dem ich gern zu später Nachtstunde einen Champagner servieren würde ;-) Spaß beiseite, kleiner Bruder: Ist es nicht furchtbar lange her, seit wir uns gesehen haben? Wenn Ihr Sonntagabend Zeit habt, würde ich Euch gern zum Abendessen einladen. Bringt Laura bitte mit, und Rasmus, wenn Ihr ihn erwischt. Ich gehe davon aus, dass er auch diesmal nicht auf der Filmschule angenommen wurde, da ich nichts von ihm gehört habe. Hoffe, er hält ein weiteres Jahr Wartezeit aus. So sind ja leider die Umstände.

Meine beiden kommen keinesfalls: Kit bereitet sich aufs Examen vor und hat sich aus dem Familienleben abgemeldet, und Lea ist noch immer in Dublin. Sag Bescheid, wenn Du Dich mit Marianne abgestimmt hast.
Kuss Bente

Dan schüttelte lächelnd den Kopf. Sie war schon eine Marke, seine große Schwester. Als Kind hatte er keine sonderlich enge Beziehung zu ihr. Acht Jahre Altersunterschied sind trotz allem ein großer Sprung. Als Erwachsene hatten sie sich jedoch angefreundet, ja geradezu ein enges Verhältnis aufgebaut. Sie sahen sich vier, fünf Mal im Jahr, beschenkten sich zu Weihnachten und mochten sich sehr. Er musste daran denken, die Einladung mit Marianne zu besprechen. Dan öffnete die letzte E-Mail im Posteingang.

Von: lotteb@hotmail.com
An: dan@sommerdahl.dk
Gesendet: Dienstag, 27. 03. 2007, 17:12
Betreff: Anzeige
Ich habe Ihre Anzeige gesehen und bin beinahe hundertprozentig sicher, dass ich den Mann am Montag, dem 19. März, am Flughafen gesehen habe, als ich auf dem Weg nach Kreta war. Er fiel mir auf, weil er meinem Chef hinterherlief. Sie haben sich unterhalten und ich bin rüber, um Guten Tag zu sagen, aber als mein Chef mich sah, verschwand er ganz schnell. Der andere Mann, der auf dem Foto, ging ebenfalls, aber in die andere Richtung. Sie haben sich nicht einmal voneinander verabschiedet. Als ich nach dem Urlaub wieder zur Arbeit kam, hat mein Chef behauptet, dass ich ihn gar nicht gesehen haben könnte ☺!!! Er sei zu diesem Zeitpunkt im Büro gewesen. Aber meine Kollegin

sagt, er lügt. Er war an dem Tag nämlich gar nicht im Büro. Ich bin ziemlich sauer auf ihn, weil er meint, ich würde Gespenster sehen. Er heißt Erik Käsfeldt und ist Bürochef bei der Christianssund Invest. Aber Sie dürfen nicht sagen, dass Sie es von mir haben, PLEASE. Bin gerade lange krankgeschrieben gewesen, er würde die erstbeste Gelegenheit nutzen, um mich zu feuern. LB.

Der Drucker bebte und knackte, als er LBs Mail ausdruckte. Ich muss mir bald einen neuen anschaffen, dachte Dan und legte das Blatt auf den Stapel mit den eiligen Sachen auf der linken Seite des Schreibtischs. Meine Güte, er würde in den nächsten Tagen eine Menge zu tun haben, wenn er all diesen Spuren nachgehen wollte. Aber so sollte es sein. Er hatte die Aufgabe übernommen, nun würde er sie selbstverständlich zu Ende bringen. Allerdings hätte er gut Unterstützung brauchen können.

Dan spürte plötzlich, wie müde er war. Er lehnte sich im Stuhl zurück und legte die Beine auf den Schreibtisch. War es wirklich so normal, Partner im Netz zu suchen? Noch vor wenigen Tagen hätte er geschworen, dass niemand aus seinem Bekanntenkreis so etwas machen würde, und jetzt? Dan war durchaus erschüttert, dass die Profile seiner Schwester und seiner alten Lieblingskollegin dort draußen im Cyberspace standen. Vielleicht hatte Marianne recht. Vielleicht hatte er wirklich nur Vorurteile. Und war es wirklich wahr, dass auch sein alter Freund Flemming …

Dan erhob sich, streckte den Rücken, dass es knackte, und schlurfte ins Wohnzimmer zu Marianne und Rumpel, die tief schlafend in je einer Ecke des Sofas lagen. Dan stupste seine Frau leicht an der Schulter, sie erwachte mit einem Grunzen und wischte sich ein bisschen Sabber aus dem Mundwinkel. Sekunden später war auch Rumpel bei Bewusstsein. Dan nahm das kleine Wollknäuel mit auf eine kurze Tour rund um den Block. Kurz darauf lag er im Bett und horchte auf die Atemzüge von Marianne und dem Hund. Er war zwei Millimeter davor, selbst einzuschlafen, als er ein SMS-Signal seines Handys hörte. Schlaftrunken griff er nach dem Apparat und rief die Nachricht auf dem kleinen Bildschirm ab: ›Treffer bei Fingerabdruck. Komm morgen um 10:00 Uhr zu mir. Ruf jetzt NICHT an. Brauche etwas Schlaf.‹ Der Absender war Flemming Torp. Dan hoffte, dass seinem alten Freund eine lange Reise ins Traumland gelang. Er selbst war wieder hellwach, und in den nächsten paar Stunden starrte er mit weit aufgerissenen Augen in den Nachthimmel, der hier in der Stadtmitte nie ganz dunkel wurde. Er spürte, dass er der Wahrheit näher kam, und dieses Gefühl sollte ihn eigentlich freuen. Je näher er des Rätsels Lösung kam, desto mehr schnürte sich jedoch sein Hals zusammen. Und er hatte keine Ahnung, warum ihn dieses Gefühl überkam.

MITTWOCH, 28. MÄRZ 2007

19

Am nächsten Morgen saß Dan nach dem Joggen mit einer Tasse schwarzem Kaffee an seinem Schreibtisch. Es war erst neun. Er konnte noch ein paar Kleinigkeiten erledigen, bevor er sich mit Flemming traf.

Zuerst rief er die beiden Frauen aus Fünen an, die ›Jesper Hundsved‹ wiedererkannt hatten. Die erste Zeugin nahm das Telefon nach dem vierten Läuten ab. Sie klang, als sei sie außer Atem. »Kirsten?«

»Guten Tag. Dan Sommerdahl. Sie haben mir gestern geschrieben.«

»Augenblick.« Ein heftiges Scharren, gefolgt von einigen Schritten. Möglicherweise ein Betonaufgang. Dann polterte es noch einmal, und schließlich verschwand der Hintergrundlärm. »Ja? Sind Sie noch da, Dan?«

»Äh ... ja.«

»Entschuldigen Sie, ich musste nur die Wohnung aufschließen. Ich habe die Terroristen gerade in den Kindergarten gebracht.«

»Ihre Kinder?«

»Enkel. Ich wohne bei ihnen und ihrer Mutter. Lange Geschichte.« Er hörte, dass sie irgendetwas trank.

»Entschuldigung. Ich habe solchen Durst nach der Tour!« Sie lachte. »Sie haben meine Mail also bekommen?«

»Ja, danke. Können Sie mir etwas mehr erzählen?«

»Tja, Jesper hat mich vor bald drei Jahren um eine Menge Geld betrogen, auch das ist eine lange Geschichte. Können wir uns nicht treffen?«

»Wie wär's am Freitag?«

»Kommen Sie gegen elf. Dann ist meine Tochter bei der Arbeit.« Sie gab ihm die Adresse.

Die nächste Dame stammte aus Odense. Sie ging nicht ans Telefon, ein Anrufbeantworter bat darum, eine Nachricht zu hinterlassen. Dan leierte seine Mobilnummer herunter und legte auf. Dann war Lotte an der Reihe, die junge Frau, deren Chef Erik Käsfeldt hieß und sich mit J. H. unterhalten hatte, als der Heiratsschwindler zuletzt gesehen wurde. Wenn sie recht hatte, könnte Erik Käsfeldt der Mann sein, der die Rolle des Anwalts Einar Greiff-Johansen spielte. Und wenn das der Fall war, hatte Dan den bisher größten Durchbruch in diesem Fall erzielt. Es war wichtig, es richtig anzugehen.

Zunächst musste er den Mann sicher identifizieren. Und bereits hier stieß er auf das erste Problem. Am Vorabend hatte er Lotte per Mail um ein Foto gebeten, aber heute Morgen hatte sie ihm geantwortet, sie hätte keins. Auf der Homepage der Christianssund Invest gab es keine Porträts der Mitarbeiter, egal welchen Posten sie bekleideten. Er versuchte, ein Foto von Erik Käsfeldt zu googeln, hatte damit aber ebenso wenig Erfolg. Den Mann musste man sich in natura ansehen.

Er kannte zwei Menschen, die J. H.s Anwalt schon einmal gesehen hatten und ihn daher mit Sicherheit identifizieren konnten. Ursula und Liselotte. Allerdings wollte Dan seine Zeit lieber mit Ursula verbringen. Schließlich bezahlte ihre Tochter sein Honorar, und es konnte sicher nichts schaden, der Klientin eine Probe seines Könnens als Ermittler zu zeigen. Er rief Ursula an, und sie war sofort einverstanden. »Wenn du gegen zwölf kommst, stehe ich dir zur Verfügung«, erklärte sie.

»Abgemacht. Dann kann ich dir auch erzählen, was ich bisher herausgefunden habe.«

»Ich bekomme es doch auch schriftlich, oder?«

»Ja, sicher.«

»Na ja, meine Tochter ist doch neugierig …«

»Natürlich.« Dan legte auf. Mist. Er hatte gehofft, den schriftlichen Bericht vermeiden zu können. Aber natürlich sollte sie ihn haben. Er schuldete ihr im Grunde bereits zwei Berichte. Na, das muss ich am Wochenende erledigen, sagte er sich.

Er suchte im Netz und fand die Telefonnummer von Christianssund Invest. Als er die Zentrale am Apparat hatte, fragte er einfach nach Lotte und wurde ohne weiteres Palaver durchgestellt. Sie klang jung, aber damit hatte er gerechnet – bei der schriftlichen Ausdrucksweise.

Als er sich vorstellte, schnappte sie nach Luft. »Das klingt ja schrecklich. Darf ich dich zurückrufen, Mom?«, sagte sie nach einer kurzen Pause.

Eine Minute später kam ihr Anruf vom Mobiltelefon. »Ich bin in die Kantine gegangen. Also, das ist nicht so toll, mich hier anzurufen. Mein Schreibtisch steht mitten in einem Großraumbüro, wo alle die Gespräche mithören können. Was wollen Sie?«

»Können Sie Erik Käsfeldt dazu bewegen, um 13:00 Uhr auf den Parkplatz zu gehen?«

»Sie tun ihm doch nichts, oder?«

»Was meinen Sie?«

»Ich will nicht in einen Mord oder einen Überfall oder so was verwickelt werden.«

»Halten Sie mich für die Mafia? Neben mir wird eine nette ältere Dame im Auto sitzen. Sie soll ihn identifizieren. Ich möchte ganz sicher sein, dass wir über denselben Mann reden.«

»Ich schreib Ihnen ’ne SMS, wenn’s nicht klappt.«

»Aber bitte bis spätestens elf Uhr, Lotte. Die Zeugin lebt fünfzig Kilometer weit weg. Ich habe keine Lust, sie umsonst dort abzuholen.«

»Wie soll ich ihn denn rauslocken?«

»Keine Ahnung. Vielleicht könnte es irgendwas mit seinem Wagen sein?« Sie schwieg und Dan entschloss sich, seinen Trumpf auszuspielen: »Sie bekommen fünfhundert Kronen dafür.«

Das gab den Ausschlag. Er speicherte ihre Mobilnummer in die Kontakte seines Telefons.

Der letzte Anruf galt Fiona Krause. Ich bin umzingelt von Frauen, dachte Dan und lächelte, als sein Ohr auf einen aufgeregten Redefluss traf, der nicht das Geringste mit ihm zu tun hatte. Fiona bestand offenbar noch immer darauf, ihre Geschichten zu Ende zu erzählen, egal ob sie unterbrochen wurde oder nicht. Die Leute mussten halt brav am Telefon ausharren, bis ihr Publikum die Pointe begriffen hatte. Jetzt lachte jemand im Hintergrund, und Fiona hatte ihren Erfolg. »Ich bin's«, meldete sie sich.

»Fiona, ich muss unsere Verabredung verschieben.«

»Dan, verflucht! Ich habe mindestens zwei Stunden damit verbracht, mich zu schminken und zu frisieren!«

»Das ist gelogen.«

»Trotzdem!«

»Können wir uns nicht stattdessen auf eine Tasse Kaffee treffen? So gegen drei oder vier?«

Fiona willigte maulend ein, als er ihr so viel Torte, wie sie wollte, versprochen hatte. Bestens. Es war jetzt 09:30 Uhr und er hatte eine Verabredung.

MITTWOCH, 28. MÄRZ 2007, VORMITTAGS

20

»Du hast einen Hund mitgebracht?« Flemming Torp stand hinter seinem Schreibtisch auf, in der Hand einige Zeitungsausschnitte.

»Wir kümmern uns nur um ihn. Ist eine Hündin, die es nicht gewohnt ist, allein zu sein«, erklärte Dan und setzte Rumpel auf den Boden. »Und ich möchte nicht, dass unser Haus auseinandergenommen wird. Hast du eine Schale Wasser?«

Flemming sah den Hund widerwillig an, der mit eifrig wedelndem Schwanz das Innenleben seines Papierkorbs untersuchte. Die letzten Monate des hundefreien Umgangs mit Marianne und Dan hatte Flemming genossen, und im Grunde hatte er gehofft, dass es so bleiben würde. Sie mussten doch auch merken, wie viel einfacher, sauberer und ruhiger das Leben ohne Haustier war, dachte er. Nun ja, das war offenbar naiv gewesen. Dan sagte zwar, dass dieses braune Wollknäuel nur vorübergehend bei ihnen untergebracht war, aber Flemming kannte seinen alten Freund gut genug, um zu wissen, was dieser vergeistigte Gesichtsausdruck bedeutete. Man sollte sich seine Kämpfe sorgfältig aussuchen, und dieser war von vornherein verloren. Wenn es nicht dieser Hund würde, dann schon sehr bald ein anderer. Er lächelte ein wenig angestrengt, holte eine Kaffeetasse mit Wasser und stellte sie auf den Boden.

»Also …«, sagte er und griff wieder in den Haufen mit Zeitungsausschnitten. »Ich bin ein tüchtiger kleiner Polizist gewesen, nur, damit du es weißt.«

»Berichte.« Dan ließ sich auf den Gästestuhl fallen und streckte die Beine aus. »Dann werde ich dir hinterher erzählen, ob du recht hast.«

Flemming nahm hinter seinem Schreibtisch Platz. »Bevor ich anfange«, sagte er, »muss ich dich darauf aufmerksam machen, dass wir von nun an übernehmen. Dies hier ist ein Fall für die Polizei, Dan.«

»Nach Jakob Heurlin wird bereits gefahndet?«

»So ist es.« Flemming faltete die Hände und legte sie auf die Zeitungsausschnitte. »Wenn es allerdings nur darum ginge, dann könnten wir noch eine Weile so tun, als sei nichts passiert. Der Fall ist nämlich fast zwölf Jahre alt.«

»Ich höre, wie da ein unausgesprochenes ›aber‹ mitschwingt?«

»Du hast ganz recht. Dein Gentleman-Schwindler ist auch in den Mord an Mikael Kjeldsen verwickelt.«

Dan spürte, wie seine Nackenhaut sich zusammenzog. »In den Balleslev-Mord?«

Flemming nickte.

»Das ist doch einfach …«

»Du begreifst, dass ich dich da nicht …«

»Und wie?«

»Haben wir ein Abkommen, dass du ohne weiteren Ärger das tust, was ich dir sage, wenn ich dir die Geschichte erzähle?«

»Komm schon, lass uns hinterher darüber reden, wie es weitergeht. Ich werde dir schon nicht zur Last fallen.«

»Gut. Beginnen wir chronologisch.« Flemming schaute auf seine Ausschnitte. »1995 stieg eine norwegische Börsenmaklerin auf Geschäftsreise in Dänemark im Hotel Scandinavia ab. Eines Abends ging sie ins Casino Copenhagen, das im Untergeschoss des Hotels liegt, um sich die Zeit am Black-Jack-Tisch zu vertreiben. Sie muss an diesem Abend Glück gehabt haben, denn als sie ein paar Stunden später ihre Jetons wechselte und sich an die Bar setzte, um einen Absacker zu trinken, hatte sie Bargeld im Wert von über fünfzigtausend Kronen in der Tasche. Sie kam mit einem jungen Mann ins Gespräch; er wirkte so jung, dass sie ihn fragte, ob er mit seinen Eltern im Hotel wohnte. Das war natürlich, bevor sie herausfand, dass er ein Gigolo war.«

»Ein Mann, der sich prostituierte?«

»Unsere norwegische Freundin fand, er würde zum Appetitlichsten gehören, was sie je gesehen hatte – groß, blond, schick –, und lud ihn in ihr Zimmer ein, nachdem sie an der Bar ein wenig geplaudert hatten. Das war der Moment, in dem er einen Betrag nannte, der sie offenbar nicht abschreckte, denn wenige Minuten später gingen sie gemeinsam nach oben.«

»Wie alt war diese Norwegerin?«

»Das weiß ich wirklich nicht, hat das etwas zu bedeuten?«

Flemming hielt einen der Ausschnitte mit ausgestrecktem Arm vor sich. »Doch, das steht hier, sie war sechsundzwanzig.«

»So jung?«

Flemming hob eine Augenbraue, kommentierte Dans Bemerkung aber nicht. »Nachdem sie eine halbe Stunde auf dem Zimmer waren, ging sie ins Bad und schloss die Tür hinter sich. Ihr war plötzlich schwindlig geworden, es ging ihr schlecht, das war das Letzte, woran sie sich erinnern konnte.«

»Sie hat die Handtasche nicht mitgenommen?«

»Haben deine Damenbekanntschaften bei euren Schäferstündchen ihr Handgepäck von Zimmer zu Zimmer geschleppt?«

»Na, na!«

»Sie muss auf der Toilette in Ohnmacht gefallen sein. Als sie ein paar Stunden später erwachte, lag sie jedenfalls auf dem Boden des Badezimmers neben der Toilettenschüssel und fror. Der junge Mann war selbstverständlich verschwunden und hatte das

Bargeld, ihre Kreditkarte, einige Goldohrringe und eine teure Uhr mitgehen lassen.«

»K.-o.-Tropfen?«

»Rohypnol, ja. Ein supereffektives Schlafmittel.« Flemming blickte auf. »Sie hat sofort die Rezeption angerufen, aber dort hatte man den jungen Mann nicht bemerkt. Dann nahm sie Kontakt mit der Polizei auf.«

»Und wir reden über denselben Mann?«

»Die Fingerabdrücke passen.«

»Das klingt aber nicht nach ihm. J. H. ist sehr viel raffinierter.«

»Er muss damals neunzehn oder zwanzig gewesen sein, Dan. Wie raffiniert warst du in dem Alter?«

Dan zuckte die Achseln. »Tja, mit irgendwas muss man ja anfangen. Und vielleicht ist es auch nur logisch, dass er seine Karriere als Callboy und Dieb begonnen hat.«

»Im Kern ist es jedenfalls das gleiche Verbrechen: Verführung und Diebstahl.«

»Und die Verbindung zu der Balleslev-Sache?«

Flemming schob die Zeitungsausschnitte beiseite und griff nach einer Fotografie. »Das hier«, sagte er, »ist ein Bild des Weckers mit dem Blinklicht, von dem ich dir neulich erzählt habe.«

Dan betrachtete die blaue Plastikkugel. Sie sah aus wie eine dieser Schneekugeln, nur dass sie dunkelblau war, keinen Schnee enthielt und einen undeutlich diagonalen Schatten aufwies. Der hohe, kräftige Sockel war schwarz, und im dunkelblauen Kunststoff der Kuppel leuchtete ein weißes Ziffernblatt. »Habt ihr seine Fingerabdrücke darauf gefunden?«

»Nein, der Wecker war rundum abgewischt. Aber innen, an den Batterien, fanden wir mehrere Fingerabdrücke. Genug, um ihn mit Sicherheit zu identifizieren. Die Techniker sagen, dass die Abdrücke sehr alt sind, vielleicht sogar mehrere Jahre. Und sie gehören zu demselben Mann wie die Fingerabdrücke im Hotel Scandinavia.«

»Meine Herren!« Dan legte das Foto auf den Schreibtisch zurück. »Wie passt das zusammen?«

»Keine Ahnung. Ich hatte gehofft, dass du vielleicht …«

Dan schielte auf seine Uhr. »Hör mal, Flemming. Ich kann nicht verhindern, dass du und der gesamte Polizeiapparat euch auf meinen Heiratsschwindler stürzt, aber andererseits kannst du mich nicht daran hindern, meine Nachforschungen in einem Fall fortzusetzen, für den ich von einer Klientin bezahlt werde, um ihn aufzuklären.«

»Du hast versprochen …«

»Ich habe versprochen, dir nicht zur Last zu fallen, ja.«

»Aber …«

»Das ist eine Interpretationsfrage, Flemming. Ob ich lästig bin oder nicht, meine ich. Das kannst du entscheiden.« Ein flapsiges Grinsen. »Ich selbst finde mich überhaupt nicht lästig.«

»Du bist wirklich ein Arsch!«

»Du kannst mich nicht aufhalten.«

Flemming kniff die Augen zusammen. »Was willst du?«

»Dir eine Menge Zeit und Arbeit ersparen.« Dan erhob sich. »Ich muss jetzt gehen, ich habe ein paar Verabredungen. Warum kommst du nicht morgen Abend zu uns? Dann erzähle ich dir alles, was ich über diesen J. H. weiß. Wenn …«

»Wenn was?«

»Wenn du versprichst, dass wir zusammenarbeiten. Du und ich.«

Flemming runzelte die Stirn.

»Der Hauptkommissar wird toben.«

»Dann sag's ihm nicht.«

»Das widerspricht sämtlichen …«

»Dann lass es. Viel Vergnügen beim Ausgraben der ganzen Geschichte.« Dan bückte sich nach Rumpel, die nun dermaßen mit dem Schwanz wedelte, dass sie sich kaum auf den Beinen halten konnte. Er griff nach dem Halsband des Hundes und knipste die Leine an.

Flemming beobachtete ihn dabei. »Wie viel hast du gegen ihn schon ermittelt, Dan?«

»Mit jeder Stunde, die vergeht, mehr.« Dan richtete sich auf. »Wenn alles gut geht, habe ich in den nächsten vierundzwanzig Stunden den Namen seines Mittäters.«

»Mittäter? Bei einem Heiratsschwindler?«

»In diesem Fall gibt es keinen Zweifel.« Dan legte die Hand auf die Türklinke. »Aber wenn du nicht interessiert bist …«

»Jetzt hör schon auf mit dem Quatsch. Natürlich bin ich interessiert.« Flemming stand auf. »Wir sehen uns morgen Abend. Aber wenn wir zusammenarbeiten sollen, müssen wir ein paar Regeln einhalten.«

»Ich frage um Erlaubnis, bevor ich in die Häuser und Wohnungen anderer Menschen einbreche, und ich werde mich nicht prügeln?«

»So was in der Richtung.«

»Okay.« Dan öffnete die Tür und war schon auf dem Flur, als Flemming mit langen Schritten auf ihn zukam.

»Dan …«, sagte er gedämpft. »Du bist immer noch ein Arsch!«

Flemming schloss die Tür und trat ans Fenster. Er starrte über den Rathausmarkt. Kurz darauf tauchte Dan unter ihm auf. Er blieb einen Moment stehen, kniff die Augen zusammen und setzte seine Sonnenbrille auf, während der Hund sich hinhockte und pinkelte. Dann sagte er irgendetwas zu dem Hund und ging mit langen Schritten über den kopfsteingepflasterten Platz. Sein Glatzkopf hatte von der Frühjahrssonne bereits ein wenig

Farbe bekommen, und das hellgraue, maßgeschneiderte Sakko saß wie angegossen. Flemming überraschte es nicht, dass sich ein paar junge Mädchen nach Dan umdrehten. Vielleicht, dachte er und riss sich los, haben sie ja auch nur dem Hundewelpen nachgesehen. Die Hoffnung starb zuletzt.

MITTWOCH, 28. MÄRZ 2007, MITTAGS

21

»Hej!« Flemming steckte den Kopf in das Büro, das sich die Kriminalassistenten Frank Janssen und Pia Waage teilten. Beide blickten auf und lächelten. Flemming zog die Tür hinter sich zu. »Seid ihr sehr beschäftigt?«

Frank lehnte sich auf seinem Schreibtischstuhl zurück und nickte in Richtung Bildschirm. »Ich bin noch immer dabei, Mikael Kjeldsens selbst gebrannte DVDs durchzusehen. Das dauert ewig und drei Tage.«

»Hast du was gefunden?«

»Jede Menge Pornos, aber nichts Verbotenes. Keine Kinderpornos, kein Snuff, keine allzu widerlichen Perversionen, es sei denn, man rechnet Bondage und ein paar Schläge auf den Po dazu.«

»Tja.«

»Und dann gibt es natürlich eine Unmenge von Dokumenten im Zusammenhang mit seinem Studium. Bisher nichts Bemerkenswertes. Aber ich bleibe dran. Man weiß ja nie.«

»Ich bin dankbar, dass mein verehrter Kollege zumindest den Ton abgestellt hat«, ergänzte Pia Waage. »Die Tonspuren dieser Pornodateien können ganz schön ablenkend sein.«

Flemming verzog den Mund zu einem Lächeln. »Und woran sitzt du, Waage?«

»Im Augenblick sehe die Zeugenaussagen von Mikaels Studienkollegen durch.« Pia trank einen Schluck kalten Tee und schnitt eine Grimasse. »Erinnerst du dich, du hast mich gebeten, sie mir noch einmal anzusehen? Ich war gestern den ganzen Tag in seiner Fakultät.«

»Und was sagen die?«

»Ich habe diesmal etwas mehr herausbekommen. Allmählich gibt es doch ein paar, die zugeben, davon gewusst zu haben, dass Mikael ein Hacker war. Aber es ist schwer, jemanden dazu zu bringen, über Details zu reden, wahrscheinlich, weil sie das in gewissem Umfang alle machen. Aber meinem Gefühl nach würde ich Janssen recht geben. Mikael war vor allem daran interessiert, für sich und ein paar Studienkollegen Pornos herunterzuladen. Und er war offenbar ausgesprochen tüchtig, sich die Filme gratis zu beschaffen.«

»Glaubt ihr, das könnte etwas mit seinem Tod zu tun haben?«

Pia und Frank sahen sich an und schüttelten den Kopf. »Ich finde, es klingt nicht sehr wahrscheinlich«, meinte Pia.

»Ich werde wohl noch einmal Mikaels Mutter vernehmen«, sagte Flemming. »Ich würde dich gern mitnehmen, Waage.«

»Es gibt keinen Grund, ihr von den Pornos zu erzählen.«

»Das hatte ich auch nicht vor. Wenn darin wirklich das große Geheimnis von Mikael Kjeldsens Sexualleben besteht, dann sollte er es mit ins Grab nehmen dürfen, denke ich.«

»Aber weshalb willst du dann ...«

Flemming erzählte die Kurzversion von der Identifikation der Fingerabdrücke auf den Batterien. »Wir wissen nicht, wer der Mann ist oder wo wir ihn finden können, aber mit ein bisschen Glück erkennt Annemarie Kjeldsen ihn wieder.«

Frank Janssen kniff die Augen ein wenig zusammen. »Dürfen wir erfahren, woher du etwas über ihn weißt?«

»So wie es aussieht, ist das ein ganz anderer Fall, der unmittelbar nichts mit unseren Ermittlungen zu tun hat. Es ist nicht einmal ein Fall für die Polizei. Noch nicht ...«

»Es ist nicht zufällig einer der Fälle dieses kahlköpfigen Detektivs? Ich habe Dan Sommerdahl vor einer Viertelstunde aus dem Hauptportal gehen sehen.«

Flemming sah ihn einige Sekunden ausdruckslos an. »Es ist ein Fall von Dan, ja. Aber ich möchte nicht mehr darüber sagen. Jedenfalls jetzt nicht. Es gibt noch viele Details zu klären, und ich bin mir nicht wirklich sicher, ob diese beiden Geschichten überhaupt mit mehr als nur einem dünnen Faden zusammenhängen.«

»Du sagst uns doch hoffentlich Bescheid, wenn es anders sein sollte, oder?«

»Selbstverständlich.« Flemmings Blick wanderte zu Pia. »Bist du so weit?«

Wenige Minuten später saßen sie in Flemmings Wagen auf dem Weg nach Balleslev. Flemming hatte, kurz bevor er sich ins Auto setzte, eine schnelle Zigarette geraucht und war sich unangenehm bewusst, dass Pia Waage den scharfen Rauchgeruch wahrnehmen musste, der an ihm hing. Er hätte viel für eine Lakritzpastille gegeben.

»Wann hast du das letzte Mal mit ihr gesprochen?«, wollte Pia wissen.

»Annemarie Kjeldsen?« Er dachte einen Moment nach. »Es ist ein paar Wochen her. Und du?«

»Ich hab letzte Woche mal vorbeigesehen. Es ging ihr gar nicht gut.«

»Ist jemand bei ihr?«

»Kamma Moritzen wohnt dort, seit Mikael tot ist.«

»Dieser Drachen.«

»Sie ist ein zänkisches Biest, aber du musst zugeben, dass es unglaublich nett von ihr ist, sich so um Annemarie zu kümmern.«

»Sehr nett.«

»Sie hat jahrelang den Garten von Annemarie Kjeldsen gepflegt und jetzt offenbar auch den Rest des Haushalts übernommen. Sie ist eine gute Stütze.«

Sie wechselten kein weiteres Wort, bis sie vor dem rot verputzten Reihenhaus an Kiplings Vænge hielten. Es sah ganz gewöhnlich aus und wirkte keineswegs wie ein Haus der Trauer. Auf der anderen Seite ... wie sollte so ein Haus auch aussehen? Die Fenster waren geputzt, die Gardinen dahinter sauber; draußen war der Gartenweg sorgfältig gefegt, und das Unkraut in den viereckigen Beeten hatte man erst kürzlich gejätet. Die kleinen Trauben von Blausternen und Märzenbechern boten einen hübschen Kontrast zu der dunkelbraunen Erde. Sogar das Messingtürschild war poliert. Sollte das Kamma Moritzens Werk gewesen sein, war sie ein Segen.

»Erwartet sie uns?«

Flemming schloss die Wagentür und setzte seinen linken Fuß auf die Erde. »Ich habe sie angerufen und ihr gesagt, dass wir kommen.«

»Hast du auch gesagt, weshalb?«

»Nein.« Flemming wartete, bis Pia die Tür zugeworfen hatte, und drückte dann die Zentralverriegelung. Das Auto quittierte es mit einem lauten Klicken und einem munteren Signal der Blinklichter.

In diesem Moment ging die Haustür auf. Eine dunkelhaarige Frau betrachtete die beiden Polizisten, als sie den Gartenweg hinaufkamen. Ihren rundlichen Körper hatte sie in ein schwarzes Kleid gezwängt. Erst als sie direkt vor der Tür standen, machte sie den Mund auf. »Haben Sie ihn?«, fragte sie.

»Den Täter? Nein, leider noch nicht, Kamma«, antwortete Pia und streckte ihre Hand zum Gruß aus.

»Was wollen Sie dann noch?«

»Wir müssen mit Annemarie reden.«

»Wir haben alles gesagt, was wir wissen.« Sie trat einen Schritt zur Seite, sodass sie sich gerade an ihr vorbeidrücken konnten. »Aber wenn es nicht anders geht ...«

Ein Duft nach frisch gebackenem Brot schwebte durch das blitzsaubere Reihenhaus, der Couchtisch war mit geblümtem Porzellan gedeckt und vornehmen kleinen Servietten. Eine Kanne Kaffee und eine Schale mit Butterbrötchen lockte mitten auf dem Tisch.

In merkwürdigem Kontrast zu der gemütlichen Kaffeetafel saß Mikaels Mutter mit einem erloschenen Gesichtsausdruck auf dem Sofa. Sie war das diametrale Gegenteil ihrer Freundin: schmächtig, farblos, verwelkt und bescheiden bis zur Selbstentäußerung. Man konnte ihrem Blick nur mit einer ans Unverschämte grenzenden Beharrlichkeit begegnen. Trotzdem hatte Flemming keinen Zweifel, dass sie einmal eine dieser lichten, elfenartigen Schönheiten gewesen sein musste, die rasch altern und leicht verblühen. Ihre graublauen Augen wirkten noch immer hübsch hinter den starken, goldeingefassten Brillengläsern, und für einen Moment konnte man ahnen, dass die blasse, matte Haut einmal schimmernd und fein gewesen war. Auch sie trug Schwarz, einen plissierten Rock und eine hochgeschlossene Wollbluse. Sie grüßte die Polizisten, sagte sonst aber kein Wort, es sei denn, man stellte ihr eine direkte Frage.

»Entschuldigen Sie, dass wir Sie noch einmal belästigen.« Pia Waage legte eine Hand auf den Arm der Frau. Sie und Annemarie Kjeldsen saßen nebeneinander auf dem Sofa, Flemming hatte sich in einen Sessel gesetzt. Kamma huschte umher, bot Brötchen an, schenkte Kaffee ein, holte das Sahnekännchen aus der Küche. Es mochte schon sein, dass die Anwesenheit der Polizei sie störte, aber sie wusste zumindest, wie man sich benahm, wenn Fremde zu Gast waren.

»Sie tun ja nur Ihre Arbeit«, erwiderte Annemarie und nahm sich ein Butterbrötchen. Sie legte es auf einen Kuchenteller und rührte es nicht mehr an, solange die Gäste da waren. »Ich bete jeden Tag für Sie.«

»Danke.« Pias Augen flackerten einen Moment. »Wir sind hier, um zu fragen, ob Ihnen noch etwas eingefallen ist.«

Annemarie schüttelte den Kopf. »Nein.«

»Na, sehen Sie?«, mischte sich Kamma ein, die sich in den zweiten Sessel des Wohnzimmers gesetzt hatte. »Sie weiß nichts mehr. Es hat keinen Sinn, ihr noch weiter zuzusetzen. Sie sollten lieber sehen, dass Sie Mikaels Mörder schnappen!« Sie biss in ihr Butterbrötchen und lehnte sich im Sessel zurück. Dann zog sie das Kleid hinunter, sodass es ihre runden, nylonschimmernden Knie bedeckte.

»Ja, vielen Dank auch.« Flemming sah ihr direkt in die Augen. »Wenn wir uns jetzt mit Annemarie allein unterhalten dürften, dann wäre das sehr …«

»Das geht nun wirklich nicht!« Ein Krümel flog aus Kammas Mund und landete auf der Armlehne. Sie tupfte ihn auf und ließ ihn auf ihren Teller fallen. »Ich habe der Gemeinde versprochen, in dieser schweren Zeit auf Annemarie aufzupassen. Mein Platz ist an ihrer Seite.«

»Was sagen Sie denn dazu, Annemarie?«

Mikaels Mutter blickte auf ihre Hände, die sie im Schoß gefaltet hielt. Sie schüttelte leicht den Kopf, blieb aber stumm.

»Sie möchten, dass Kamma bleibt?«, half Pia.

Annemarie nickte, noch immer, ohne aufzublicken.

»Dann bleibt sie eben.« Pia sah Flemming an, der nur die Achseln zuckte.

»Möglicherweise haben wir eine neue Spur, Annemarie«, sagte er dann. Er zog das Foto von Jakob aus der Sakkotasche, das Dan in seiner Internet-Anzeige verwendet hatte. »Als wir den Tatort untersucht haben, fanden wir einige Fingerabdrücke, bei denen es zunächst keine Übereinstimmungen mit unserem Register gab.«

Annemarie sah ihn fragend an.

»Durch einen Zufall sind wir aber bei einem ganz anderen Fall auf dieselben Fingerabdrücke gestoßen«, fuhr Flemming fort. »Es ist nicht sicher, ob die beiden Fälle überhaupt etwas miteinander zu tun haben.« Er reichte das Foto von J.H. über den Glastisch und legte es vor Annemarie. »Haben Sie diesen Mann schon einmal gesehen?«

Sie schob die Brille in die Stirn und hielt das Bild am ausgestreckten Arm vor sich. Einige Sekunden lang sah sie vollkommen teilnahmslos aus, während sie versuchte, das unscharfe Foto zu deuten. Plötzlich wurden ihre Augen größer, nur für einen Moment, dann hatte sie ihren Gesichtsausdruck wieder unter Kontrolle, ihr Blick flackerte hinüber zu Kamma, auf das Foto und zum Fenster. Sie legte das Bild zurück, als zeige es etwas Obszönes, etwas, das man eine Dame ganz einfach nicht ansehen lassen konnte. »Ich kenne ihn nicht.« Ihre Stimme klang fest. Etwas *zu* fest?

Flemming reichte das Foto weiter zu Kamma; er wollte sehen, ob die Reaktion sich wiederholte. Sie hatte ihre Gesichtszüge besser unter Kontrolle, aber es gab gar keinen Zweifel, dass auch sie den jungen Mann auf dem Foto kannte. Sie drehte das Foto um, als sie es weglegte. Flemming blickte von einer zur anderen. Die beiden Frauen hatten die Köpfe gesenkt, sie sahen weder sich noch die Polizisten an.

»Warum lügen Sie?«, fragte er ruhig.

Kamma hielt den Blick auf den Saum ihres Kleids gerichtet,

das sie ständig ruckartig über die Knie zog. Auch Annemarie hielt den Kopf weiterhin gesenkt.

»Sie beide haben den Mann auf dem Foto wiedererkannt«, konstatierte Flemming. »Ich finde es ausgesprochen eigenartig, dass Sie es nicht zugeben wollen.«

»Wir kennen ihn nicht«, behauptete Kamma. Sie ließ ihr Kleid los und hielt den Gästen die Schale mit den Brötchen hin. Als beide den Kopf schüttelten, erhob sie sich. »Ich finde, Sie sollten jetzt gehen«, sagte sie.

»Was sagen Sie, Annemarie?«, fragte Pia leise.

Es kam keine Antwort. Mikaels Mutter beugte sich nur weiter vor, die Lippen bewegten sich in einem lautlosen Gebet. Eine Träne tropfte auf ihre gefalteten Hände. Nach einigen Momenten des Wartens standen Pia und Flemming auf und folgten Kamma in den Flur. Sie riss die Haustür auf. »Wiedersehen.«

Flemming wandte sich ihr zu. »Kamma, es nützt nichts. Ich habe Ihnen beiden angesehen, dass Sie den Mann auf dem Foto wiedererkannt haben. Ich verstehe nicht, warum Sie lügen. Es ist doch auch in Ihrem Interesse, dass wir Mikaels Mörder erwischen.«

Kamma zog die Wohnzimmertür zu. »Sie meinen, er hat Mikael umgebracht?«, fragte sie mit gedämpfter Stimme.

»Das ist eine der Theorien, mit denen wir arbeiten.«

Kamma sah Flemming an. Ein Zittern im Mundwinkel zeigte, dass sie nur mit Mühe die Tränen zurückhalten konnte. »Wissen Sie, was es heißt, ausgestoßen zu werden?«, sagte sie dann.

»Wie bei den Zeugen Jehovas? Ja, das weiß ich.«

»Dieser Mann wurde aus unserer Gemeinde ausgestoßen, aus dem Haus des Herrn.«

»Und?«

»Wir nehmen einen Ausschluss sehr ernst. Ernster als die Zeugen Jehovas. Wenn Annemarie und ich sagen, dass wir ihn nicht kennen, ist das richtig. Wir kennen ihn nicht. Er existiert für uns nicht mehr. Er könnte ebenso gut tot sein. Er ist verdammt.«

»Aber, wer …«

Kamma war mit ihnen in den Vorgarten gegangen, nun trat sie einen Schritt zurück, in den Schutz des Eingangs.

»Versprechen Sie, dass Sie ihr keine Fragen mehr stellen? Jedenfalls nicht nach ihm.«

»Das kann ich nicht versprechen, Kamma.« Flemming legte eine Hand auf ihre Schulter. Sie sprang mit einem Satz beiseite, sodass seine Hand herunterfiel. »Aber wenn es keinerlei Bedeutung für die Aufklärung des Mordes an Mikael hat, dann …«

Kamma sah ihn an. Ihre dunkelbraunen Augen waren schmal geworden. »Wo habt ihr den Fingerabdruck gefunden?«

»Das ist vertraulich.« Er dachte einen Moment nach. »Behalten Sie es für sich, ja?« Er wartete ihr Nicken ab, bevor er fortfuhr: »Auf einem Spielzeug. Einer blauen Lampe.«

Kamma zuckte zusammen. »Einem Blaulicht der Polizei?«

Flemming nickte. »Annemarie wusste nicht, woher sie stammte.«

»Einem Wecker mit Blaulicht?«

»Ja. Sagt Ihnen das etwas?«

»Die Lampe gehörte ihm.«

»Ihm? Ihm auf dem Foto?«

Kamma nickte. Und biss sich auf die Lippe. »Er hieß Johannes Hansen«, sagte sie nach einer kurzen Pause. »Er war ihr ältester Sohn. Als er ausgestoßen wurde, verbrannte ihr Mann sämtliche Sachen des Jungen: alle Fotografien, die ihn zeigten, alle Unterlagen, die mit ihm zu tun hatten. Das Blaulicht muss Johannes mitgenommen haben, als er uns verließ. Als Junge hatte er so viel Spaß damit. Hätte er die Lampe hiergelassen, wäre sie mit all seinen anderen Sachen verbrannt worden.« Sie räusperte sich. »Wenn sein Fingerabdruck darauf zu finden ist, stammt er von damals. Er hat seine Mutter und Mikael bestimmt nicht besucht, seit er ausgestoßen wurde. Garantiert nicht!«

»Warum wurde er ausgestoßen?«

Ihre Augen waren beinahe schwarz. »Das ist eine Angelegenheit zwischen der Gemeinde und ihm«, antwortete sie. »Gehen Sie jetzt. Johannes hat seit fast fünfzehn Jahren nichts mehr mit seiner Mutter oder seinem jüngeren Bruder zu tun gehabt. Er hat einen Pakt mit dem Satan geschlossen. Er ist verdammt.«

Sie wollte die Haustür zuziehen, aber Flemming hinderte sie daran. »Und Annemaries Mann?«, fragte er gedämpft. »Wo ist er? Ist er gestorben? Oder wurde er auch ausgestoßen?«

Sie zog verzweifelt an der Tür. »Gehen Sie«, sagte sie. »Na los, geht schon!«

MITTWOCH, 28. MÄRZ 2007, 12:10 UHR

22

»Wie geht's dir?«

»Es muss ja.«

»Lass dir Zeit, lass dir ruhig Zeit.«

»Das sagen alle.«

Dan wandte einen Moment den Blick von der Straße ab und sah seine Beifahrerin an. Ursula saß aufrecht, das Kinn einige Millimeter höher als gewöhnlich, und starrte geradeaus. Ihre Augen waren hinter einer verkratzten, kreisrunden Metallsonnenbrille verborgen. Über einem weißen T-Shirt trug sie ein dünnes, aquamarinfarbenes Seidenhalstuch, das im Zug der Klimaanlage des Wagens vibrierte. Die Hände hatte sie im Schoß übereinandergelegt. Sie trug ihren Verlobungsring nicht mehr. Dan hielt es für ein gutes Zeichen.

»Wir haben noch viel Zeit«, sagte er. »Sollen wir irgendwo halten und einen Kaffee trinken?«

»Nein, bringen wir's hinter uns«, erwiderte sie. »Erklär mir noch mal, was passieren wird.«

»Ein Mann namens Erik Käsfeldt wurde im Flughafen mit deinem Verlobten an dem Tag gesehen, an dem er verschwand. Es besteht die geringe Chance, dass Käsfeldt der Mann ist, der sich als Rechtsanwalt Einar Greiff-Johansen ausgab. Ich habe einen Kontakt in die Firma, in der er arbeitet, sie wird ihn um eins auf den Parkplatz locken, dann kannst du ihn dir ansehen. Wir werden im Auto sitzen bleiben und ihn uns nur ansehen, wenn er herauskommt. Und du wirst mir sagen, ob du ihn wiedererkennst oder nicht. Hinterher fahre ich dich nach Hause.«

»Ich soll ihn nicht ansprechen?«

»Natürlich nicht! Du sollst einfach im Auto sitzen bleiben. Bind dir dein Halstuch ums Haar, wenn du ganz sichergehen willst, dass er dich nicht wiedererkennt.«

»Okay.«

Nach einigen Minuten Stille schaltete Dan das Radio ein und suchte Radio 100 FM; den Rest der Fahrt saßen sie nebeneinander und hörten sanften Mainstream-Pop, ohne ein Wort zu wechseln. Auf dem Rücksitz lag Rumpel, zusammengerollt zu einem kleinen Fellknäuel.

Sie erreichten Christianssund Invest zwanzig Minuten vor der Zeit. Dan schickte Lotte eine SMS, bekam aber keine Antwort. Erst fünf vor eins passierte etwas. Ein kleiner dunkelblauer Honda mit dem Firmenlogo an den Seiten fuhr an Dans Wagen vorbei und bog auf den Parkplatz. Einen Augenblick später stieg eine junge, stämmige Frau mit kurzen rötlichen Haaren aus dem kleinen Wagen. Sie blieb einen Moment mit der Hand an der offenen Wagentür stehen und sah sich um. Als ihr Blick zum zweiten Mal seinen Wagen streifte, blinkte Dan ein einziges Mal mit den Scheinwerfern. Lottes Gesicht leuchtete auf. Sie lächelte, als sie die Wagentür zuwarf und die Zentralverriegelung bediente. Dann sah sie sich noch einmal um, bevor sie mit einem forschenden Blick auf einen silbergrauen Alfa Romeo zuging, als hätte sie an der hinteren Stoßstange eine Beule entdeckt.

»An der ist eine große Schauspielerin verloren gegangen«, murmelte Dan.

Ursula lächelte mit zusammengekniffenen Lippen, starr vor Anspannung. Ihre Augen klebten an Lotte, die nun den Alfa erreicht hatte und ihre rechte Hand ausstreckte, als wollte sie die imaginäre Beule abtasten. Noch immer hielt sie den Autoschlüssel zwischen ihren Fingern, und mit einem Mal zog sie ihn hart über den blank polierten Lack. Offensichtlich hatte sie es mit einiger Kraft getan, die eigentliche Bewegung dauerte allerdings nur eine Sekunde.

»Autsch«, sagte Dan.

»Sie nimmt ihre Aufgabe wirklich ernst«, bemerkte Ursula.

»Das kann man wohl sagen.«

Lotte ging rasch auf die Glastür des Gebäudes zu und verschwand. Ursula zog das Tuch über ihr allzu leicht wiedererkennbares Haar. Es vergingen höchstens zwei Minuten, bevor die Tür aufging und Lotte herauskam. Sie ging rückwärts, gestikulierte und redete auf einen Mann in mittleren Jahren ein, der ihr mit gerunzelten Brauen folgte. Er war mittelgroß, trug einen Anzug von der Stange und ein Hemd, das eines Gebrauchtwagenhändlers würdig gewesen wäre: blau gestreift mit weißem Kragen. Sein dünnes, grau werdendes Haar war zurückgekämmt und – selbst auf diese Entfernung erkennbar – zu lang im Nacken.

»Ja«, sagte Ursula.

»Ja?«

»Ja, das ist er.«

»Bist du sicher? Willst du ihn dir nicht noch etwas länger ansehen, bevor du dich entscheidest?«

Ursula schob die Sonnenbrille auf die Nasenspitze und schaute gehorsam noch einmal hin. »Er ist es«, sagte sie dann. »Können wir jetzt fahren?«

»Ja, sicher.« Dan ließ den Wagen an und blinkte. Der letzte Blick auf das Drama am Parkplatz zeigte Lotte und ihren Chef, die sich mit gesenktem Kopf und ernsten Mienen den Schaden ansahen. Als Dan vorbeifuhr, hob Lotte den Kopf und blinzelte ihm zu, bevor sie wieder in die Rolle der fürsorglichen Frau und

Trösterin schlüpfte, weil der neue Firmenwagen des großen starken Manns seinen ersten Kratzer bekommen hatte. Er musste ihr so schnell wie möglich ihre Belohnung zukommen lassen. Sie hatte ihn sich verdient!

23

»Also, ich verstehe nicht, dass du Jais Hintze nie begegnet bist, Dan. Das war zu meiner Zeit bei Krea & Krea in Kopenhagen. Ich habe diese Superwindelkampagne mit ihm durchgezogen. Daran musst du dich doch erinnern? Die mit dem nackten Babypopo-Foto? Wir haben einen Riesenpreis dafür bekommen …« Fiona stopfte den letzten Bissen Torte in den Mund, ohne das Tempo herunterzufahren. »Okay, wenn du dich nicht erinnern kannst, dann eben nicht; er war jedenfalls ein Supertalent. Ich habe nie kapiert, warum er so plötzlich verschwunden ist, es lief riesig im Büro, und er verdiente super, obwohl er so jung war.«

»Bist du dir darüber im Klaren, dass du das Wort ›super‹ beziehungsweise ›riesig‹ jetzt fünf Mal hintereinander benutzt hast, Fiona? Solltest du nicht mal darüber nachdenken, deine Wortwahl ein wenig zu variieren?«

»Ach, halt die Klappe, Mann.« Sie lächelte glücklich. »Du bist doch einfach nur scheißeifersüchtig, weil ich einen anderen Texter lobe.«

»Du kannst ihn loben, so viel du willst. Trotzdem liebst du nur mich.«

»Genau.«

»Erzähl mir die Geschichte mal von Anfang an, bitte, und ohne die ganzen Abschweifungen. Wo, wann, wie. Ich brauche Fakten, Baby.«

Fiona leerte ihre Kaffeetasse und schob den Kuchenteller beiseite. »Okay. Im Jahr 2003 ging meine damalige Partnerin, Lise Åstad, in den Mutterschaftsurlaub. An die wirst du dich doch wohl noch erinnern? Ach ja, nur die reinen Fakten … Also, sie ging in den Mutterschaftsurlaub, und alle anderen Texter waren krank, im Urlaub oder hatten total viel zu tun. Da tauchte eines Tages dieser junge Bursche auf und fragte, ob er gratis für mich arbeiten dürfe. Ich sollte sehen, was er wert war, bevor ich mich möglicherweise entschloss, ihn einzustellen. Okay, lange Rede, kurzer Sinn, er …«

»Ich sitze hier und freue mich, dass du nie den Ehrgeiz hattest, deine eigenen Texte zu schreiben, Fiona.« Dan lächelte. »Scheiße noch mal, der Fokus!«

»Ja, ja, ich tu doch, was ich kann. Er hieß jedenfalls Jais Hintze, und ich glaube, er war Anfang zwanzig.«

»Wo hatte er vorher gearbeitet?«

»Nirgendwo, soweit ich weiß. Ich glaube, er hatte nicht mal Abitur. Er sprach nicht viel darüber.« Einen Moment sah sie nachdenklich aus. »Ich glaube, er ist sehr viel gereist. Unter anderem durch Indien.«

»Wie kommst du darauf?«

»Er hat mir einmal die Tätowierung gezeigt, die er sich hatte machen lassen, genau hier.« Sie zeigte auf ihre rechte Schulter. »Sie sah exakt so aus wie die aus deiner Anzeige.«

»Und die hat er sich in Indien machen lassen?«

»Ich bin mir fast hundertpro sicher, dass er das gesagt hat.«

Dan lehnte sich im Stuhl zurück. »Weißt du, was, du kannst quasseln, so viel du willst, Fiona, aber dein visuelles Gedächtnis wiegt dein mangelndes Sprachgefühl mehr als reichlich auf.«

»Oh, danke.«

»Sagte er zufälligerweise auch, was die Zeichen der Tätowierung bedeuten?«

»›Geliebte Mutter‹, hat er gesagt. Sie war zwei Jahre vorher gestorben.«

»Natürlich stand da ›Geliebte Mutter‹, weil es um dich ging, Fiona. Selbstverständlich.« Dan schüttelte langsam den Kopf. »Dieser Mann kann Frauen wirklich lesen …«

Fiona sah ihn desorientiert an, doch als Dan diesen Punkt offensichtlich nicht vertiefen wollte, ließ sie das Thema fallen und fuhr fort, wo sie aufgehört hatte: »Okay, der junge Jais wollte jedenfalls versuchen …«

»Entschuldige, wenn ich dich unterbreche, aber wie bist du auf die Idee gekommen, einen Burschen zu nehmen, der direkt von der Straße kam? Du wusstest doch nicht, ob er überhaupt schreiben kann.«

»Nein, aber …«

»Aber er war so süüüß?«, äffte Dan sie nach.

»Nicht nur deswegen. Er hatte was … Scheiße, ich hatte doch nichts zu verlieren. Wenn seine Texte nichts taugten, hätte ich ihn doch gleich wieder rausschmeißen können, oder?«

Dan zuckte die Achseln. »Und was ist dann passiert?«

»Na ja, er war ein Riesentalent.« Sie lächelte. »Er war verdammt gut, und das stimmt, Dan. Wenn er sich entschieden hätte, in der Branche zu bleiben, hätte er eines Tages dein Niveau erreicht, da bin ich mir sicher.«

»Ich weiß nicht so genau, ob ich mich geschmeichelt oder beleidigt fühlen soll. Vergleichst du mich mit einem Gauner?«

»Gauner? Was hat er denn angestellt?«

»Erzähl deine Geschichte zu Ende, dann bekommst du die Erklärung.«

»So viel gibt's da nicht mehr zu erzählen. Als ich seinen ersten Superentwurf sah, wusste ich, dass es sich um ein Naturtalent handelte. Nach zwei Wochen stellten wir ihn mit einer begrenzten Probezeit ein, und ein paar Tage später bekamen wir die Windelkampagne. Eine Riesenaufgabe, wir gingen drei Tage in einem Ferienhaus in Klausur, bis wir ein Präsentationskonzept hatten … and the rest is history, wie es so schön heißt.« Fiona betrachtete den Boden ihrer Kaffeetasse. »Glaubst du, deine Klientin kann es sich leisten, mir noch einen zu spendieren?«

Der Kellner kam, schenkte nach, und Fiona erzählte weiter. »Als wir in diesem Ferienhaus waren, hat er mir ein bisschen von sich und seiner Vergangenheit erzählt. Von der Mutter und so.«

»Hast du mit ihm geschlafen?«

»Dan!« Fionas Augen blitzten. »Das fragt man doch keine Dame. Was hätte er denn mit mir anfangen wollen? Ich hätte doch seine Mutter sein können!«

»Na und? Du bist doch eine MILF!«

»Milf? Was zum Teufel ist das denn?«

»*Mom I'd Like to Fuck*, kennst du den Ausdruck nicht?«

»Dan!«, rief sie noch einmal, und nun hatte die Freude auch ihre Lachgrübchen erreicht. »Du bist grässlich!«

»Scheiße noch mal, hattet ihr Sex?«

Plötzlich wurde sie ernst. »Okay. Ja, hatten wir. Sogar guten Sex, wenn du es wissen willst.«

»Bestand dieser Teil eurer Beziehung auch noch nach eurer Rückkehr?«

»Ja, wir haben uns verliebt. Er war fast schon bei mir eingezogen, und wir hatten verabredet, den Kindern zu erzählen, dass sie einen Stiefvater bekämen, der in ihrem Alter ist.« Die Haut um ihre Augen straffte sich. »Aber dann verschwand er von einem Tag auf den anderen. Spurlos. Er kam nicht mehr zur Arbeit, er antwortete nicht auf meine SMS, er war ganz einfach weg. Es war so eigenartig. Ich habe mir solche Sorgen gemacht.«

Dan blickte sie eine Weile an. Er sah, dass Fiona hinter der stets fröhlichen, energischen Fassade tief verletzt war. Sie kämpfte mit einem Kloß im Hals. Aus Erfahrung wusste er, dass ein mitfühlendes Wort von ihm eine Sintflut an Tränen auslösen würde, also versagte er sich von vornherein die Sympathiebekundungen, mit denen er sie am liebsten überschüttet hätte. Es gab nicht viel, was Dan so verabscheute wie Tränen.

»Fehlte etwas, nachdem er abgehauen war? Geld, Schmuck ... was weiß ich.«

»Du meinst, ob Jais mich bestohlen hat?«

»So kann man es ausdrücken.«

Fionas Blick verhärtete sich. »Was denkst du denn? Ich sage doch, dass wir verliebt waren. Nein, er hat nichts mitgenommen.«

Gut so. Die Krise war überstanden, Tränen kamen nicht.

»Fiona, du mit deiner guten Erinnerung ... versuch mal, dich an das letzte Mal zu erinnern, als du mit Jais zusammen warst. Worüber habt ihr geredet?«

Fiona entspannte sich. Sie trank einen großen Schluck Kaffee. »Ich habe oft daran gedacht, Dan. Ich habe nach einer Erklärung dafür gesucht, warum er sich so plötzlich entschlossen hat, mich zu verlassen, aber ... Am letzten Abend haben wir am meisten darüber geredet zusammenzuziehen. Ich habe ihm von meinen Kindern erzählt. Dass Sidsel sich gerade an der Uni eingeschrieben hatte und die Wohnung strich, die ich ihr gekauft hatte. Dass Gry ihr erstes Kind bekommen hatte und Sune auf einer einjährigen Reise durch Japan war. Wie sehr ich ihn vermisste und ...«

»War Sune damals wirklich ein Jahr weg? Wie konnte er sich das leisten?«

»Ich hatte ihm ein halbes Jahr vorher ein bisschen Geld gegeben.«

In Dans Nacken richteten sich die kleinen Härchen auf. »Ein bisschen Geld? Wo hattest du es denn her? Also entschuldige, dass ich so direkt frage, aber du bist ja nicht gerade der Typ, der an der Börse spekuliert, außerdem hattest du Sidsel gerade eine Wohnung gekauft.«

Fionas Blick war klar. »Das hat Jais mich auch gefragt. Beinahe mit den gleichen Worten. Du bekommst die gleiche Antwort wie er: Ich hatte beim EU-Lotto gewonnen.«

Dan saß jetzt ganz vorn auf seinem Stuhl und konnte seine Aufregung kaum verbergen. »Wie viel?«

»Das hat er mich auch gefragt. Mann, das fängt an, mir unheimlich zu werden. 5,3 Millionen Kronen, wenn du es genau wissen willst. Aber ich habe so gut wie nichts behalten. Oder … das ist gelogen. Ich habe mir zwei Kisten von einem scheißteuren Rotwein gekauft.«

»Was hast du mit dem Geld gemacht?«

»Die Kinder bekamen jeder anderthalb Millionen. Oder besser: Ich richtete drei Sperrkonten auf meinen Namen ein, sodass das Geld sich verzinste und sie nicht alles auf einmal ausgeben konnten. Sonst hätten sie auch Steuern dafür bezahlen müssen. Das wäre verrückt gewesen.«

»Und die restlichen achthunderttausend?«

»Ich habe etwas über dreihunderttausend behalten. Und den Rest habe ich der Dänischen Flüchtlingshilfe gespendet. Ich hatte ja, was ich brauchte, und das Haus war abbezahlt.«

»Und das hast du auch Jais erzählt? Wie hat er reagiert?«

»Er … er hat mich geküsst und gesagt, das sei unglaublich.«

»Ist es ja auch. Und dann?«

»Dann musste er plötzlich gehen. Er hatte eine Verabredung mit ein paar alten Freunden.«

»Das fiel ihm so plötzlich ein?«

Fiona nickte. Sie blickte auf ihre Hände. »Du hast recht. Was war ich naiv.«

»Damit bist du nicht allein.«

»Was meinst du?«

»Fiona, es gibt einen Grund, warum ich den Mann auf den Seiten dieser Partnervermittlungen suche.« Dan streckte die Hand über den Tisch und legte sie auf ihren Arm. »Ich kann die Namen der anderen Frauen nicht nennen, aber …« Er gab ihr eine kurze Zusammenfassung von J. H.s Karriere, soweit sie ihm bekannt war. Von dem blutjungen Gigolo im Hotel Scandinavia, von Jesper Hundsved in Odense, Joachim Heinsen in Valby und Jakob Heurlin in Egebjerg. Er erzählte von den wechselnden Bedeutungen der Tätowierung, je nachdem, welches Publikum er hatte, und den großen Beträgen, die von den Konten seiner Opfer verschwunden waren. »Du kannst froh sein, Fiona, dass du dein ganzes Geld verschenkt hast. Ich habe den dringenden Verdacht, dass er mindestens eines seiner Opfer umgebracht hat.«

Fiona Krause war sprachlos. Eine ausgesprochen seltene Reaktion, und unter normalen Umständen hätte Dan sie damit aufgezogen. Aber bei dem gequälten Ausdruck in ihren Augen beherrschte er sich, und als sie einige Minuten später das Restaurant des Hotels Marina verließen, hatte er ihr einen Arm um die Schulter gelegt.

DONNERSTAG, 29. MÄRZ 2007, ABENDS

24 »Sag das noch mal, Dan. Und langsam muss ich dir wohl danken.«

»Ich bin zu 99,9 Prozent sicher, dass Erik Käsfeldt von der Christianssund Invest der Mitverschwörer meines Heiratsschwindlers ist«, wiederholte Dan in seinem geduldigsten Tonfall und trank einen großen Schluck Bier. Er hatte einen rauen Hals, nachdem er eine halbe Stunde unablässig geredet hatte. Über J.H.s zahlreiche Identitäten, den sogenannten Selbstmordpakt in Valby, die leer geräumten Konten, über das seltsame Zusammentreffen, dass mindestens zwei Opfer ihr Geld bei der EU-Lotterie gewonnen hatten, von Lottes Mail und Ursulas sicherer Identifikation des Mannes, der die Rolle des Einar Greiff-Johansen gespielt hatte.

Er saß mit Flemming im Haus in der Gørtlergade – beide im Sessel mit einem kalten Bier in der Hand.

»Ich weiß, wer J.H. wirklich ist«, sagte Flemming plötzlich. »Oder besser, ich weiß, wer er war.«

»Interpol hatte Fingerabdrücke im Register?«

»Von denen habe ich noch gar keine Antwort. Nein, ich war heute bei Mikael Kjeldsens Mutter, direkt nach unserem Gespräch. Sie und ihre Freundin haben den Mann auf dem Foto wiedererkannt.«

»Und?«

»Er heißt Johannes Hansen und war Mikaels großer Bruder.«

Dan starrte Flemming fassungslos an.

»Leider hilft uns das bei der Suche nach ihm nicht weiter.«

Flemming erzählte vom definitiven Ausschluss aus der Sekte, der die Mutter angehörte, und dass Johannes niemand aus der Familie mehr gesehen habe, seitdem er vor fünfzehn Jahren verschwunden war, gerade mal achtzehn Jahre alt. »Ich gebe natürlich nicht auf«, sagte er schließlich. »Annemarie Kjeldsen muss uns diese Geschichte erklären. Und ich werde beim nächsten Mal allein mit ihr reden, auch wenn ich die Frau aufs Präsidium schleifen muss.«

»Glaubst du, Johannes Hansen hat etwas mit Mikaels Tod zu tun?«

»Es ist natürlich möglich, aber mein Gefühl sagt mir, nein. Der Fingerabdruck könnte durchaus aus der Zeit vor dem Ausschluss stammen. Wir wissen ja nicht, ob der Wecker je benutzt wurde, nachdem Johannes Hansen aus Christianssund verschwand.«

»Also ist er völlig nutzlos?«

Flemming zuckte die Achseln. »Das weiß man nie.« Er rieb sich mit Zeigefinger und Daumen der rechten Hand die Augen. Nach einigen Minuten Stille sah er Dan direkt an. »Das ist ein ziemliches Durcheinander«, sagte er. »Aber diese beiden Fälle haben miteinander zu tun.«

Dan zog die Brauen zusammen. »Es gibt über den Fingerabdruck hinaus noch weitere Zusammenhänge?«

Flemming nickte. »Mikael Kjeldsen arbeitete als studentische Hilfskraft in der IT-Abteilung von Christianssund Invest.«

»Das gibt's doch nicht! Also Mikael und Lotte …«

»Lotte Bendtsen war seine Kollegin, ja. Sie ist am 1. März rausgefahren, um nach Mikael zu sehen, weil er morgens nicht zur Arbeit erschienen war. Lotte hat ihn gefunden.«

»Dann war sie vermutlich deshalb krankgeschrieben.«

»Vermutlich. Jedenfalls stand sie ziemlich unter Schock. Erst nach vierundzwanzig Stunden war sie in der Lage, sich einer vernünftigen Vernehmung zu unterziehen.«

»Und Käsfeldt?«

»War auch ein Kollege von Mikael. Er sitzt nur in einer anderen Abteilung.«

»Was macht Käsfeldt eigentlich?«

»Er ist der Chef einer Abteilung, die auf die Beratung von Privatpersonen spezialisiert ist.« Flemming sah ihn an. »Und du rätst nie, wer der allergrößte Kunde der Abteilung ist.«

Dan schüttelte den Kopf.

»EU-Lotto.«

»Bei denen Ursula und Fiona große Summen gewonnen haben?«

»Genau.«

»Ist das eine dänische Firma?«

»Deutsch. Christianssund Invest kümmert sich um die dänischen Gewinner.«

»Welche Rolle spielt die Firma bei diesem Lotto-Zirkus?«

»Das ist im Zusammenhang mit Mikaels Tod ziemlich sorgfältig untersucht worden«, sagte Flemming. »Wir haben für die Ermittlungen nichts Relevantes gefunden, aber einen Versuch war es wert. Wenn ein Spieler in einer gewissen Größenordnung gewonnen hat, ich glaube, die Grenze liegt bei zwei Millionen, bietet EU-Lotto individuelle Beratung bei der Anlage des Geldes, steuerlichen Dingen und so weiter an. In Dänemark übernimmt diese Beratung Christianssund Invest.«

»Du erzählst mir gerade, dass Erik Käsfeldt jederzeit Zugang zu den aktuellen Gewinnerlisten hat?«

»Nicht ganz. Nur die Gewinner, die sich von vornherein beraten lassen wollen, landen in Erik Käsfeldts Abteilung.«

»Dann hat er auch alle möglichen Informationen über ihr Privatleben. Ihren Familienstand, zum Beispiel, ihr Alter …«

Flemming zuckte die Achseln. »Sicher.«

»So hängt das also zusammen!« Dan konnte sich kaum beruhigen, er musste aufstehen, als er weiterredete. »Käsfeldt findet die potenziellen Opfer, gibt J. H. Bescheid und hilft ihm vermutlich bei einigen praktischen Dingen, den weiteren Ablauf überlässt er ihm.«

»Warum sollte er das tun?«

»Wahrscheinlich kriegt er Prozente.«

»Aber ist es nicht zu riskant für jemanden wie Erik Käsfeldt, als J. H.s Anwalt aufzutreten? Was ist, wenn eines der Opfer ihn als den netten Investmentberater wiedererkennt?«

Dan setzte sich wieder. »Wer sagt, dass er selbst mit den Gewinnern redet? Dafür hat er bestimmt Leute.«

»Das werden wir ziemlich rasch herausbekommen«, sagte Flemming. »Wir schnappen ihn uns morgen früh, und dann stellen wir die gesamte Prozedur bei diesen Lottogewinnen noch einmal auf den Kopf. Vielleicht wurde Mikael ja auch deshalb ermordet? Möglicherweise hatte er herausgefunden, was dort vor sich ging? Ich glaube, wir sollten auch Käsfeldts Alibi noch einmal überprüfen.«

Dan musste eine Weile still sitzen, während Flemmings Stimme die nächsten Schritte aufzählte. Er stellte den Blick auf unendlich und ließ die Gedanken in seinem Kopf kreisen. »Ich würde mir wünschen«, sagte er dann und unterbrach sich.

Flemming hielt mitten im Satz inne und sah ihn an. »Raus damit.«

»Es wäre fantastisch, wenn wir die Geschichte vorläufig für uns behalten könnten«, vollendete Dan seinen Wunsch.

»Was meinst du?« Flemming streckte sich. »Wir ermitteln in

einem Mordfall. Wenn diese Informationen für die Aufklärung relevant sind, muss ich sie verwerten. Ich kann Informationen vor dem Rest der Gruppe nicht geheim halten.«

»Nein, sicher …«

»Sag schon.«

Dan sah auf die Tischplatte, während er seine Gedanken ordnete. »Es gibt mehrere Gründe, warum ich gern möchte, dass du ein bisschen diskret arbeitest«, begann er. »Erstens: Sowohl du als auch ich haben ein gewisses Interesse, Johannes Hansen zu erwischen. Soweit ich es übersehe, ist er der große Fisch, jedenfalls in meinem Fall. Und gleichzeitig hat er irgendeine Verbindung zu deinem Mord.«

»Das ist nicht mein Mord.«

»Du weißt, was ich meine. Wenn du Erik Käsfeldt jetzt am Schlafittchen packst und ihn zum Verhör schleppst, laufen wir Gefahr, Johannes Hansen aufzuscheuchen und ganz weit weg zu jagen.«

Flemming saß regungslos da. »Weiter.«

»Und auch wenn wir anfangen, uns allzu neugierig nach dem EU-Lotto-Verfahren zu erkundigen, riskieren wir, dass Käsfeldt und damit Johannes Hansen gewarnt werden.«

»Wie lautet dein Vorschlag?«

»Erik Käsfeldt sollte umfassend überwacht werden. Beschattet ihn Tag und Nacht, hört sein Telefon ab, checkt seine Mails. Früher oder später wird er uns zu Johannes führen. Und ich glaube, wenn das passiert, können du und ich unsere Fälle sehr rasch aufklären.«

Flemming blickte auf. »Ich höre, was du sagst, Dan, und doch – bist du dir eigentlich darüber im Klaren, was passiert sein muss, um das Einverständnis des Staatsanwalts für eine Überwachung in dieser Größenordnung zu bekommen?« Er schüttelte den

Kopf. »Wir reden hier über Terrorismus, internationalen Drogenhandel oder so etwas. Nicht über neblige Theorien darüber, dass derjenige, der überwacht werden soll, eventuell einen Heiratsschwindler kennt, der möglicherweise Verbindungen zu einem Mord hat. Das braucht schon mehr.«

»Aber deshalb will ich ja, dass ...«

»Dass was?« Flemming hob eine Augenbraue. »Dass du selbst die Überwachung übernimmst?«

Dan zuckte die Achseln. Er hörte selbst, dass es ziemlich schwachsinnig klang. »Vielleicht könnte Lotte ihn tagsüber im Auge behalten und ich ...«

»Stopp!« Flemming hob plötzlich die Stimme. »An diese Möglichkeit solltest du gar nicht erst denken, Dan. Lotte ist in den Mordfall verwickelt. Sie hat sich vor einiger Zeit mit dem Mordopfer verabredet, sie war seine engste Kollegin, sie hat die Leiche gefunden. Und sie hat nicht den Hauch eines Alibis. Du darfst dich auf keinen Fall mit ihr verbünden, verstehst du?«

»Na ja, ich könnte ja selbst ... Und ich bekäme bestimmt Hilfe von jemandem, der ...«

»Dan, verflucht! Du weißt doch nicht, worüber du redest. Eine Beschattung rund um die Uhr ist eine verdammt anstrengende Angelegenheit. Nichts, was du mal so eben auf eigene Faust organisieren kannst. Und was ist mit der Telefonüberwachung und den E-Mails des Mannes? Wie hast du dir das vorgestellt?«

»Ich kenne da jemanden, der verdammt gut ist.«

»Ich glaube nicht, dass du mir mehr davon erzählen solltest, Dan.«

Eine Weile sagten beide kein Wort. Dan seufzte.

»Wenn wir mal die elektronischen Abhörmethoden beiseitelassen?«, sagte er dann. »Brauchst du auch eine richterliche Genehmigung, um jemanden beschatten zu lassen?«

»Nee, aber …«

»Wenn wir uns nun vorstellen, du würdest ein paar Mann abstellen, um Erik Käsfeldt für ein oder zwei Wochen überwachen zu lassen … Irgendwann wird er bestimmt Kontakt zu Johannes Hansen aufnehmen.«

»Ich habe die Leute nicht. Und wenn all das, was du mir über die Opfer erzählt hast, stimmt, dann gibt es kein Muster, wie viel Zeit zwischen seinen Betrügereien vergeht. Es könnte Monate dauern, bis Johannes wiederauftaucht, Dan.«

»Tja, da könntest du recht haben …« Dans Blick richtete sich wieder auf irgendeinen unbestimmten Punkt in der Ferne. »Aber vielleicht werden die Zeiträume ja ausschließlich dadurch definiert, wann es eine Gewinnerin mit einem großen Gewinn und dem passenden Profil gibt? Wenn er wirklich die Möglichkeit hat, Informationen über alle Gewinnerinnen zu bekommen, dann ist es kein großer Akt, sie von vornherein zu sortieren, sodass er keine Zeit mit Fällen vergeudet, die ohnehin keinen Erfolg versprechen. Er würde es doch wohl kaum bei einer verheirateten Mutter mit kleinen Kindern versuchen, oder?« Er leerte sein Glas bis auf den letzten Tropfen und betrachtete das Muster, das der Bierschaum auf den Seiten des Glases hinterlassen hatte. Dann hob er langsam den Kopf. »Und wenn wir …«

»Was?«

Dan sah Flemming direkt ins Gesicht. »Ich bin mir nicht sicher, ob du das wissen solltest. Können wir nicht einfach sagen, wenn du die Überwachung übernimmst, kümmere ich mich um ein paar andere Dinge?«

»Du willst doch nicht etwa …«

»Wie gesagt, ich glaube, es wird das Beste sein, wenn du dich auf den offiziellen Teil der Arbeit konzentrierst. Je weniger du vom Rest weißt, desto besser ist es.«

»Dan, ich weiß wirklich nicht …«

»Gib mir von heute an zwei Wochen.«

Flemming lehnte sich zurück und betrachtete seinen alten Freund. Den entschlossenen Ausdruck kannte er; dieser beharrliche Zug um den Mund, die leicht zusammengekniffenen Augen. Dans Problem war, dass er andere Menschen gut überzeugen konnte. Die wenigsten konnten ihm widerstehen, wenn er erst einmal die eine oder andere fixe Idee hatte. Dazu kam, dass der Mann so oft recht hatte. Jeder, der versuchte, ihm zu widersprechen, hatte ausgesprochen schlechte Karten. Auf der anderen Seite hatte Flemming auch eine Verantwortung gegenüber seinen Ermittlungen. Und wenn dieser halbirre Amateur einen Mordfall versaute – verfluchte Scheiße. Dan hatte recht. Wieder einmal. Es war ganz sicher das Beste, wenn Flemming so wenig wie möglich davon wusste, was sein Freund in der nächsten Zeit unternahm.

»Zwei Wochen. Das ist alles, worum ich dich bitte.«

Flemming stand auf und sah auf seine Armbanduhr. »Heute ist Donnerstag, der 29. März. Ich veranlasse sofort eine diskrete Beschattung, ganz unauffällig. Und wenn du bis zum Montag, den 16. April, nichts Konkretes für mich hast, stoppe ich die Überwachung und Erik Käsfeldt wird zum Verhör einbestellt.«

»Übermorgen beginnen die Osterferien, Flemming. Sagen wir …«

Flemming schüttelte den Kopf. »Ich verstehe, dass du mehr Zeit willst, aber ich kann eine Verzögerung der gesamten Ermittlungen nicht rechtfertigen, egal wie sehr die ganze Sache *off the record* ist.«

»Na ja, ich muss eine Menge erledigen, und wenn ich …«

»Ich will gar nicht hören, womit du dich in der Zwischenzeit beschäftigst. Aber wenn ich auch nur ansatzweise mitbekomme, dass du irgendetwas Kriminelles treibst, stoppe ich dich. Verstehst du? Kein Einbruch, kein Überfall, nichts Illegales.«

Dan schüttelte den Kopf. »Vertrau mir.«

Flemming wandte sich der Tür zu und bemerkte gerade noch Dans flapsiges Grinsen. »Weißt du, was, Dan, genau das würde mir nicht im Traum einfallen. Ich vertraue dir überhaupt nicht. Aber versprich mir, dass du wenigstens vernünftig vorgehst. Wenn es zwei sind, die den Mord an Mikael Kjeldsen zu verantworten haben, dann ist das nicht ganz ungefährlich.«

Die Haustür fiel hinter ihm zu, einen Moment später klingelte er. »Abgesehen davon«, sagte er, als Dan öffnete, »muss ich diesem Selbstmord in Valby nachgehen. Die ganze Geschichte klingt vollkommen verrückt. Die Polizei würde so einen Fall niemals ohne gründliche Untersuchung durchwinken. Und wenn es wirklich stimmt, was du behauptest, und er seine Krebserkrankung bloß erfunden hat, dann muss es jemanden geben, der ihn untersucht oder zumindest mit seinem Arzt geredet hat. Es klingt völlig verrückt, dass es ihm gelungen sein soll, sich das Vermögen seines Opfers anzueignen und das Haus samt Inventar zu verkaufen, ohne damit aufzufliegen.«

25

»Ich bin's. Entschuldige, dass ich nicht früher angerufen habe. Wir kommen sehr gern heute Abend, wenn wir noch willkommen sind.«

»Natürlich. Kommt Laura mit?«

»Nein, sie ist bei einer Freundin. Dafür haben wir einen kleinen Hund, wenn das okay ist.«

»Neiiin! Habt ihr einen Welpen gekauft?«

»Immer mit der Ruhe. Wir kümmern uns nur um ihn. Er gehört einem von Mariannes eher obskuren Patienten.«

»Oh. Hauptsache, er ist nett und freundlich, dann wird's schon gehen.«

»Sollen wir etwas mitbringen?«

»Außer eurem Pflegekind? Nein, ich habe eingekauft.«

»Eine Flasche Wein?«

»Ich sage doch, ich habe bereits … Hör mal, Brüderchen, du spielst doch mir gegenüber sonst nicht den Gentleman, was hast du vor?«

»Was meinst du?«

»Hör auf, mir den Unschuldigen vorzumachen. Ich höre es dir doch an.«

»Na ja … nein, also …«

»Spuck's aus!«

»Ich erzähle dir die ganze Geschichte beim Abendessen. Okay?«

Er hörte an ihrer Atmung, wie ungeduldig sie war. Ganz gewöhnlicher Bedürfnisaufschub war noch nie Bentes Stärke gewesen. Schließlich gab sie aber doch nach und sie beendeten ihr Gespräch.

Der nächste Anruf galt der Dame in Odense. Sie war einigermaßen überrascht über seine Frage, aber nach einer kurzen Pause bestätigte sie, dass sie fast drei Millionen Kronen beim EU-Lotto gewonnen hatte. Wenige Monate später hatte sie Jesper Hundsved kennengelernt.

»Damals dachte ich, zwei Mal gewonnen zu haben. Abgesehen davon, dass es natürlich nicht so war, hatte ich hinterher dann das Gefühl, überhaupt nichts gewonnen zu haben. Bevor er verschwand, ist es ihm gelungen, den größten Teil des Geldes auf sein Konto zu transferieren.« Ihr Lachen klang hohl.

»Haben Sie ihn angezeigt?«

»Ja, sicher. Natürlich habe ich ihn angezeigt. Sonderlich viel kam dabei jedoch nicht raus. Der Vogel war ausgeflogen, wie man so schön sagt.«

Dan bedankte sich und bestätigte noch einmal ihre Verabredung am Montag.

Dann rief er Liselotte Ingdal an. Ja, sie wusste durchaus, woher Birgitte Johns' verstorbener Mann sein Vermögen hatte. Es stammte aus einem großen Lottogewinn ein paar Monate vor seinem Tod. Birgitte hatte ihr erzählt, wie schlimm der Gedanke war, dass der arme Mann nie die Gelegenheit hatte, sich an dem Geld zu erfreuen. Er hatte sein ganzes Leben von so einem Gewinn geträumt. Wie viel? Liselotte wusste es nicht. Aber genug, dass seine Witwe sorglos von den Zinsen leben konnte. Nein, sie wusste nicht, ob Birgittes Mann bei der Klassenlotterie oder bei EU-Lotto gespielt hatte. War das nicht egal?

Dan schaute aus dem Dachfenster. Der Nachbar saß auf seinem Dachfirst und wechselte einige kaputte Dachziegel aus. Wie kam man bloß auf den Gedanken, so hoch oben zu balancieren? Wie tief ging es runter? Acht Meter? Zehn? Dan bekämpfte einen plötzlichen Drang, sein Fenster zu öffnen und dem Nachbarn zuzurufen, er solle auf sich aufpassen. Er würde sich bestimmt wie ein richtiger Mann fühlen, dort oben auf seinem Dach. Einer, der weiß, wie man mit Hammer, Nägeln und undichten Stellen umzugehen hat; einer, der nie auf die Idee kam, einen Gebrauchtwagen zu kaufen, ohne erst einmal gegen die Reifen zu treten. Ein richtiger Mann will nicht, dass ein anderer Mann ihm zuruft, er solle aufpassen.

Liselottes Informationen hatten Dan unruhig werden lassen. Wenn Johannes Hansen es nur auf Gewinnerinnen aus dem EU-Lotto abgesehen hatte und wenn alle Gewinnerinnen von vornherein ausgewählt wurden, wie war er dann auf Birgitte Johns gestoßen? Schließlich hatte ihr Mann das Geld gewonnen? War es wirklich so, dass Johannes Hansen und Erik Käsfeldt das Leben der Gewinner verfolgten und sogar Todesfälle oder Scheidungen registrierten? Das würde heißen, wer einmal einen Hauptgewinn in dieser großen, innereuropäischen Lotterie gewonnen hatte, stand für den Rest seines Lebens unter Beobachtung. Zumindest alle Dänen. Oder noch genauer: alle Dänen, die mit einer Beratung einverstanden gewesen waren. Es gab keinen Zweifel: Wenn der Plan, der sich in Dans Kopf abzeichnete, gelingen sollte, musste er an der Quelle des Geldes ansetzen, das so viel Unheil anrichtete. Er musste einen vertrauenswürdigen Menschen bei EU-Lotto finden.

Dan zwang sich, den Blick von seinem Nachbarn abzuwenden, der nichts ahnend mit seinen lebensgefährlichen Aktivitäten fortfuhr. Er blickte wieder auf seinen Bildschirm. EU-Lotto … Er überließ Google die Arbeit und hatte zwei Sekunden später die Homepage der Firma vor sich. Alles sah enorm glaubwürdig aus, nüchtern und freundlich, in kühlen blaugrünen Nuancen, man konnte zwischen den Sprachen Deutsch, Englisch, Französisch und Spanisch wählen. Sehr europäisch, ordentlich und serviceorientiert. Nicht ein einziger goldener Stern oder ein Kleeblatt waren zu sehen. Niemand würde hier windige Buchmacher, Rennpferde oder Rubbellose assoziieren. Eher sah es aus wie die Homepage einer Bank oder eines Zahnarztes. Dans professionelles Ich wusste, dass es sich bei diesem langweiligen Look um eine ganz bewusste Entscheidung handelte. Es zog einen ganz anderen Typ Mensch an als diese knallbunte Werd-Millionär-und-fahr-morgen-nach-Tahiti-Reklame, die regelmäßig auf seinem Bildschirm auftauchte und gleich beim ersten Mal Riesengewinne versprach. EU-Lotto war für erwachsene Spieler, für ordentliche, seriöse Menschen, die ihre Spiellust als wohlüberlegte Investition tarnten.

Er klickte sich durch die verschiedenen Angebote – die meisten liefen auf einen Dauerauftrag hinaus, bei dem der Einsatz automatisch jeden Monat vom Girokonto des Spielers abgebucht wurde. Ebenso geschäftsmäßig wurden die Gewinne überwiesen. Kein schmieriges Bargeld oder silberfarbene Papierspäne. Klinisch sauber, effektiv, sicher. Dan war froh, dass ihn Gewinnspiele nie gereizt hatten. Sonst wäre es ihm schwergefallen, der verlockenden Nüchternheit von EU-Lotto zu widerstehen. Er wusste, dass er exakt zur Zielgruppe gehörte. Auf der Seite ›About EU-Lotto‹ fand er die Kontaktinformationen mehrerer Schlüsselpersonen des Unternehmens. Er entschied sich für die glaubhafteste, eine jüngere schwarzhaarige Frau mit dem Namen Ilse Schultz-Jürgensen, die laut Text für die Kundenkontakte verantwortlich war. Sorgfältig verfasste er eine englischsprachige Mail, stellte sich als Private Detective mit einem aktuellen Fall von systematischem Betrug an Frauen vor, die plötzlich zu Geld gekommen waren, und bat sie so schnell wie möglich um ein Treffen. Der Hauptsitz lag in Berlin, nur eine kurze Flugreise entfernt – einfacher ging's kaum. Jetzt konnte er nur hoffen, dass die gute Frau ihn sehen wollte und ihn und seine Idee sympathisch fand.

Dan stand auf, warf einen letzten Blick auf seinen hammerschwingenden Nachbarn und ging in die Küche. Marianne knetete Teig. Sie hatte rote Wangen und überall Mehl auf ihrer flaschengrünen Bluse. Sie lächelte: »Na, hast du sie erreicht?«

Dans Blick wurde leer.

Marianne richtete sich auf. »Manchmal ist es wirklich ermüdend, Dan. Du bist dermaßen zerstreut … Ich rede von deiner Schwester, Bente. Du bist hochgegangen, um sie anzurufen.«

»Ach so, Bente, ja. Wir sollen gegen sieben bei ihr sein.«

»Können wir etwas mitbringen?«

»Nix.« Dan öffnete den Kühlschrank und besichtigte einige Sekunden den Inhalt, bevor er ihn wieder schloss und nach einer Birne in der Fruchtschale auf dem Esstisch griff. Er spürte eine gewisse Ruhelosigkeit, er konnte sich nicht zusammenreißen und nach oben gehen, um zu arbeiten, obwohl es reichlich zu tun gab. Außer den laufenden Werbeaufträgen schuldete er Ursula und ihrer Tochter drei Berichte. Es dauerte maximal eine Stunde, sie alle drei zu schreiben, versuchte er sich zu überreden. Eine Stunde! Das wirst du doch wohl noch schaffen, du faules Stück. Aber nein. Er wusste, wenn er jetzt in sein Büro zurückging, würde es bei YouTube und all den anderen Ablenkungsmanövern enden, in denen er ein Meister war.

Er sah Marianne an, die ihr Kneten beendet und den mit einem gestreiften Tuch abgedeckten Teig zum Aufgehen beiseitegestellt hatte. Sie wusch sich gründlich die Hände, schrubbte mit der Nagelbürste, spülte, seifte sie erneut ein und spülte noch einmal. Als sie die Nägel gereinigt hatte und die Hände mit einer

Lotion einrieb, hob sie den Kopf und lächelte. »Langweilst du dich, Dannyboy?«

Er zuckte zusammen, er war länger abwesend gewesen, als ihm bewusst war. »Wollen wir nicht mit Rumpel ein bisschen spazieren gehen?«, fragte er. »Es ist herrliches Wetter.«

Marianne schüttelte lächelnd den Kopf. »Du willst dich nur ablenken, mein Lieber.« Sie legte die Arme um ihn. »Ich kenne dich! Aber ja, natürlich möchte ich mit dir spazieren gehen. Der Teig braucht ohnehin etwas Zeit, um aufzugehen.«

26 Dans ältere Schwester wohnte in einem der neuen Gebäude, die um Christianssunds alte Werft herum entstanden waren. Wie eine künstliche Insel lag sie östlich des Stadtzentrums. Die alten Werfthallen waren zu Büros umgebaut worden, in denen sich hauptsächlich Architekturbüros, Werbeagenturen und ähnliche Firmen angesiedelt hatten; sie bildeten den Kern des neuen Stadtteils. Rund um die renovierten Industriebauten des 18. Jahrhunderts standen mehrstöckige Häuser mit Luxuswohnungen – fast alle mit großen Terrassen, zum Teil mit Aussicht über den Fjord. Es war schick, am Sundværket zu wohnen, wie das Gebiet genannt wurde – allerdings hatte Dan, der ja eigentlich ein Experte für den Lebensstil anderer Menschen war, den Grund dafür nie begriffen. Die Verkehrsanbindung war miserabel, es gab nicht eine einzige Einkaufsmöglichkeit und seit bald zehn Jahren war das gesamte Gelände ein einziges Schlammloch, in dem Bagger, Kieslaster und Zementmischer darum wetteiferten, andere Verkehrsteilnehmer zu behindern. Die Werbeagentur, für die Dan gearbeitet hatte, lag im Sundværket; er wusste, wie belastend die ewigen Bauarbeiten waren.

Bestimmt lebte man in vielen der neu gebauten Wohnungen ausgezeichnet, allerdings kannte Dan nur die Wohnung seiner Schwester, die seiner Meinung nach eine Katastrophe war. Sie lag im Parterre eines dieser neuen gelben Blöcke, und man sah nichts anderes als eine öde Rasenfläche und den Block gegenüber. In diesen Wohnblöcken verliefen die Fenster vom Boden bis zur Decke, es ließ sich gar nicht vermeiden, dass Passanten in die Privaträume der Bewohner blicken konnten – es sei denn, man hielt den Blick konsequent auf den Matsch gerichtet. Dan weigerte sich, es zu tun. Er sah schamlos in diese Aquariumsfenster und bekam Einblicke in intime Details aus dem Leben der Bewohner. Er sah, in welchen Haushalten man den Frühstückstisch abgeräumt hatte, bevor die Leute zur Arbeit gegangen waren, und er registrierte, welcher Hometrainer einstaubte. Er hatte freien Blick auf alte Socken, die irgendwo herumlagen, und konnte in aller Ruhe zählen, wie viele in den Stuhl der Serie 7 von Arne Jacobsen investiert hatten. Nicht gerade wenige.

Ein ganz besonderer gemeinsamer Trend der Wohnungseinrichtungen bestand darin, dass alle Bewohner ihr Mobiliar aufstellten, ohne auf die Höhe der Glasfenster Rücksicht zu nehmen. Möbel, Nippes und Hausrat waren so angebracht, als hätte man nicht bemerkt, dass die Wände durch Fenster ersetzt waren. Passanten wurde kein sonderlich einladender Blick geboten. Die Rückseite eines Sofas, die Rückseite eines Regals, die Rückseite der Stereoanlage, des Fernsehers oder des Computers. Bücher standen mit dem Rücken zum Wohnzimmer, sodass man von außen den Schnitt der gelblich grauen Seiten sehen konnte; gerahmte Fotos standen mit grauen und schwarzen Rückseiten aufgereiht vor dem Publikum.

Wenn er dort vorbeilief und sich die Wohnzimmer ansah, kam es auch vor, dass jemand sich in der Wohnung aufhielt, in die er hineinschaute. Jedes Mal wurde ihm dann ein wütender Blick zugeworfen, hin und wieder von einem Bewohner, der sich in seinem Privatleben beeinträchtigt fühlte, auch der Mittelfinger gezeigt. Dans Ansicht nach war hier der Punkt erreicht, wo das Ganze absurd wurde: Wenn die Leute nicht wollten, dass man in ihre Wohnung guckte, warum hatten sie sich dann um alles in der Welt eine gekauft, die wie ein Aquarium angelegt war? Als hätten sie sich gedacht: ›Wow, wir bekommen Fenster vom Boden bis zur Decke!‹, und direkt nach dem Einzug entdeckt: ›Oh, die Fenster reichen ja vom Boden bis zur Decke …‹ Dan verstand ausgezeichnet, dass die Wohnungsinhaber sich nicht gern begaffen lassen wollten; er selbst hatte ja auch einen ausgeprägten Drang zum Privatleben, aber er wäre nie auf die Idee gekommen, auch nur einen Gedanken daran zu verschwenden, in eine dieser Ausstellungsvitrinen zu ziehen. Und schon gar nicht zu diesem Preis. Dans Schwester hatte für ihre Wohnung grob gerechnet dreißig Prozent weniger bezahlt als an einem Ort, an dem es keine Bagger, keinen Dreck und keine Aquariumsfenster gab. Und wo Gäste in einem vernünftigen Umkreis parken konnten.

Heute sah er Bentes Wohnung indes mit ganz neuen Augen. Wenn er sie dazu brachte, bei der Geschichte mitzuspielen, die er sich gerade überlegte, würden ihre Wohnung und deren Lage ein Riesenplus sein. Egal, aus welchem Winkel man auf die Wohnung schaute, man hatte ungehinderte Einsicht auf alles, was darin vor sich ging. Während er und Marianne die fünfhundert Meter von dem beinahe legalen Parkplatz stapften, den sie an der Technischen Hochschule gefunden hatten, gebrauchte Dan seine Augen. Er merkte sich sämtliche Stellen, von denen aus man die Haustür beobachten konnte; er registrierte die kurze Entfernung zum Spielplatz, wo ein paar Bänke einen einigermaßen angenehmen Aufenthalt versprachen; er versuchte sich den Blickwinkel vorzustellen, wenn man im Windfang eines der Bootsschuppen stand.

»Was treibst du denn da?« Marianne hatte bemerkt, wie Dans Augen umherschweiften. »Du brütest doch irgendetwas aus?«

Dan zuckte die Achseln. Er wollte seinen Plan irgendwann im

Laufe des Abends präsentieren. »Ich erkläre es dir, wenn wir bei Bente sind.«

»Du ziehst Bente ganz bestimmt nicht in irgendeine Nummer mit deinem Schwindler«, warnte ihn Marianne. Sie war stehen geblieben und unterstrich den Ernst ihrer Worte, indem sie drohend mit dem Strauß Blumen wippte, den sie der Gastgeberin mitbrachten. »Das kannst du ihr nicht antun. Er ist zu gefährlich.«

»Warte, bis wir da sind«, sagte Dan und ging weiter. Er hielt Rumpel an einer langen Rollleine, der kleine Hund sauste hin und her, die langen Ohren flatterten im Wind.

»Dan, zum Teufel«, murmelte Marianne und lief hinter ihm her. »Du hast sie doch nicht mehr alle!«

Kurz darauf warteten sie bei einem Vermouth darauf, dass die Lammkeule fertig wurde. Der Rest der Mahlzeit stand bereits auf dem Esstisch, und Bente konnte sich einen Augenblick zu ihren Gästen setzen. »Na, Dan«, begann sie unumwunden, während sie versuchte, Rumpel begreiflich zu machen, dass das schneeweiße Ledersofa für Hunde tabu war, »worum wolltest du mich bitten?«

»Ich wusste es!« Marianne boxte ihren Mann an die Schulter. »Das geht einfach zu weit!«

»Au!« Er konnte sich ein Grinsen nicht verkneifen. »Wollen wir nicht erst einmal gemütlich essen?«

»Raus damit oder ich fange auch an, dich zu verprügeln!« Bente lächelte. »Wenn es ganz unmöglich ist, wozu du mich missbrauchen willst, kann ich ja immer noch Nein sagen.«

»Es *ist* absolut unmöglich«, erklärte Marianne. »Das weiß ich jetzt schon. Im Augenblick hat Dan nur eines im Kopf, und was er von dir will, muss mit diesem Fall zu tun haben.«

»Eine Detektivgeschichte?« Bente beugte sich in ihrem niedrigen Sofa vor und stützte die Ellenbogen auf die Knie. Das halblange dunkle Haar lag weich um ihren Kopf und wurde im Nacken locker von einer großen Silberspange zusammengehalten. Die blauen Augen funkelten, sie brannte darauf, mehr zu erfahren. Ihr Dasein als Beamtin in der Finanzabteilung der Gemeinde passte perfekt zu Bentes ausgeglichenem Temperament, bot normalerweise aber keine großen Spannungsmomente. Offensichtlich war sie bereit, sehr weit zu gehen, um ein Teil von Dans – in ihren Augen – atemberaubend aufregendem Leben zu werden. »Worum geht's denn?«

»Um einen Heiratsschwindler«, sagte Marianne. »Nicht wahr, Dan?«

Erneut zeigte sich ein Lächeln auf Dans Gesicht, während die Erwartungen wie eine blinkende Neonleuchtreklame über den Köpfen der beiden Frauen hingen. Sie sahen aus wie zwei Schulmädchen, die sich gerade einen unanständigen Witz ausdachten. »Ja, es geht um einen Heiratsschwindler; und eigentlich sollte ich dich nicht darum bitten; und ja, du kannst einfach ablehnen, wenn du nicht mitmachen willst.« Er lieferte Marianne und Bente ein ausführliches Resümee, er sagte beinahe wörtlich dasselbe wie zu Flemming einige Tage zuvor. Anfangs saßen sie am Couchtisch, doch im Laufe der Geschichte zogen sie um an den Esstisch und fingen an zu essen, während Rumpel zu Füßen Mariannes schnarchte. Sie waren beim Nachtisch angekommen, als Dan seinen Plan auspackte: »Ich kann Flemming nicht dazu bewegen, Erik Käsfeldt mehr als ein paar Wochen überwachen zu lassen, und wir sind nicht sicher, dass innerhalb so kurzer Zeit überhaupt etwas passiert. Wenn meine Theorie stimmt, dass Käsfeldt sich seine Opfer selbst auswählt und es sich immer um ältere Frauen handelt, die bei EU-Lotto einen Hauptgewinn haben, lässt sich unmöglich sagen, ob drei Tage oder sechs Monate vergehen, bevor das nächste potenzielle Opfer auftaucht. Ich habe mir deshalb gedacht, innerhalb dieser schäbigen zwei Wochen, in denen Käsfeldt beschattet wird, muss was passieren. Und hier kommst du ins Spiel, Bente.«

»Du willst mich als Lockvogel?« Bentes Gesichtsausdruck wurde ernst. Marianne hatte Rumpel auf den Schoß genommen und blieb ungewöhnlich still.

»Anfang dieser Woche kann ich, wenn alles gut geht, mit der Person bei EU-Lotto reden, die für die Gewinner verantwortlich ist. Ich habe Kontakt zum Kundenservice aufgenommen, wir werden sehen.« Dan leerte sein Glas und schüttelte den Kopf, als Bente ihm fragend die Flasche hinhielt. »Ich will sie überreden, Christianssund Invest eine Fehlinformation zu liefern. In der Mail soll stehen, dass aus irgendeinem Anlass ein zusätzlicher Megagewinn ausgelost wurde und die Gewinnerin eine Bente Petri aus Christianssund ist, die sich auch mit einer Beratung einverstanden erklärt hat.«

»Nicht, dass es darum ginge, aber wie viel gewinne ich?«

»Mindestens zehn Millionen. Es muss so viel Geld sein, damit Johannes Hansen gar nicht anders kann, als den Köder zu schlucken. Leider wirst du nie auch nur eine einzige Krone von diesem Geld sehen, aber wir regeln es so, dass du zumindest auf dem Papier eine ausgesprochen wohlhabende Dame bist.«

Bente zog die Brauen hoch. »Nur, damit ich dich recht verstehe. Du willst, dass ich so tue, als hätte ich zehn Millionen gewonnen?«

»Du brauchst niemandem etwas von deinem Gewinn zu erzählen. Ich habe den Eindruck, dass der Ball eigentlich eher flach gehalten wird, wenn man plötzlich Multimillionär ist.«

Sie wedelte die Unterbrechung mit einem irritierten Gesichtsausdruck weg. »Quatsch, Dan, das meine ich doch nicht. Ich soll eine Multimillionärin sein und sonst genau so weitermachen wie bisher, also zur Arbeit gehen, hier wohnen …«

»Um Himmels willen, du darfst auf keinen Fall umziehen!«, rief Dan. »Die Hälfte des Plans hängt davon ab, dass du in diesem Aquarium wohnen bleibst.«

»Zum Teufel, hör auf, mich zu unterbrechen!«

»Entschuldigung.«

»Ich versuche herauszufinden, was du von mir erwartest. Sagen wir, dieser Heiratsschwindler hört von meinem Gewinn und sucht mich auf. Was mache ich dann? Rechnest du damit, dass ich im Dienst der guten Sache mit ihm ins Bett gehe?«

Dan sah sie an. Wenn er ganz ehrlich sein sollte, hatte er diesen Aspekt in seinem Plan nicht bedacht. Er überlegte einen Moment, ob er eine flapsige Bemerkung machen sollte – er hatte von den früheren Opfern schließlich gehört, Johannes Hansen sei nicht das Schlechteste, was einem weiblichen Wesen aus Fleisch und Blut begegnen könne –, dann entschloss er sich aber, den Mund zu halten. »Wenn es nach mir ginge, schnappe ich ihn mir, sobald er sich in deiner Nähe zeigt. Wir haben genug gegen ihn, ohne dass er dich auch nur mit einem Finger berühren muss.«

»Dan …« Marianne schaltete sich ein. »Der Mann, den du auf deine Schwester hetzen willst, ist schlichtweg lebensgefährlich. Willst du wirklich riskieren, dass Bente etwas zustößt?«

»Johannes Hansen ist in der ersten Phase seiner Betrügereien für niemanden eine Gefahr«, widersprach Dan irritiert. »Erst, wenn er sich Stück für Stück die Kontrolle über das Vermögen seines Opfers gesichert hat, kommt er auf merkwürdige Gedanken.«

»Soweit du weißt. Aber du kennst nicht seine ganze Lebensgeschichte, oder? Was ist mit dem Mord in Balleslev? Dort hat man seine Fingerabdrücke gefunden. Wie kannst du sicher sein, dass nicht er seinen Bruder ermordet hat? Du hast keine Ahnung, wie der Mann reagiert, wenn er unter Druck gerät.«

»Bente wird nichts geschehen. Ich behalte sie im Auge.«

Marianne lachte höhnisch auf. »DU! Als wärst du dazu imstande ... Nein, du könntest selbst in Gefahr geraten. Wer sagt denn, der Kerl sei immer noch so scheißcharmant, wenn er merkt, dass ihm ein Privatdetektiv im Nacken sitzt?«

»Ich kann auf mich aufpassen!«

»Das haben wir ja beim letzten Mal ganz deutlich gesehen, als du in ein Haus eingedrungen bist, in dem sich ein Mörder aufhielt«, fauchte Marianne. »Du benimmst dich wie ein Fünfzehnjähriger!«

»Und du mischst dich ein wie meine ...«

»Verdammt noch mal, ich habe das Recht, mich einzumischen!«

»Du bist aber nicht meine Mutter!«

»Als würde es das besser machen.«

»Du solltest froh sein, dass jemand ...«

»Haltet endlich die Klappe!«, schrie Bente plötzlich dazwischen. Sie war aufgestanden. »Wenn ihr euch streiten wollt, dann macht das bitte zu Hause. Ich habe jedenfalls keine Lust, mir das mit anzuhören.« Sie fing an, den Tisch abzuräumen. »Ich danke dir für deine Fürsorge, Marianne«, sagte sie, wobei sie versuchte, drei Gläser auf einem Stapel Teller zu balancieren, »aber ich glaube eigentlich nicht, dass es so riskant ist, wie du befürchtest. Und man muss diesen Scheißkerl doch aufhalten, findest du nicht? Es kann doch nicht sein, dass er weiterhin systematisch Frauen wie dich und mich ausplündert.«

Dan und Marianne blickten sich scheel von der Seite an. Wären sie allein gewesen, hätte sich der Streit fortgesetzt, bis einer von ihnen – in der Regel Marianne – aufgebracht angefangen hätte zu weinen. Und hinterher hätte es nicht lange gedauert, bis sie sich bei einer leidenschaftlichen Versöhnung im Bett abreagierten. Das größte Klischee einer Beziehung, und trotzdem funktionierte es, jedenfalls bei ihnen. Dan entging nicht das kurze Aufblitzen in den Augen seiner Frau, das ihm mitteilte, dass ihre Gedanken sich in den gleichen Bahnen bewegten. Sie wusste genau, was sie tun würden, sobald sie zu Hause waren. Er konnte es nicht lassen, ihr zuzublinzeln. Augenblicklich verschloss sich ihr Gesicht. Sie stand auf und verschwand ohne ein weiteres Wort mit Rumpel. Einen Moment später hörten sie, wie die Wohnungstür zugeknallt wurde.

»Ist sie jetzt tagelang sauer auf dich?«

»Nein, nein«, sagte Dan und setzte sich. »Das wird schon wieder. Aber wenn sie erst einmal richtig in Fahrt ist, braucht sie eine gewisse Zeit, um sich zu beruhigen. Es ist sicher ganz gut, wenn sie einen kleinen Spaziergang macht.«

»Kaffee?«

»Danke. Hast du ein bisschen Zucker?«

Bente stellte ein paar blau gestreifte Tassen und eine Zuckerdose auf den Tisch, eine Weile saßen sie still nebeneinander und nippten an dem heißen Kaffee.

»Wie willst du mich eigentlich rund um die Uhr bewachen, Brüderchen? Du musst doch zwischendurch auch mal schlafen?«

Dan spürte, wie er sich langsam entspannte. Sie wollte also mitmachen. Fantastisch. Die beste ältere Schwester der Welt. Er lächelte sie an und erklärte, dass er sich gedacht hätte, Benjamin Winther zu engagieren, damit sie sich die Wache teilen konnten. »Acht bis zehn Stunden hintereinander. Das ist zu schaffen. Jedenfalls eine Zeit lang.«

»Wo wollt ihr euch denn aufstellen?«

Dan zuckte die Achseln. »Darüber habe ich mir noch keine Gedanken gemacht. Ich kann auf dem Rasen herumlaufen oder in meinem Wagen sitzen.«

»Wo willst du den denn hinstellen? Hier gibt's ja keine Parkplätze.«

»Man kann ganz gut zwischen den Schuppen halten, solange man im Auto sitzen bleibt. Wenn jemand kommt, muss man halt ein bisschen improvisieren.«

»Ich habe eine bessere Idee. Komm mal mit.« Bente stand auf und ging zu einer der Glaswände. »Siehst du die Wohnung dort drüben ...« Sie zeigte auf einen der anderen gelben Blöcke. Dan verfolgte ihren Finger. »Dort oben, im zweiten Stock. Wo die Le-Klimt-Lampe im rechten Fenster brennt.«

»Ja?«

»Dort wohnt eine Bekannte von mir. Sie ist nach Kanada gefahren und bleibt bis Anfang Juni fort. Und rate mal, wer die Blumen gießt und die Post durchsieht?«

»Du meinst, ich könnte dort oben sitzen?«

»Das ist doch mindestens so gut wie in den Filmen, in denen die Polizei eine Wohnung zur Überwachung des Schurken konfisziert.«

»Du bist genial, Bente!«

»Oh, danke.« Sie kaute auf ihrer Unterlippe. »Du, Dan ...«, sagte sie dann. »Hast du dir überlegt, was passiert, wenn er herausfindet, wessen Schwester ich bin?«

»Was meinst du?«

»Wird er nicht sofort Lunte riechen?«

»Eure Bekanntschaft wird nicht so lange dauern, Bente. Wir schnappen ihn uns so rasch wie möglich. Das kann ich dir versprechen.«

»Gut.« Sie sah zu ihm auf. »Ich bin dabei.«

»Du bist ein Engel!« Er küsste sie auf die Stirn. »Und du bist sicher, dass du dich traust?«

Sie lächelte.

»Wenn du da drüben sitzt und auf mich aufpasst, dann trau ich mich alles.«

»Wir begleiten dich zur Arbeit und wenn du einkaufst. Wo gehst du sonst noch hin?«

»Zweimal in der Woche ins Hallenbad. Aber du bekommst Probleme, wenn du mit in die Umkleide willst.« Sie lachte. »Ja, ich trau mich, Dan. Ich habe eigentlich mehr Angst vor Marianne als vor diesem Johannes.«

»Willkommen im Club!«

Sie blieben noch eine Weile stehen und schauten in die Dunkelheit. Auf dem flachen Rasenstück zwischen den Wohnblöcken ging eine Frau mit gesenktem Kopf auf und ab, die Hände tief in den Taschen vergraben. Hin und wieder blieb sie stehen, sah sich um und pfiff gedämpft. Ein kleiner, braun gelockter Hund schoss dann auf sie zu, mal von der einen, mal von der anderen Seite. Dan lächelte vor sich hin, während sich ein Gefühl von Wärme in seinem Bauch ausbreitete. Dieses verrückte Weibsstück. Dieses wunderbar verrückte Weibsstück.

MONTAG, 2. APRIL 2007

27

Sie hatten sich vor dem McDonald's am Bahnhof von Christianssund verabredet. Benjamin hatte am Telefon so begeistert geklungen, dass Dan Angst hatte, ihn zu enttäuschen. So lustig war es nun auch wieder nicht, einen anderen Menschen zwölf Stunden am Tag zu beobachten.

Dan lehnte an einer Säule vor dem Fast-Food-Laden und sah sich nach Benjamin um. Schulkinder, Drogenabhängige, Geschäftsleute und Rucksacktouristen liefen an ihm vorbei, rufend, lachend, rauchend, essend und trinkend. Dan hing seinen Gedanken nach. Er zuckte zusammen, als sich plötzlich ein großer dünner Mann in Jeans und Windjacke an ihn wandte. »Hej!«

Dan ließ einen Blick über das Gesicht des Mannes gleiten. Rötliches, kurz geschnittenes Haar über einem freundlichen Gesicht mit hellblauen Augen, einer relativ auffälligen Nase und … »Benjamin?«

Benjamins Lächeln wurde noch breiter. »Ich dachte schon, du würdest mich nicht erkennen. Das ist das zweite Mal innerhalb von vierzehn Tagen. Hier, schau mal!« Er zeigte auf seine Augenbraue.

Dan musste eine Weile hinschauen, bis er kapierte, dass das Piercing verschwunden war. »Steht dir«, sagte er und klopfte Benjamin auf die Schulter. »Und deine Dreadlocks sind auch weg?«

»Meine Mutter hat sie gestern abgeschnitten. Meine eigene

Haarfarbe war weit genug herausgewachsen. Irre, oder? Eigentlich wollte ich, dass sie mir die ganze Mähne abrasiert, aber sie meinte, ein glatzköpfiger Detektiv in der Firma wäre genug.«

»Wieso hast du sie abschneiden lassen?«

»Man kann doch niemanden ordentlich beschatten, wenn man selbst so auffällt, oder? Das hier ist meine Verkleidung als ganz gewöhnlicher Mann.«

Dan war es fast peinlich. »Es ist nicht sicher, ob bei der Sache überhaupt etwas herauskommt. Vielleicht taucht er gar nicht auf, dann wirst du niemanden beschatten können.«

»Wollen wir nicht reingehen?« Benjamin wies mit dem Kinn auf das McDonald's-Restaurant. »Ich habe einen Mordshunger.«

Dan drehte sich um und warf einen Blick durchs Fenster. Es standen nur drei, vier Leute in jeder Reihe, und es gab einige freie Tische. »Okay. Du stellst dich an, ich zahle und suche uns einen Tisch.«

»Guter Deal!«, sagte Benjamin und nahm einen Zweihundertkronenschein entgegen. »Was willst du?«

»Äh, Cheeseburger-Menü mit SevenUp. Medium.«

»Coming up!« Benjamin ging mit langen Schritten auf die Kassen zu. Dan sah einen freien Tisch am Fenster. Darauf ein Tablett mit der schmuddeligen Verpackung der Mahlzeit der letzten Gäste, auf der Tischplatte ein Klecks Ketchup und ein paar Krümel. Er blieb stehen und sah sich nach einem kellnerähnlichen Wesen um. Vergeblich. Dan hängte sein Jackett über die Rückenlehne des Stuhls, als Signal dafür, dass dieser Tisch besetzt war, und wischte die Tischplatte mit einer der hinterlassenen Servietten einigermaßen sauber. Dann trug er das Tablett zu einem der Abfallbehälter und kippte die Reste in den Schwingklappen-Eimer mit der Aufschrift DANKE. Er überlegte, auf die Toilette zu gehen, um sich die Hände zu waschen, bemerkte aber eine Gruppe Teenager, die direkt auf den Tisch zugingen, den er gerade gesäubert hatte. In vier langen Schritten war er dort und bedachte sie mit einem Blick, der sie umgehend umdrehen und einen anderen Tisch suchen ließ. Er setzte sich.

»Hier.« Das Tablett mit dem Cheeseburger-Menü für Dan landete auf dem Tisch. »Ich wusste nicht, ob du Ketchup oder Mayo nimmst, deshalb habe ich beides mitgebracht.« Benjamin setzte sich mit einem Tablett, das bis zum Rand beladen war. Ein Berg Pommes, ein kolossaler Becher Cola, zwei Donuts, vermutlich ein Big-Mac-XL-Menü. Er hob den Kopf und bemerkte, dass Dan ihn anstarrte. »Das ist doch okay, oder?«, fragte er nervös. »Ich habe unheimlichen Hunger. Du kannst gern einen der Donuts haben!«

Dan lächelte. »Nee, danke. Ich hätte lieber mein Wechselgeld.«

»Ach ja.« Benjamin schob Dan einen Schein und ein paar Münzen zu. Danach sagte keiner von ihnen ein Wort, bis der schlimmste Hunger gestillt war.

Während des Essens grübelte Dan, wann er das letzte Mal in einem Burgerladen gewesen war. Jedenfalls nicht, seit Laura aufs Internat ging. War das wirklich schon so lange her? Und in zweieinhalb Monaten kam sie zurück. Der letzte Rest von schlechter Laune war mit einem Schlag verflogen. Er schnappte sich die letzten Pommes und schob das Tablett zur Seite. »Kaffee?«

Benjamin schüttelte mit vollem Mund den Kopf. Dan holte sich eine Tasse.

»Kannst du mir nicht ein bisschen mehr darüber erzählen, worum es eigentlich geht?«, fragte Benjamin und biss in einen der Donuts.

»Doch.«

Während Benjamin sich durch seinen Nachtisch kaute und den Rest seiner Cola trank, erklärte er ihm den Plan, so detailliert er konnte. »Ganz wesentlich ist, ob die deutsche Lottodame mit uns zusammenarbeitet. Das weiß ich morgen. Immerhin will sie sich mit mir treffen. Na ja, ich werte das als gutes Zeichen.«

»Was meinst du, wann müssen wir anfangen?«

Dan zog die Brauen zusammen. »Nehmen wir an, die Lottofee stimmt zu, dann kann sie Erik Käsfeldt bereits morgen eine Mail schicken, also am Dienstag. Er muss die Maschinerie in Gang setzen, falsche Papiere besorgen und so weiter.« Dan unterbrach sich und schlug so fest mit der Faust auf den Tisch, dass die Umsitzenden sich erschrocken umdrehten. »Verdammter Mist!«, fluchte er.

»Was ist?« Benjamins helle Augen sahen aus, als würden sie ihm jeden Moment aus den Höhlen fallen. Eine Familie am Nachbartisch wandte ihnen die Köpfe zu.

»Ich habe eine ernsthafte Lücke in meinem Plan übersehen. Verflucht, wir wissen nicht, ob Johannes Hansen momentan in einem anderen Job steckt. Das könnte zumindest sein.« Dan fuhr sich mit der Hand über die Glatze, während er nachdachte. »Ich muss die Frau von der Lottofirma um eine Liste der letzten Gewinner bitten, damit wir checken können, ob …« Wieder machte er eine Pause. Dann legte er plötzlich die Hände vor sich auf den Tisch und lächelte. »Nein, ich bitte sie um eine Liste aller dänischen Gewinner. Und dann rufe ich sie der Reihe nach an. Verstehst du, was ich meine?«

Benjamin sah ihn an. Er runzelte die Stirn und zog eine skeptische Grimasse.

»Doch, Benjamin. Wenn wir annehmen, dass Johannes Hansen derzeit kein neues Opfer hat, wird er nicht vor morgen alarmiert. Er braucht mindestens drei, vier Tage, um sich vorzubereiten. Wir beginnen mit der Überwachung von Bente frühestens in einer Woche. Direkt nach Ostern. Und in dieser Woche gehst du deiner

Arbeit nach und versuchst, ein paar Überstunden zu machen, damit du was zum Abfeiern hast.«

Benjamin öffnete den Mund, um etwas zu erwidern, aber Dan fuhr unbeirrt fort: »Ich habe eine Menge zu erledigen. Vor allem muss ich überprüfen, ob Johannes im Moment pausiert. Wir gehen davon aus, dass es so ist. Zudem muss ich alle anrufen, die innerhalb der letzten zehn Jahre bei EU-Lotto einen Hauptgewinn hatten. Wenn sie fragen, sage ich einfach, ich würde eine Marktuntersuchung durchführen oder sei Journalist.«

»Aber warum?«

»Warum ich sie anrufen will? Je mehr Opfer ich finde, desto ernster wird die Sache vor Gericht genommen, wenn wir ihn geschnappt haben.« Er blickte auf seine Hände, die locker gefaltet auf der Tischplatte lagen. »Außerdem … wenn J.H. bereits jemanden aus der Liste bearbeitet, muss meine Schwester nicht den Lockvogel spielen. Ist doch klar, oder?«

Benjamin sah ihn forschend an. »Ja, schon, es sei denn …«

»Es sei denn, was?«

»Angenommen, er ist gerade dabei, jemanden aus deiner Liste übers Ohr zu hauen, dann wird er doch gewarnt, wenn du die Dame einfach anrufst und nach ihm fragst. Noch ist sie ja kein Betrugsopfer, sondern nur bis über beide Ohren verknallt in ihren neuen Geliebten. Sie würde dir nie glauben. Aber sie würde ihm natürlich erzählen, dass jemand nach ihm gefragt hat – und weg ist er! Verstehst du, was ich meine?«

»Ja.« Dan trank einen Schluck Kaffee. »Mist, und was machen wir jetzt?«

»Ich könnte …«

»Ja?«

»Wenn du all das erledigst, was du mir gerade erklärt hast, wenn du die Liste beschaffst und herausbekommst, um welche alleinstehenden Frauen es sich handelt, dann könnte ich doch herumfahren und eine nach der anderen überprüfen. Ganz diskret. Ich würde schnell herausfinden, wer einen Liebhaber hat oder nicht. Wenn sie einen haben, laufen sie jedenfalls nicht mit fettigen Haaren und Jogginghosen herum und essen Schokoküsse.«

»Du willst all diese Frauen in einer Woche überprüfen?«

»Was glaubst du, wie viele es sind?«

Dan zuckte die Achseln. »Das wird sich zeigen. Es gibt einen Gewinner pro Woche, die meisten sind Männer. Angenommen, es gewinnen jedes Jahr fünfzehn Frauen und ein Viertel von ihnen sind alleinstehend und im richtigen Alter, dann haben wir drei, vier Frauen pro Jahr.« Seine Augen richteten sich auf Benjamin, seinen Blick hatte er allerdings auf unendlich eingestellt. »Und wenn du sie dir chronologisch in umgekehrter Reihenfolge vornimmst, dann ist das möglicherweise tatsächlich ein denkbarer Weg.«

»Nicht wahr?« Benjamins Gesicht leuchtete auf.

»Ich warte mit den Anrufen, bis wir sicher sind, wo sich Johannes Hansen aufhält, egal ob es bei Bente oder einer der anderen Frauen ist. Auf diese Weise wird er jedenfalls nicht gewarnt.«

»Genau.«

»Nicht schlecht, mein lieber Dr. Watson.« Dan lächelte und streckte eine Hand aus. »Gar nicht so schlecht. Willkommen in der Firma.«

Benjamin drückte seine Hand mit einem feierlichen Gesichtsausdruck. »Wann soll ich anfangen?«, fragte er, als er Dans Hand wieder losgelassen hatte.

»Übermorgen. Vorausgesetzt, ich bekomme die Liste. Ist das in Ordnung?«

»Aber sicher. Ich habe gekündigt.«

»Was hast du?«

»Ich habe denen gesagt, ich hätte einen anderen Job und würde dort gern sofort anfangen. Sie hatten nichts dagegen. Sie waren mich sowieso leid, weil ich jedes Mal, wenn sie mir den Rücken zugedreht haben, mit meinem MP3-Player Musik gehört habe. Das ist gegen die Vorschriften, weißt du.«

»Du spinnst wohl, Benjamin!« Dan schüttelte den Kopf. »Das hier ist kein richtiger Job, ich kann ja nicht mal selbst davon leben.«

»Wie hoch ist mein Gehalt?«

»Kleingeld. Ich kann dir nicht mehr als zweitausend in der Woche geben.«

»Schwarz?«

»Von mir aus. Und ich miete dir für deine Tournee ein kleines Auto. Hältst du das für eine gute Idee?«

Benjamin strahlte.

ZWEITER TEIL

NACHT AUF KARFREITAG, 6. APRIL 2007

28 Jay konnte nicht schlafen. Die Unruhe meldete sich, obwohl er erst seit drei Wochen zu Hause in Goa war. Egal wie oft er bis hundert zählte oder sich umdrehte, sein Gehirn kam nicht zur Ruhe. Die Hitze war unerträglich. Es fühlte sich an, als würde er mit einem feuchten Kissen erstickt, sein Puls raste. Er schlug das Moskitonetz beiseite und blieb einen Moment auf der Bettkante sitzen. Der kühle Steinboden fühlte sich an wie eine Liebkosung seiner nackten Fußsohlen. Selbst jetzt, nach Mitternacht, hielt sich die Temperatur bei um die dreißig Grad, und die Luftfeuchtigkeit war so hoch, dass Jay es aufgegeben hatte, auf das Hygrometer zu schauen; seinen Körper überzog ein klebriger Film aus Schweiß. Er überlegte, noch einmal unter die Dusche zu gehen, aber es lohnte nicht. Nach kaum zwei Minuten wäre ihm wieder genauso heiß gewesen.

Jay stand auf und trat ans Fenster zum Meer. Im Licht der einzigen Lampe an der Hausecke zeichneten sich die kleinen und großen Vertiefungen im Sand scharf zu einem grafischen Schwarz-Weiß-Muster ab. Wie eine Mondlandschaft. Auf dem Wasser ein halbes Dutzend Schiffe, die in der Dunkelheit leuchteten. Sie lagen ganz still am Horizont und ähnelten einem Traum. Unmöglich zu sagen, ob es sich um lokale Handelsschiffe, Millionärsyachten auf der Durchreise oder die Küstenwache handelte.

Der Gedanke an die Küstenwache schickte einen stechenden Schmerz durch Jays Zwerchfell. Die beiden stummen, blaugrauen Posten, die ihn und die anderen Männer im Gefängnis nur achtzehn Kilometer von hier bewacht hatten. In den drei Jahren hinter Gittern hatte Jays einzige Möglichkeit der Ablenkung darin bestanden, aufs Meer zu schauen. Bücher waren verboten, Papier und Bleistift ebenso; es gab kein Fernsehen, keine Zeitungen. Ungewaschen, ausgemergelt und krank hatten er und seine neun Mitgefangenen überall gelegen, wo es eine waagerechte Fläche in der kleinen Zelle gab. Der Gestank nach getrocknetem Erbrochenen und Exkrementen hing in der stillstehenden Luft. Zeitweilig war das Gefängnis mit bis zu einhundertsiebzig Gefangenen belegt, die sich drei Toiletten teilen mussten. Das bestimmte das Raumklima. Jay hatte das Unerträgliche auszuhalten, deshalb hatte er sich angewöhnt, mit dem Rücken zu seinen Zellengenossen zu stehen und in Tagträume zu verfallen. Stunde um Stunde verbrachte er an dem Fensterloch, die Stirn ans Eisengitter gelehnt, das in der nach Süden gelegenen Fensteröffnung tagsüber glühend heiß wurde. Er machte sich einen Sport daraus, das heiße Eisengitter so lange wie möglich auszuhalten. An bestimmten Tagen hatte er so lange dort gestanden, dass er spürte, wie der Stahl sich seinen Weg durch die Haut brannte; das Wissen, dass die Brandwunden nachts wie spitze Nadeln an seiner Stirn schmerzen würden, war beinahe ermunternd. Zumindest hatte er etwas, womit er sich beschäftigen konnte. Das und das Meer. Es wurde befahren, Monat um Monat, Jahr um Jahr. Touristenschiffe auf Delfinjagd, große Vergnügungsyachten und Frachtschiffe, die weiter draußen wie stumme Giganten vorüberzogen. Manche Schiffe befanden sich nur für eine halbe Stunde in Sichtweite, andere für zwei oder drei Stunden und einige auch für ein paar Tage; früher oder später verschwanden sie alle wieder und wurden durch neue ersetzt. Nur zwei Schiffe bewegten sich nie. Die Kanonenboote der Küstenwache lagen vollkommen ruhig auf ihren Posten wenige Kilometer vor der Küste. Wie hungrige Krokodile lagen sie dort, reglos und wachsam; unsichtbar für alle, die nicht von vornherein von ihrer Existenz wussten. Tag und Nacht hatte die Mannschaft der beiden Schiffe die Ferngläser und Kanonen auf Jay und die anderen Gefangenen von Fort Aguada gerichtet. Sollte ein verzweifelter Häftling auf die wahnsinnige Idee kommen, flüchten zu wollen, und es ihm durch irgendein Wunder gelingen, die Gefängniswärter, den Stacheldraht und die senkrechten Klippen hinunter zum Wasser zu überwinden, dann würden die Kanonenboote dafür sorgen, dass er nicht sehr weit kam. Wäre ein lokaler Fischer so dumm, bei dem Fluchtversuch zu helfen, würde kurzer Prozess mit ihm gemacht. Fort Aguada war Goas Antwort auf das sagenumwobene Alcatraz. Eine ausbruchssichere Hölle.

Das alles war jetzt viele Jahre her. Glücklicherweise. Und Jay würde dafür sorgen, dass es nie wieder geschah. Hätte er damals Geld gehabt, als man ihn als Zweiundzwanzigjährigen mit neun Gramm Haschisch erwischte, hätte er die sogenannte Strafe einfach bezahlt. Auf der Stelle die Forderung beglichen. So war das System, und alle alten Hippies der Umgebung wussten es. Hatte man kein Bargeld bei sich, wurde es teuer. Und kam der Fall erst vor ein Gericht, ging es um Bestechungsgelder in einer ganz anderen Größenordnung – oder man kam direkt nach Fort Aguada. Jay wagte es deshalb nur sehr selten, einen Joint zu rauchen, und wenn er es tat, sorgte er dafür, dass er eine dicke Rolle Geld bei sich trug. Lieber einen Haufen Rupien als ›Geldbuße‹ verschwenden, als auch nur eine weitere Minute in diesem Loch voller Kakerlaken verbringen zu müssen.

Seine richtigen Verbrechen beging er ausschließlich in Dänemark. Er hatte nie ein dänisches Gefängnis von innen gesehen, aber es hätte ihn doch sehr gewundert, wenn eine staatliche dänische Institution auch nur die entfernteste Ähnlichkeit mit der mittelalterlichen Hölle von Fort Aguada gehabt hätte. Abgesehen davon hatte er nicht vor, sich erwischen zu lassen. Weder hier noch in Dänemark. Er wusste genau, das Risiko aufzufliegen wurde größer, mit jeder neuen Aufgabe, die er übernahm. Er wusste nicht, ob eines seiner Opfer ihn je bei der Polizei angezeigt hatte, aber irgendwann würde es jemand tun. Eine Anzeige wäre okay, zwei, drei oder noch mehr würden den Bullen sicher so viele Spuren liefern, dass eine Personenbeschreibung denkbar war. Zum Glück gab es nur sehr wenige Fotos von ihm. Bei seinem letzten Job in diesem Internat auf dem Land hatten einige Schüler ihn mit ihren Handys geknipst, aber mit den blondierten Haaren und der Sonderanfertigung grüner Kontaktlinsen war er auf diesen Fotos garantiert nicht wiederzuerkennen. Er ließ eine Hand durch sein frisch geschnittenes Haar gleiten. Jetzt war es kurz und kastanienbraun, bei seinem nächsten Auftrag wollte er auf gebräunte Haut und seine eigene, dunkelgraue Augenfarbe setzen und vielleicht auch eine Brille? Das musste er sich noch überlegen. Hier kosteten Brillen ja nichts, und die Auswahl war groß. Er würde sicher ein Gestell finden, das zu seiner nächsten Identität passte.

Jay zog seine Shorts an und steckte die Füße in die ausgetretenen Gummischuhe. Er schlich den langen kühlen Flur entlang, vorbei an Sanjays kleiner Kammer. Ein regelmäßiges Schnaufen verkündete, dass der alte Mann, der sich um alles kümmerte, tief schlief. Würde er aufwachen, hätte er darauf bestanden, seinem schlaflosen Arbeitgeber Gesellschaft zu leisten, aber Jay wusste, dass Sanjay all die Ruhe brauchte, die er bekommen konnte. In den Monaten, bevor die Regenzeit begann, wurde die Hitze nahezu unerträglich, und für einen Mann, der körperlich arbeitete, war ein ordentlicher Nachtschlaf die Voraussetzung, dass er tagsüber funktionieren konnte.

Im Kühlschrank fand Jay ein paar Bananen und eine Cola. Er nahm beides, überquerte den Hof und schloss die Gitterpforte auf. Das Haus stand nah am Strand; ein großes, gut erhaltenes Gebäude aus roten Ziegeln. Jedes Jahr, wenn die Regenzeit zu Ende war, begann Sanjay von Neuem, das Haus zu reparieren und zu kalken. Er zeichnete sorgfältig in klaren Farben die dekorative Bordüre unter dem Dach nach, besserte die kleinen Nischen mit den Götterbildern aus und säuberte sie. Das Dorf lag einige Minuten landeinwärts, im Windschatten, sodass die Einwohner eine Chance zum Überleben hatten. In keinem der Häuser brannte Licht, das einzige Lebenszeichen kam von einer großen Gruppe herrenloser Hunde. Als er an ihnen vorbeiging, hoben einige der Tiere ihre Köpfe, und eine abgemagerte, trächtige Hündin humpelte näher, um zu sehen, ob er etwas Essbares bei sich hatte. Ihr kugelrunder Bauch bildete einen scharfen Kontrast zu den herausragenden Hüftknochen und den allzu sichtbaren Rippen. Er ignorierte sie und lief zum Wasser. In Prāyaścitta wurden die Tiere nicht gefüttert. Jedenfalls nicht direkt. Sanjay warf die Essensreste allerdings nie in den Abfalleimer. Alles, was noch essbar war, wurde auf die flachen Steine hinter dem Haus gelegt und verschwand umgehend. Die Hunde fraßen Fleisch, Brot, Gemüse und Früchte, den Rest erledigten die Kühe. Sogar Pappschachteln und leere Klorollen wurden verzehrt, wenn eine der phlegmatischen Kühe sich etwas davon versprach. Zusammen waren die beiden Tierarten die effektivsten Müllmänner, die man sich vorstellen konnte. Vielleicht ertrug die nicht sonderlich hundefreundliche Lokalbevölkerung deshalb die Scharen räudiger Köter, obwohl Hunde nicht wie Kühe den Status heiliger Tiere hatten.

Jay setzte sich in den Sand und zündete sich einen Joint an. Er brauchte es und in dieser Nacht konnte er es sich erlauben. Niemand außer ihm war wach. Sollte ein Fremder vorbeikommen, würde die Unruhe der Hunde ihn warnen. Er inhalierte tief und behielt den Rauch in den Lungen, während er über die Mail nachdachte, die er am Vortag von Käs bekommen hatte. Ein neues Opfer war in Reichweite, auf den ersten Blick klang es vielversprechend. Alleinstehend (was sonst?), einundfünfzig (passend), Designer-Luxuswohnung (okay), keine Haustiere (thank God) und ein fetter Lottogewinn auf dem Bankkonto (natürlich). 12,8 Millionen, vor einem Monat bei einer Sonderziehung von EU-Lotto gewonnen. Er stieß den Rauch in einer dicken Wolke aus und folgte ihm mit den Augen, als er über den Strand trieb.

Er sah nur zwei nennenswerte Probleme bei Bente Petri. Eines war geografischer Art. Bente wohnte in Christianssund. Wenn er sich zu dieser Aufgabe entschloss, wäre es das erste Mal seit fünfzehn Jahren, dass er wieder einen Fuß in seine Heimatstadt setzte. Und wenn er ganz ehrlich sein sollte, gefiel ihm dieser Gedanke nicht sonderlich. Auf der anderen Seite könnte es die perfekte Gelegenheit sein, einige Gespenster der Vergangenheit zu vertreiben. Das Risiko, erkannt zu werden, war mikroskopisch klein, wenn er sich von dem Vorort fernhielt, in dem seine Familie wohnte. Und sollte er wirklich Gemeindemitgliedern begegnen, würden sie nie im Leben zugeben, dass sie ihn kannten, weder sich selbst noch anderen gegenüber. Man hatte ihn ja ausgestoßen, es gab ihn überhaupt nicht mehr.

Das andere Problem war die Zeit. Käs' Mitarbeiterin, die zwei Tage zuvor ein Beratungsgespräch mit Bente Petri geführt hatte, schrieb in ihrem Bericht, dass die glückliche Gewinnerin überlegte, ihren sicheren Job als Beamtin aufzugeben und den gesamten Gewinn in ein Restaurant zu investieren. Sie hatte die Finanzberater gebeten, einige Budgetvorschläge auszuarbeiten, um ihren finanziellen Rahmen einschätzen zu können. Mit anderen Worten, es musste alles sehr schnell gehen, wenn sie sich Hoffnungen auf ihr Geld machen wollten. Jay hasste es, die Dinge zu überstürzen.

Noch einmal sog er den fetten, würzigen Rauch ein. Wieso denken diese Lottogewinner immer an Restaurants, überlegte er. Was war daran so attraktiv, sein gesamtes Geld in eine hochriskante Branche zu investieren, in der man geradezu eine staatliche Garantie hatte, achtzig Stunden in der Woche arbeiten zu müssen? Und in der man mit ebenso großer Sicherheit eine Unmenge Probleme mit Personal, Abrechnungen, Finanzamt, Gesundheitsbehörden und weiß der Teufel noch was bekam. Amateure sollten sich von jeder Art Gastronomie fernhalten, meinte Jay. Aber große Teile der westlichen Bevölkerung waren offensichtlich nicht seiner Ansicht. Ein Restaurant, ein Café, ein kleines Hotel, das war der Traum unglaublich vieler Menschen, Frauen wie Männer. So war es auch bei Ursula Olesen gewesen, seinem letzten Opfer. Sie war völlig besessen von der Idee eines Künstlerhotels, und Jay hätte wetten können, dass dieses Hotel ihr Ruin gewesen wäre, wenn sie die Möglichkeit gehabt hätte, ihre Pläne durchzuführen. In Wahrheit hatte er ihr einen Gefallen getan, als er sie ohne all diese Umwege und Schwierigkeiten um ihr Vermögen erleichterte. Sie hatte doch noch immer ihren festen Job und ihre kleine, gemütliche Wohnung. Jay nahm einen letzten Zug von seinem Joint und drückte den Rest in den feuchten Sand. Hin und wieder vermisste er Ursula. Es war nett gewesen. Und gemütlich. Außerdem guter Sex. Jay erlebte das nicht oft bei seiner Arbeit.

Er zwang sich, nicht mehr an Ursula zu denken, und überdachte noch einmal Käs' Vorschlag. Wenn er jetzt nach Hause fuhr, wäre es das zweite Mal innerhalb eines Jahres, er brach damit sein Prinzip, immer ein paar Monate Pause zwischen den Jobs einzuhalten. Er brauchte diese Zeit, wenn er imstande sein wollte, jedes Mal sein Bestes zu geben, und schließlich hatte er auch hier in Goa einige Verpflichtungen. Auf der anderen Seite und wenn er ehrlich sein sollte, gab es niemanden, der ihn hier ernsthaft vermissen würde. Alles lief bestens. Sanjay und die anderen Bewohner von Prāyaścitta hatten alles im Griff, es gab jede Menge Geld in der Kasse, und …

Jay ließ sich hintenüber in den Sand fallen. Er starrte in den Himmel und spürte plötzlich, wie high er war. Es sah aus, als wären die Sterne in rasendem Tempo auf dem Weg zu ihm, als hätte er eine überirdische Anziehungskraft entwickelt, die die Himmelskörper ansaugte. Wie die Frauen, dachte er und lachte laut auf. Er streckte die Arme so weit wie möglich aus, er erwartete die Sterne mit ausgebreiteten Armen. Genau wie die Frauen. In dieser Kreuzigungsstellung blieb er eine Weile liegen, dämmerte vor sich hin, hörte dem Meer zu und versuchte, im ruhigen Rhythmus der Wellen zu atmen. Er genoss es, der erstickenden Hitze des Schlafzimmers entkommen zu sein.

Als die Wirkung des Joints nachließ, hatte Jay sich entschieden. Er würde Käs' Vorschlag folgen und die ganze Maschinerie erneut in Gang setzen. Er hatte bereits einen Namen gewählt: Jonas Henriksen klang wirklich mittelklassemäßig, oder? Ja, sehr gut. Er würde Käs den Namen morgen früh zusammen mit ein paar fiktiven Daten mailen, damit seine falschen Papiere bereitlagen, bevor er mit Bente Petri Kontakt aufnahm. Was seinen Beruf, den Lebensstil, die Automarke und so etwas anging, würde er sich erst festlegen, wenn er mehr über sein Opfer wusste. Es müsste etwas mit Gastronomie sein, wenn sie wirklich so verrückt drauf war, sich als Restaurantbetreiberin versuchen zu wollen. Plötzlich spürte er, dass er sich darauf freute, wieder zu arbeiten.

29 Jay reiste wie gewöhnlich nur mit einem Koffer plus Handgepäck, einer Computertasche mit Platz für seine Zahnbürste. Glücklicherweise hatte er sich im letzten Moment für einen Fensterplatz in der ersten Klasse entschieden, da es keine freien Plätze mit zusätzlicher Beinfreiheit in der Economy Class mehr gab. Er hatte auf dem gesamten Flug schlafen können, ohne von anderen Passagieren gestört zu werden, die einmal in der Stunde auf die Toilette mussten – oder von schreienden Säuglingen, die eindeutig zu klein für eine so lange Reise waren. Was ging eigentlich in den Köpfen dieser Eltern vor? Schleppten einen Einjährigen mit auf eine elf Stunden lange Flugreise in ein tropisches Gebiet, in dem gerade eine Tagestemperatur von annähernd vierzig Grad herrschte. Jay fasste es nicht. Aber er hatte auch keine Kinder.

Er stellte sich zu den Menschen ans Gepäckband und betrachtete neugierig die anderen Wartenden. Eine Gruppe Frauen in den Vierzigern mit hellroten, von der Sonne verbrannten Schultern und viel zu großen Strohhüten nahmen exaltiert Abschied voneinander. Waren es Kolleginnen einer Bank? Oder gingen sie nur zusammen schwimmen? Vielleicht noch einer dieser Singleclubs? Sie schienen ein wenig angetrunken zu sein, vor allem eine der Damen wirkte ziemlich angeheitert. Ihre Augen waren ganz glasig, sie schwankte gefährlich in ihren hochhackigen Sandalen. Sie sah müde aus, müde und frustriert, als wäre sie aus irgendeinem Grund enttäuscht über die Ferien mit den Freundinnen. Vielleicht hat sie als Einzige keinen der örtlichen Stiere abbekommen, dachte Jay. Aber das Glück kann sich drehen, meine Liebe, vielleicht gewinnst du nächstes Jahr zehn Millionen, und dann kommt dieser nette Herr hier und sorgt dafür, dass du das bekommst, was du brauchst. Jedenfalls für ein paar Monate. Fünf vielleicht, wenn du so nett bist wie Ursula. Er lächelte der Frau freundlich zu, als er ihren Blick auffing. Sie guckte direkt durch ihn hindurch, blass und verschlossen. Plötzlich beugte sie sich vor und übergab sich. Ihre Mitpassagiere zuckten synchron zurück. Jay wandte den Blick ab. Glücklicherweise tauchte in diesem Moment sein Koffer auf dem Transportband auf. Er griff ihn und beeilte sich, zum Ausgang zu kommen, durch den Zoll und direkt zum Bahnsteig.

Er stieg am Hauptbahnhof um, ließ sich in die blau gemusterte Polsterung des Anschlusszuges fallen, versuchte sich zu entspannen und schloss die Augen. Er atmete ruhig und gleichmäßig. Aber je näher der Zug Christianssund kam, desto mehr protestierte sein Zwerchfell. Seine Kindheit und Jugend, die er in den letzten fünfzehn Jahren so sorgfältig verdrängt hatte, warteten dort draußen, in dieser idyllischen Bronzezeitlandschaft, in der die Hügel sich so sanft an der schnurgeraden Strecke der Bahn erhoben. Jetzt tauchte der erste Blick auf den Fjord am Horizont auf. Jay hatte vollkommen vergessen, wie schön er war, sogar in diesem strömenden, trostlosen Regen. Der Zug wurde eine Spur langsamer, und eine schneidende Frauenstimme tönte durch die Lautsprecher: »In wenigen Minuten erreichen wir Christianssund. Der Ausstieg befindet sich auf der rechten Seite. Wir hoffen, Sie hatten eine angenehme …« Halt die Schnauze! Jay nahm seinen Koffer und die Computertasche aus der Gepäckablage und stellte sich in den engen Raum vor dem Ausstieg. Vor ihm stand ein breitschultriger Bursche, der mit seinem Handy telefonierte und nicht darauf achtete, dass er ihm die Aussicht versperrte. Egal. Jay konnte sich den letzten Teil der Fahrt durch das östliche Randgebiet der Stadt lebhaft vorstellen: vorbei an dem gelben Backsteinkrankenhaus, vorbei an den Wohnblöcken, deren Straßen Blumennamen trugen, vorbei an dem großen Hügel mit dem Wald und den teuren Villen, durch den südlichen Teil des Zentrums, wo kleine Firmen sich mit Etagenhäusern abwechselten und immer noch Wirtshäuser und Imbissbuden ihren Platz hatten.

Als der Zug hielt und der breitschultrige Mann mit seiner Sporttasche auf dem Bahnsteig stand, stieg Jay aus. Der Bahnhof hatte sich nicht verändert. Ach nein, ein McDonald's war dazugekommen. Den gab es inzwischen ja überall. Er überlegte, durch die Algade zum Hotel zu gehen, doch es war trotz allem ein weiter Weg und Jay fror. Er schlug den Kragen hoch und wartete geduldig auf dem Taxenstandplatz, während der Regen sich durch seine dünne Jacke arbeitete. Ein Fahrradfahrer fuhr zu dicht an ihm vorbei und spritzte braune Brühe auf seine neuen hellen Leinenschuhe. Er fluchte innerlich. Endlich tauchte ein silbergrauer Mercedes auf. »Hotel Marina. Danke.« Es war das einzige Hotel in Christianssund, das ihm einfiel.

Das Zimmer war ganz okay, warm und nett. Jay warf seine nassen Sachen auf einen Haufen und ging direkt unter die Dusche. Hinterher betrachtete er sich lange im Spiegel. Das Haar war frisch gefärbt, darum musste er sich erst in ein paar Wochen wieder kümmern, seiner Haut sah man an, dass ihre Tönung nicht von einer Bräunungscreme oder Solarien stammte. Er zog Jeans und ein schneeweißes T-Shirt an, nahm eine Windjacke aus dem Koffer und schlüpfte in seine praktischsten Schuhe. Dann rief er die Rezeption an, und wenige Augenblicke später hatte ein rotwangiger Jüngling das nasse Zeug zum Reinigen und Bügeln abgeholt. Jay ging sofort ins Restaurant des Hotels, grüßte den Oberkellner und wurde an einen Tisch mit Aussicht auf den Fjord geführt.

Nach einer soliden Mahlzeit ging es ihm erheblich besser. Er bestellte einen doppelten Espresso und sah auf die Uhr. 12:45 Uhr. Bente Petri war jetzt an ihrem Arbeitsplatz. Jay faltete die ausgedruckte Mail auseinander und repetierte die Fakten. Die Finanzverwaltung der Gemeinde Christianssund war nicht im Rathaus untergebracht, dem Nebengebäude des Hotels Marina. Das wäre außergewöhnlich bequem gewesen. Er erkannte den Straßennamen nicht sofort wieder, aber ein Blick auf den Stadtplan zeigte ihm, dass das Finanzamt und die Finanzverwaltung der Gemeinde sich in der Oststadt befanden. Jay entschloss sich, auf Bente zu warten, wenn sie am Nachmittag herauskam. Wenn sich nichts anderes ergab, konnte er sich einen Eindruck von ihr verschaffen – und wenn er Glück hatte, auch von ihren Einkaufsgewohnheiten. Wann hatten Beamte Feierabend? Gegen sechzehn Uhr? Auf jeden Fall nicht früher. Er entschied sich, die Wartezeit mit Einkäufen zu überbrücken. Ein Regenschirm, ein Paar Gummistiefel und ein Regenmantel wären gut, um in diesem Wetter zu überleben. Er glaubte, sich an ein Geschäft mit Jagd- und Fischereiausrüstung in der Algade zu erinnern. Dort fand er bestimmt in angemessener Qualität, was er brauchte. Jay trank den letzten Tropfen seines Kaffees, bezahlte und ging hinaus in das sogenannte Frühlingswetter.

*

Die Wartezeit zog sich länger hin als gedacht. Aber zumindest regnete es nicht mehr. Jay stand beinahe eine Dreiviertelstunde vor dem Bürogebäude in der Hjallerupgade, bevor Bente Petri auftauchte. Sie war hübscher als auf dem Foto, das Käs ihm geschickt hatte. Groß, schlank, dunkelhaarig. Sie bewegte sich selbstsicher, mit erhobenem Kopf, und ging mit langen federnden Schritten zu ... Mist, verdammter! Natürlich hatte die Frau ein Fahrrad, da hätte er selbst drauf kommen können. Sie wohnte ja mehr oder weniger um die Ecke. Ein halbes Jahr auf dem flachen Land und drei Wochen Indien hatten offenbar große Teile von Jays Großstadthirn ausgelöscht. Na ja, zum Glück war er gut in Form, und ein bisschen Jogging konnte nicht schaden. Während Bente Petri ihr Fahrrad aufschloss, zog Jay den Regenmantel aus und band ihn sich um den Bauch. Er war froh, dass er seine übrigen Einkäufe aufs Hotelzimmer gebracht hatte. Eine schwere Tüte in der Hand wäre jetzt nur hinderlich gewesen. Erfreulicherweise fuhr sie nicht sonderlich schnell, als sie von der Hjallerupgade abbog und sich durch die gewundenen Gassen in Richtung Sundværket schlängelte. Trotzdem war Jay ziemlich außer Atem, als sie den Brønderslevs Plads erreichten; erleichtert registrierte er, dass Bente ihr Fahrrad abstellte und in eine Apotheke ging. Jay sah sich nicht um, als sie mit einer kleinen weißen Tüte wieder herauskam, die sie zusammen mit ihrer schokoladenbraunen Wildledertasche in den Fahrradkorb legte. Ruhig setzte er seine Streckübungen an einem Laternenpfahl fort, als sie das Fahrrad aufschloss und in Richtung Hafen fuhr, rechts abbog und in gemessenem Tempo den Kai entlangradelte. Die schöne naturnahe Route. Ah ja, dachte Jay, als er in passendem Abstand hinter ihr herlief. Er genoss die Tour über die kopfsteingepflasterte Strecke am Kanal, vorbei an den Hausbooten mit blühenden Pflanzen an Deck, vorbei an einem Mann, der seinen schwarzen Audi polierte, vorbei an einem alten Penner und seinem riesigen Hund. Eigentlich recht gemütlich hier, dachte Jay und wurde noch langsamer, als Bente vom Fahrrad stieg und in einem Netto-Supermarkt verschwand. Er dachte einen Moment daran, ihr zu folgen, um zu sehen, was sie kaufte, verwarf die Idee aber. Die ganze Beschattungsaktion war ohnehin spektakulärer, als sie sein sollte. Es gab ein kleines Risiko, dass sie ihn gesehen hatte, und es wäre zu dumm, seine Chancen zu mindern, indem er unnötig auf sich aufmerksam machte.

Jay lief das letzte Stück des Kanals entlang, dann hatte er die Brücke erreicht, die zum Sundværket führte. Glücklicherweise hing dort eine große Übersichtskarte über den neuen Stadtteil, und es dauerte nur wenige Augenblicke, bis er das Gebäude gefunden hatte, in dem Bente wohnte. Er ging zur Rückseite des Hauses und ermittelte relativ schnell die richtige Wohnung. Meine Güte, durch diese Riesenfenster war ja alles zu sehen! Man sollte meinen, die Wohnungen wären entworfen worden, um die Bewohner unter Aufsicht zu halten. Wie Ratten im Labor. Jay setzte sich auf eine Bank an dem kleinen, trostlosen Spielplatz, wo eine junge Frau mit einem erloschenen Gesichtsausdruck eine Schaukel anschob, auf der ein kleiner Junge sich festhielt, dem die Ernsthaftigkeit in den Augen stand. Jay vermied den Blickkontakt.

Zehn Minuten später wurde Licht in der Wohnung eingeschaltet, die Bente gehören musste. Jay stand auf und zog sich den Regenmantel wieder an. Er schlenderte zwischen den beiden gelben Blöcken, und als er an Bentes Wohnung vorbeikam, warf er einen Blick hinein. Durch das Wohnzimmer konnte er bis in die offene Küche sehen, in der Bente im Mantel stand und ihre Einkäufe einräumte. Sie faltete die Plastiktüten zusammen, bevor sie sie in eine Schublade stopfte und sich aufrichtete. Mit dem Handrücken strich sie eine dunkle Locke von den Augen und verschwand durch eine Tür, die wahrscheinlich in den Eingangsbereich führte. Jay riss sich los. Das ging nicht; wenn jemand sah, wie er Bente ausspionierte. Vielleicht musste er einige Monate jeden Tag hierherkommen, bevor er an das Geld kam und verschwinden konnte. Nicht auszudenken, wenn irgendein Herr Jensen plötzlich sagte: »Na, Bentes neuer Freund, wie? Ja, ich habe genau gesehen, wie Sie sie vor ein paar Wochen beobachtet haben.« Katastrophal. Jay schauderte. So etwas durfte nicht passieren.

Als er die Wohnblöcke hinter sich gelassen hatte und auf die Bushaltestelle zuging, kamen ihm ein Mann und ein kleiner Hund mit gekräuseltem, braunem Fell entgegen, der an einer langen Leine hechelte. Der Mann war groß, ebenso groß wie Jay. Er trug lässige, aber teure Sachen. Ein Hemd von Gant, Diesel-Jeans, die Schuhe sahen handgenäht aus. Kein besonderer Anblick hier am Sundværket, wo eine Menge Werbeleute und Architekturstudenten herumliefen; der kahl geschorene Kopf und die teure Sonnenbrille des Mannes passten ebenfalls gut zur Gegend. Trotzdem löste der Anblick des Mannes etwas aus, das Jay veranlasste, sich umzudrehen. Kannte er ihn irgendwoher? Er sah dem karierten Rücken einen Moment nach, dann verdrängte er den Gedanken. Bestimmt irgendein Fernsehmoderator. Die sahen so aus.

DIENSTAG, 17. APRIL 2007, FRÜHER ABEND

30

»Jetzt haben wir ihn! Er ist hier!«

»Was meinst du?« Bente schloss die Tür hinter Dan und folgte ihm in die Küche. »Hast du ihn gesehen?«

»Er ist dir den ganzen Weg von der Arbeit bis nach Hause gefolgt. Und hinterher hing er hier auf dem Gelände rum und hat deine Wohnung beobachtet.«

»Meine Güte!« Sie setzte sich auf einen der hohen Küchenhocker. »Ich habe überhaupt nichts bemerkt.«

»Er ist dir regelrecht hinterhergelaufen. Im wahrsten Sinne des Wortes. Er muss eine unglaubliche Kondition haben. Ich bin ihm mit dem Mountainbike gefolgt. Gut, dass ich's mir gekauft habe.« Dan stellte eine Schale Wasser auf den Boden. Rumpel sah sie uninteressiert an.

»Bist du sicher, dass er es war?«

»Er hat sein Aussehen verändert. Sehr sogar. Nach dem Foto der Anzeige ist er kaum zu erkennen. Ich glaube, ich hätte ihn nicht bemerkt, wenn er nicht so lange das Haus ausspioniert hätte.« Dan war aufgeregt, er konnte sich kaum beruhigen. Er ging auf und ab, schaute aus dem Fenster, fingerte alles Mögliche an. »Ich habe ihn ganz kurz aus der Nähe gesehen. Er hat kurzes Haar und …«

»Dan, entschuldige, wenn ich dich unterbreche. Aber glaubst du, es ist richtig, dass du dich hier zeigst? Er könnte dich doch sehen.«

Dan wanderte weiter. »Quatsch. Ich habe gesehen, wie er drüben an der Brücke den Bus genommen hat.«

»Jetzt setz dich doch mal hin, Dan! Du machst mich noch wahnsinnig. Willst du ein Perrier?« Bente ging an den Kühlschrank und nahm, ohne eine Antwort abzuwarten, zwei bauchige Flaschen heraus. »Setz dich«, wiederholte sie ruhig.

Dan nahm am Esstisch Platz und trank die Hälfte seines Wassers in einem Zug. »Okay«, sagte er. »Jetzt bin ich gaaanz ruhig, gaaanz ruhig. Willst du jetzt hören, auf wen du achten musst?«

»Sag's mir.«

»Er ist ein bisschen kleiner als ich, sehr braun gebrannt und trägt kurz geschnittenes, dunkles Haar. Graue Augen und eine randlose, viereckige Brille. Er sieht aus wie ein ... na ja, irgend so ein trendiger Typ. Wie ein Architekt oder einer, der es gern wäre. Die Kleidung ist völlig neutral: Jeans, Sneakers, T-Shirt und ein schwarzer Regenmantel. Aber das kann natürlich anders sein, wenn er mit dir Kontakt aufnimmt.«

»*Wenn* er mit mir Kontakt aufnimmt.«

»Das wird er.« Dan setzte die Flasche an den Mund. »Ich glaube, er gibt nur dann auf, wenn irgendetwas nicht in Ordnung ist. Wenn er entdeckt, dass es schon einen Liebhaber gibt, das potenzielle Opfer lesbisch ist oder ...«

»... so hässlich wie die Erbsünde.«

»Genau.« Er grinste.

»Und was jetzt?«

»Jetzt warten wir einfach ab. Ich weiß, dass meine neue Freundin bei EU-Lotto, Ilse Schultz-Jürgensen, Christianssund Invest vor zwei Wochen über die angebliche Sonderziehung informiert hat. Sie war übrigens total glücklich über die Einverständniserklärung, dass du keine 12,8 Millionen Kronen gewonnen hast. Das erspart ihr eine Menge Erklärungen in der Firma, sagt sie.« Er lächelte. »Was ich sagen will, ist aber … wenn Johannes Hansen sich so kurz danach auf der Bühne zeigt, dann habe ich recht gehabt, dann kommen die Informationen über diesen Weg.«

»War es nicht dein Freund Flemming Torp, der diesen Zusammenhang gesehen hat?«

Dan zog die Brauen zusammen. »Sagt das Marianne?«

Bente zuckte die Achseln.

»Na, egal«, sagte Dan, fast schon zu sich selbst. »Ich glaube, Johannes steckt bereits mitten in den Vorbereitungen. Er sucht sich einen Job aus, der zu deinen – soweit er davon weiß – Träumen passt. Und da wir die Geschichte mit deinen Restaurantplänen verbreitet haben, ist es wahrscheinlich, dass er plötzlich als Koch, Sommelier oder als Makler auftaucht, der sich auf Restaurants spezialisiert hat.«

»Erfordern diese Berufe nicht alle eine längere Ausbildung?«

»Schon. Er könnte auch Früchtegroßhändler oder Verkäufer von Restaurantinventar oder sonst irgendetwas sein. Aber ich müsste mich sehr täuschen, wenn es nicht etwas mit Gastronomie zu tun hätte.«

»Wir werden sehen.«

Eine Weile saßen sie nebeneinander, ohne ein Wort zu wechseln.

»Wie lange wird es dauern, was glaubst du?«, wollte Bente schließlich wissen.

»Eine Woche, vielleicht zwei. Er braucht sicher falsche Papiere, und er muss sich eine gute Dramaturgie ausdenken. Aber ich kann mir nicht vorstellen, dass er Zeit vergeudet.«

»Ihr überwacht mich also weiter?«

»Benjamin und ich? Na klar. Wir kleben vierundzwanzig Stunden an dir. Du kannst nicht mal pupsen, ohne dass wir es wissen.«

»Sollte mich das aufmuntern?« Bente stand auf und legte die leeren Flaschen in einen Pappkarton im Besenschrank.

»Du weißt, was ich meine.«

»Hast du Hunger?«

»Ich habe Marianne versprochen, heute Abend zu Hause zu essen. Benjamin löst mich in einer Viertelstunde in der Wohnung ab.«

»Gibt's was Neues über den Hund?«

»Rumpel? Ja, bis auf Weiteres besteht keine Gefahr. Sein Herrchen liegt noch im Krankenhaus. Seine Leber hat offenbar den Betrieb verweigert, und wenn sie ihm keine andere besorgen können … Du weißt ja, er ist Alkoholiker, also …«

»Klingt nicht so, als würde er dir zustimmen, wenn du behauptest, es ›besteht keine Gefahr‹.«

»Na ja, von unserer Warte aus gesehen schon, wir würden Rumpel ja gern behalten.«

»Hast du nicht immer gesagt, Pudel sind was für Schwule?«

»Rumpel ist doch kein … Wieso sagst du denn so was?«

»Oh Mann, du bist so leicht zum Narren zu halten, Brüderchen. Marianne nennt ihn nur eine Promenadenmischung, wenn du in der Nähe bist.« Bente lachte.

Dan sagte nichts. Es stimmte schon, Rumpel hatte auffallend viele Locken, aber ein Pudel? Das war doch nicht möglich. Er fand, Promenadenmischung klang sehr viel besser.

31

»Warte mal, so schnell kann ich einfach nicht schreiben.« Erik Käsfeldt schnaufte hörbar. »Wie viele Referenzen brauchst du?«

»Nur ein paar«, antwortete Jay. Er hatte das Handy mit eingeschaltetem Lautsprecher auf den Nachttisch gelegt und suchte in der Nachttischschublade nach der Tüte mit den vorgerollten Joints. »Aber sorg dafür, dass es wirklich exklusive Restaurants sind; solche, bei denen sie nicht wagt anzurufen, um es nachzuprüfen. Das Maxim's in Paris, The Russian Tea Room in New York, Hotel Danieli in Venedig, das ist die Kategorie, die ich haben will. Nur Fünfsternehäuser. Denk an einen korrekten Briefkopf und einen einigermaßen glaubwürdigen Karriereverlauf. Ich bin erst seit letztem Jahr Oberkellner. Vorher war ich Barkeeper … Das könnte im Danieli gewesen sein. Dann wurde ich Kellner und Oberkellner. Du kriegst das schon hin, Käs.«

»Ich würde mich freuen, wenn du mich nicht so nennen …«

»Und noch etwas, ja?« Jay ignorierte die Unterbrechung. »Im letzten Zeugnis, also, als ich als Oberkellner gearbeitet habe, darf ruhig ein Unterton von Unzufriedenheit mitschwingen. Meine Geschichte läuft darauf hinaus, dass ich von einem auf den anderen Tag wegen Stress gekündigt habe, verständlicherweise sind Arbeitgeber dann nur mäßig begeistert und schreiben kein allzu gutes Zeugnis.«

»Soll die letzte Stelle in New York gewesen sein?«

»Glaubst du, dass The Russian Tea Room einen jungen Dänen als Oberkellner einstellt? Kaum. Nein, weißt du, was, Käs, streich den Laden und setz stattdessen The Plaza ein.«

»Ist das auch in New York?«

»Na klar. Ich wäre froh, wenn du mir einen Notizblock mit dem Logo des Plaza besorgen könntest. Einen von diesen Dingern, die auf den Zimmern liegen.« Er machte eine kurze Pause. »Okay ... ich denke, das war alles, Käs.«

Erik seufzte. »Würdest du bitte ...«

»Entschuldige, entschuldige, alte Angewohnheit. Ich werde versuchen, daran zu denken.« Jays Stimme war das unterdrückte Lachen anzuhören. »Lies mir die Liste noch einmal vor, Kä... Entschuldigung, Erik.« Jay spielte mit Joint und Feuerzeug.

Erik Käsfeldt räusperte sich. »Du bekommst einen Pass, Führerschein, Krankenversicherungskarte und diverse Kreditkarten, ausgestellt auf den Namen Jonas Henriksen, geboren am 23.07.1978.«

»Können wir das noch in 1974 ändern? Wenigstens einmal möchte ich so alt sein, wie ich bin. Ich habe das Gefühl, dass sie nicht auf ganz junge Kerle steht.« Er zündete den Joint an und inhalierte den ersten, langen Zug.

»Geht noch. Du kannst deine Papiere in vier Tagen haben, außerdem, wie besprochen, drei Zeugnisse, zweimal gefaltet und ziemlich abgegriffen, als hätten sie ein paar Tage in der hinteren Hosentasche gesteckt. Das Auto steht am Freitag bereit, sobald der Führerschein da ist. Ein Citroën C3.«

»Farbe?« Eine dichte Rauchwolke stieg an die Decke des Hotelzimmers.

»Ich habe um Silbergrau gebeten, aber wenn du ...«

»Nein, ist auch egal, bei dieser kleinen Nuckelpinne.«

»Ich dachte, wir waren uns einig, dass ein C3 am besten zu Jonas Henriksens Geschichte passt.«

»Ja, ja, ist vollkommen in Ordnung. Er kann ruhig ein bisschen Lifestyle-mäßig daherkommen. Ist er gemietet oder gestohlen?«

»Gemietet, aber wir können durchaus …«

»Nein, nein, es ist glaubwürdig, dass Jonas einen Mietwagen hat«, sagte Jay und legte den Joint in den Aschenbecher. Er durfte in einer geschäftlichen Besprechung nicht zu high werden, auch nicht, wenn nur telefoniert wurde. »Ich habe mich außerdem dazu entschlossen, dass er offiziell im Hotel wohnt; der Einfachheit halber nehmen wir das Hotel, in dem ich ohnehin wohne, aber ich miete ein zusätzliches Zimmer, falls es notwendig werden sollte, sie einzuladen. Ich will auf keinen Fall, dass eine Frau in meinen persönlichen Dingen herumschnüffelt.«

»Verstehe. Bezahlst du bar?«

»Ja, ich habe vom Ausgabenkonto abgehoben, was ich brauche. Aber kommt Zeit, kommt Rat. Hast du deinen Teil der Kosten im Griff?«

»Ich bleibe im Rahmen des Budgets.« Erik Käsfeldt klang gekränkt.

»Natürlich, Käs.«

»Äh, Jay …«

»Mach's gut, Erik!« Jay lachte laut auf, als er aufgelegt hatte, und zündete sich seinen kleinen grauweißen Freund wieder an. Käs war ein alter Narr, und Jay ärgerte ihn so oft wie möglich; genau wie die großen Jungen Erik in der Bibelschule geärgert hatten. Damals hatten sie ihn natürlich nicht bei seinem Spitznamen genannt, aber jedes Mal, wenn der nass gekämmte Sonntagsschullehrer den grauen, von Neonröhren beleuchteten Raum unter dem Gemeindesaal betrat, ging ein Raunen durch die Gruppe. Eines Tages hatte jeder Schüler einen Käse an die Tafel gemalt, und als die Stunde begann, war die Tafel voller Käse. Aber Käs war schon damals ein friedlicher Mann gewesen. Er hatte die

Tafel einfach abgewischt und mit dem Unterricht begonnen, ohne die findigen Zeichnungen zu kommentieren. Den Eltern der Kinder erzählte er nichts. Eigentlich war es nicht sonderlich lustig, ihn zu ärgern, sie taten es selbstverständlich trotzdem.

Jay hatte seinem eigenen Glück kaum getraut, als er vor sieben Jahren dem alten Sonntagsschullehrer unter Umständen wiederbegegnete, die ihm wie ein Geschenk des Himmels vorkamen, über den Käs Sonntag für Sonntag während Jays langer trauriger Jugend salbadert hatte. Jay war damals gerade aus Goa zurückgekehrt, wo er sich fünf Jahre aufgehalten hatte. In der ersten Zeit hatte er dort seine ausgesprochen lukrative Tätigkeit als Gigolo fortgesetzt, dann drei verdammte Jahre, die er am liebsten vergessen würde, in Fort Aguada verbracht und schließlich ein Dreivierteljahr mit Sanjay gelebt, einem Kleingauner und Taschendieb, der Jay bereits während der Zeit vor dem Gefängnisaufenthalt unter seine Fittiche genommen hatte. Sanjay hatte den jungen Mann in verblüffend kurzer Zeit wieder auf die Beine gebracht. Er hatte für Lebensmittel gesorgt, damit Jay seine verlorenen Kilo zurückbekam; er hatte Medikamente besorgt, mit denen Jays chronische Diarrhöe kuriert werden konnte; er hatte Jay zu einem Job in einem Strandrestaurant verholfen, das von vielen Skandinaviern besucht wurde und einen dänischen Kellner gut gebrauchen konnte. Nach kurzer Zeit hatte sich Jay wieder an sein altes Fach erinnert und einen intimen Roomservice für alleinstehende weibliche Touristen auf der Jagd nach einer Ferienromanze angeboten.

Nach wenigen Monaten war er Else begegnet, einer dänischen Mittfünfzigerin, die für sich, ihren Sohn und seine Freundin eine Pauschalreise gebucht hatte. Die beiden Jugendlichen waren überwiegend damit beschäftigt, sich in die Augen zu schauen, sodass Else die meiste Zeit allein verbringen musste – bis Jay auftauchte und dafür sorgte, dass auch sie einen Urlaub erlebte, an den sie sich lange erinnern würde. Als sich der Abreisetag näherte, war Else untröstlich, dass sie sich von ihrer neuen Liebe verabschieden musste; und als Jay die Möglichkeit erwähnte, die Beziehung unter dänischem Himmel fortzusetzen, telefonierte sie sofort mit der Fluggesellschaft und besorgte ihm ein Ticket. Die arme Else. Sobald sie in Dänemark ankamen, war er urplötzlich verschwunden. Sie sah ihren jungen Liebhaber aus dem Urlaub nie wieder.

Es war eine ganz spontane Heimreise gewesen. Jay hatte eigentlich nicht damit gerechnet, Dänemark je wiederzusehen. Er hatte – abgesehen von dem Gefängnisaufenthalt – in Goa weiß Gott ein angenehmeres Leben geführt, als es ihm in Dänemark je möglich gewesen war. Aber irgendetwas hatte ihn gelockt, irgendetwas hatte ihm gesagt, dass der Weg, sich seine Träume zu erfüllen, über Dänemark führte. Er hatte noch keinen festen Plan, aber er wusste, dass er einige Talente besaß, mit denen er es weit bringen konnte.

Mit seinem letzten Bargeld hatte er seinen besten Anzug reinigen lassen und kurz darauf wieder angefangen zu arbeiten. Jay fand seine Kundinnen in den Bars der großen internationalen Hotels, und die Ausbeute war mindestens ebenso gut wie früher. Eine kurze Zeit wohnte er bei einer Witwe in Charlottenlund, einem reichen Vorort von Kopenhagen. Sehr bald schon stellte sich heraus, dass sie ihm eine Spur zu versnobt war; so versäumte sie nie die Gelegenheit, ihn darauf hinzuweisen, dass sie nur zwei Häuser entfernt von dem berühmten Reeder Mærsk McKinney Møller wohnte. Bereits nach einem Monat hatte er genug. Als sie eines Tages bei der Fußpflege war, klaute er ihre Platinkarte und verschwand. Es gelang ihm, sich eine ganze Garderobe der Luxusklasse zu kaufen, bevor die Karte gesperrt wurde. Den Diebstahl hatte sie, soweit ihm bekannt war, nie angezeigt. Es war jedes Mal dasselbe, und natürlich war er froh darüber, obwohl er den Grund wohl nie begreifen würde. Frauen der richtigen Altersklasse, zwischen fünfzig und fünfundsechzig Jahren, gingen so gut wie nie zur Polizei, wenn bei einem Betrug Sex mit einem beträchtlich jüngeren Mann ins Spiel kam. Waren sie zu jung, bestand das Risiko, dass sie noch genügend Selbstvertrauen hatten, um die Demütigung zu ertragen und zurückzuschlagen. Und waren sie zu alt, hatten sie es längst aufgegeben, in den Augen ihrer Umwelt attraktiv erscheinen zu wollen. Frauen über dem Pensionsalter wussten genau, mit wem man nach einer derartigen Enthüllung Mitleid hatte. Aber die Damen im mittleren Alter, die gerade in die Wechseljahre kamen und sich noch erinnern konnten, wie sie bei Weihnachtsfeiern ständig auf der Tanzfläche gewesen waren und hier und da ein unanständiges Angebot bekommen hatten … Sie waren perfekt für Jays Absichten: verletzlich, eitel und verunsichert darüber, ob ihre sexuelle Anziehungskraft bereits Vergangenheit war. Kurz gesagt: Wollte Jay die Frauen nur als Sexkunden, war das Alter unerheblich. Wollte er den Gewinn aber durch einen anschließenden Betrug optimieren, musste er sich an Frauen im mittleren Alter halten. Und da Jay Gewinnoptimierung am interessantesten fand, spezialisierte er sich auf genau diese Altersgruppe.

An einem Freitag beschloss er, dem Casino Copenhagen eine Chance zu geben. Es war fünf Jahre her seit der unglücklichen Episode mit der norwegischen Black-Jack-Dame, und Jays Aussehen hatte sich inzwischen erheblich verändert. Damals hatte er eine typische Neunzigerjahre-Frisur mit langem Pony getragen, der ihm ständig vor die Augen fiel und dauernd durch eine Kopfbewegung nach hinten geworfen werden musste. Nun war sein Haar kurz geschnitten und um ein paar Nuancen gebleicht.

Der dreijährige Gefängnisaufenthalt hatte ihm zu einem markanteren Aussehen verholfen und die letzten Spuren von seinem Babyface ausgelöscht, das früher sein sicherster Trumpf gewesen war. Jetzt sah er einfach elegant aus. Groß, blond, braun gebrannt, markante Züge, schneeweiße Zähne, selbstbewusste Körpersprache. Er schlenderte zwischen den Spieltischen umher und merkte sich, wo eine alleinstehende Frau im passenden Alter saß, als sein Blick plötzlich auf eine bekannte Gestalt fiel: Erik Käsfeldt, sein nass gekämmter Sonntagsschullehrer, der, acht Jahre nachdem Jay ihn zuletzt gesehen hatte, fast unverändert aussah. Er hatte einen kleinen Bauch angesetzt, und das grau werdende Haar war möglicherweise ein wenig schütter geworden, aber darüber hinaus konnte Jay keinen Unterschied feststellen.

Diskret beobachtete er Käs ein paar Stunden lang und wunderte sich mehr und mehr. Das Haus des Herrn, in dem Jay aufgewachsen und Erik Käsfeldt vermutlich noch immer Mitglied war, ließ unter keinen Umständen Alkohol, Tabak und Spiel zu. Hier saß der Mann mit einer Zigarette im Mund, einem Whisky-Soda im Glas und verlor ein Vermögen nach dem anderen. Verflucht, wo hatte der Trottel so viel Geld her?

Soweit Jay wusste, war Käs Buchhalter bei irgendeiner Abrechnungsfirma, doch das konnte unmöglich so viel abwerfen. Je länger das Spiel dauerte, umso offensichtlicher verlor Käs große Summen. Sehr große Summen. Und je mehr er verlor, desto mehr Schweißtropfen sammelten sich auf seiner hohen, hellroten Stirn. Und desto mehr trank er auch. Der Croupier beobachtete ihn diskret und überlegte sicher schon einzugreifen, aber als er Blickkontakt zu seinem Vorgesetzten bekam, zuckte der nur die Achseln. Solange der Mann Geld hatte, um Jetons zu kaufen, und solange er nicht sturzbesoffen war, durfte er weiterspielen.

Schließlich war auch der letzte Stapel Jetons verschwunden

und Käs verließ den Tisch aus eigenem Entschluss. Ein wenig unsicher ging er in die Bar ein Stockwerk höher, setzte sich auf einen Barhocker, bestellte einen Drink und zog einen karierten Block aus der Brusttasche. Tief konzentriert notierte er eine Zahlenreihe nach der anderen, als Jay sich neben ihn setzte.

»Guten Abend, Herr Käsfeldt«, sagte er.

Käs zuckte zusammen und legte den Arm über seine Zahlenkolonnen, während er sich Jay zuwandte. Er zog die Brauen zusammen und studierte das Gesicht des anderen Mannes für einige Sekunden, bevor es ihm dämmerte. »Ah, Johannes«, sagte er. »Lange her. Ich hätte dich fast nicht …«

»Nennen Sie mich Jay. So heiße ich jetzt schon seit Jahren. Johannes ist ein bisschen schwierig für Ausländer, und John … Das ginge dann doch zu weit.« Er lächelte freundlich. »Darf ich Sie zu einem Drink einladen, Herr Käsfeldt?« Er griff nach Käs' Glas und schnüffelte daran, bevor Käsfeldt protestieren konnte. »Whisky?«, sagte er und stellte das Glas lächelnd ab. »Da bin ich dabei. Einen doppelten?«

»Johannes … Jay, meine ich … Ich wäre dir dankbar, wenn du das hier nicht …«

Jay bezahlte die beiden Drinks und lächelte. »Ich wüsste gar nicht, wem ich das erzählen sollte.« Er hielt sein Glas hoch. Sie stießen an und tranken. »Hast du mal mit deiner Mutter geredet?«, erkundigte sich Käsfeldt und stellte sein Glas vorsichtig ab.

»Ich spreche mit niemandem von denen. Das wissen Sie doch.«

»Dann weißt du nicht, dass …«

Jay hob eine Hand. »Und wenn ich ehrlich sein soll, dann habe ich auch keine Lust, über sie zu reden.«

»Entschuldigung. Ich wollte nicht …«

Jay wehrte mit einer Handbewegung ab. »Erzählen Sie mir lieber, was Sie hier machen. Wurden Sie auch ausgestoßen?«

»Aber nein!« Käs blickte ihn entsetzt an. »Niemals. Die Gemeinde ist mein ganzes Leben. Das weißt du doch.«

»Und das hier?« Jay machte eine träge Handbewegung, die die Zigarettenpackung, den Drink und die mystischen Zahlen auf dem Block umfasste. »Ist das ein neues Einsatzgebiet deiner Arbeit für den Herrn?«

Käs' Augen erstarrten, er erhob sich. »Ich will nichts davon hören, Jo … Jay. Du spottest Gott.«

»Setz dich wieder hin, Käsfeldt. War doch nur ein Witz.« Jay klopfte auf den Barhocker. »Soll ich noch ein Glas bestellen? Dann könntest du mir die ganze Geschichte erzählen?«

»Lieber nicht«, sagte Käsfeldt, setzte sich aber zögernd. »Ich stecke in einer furchtbaren Klemme, Jo … äh, Jay.«

»Nicht Jo-Jay, Käsfeldt. Jay reicht.« Er lächelte beruhigend und klopfte Käsfeldt auf die Schulter.

Käs' Blick schweifte über die Gesichter an der blank polierten Bar. »Können wir nicht woanders hingehen?«

Jay, der gerade seine Hand heben wollte, um den Barkeeper zu rufen, hielt mitten in der Bewegung inne. »Wohin denn?«

»Lass uns einen friedlicheren Ort finden.« Käs stand wieder auf. Er wirkte plötzlich nüchterner und steckte sorgfältig den kleinen Block und den Kugelschreiber in die Brusttasche. »Eigentlich ist es schön, die Geschichte jemandem erzählen zu können. Ich habe gesündigt, Jay. So gesündigt, dass ich nicht glauben mag, der Herr könnte mir das verzeihen.«

»Ich bin außerstande, dir irgendeine Form von Absolution zu bieten, Käsfeldt. Aber ich höre gern zu.«

Und so kam es, dass Jay und sein alter Sonntagsschullehrer Freitagnacht mehrere Stunden in einer Kneipe in der Innenstadt zubrachten. Während Besoffene beiderlei Geschlechts kamen und gingen, sich küssten und schlugen, Poolbillard spielten oder ihren Nachtdurst stillten, erzählte Käsfeldt seine lange, traurige Geschichte. Über die Einsamkeit, nachdem seine Frau gestorben war; über die Trauer, als ihre Tochter ausgestoßen wurde, weil sie mit ihrem jüdischen Freund zusammenzog. Und über den definitiven Sündenfall, als Erik eher durch einen Zufall anfing zu spielen. Sein Debüt als Spieler hatte er auf einer Geschäftsreise nach Århus gehabt, als er plötzlich spätabends von einer lähmenden, krank machenden Einsamkeit übermannt worden war. Er hatte wie gewöhnlich zum Herrn gebetet, aber nicht einmal dies hatte ihm aus seiner Verzweiflung geholfen. Erik Käsfeldt hatte über eine Stunde gebetet, ohne die Ruhe und den Trost zu finden, den er normalerweise nach einem Zwiegespräch mit dem Herrn empfand. Schließlich war er hilflos schluchzend zusammengebrochen. Er hatte sich selbst jammern und in höchster Verzweiflung darüber fluchen hören, dass Gott ihn nicht erhörte. Er hatte geweint, bis er leer und erschöpft war.

Aus Kummer hatte er das unpersönliche Hotelzimmer verlassen und sich ins Casino des Hotels gesetzt. Er hatte nicht spielen wollen – das war schließlich Teufelswerk … An diesem Punkt der Erzählung sah er Jay mit blutunterlaufenen Augen direkt an: »Das weißt du doch, Jo … Jay. Daran wirst du dich doch erinnern?« Ja, danke, Jay erinnerte sich ausgezeichnet an die donnernden Reden gegen den Spielteufel und wusste, dass Käs nicht übertrieb. Ein einzelnes Spiel Schwarzer Peter reichte, um im Haus des Herrn gewaltige Reaktionen auszulösen. Jay wusste es nur zu gut. Er nickte, und Käsfeldt fuhr fort, ihm zu erklären, wie Satan ihn an diesem Abend persönlich an den Black-Jack-Tisch geführt und dazu gebracht hatte, sich ein alkoholisches Getränk zu bestellen. Mehr brauchte es nicht. Das Spiel hatte ihn schon nach wenigen Minuten gepackt, und zum ersten Mal seit Monaten konnte er an etwas anderes als seine private Tragödie denken. Dazu kam, dass er an seinem Debütabend Glück hatte, und während der Stapel der Jetons wuchs und aus dem ersten Drink mehrere wurden, hatte sich Wohlbehagen in seiner gemarterten Seele ausgebreitet. Käs erlebte eine Nacht reiner, ungetrübter Glückseligkeit. Die gefährlichste Waffe des Teufels.

Die erste Nacht am Spieltisch führte zu vielen weiteren Nächten im Casino von Kopenhagen. Hier begann der Teufelskreis aus funkelndem Glück und bodenlosem Entsetzen, der den armen Mann noch immer gefangen hielt. Denn das Glück am Spieltisch war natürlich flüchtig, und die häufigen Besuche im Casino Copenhagen brachten Käs innerhalb kurzer Zeit in eine verzweifelte Situation. Zunächst hatte er sein bisschen Erspartes eingesetzt, dann sein Haus beliehen, und jetzt steckte er ernsthaft in der Klemme. Käsfeldt beschrieb den Umfang der Schulden, die er erst durch eine, dann durch mehrere Unterschlagungen bei Klienten der Firma zu decken versuchte. Inzwischen waren die Schulden in unüberschaubare Höhen gewachsen. Er zog den kleinen karierten Block aus der Tasche und zeigte Jay die Zahlen, peinlich genau registriert mit Datum und den Namen der Klienten. Er berichtete von seiner Angst vor Entdeckung, vor der Entlassung und, am allerschlimmsten, vor dem Ausgestoßenwerden aus dem Haus des Herrn. Er erzählte von seinen Selbstmordabsichten, die nur durch den Gedanken an die Hölle gezügelt wurden, in der er bestimmt landen würde. Er weinte über seine Schwäche und fürchtete sein Schicksal. Jay hörte zu, zutiefst beeindruckt.

Wie Jays Stiefvater vermutlich noch immer gehörte auch Käs zur obersten Führungsriege der Gemeinde. Jay war in dem Glauben aufgewachsen, dass es sich bei den Ältesten um Menschen handelte, die sakrosankt waren. Sie galten als unfehlbar, beinahe als Apostel. Unempfänglich für weltliche Versuchungen und die

Verlockungen des Teufels. Er hätte nie die Fantasie aufgebracht, sich vorzustellen, dass einer der Ältesten so einbrechen könnte wie Käs. Die Flammen der Hölle warteten auf diesen Mann, das war gewiss. Selbstmord hin oder her.

Als Käsfeldt seine Geschichte beendete, war es draußen hell. Das ungleiche Paar verließ die Kneipe, ging in der kalten Morgenluft hinunter zur Havnegade und setzte sich auf eine Bank. Jay zog einen Joint aus der Tasche und rauchte ihn langsam. Sein Gehirn arbeitete auf Hochtouren, so viele vergessene Erinnerungen hatte Käs' Bericht in ihm wachgerufen. Plötzlich bemerkte er, dass er laut dachte; er war dabei, seine eigene Geschichte zu erzählen. Das hatte er noch nie getan. Natürlich wusste Sanjay alles, nur war er überhaupt nicht in der Lage, den Hintergrund von Jays Kindheit und Jugend im Haus des Herrn zu begreifen. Erik Käsfeldt schon. Und der fragte und hörte zu, vollkommen fasziniert.

All seine Fragen drehten sich um Jays Tätigkeit als professioneller Gigolo und semiprofessioneller Betrüger. Käs war offensichtlich erschüttert, dass ein Mann auf diese Weise leben, ja, offenbar sogar gut leben konnte. Aber er bohrte weiter, wollte wissen, wie viel Jay bei der einen wie der anderen Aktion verdiente, merkte sich die unterschiedlichen monatlichen Einkünfte, *best case and worst case*. Dann richtete er sich auf und erinnerte sich plötzlich an seinen Beruf als Finanzexperte, dessen Spezialgebiet der Umgang mit privaten Vermögen war. Und mitten in seinem Bericht über seine reichhaltigen Erfahrungen ließ er in einem Nebensatz ein Goldkorn fallen; es blieb vor Jay in der Luft hängen, glänzte und brachte seine Gedanken auf Abwege. Käs hatte den Satz ausgesprochen, ohne darüber nachzudenken, er redete einfach weiter über seine Investmentideen; doch Jay hörte nichts anderes als diese eine goldene Information, durch die all seine anderen vagen

Pläne Gestalt annahmen und realisierbar erschienen. Sein Gehirn arbeitete rasch und kalkulierte, während Käsfeldts Stimme anstieg und wieder leiser wurde. Es schienen Stunden vergangen zu sein, aber vermutlich waren es nur ein oder zwei Minuten, bis Jay aufstand und Käs mitten in Ausführungen über irgendwelche Offshore-Möglichkeiten bei Investitionen unterbrach.

»Ich weiß, was wir machen«, erklärte er und breitete die Hände aus, als präsentiere er einem geehrten Gast einen Tisch voller Leckereien. »Du und ich. Ich weiß, wie wir unsere ökonomischen Probleme im Handumdrehen lösen können.«

Erik Käsfeldt sah zu dem großen jungen Mann auf, der mit leicht ausgebreiteten Armen und der Morgensonne im Rücken vor ihm stand. Trotz seines tadellosen Anzugs und der Kurzhaarfrisur glich er unverkennbar einer modernen Version des Erlösers. Und stand er nicht auch da und sagte, er würde ihn von allen seinen Leiden befreien? Käsfeldt musste sich zusammennehmen, um nicht auf die Knie zu fallen. Hätte Jay ihn in diesem Moment gebeten, ins Wasser zu springen und auf die andere Seite zu schwimmen, er hätte es ohne Zögern getan.

»Hast du nicht gerade gesagt, dass deine Abteilung die dänischen Gewinner bei EU-Lotto berät?« Jay ging in die Hocke, sodass sie sich auf Augenhöhe befanden. »Redest du persönlich mit ihnen?«

»Nein, eher selten. Wir haben eine Mitarbeiterin, die …«

»Gut.« Jay nickte. »Aber du bekommst einen Bericht, wenn deine Mitarbeiterin mit einem Gewinner gesprochen hat, oder?«

»Ja, und?«

»In dem Bericht stehen doch auch einige persönliche Informationen, nicht wahr? Geschlecht, Familienstand, Alter, Lebensverhältnisse, Kontonummer, Höhe des Gewinns, Wünsche dazu, was mit dem Geld passieren soll, so was halt?«

»Ja, selbstverständlich. Aber das sind vertrauliche Informationen.«

»Natürlich sind sie vertraulich, Käsfeldt, natürlich.« Er legte eine Hand auf die Schulter des Finanzberaters. »Wo kämen wir denn hin, wenn Hinz und Kunz solche persönlichen Details zu sehen bekämen.«

Erik Käsfeldt atmete erleichtert auf. Einen Augenblick hatte er Sorge, dass Jay ihn erpressen wollte. Er musste den Kopf zurücklegen. Jay war wieder aufgestanden und türmte sich über ihm auf.

»Natürlich sollst nur du die Berichte zu Gesicht bekommen, Käsfeldt. Das versteht sich von selbst. Aber wenn man sich nun mal rein hypothetisch vorstellt, dass du sie künftig mit aufmerksameren Augen liest und nach ganz neuen Prinzipien analysierst, wenn ich so sagen darf?« Jay skizzierte seinen Plan, erzählte sogar von seinen eigenen heimlichen Alterskriterien bei den Opfern seiner Betrügereien. Käs würde zwar niemals ein Konkurrent werden, aber es konnte nicht schaden, dem Mann einen kleinen Einblick in seine Geschäftsprinzipien zu geben.

Als Jay fertig war, blickte Käsfeldt eine Weile über das Wasser. »Du willst, dass ich dir Informationen über alleinstehende Frauen mittleren Alters gebe, die mindestens drei Millionen Kronen bei EU-Lotto gewonnen haben?«

»Nicht mehr als das, Käsfeldt. Den Rest über die einzelnen Gewinnerinnen finde ich dann selbst heraus; und ich entscheide auch, ob sie als Ziel überhaupt geeignet sind.«

»Und was habe ich davon?«

»Zehn Prozent.«

»Dreihunderttausend dafür, dass ich meinen Job aufs Spiel setze?«

»Dreihunderttausend Minimum, allerdings pro Job.«

Käs schlug den Blick nieder. »Ich habe fast eine Million Schulden.«

Jay setzte sich neben ihn. »Wenn du bereit bist, ein bisschen mehr Arbeit zu übernehmen, bekommst du fünfzehn Prozent.«

»Was für Arbeit?« Käsfeldts Stimme hatte den eifrigen Klang verloren. Seine eigene unglückliche Situation hatte sich wieder wie eine Decke über die finanziellen Fantasien gelegt.

»Ich brauche bei jeder einzelnen Aufgabe neue falsche Papiere. Pass, Führerschein und so weiter. Es wäre am besten, wenn jemand anderer als ich sich um diese Details kümmern würde. Aus Sicherheitsgründen, verstehst du.«

»Wie sollte ich dir einen falschen Pass besorgen können?« Käs blickte auf seine Hände. »Ich kenne mich da überhaupt nicht aus.«

»Du bekommst die Handynummer zu einem Kontakt, den ich beschaffe. Gib mir ein paar Tage, dann weiß ich, mit wem du reden musst. Wenn du das schaffst und mir mit ein paar anderen praktischen Details zur Hand gehst, bekommst du fünfzehn Prozent. Das sind dann Minimum vierhundertfünfzigtausend pro Auftrag.« Jay blickte Käsfeldt prüfend an, der sein Gesicht noch immer auf seine Hände gerichtet hielt. »Was ist, Käsfeldt? Machst du mit?«

Käs zuckte die Achseln. »Ich bin müde, Jo … Jay.« Er stand auf. »Lass es mich überschlafen.«

»Natürlich.« Jay betrachtete Käsfeldt, der jetzt seinen zerknitterten, marineblauen Popelinmantel zuknöpfte. Er sah tatsächlich müde aus. Im Grunde erschöpft. »Komm gut nach Hause, Käsfeldt.«

Er nickte und gab Jay die Hand. »Es war … interessant, sich mit dir zu unterhalten, Jo … Jay. Entschuldige. Ich lerne das noch.« Er verzog die Lippen zu einem dünnen Lächeln. Dann drehte er sich um, ging in Richtung Hauptbahnhof und zum Zug nach Christianssund, wo sein leeres Heim auf ihn wartete.

»Hey!«, rief Jay, als Käsfeldt ungefähr zwanzig Meter gegangen war. »Warte mal. Ich kann dich ein Stück begleiten.« Er lief, bis er zu Käs aufgeschlossen hatte. »Ich muss auch in die Richtung.«

»Wohin?«

»Vesterbro.«

Sie gingen wortlos nebeneinander am Hafen entlang, während die Stadt erwachte, vorbei an der Holmens Kirke und Christiansborg. Die Straßen füllten sich mit halb leeren Bussen und Autos. Als sie zum Thorvaldsens-Museum kamen und sich ihnen dort die schöne Aussicht auf die romantischen Häuser an Gammel Strand öffnete, räusperte sich Jay.

»Ich habe über diese Million nachgedacht, die du deiner Firma schuldest. Wann musst du die spätestens zurückzahlen, ohne dass es auffällt?«

Käsfeldt lachte hohl. »Jetzt. Die Revision kann in drei Monaten kommen oder in sechs Monaten, aber sie können auch schon Montag vor der Tür stehen.«

»Ein Damoklesschwert?«

Käs sah ihn verblüfft an. »Du kennst aber deine Griechen!«

»Für den Hausgebrauch reicht es.« Jay blickte in den Kanal, wo ein paar Kajakfahrer ruhig durchs Wasser glitten und unter der Stormbroen verschwanden. »Bis Montag kann ich keine Million beschaffen«, sagte er dann. »Aber ich könnte etwas anderes tun, wenn du einverstanden bist.«

»Ja?«

»Wenn du jetzt sofort ins Büro fährst und mir aus deinen Berichten ein paar Möglichkeiten besorgst, könnte ich bereits am Wochenende beginnen. Und ich wage zu behaupten, dass es kaum einen Monat dauern wird, bis die erste Million da ist.«

»Das sind dann hundertfünfzigtausend für mich. Scheiße, das ist ein Tropfen auf dem heißen Stein! Entschuldige, dass ich fluche.«

»Du missverstehst mich, Käsfeldt.« Jay blieb lächelnd stehen. »Du bekommst die erste Million, die wir verdienen ... ohne Abzüge. Als eine Art Willkommensgabe an den neuen Mitarbeiter der Firma.«

Käs runzelte die Stirn und sah Jay lange an. Er hatte keine Wahl. Beide wussten es. Außerdem war es nicht bloß ein gutes Angebot. Es war ein Angebot, das abzulehnen er sich nicht erlauben konnte.

Danach ging es Schlag auf Schlag. Das erste Opfer hatten sie glücklicherweise schnell hinter sich lassen können. Unerfahren und dumm wie Bohnenstroh war sie sofort dem luftigen Investitionsplan gefolgt, den ihr feuriger junger Liebhaber ihr vorschlug. Und Erik Käsfeldt hatte sein überzogenes Bankkonto ausgleichen und die Unterschlagungen vertuschen können, bevor Klienten, sein Chef oder die Wirtschaftsprüfer etwas ahnten. Alles war gut, sein Leben gerettet.

Was er nicht bedacht hatte, war die natürliche Folge der großzügigen Willkommensgabe. Käsfeldt saß in der Zwickmühle. Jays Zwickmühle. Vorbei war es mit der höflichen Behandlung, vorbei war es mit der Anrede ›Herr Käsfeldt‹, vorbei war es mit Schmeicheleien und Entgegenkommen. Jay behandelte Käs konsequent wie einen gut abgerichteten Gebrauchshund. Bei Fuß! Komm! Sitz! Such! Hol! Wenn er die Ware lieferte, bekam er hin und wieder einen Klaps auf den Kopf: Guter Hund! Wenn er allerdings versuchte, sich zu widersetzen, folgte die Strafe auf dem Fuß.

Tatsächlich war es nur ein einziges Mal vorgekommen. Käs wollte die Zusammenarbeit aufkündigen. Er hatte Jay aufgesucht, geheult und seine Sünden bereut, er wollte nicht mehr. Jay erschrak selbst über die kühle Ruhe, mit der er völlig leidenschaftslos Käsfeldts Ringfinger nahm und nach hinten bog, bis er mit einem deutlichen Knacken brach. Hinterher setzte er sich auf seinen Stuhl, legte die Fingerspitzen aneinander und wartete, bis Käs aufgehört hatte zu schreien, nur mit weit aufgerissenen, geschockten Augen dasaß und seinen gebrochenen Finger hielt. Dann hielt Jay seinem verirrten Schüler eine kurze, aber emotionale Predigt.

»Du sagst, du willst nicht länger das Geld des Teufels nehmen. Du sagst, es sei Sünde, diese unschuldigen Frauen zu betrügen, obwohl das Geld sich nur so in deinem Tresor stapelt. Du sagst, wir enden für unsere Taten in der Hölle?« Er lehnte sich hinüber zu Käs, dass ihre Nasen sich beinahe berührten. »Aber wo steht denn geschrieben, dass wir durch unsere Einnahmen reicher werden sollen? Du könntest deinen Anteil einem guten Zweck spenden. Das Haus des Herrn würde niemals ein anonymes, großzügiges Geschenk von einem reuigen Sünder ablehnen.« Jay richtete sich auf und ließ den Gedanken bei Käs sacken, der blass vor Schmerz war. Dann lachte er plötzlich so laut auf, dass der Verletzte zusammenzuckte. »Abgesehen davon, Käs … ich habe nicht vor, dich gehen zu lassen. Hast du verstanden?«

Erik Käsfeldt gab auf. Er fuhr in die Notaufnahme und bekam einen Verband um seinen Finger, der leider nie wieder sein ursprüngliches Aussehen zurückbekam. Seinem Gewissen ging es ähnlich, obwohl er von nun an treulich seinen Anteil an der Beute dem Haus des Herrn spendete. Es verging kein Tag ohne lange, tränenerstickte Séancen, in denen er den Herrn um Vergebung bat und sich selbst harte Strafen für seine Sünden auferlegte. Wäre Erik noch immer verheiratet gewesen, hätte seine Frau sich gewundert über all die Narben und frischen Wunden, die seinen

Oberkörper und die Oberarme überzogen. Aber es stand ihm niemand so nahe, die Gefahr einer Entdeckung bestand kaum. Brandmale von Zigaretten mischten sich mit Schnittwunden, bei denen er sich mit einem Brotmesser selbst als der Sünder gezeichnet hatte, der er war. Merkwürdigerweise ging es ihm durch die physischen Schmerzen besser. Doch es hielt nicht lange an. Kaum hatten die Schmerzen nachgelassen, kam das schlechte Gewissen zurück. Und alles begann von vorn.

Von alldem ahnte Jay nichts. Er war nur froh, dass die Zusammenarbeit mit Käs von jenem Tag an einwandfrei funktionierte. Jay wusste nicht, wie viele Opfer sie im Laufe der Zeit betrogen hatten. Zwölf oder dreizehn vielleicht. Es müsste sich ermitteln lassen. Er versuchte, es im Kopf durchzuspielen, verlor aber den Faden. Im Moment war er allerdings auch zu high, besser, er reduzierte seinen Shitverbrauch ein wenig.

Jay drehte sich auf den Rücken und breitete die Arme zu seiner bevorzugten Stellung aus. Er atmete langsam und regelmäßig durch die Nase ein, tief in den Bauch und durch den Mund wieder aus, bis er einschlief.

FREITAG, 20. APRIL 2007

32

Weicher Sonnenschein lag über Christianssund, ließ die Mauern vor dem unwirklich blauen Himmel in warmen, gelben Nuancen erscheinen und den Springbrunnen auf dem Rathausmarkt munter glitzern. Aus dem Polizeipräsidium blickte man in einen hübschen, beinahe sommerlichen Morgen. Aber Flemming ließ sich nicht täuschen, jedenfalls nicht mehr. Er hatte sich an diesem Morgen von dem sonnensatten Glanzbild verlocken lassen und nur eine dünne Windjacke angezogen. Bereits während der kurzen Fahrt im Wagen war ihm klar geworden, dass es eine ausgesprochen schlechte Entscheidung gewesen war. Die Luft war eiskalt, mit einem metallischen Nachgeschmack wie kurz vor heftigem Schneefall. Aus reiner Faulheit hatte er allen Instinkten getrotzt und an der Wahl seiner Bekleidung festgehalten – mit dem Resultat, dass er nun mit klappernden Zähnen und beiden Händen am lauwarmen Heizkörper in seinem Büro saß.

Es klopfte.

»Ja?«

Pia Waage steckte den Kopf hinein. »Du hast Besuch.«

»Wer?«

»Annemarie Kjeldsen und Kamma Moritzen.«

Flemming rieb sich die Hände, während er nachdachte. Er hatte Mikaels Mutter in den zurückliegenden Wochen mehrfach vernommen, sowohl mit als auch ohne ihre Freundin. Und nicht ein einziges Wort hatte er aus ihr herausbekommen, weder über ihren verstoßenen Sohn noch über ihren Exgatten. Sie blickte einfach nur auf den Tisch, schüttelte den Kopf und antwortete ausschließlich auf belanglose Fragen, nie auf die wirklich wichtigen. Der Gedanke, noch ein paar fruchtlose Stunden in Gesellschaft der beiden Damen zu verbringen, war nicht gerade verlockend. Auf der anderen Seite war es das erste Mal, dass Frau Kjeldsen sich freiwillig an ihn wandte. Vielleicht gab es ja doch eine Chance …

»Bring sie herein«, sagte er. »Und bleib hier, wenn du Zeit hast.«

Einen Augenblick später standen sie in seinem kleinen Büro. Keine der beiden Frauen hatte bei der Kleiderwahl an diesem Morgen Flemming Torps Fehler wiederholt. Annemarie Kjeldsen trug einen dunkelblauen Wollmantel mit Pelzbesatz, Kamma Moritzen hatte ihren üppigen Körper unter einem gehäkelten Poncho mit langen Fransen versteckt. Beide trugen zudem dicke Strickmützen und Fäustlinge, und sie hatten rote verheulte Augen. Sie sahen aus, als hätten sie seit mehreren Tagen nicht mehr geschlafen.

»Trinken Sie eine Tasse heißen Tee?«, erkundigte sich Pia.

Sie nickten.

»Sie können Ihre Mäntel hierher hängen.« Flemming wies auf einen stummen Diener, an dem seine Sommerjacke hing und sich ihrer Unzulänglichkeit schämte. »Ist noch einmal richtig kalt geworden, was?«, begann er die Konversation, während er den Damen half.

»Ja.« Annemarie Kjeldsens Antwort kam so leise, dass er ihren Inhalt mehr erriet als verstand.

»Wir sind nicht hier, um übers Wetter zu reden«, erklärte Kamma im Ton eines Rockers, der das monatliche Schutzgeld kassieren wollte. »Wir sind der Ansicht, dass es jetzt reicht.«

»Reicht? Was reicht?«

»Es ist jetzt über sieben Wochen her, seit Mikael …« Sie zögerte und warf ihrer Freundin einen raschen Blick zu. »In das Haus des Herrn gerufen wurde«, vollendete sie den Satz. »Und es sieht nicht so aus, als würde es irgendeinen Fortschritt in der Angelegenheit geben.«

»Tja, das würde ich so nicht sagen«, erwiderte Flemming.

»Aber wir«, unterbrach sie ihn scharf. »Sie sind keinen Schritt weitergekommen.«

»Das ist nicht wahr. Wir verfolgen im Augenblick mehrere Spuren, und wie es aussieht …«

»Was für Spuren?«

»Das kann ich leider nicht vertiefen.«

»Warum nicht?«

»Aus Rücksicht auf die Ermittlungen.«

Sie sah ihn an. »Versuchen Sie zu sagen, dass Sie Annemarie des Mordes an ihrem eigenen Sohn verdächtigen?«

Annemarie zuckte zusammen. Sie stieß einen Laut aus, ein Zwischending zwischen Schluckauf und Schluchzen. Dann nahm sie sich zusammen und guckte wieder auf den Boden, wobei sie die Lippen aufeinanderpresste.

Kamma ignorierte sie. »Oder haben Sie mich auf dem Kieker?«

»Wollen Sie sich nicht setzen?« Flemming zeigte auf die beiden Gästestühle, die seinem Schreibtisch gegenüberstanden. Er selbst sank in seinen Bürostuhl. Er fror noch immer und freute sich auf die Tasse Tee, die Pia Waage holte. »Ich verstehe, dass Sie ungeduldig sind«, sagte er, als die beiden Frauen Platz genommen hatten. »Und ich versichere Ihnen, dass ich Sie keinesfalls verdächtige. Aber wie Sie wissen, ist eines unserer größten Probleme, dass Sie sich weigern, einige Fragen zu beantworten, die von entscheidender Bedeutung für den Fall sein könnten. Mit ein wenig mehr

Hilfsbereitschaft wäre eine Klärung möglicherweise rascher herbeizuführen.«

Annemarie und Kamma wechselten einen Blick. Kamma holte Luft, als wollte sie wieder das Wort ergreifen.

Annemarie hielt sie mit einer schmalen weißen Hand auf. »Nein, lass mich jetzt, Kamma«, sagte sie mit einer Stimme, die erstaunlich ruhig war. »Es war mein Entschluss, also muss ich selbst …« Sie drehte den Kopf, als die Tür aufging und Pia Waage erschien, die ein abgenutztes Tablett balancierte, auf dem vier Becher verheißungsvoll dampften.

»Bitte sehr.« Pia teilte die Becher aus, bevor sie einen Stapel Zeitungen vom letzten Stuhl des Büros entfernte, der eingeklemmt zwischen Regal und Aktenschrank stand, und sich setzte.

»Fahren Sie fort.« Flemming sah Annemarie aufmunternd an, die in ihren Tee blies.

Sie stellte den Becher ab, ohne getrunken zu haben. »Es geht um meinen Mann und meinen ältesten Sohn«, sagte sie mit ihrer ungewohnt ruhigen Stimme. »Kamma hat Ihnen bereits erklärt, dass sie ausgestoßen worden sind. Und Sie wissen sicher auch, dass es im Haus des Herrn verboten ist, über diejenigen zu sprechen, die von der Gemeinde fortgeschickt wurden. Es war mir deshalb unmöglich, Ihre Fragen nach ihnen zu beantworten. Ich hoffe, Sie verstehen das.«

Flemming senkte den Kopf ein wenig, sagte aber nichts.

»Trotzdem habe ich mich entschieden, dass es jetzt reicht. Sie können gern fragen, dann antworte ich, so gut ich kann. Möglicherweise ist es eine Sünde, aber wenn es bei der Aufklärung helfen kann …«

»Das ist ein sehr vernünftiger Entschluss«, sagte Flemming.

»Ich hoffe es. Möge Gott mir vergeben.«

»Haben Sie etwas dagegen, wenn wir dieses Gespräch aufnehmen?« Er bemerkte ihre Verwirrung und fügte hastig hinzu: »Das erspart Ihnen möglicherweise, die Geschichte häufiger, als es unbedingt notwendig ist, wiederholen zu müssen.«

Sie nickte zögernd.

Flemming nahm eine unbespielte Kassette aus seiner Schreibtischschublade und reichte sie Pia Waage, die bereits den Kassettenrecorder aufgestellt hatte. Sie schaltete das Gerät ein, nannte die Namen der Anwesenden, das Datum und teilte mit, dass das Gespräch im Büro des Kriminalkommissars stattfand.

»Ich bin nicht immer Mitglied im Haus des Herrn gewesen«, begann Annemarie Kjeldsen. »Ich habe ein sündiges Leben geführt, als ich jung war. Ich habe geraucht, Alkohol getrunken, und ich habe Männer außerhalb der Ehe kennengelernt. Der Teufel hatte mich so fest im Griff, dass ich mit einem Mann ein Kind bekam, ohne verheiratet zu sein.«

»Sie war eine Hure, aber Jesus hat ihr vergeben«, schob Kamma ein. »Heute lebt Annemarie ein Leben im Sinne des Herrn.«

»Sie waren also allein mit dem Kind?« Flemming versuchte, sich die zierliche, stille Annemarie als versoffenes Flittchen vorzustellen, es fiel ihm schwer. Auf der anderen Seite würde wohl der größte Teil der dänischen Bevölkerung unter diese malerische Beschreibung fallen, wenn man den Mitgliedern vom Haus des Herrn Glauben schenkte. Annemarie Kjeldsen war damals wahrscheinlich eine ganz gewöhnliche durchschnittliche Frau gewesen, dachte er.

»Nein, ich habe mehrere Jahre mit dem Vater des Kindes zusammengelebt. Wir waren allerdings nicht verheiratet. Als das Kind ... Johannes ... drei Jahre alt war, strafte der Herr mich für meine Sünden. Er nahm uns den Vater des Jungen.«

»Ihr Lebensgefährte hat Sie verlassen?«

»Er wurde bei einem Zugunglück getötet. Das war Gottes

Strafe für mich.« Sie schloss die Augen. »Der Herr hat es getan, um mich auf den rechten Weg zu führen, aber ich war so verhärtet, dass ich seine liebevolle Zurechtweisung nicht annehmen wollte. Viele Monate war ich eine verlorene Seele. Ich habe dem Herrn geradezu vorgeworfen, dass er Lars zu sich genommen hat. Ich verstand nicht, dass es zu meinem eigenen Besten geschehen war und sein Tod die Chance auf Erlösung für mich und meinen Jungen bot.«

»Die Wege des Herrn sind unergründlich«, warf Kamma ein. »Eine alte Wahrheit.«

»Eines Tages, als ich ganz am Boden war, schickte der Herr mir dann einen Boten. Der Engel des Herrn zeigte sich mir und leitete mich in sein Haus, wo die Gemeinde mich mit offenen Armen empfing. Der Herr vergab mir alle meine Sünden und boshaften Gedanken. Er wusch mich rein und schloss mich in seine Arme. Ich wurde erlöst.«

»Amen!« Kamma tätschelte lächelnd den Arm ihrer Freundin.

»Wie alt war der Junge, als Sie erlöst wurden?«

»Fünf. Wir hatten bei meinen Eltern gewohnt, bis der Herr uns in sein Haus kommen ließ.«

»Aber von diesem Tag an durften Ihre Eltern weder ihn noch Sie sehen?«, vermutete Flemming und bemühte sich um einen möglichst neutralen Ton.

»Meine Eltern waren verdammt. Der Herr forderte, dass ich mit ihnen brach. Sie wollten mich daran hindern, das Richtige zu tun.«

»Aha.«

»Nach einiger Zeit im Haus des Herrn suchten die Ältesten mir einen Ehemann aus. Er hieß Poul-Erik Hansen und war ein guter, fleißiger Mann, der mich versorgen und mich auf meinem Weg zur Erlösung leiten konnte. Er war auch bereit, die sündige Herkunft meines Kindes zu übersehen. Als Johannes zehn Jahre alt war, bekam ich Mikael.« Annemaries Augen füllten sich plötzlich mit Tränen. Sie blinzelte, dann liefen ihr, ohne dass sie versuchte, sie aufzuhalten, die Tränen über die Wangen. »Wir haben dem Herrn jeden Tag für den Jungen gedankt. Er war ein kleines Wunder.«

»Wurden die beiden Kinder unterschiedlich behandelt?«

»Nicht mehr als notwendig«, schob Kamma ein.

Flemming sah sie an. »Wie meinen Sie das?«

Kamma schüttelte den Kopf und überließ die Erklärung Annemarie. »Johannes war in Sünde auf die Welt gekommen, aber Mikael wurde im Haus des Herrn geboren. Es war notwendig, Johannes zu züchtigen, damit auch er ein Leben im Geiste des Herrn führen konnte.«

»Johannes war vom Teufel besessen!«, unterbrach Kamma erneut. »Er war das personifizierte Böse!«

»Er kämpfte dagegen an, Kamma.« Annemarie hatte die Stirn gerunzelt. »Johannes tat, was er konnte. Er versuchte wirklich, gut zu werden.« Ein kleines Lächeln flog über ihr Gesicht. »Er liebte seinen kleinen Bruder über alles. Ich glaube, er versuchte, für seine Sünden zu büßen, indem er sich zum Beschützer des unschuldigen Kindes machte.«

Kamma ließ sich nicht mitreißen. »Poul-Erik hat es durchschaut. Er hat die Sünde des Jungen gesehen, bevor wir anderen uns dessen bewusst wurden.«

»Poul-Erik versuchte, dem Jungen zur Erlösung zu verhelfen.«

Kamma schüttelte den Kopf. »Der arme Poul-Erik.«

»Was ist passiert?« Flemming wurde ungeduldig. Dieses ganze fromme Gerede irritierte ihn.

»Johannes war schwierig.«

»Schwieriger als andere Kinder?«

»Jedenfalls schwieriger als Mikael.« Annemarie putzte sich die

Nase. »Sehr viel schwieriger. Er verschloss sich mehr und mehr, war trotzig und aufsässig. Natürlich ging er weiterhin mit uns zu den Treffen der Gemeinde und zur Sonntagsschule. Das hätte auch noch gefehlt. Darüber gab es bei uns zu Hause überhaupt keine Diskussion.«

»Ha!« Kamma schnaubte. »Johannes tat absolut nichts für die Sonntagsschule. Saß nur herum und hat direkt vor der Nase des Lehrers weltliche Bücher gelesen. Er war viel zu nett, unser Bibellehrer. Viel zu gutmütig.«

Flemming richtete seinen Blick auf Kamma. »Sie kannten Johannes?«

»Wir saßen nebeneinander.«

»Sie sind gleichaltrig?« Flemming konnte seine Verblüffung nicht verbergen, als sie nickte. Er hatte durchaus bemerkt, dass Kamma jünger war als ihre Freundin, aber er hätte sie nie für unter vierzig gehalten. Ihre etwas matronenhafte Kleiderwahl und die hautfarbenen Nylonstrümpfe in den klotzigen schwarzen Pumps … Sie kleidete sich wie eine Sechzigjährige, das Haar hatte reichlich graue Sprenkel, und ihre Augenlider wurden auch bereits schlaff. War sie wirklich erst dreiunddreißig?

Kamma nickte. »Er hat den Herrn verspottet und seinen Namen missbraucht. Herr Käsfeldt hätte ihn aus der Sonntagsschule werfen sollen.« Sie schloss die Augen. »Johannes hat gesagt, von allen Jüngern bewundere er Judas am meisten. Er sei der einzige Apostel, der Integrität hätte. Ich glaube, das hat er gesagt. Johannes war ein Gotteslästerer, ein Teufelsjunge, ein …«

Flemming richtete seine Aufmerksamkeit wieder auf Mikaels Mutter. »Wie wurde Johannes bestraft, Annemarie?«

»Was meinen Sie?«

Flemming räusperte sich. »Sie sagten, dass Ihr Mann ihn züchtigte. Bedeutet das, dass Ihr ältester Sohn Prügel bekam?«

Annemarie wandte den Blick ab. »Na ja, dann passierte das Unglück«, sagte sie einige Augenblicke später, ohne auf die Frage einzugehen. »Mikael war acht, als er und einer seiner Freunde einen Karton mit Feuerwerkskörpern fanden. Die Jungen nahmen sich ein paar Raketen und verbotene Kanonenschläge und gingen zum Hafen, um sie abzufeuern.« Sie senkte die Stimme, sodass Flemming sich ein wenig vorbeugen musste, um alles zu verstehen. »Das war Sünde, und das wusste er genau. Der Herr beschloss, ihn zu bestrafen. Eine Rakete hatte er nicht rechtzeitig … sie explodierte in seiner Hand.«

»Oh, an die Geschichte kann ich mich gut erinnern«, sagte Flemming. »Furchtbar. Deshalb war seine Hand …«

Sie nickte. »Leider verging viel Zeit, bevor Hilfe kam, und die Pulsader am Handgelenk war zerrissen.« Wieder traten ihr Tränen in die Augen. »Als er ins Krankenhaus kam, hatte er furchtbar viel Blut verloren. Es hieß, er müsse eine Bluttransfusion bekommen …«

»Ja?«

»Das war natürlich vollkommen ausgeschlossen«, rief Kamma dazwischen. »Das werden Sie doch verstehen.«

Flemming schüttelte den Kopf. »Nein, das verstehe ich überhaupt nicht. Wieso war das ausgeschlossen?«

»Das Haus des Herrn verbietet jede Form der Spende von Lebendgewebe. Es ist gegen Gottes Willen, seine Organe zu spenden«, erklärte Kamma. »Und das gilt natürlich auch für Bluttransfusionen.« Sie schüttelte den Kopf. »Öffnet man seinen Körper für das Blut oder die Organe anderer Menschen, öffnet man damit die Tür für Satan.«

Flemming erwiderte nichts. Er sah Annemarie an. Sie wollte etwas sagen, fing stattdessen aber an zu husten. »Entschuldigung«, sagte sie, als sie ihre Stimme wieder unter Kontrolle hatte.

»Ja?«

»Die Leute glauben, dass wir Monster seien, weil wir Bluttransfusionen ablehnen. Vor allem, wenn es um Kinder geht. Wie können sie glauben, dass wir unsere Kinder nicht lieben? Wir wollen doch nur, dass sie sofort zu unserem Herrgott kommen und nicht ein paar Jahre später zum Fegefeuer verdammt werden. Für uns sind Bluttransfusionen der direkte Weg zur Hölle. So ist es nun mal, wir wünschen uns doch nur, dass andere Menschen diese Haltung respektieren.« Auf Annemaries Wangen lag jetzt ein sehr zarter rosa Schimmer. »Wir mischen uns ja auch nicht in die Angelegenheiten anderer Leute, oder?«

Flemming zuckte die Achseln, er wollte eine Diskussion über das Reglement im Haus des Herrn möglichst vermeiden. »Was ist dann passiert?«

»Wir haben die Situation mit den Ärzten diskutiert. Sie behaupteten, Mikael würde sterben, wenn er kein Blut bekäme, und wir versuchten ihnen zu erklären, warum er auf keinen Fall eine Transfusion bekommen dürfe. Wir haben vorgeschlagen, es mit einer Zucker-Salz-Mischung oder etwas Ähnlichem zu probieren. Johannes fiel uns in den Rücken. Er hat dem Teufel das Wort geredet.«

»Er war für die Transfusion?«

Sie nickte. »Wir haben uns gestritten. Es war furchtbar.« Sie putzte sich die Nase. »Plötzlich stand Johannes auf und ging. Ohne ein Wort. Und als wir abends nach Hause kamen, entdeckten wir, dass er uns ausgeplündert hatte. Fragen Sie mich nicht, warum. Vielleicht war er ein Kind des Teufels, ich weiß es nicht. Ich habe ihn seitdem nicht wiedergesehen.«

»Und die Bluttransfusion?«

»Sie haben uns zum Narren gehalten.« Tränen liefen in glänzenden Streifen über Annemaries dünne, trockene Haut. »Sie haben versprochen, Mikael keine Bluttransfusion zu verabreichen und zu versuchen, die Situation so in den Griff zu bekommen. Am nächsten Morgen ging es ihm deutlich besser, seine Wangen hatten schon wieder Farbe bekommen. Wir dachten, es sei ein Wunder, aber …« Sie begrub das Gesicht in den Händen.

Kamma übernahm: »Einer der Krankenpfleger war zufällig einer unserer Brüder aus dem Haus des Herrn. Er fand heraus, dass Mikael eine Bluttransfusion bekommen hatte, als Poul-Erik und Annemarie am Vorabend nach Hause gegangen waren.« Ihre Stimme überschlug sich. »Diese Ärzte … sie hatten sie betrogen. Sie haben ohne Erlaubnis der Eltern Satan in den Körper ihres kleinen unschuldigen Jungen eindringen lassen.«

»Was haben Sie getan?«

Kamma schüttelte den Kopf. »Sie konnten nichts tun. Es war ja passiert. Wir haben für die Seele des Jungen gebetet.«

»Mikaels oder Johannes'?«

»Mikaels selbstverständlich. Johannes' Name wurde nicht mehr genannt.«

Annemarie Kjeldsen zog ein Papiertaschentuch aus der Tasche. Langsam und sorgfältig putzte sie sich die Nase und atmete ein paarmal tief und ruhig ein, bevor sie fortfuhr: »Sie müssen verstehen, Torp. Wir waren natürlich glücklich, dass der Herr Mikaels Leben verschont hatte. Glücklich! Aber seine Seele war in äußerster Gefahr, verdammt zu werden. Die gesamte Gemeinde betete für ihn, Tag und Nacht. Wir ließen außerdem einen der tüchtigsten Exorzisten der Gemeinde kommen, um den Teufel austreiben zu lassen.«

»Den Teufel austreiben zu lassen? Wie hat er das denn gemacht? Er hat den Jungen doch hoffentlich nicht geschlagen?«

Annemarie und Kamma wechselten noch einen Blick. »Eine Austreibung ist nie angenehm«, murmelte Mikaels Mutter.

Flemming blickte entsetzt von einer Frau zur anderen. Er konnte den Gedanken kaum ertragen, wie es dem armen Jungen ergangen sein musste. Erst acht Jahre alt, schwer verletzt und dann eine Teufelsaustreibung zu erleben. Gott bewahre – buchstäblich gesagt.

»Und von Johannes haben Sie nichts mehr gehört?«

»Nie wieder.«

»Haben Sie sich keine Sorgen um ihn gemacht? Achtzehn Jahre alt und allein in der Welt?«

Annemarie nickte. »Ich habe für seine Seele gebetet. Vielleicht sollte ich besser sagen, ich bete für ihn. Immer noch, jeden Abend.«

»Aber Sie haben keinen Versuch unternommen, ihn zu finden?«

Sie schüttelte den Kopf.

»Und Ihr Mann?«, fragte Flemming, als er verstanden hatte, dass sie nicht antworten würde. »Warum wurde er ausgestoßen?«

Wieder ein Blick zwischen den beiden Frauen. Flemming hätte sie am liebsten auseinandergesetzt, damit sie sich nicht ständig Signale und Zeichen gaben. Aber das konnte er später immer noch machen. Im Augenblick brauchte er die Erklärung, die sie offensichtlich für die Polizei abgesprochen hatten. Sollten noch Unklarheiten aus dem Weg zu räumen sein, würde er sie später noch einmal einzeln vernehmen.

Annemarie räusperte sich. »Mein Mann hat die Katastrophe nicht verwunden, von der wir getroffen wurden. Erst die Scham, dass sich Johannes gegen den Herrn und uns, seine Eltern, gewandt hatte. Und dann die Verunreinigung von Mikaels Blut. Poul-Erik wurde innerhalb von wenigen Monaten ein ganz anderer Mensch. Er, der Mikael nie auch nur einen Klaps hintendrauf gegeben hatte, begann, den Jungen jeden Abend zu züchtigen. Selbstverständlich war das sein gutes Recht als Vater, aber …«

»Es ging zu weit«, sagte Kamma. »Annemarie musste zu den Ältesten gehen und sie um Hilfe bitten.«

»Und die Polizei?« Flemming strengte sich an, die Kontrolle über seine Stimme zu behalten. »Wäre das nicht eine bessere Idee gewesen?«

»Kleine Probleme lösen wir unter uns.«

»Kleine Probleme?« Er musste tief durchatmen und bis zehn zählen, um einen rasenden Wutanfall zu vermeiden. Diese verblendeten Weiber saßen da und redeten über Kindesmisshandlung, als sei es ein vollkommen alltägliches Vergehen! »Ich finde nicht, dass das nach kleinen Problemen klingt.«

»Die Ältesten versuchten, mit ihm zu reden, doch Poul-Erik war wie besessen«, fuhr Annemarie fort. »Er fing an zu trinken. Obwohl er vorher nie einen Tropfen angerührt hatte, trank er plötzlich jeden Tag. Er war jeden Abend betrunken, und je betrunkener er war, desto mehr schlug er Mikael. Und mich auch. Ich musste mehrmals Zuflucht bei anderen Familien der Gemeinde suchen, aber …« Sie schüttelte den Kopf. »Schließlich wurde uns klar, was passiert sein musste. Der Teufel, der sich bei der Bluttransfusion Mikaels bemächtigt hatte, war auf Poul-Erik übergesprungen. Der Herr hatte den Fluch von dem unschuldigen Kind genommen und ihn weitergegeben an den Mann, der für die Erlösung des Kindes verantwortlich war. Mikaels Vater.«

»Dann wurde er verstoßen?«

»Nicht sofort. Die Gemeinde schickte ihn auf eine Reise zu unserer norwegischen Schwestergemeinde, in der Hoffnung, sie würden vielleicht mit dem Dämon fertigwerden, der in seinem Körper wütete. Aber auch sie mussten passen. Poul-Erik kam zu mir zurück. Wieder schlug er Mikael und mich. Ich musste … ich kam ins Krankenhaus … Am Ende schlossen die Ältesten ihn aus. Es gab keinen anderen Ausweg.«

»Wissen Sie, wo er jetzt ist?«

Sie zuckte die Achseln. »Mikael und ich haben unseren Namen geändert und sind ein paar Mal umgezogen. Offenbar ist es uns gelungen, ihn abzuschütteln. Ich habe ihn seit bald zwölf Jahren nicht mehr gesehen.«

»Und Mikael? Hat er seinen Vater noch einmal gesehen?«

»Mikael hatte seinen Vater im Himmel. Mehr braucht niemand«, erwiderte Annemarie und sah ihm direkt in die Augen.

»Amen«, kam es von Kamma.

MONTAG, 23. APRIL 2007

33

»Was ist das denn plötzlich für ein Mistwetter!« Marianne schüttelte den Regenschirm aus, hängte ihren Mantel auf einen Bügel und ging ins Wohnzimmer. »Ich lasse mich auch krankschreiben«, erklärte sie und warf sich aufs Sofa.

»Mit welcher Diagnose?« Dan legte die Zeitung beiseite. »Jahreszeitbedingte Schmerzen?«

»Lach du nur«, erwiderte sie mit einem Versuch, verärgert zu klingen, während Rumpel auf ihr herumtrampelte und so ihrer Begeisterung Ausdruck verlieh, dass sie nach Hause gekommen war.

»Gibt's was Neues von Rumpels Herrchen?«

»Poul-Erik Hansen wird zweifellos sterben. Die Leber ist kaputt, außerdem war er schon von vornherein sehr geschwächt. Ich glaube, der Mann hat seit Jahren von Starkbier gelebt. Er hat keinerlei Widerstandskraft.«

»Hast du ihn besucht?«

»Wann hätte ich denn dafür auch noch Zeit haben können?« Sie setzte sich auf und schob Rumpel in die linke Sofaecke. »Nur weil du plötzlich frei über deine Tage bestimmen kannst, bedeutet das noch nicht notwendigerweise, dass alle anderen …«

»Stopp, stopp, stopp.« Dan hielt sich beide Hände abwehrend vors Gesicht. »So war das doch gar nicht gemeint. Entschuldigung!«

»Ach!« Marianne warf ihm einen wütenden Blick zu, bevor sie

sich zurücklehnte und ihre Hand wieder in Rumpels Fell vergrub. »Ich müsste mich entschuldigen. Es war nur einer dieser Tage ... Ich werde noch irre von diesen ewig jammernden, nicht richtig kranken Patienten, die unbestimmte Schmerzen haben und teure Untersuchungen verlangen. Und wenn man mit einem einfachen, konstruktiven Rat kommt, der ihnen möglicherweise helfen könnte – abzunehmen, mit dem Rauchen aufzuhören, sich zu bewegen –, sind sie gleich tödlich beleidigt. Sie wollen Tabletten, je verschiedener, desto besser. Mann, ich bin es manchmal so dermaßen leid.«

»Hin und wieder gibt es jemanden, der krank ist und dich braucht, Schatz.« Dan hatte sich neben seine Frau gesetzt, berührte sie aber klugerweise nicht. Wenn Marianne in dieser Verfassung war, konnte sie selbst die kleinste Zärtlichkeit aus der Haut fahren lassen.

»Ja, sicher ... Es war nur einer dieser Tage«, wiederholte sie und kraulte Rumpel hinter den Ohren.

Dan verschwendete keinen Gedanken an die Tatsache, dass Mariannes heftige Antipathie gegen physischen Kontakt bei schlechter Laune nie bei Kindern oder Tieren aufkam. Nur bei Erwachsenen. Und vor allem bei ihm, Dan, aber er hatte sich inzwischen ja daran gewöhnt. Vierundzwanzig Jahre des Zusammenlebens lieferten eine gewisse Bewertungsgrundlage, und er nahm es längst nicht mehr persönlich.

Er erhob sich. »Möchtest du einen Kaffee?«

»Oh, nein danke. Ich habe heute schon mehrere Kannen davon getrunken. Das Einzige, was ich jetzt wirklich brauche, ist eine Pause vom Rest der Welt.«

»Dann ist es ja gut, dass du mich heute Abend los bist.«

»Was meinst du?«

»Ich esse nach dem Badminton bei Flemming. Es müssen mal

wieder Ergebnisse verglichen werden, meint er.« Dan ließ eine Hand über seine frisch rasierte Glatze gleiten. »Ich glaube, er hat etwas Neues über Erik Käsfeldt.«

»Hast du ihm das mit Bente erzählt?«

Dan schüttelte den Kopf. »Ich werde es bald tun müssen, und er wird stocksauer sein, dass ich es ihm nicht gleich erzählt habe, aber das kann ich nicht ändern. Für die nächste Phase brauche ich seine Hilfe.«

»Ist Benjamin jetzt am Sundværket?«

»Ja, er sitzt in der Wohnung. Ich löse ihn gegen Mitternacht ab, du hast also die ganze Nacht Ruhe. Ist das nicht herrlich?« Er holte Regenmantel und Sporttasche. »Bis morgen, wir sehen uns, wenn du von der Arbeit nach Hause kommst. Mach's gut!« Er beugte sich über sie. Der Kuss traf sie direkt neben den Mund.

»Was ist mit Rumpel?«

»Wie, was soll denn sein?« Dan stand in der Tür zum Flur und trat ungeduldig von einem Bein aufs andere. »Meinst du nicht ...« Er trat einen Schritt zurück ins Wohnzimmer. »Wir könnten doch versuchen, sie mal allein zu lassen? Ich bin gegen dreizehn Uhr morgen Mittag wieder zu Hause, es sind also nur ein paar Stunden am Vormittag.«

»Ich habe einen Vorschlag.«

»Sag schon.«

»Wenn ich heute Abend zu Flemming komme, könntest du Rumpel mitnehmen, wenn du später zum Sundværket fährst.«

»Äh ...« Dan ließ die Tasche auf den Boden fallen. »Das habe ich jetzt nicht mit ihm ausgemacht ...«

»Ich rufe ihn an«, sagte sie, das Selbstmitleid war aus ihrer Stimme verschwunden. Bevor Dan weitere Einwände vorbringen konnte, hatte Marianne alles arrangiert. Flemming würde Dan in der Gørtlergade abholen, Marianne konnte den Focus nehmen.

Sie würde einkaufen und kochen, während die Männer Badminton spielten. Und wenn sie sich später auf den aktuellen Stand brachten, wäre sie ›Zaungast‹, wie sie sich ausdrückte.

»Hauptsache, du bleibst hinter dem Zaun, dann ist es okay«, erklärte Dan resignierend. Schon kurz darauf hielt Flemmings Wagen am Bürgersteig. Dan drehte sich noch einmal zum Wohnzimmerfenster um, als er durch den Regen zum Wagen ging, und sah, dass Rumpel auf ihren Lieblingsplatz auf dem Fensterbrett gesprungen war, den Kopf schräg legte und ihm nachblickte. Er konnte sich gerade noch zurückhalten, dem kleinen Hund zuzuwinken, als er sich auf den Beifahrersitz setzte.

*

Squiiiiick … squiiiiick … squiiiiick. Die Akustik der Sporthalle verstärkte das quietschende Geräusch der Gummisohlen auf dem lackierten Holzboden. Dieses Geräusch war Dans erste Assoziation, wenn er an Badminton dachte. Manchmal hörte er es nach einem Trainingsabend noch beim Einschlafen in seinem inneren Ohr; genauso wie er abends im Bett die weißen Mittelstreifen sah, wenn er viele Hundert Kilometer an einem Tag gefahren war. Squiiiiick … squiiiiick … Als sie sich nach der Dusche abtrockneten, versuchte er Flemming dieses Badminton-Geräusch zu erklären. Aber Flemming schüttelte nur den Kopf. Nein, das kannte er überhaupt nicht.

Sie redeten über alles Mögliche, nur nicht über die Arbeit, während sie sich anzogen und zum Auto gingen. Über den Regen, der glücklicherweise eine kleine Pause machte; über Flemmings neues Auto, einen gebrauchten, aber gut erhaltenen Volvo V40; darüber, dass sie Hunger hatten; über die Vor- und Nachteile der Laufschuhe, die Dan sich möglicherweise kaufen wollte.

Als sie an der Kreuzung am Bahnhof auf grünes Licht warteten, gingen zwei Frauen direkt vor dem Auto über die Straße. Sie unterhielten sich und achteten nicht auf die beiden Männer hinter der Windschutzscheibe.

»Das da ist Mikael Kjeldsens Mutter«, sagte Flemming und nickte diskret.

»Die Dicke oder die Knochige?«

»Die Dünne, Blonde ... Sie sieht ihm ziemlich ähnlich.«

»Und wer ist die andere?« Dans Blick folgte ihnen. »Familie?«

»Eine Freundin, die zurzeit bei ihr wohnt. Kamma heißt sie. Ein braves Mädchen. Ohne ihre Hilfe würde Mikaels Mutter total zusammenbrechen, glaube ich.«

Der blaue Ford Focus stand bereits vor Flemmings wenig einladendem Bungalow aus gelbem Backstein. In der Küche brannte Licht, und als sie den Gartenweg hinaufgingen, fing Rumpel an zu kläffen.

»Wie gemütlich«, sagte Flemming. »Fast so, als hätte man wieder eine Familie.« Dan warf ihm einen raschen Blick zu, aber in Flemmings Gesicht zeigte sich nicht die Spur von Ironie. Den Hund hatte er sicher nicht gemeint.

Marianne stand mit dem Essen bereit, der Tisch war gedeckt, der Wein aufgezogen. »Lustig, Hausfrau in einer fremden Küche zu spielen«, kicherte sie, während sie Flemming umarmte. Was bedeutete dieses Kichern? Dan küsste sie auf die Wange und versuchte, die Gespenster zu vertreiben. Früher oder später musste er mit ihr über seine nagende Eifersucht reden, aber er verschob es immer wieder. Nicht auszudenken, sollte er Grund für seine Befürchtungen haben.

Marianne hatte einen Fischtopf gekocht. Er war gut und kräftig, und alle drei aßen, als hätten sie seit Tagen keine feste Nahrung mehr zu sich genommen. Hinterher setzten sie sich mit dem Kaffee aufs Sofa, und Flemming eröffnete die ›Sitzung‹.

»Okay«, sagte er. »Erik Käsfeldt. Wir haben ihn jetzt über zwei Wochen sehr diskret beobachtet, und es gibt einige interessante Dinge über ihn zu berichten.«

»Ihr habt ihn nur beobachtet?«

Flemming nickte. »Außerdem hat die Kriminalassistentin Pia Waage ein paar Tage damit verbracht, sehr gründlich seinen Hintergrund zu durchleuchten. Aber wir haben nicht sein Telefon abgehört. Das kommt erst, wenn wir ein bisschen mehr haben.«

»Erzähl.«

»Käsfeldt wurde 1946 als einziges Kind einer südjütländischen Bauernfamilie geboren. 1976 heiratete er Beate Jørgensen. Sie starb 1997.« Flemming hatte ein paar zusammengefaltete Blätter Papier aus der Tasche gezogen, aber noch hatte er nicht draufschauen müssen, um seine Fakten zu überprüfen. »Er wohnt noch immer in dem Haus, das sie Anfang der Achtzigerjahre gekauft haben … in Gissing, das liegt circa vierzehn Kilometer entfernt. Käsfeldt hat eine Banklehre absolviert, aber seit 1989 arbeitet er bei Christianssund Invest, wo ihm bereits ein paar Jahre später die Verantwortung für den Privatkunden-Bereich übertragen wurde. Er hat als Abteilungsleiter sieben Angestellte direkt unter sich und gilt als tüchtiger und beliebter Mitarbeiter, heißt es aus der Firmenleitung.«

»Er weiß nicht, dass er überprüft wird, oder?«

»Ganz ruhig. Waage ist sehr gut in diesen Dingen. Sie käme nicht im Traum darauf, direkt zu fragen.« Flemming goss ihnen mehr Kaffee ein. »In den letzten Wochen hat sie sich mit der jungen Lotte Bendtsen angefreundet. Und ich kann dir sagen, dass Käsfeldts Mitarbeiter die Begeisterung der Firmenleitung nicht teilen. Sie halten ihn für einen Erbsenzähler, langweilig und förmlich. Seine Verschlossenheit trägt nicht gerade zu seiner Popularität bei. Nach dem Tod seiner Frau muss es ganz schlimm geworden sein, wenn es stimmt, was eine ältere Kollegin erzählt. Aus Käsfeldt selbst ist kein Wort herauszubringen, es sei denn, es geht um die Arbeit.«

»Und was macht er in der Freizeit?«

»Mehrere Abende in der Woche besucht er ein Gebäude in der Oststadt. Er ist dort auch jeden Sonntag von zehn bis zum späten Nachmittag. Als wir nachforschten, wen er in dem Haus kennt, stellte sich heraus, dass die beiden oberen Etagen des Gebäudes einer Sekte gehören, die Haus des Herrn heißt.«

»Haus des Herrn? Sind das nicht die …«

»Genau. Mikael Kjeldsen war Mitglied dieser Sekte, und seine Mutter gehört ihr noch immer an. Soweit ich es verstanden habe, ist das so eine Art Freikirche mit einem Schuss Zeugen Jehovas. Ihre Religion ist ein riesiges Sammelsurium aus Glossolalie, Verkündigung und sogenannter neuer Forschung, unter anderem in den Bereichen Medizin und Ufologie. Die Gemeinde wurde in den Siebzigerjahren von Abweichlern der Zeugen Jehovas gegründet, und vieles deutet darauf hin, dass sie einige von deren kulturellen und sozialen Besonderheiten übernommen haben. Sie feiern weder Weihnachten noch Geburtstage, verbieten Bluttransfusionen, und sie schließen sehr schnell Mitglieder aus, die gegen die Regeln der Gemeinde verstoßen.« Flemming trank einen Schluck Kaffee. »Erik Käsfeldt muss so ziemlich von Anfang an mit dabei gewesen sein. Seine Eltern waren Zeugen Jehovas und wechselten unmittelbar nach Gründung der Gemeinde zum Haus des Herrn. Sie sind inzwischen beide tot.«

»Wenn er schon so lange dabei ist, gehört er doch sicher zum Inner Circle?«

»Er gehört zu der kleinen Gruppe von Männern, die alles in der Gemeinde bestimmen. Wie die Regeln im Alltag umzusetzen sind, wie die Gemeindemitglieder sich zu kleiden haben, wie die Bibel ausgelegt und natürlich auch, wer ausgestoßen wird. Es sind fünf oder sieben Männer, sie werden die Ältesten genannt.«

»Käsfeldt hat Johannes Hansen also schon jahrelang gekannt. Er war möglicherweise sogar an seinem Ausschluss beteiligt. Interessant. Hat Pia Waage das auch ausgegraben?«

Flemming nickte. »Und es war nicht ganz leicht. Die Mitglieder vom Haus des Herrn klappen zu wie die Austern, wenn jemand von außen versucht, etwas über sie in Erfahrung zu bringen.«

»Wie hat sie es denn angestellt?«

»Waage fand eine junge Frau, die vor einem Jahr ausgestoßen worden ist, weil sie eine sexuelle Beziehung zu einer anderen Frau hatte – auch noch zu einer, die nicht zur Gemeinde gehörte. Sie war immer noch wütend genug, um sehr bereitwillig alles zu berichten, was sie wusste.« Flemming stand auf und holte einen Zeitschriftenstapel aus dem Regal. »Die hat sie Waage gegeben.« Er warf den Stapel auf den Tisch, und Dan und Marianne griffen sich sofort ein Exemplar der Zeitschrift mit dem Titel *Almanach des Herrn*. Sie blätterten und wunderten sich über die eigenartigen Bilder: zum Beispiel über einen blutenden Jesus mit einer Gruppe kleiner Kinder und einer silbergrauen fliegenden Untertasse im Hintergrund – begleitet von Überschriften wie TRÄGST DU DEN HERRN IN DIR? und GLÜCKSSPIEL UND HÖLLE.

»Ich habe am Freitag noch einmal mit Mikaels Mutter und ihrer Freundin Kamma geredet. Sie hatten sich darauf verständigt, sämtliche Regeln zu brechen und mir zu erklären, warum Johannes und sein Stiefvater ausgestoßen worden sind.«

Flemming wiederholte die Geschichte von Mikaels Unfall mit den Feuerwerkskörpern, von Johannes' Flucht, der Teufelsaustreibung und Poul-Eriks Fall in den nach Schnaps stinkenden Schwefelpfuhl der Sünde.

»Mann, oh Mann«, stöhnte Marianne. »Die sind ja völlig verrückt.«

Flemming verzog das Gesicht zu einem gequälten Lächeln. »Mit dieser Ansicht bist du nicht ganz allein, aber zurück zu Erik Käsfeldt. Er unterrichtet die Kinder und Jugendlichen der Gemeinde jeden Sonntagvormittag, es herrscht Anwesenheitspflicht. Es ist ein Ausschlussgrund, wenn man nicht dafür sorgt, dass sein Kind erscheint, und es sind schon Teenager ausgestoßen worden, weil sie wiederholt ihre Eltern belogen und die Sonntagsschule geschwänzt haben.«

»Wegen so einer Kleinigkeit wird man ausgestoßen?«, sagte Marianne. »Und die Eltern sind einverstanden?«

»Es gibt kein Pardon, es sei denn, jemand, der die Regeln nicht eingehalten hat, bereut seine Sünden und akzeptiert irgendeine andere wirklich harte Strafe. Zum Beispiel kann man dazu verurteilt werden, bei sämtlichen Versammlungen einen Monat lang nackt vor der Gemeinde zu stehen. Nicht sehr viele normal funktionierende Teenager würden sich damit abfinden, oder?«

»Wer sagt, dass sie normal sind?«

»Tja.« Flemming zuckte die Achseln. »Pia Waage hat mit einem Mitarbeiter der Jugendherberge in der Oststadt gesprochen. Er hat zweimal Jugendlichen geholfen, die plötzlich ohne Familie und ohne Unterkunft dastanden. Er sagt, die Mitglieder vom Haus des Herrn seien eiskalt. Ruft man sie an und erklärt ihnen, man habe ihr Kind weinend im Büro sitzen, würden sie einfach auflegen.«

»Johannes Hansen gehörte nicht zufällig zu denen, die bei ihm Hilfe fanden?«

Flemming schüttelte bedauernd den Kopf. »Der Mitarbeiter

der Jugendherberge hat nie von ihm gehört. Und die ausgestoßene Frau, mit der wir geredet haben, war zu jung, um sich an die Zeit vor fünfzehn Jahren zu erinnern.«

»Aber vielleicht hat sie in der Gemeinde etwas gehört? Später, meine ich.«

»Du hast es nicht begriffen, Dan. Wenn ein Mitglied ausgestoßen wird, spricht man nicht mehr über ihn. Fragst du Eltern von einem ausgestoßenen Teenager, wie viele Kinder sie haben, nennen sie nur die Namen der Kinder, die noch immer Mitglied der Sekte sind. Ein Ausgestoßener ist nicht nur tot für sie. Er ist wie ein Mensch, der nie geboren wurde, der nie existiert hat.«

»Zum Teufel noch mal«, fluchte Dan.

»Ja, das ist nichts für Anfänger. Bis Freitag hatten wir Mikaels Mutter zwei Mal zur Vernehmung auf dem Präsidium. Aber was auch immer wir gesagt oder getan haben, sie hat nur den Kopf dazu geschüttelt und geschwiegen. Ihr ältester Sohn war ihr wie aus dem Gehirn gewaschen. Und der Exgatte ebenfalls. Erst, als sie die Unterstützung ihrer Freundin bekam, war sie bereit zu reden.«

»Wissen wir, wie ihr Exmann heißt?«

»Ja.« Flemming schaute noch einmal in seine Notizen. »Er hat einen anderen Nachnamen als Annemarie. Sie und ihr jüngster Sohn haben vor elf Jahren wieder ihren Mädchennamen angenommen, also ungefähr zu der Zeit, als er verschwand. Mist, wo hab ich es denn … Ach ja, hier. Er heißt Poul-Erik Hansen, aber wir haben ihn noch nicht aufspüren können.«

»Poul-Erik Hansen?« Marianne saß plötzlich stocksteif auf dem Sofa, beide Hände in Rumpels Fell. »Hast du eine Personennummer?«

Wieder guckte Flemming in seine Notizen und las die zehn Ziffern vor.

Marianne zog die Brauen zusammen. »Das Alter passt. Kannst du mir einen Gefallen tun und die Nummer aufschreiben, Flemming? Es gibt eine geringe Chance, dass es sich um einen meiner Patienten handelt. Rumpels Herrchen.«

Alle drei schauten sie auf den Hund, der mit geschlossenen Augen an Mariannes Brust lag, er schien es zu genießen. »Wenn er es tatsächlich ist, befürchte ich allerdings, dass er dir nicht mehr viel nützt, Flemming. Er ist ernsthaft krank und wird höchstwahrscheinlich sterben. Er liegt mehr oder weniger bewusstlos im Krankenhaus von Christianssund.«

»Rumpels Herrchen? Aber war das nicht einer der Penner vom Marktplatz?«

»Ja. Deine Leute haben den armen Kerl wahrscheinlich jahrelang herumgeschubst.«

»Na, na, na, wir tun wirklich viel, um denen zu helfen.«

»Das wäre schon ein verrückter Zufall«, warf Dan ein.

Flemming zuckte die Achseln. »So groß ist die Stadt auch wieder nicht.« Erneut überflog er die erste Seite seiner Notizen. »Wie gesagt, wir haben keine Ahnung, ob diese Verbindung zum Haus des Herrn für unsere Ermittlungen irgendwie relevant ist. Ich habe euch das wegen des sonderbaren Zufalls erzählt, dass sowohl Erik Käsfeldt wie Johannes Hansen und Mikael Kjeldsen Mitglieder der Sekte waren oder sind.«

»Sie müssen sich gekannt haben«, sagte Marianne. »Also Käsfeldt und Mikael.«

»Natürlich.« Erneut blickte Flemming in seine Unterlagen. »Aber wie gesagt, das muss überhaupt nichts heißen. Es ist ja ziemlich normal, dass man den Kindern seiner Freunde hilft, zum Beispiel mit einem Studentenjob, egal, ob man sie vom Fußball oder aus der Sonntagsschule kennt.«

»Sicher, trotzdem …«

»Es gibt noch eine Übereinstimmung. Kamma Moritzen, die seit vielen Jahren Annemarie Kjeldsen zur Hand geht, hat seit Beate Käsfeldts Tod dieselbe Rolle im Haushalt des Witwers. Sie putzt einmal in der Woche seine Wohnung und kocht für ihn; große Portionen, die sie aufteilt und einfriert. Sie bügelt und flickt seine Sachen. Ich habe mich ein bisschen umgehört, das ist offenbar ganz normal im Haus des Herrn. Es wird erwartet, dass erwachsene, unverheiratete Frauen wie Kamma sich um die Mitglieder der Gemeinde kümmern, wenn es notwendig ist. Kamma Moritzen kümmert sich um Erik Käsfeldt und Annemarie Kjeldsen. Ich vermute, sie wird von der Gemeinde dafür entlohnt, aber sicher bin ich mir nicht.«

»In gewisser Weise ist das ja eigentlich sympathisch«, sagte Marianne.

Dan schnitt eine Grimasse. »Tja. Vielleicht nicht unbedingt für die unverheirateten, erwachsenen Frauen. Oder? Für die Umsorgten ist es natürlich ziemlich klasse.«

»Lasst uns das Haus des Herrn mal für einen Moment vergessen«, sagte Flemming. »Das ist nämlich nicht der einzige Ort, den Käsfeldt in der letzten Zeit besucht hat.«

»Sag schon!«

»Am Donnerstag, den 19. April, ging Käsfeldt von der Arbeit nicht nach Hause. Er fuhr nach Kopenhagen, stellte den Wagen in den Parkkeller des DGI-Konferenzzentrums und ging durch die Abel Cathrinesgade, wo er sich lange umguckte, bis er buchstäblich den Kragen hochschlug und in einem Treppenhaus verschwand. Es sah aus, als würde er in der Parodie eines schlechten Spionagefilms mitspielen, erzählte der Beamte, der ihn beschattet hat. Käsfeldt hielt sich eine Dreiviertelstunde in einer Wohnung im 3. Stock auf, kam dann wieder raus, ging zu seinem Wagen und fuhr heim nach Gissing.«

»Und?«

»Wie sich herausstellte, wohnt eine indische Familie in der Wohnung, die ein absolut respektables Bekleidungsgeschäft in der Istedgade betreibt.«

»Ah ja?«

»Wir fanden es ein wenig seltsam, dass ein Mann wie Erik Käsfeldt mit solchen Leuten verkehrt.«

Marianne griff ein. »Was meinst du mit ›solche Leute‹?«

»Nicht das, was du offenbar denkst.« Flemming hob abwehrend eine Hand. »Allerdings ist es eine Tatsache, dass ein Mann wie Käsfeldt nur äußerst selten Kontakt mit Ausländern hat, es sei denn am Arbeitsplatz. Und selbst da gehört es eher zu den Ausnahmen. Er ist ein zutiefst religiöser Provinzbuchhalter ohne das geringste Interesse an der Dritten Welt und den Menschen, die möglicherweise von dort stammen. Der Besuch bei einem hinduistischen Textilhändler …«

Jetzt war es an Marianne, abwehrend zu gestikulieren. »Danke, danke, ich hab's begriffen.«

»Na gut, also …« Flemming kratzte sich im Nacken, während er seine Gedanken sortierte. »Wir haben diese indische Familie überprüft. Wie gesagt, es gab nichts zu beanstanden. Es sind ordentliche, gut integrierte Menschen, die ausgezeichnet Dänisch sprechen und nie irgendeine Form öffentlicher Hilfe in Anspruch genommen haben …« Er hielt inne.

»Und?«, fragte Dan.

»Es *könnte* natürlich ein Zufall sein, aber ich glaube nicht wirklich daran. Die Mutter dieser Musterfamilie ist die Halbschwester eines Mannes, mit dem wir mehrfach zu tun hatten. Wenn ich sage ›wir‹, dann meine ich die Polizei ganz allgemein. Ich persönlich wusste bis vor Kurzem nichts über den Mann.« Flemming schaute wieder in seine Notizen. »Er heißt Radjendra Avasthi, ist dänischer Staatsbürger, wurde aber in Indien geboren, in Mumbai, um genau zu sein.«

»Ist das dasselbe wie Bombay?«, wollte Marianne wissen.

Flemming nickte. »Herr Avasthi hatte jahrelang die Ausländerbehörde, Interpol und die Abteilung Betrugsabwehr der Rigspoliti im Nacken. Er wird verdächtigt, der Kopf einer kriminellen Organisation mit enormem Einfluss im Einwanderermilieu zu sein.«

»Wie kriminell?«, fragte Dan.

»Wenn die Betrugsabwehr sich der Sache angenommen hat, geht es vermutlich um Betrug, nicht wahr?« Ein Lächeln huschte über Flemmings Gesicht, er wurde allerdings sofort wieder ernst. Dan würde sich nie an diesen professionellen, ernsthaften und selbstsicheren Flemming gewöhnen, der so grundverschieden war von dem Mann, den er privat kannte. »Falsche Pässe, neue Identitäten, speziell hergestellte Kreditkarten, was immer du willst. Plus – soweit wir feststellen konnten – Schmuggel sowohl von Waren wie von Menschen. Das Problem besteht darin, dass wir Avasthi persönlich nie etwas nachweisen konnten. Wenn wir endlich einen Mittelsmann beim Verkauf eines gefälschten Passes festnehmen konnten, war nichts aus ihm herauszubekommen. Außer, dass er angeblich alles selbst produziert hatte, bis hin zu den Stempeln, die er zufälligerweise leider nicht mehr finden konnte.«

Dan stand auf und blickte aus dem Fenster. »Eine konspirative Nummer nach der anderen«, sagte er und schüttelte den Kopf. »Ich weiß nicht, was schlimmer ist: religiöse Spinner oder indische Großbetrüger. Hat jemand den Inder gefragt, was Erik Käsfeldt in der Wohnung wollte?«

»Nein, noch nicht. Ich habe schließlich versprochen, den Ball flach zu halten.«

»Er war am Donnerstag dort, sagst du? Vermutlich hat er neue Papiere für Johannes Hansen bestellt. Die Wahrscheinlichkeit ist groß, dass er sie morgen oder übermorgen irgendwo abholen wird.«

»Vorausgesetzt, Johannes ist im Moment überhaupt aktiv.«

»Das ist er.« Dan drehte sich um, er stand Marianne und Flemming direkt gegenüber und lehnte sich ans Fensterbrett. »Das ist er, Flemming.«

Flemming runzelte die Stirn. »Wieso bist du dir so sicher?«

»Ich habe ihn drei Mal gesehen. Am Dienstag, Samstag und Sonntag.«

»Wo?«

»Vor einer Wohnung am Sundværket, beim samstäglichen Shoppen im Magasin in Kopenhagen und beim Bäcker in der Algade. Er bereitet sich vor, indem er sein nächstes Opfer beobachtet. Und zu den Vorbereitungen gehört auch ein Satz neuer Papiere, nehme ich an.«

Flemming saß ganz still, je eine Hand lag auf den Armlehnen des Ledersessels, er sah Dan ausdruckslos an. »Ich denke, du schuldest mir eine Erklärung.«

»Waren wir uns nicht einig, dass es Dinge gibt, die du besser nicht wissen solltest?« Dan versuchte es mit einem spöttischen Ton.

Flemming biss nicht an. »Raus damit.«

Und Dan berichtete. Von seinem Treffen mit Ilse Schultz-Jürgensen, die vor allem daran interessiert war, EU-Lotto vor einem Skandal zu bewahren; von der Vereinbarung mit seiner Schwester Bente und ihrer Aquariumswohnung am Sundværket; von dem jungen Mann mit der Kurzhaarfrisur, der Bente seit Dienstag im Auge behielt; von den Observationsschichten, die er sich mit Benjamin Winther teilte; von der Wohnung der Nachbarin, in der sie im Warmen saßen und freie Sicht auf Bentes Fenster hatten.

Dan war so begeistert von seiner Geschichte, dass er den Gesichtsausdruck von Flemming kaum wahrnahm, der bereits nach einer Minute die Arme vor der Brust verschränkt hatte. Der Polizist vermied den Blickkontakt, doch die Furche zwischen seinen Augenbrauen wurde zusehends tiefer. Erst als Dan nach einem Monolog von zehn Minuten innehielt und auf stehende Ovationen wartete, bemerkte er die lähmende Stille, die von der reglosen Gestalt im Sessel ausging. Dan warf Marianne einen Blick zu und wusste, dass er sich jetzt ernsthaft Sorgen machen musste. Ihr Gesichtsausdruck sagte nicht ›Na, was habe ich dir gesagt?‹, sondern eher ›Oh Mann, du tust mir wirklich leid‹. Er blickte zurück zu Flemming, diesmal ein wenig zögerlicher. »Na ja, ich bin nicht ganz nach Vorschrift vorgegangen«, sagte er dann.

Flemming räusperte sich. »Nein, das zu behaupten, wäre wohl gelogen.«

Marianne schwieg.

»Aber es hat funktioniert«, sagte Dan und versuchte, souverän zu klingen. »Wir haben ihn. Das ist doch ein Riesenschritt.«

Es entstand eine unangenehme Pause. Flemming schob die Unterlippe vor, ließ die Mundwinkel fallen und kniff die Augen zusammen. Man konnte beinahe sehen, wie sein Gehirn arbeitete.

»Wenn wir sämtliche Regeln befolgt hätten, wären wir nie …« Dan unterbrach sich.

Flemming war aufgestanden. »Ist es okay, wenn ich mir eine Zigarette anstecke?« Dan und Marianne nickten. Flemming zog Zigaretten und Feuerzeug aus der Sakkotasche und war auf dem Weg in die Küche, um einen Aschenbecher zu holen, als er sich an der Tür umdrehte. »Wollt ihr ein Bier?« Dan öffnete den Mund, um Ja zu sagen, dann fiel ihm jedoch ein, dass er in einer Stunde zum Sundværket fahren musste. Mist. Eigentlich brauchte er jetzt unbedingt ein Pils.

Einen Augenblick später hielten Flemming und Marianne jeder ein Bier in der Hand, Dan eine Flasche Wasser. Flemming rauchte gierig. Offensichtlich hatte er sich wegen seiner nicht rauchenden Gäste den ganzen Abend beherrscht. Er sagte nichts, saß nur da und rauchte, bis die Glut fast den Filter erreicht hatte. Dann drückte er die Zigarette aus, schob den Aschenbecher beiseite und lehnte sich zurück. »Ich habe keine Lust, dir einen Vortrag zu halten, Dan. Das weißt du genau ... Was du getan hast, ist absolut illegal, und ich bin sehr, sehr dankbar, dass ich davon bisher nichts wusste. Mit anderen Worten, ich verzichte auf einen Anschiss.«

Dan bemerkte plötzlich, dass er die Luft anhielt, und atmete mit einem erleichterten Seufzer aus. »Danke«, sagte er.

»Lasst uns beten, dass der Anwalt der Verteidigung nie herausfindet, wie Johannes Hansen bewusst in eine Falle gelockt wurde. Sonst riskieren wir, dass uns die ganze Sache um die Ohren fliegt.«

»Glaubst du, Bente ist in Gefahr?«, fragte Marianne.

»Das kann Dan besser beurteilen als ich«, erwiderte Flemming. »Er weiß mehr über diesen mysteriösen Johannes Hansen als ich. Ich würde sagen, nicht unmittelbar. Wenn man jemanden betrügen will, fängt man nicht mit einem Überfall an, oder?«

Marianne zuckte die Achseln. »Hoffen wir, dass ihr recht habt.«

34 »Hast du dir den Birgitte-Johns-Fall mal angesehen?«, erkundigte sich Dan. »Brigitte Johns war meines Wissens die Einzige von Johannes' Opfern, die ihr Leben verlor. Es wäre nicht schlecht, ein bisschen mehr über ihren Tod zu wissen.«

Flemming lächelte triumphierend, ging an seinen Schreibtisch und legte einen dicken Aktenordner vor Dan. »Das sind die wichtigsten Ermittlungsergebnisse«, sagte er und setzte sich wieder. »Sieh's dir ruhig an. Die Fotos sind nicht so nett, aber das ist bei solchen Geschichten ja nie so.«

Marianne rutschte neben Dan, schweigend betrachteten sie die glänzenden Fotoabzüge. Die tote Frau lag friedlich unter ihrer Bettdecke, die Augenlider waren ein wenig hochgerutscht und ihre braunen Augen starrten glasig durch die schmalen Schlitze. Es gab auch Fotos von zwei leeren Gläsern, die zusammen mit einem Tetrapak-Karton Tomatensaft und einer fast leeren Flasche Absolut Vodka auf einem Tablett standen. Ein paar welke Stängel Stangensellerie steckten in einem blauen Becher neben den Gläsern, und in einer passenden Glasschüssel stand ein Zentimeter Wasser, vermutlich der Rest einer Schale voller Eiswürfel. Es gab keine Spur des Pethidin, das Birgitte getötet hatte; kein leeres Tablettenröhrchen, keine ausgedrückten Tablettenstreifen. Auf einem anderen Foto sah man eine Lache Erbrochenes, das bis ans vordere Bein des Nachttischs gespritzt war und sich in die hellbraune Auslegeware gesogen hatte. In der tomatenroten Masse lagen eine Unmenge halb aufgelöster Tabletten und leuchteten wie ausgestanztes Konfetti. Nicht überraschend, dass der sogenannte Joachim nicht gestorben war, nachdem er den größten Teil der Medikamente wieder erbrochen hatte.

Marianne zählte die Tabletten, die sie erkennen konnte. »Wie viele hat Johannes insgesamt genommen?«, fragte sie. »Oder besser: Wie viel Pethidin hatte er im Blut?«

»Die Zahlen stehen hier«, erwiderte Flemming und zog den rechtsmedizinischen Bericht aus der Akte.

Marianne runzelte die Stirn, als sie ihn las. »Okay«, sagte sie nach einer Weile. »Er hatte genug intus, um bewusstlos zu werden, mehr aber auch nicht.«

»Und wie hat er es berechnet, um genau die richtige Menge Tabletten wieder auszukotzen?«, fragte Dan, der noch immer fasziniert die Fotos betrachtete.

»Wenn wir deiner Theorie folgen, dass der Bursche alles bis in die kleinsten Details geplant hat, würde ich annehmen, er hat die zerkleinerten Pethidin-Tabletten zuerst in Birgitte Johns' Drink gegeben.« Marianne warf noch einen Blick auf das Gesicht der toten Frau. »Als Johannes sicher war, dass Birgitte tot war oder zumindest so gut wie, nahm er die Tabletten, die man in seinem Erbrochenen sehen kann, und spülte sie wie zuvor Birgitte Johns mit einer Bloody Mary runter.« Sie zeigte auf das Foto mit der Lache. »Nach ein paar Minuten steckte er sich zwei Finger in den Hals und schwups! – war die tödliche Menge wieder aus dem Körper. Dann dosierte er sorgfältig eine neue Portion, ich vermute, zehn, zwölf Stück, die er mit einem weiteren Drink zu sich nahm, und legte sich schlafen.«

»Aber wenn man bei der Obduktion sehen konnte, dass Birgittes Tabletten sich aufgelöst hatten und seine nicht, musste da nicht der Verdacht aufkommen, irgendetwas sei nicht mit rechten Dingen zugegangen?«

»Da gibt es von Mensch zu Mensch große Unterschiede. Manche können eine Handvoll Tabletten problemlos schlucken, andere bekommen kaum eine herunter, ohne sie erst zu pulverisieren«, sagte Flemming. »Natürlich hat die Kriminalpolizei Joachim Heinsens Geschichte überprüft. Unter anderem rief man im Rigshospital an, um etwas mehr über die Krankheit des jungen Mannes zu erfahren. Eine Praxishelferin der onkologischen Abteilung fand ihn sofort im System. Sie hat Joachim Heinsen angerufen und gefragt, ob sie seinen Krankenbericht der Polizei geben dürfe. Er war einverstanden. Sie schickte …« Flemming blätterte in der Akte, bis er zu ein paar in der Ecke zusammengehefteten weißen Blättern kam, die das bekannte Logo des Rigshospitals trugen. »… diesen Bericht.« Er gab den Bericht Marianne, die sich sofort mit gerunzelter Stirn darin vertiefte.

»Ich versteh das nicht«, sagte Dan. »Wie kann es einen Bericht über ihn geben? Einen Bericht, der zeigt, dass er einen unheilbaren Tumor im Gehirn hat? Wie ist es möglich, dass er wenige Wochen später gesund und munter im Internat in Egebjerg auftaucht?«

Flemming lächelte, ohne zu antworten. Er sah Marianne unverwandt an, die noch immer in die Papiere vertieft war.

»Das ist absolut vorschriftswidrig«, sagte sie und zeigte auf die letzte Zeile des Dokuments.

»Was?« Dan reckte den Hals.

»Es gibt eine Ergänzung, in der steht, der Patient würde an einem Forschungsprojekt teilnehmen, das der Oberarzt Dr. med. Kim Plesner leitet. Jede Frage sei direkt an ihn zu richten. Und dann wird seine Mobilnummer angegeben.«

»Ist so etwas nicht zulässig?«

»Doch, man kann das durchaus so verfügen, nur ist es für ein großes Krankenhaus unerhört, dass hier nicht die Festnetznummern des Oberarztes und seiner Sekretärin stehen. Es ist absolut unüblich, die Nummer eines Handys anzugeben.«

Flemmings Lächeln war noch breiter geworden. »Es ist wirklich ärgerlich, dass du nicht bei der Kopenhagener Polizei bist, Marianne. Keiner der Kollegen dort fand dieses Detail sonderbar. Wenn, dann hätten sie Johannes Hansen aufhalten können, bevor er das Erbe abhob und das Haus verkaufte.«

»Was haben sie unternommen?«, wollte Dan wissen.

»Sie riefen den Oberarzt auf der Handynummer an, die im Bericht steht. Und er bestätigte bereitwillig alles: den Tumor, das Todesurteil, Joachim Heinsens Verzicht auf lebensverlängernde Maßnahmen.«

»Aber, wie zum Teufel hat er …«

»Ich muss zugeben«, sagte Flemming und zündete sich geistesabwesend eine weitere Zigarette an, »… als ich das las, ging ich davon aus, dass du dich geirrt hast.« Er hob eine Hand, um Dan aufzuhalten, der angefangen hatte, unzufriedene Laute auszustoßen. »Doch dann dachte ich, vielleicht sollte ich es noch einmal überprüfen. Ich habe die Mobilnummer angerufen und erhielt die automatische Ansage, dass diese Nummer nicht mehr aktiviert sei. Daraufhin habe ich die Zentrale im Rigshospital angerufen und gebeten, mit Kim Plesner verbunden zu werden.«

»Und der existiert gar nicht?«

»Doch, natürlich gibt es ihn«, warf Marianne ein. »Er ist unter Wissenschaftlern sogar eine Art Koryphäe.«

Flemming nickte. »Hätten sie einen falschen Namen benutzt, wäre der Betrug damals möglicherweise aufgedeckt worden. Aber nein, Oberarzt Plesner existiert, es geht ihm ausgezeichnet, er war sogar zufällig in seinem Büro, als ich anrief, und es dauerte nicht lange, bis ich merkte, dass hier irgendetwas nicht stimmte. Plesner konnte sich an keinen Patienten mit dem Namen Joachim Heinsen erinnern, und er wusste auch nichts von einem Forschungsprojekt, bei dem sämtliche Kontakte nur direkt über sein Handy zu laufen hatten. Er hatte niemals mit der Polizei gesprochen. Im Übrigen hat Dr. Plesner seit Jahren dieselbe Handynummer, die ganz anders ist als die im Krankenbericht.«

»Aber wie ist der Bericht dann ...« Dan sah verwirrt aus.

»Ja, das ist das wirklich Spannende. Sowohl Dr. Plesner wie seine Sekretärin haben versucht, Heinsens Krankenakte zu finden, allerdings vergeblich. Die Berichtsnummer, die ich ihnen genannt habe, gab es ganz einfach nicht. Irgendetwas war also faul. Andererseits hielt ich ja einen Ausdruck des Berichts in den Händen, und es gab keinen Zweifel daran, dass uns die Unterlagen vom Rigshospital geschickt worden waren. Wir haben dann die Helferin gefunden, die uns seinerzeit den Bericht geschickt hatte. Sie hatte es vorher mit dem Patienten geklärt und konnte sich genau an die Geschichte erinnern, wusste sogar noch, dass sie den Krankenbericht auf dem Bildschirm gesehen und ausgedruckt hatte. Aber jetzt fand sie ihn auch nicht mehr.«

»Ich verstehe überhaupt nichts.«

»Der IT-Abteilung des Rigshospitals ging es genauso. Sie brauchten mehrere Stunden, um das Backup-Material des entsprechenden Zeitpunkts durchzugehen und eventuelle Lecks zu prüfen, ohne Erfolg. Dann haben Sie einen Hacker-Experten angeheuert, der das gesamte System sorgfältig durchkämmt und überprüft hat, ob es möglich ist, von außen einen falschen Krankenbericht zu implantieren – und ihn wieder zu entfernen, wenn er seinen Zweck erfüllt hat.«

»Und es ist möglich?«

Flemming nickte. »Offensichtlich. Jetzt sind sie dabei, das Loch zu stopfen, damit so etwas nicht noch einmal passiert. Die sind ganz schön ins Schwitzen gekommen.«

»Und das Handy?«

»Falscher Name und Prepaid-Karte. Nicht zu ermitteln.«

Dan stand auf. »Entschuldigung, ich muss mal.« Er verschwand in Richtung Gästetoilette.

*

Marianne kraulte Rumpel zerstreut hinterm Ohr. »Ich muss dich das noch einmal fragen, Flemming, jetzt sind wir ja allein ... Bist du sicher, dass Johannes Hansen nicht gefährlich für Bente ist?«

»So, wie die Dinge im Moment stehen, glaube ich nicht an eine Gefahr für Bente. Sollte der Mann entdecken, dass Bente ihn in eine Falle locken will, weiß ich jedoch nicht, wie er reagiert.« Flemming nahm seine Brille ab und putzte sie mit einem Zipfel seines Hemds. »Es ist deshalb ganz besonders wichtig, von jetzt an koordiniert vorzugehen. Wir dürfen nicht zulassen, dass Dan herumläuft und die Ermittlungen behindert.«

Marianne warf der geschlossenen Toilettentür einen Blick zu und senkte die Stimme. »Du denkst doch nicht daran, ihn vollständig von dem Fall auszuschließen?«

»Am liebsten würde ich das tun. Aber ich bin mir nicht sicher, dass ich ihn davon überzeugen kann, sich rauszuhalten. Vielleicht kannst du ihn überreden?«

»Ich? Ha! Keine Chance.«

»Glaubst du, er würde es verstehen, wenn ich ihn bitte, den Rest mir zu überlassen?«

»Wenn du sagst, er soll aufgeben? Was glaubst du denn?«

Flemming antwortete erst nach einer Weile. »Er ist wie eine abgefeuerte Rakete.«

»Er ist ein Einmannheer.« Marianne trank den letzten Schluck Bier und stellte die Flasche mit einem kleinen Knall auf den Tisch. »Du kannst ihn nicht ausschließen, Flemming. Wenn du das versuchst, führt es nur dazu, dass er irgendetwas Gefährliches hinter deinem Rücken unternimmt.«

»Wie kommst du darauf?«

»Ich kenne ihn. Und ich spüre, dass es da noch irgendeine offene Rechnung mit dir von seinem letzten Fall gibt. Frag mich nicht, wieso, aber ich bin mir sicher, er würde alles Mögliche anstellen, um zu beweisen, dass er größer und stärker ist als du.«

Flemming setzte ein schiefes Lächeln auf. »Ja, danke, das bekomme ich auch zu spüren, wenn wir Badminton spielen.«

»Er darf nicht das Gefühl bekommen, dass diese Geschichte ein Wettkampf zwischen euch beiden ist.«

»Was schlägst du vor?«

Sie hörten, wie die Toilette abgezogen und der Wasserhahn angestellt wurde. Marianne wurde noch leiser und sprach schneller: »Teil dir die Arbeit mit ihm, wenn du sicher sein willst, dass er keine Dummheiten macht. Besprich dich mit ihm.« Der Wasserhahn wurde zugedreht. »Lass ihn an deine Seite, Flemming. Sonst geht es schief.«

Die Toilettentür ging auf und Dan kam heraus. »Was habt ihr beiden denn zu flüstern?«

»Danach fragt man nicht, wenn man bald Geburtstag hat.« Mariannes Lächeln war entspannt.

Dan blieb stehen und blickte von einem zum anderen. Misstrauen stand ihm in den Augen. Dann zuckte er die Achseln und setzte sich wieder aufs Sofa. »Ich habe mir überlegt … Dieser Hackerangriff aufs Rigshospital, das klingt doch ziemlich professionell, oder? Ich meine, nicht genug, dass jemand in das System eingedrungen ist, es ist auch jemand, der genügend medizinische

Kenntnisse besitzt, um einen Krankenbericht zu faken, der beim ersten und zweiten Hinsehen glaubwürdig erscheint.«

Flemming nickte langsam. »Ja?«

»Wer sagt, dass es sich um ein und dieselbe Person handelt, die das getan hat?«

»Niemand, oder?«

»Wir haben die Theorie, dass es Erik Käsfeldts Job ist, die potenziellen Opfer zu finden, dass er den Anwalt spielt, wenn es notwendig wird, und er Johannes Hansen bei einer Reihe weiterer praktischer Dinge behilflich ist, bei der Beschaffung von falschen Papieren, vielleicht auch von Flugtickets und so …«

»Ja, und?«

»Wäre es dann nicht logisch, dass er auch für den Schwindel mit der Krankenakte verantwortlich ist?«

»Natürlich.«

»Käsfeldt ist sicher durchaus in der Lage dazu, einen Krankenbericht fälschen zu lassen, vor allem, wenn er sich eine echte Akte beschaffen kann, aus der er nur abschreiben muss. Aber sich in ein anspruchsvolles und gut abgesichertes Computersystem zu hacken … Ich glaube nicht, dass ein einundsechzigjähriger Provinzbuchhalter das kann.«

»Du meinst …«

»Ich meine, für Erik Käsfeldt wäre das eine schlichtweg unmögliche Aufgabe. Vielleicht könnte er den indischen Gangsterkönig Radi-hopsasa Ava-soundso dazu bringen, ihn mit einem Hacker zusammenzubringen, aber würde er ihm auch über den Weg trauen? Nein, Käsfeldt sieht sich in seiner eigenen Umgebung um und – bingo! Da ist der junge Mikael Kjeldsen! Er ist nicht nur ein Computernerd, der sich gerade als IT-Experte ausbilden lässt, er ist darüber hinaus ein Glaubensgenosse aus dem Haus des Herrn. Ein junger Mann, der bekannt ist für seinen verlässlichen, loyalen, festen Glauben an Gott und Seine Mittelsmänner. Dazu kommt: Kjeldsen schuldet Käsfeldt tatsächlich einen Gefallen, nachdem der Mann ihm einen guten Aushilfsjob verschafft hat.«

»Du glaubst, Mikael ist verantwortlich für den Hackerangriff auf das Computersystem des Rigshospitals?«

»Ja, warum denn nicht? Es gibt doch eine Menge Verbindungen zwischen den beiden Fällen. Vielleicht ist das ja sogar der Grund für den Mord?«

»Du meinst, sein Tod könnte mit dieser Geschichte zu tun haben?« Flemming hatte sich noch eine Zigarette angezündet. Marianne hustete diskret und kippte das Fenster auf.

»Hör mal …« Dan war aufgestanden und fing an, auf und ab zu gehen. »Ich habe die ganze Zeit ein eigenartiges Gefühl gehabt, wenn du von der Balleslev-Sache erzählt hast, Flemming. Verdammt, Mikaels Leiche wurde mit einem Computerbildschirm dekoriert! Dieses Detail hat den Mörder eine Menge Aufwand gekostet und das Risiko beträchtlich erhöht, entlarvt zu werden. Dieser Bildschirm ist ein Zeichen, eine Mitteilung an andere, dass der Tod des Mannes irgendetwas mit Computern zu tun hat.«

Flemming nickte. »Vielleicht.«

»Dir hat die ganze Zeit ein Motiv für diesen Mord gefehlt, oder? Hier hast du das Motiv. Stell dir vor, Mikael hat getan, worum sein Chef ihn bat. Für seinen Einsatz hat er bestimmt eine runde Summe bekommen, und vielleicht wurde ihm erzählt, es handele sich um einen Scherz oder eine Art Wette. Wir wissen es nicht. Hinterher, als die Aufgabe gelöst war und Mikael sein Geld erhalten hatte, bekam er möglicherweise Skrupel. Trotz allem war er ja in einem strengen, christlichen Milieu aufgewachsen. Vielleicht belastete es sein Gewissen, dass er zusammen mit einem der Ältesten der Gemeinde etwas derart Ungesetzliches getan hatte, egal, worum es dabei ging.« Dan hielt inne. Wieder schaute er aus dem Fenster. Die Regentropfen auf der Scheibe glitzerten im Licht einer Straßenlaterne.

»Red weiter.«

»Na ja, vielleicht war der junge Mann ja auch einfach gierig. Vielleicht hat er Käsfeldt erpresst. Man könnte sich auch vorstellen, dass Mikael Kjeldsen neugierig geworden ist und sich später in Käsfeldts Computer hackte. Und wer weiß? Möglicherweise lagen dort massenhaft Beweise für die Zusammenarbeit zwischen J.H. und Käsfeldt.« Wieder eine Pause. »Wenn er Käsfeldt damit gedroht hat, die ganze riesige Betrugsnummer auffliegen zu lassen, dann hat er ernsthaft sein Leben aufs Spiel gesetzt.« Dan drehte sich um. »Klingt das zu weit hergeholt?«

Flemming und Marianne schüttelten die Köpfe.

»Ihr habt die beiden Computer von Mikael nicht untersuchen lassen, oder?«

»Doch.«

»Und?«

»Tatsächlich deutet einiges darauf hin, dass er ein Hacker gewesen ist.«

»Habe ich es nicht von Anfang an gesagt?« Dan konnte ein triumphierendes Lächeln nicht unterdrücken.

»Ja, ha, Dan. Du hast immer recht ...« Flemming wirkte müde. »Nur haben wir überhaupt nichts gefunden. Die Harddisks des Notebooks wie des stationären Computers hatte er erst kürzlich gesäubert. Was sich rekonstruieren ließ, waren ganz unschuldige Dateien und Links. Nichts, was sich irgendwie verwenden ließ. Aber unsere IT-Leute sagen, dass man eine Festplatte normalerweise nicht regelmäßig löscht und sämtliche Programme neu installiert – vom Steuersystem bis zum Office-Paket. Es gibt eigentlich nur zwei Gründe, so etwas zu tun. Entweder der Computer ist kaputt, aber wie groß ist die Wahrscheinlichkeit, dass beide Geräte gleichzeitig ihren Geist aufgeben? Oder man will etwas verbergen. Außerdem hatte Mikael im Reihenhaus seiner Mutter eine 20-Megabit-Internetverbindung installiert. Mir sagt das nicht viel, doch die IT-Abteilung behauptet, so etwas sei verhältnismäßig ungewöhnlich bei einer Privatperson. Eine so schnelle Verbindung braucht man nur, wenn man jeden Tag Filme, Programme, Spiele und Fernsehserien herunterladen will. Oder wenn man Hacker ist. Oder vielleicht beides.«

»Yes!« Dan hatte seine Wanderung wieder aufgenommen. »Dacht ich's mir doch. Aber …« Er blieb abrupt stehen. »Nehmen wir an, ich hätte recht mit meiner Theorie und Mikael wollte Geld von Käsfeldt. Wo ist der Beweis dafür, dass er ihn bedroht hat?«

»Du meinst, er hat von der Harddisk möglicherweise ein Backup gezogen, bevor er sie gelöscht hat?«

»Würdest du das nicht machen? Ich meine, wenn man jemanden erpressen will, dann bewahrt man doch irgendwo die Beweise auf, oder? Man löscht sie doch nicht einfach. Habt ihr alles überprüft, was da an DVDs, Sticks und so herumlag?«

»Sicher. Es hat über eine Woche gedauert, alles zu sichten. Und glaub es oder nicht: Das meiste waren Pornos mit Bondage- und Prügel-Varianten. Ich möchte nicht wissen, was seine Mutter und die Ältesten sagen würden, wenn sie davon wüssten.«

»Also keine Dateien mit mysteriösen Dingen, die irgendeine Verbindung zu Käsfeldt haben könnten?«

»Nicht, soweit ich weiß. Janssen hat eine Liste mit Kurzbeschreibungen jeder einzelnen Datei angefertigt, sodass man das Ganze nicht noch einmal durchsehen muss. Ich kann sie dir morgen schicken.«

»Vielen Dank. Ich habe im Gegenzug eine andere Liste, die dich vermutlich interessieren wird.«

»Was für eine Liste?«

»Ein Verzeichnis aller älteren weiblichen EU-Lotto-Gewinner, die zum Zeitpunkt der Ziehung alleinstehend waren. Eigentlich hatte ich mir vorgenommen, selbst zu ermitteln, ob jemand Johannes Hansen auf einem Foto erkennt. Aber eigentlich ist es ja sinnvoller, wenn die Polizei das übernimmt.«

Flemming hob die Augenbrauen. »Du meinst ernsthaft, dass wir etwas besser können als du?«

Dan zog die Mundwinkel hinunter. »So viel Dankbarkeit ist ja kaum auszuhalten. Ich danke auch.« Er sah auf seine Armbanduhr. »He! Ich muss los, um Benjamin abzulösen. Wie geht es weiter?«

»Wir werden noch einmal in Ruhe nachdenken und einige deiner Zeuginnen vernehmen, wenn sie mit uns reden wollen. Und dann bereiten wir uns darauf vor, dass wir diese beiden Herren möglichst bald zu fassen bekommen.« Flemming stand auf. »Ich bitte dich, mir eine Sache zu versprechen: Wenn du Johannes Hansen das nächste Mal siehst, ruf mich an, egal wie spät es ist.«

»Ja?«

»Ich setze sofort ein Überwachungsteam auf ihn an. Je mehr wir von ihm wissen, desto mehr Material haben wir gegen ihn, wenn es so weit ist. Wir müssen herausfinden, wo er wohnt, damit wir eine Hausdurchsuchung vornehmen können, sobald er verhaftet ist – ob er uns seine Adresse geben will oder nicht.« Flemming sah Dan an. »Dann musst du deine Schwester nicht mehr im Auge behalten. Ist doch gut, oder?«

Dan nickte, ohne eine Miene zu verziehen, und holte die Hundeleine aus der Garderobe. Er wirkte plötzlich zerstreut und gereizt. Als er Marianne fragte, ob er sie auf dem Weg absetzen sollte, schüttelte sie den Kopf.

»Ich wasche noch ab«, sagte sie. »Dann ruf ich mir ein Taxi.«

Dan schaute von seiner Frau zu seinem besten Freund und wieder zurück. Er zuckte die Achseln und ging. Sie blieben in der Tür stehen und sahen ihm zu, wie er Rumpel zu überreden versuchte, noch vor der Fahrt zu pinkeln. Dann winkte er noch einmal mit einem starren Lächeln und setzte sich ins Auto. Als der Focus endlich anfuhr und auf die Straße rollte, sahen sich Marianne und Flemming an.

»Was war das denn?« Flemming hatte eine Augenbraue hochgezogen.

»Genau das meine ich ja. Irgendwas stimmt momentan nicht mit ihm. Ich komme nicht an ihn ran.«

»Ist die Depression denn tatsächlich überstanden?«

»Ich glaube es eigentlich nicht. Aber er will seine Tabletten nicht mehr nehmen, und soweit ich weiß, geht er auch nicht mehr zu seiner Psychiaterin. Er will nicht darüber reden.« Ein Kälteschauer ließ sie gähnen. »Entschuldige. Jetzt wasche ich schnell noch ab, dann will ich nach Hause ins Bett.«

»Ich mache das morgen. Lass uns lieber noch ein Gutenachtbier trinken.«

Marianne schaute aus der Küchentür auf die Wohnzimmertür und gähnte noch einmal. »Ich kann nicht mal mehr protestieren, so müde bin ich. Her mit dem Bier!«

Sie ging ins Wohnzimmer und ließ sich aufs Sofa fallen.

»Ich kann dir das Gästezimmer herrichten?«

Sie lächelte. »Ich bezweifele nicht, dass du das kannst. Aber das sollst du nicht. In einer Viertelstunde rufe ich mir ein Taxi.«

DIENSTAG, 24. APRIL 2007

35 Jay hatte die Wartezeit, bis die neuen Papiere kamen, damit verbracht, sich in seine neue Rolle einzuleben. Er hatte sich ein Gastronomie-Lexikon, ein backsteindickes italienisches Kochbuch und einen ganzen Stapel mit Nachschlagewerken über Wein gekauft. Sein beinahe fotografisches Gedächtnis war ein unbedingter Vorteil dabei, sich die vielen Fakten zu erarbeiten. Wenn er müde wurde, ging er in Restaurants und beobachtete die Kellner. Nach und nach lernte er ihre Bewegungen auswendig; den kleinen Dreh mit dem Handgelenk, wenn sie einem Gast die überdimensionierte Speisekarte präsentierten; die Art, wie eine Weinflasche gezeigt wurde, bevor man sie öffnete; den perfekten Abstand zum Gesicht des Gastes, wenn sie die Bestellung entgegennahmen. Nicht so dicht, dass es anmaßend wirkte, nicht so weit entfernt, dass die Intimität der Handlung gestört wurde.

Im Hotel bestach er den jungen, rotwangigen Pikkolo, ihm einen Stapel Teller und Schüsseln aus dem Restaurant zu besorgen, um das Balancieren mit mehreren Tellern gleichzeitig zu üben und sie mit einem eleganten Schwung auf dem Tisch zu platzieren. Nach und nach wurde er sicherer und legte verschiedene Kleinigkeiten auf die Teller, eine Armbanduhr auf den einen, eine Tube Zahnpasta auf den anderen. Auf diese Weise trainierte er seine Geschicklichkeit und bot schon nach wenigen Tagen die passable Imitation eines professionellen Kellners.

Am Dienstagmorgen schickte Käs die falschen Papiere mit einem Fahrradkurier ins Hotel. Jay sah sie eine halbe Stunde sorgfältig durch und repetierte noch einmal seine persönlichen Daten. Er steckte die nagelneue Kreditkarte und den Führerschein in seine Brieftasche, faltete die Zeugnisse und deponierte sie in einem Umschlag, den er sich in die Jackentasche steckte. Den Pass legte er zusammen mit einem dicken Bündel Bargeld in den Safe seines Hotelzimmers.

Er stellte sich unter die brühend heiße Dusche, putzte sich gründlich die Zähne und sah sich noch einmal an, wie das Wetter sein würde, bevor er seine Kleidung auswählte. Es war bedeckt, aber trocken und einigermaßen windstill. Dunkelgraue Leinenhose, weißes Hemd und ein sandfarbenes Sakko. Einen Moment überlegte er, sich eine Krawatte umzubinden; er ließ es. Er wollte wie ein cooler Jobsuchender in der Gastronomie aussehen, nicht wie ein Büroangestellter. Ein letztes Mal überprüfte er sich im Spiegel. Die Hautfarbe war nach einer einmaligen Auffrischung im Solarium des Hotels noch immer okay, das Haar noch ein wenig feucht nach der Dusche, die Zähne schneeweiß. Er sah absolut appetitlich aus. Er setzte sich die Brille auf die Nase und ärgerte sich einen Moment, dass sie ihn mehrere Jahre älter aussehen ließ. Aber das war nicht mehr zu ändern. Bente Petri würde einen Liebhaber wollen, der durchaus jung war, aber aussah wie ein erwachsener Mann. Da war er sich sicher. Sie hielt nichts von achtzehnjährigen Latinos oder flaumbärtigen Jüngelchen.

Jay nahm den Bus zur Autovermietung am südlichen Stadtrand und holte seinen Citroën C3 ab. Eigentlich ganz nett, dachte er, als er ihn aufschloss. Ärgerlich nur die etwas bescheidene Plastikanmutung, die Autos dieser Klasse immer hatten. Er ließ sich Zeit bei der Fahrt durch die Stadt, durch die ewigen Bauprojekte am Sundværket gab es ohnehin erhebliche Umleitungen. Er parkte den Wagen auf einem der Anwohnerparkplätze, die unmittelbar neben Bente Petris Hauseingang lagen; er wusste, dass sie von den Bewohnern der Gebäude eifersüchtig bewacht wurden. Mit einem Stadtplan auf dem Lenkrad blieb er im Auto sitzen. So hatte er eine Erklärung zur Hand, sollte einer der übereifrigen Einheimischen sich nähern.

Als Bente Petri um die Ecke bog und auf den Fahrradschuppen zuhielt, stieg Jay aus dem Auto. Er legte den Plan auf den Beifahrersitz, blieb an der Wagentür stehen und sah sich ein wenig verloren um. Aus den Augenwinkeln beobachtete er Bente, wie sie ihr Rad abschloss und mit einer vollen Einkaufstüte auf die Haustür zuging. Sie musste unmittelbar an Jay vorbei, sah ihm direkt ins Gesicht und lächelte freundlich, als sie den Hausschlüssel herauszog.

»Entschuldigung …«

»Ja?« Sie blieb stehen und hob die dunklen Augenbrauen um eine Nuance.

»Ich glaube, ich habe mich verfahren«, sagte er und zeigte ihr seine Zähne mit einem verlegenen Lächeln. »Ich muss mich in einem Restaurant vorstellen, aber sehe es hier nirgendwo.«

Ihre Brauen senkten sich ein wenig und zogen sich in einem perfekten Spiegelbild seines verwirrten Gesichtsausdrucks zusammen. »Ein Restaurant? Nein, ich glaube nicht … Ach ja, da unten liegt ein altes Boot mit einem Café.« Sie wies in Richtung Osten. »Auf der anderen Seite der größten Werfthalle. Aber die machen nicht vor dem 1. Mai auf.« Sie stellte die Einkaufstüte ab. »Haben Sie eine Adresse?«

Jay reichte ihr ein Blatt von dem Notizblock mit dem bekannten Logo des New York Plaza – beschafft durch ein Mitglied aus Radjendra Avasthis Netzwerk. Er sah, dass sie es registrierte, bevor sich ihre Augen auf die Adresse richteten, die er auf den Block gekritzelt hatte.

»Dokvej? Ja, das ist dort.« Sie zeigte auf eine schmale asphaltierte Straße, die parallel zum Wasser verlief und zu den alten, schwarz gestrichenen Bootsschuppen führte. »Nummer 4 ist das vorletzte Haus. Aber da gibt es kein Restaurant. Soweit ich weiß, hat ein Architekturbüro dort seine Räume.«

»Er hat gesagt Restaurant Sundværket, Dokvej 4«, wiederholte Jay. »Vielleicht ist es noch nicht eröffnet?«

Bente zuckte die Achseln und gab ihm den Zettel zurück. »Es wäre wunderbar, wenn es hier ein ordentliches Lokal gäbe. Vielleicht gibt's ja doch noch Hoffnung ... viel Erfolg!«, wünschte sie und griff nach ihrer Netto-Tüte.

»Danke.« Er steckte den Zettel in die Jackentasche und warf die Wagentür zu. »Man darf hier doch halten, oder?«

Sie lächelte bedauernd. »Wenn ich Sie wäre, würde ich es nicht tun. Das ist kein öffentlicher Parkplatz, und hier herrscht eine beinharte Justiz!«

Er blieb zögernd stehen, die Hand auf dem Autodach. »Was soll ich machen?«, sagte er. »Ich muss in zwei Minuten dort sein. Und wenn ich einen Zettel hineinlege, dass ich gleich wieder da bin?«

»Meinen Sie, das hilft?« Bente blickte zweifelnd auf das silbergraue Auto.

»Damit bin ich in New York immer durchgekommen, warum nicht auch in Christianssund?«

»Sie wohnen in New York?«

»Bis vor einer Woche, ja. Jetzt will ich wieder hier zu Hause in Dänemark arbeiten.«

»Legen Sie den Zettel ruhig hinein. Aber lassen Sie den Wagen nicht zu lange stehen. Die Leute hier sind total hysterisch.« Sie ging mit raschen Schritten zur Haustür, schloss auf und lächelte ihm über die Schulter zu, bevor sie die schwere Tür hinter sich zufallen ließ.

Sie macht einen richtig netten Eindruck, dachte Jay, während er irgendetwas Unleserliches auf die Rückseite des Plaza-Zettels schrieb. Als Ersatz für Ursula ganz okay. Es würden ein paar vergnügliche Monate werden …

Er betrat das Gebäude, auf das Bente gezeigt hatte, und ging zum Empfang. Natürlich hatte keiner der emsigen Architekten je von einem Restaurant Sundværket gehört, und nach ein paar verwirrenden Minuten stand Jay wieder vor dem Gebäude. Schon von Weitem sah er, wie ein Mann und eine Frau auf dem Parkplatz standen und diskutierten. Abwechselnd zeigten sie auf sein Auto und sahen sich um. Jay lief los und erreichte sie, bevor der ältere Herr einen Schlaganfall bekommen hatte, der seiner Gesichtsfarbe nach zu urteilen unmittelbar bevorstand.

»Ist das Ihr Wagen?«, schrie er aufgebracht, sobald Jay sich in Hörweite befand.

»Ja, darf man hier nicht parken?«

Der Mann zeigte auf das Designerschild am Ende des Hauses. »Sehen Sie nicht, was dort steht?« Seine Stimme bebte vor Erregung.

»Ja, aber es gibt hier doch noch viele freie Parkplätze, und ich war nur für fünf Minuten weg.«

»Hier ist Parken nur für Anwohner gestattet!«, schrie der Mann. Das P führte zu einer Spuck-Kaskade aus seinem Mund, aber Jay wischte sich nicht das Gesicht ab. Er wusste, dass die Situation dadurch nur eskalieren würde.

»Bitte entschuldigen Sie«, sagte Jay und schloss die Tür mit der Fernbedienung auf. »Ich wollte niemanden belästigen.«

»Dann sollten Sie nicht …«

»Ist ja gut, Mortensen«, sagte die Frau, die bisher still gewesen war. »Er fährt doch schon weg.«

Mortensen sah aus, als würde er den jungen Lümmel am

liebsten festnehmen und an den Fahrradständer ketten, bis die Polizei kam. Aber er beschränkte sich auf ein paar zusätzliche Beschimpfungen, als der Wagen den Parkplatz verließ und in Richtung Galionsvej fuhr. Jay blickte in den Rückspiegel, bevor er auf die Hauptverkehrsader des Sundværket bog. Die beiden Anwohner standen noch immer dort und diskutierten das Ausmaß des Verbrechens. Jay hatte sie vergessen, sobald sie außer Sichtweite waren. Abgesehen von diesem kleinen Intermezzo war die erste Begegnung mit Bente perfekt gelaufen. Er lächelte, als er in ruhigem Tempo die künstliche Insel verließ.

*

Dan übersprang sämtliche einleitenden Manöver. »Was hat er gesagt?«

»Hej, Dan.« Ein Lächeln lag in Bentes Stimme. »Ja, danke. Mir geht es gut. Wie nett, dass du anrufst und dich nach mir erkundigst.«

»Ja, ja, ja … komm schon!«

»Ich habe gerade meinen Mantel an die Garderobe gehängt und einen Kessel Wasser für den Tee aufgesetzt. Wie zum Teufel hast du es so schnell erfahren?«

»Was glaubst du denn? Benjamin hat mich angerufen.«

»Benjamin hat es gesehen? Aber wir standen doch auf der anderen Seite des Hauses. Man kann den Parkplatz von oben gar nicht einsehen.«

»Er war unten, um Zigaretten zu holen, und hat beobachtet, wie Johannes Hansen vor etwa einer Stunde angekommen ist. Daraufhin ist er ein bisschen herumgelaufen und hat Prince Charming im Auge behalten, bis du aufgetaucht bist. Was ist passiert?«

»Nichts Besonderes. Er hat sich nach dem Weg zum Dokvej erkundigt, der ist ja gerade um die Ecke …«

»Was wollte er dort? Hat er das gesagt?«

»Also, warum hast du es denn so eilig, Brüderchen? Er wollte zu einem Vorstellungsgespräch. Er hatte die Adresse von irgendjemandem, der behauptete, dort gäbe es ein neues Restaurant.«

»Was habe ich gesagt! Die Gastronomie! Hat er gesagt, was er ist? Koch?«

»Er hat gar nichts gesagt. Er hatte sich die Adresse auf einem Notizzettel des Plaza Hotels in New York aufgeschrieben! Was sagst du jetzt?«

»Ich sage, er ist genauso gut vorbereitet, wie ich es mir vorgestellt habe. Was dann?«

»Wir haben ein wenig über das Parkplatzproblem geplaudert, dann bin ich ins Haus gegangen. Das war's.« Sie lachte. »Na ja, er ist dann noch an Mortensen von der Verwaltung geraten, weil sein Wagen auf einem der Anwohnerparkplätze stand. Aber das habe ich leider nicht gesehen.«

»Und woher weißt du es dann?«

»Ich habe das meiste mit angehört. Mein Badezimmer hat ein Klappfenster, das nach …«

»Ja, ja. Ist noch etwas passiert?«

»Nichts. Er ist wohl nach Hause gefahren.«

»Benjamin ist ihm auf den Fersen. Bald wissen wir, wo er wohnt.«

»War nicht beabsichtigt, dass du die Polizei anrufst?«

»Die Polizei hätte doch gar nicht so schnell kommen können. Ich rufe sie an, wenn wir die Adresse haben.«

»Damit du und nicht sie als Erster vor seinem Zimmer stehst? Du gehst zu weit, Dan!«

»Und du hältst bitte den Mund, ja? Das müssen die überhaupt nicht wissen.«

Sie antwortete nicht.

»Oder?«

Tiefes Seufzen. »Okay. Aber das nächste Mal, wenn ihr ihn seht, informiert ihr die Polizei.«

»Ja, ja ... Wie war er?«

»Nett. Charmant, ohne aufdringlich zu sein. Er hat hübsche Hände. Dan, bist du dir sicher, dass er ...«

»Vollkommen sicher. Wehe, wenn du dich in ihn verliebst!«

Den Kopf in die Hände gestützt, lehnte Dan einige Minuten über seinem Schreibtisch und dachte intensiv nach. Er war sich sehr unangenehm der Tatsache bewusst, dass es sich um einen schweren Vertrauensbruch handelte, wenn er nicht sofort die Polizei alarmierte. Allerdings sagte ihm sein Gefühl, dass sein alter Freund unter Druck stand und Flemmings Vorgesetzte würden Dan sofort von den Ermittlungen ausschließen, sobald er ihnen geliefert hatte, was sie wollten. Und das konnte er sich einfach nicht gefallen lassen. Es war sein Fall. Im Grunde hatte er sämtliche Informationen über Johannes Hansen beschafft; er hatte sich die Falle überlegt, in die der Bursche bald tappen würde; er hatte von seinem Geld Benjamins Gehalt, das Flugticket nach Berlin und sein Mountainbike bezahlt. Verflucht noch mal, er würde sich jetzt, wo das Ende in Sicht war, nicht ausbremsen lassen, nur weil Flemming in der Klemme steckte.

So räsonierte die eine Hälfte seines Gehirns. Die andere Hälfte versuchte ihm zu erklären, dass das alles dummes Zeug war. Wenn Flemming die Jagd unbedingt übernehmen wollte, dann nicht, um ihn auszustechen. Sondern ganz einfach deshalb, weil die Polizei so etwas sehr viel besser konnte als er. Flemmings Leute hatten Erfahrung damit, jemanden zu beschatten; und sie konnten vermutlich sehr schnell eine richterliche Genehmigung beschaffen, um das Telefon des Mannes abzuhören, sein Zimmer zu durchsuchen und ihn festzunehmen, sobald er sich wieder zeigte. Sie würden das alles offiziell und vorschriftsmäßig tun, damit das Ganze vor Gericht Bestand hatte. In Wahrheit war seine Vorgehensweise wahnsinnig. Er riskierte, den ganzen Fall zu sabotieren und Ursulas Geld zu verlieren, wenn er so starrköpfig blieb.

Dan hatte sich gerade entschieden und die Hand schon auf dem Hörer, um Flemming anzurufen, als das Telefon klingelte. Er riss den Hörer herunter. »Ja?«

»Ich bin's, Benjamin.«

»Wo steckst du?«

»Vor dem Hotel Marina.«

»Dort wohnt er?« Dan konnte ein Lachen nicht unterdrücken. »Dann sind wir ja beinahe Nachbarn! Bist du sicher? Er wollte nicht nur jemanden besuchen?«

»Er ist Gast dort. Ganz sicher. Er fuhr direkt auf den Parkplatz hinter dem Hotel, ohne vorher auf der Straße zu suchen. Und dann hat er den Fahrstuhl in den 3. Stock genommen.«

»Hast du die Zimmernummer?«

»Ja, 0309.«

»Wie zum Teufel hast du das rausgekriegt?«

»Ich bin im Fahrstuhl mitgefahren und hinter ihm hergegangen. Als er vor einem Zimmer stehen blieb, bin ich an ihm vorbei und habe ihm mit meiner Schlüsselkarte in der Hand freundlich zugenickt. Ich habe es so aussehen lassen, als sei ich auf dem Weg in ein anderes Zimmer auf der Etage.«

»Du hast eine Schlüsselkarte?«

»Na ja, meine Mitgliedskarte vom Fitnesscenter. Aber das konnte er ja nicht sehen.«

»Gut«, sagte Dan. »Ausgezeichnete Arbeit, Benjamin.«

Man konnte beinahe hören, wie er errötete.

»Fahr jetzt wieder raus zum Sundværket. Wir passen weiter auf Bente auf.«

»Und Johannes Hansen?«

»Vielleicht informiere ich die Polizei, damit sie den Fall übernimmt. Ich muss noch mal darüber nachdenken. Wir bleiben in Kontakt, Benjamin. Ich löse dich um zwölf ab.«

Wieder kamen Dan Zweifel. Die Versuchung, selbst Johannes Hansens Zimmer zu durchsuchen, war überwältigend, aber er wusste, dass es unklug wäre. Abgesehen von dem Risiko, erwischt zu werden, wenn er sich irgendwie in das Zimmer schlich, bestand die Gefahr, Spuren zu hinterlassen. Es ging nicht. Lange hielt Dan die Hand auf dem Telefon und tippte sogar ein paar Mal die Nummer von Flemmings Büro ein, doch jedes Mal besann er sich anders und brach den Anruf ab. Schließlich stand er auf und rief Rumpel. Ein langer Spaziergang an der frischen Luft war genau das, was er jetzt brauchte.

MITTWOCH, 25. APRIL 2007

36

Am nächsten Morgen erwachte Dan schlagartig gegen sieben Uhr. Er war auf dem Sofa der Überwachungswohnung eingeschlafen, erschöpft von den vielen Nachtwachen am Sundværket. Er streckte sich und gähnte inbrünstig, als er die wenigen Schritte ans Fenster trat und in Bentes Wohnzimmer schaute. Licht brannte. Er rief sie an.

»Guten Morgen, Schwesterherz. Alles okay?«

»Ja, danke. Guten Morgen.« Sie stellte sich ans Fenster und winkte mit dem Handy am Ohr zu ihm hinauf. »Hast du ein bisschen geschlafen?«

»Nicht nur ein bisschen, fürchte ich.« Er klang verlegen.

»Er wird vermutlich nicht mitten in der Nacht hier vorbeikommen.«

»Nee, das glaub ich eigentlich auch nicht. Es geht eher ums Prinzip.« Wieder gähnte er. »Du, ich brauche eine Tasse Kaffee, und Rumpel muss mal an die Luft. Rufst du mich an, wenn du gehst?«

»Ich fahre erst in einer Viertelstunde, lass dir Zeit.«

»Danke.«

Das Wetter hatte im Laufe der Nacht aufgeklart, stellte Dan fest, als er vor dem Hauseingang seine Jacke zuknöpfte. Der Himmel war zwar noch wolkenbedeckt, aber hier und da schimmerten kleine blaue Kleckse durch. Für Soldatenhosen ausreichend, wie sein alter Klassenlehrer immer gesagt hatte. Auch Bente trat heute in der blauen Ecke an. Sie trug einen kobaltblauen Mantel und hohe, türkisfarbene Stiefel, als sie kurz darauf auftauchte. Dan pfiff vor sich hin. Schwer zu sagen, ob sie den auffälligen Aufzug zu Ehren ihrer treuen Leibgarde gewählt hatte oder ob es sich um eine Huldigung an den Wetterumschwung handelte. Sie warf einen Blick über die Schulter, als sie sich auf ihr Rad setzte; und als sie sah, dass Dan in seiner Startposition bereitstand, fuhr sie in Richtung Stadt. Dan hatte Rumpel wie gewöhnlich im Fahrradkorb festgebunden, in dem sie zufrieden saß und den Fahrtwind genoss. Die langen Ohren flatterten, sie hob die Schnauze und schnaubte. Dan lächelte.

Sie fuhren durch die morgendlich emsige Stadt, Bente vorweg, ihr jüngerer Bruder ein paar Hundert Meter dahinter. Am Brønderslevs Plads hielt sie kurz an und kaufte ein paar kaum aufgeblühte Hyazinthen im Topf, vermutlich für die Fensterbank ihres Büros. Dann fuhr sie die Lemviggade hinunter, bis sie zum Kai kam. Dort bog sie links ab, ließ das Fahrrad im Leerlauf rollen und blickte über das Wasser. Ein blauer Fischkutter tuckerte mit Kurs aufs offene Meer vor sich hin, und ein paar ältere, drahtige Männer steuerten ein Rennruderboot mit langen, kräftigen Ruderschlägen in die entgegengesetzte Richtung. Als sie die Hjallerupgade erreichte, bog sie erneut links ab, hielt vor der Sandwichbar, schob das Fahrrad auf den gegenüberliegenden Bürgersteig und stellte es vor die Nummer 13. Bevor sie durch die Glastür ging, suchte sie den Blickkontakt zu Dan und lächelte. Dann war sie verschwunden.

Dan stellte sein Mountainbike ein Stück weiter an eine Mauer und hob Rumpel aus dem Korb. »So, jetzt können wir für eine halbe Ewigkeit Gassi gehen. Freust du dich schon?« Die folgenden Stunden zogen sich dahin. Dan und Rumpel gingen die Hjallerupgade auf und ab, wobei Dan alles beobachtete, was sich um Nr. 13 tat. Hin und wieder setzte er sich in den Waschsalon im oberen Bereich der Straße, außerdem verschwendete er unverhältnismäßig viel Zeit, um sich die ausgestellten Kameras in dem Fotogeschäft schräg gegenüber vom Gemeindebüro anzusehen. Viertel vor zwölf tauchte Benjamin auf. Dan und er kauften sich im Sandwichladen etwas zum Mittagessen. In der Mittagssonne stellten sie sich auf den Bürgersteig und aßen. Dan hielt den letzten Rest seines Brots am ausgestreckten Arm von sich, und als Rumpel lange genug auf den Hinterbeinen gestanden hatte, warf er ihr auch einen Bissen zu. Der Hund erwischte ihn mit imponierender Sicherheit in der Luft.

»Stark!«, kommentierte Benjamin. »Ist ja 'n richtiger Zirkushund.«

Dan nickte lächelnd. Er war ebenfalls beeindruckt von Rumpels Eifer, Tricks jeder Art zu lernen. Als würde der Hund nur darauf warten, dass man ihn um etwas bat, damit er beweisen konnte, wie tüchtig er war. Dan wischte sich die Hände ab. »Okay, ich fahre jetzt. Ruf mich an, wenn du ihn siehst.«

»Sollte ich nicht besser die Polizei anrufen?«

»Nein, ruf mich an. Ich erledige den Rest.«

Dan fuhr nach Hause, todmüde, der ganze Körper tat ihm weh. Heute wird's nichts mit einer Joggingtour, dachte er.

*

Er hatte anderthalb Stunden mit der Beantwortung von Mails verbracht, als um halb vier sein Handy klingelte.

»Und hier ist wieder Benjamin.«

»Ja?«

»Er ist jetzt da.«

Dan fluchte innerlich. »Was treibt er?«

»Geht ein bisschen umher und behält die Nr. 13 im Auge.«

»Ist er mit dem Auto da?«

»Ich habe nicht gesehen, wie er gekommen ist.«

Dan dachte nach. »Hat er dich gestern gesehen?«

»Im Hotelflur? Ja, das kann man so sagen. Wir standen uns nur einen halben Meter entfernt gegenüber.«

»Ich wette, dass er sich Gesichter sehr gut merken kann.« Dan stand aus seinem Bürostuhl auf. »Ich komme. Versteck dich, so gut du kannst, aber lass ihn nicht aus den Augen.«

»Jetzt hör auf zu nerven. Bente hat erst in einer Stunde Feierabend, oder? Normalerweise kommt sie nicht vor halb fünf raus.«

»Ich beeile mich«, erwiderte Dan und polterte die Treppe hinunter. Er schloss Rumpel mit Futter, Wasser, einer Decke und ein paar Zeitungen in die Küche. Als er die Haustür hinter sich zugeworfen hatte, rief er Marianne an.

»Ich muss noch einmal zum Sundværket.«

»Ach. Ich bin gerade auf dem Weg nach Haus. Und ich habe Kuchen gekauft.«

»Heb mir ein Stück auf, wenn du kannst.«

»Was ist los?«

»Benjamin hat gerade angerufen.«

»Ist Johannes Hansen aufgetaucht?«

»Ja-äh …« Dan konnte sich gerade noch bremsen. »Benjamin meinte, dass er es sein könnte, aber er war sich nicht sicher.«

»Wenn er es ist, denk dran, was du versprochen hast.«

»Ja, ja.«

»Du rufst umgehend Flemming an und lässt ihn den Fall übernehmen. Versprichst du es?«

»Ja, ja.«

»Und hör auf, ständig Ja, Ja zu sagen! Das ist nicht sonderlich beruhigend!«

»Ja, ja.« Er grinste.

Die Stoßzeit hatte begonnen, aber mit dem Fahrrad konnte ihm das glücklicherweise egal sein. Dan hatte die Hjallerupgade in weniger als zwanzig Minuten erreicht. Er hielt neben Benjamin. »Wo ist er?« Dans Blick scannte beide Seiten der Straße. »Ich sehe ihn nicht.«

»Er sitzt dort drüben.« Benjamin zeigte auf das etwas weiter entfernt liegende italienische Restaurant. »Ich wollte nicht mit hinein, aber …«

»Ja?«

»Er hat bei Bentes Fahrrad die Luft am Hinterreifen raus gelassen.«

»Was zum Henker …?« Dan zog die Augenbrauen hoch. »Oh. Jetzt weiß ich, was er vorhat. Worum wetten wir, dass er sein Auto dabeihat? Hundert Kronen?«

»Du bist wohl bescheuert. Mit dir wette ich doch nicht.«

»Das ist klug.« Dan kniff die Augen zusammen. »Weißt du, was? Wenn er das tut, was ich annehme, dann tauchen Johannes und Bente in einer halben Stunde am Sundværket auf. Nimm dein Fahrrad und fahr voraus. Setz dich auf den Beobachtungsposten und pass auf, was sich in Bentes Wohnung tut.«

»Öh, Dan … nichts für ungut … aber was ist mit der Polizei? Sollten wir denen nicht Bescheid geben?«

»Ich werd sie anrufen.«

Benjamin sah ihn einen Moment an. Dann seufzte er und ging.

Johannes Hansen musste ein ungewöhnlich schneller Esser sein, denn es waren nicht mehr als zehn Minuten vergangen, bis er in der Tür des Restaurants stand und sein Gesicht den zaghaften Sonnenstrahlen am Himmel entgegenreckte. Dan ging zum Eingang des Supermarkts, als würde er etwas einkaufen wollen. In der großen Glaspartie an der Fassade des Geschäfts sah er deutlich das Spiegelbild von Johannes Hansen, der nun auf dem gegenüberliegenden Bürgersteig zielgerichtet auf Bentes Arbeitsplatz zuging. Dan folgte ihm, sein Mountainbike schob er. Er sah, wie der Mann sich in ein kleines graues Auto setzte, das er fünfzig Meter von der Glastür der Nr. 13 geparkt hatte. Johannes steckte den Zündschlüssel ins Schloss, ließ den Motor aber nicht an. Er wartete. Dan ebenfalls.

Plötzlich trat Bente vor die Tür, ein heller türkis- und kobaltblauer Fleck in der grauen Straße. Sie kam aus der Glastür und ging direkt zu ihrem Fahrrad, ohne sich umzusehen. Erst als sie das Rad aufgeschlossen hatte und sich auf den Sattel setzen wollte, bemerkte sie den platten Hinterreifen. Dan konnte ein Lächeln nicht zurückhalten, als er ihren erstaunten Gesichtsausdruck sah. Sie schaute sich um. Vielleicht glaubte sie, dass der Täter irgendwo stand und über sie lachte. Dann blickte sie wieder auf den Reifen und schnitt eine Grimasse. Sie richtete sich auf und ging los, das Rad schob sie neben sich her. In diesem Moment drehte Johannes Hansen den Zündschlüssel um, der Motor erwachte mit einem koketten Juchzen zum Leben. Langsam rollte der Wagen an. Dan blieb an der Ecke stehen und betrachtete das Schaufenster eines Bäckers. Als das Auto die blaue Dame mit dem Fahrrad passierte, bremste Johannes und ließ das rechte Seitenfenster herunter. Er rief irgendetwas.

Bente blieben ebenfalls stehen und beugte sich vor, um sein Gesicht zu sehen. »Hej!«, rief sie in einem überraschten Ton, »Sie sind's?«

Dan verstand nicht, was der Mann im Wagen sagte.

Bente antwortete: »Wahrscheinlich ein Loch.«

Dan wagte nicht, länger stehen zu bleiben, er verließ das kleine Intermezzo über eine Seitengasse. Mehr musste er auch nicht mehr sehen. Johannes Hansen tat exakt, was Dan in einer vergleichbaren Situation auch getan hätte; und wenn Bente so reagierte, wie Dan vermutete, würde sie die angebotene Hilfe annehmen. Was dazu führen musste, dass sie nach Hause gefahren wurde, nachdem sie das Rad bei der Fahrradwerkstatt abgeliefert hatte. Dan fuhr zum Sundværket. Er trat in einem ruhigen Rhythmus in die Pedale und atmete tief und gleichmäßig. Auf der Sundværksbrücke klingelte sein Handy. Er fuhr an den Straßenrand, blieb im Sattel und stützte sich ans Geländer.

»Ja?« Er war mehr außer Atem, als er gedacht hatte.

»Flemming. Wo bist du?«

»Radfahren.«

»Verfolgst du Johannes Hansen?«

Dan antwortete nicht. Verdammter Mist. Offensichtlich hatte Marianne gepetzt. Hatte sie nie das Wort Loyalität gehört?

»Ist das so?«

»Nicht im Moment.« Das war zumindest die Wahrheit.

»Aber du weißt, wo er ist?«

»Vielleicht.«

»Ist er auf dem Weg zum Sundværket? Zu Bentes Wohnung?«

»Vielleicht.«

Jetzt machte Flemming eine längere Pause. Dan hörte fast, wie der Polizist bis zehn zählte, um sich seine Wut nicht anmerken zu lassen. »Du hattest überhaupt nicht vor, mich zu informieren, nicht wahr?«

»Doch, schon, ich wollte nur …«

»Verflucht noch mal, Dan! Lass uns das jetzt übernehmen. Das geht bloß schief, wenn du weiter auf eigene Faust vor dich hin pfuschst.«

»Ich pfusche überhaupt nicht.« Dan lehnte sich über das Geländer und spuckte ins Wasser. Plötzlich hatte er großen Durst.

»Hör mir jetzt mal zu, Dan.« Flemming hatte seine Stimme wieder unter Kontrolle, er setzte seinen geduldigsten und pädagogischsten Tonfall ein. »Was hast du eigentlich vor, so ganz auf dich allein gestellt?«

»Ich bin nicht allein. Benjamin ist vor Ort.«

Flemming seufzte. »Erklär mir deinen Plan.«

»Ich weiß nicht. Ich werde ihn wohl beobachten und …«

»Und was? Dan, verflucht! Wenn wir Erik Käsfeldt und Johannes Hansen erwischen wollen, ohne dass sie Beweismaterial zerstören und Mitschuldige warnen können, müssen wir sie gleichzeitig verhaften. Das siehst du doch hoffentlich ein?«

Dan erwiderte nichts.

»Es mag ja sein, dass du dich für einen Superhelden hältst, aber du kannst nicht zwei verschiedene Menschen an zwei verschiedenen Adressen gleichzeitig verhaften. Das ist dir doch klar, oder?«

»Das ist mein Fall.«

»Es war dein Fall, ja. Aber ich kann ihn dir nicht länger überlassen. Dein Fall hängt unmittelbar mit dem Balleslev-Mord zusammen, und wir brauchen jetzt einen Durchbruch. Erzähl mir, was du hast, Dan. Dann ziehe ich ein paar Strippen und sorge dafür, dass du bei der restlichen Aufklärung an der Seitenlinie dabei sein darfst.«

»Ich will an der Durchsuchung von Johannes Hansens Hotelzimmer teilnehmen.«

»Du weißt, wo es ist?«

»Ja.«

»Und du hast die Zimmernummer?«

»Ja.«

»Großartig. Danke. Sag's mir und ich werde sehen, was ich tun kann.«

»Ich möchte bei den Verhören dabei sein.«

»Ich weiß wirklich nicht, ob ich …«

»Das kriegst du schon hin.«

»Ich werd's versuchen.«

»Mach es. Er wohnt im Hotel Marina. Zimmer 0309.«

»Und wo bist du?«

»Ich halte auf der Brücke zum Sundværket. Bente und Johannes sind höchstwahrscheinlich auf dem Weg hierher.«

»Okay.«

»Aber Flemming ... Wenn ihr ihn jetzt festnehmt, was ist mit Käsfeldt?«

»Ihn schnappen wir uns gleichzeitig.«

»Wollt ihr nicht erst einmal sichergehen, wo er ist, bevor ihr euch auf Johannes Hansen stürzt?«

»Entspann dich. Ich habe schon mal einen Verdächtigen verhaftet. Sollte Johannes Hansen Bentes Wohnung verlassen, bevor wir dort sind, darfst du ihm gern folgen und uns auf dem Laufenden halten, okay?«

Flemming legte auf und Dan starrte ein wenig kleinlaut in die Luft. Na gut. So sollte es also sein. Flemming und seine Jungs würden die beiden Betrüger verhaften, und der Fall wäre Dan für immer aus den Händen genommen. Eigentlich sollte er erleichtert sein bei dem Gedanken, dass die Mission fast erfüllt war. Stattdessen breitete sich eine massive Enttäuschung in ihm aus. Enttäuschung über ... Nein, es ging nicht darum, dass er Johannes Hansen gern persönlich festgenommen hätte. Dennoch erinnerte das alles an das frustrierende Gefühl, wenn man das Kino vor Ende des Films verlassen muss und einen wesentlichen Teil der Handlung versäumt. Dan wusste, dass das wirklich Spannende erst jetzt kam, und er würde es nicht erleben. Er hatte sich so in die Beschattung von Johannes Hansen verbissen; er hatte sich intensiv mit der Arbeit dieses professionellen Betrügers beschäftigt; er hatte versucht zu verstehen, was diesen Kerl antrieb. Dan war Teil eines fabelhaften Schauspiels, dessen Dramaturgie er selbst geschrieben hatte; und jetzt, nach langen, zähen Proben, begann die Hauptperson endlich ernsthaft zu spielen. Sollte er wirklich um den Höhepunkt des Dramas betrogen werden?

Als er wieder in die Pedale treten wollte, fuhr der graue Citroën an ihm vorbei. Am rechten Seitenfenster sah er etwas Kobaltblaues aufblitzen. Er hatte wieder mal recht gehabt. Natürlich. Ziemlich vorhersehbar, das Ganze. Plötzlich empfand er ein Gefühl der Unüberwindbarkeit; er spürte, wie das Adrenalin durch seinen Körper schoss, sein Gehirn zum Sieden brachte und Missmut und Frustration wegfegte. Nichts konnte ihn zu Fall bringen. Und Flemming? Er kann mich mal, und zwar kreuzweise, dachte er. Wenn Flemming glaubte, dass er lockerlassen würde, hatte er sich geirrt. Dan traf eine rasche Entscheidung. Er stellte sein Fahrrad ab und registrierte, wie Johannes seinen Wagen ein Stück weiter vorn am Dokvej parkte. Hastig lief er zur Haustür und wollte gerade den Klingelknopf drücken, als sein Handy erneut klingelte.

»Benjamin hier. Ich habe gesehen, wie du um die Ecke gekommen bist. Johannes ist jetzt bei deiner Schwester in der Wohnung. Soll ich die Polizei alarmieren?«

»Das habe ich bereits erledigt. Sie kommen so schnell wie möglich.«

»Was heißt das?«

»Dass sie den Einsatz noch ein bisschen koordinieren müssen. Schließlich sollen ja zwei Leute gleichzeitig verhaftet werden.«

»Ach so.«

Es entstand eine eigenartige Pause. »Ich glaube, ich gehe da jetzt rein«, sagte Dan schließlich.

»Aber … er ist da drin.«

»Das hast du bereits gesagt.«

Benjamin stöhnte leise auf. »Was ist eigentlich los, Mann?«

»Ich weiß nicht, was du meinst. Aber die Polizei ist unterwegs, da kann es doch nicht schaden, mal reinzugehen und sich ein bisschen mit unserem lieben Johannes zu unterhalten.«

»Willst du dich zu erkennen geben?«

»Nein. Ich bin Bentes Bruder und komme nur auf einen Sprung vorbei. Bevor es zu spät ist, würde ich gern mal erleben, wie der Mann so ist, wenn er sich aufspielt.«

»Komm hoch zu mir. Dann kannst du ihn dir ansehen, solange du willst.«

»Ich will ihm aber gegenüberstehen. Ich will ihn riechen.«

»Du bist doch total bescheuert.«

»Danach komme ich dann zu dir.«

Dan brach das Gespräch ab, bevor Benjamin weitere Einwände vorbringen konnte. Er legte einen Finger auf die Klingel neben dem Schild ›B. Petri‹. Eine lange Sekunde hing der Finger in der Luft über dem Klingelknopf, dann drückte er.

»Ja?« Bentes Stimme klang munter, heller als normalerweise.

»Ich bin's, Dan.«

»Äh …« Ein leises Rauschen war für einige Augenblicke das einzige Geräusch, das zu hören war. Dann kam das grimmige Brummen des Türöffners, und Dan betrat das Haus.

Bente stand an der Wohnungstür. »Was willst du denn hier?« Sie glich einem großen Fragezeichen.

»Begrüßt man so seinen kleinen Bruder?«, rief Dan ausgelassen und umarmte seine Schwester ausgiebig. »Spiel einfach mit. Die Polizei ist unterwegs«, flüsterte er ihr ins Ohr, bevor er sie losließ und mit seinem virilen Gebrüll fortfuhr: »Freust du dich nicht, mich zu sehen, Schwesterchen?«

»Doch«, sagte sie und trat einen Schritt zur Seite. »Komm doch rein, Danny. Ich habe zwar einen Gast, aber …«

»Danny?«, zischte Dan, dem alle Anzeichen des Widerwillens ins Gesicht geschrieben waren.

Sie verzog ihr Gesicht zu einem schiefen Lächeln. Das hatte er nun davon!

Im Wohnzimmer stand Johannes Hansen und lächelte entgegenkommend. Die dunkelgrauen Augen blitzten freundlich hinter den randlosen Brillengläsern. Er hatte seine Jacke über eine Stuhllehne gelegt und war dabei, seine Hemdsärmel aufzukrempeln, als Dan eintrat. »Jonas Henriksen«, stellte er sich vor. »Ich kann Ihnen leider nicht die Hand geben. Ich habe gerade einen Nahkampf mit einem Fahrrad hinter mir.« Er hielt seine deutlich verschmierten Hände in die Luft.

»Danny Petri«, sagte Dan und erwiderte das Lächeln. »Ich denke, Sie dürfen das Waschbecken gern benutzen.«

»Das Badezimmer ist gleich rechts, Jonas«, sagte Bente. »Auf dem Regalbrett über dem Waschbecken liegt eine Nagelbürste.« Sie wandte sich Dan zu, als Johannes die Badezimmertür hinter sich schloss. »Jonas war so nett, mich nach Hause zu fahren, Danny. Mein Fahrrad hatte einen Platten, als ich aus dem Büro kam. *Was machst du denn da?*« Die letzten fünf Worte flüsterte sie beinahe tonlos, als sie sah, wie ihr Bruder die helle Jacke vom Stuhlrücken nahm. *»Du kannst doch nicht …«*

»Psst!« Dan tastete die Jacke ab und zog eine Brieftasche aus der Innentasche. *»Red einfach weiter.«* Laut sagte er: »Zu welchem Fahrradhändler seid ihr denn gefahren?« Hektisch blätterte er den Inhalt der Brieftasche durch. Es war hoffnungslos. Es steckten so viele Papiere, Quittungen und Kreditkarten darin, dass er den Inhalt in der kurzen Zeit unmöglich überprüfen konnte.

»Zu dem am Brønderslevs Plads. Er zieht einen neuen Schlauch ein«, antwortete Bente laut im Plauderton, wobei sie verzweifelt gestikulierte, damit Dan die Brieftasche wieder zurücksteckte.

»Ach ja, der … Er ist nur so verdammt teuer«, erwiderte Dan, der in diesem Moment die Toilettenspülung hinter der geschlossenen Tür hörte. Er traf eine rasche Entscheidung und steckte die Brieftasche in seine eigene Jacketttasche.

»Ach, ist doch egal«, sagte Bente und nahm ihm die Jacke aus der Hand. Sie hängte sie wieder an den Stuhlrücken und strich sie glatt, wobei sie mit den Augen rollte, um ihrem Bruder zu zeigen, welch ein Idiot er war. »Er macht es jedenfalls ordentlich. Und das Rad ist schon morgen früh fertig.«

Die Badezimmertür ging auf.

»Na ja, ganz sauber sind sie immer noch nicht«, sagte Johannes und wedelte mit seinen feuchten Händen. »Nichts klebt so wie Fahrradschmiere.«

»Möchte jemand eine Tasse Kaffee?«, fragte Bente. Sie hatte rote Wangen und fuhr sich ein bisschen zu oft durch die Haare. »Oder vielleicht lieber ein Glas Rotwein?«

MITTWOCH, 25. APRIL 2007

37 Jay setzte sich auf das schneeweiße Ledersofa. Er war irritiert. In Gesellschaft anderer Männer fühlte er sich immer ein wenig unwohl; er wusste genau, dass sein berühmter Charme bei seinem eigenen Geschlecht bei Weitem nicht so gut funktionierte. Und Bentes glatzköpfiger Smartarsch von Bruder machte auf ihn vom ersten Moment an den Eindruck, als sei er vollkommen immun, obwohl er freundlich gelächelt hatte, als sie sich begrüßten.

Im Übrigen war sein Annäherungsversuch über alle Erwartungen verlaufen. Nicht in seinen wildesten Fantasien hatte er damit gerechnet, dass Bente Petri ihn bereits bei ihrem zweiten zufälligen Treffen nach Hause einladen würde. Auf der anderen Seite hatte er ganz allein den Rücksitz des kleinen Wagens umgeklappt, Bentes Fahrrad in den Kofferraum bugsiert, eine Schnur besorgt, um die Heckklappe über dem halben Rad, das aus dem Auto hing, zu befestigen, das Fahrrad wieder herausgehoben und in die Werkstatt des Fahrradhändlers geschoben. Harte Arbeit. Und dreckig. Eigentlich war es nur angemessen, dass sie ihn zu einem Kaffee eingeladen hatte.

Er betrachtete sie, als sie leicht vorgebeugt an der Spüle stand und die Thermoskanne mit heißem Wasser ausspülte. Ihr etwas fülliges Hinterteil spannte den Rock, und Jays Blick folgte den Konturen ihrer Beine hinter dem Paisleymuster bis zur Saumkante, wo der Stoff in gut sitzenden Stiefeln aus weichem, türkisfarbenem Leder verschwand. Bente richtete sich auf, sagte etwas zu ihrem Bruder und lachte. Dieser Bruder … war er ihm nicht schon irgendwo begegnet? Jay sah sich den anderen Mann einige Sekunden an, bis Danny sich plötzlich umdrehte und ihm direkt in die Augen blickte. Er lächelte. Mit einem Mal wusste Jay, woher er ihn kannte. Natürlich! Danny war der Mann, den er auf der Rasenfläche getroffen hatte, als er zum allerersten Mal hier war, um Bente zu beobachten. Er hatte einen kleinen zerzausten Hund dabeigehabt. Gut, dass ich mich daran erinnern kann, dachte Jay. Trotzdem fühlte er sich längst nicht so erleichtert, wie er sollte. Er dachte daran, dass er bereits damals das Gefühl gehabt hatte, den anderen schon einmal gesehen zu haben. Dieser kahle Kopf, dieses selbstsichere Lächeln … blaue Augen, dunkle Augenbrauen, klassische Nase … Danny ähnelte Bente, kein Zweifel. Aber das war es nicht …

Plötzlich bemerkte Jay, dass Bente und Danny ihn lächelnd betrachteten. Er riss sich zusammen und schüttelte das unangenehme Gefühl ab. »Was ist? Wieso lachen Sie?«

»Entschuldigung, aber Sie waren so in Gedanken, Jonas«, antwortete Bente und stellte drei gestreifte Becher auf den Tisch.

Jay lachte verlegen. »Ich bin nur müde. Das muss der Jetlag sein.«

»Jetlag? Wo sind Sie denn gewesen?«, erkundigte sich Danny und ließ sich in einen Sessel fallen.

»Jonas hat in New York gewohnt, Danny. Er ist erst vor knapp einer Woche nach Dänemark zurückgekommen.« Bente schenkte Kaffee ein und schob ihrem Bruder die Zuckerdose zu, bevor sie ihren Rock über die Knie zog, als sie sich in den zweiten Sessel setzte.

»Ach, deshalb sehen Sie sich nach Jobs um?«

»Ja. Ich bin Kellner in allen möglichen Luxusrestaurants gewesen. Ich würde gern einen Klassejob finden, bei dem ich meine Qualifikationen einbringen kann.«

»Wo haben Sie denn bisher gearbeitet?«

»Ach, überall auf der Welt. Angefangen habe ich als Barkeeper im ...« Jay begann mit seiner langen, auswendig gelernten Lebensgeschichte. Vielleicht war es gar nicht so dumm, dass Bentes Bruder dabei war. Er hatte offensichtlich Interesse, von Jays kosmopolitischer Karriere zu hören; er fragte und fragte, und Jay sah, dass Bente jede Antwort roh schluckte. Ihr etwas zu breiter Mund stand ein wenig offen, als würde sie seinen Bericht einsaugen. Anziehende Frau, wirklich. Direkt appetitlich. Jays Laune besserte sich, je länger das Gespräch dauerte.

Das Telefon unterbrach seinen Redestrom. Bente entschuldigte sich und nahm ab. »Bente am Apparat. Hej, Niels-Georg ... Ja? ... Ja, wenn du meinst ... Na ja, dann komm in Gottes Namen und hol es, wenn es so wichtig ist ... Ja ... Bis dann.« Mit einem müden, zur Grimasse verzogenen Gesicht legte sie den Hörer auf. »Entschuldigung. Das war mein verrückter Exmann. Plötzlich ist ihm eingefallen, dass er heute Abend nur auftreten kann, wenn er ein bestimmtes Amulett in der Tasche hat. Und das liegt aus irgendeinem Grund hier.«

»Er hat wahrscheinlich nur nach einer Entschuldigung gesucht, um dich zu besuchen.« Danny schüttelte lächelnd den Kopf. »Wie pathetisch!«

»Ja, nach einem halben Jahr! Ich glaube, er hatte getrunken.«

»Ist Ihr Exgatte Schauspieler oder so etwas?«, fragte Jay.

»Jazzmusiker.«

Jazzmusiker. Niels-Georg ... Jay kannte nur einen Jazzmusiker mit diesem Vornamen. Ein Pianist namens Niels-Georg Petri. Plötzlich hatte er das Gefühl, als würde sich die Luft in dem gemütlichen Wohnzimmer um fünf Grad abkühlen. Eine elektrische Strömung knisterte beinahe sichtbar zwischen Dannys und Jays Augen, als Jays Gehirn mit Hochdruck arbeitete. Bentes Exmann hieß Petri, wie konnte ihr Bruder auch so heißen? Wie groß war die Wahrscheinlichkeit, dass sie einen Vetter geheiratet hatte? Oder jemanden kennengelernt hatte, der so hieß wie sie? Lässt sich irgendjemand umbenennen, um zu heißen wie sein Schwager? Irgendetwas war nicht in Ordnung, und Jay sah in Dannys Augen, dass der andere Mann es ahnte. Dass er kurz davor war aufzufliegen. Danny hieß nicht Petri, vielleicht hieß er nicht einmal Danny. Vielleicht war er … Wieder trafen sich ihre Blicke. Jay sah ihm an, dass Dan seinem Gedankengang folgte, Schritt für Schritt. Plötzlich wusste Jay, wo er den Kahlkopf mit den durchdringenden blauen Augen schon einmal gesehen hatte. Er erinnerte sich an das zerrissene Exemplar des *Ekstra Bladet*, das im Dezember im Werkraum des Internats von Egebjerg als Unterlage für einige Keramikkrüge von Schülern gedient hatte. Und er erinnerte sich an die Worte, die das überdimensionierte Titelfoto begleiteten: DER KAHLKÖPFIGE DETEKTIV.

Jay sagte nichts, erhob sich aber langsam, wobei er Dans Blick standhielt. Der Rest der Geschichte fiel ihm wieder ein, sie wirbelte in kleinen Teilen durch die elektrisch aufgeladene Atmosphäre. Der Amateurdetektiv, der in Christianssund einen Doppelmord aufgeklärt hatte … Laura Sommerdahl, die so stolz auf ihren Vater gewesen war … Dan Sommerdahl. So hieß er. Jay entsann sich auch, dass er an irgendeiner Fernsehsendung teilgenommen hatte, die unter den Lehrern des Internats ziemlich populär gewesen war. Und er erinnerte sich an Ursula, die von Laura vergöttert wurde, an Ursulas Gesicht im Flughafen, Ursulas Augen, die den munteren Abschied ihres Liebhabers durchschaut hatten. Die Puzzleteilchen fielen an ihren Platz, klick, klick, klick. Auch Dan kam jetzt auf die Beine. Die beiden Männer standen sich gegenüber, jeder auf einer Seite von Bentes niedrigem Couchtisch. Die Arme hingen herunter, keiner ließ den anderen aus den Augen. Hätte einer von ihnen den Kopf nur ein wenig gedreht, hätte er Bente sehen können, die nun beide Hände vor den Mund gelegt hatte und den lautlosen Machtkampf mit aufgerissenen Augen verfolgte, starr vor Angst.

Jay ging einen Schritt auf die Eingangstür zu, Dan kam ihm blitzartig zuvor und versperrte den Durchgang. »Vergiss es«, sagte er tonlos. »Du bleibst einfach hier.«

Plötzlich wusste Jay genau, was hier vor sich ging. Dan Sommerdahl versuchte, Zeit zu schinden. Die Polizei war unterwegs, und möglicherweise handelte es sich nur um eine Frage von Minuten, bevor sie hier wären. Vielleicht standen sie auch schon bereit und bewachten die Ausgänge des Gebäudes. Er hatte große Lust, kurz aus dem Fenster zu sehen, ob auf der Rasenfläche vor der kleinen Terrasse Scharfschützen lagen, aber er wagte es nicht. Bentes Bruder sah enorm austrainiert aus. Obwohl er natürlich mindestens zehn Jahre älter war als er. Jay trat einen Schritt zur Seite und verließ den schmalen Spalt zwischen Sofa und dem niedrigen Tisch. Ein leichter Korbsessel stand im Weg. Er trat ihn zur Seite. Irgendetwas fiel um und ging kaputt, der Blickkontakt mit Dan brach nicht ab.

»Du wirst mir aus dem Weg gehen müssen«, sagte er und war selbst verblüfft, wie ruhig seine Stimme war. Plötzlich spürte er wieder dieses Gefühl, das seinen Körper durchströmte und sein Nervensystem auf höchstem Alarmniveau funktionieren ließ. Genau wie damals, als er Käs' Finger gebrochen hatte; als hätte ein kalt kalkulierender Roboter seinen Körper übernommen, um zu erledigen, was notwendigerweise getan werden musste.

Dan Sommerdahl rührte sich nicht von der Stelle. Er kniff ein wenig die Augen zusammen und lächelte mit zusammengepressten Lippen. »Du hast verloren, Johannes«, sagte er.

Jay blieb verwirrt stehen. Johannes? Woher kannte er seinen richtigen Namen? Die Erkenntnis traf ihn wie ein Faustschlag in den Bauch, er schnappte nach Luft. »Ihr habt Käs geschnappt, oder?«

»Käs?« Dan zog die Brauen zusammen. »Erik Käsfeldt?«

Mist, verfluchter! Aus dem linken Augenwinkel hatte Jay etwas entdeckt, das sich möglicherweise als Waffe einsetzen ließ. Er wartete nur auf den rechten Moment, um die zwei Schritte dorthin zu wagen.

»Erik Käsfeldt ist dein gefährlichster Feind, Johannes. Bist du dir darüber im Klaren, wie viel er zu erzählen hat?«

»Einen Scheiß weiß er«, erwiderte Jay und bewegte sich ein wenig nach links.

»Da irrst du dich aber gewaltig«, sagte Dan und lehnte sich an die Wohnungstür. »Er redet wie ein Wasserfall. Über deine Decknamen, über die Gewinnerinnen beim EU-Lotto, über den Mord. Die ganze Geschichte.«

»Den Mord?« Noch ein kleiner Schritt nach links.

»Den Mord an Birgitte Johns.«

Für einen Augenblick wurde Jay unsicher. Vielleicht bluffte dieser Dan nicht. Sollte Käs wirklich angefangen haben zu plaudern, steckte er in einer sehr ernsten Klemme. Er musste hier raus, und zwar sofort. Er erreichte das kleine Sideboard und griff nach der Vase mit den Tulpen. Einen Moment zögerte er, dann sah er in Dans Blick, dass er vorhergesehen hatte, was Jay vorhatte. Doch zum Nachdenken blieb keine Zeit.

Er schüttete Blumen und Wasser mit einer Bewegung auf Dan, die seinen Gegner einen Augenblick überrumpelte und lähmte. Dan tropfte Blumenwasser übers Gesicht, gut zehn schlappe Tulpen lagen auf seinen Schultern. Einen Moment konnte er durch das leicht faulige Blumenwasser nichts sehen. Jay erlaubte sich einen raschen Blick auf Bente, dann hämmerte er mit voller Kraft den Rand der Vase auf den kleinen Tisch. Bente saß regungslos da – mit angezogenen Beinen und den Händen vor dem Mund. Wieder sah Jay Dan an, der die Tulpen abschüttelte und sich mit einem wütenden Brüllen auf ihn stürzte. Jay hielt den Boden der Vase so, dass die langen scharfen Glaszacken direkt auf den Angreifer zeigten. Er stieß zu.

Eine Sekunde später schoss Dan das Blut aus einer langen Schnittwunde im Gesicht. Einen kurzen Moment konnte man einen bloßgelegten Kieferknochen aufblitzen sehen, er wurde sofort von dem Blutschwall überdeckt, der aus der klaffenden Wund schoss. Jay registrierte wie benommen, dass Bente laut schrie.

Dan trat einen Schritt zurück, wieder stand er mit dem Rücken zur Wohnungstür. Er presste beide Hände auf die Wunde, das Blut lief zwischen seinen langen, blassen Fingern hindurch. »Hör auf!«, brüllte er. »Du kommst an mir nicht vorbei!«

»Dan, lass doch …« Bente war aufgestanden und kam auf Dan zu. Jay musste rasch handeln, wenn er hier herauswollte. Er ging direkt auf Dan zu, packte seine Schultern und rammte ihm ein Knie in den Schritt. Er legte alle Kraft in den Tritt. Als er losließ, ging Dan als jammernder, blutender Haufen vor der Tür zu Boden. Jay trat noch einmal zu, diesmal an den Hinterkopf. Dan verstummte.

Jay warf einen letzten Blick auf Bente, die jetzt neben ihrem bewusstlosen Bruder kniete. Dann stürzte er zur Terrassentür, öffnete sie und lief auf den Rasen. Er rannte um das Gebäude zu seinem Wagen, startete ihn und raste auf dem Galionsvej in nördlicher Richtung – über die Brücke, weg von der geschlossenen Umgebung des Sundværket. Sein Herzschlag hatte sich verdoppelt, es sauste in seinen Ohren, sein Hals schnürte sich zusammen.

Er verlangsamte das Tempo, als er links abbog und am Wasser entlang aus der Stadt fuhr. Er konnte nirgendwohin. Was sollte er machen? Der Pass lag im Safe des Hotelzimmers, ebenso sein gesamtes Bargeld. Dorthin konnte er nicht. Dan Sommerdahl musste ihn tagelang beobachtet haben, die Polizei wusste höchstwahrscheinlich, wo er wohnte. Seine Kreditkarten konnte er ebenfalls nicht benutzen. Sie lagen in der Brieftasche, und die steckte in dem sandfarbenen Sakko, das noch immer in Bentes Wohnung am Stuhl hing. Aber selbst wenn er sie hätte, würden sie ihm wenig nützen. Wenn Sommerdahl nicht geblufft hatte, war die Polizei jetzt im Besitz sämtlicher Daten von Jonas Henriksen; und die Wahrscheinlichkeit, dass man seine Karten bereits gesperrt hatte, war groß. Jay bog rechts ab und fuhr nach Süden, ins Landesinnere, Richtung Autobahn. Er musste nach Kopenhagen und von dort aus sehen, wie es weiterging.

Verdammte Scheiße! Wieso konnte das plötzlich so schiefgehen? Vor weniger als anderthalb Stunden hatte er Bente und ihr Rad in der Hjallerupgade aufgesammelt. Sie hatten vorsichtig geflirtet, er hatte die Situation im Griff, er hatte seine fiktive Geschichte im Griff, er hatte sein Leben im Griff. Jay, der in seinem professionellen Leben immer mit endlosen Notplänen und Fluchtrouten operiert hatte, befand sich plötzlich in einer Situation, die er nicht vorausgesehen hatte: gejagt von der Polizei, ohne Helfer, ohne Geld, ohne irgendwas. Wäre er nur seinem Gefühl gefolgt. Er hatte doch gewusst, dass es keine gute Idee war, nach Christianssund zurückzukehren. Wie er diese Stadt hasste. Sie war der Inbegriff von schlechtem Karma!

Plötzlich wurde ihm klar, dass er den Wagen loswerden musste. Sicher hatten sie längst die Autonummer und konnten sich denken, dass er in die Hauptstadt fahren würde; jedenfalls sprach eine ziemlich hohe Wahrscheinlichkeit dafür. Als er durch einen Wald fuhr, folgte er einer Eingebung, bog auf einen schmalen Waldweg und fuhr so weit, bis der Wagen von der Landstraße aus nicht mehr gesehen werden konnte. Dann hielt er, öffnete die Tür und ging los. Er lief nicht auf den breiten Waldwegen, sondern benutzte die schmalen Pfade, die wahrscheinlich Wildwechsel waren. Ein paarmal strauchelte er. Erst nach einer halben Stunde stand er am Waldrand. Er konnte die Landstraße noch sehen und ging davon aus, dass in ein paar Kilometer Entfernung die Autobahn verlaufen musste. Jay setzte sich auf einen Baumstumpf. Die Oberfläche war mit schleimigem Moos bedeckt, aber er war längst über den Punkt hinaus, wo er sich Sorgen um seine Kleidung machte. Sein Hemd war übersät von großen Blutflecken, ein Hosenbein war blutig und von den Knien an mit Matsch beschmiert. Was bedeutete da schon das bisschen Moos am Hintern?

Jay begrub den Kopf in den Händen. Er versuchte nachzudenken, doch seine Gedanken flogen hin und her, ohne sich auch nur annähernd zu einer Idee zu sammeln. Wenn er wenigstens etwas zu rauchen gehabt hätte. Er untersuchte seine Hosentaschen, in denen sich nur ein Gegenstand fand. Sein Mobiltelefon. Er hatte es gerade aufgeladen. Das war immerhin etwas. Leider fiel ihm nur ein Mensch ein, den er in dieser verfahrenen Situation um Hilfe bitten konnte. Er hatte überhaupt keine Lust, sich ausgerechnet dieser Möglichkeit zu bedienen, aber es gab keinen anderen Weg. Scheiße, Scheiße, Scheiße!

MITTWOCH, 25. APRIL 2007, GEGEN 18:00 UHR

38 Verfluchter Mist! Flemming lehnte sich an die Backsteinmauer neben der Haustür und wischte seine blutigen Finger an den Hosenbeinen ab. Er sah dem Krankenwagen nach, der mit Blaulicht und Sirene das Sundværket-Gelände verließ, dann fischte er sein Handy aus der Hosentasche. Bereits nach einem Klingelton hatte er Marianne am Ohr.

»Es tut mir leid, Marianne, aber … Dan ist überfallen worden.«

»Wie schlimm ist es?«

»Er wurde mit einer abgeschlagenen Glasvase niedergeschlagen und hat eine lange Risswunde von der linken Schläfe bis zum Kinn. Vielleicht auch eine Gehirnerschütterung. Er war jedenfalls ziemlich benebelt.«

»Sein Auge …?«

»… wurde nicht getroffen, soweit ich gesehen habe.«

»War das dieser …?«

»Johannes Hansen, ja. Er ist abgehauen.«

»Was ist mit Bente?«

»Unverletzt.«

»Ist jemand bei Dan?«

»Benjamin Winther ist im Krankenwagen mitgefahren. Er hat das Ganze von der Wohnung aus gesehen, von der sie Bente überwacht haben. Wir müssen so rasch wie möglich mit ihm reden.«

»Ich komme ins Krankenhaus, so schnell ich kann.« Sie unterbrach die Verbindung, sicher froh, dass sie etwas Konkretes tun konnte.

Flemming seufzte und ging zurück ins Schlafzimmer der Wohnung, wo Pia Waage Dans Schwester im Arm hielt, die schluchzend und jammernd zu erklären versuchte, was sich abgespielt hatte.

Auf dem Weg warf er einen Blick ins Wohnzimmer, wo der Kampf stattgefunden hatte. Der helle Parkettboden war mit großen Blutlachen verschmiert, in denen gut zehn schlaffe Schnittblumen lagen. Es gab einen verwischten blutigen Fingerabdruck auf dem schneeweißen Ledersofa, und ein fächerförmiger Spritzer hatte an der Wand neben dem kleinen Sideboard einen dunkelroten Fleck hinterlassen, der wie der Flügel eines Engels aussah. Ein umgeworfener Korbstuhl hatte im Fall eine Keramiklampe mitgerissen, die groben Scherben – schwarz lasiert auf der Außenseite, mattbraun auf der Innenseite – lagen in dem Teil des Wohnzimmers verstreut, der vom Blut verschont geblieben war. Die Terrassentür stand sperrangelweit auf und auf dem von der Sonne ausgebleichten Holzboden ließ sich ein einzelner blutiger Fußabdruck erahnen.

»Bente, hör mal …«, sagte er und stellte sich an die Tür zum Schlafzimmer. »Bente?«

»Ja?« Sie wandte ihm ihr tränenüberströmtes Gesicht zu.

»Der Krankenwagen ist unterwegs in die Klinik. Dan wird es überleben.«

Sie nickte und putzte sich die Nase mit dem Papiertaschentuch, das Pia Waage ihr gegeben hatte.

»Wir werden später noch eine Menge mit dir zu bereden haben, Bente«, fuhr Flemming fort. »Ich meine, über die Falle, die ihr Johannes Hansen gestellt habt. Okay?«

»Okay.« Bente tupfte sich die Augen und richtete sich auf. »Ich weiß, es war idiotisch, was wir gemacht …«

»Ihr konntet ja nicht wissen, dass es so schiefgehen würde«, meinte Flemming. »Und glücklicherweise sind wir ja fast gleichzeitig mit dem Krankenwagen eingetroffen.«

»Ihr müsst an ihm vorbeigefahren sein.«

»Was für einen Wagen fährt er?«

»Einen kleinen, silbergrauen. Dan hat sich die Nummer notiert.«

Flemming zückte einen Notizblock. »Kannst du uns seine Bekleidung beschreiben?«

»Er trug ein weißes Hemd. Es muss eine Menge Blut darauf sein, weil er Dans Schultern angefasst hat, als er … Kurz nachdem er …« Sie zwang ihre Stimme zur Ruhe, um ihre Personenbeschreibung zu beenden. »Schwarze Jeans. Und schwarze Lederschuhe. Sie sahen ganz neu aus. Dunkles, kurz geschnittenes Haar, dunkelgraue Augen, randlose Brille.«

»Danke.« Er hob den Blick. »Keine Jacke?«

»Doch, aber die … die muss noch im Wohnzimmer liegen.«

Flemming warf einen Blick in den chaotischen Raum, während er die Fahndung an den Wachhabenden durchgab. An einem Stuhl des Esstischs hing tatsächlich ein helles Sommersakko. Flemming hatte große Lust, es zu untersuchen, aber er beherrschte sich. Wenn die Kollegen von der Kriminaltechnischen Abteilung auftauchten, musste er einen von ihnen um Hilfe bitten. Es könnte ja sein, dass es eine Brieftasche gab. Plötzlich fiel ihm das Hotelzimmer ein. Ob Frank Janssen inzwischen dort war? Flemming hatte den Kriminalassistenten gebeten, die Durchsuchung vorzubereiten, aber dafür benötigten sie einen Durchsuchungsbeschluss. Und es war immer wieder ernüchternd, wie lange so etwas dauern konnte, besonders wenn es schnell gehen musste. Flemming wählte Janssens Nummer. »Und?«

»Wir haben Erik Käsfeldt verhaftet. Er befand sich in einer Sitzung, wir waren kaum in der Tür aufgetaucht, da stand er schon ohne ein Wort auf und folgte uns. Als hätte er nur auf uns gewartet.«

»Das hat er vermutlich tatsächlich.«

»Er sitzt jetzt in der Zelle. Du willst ihn selbst verhören, oder?«

»Ja.« Ein Anflug von Erleichterung durchfuhr ihn, weil er sich nun nicht mit Vorgesetzten und Kollegen herumstreiten musste, warum Dan Sommerdahl unbedingt an den Verhören teilnehmen sollte, doch der Gedanke verschwand ebenso schnell wieder, wie er aufgetaucht war. Er schämte sich. Wie konnte er so etwas denken, wenn die Lösung seines Problems darin bestand, dass Dan auf dem Weg ins Krankenhaus war.

Frank redete noch immer. »Er will nicht einmal einen Anwalt. Ich glaube, er ist bereit, sämtliche Fragen, die wir ihm stellen, zu beantworten – und vielleicht noch ein bisschen mehr.«

»Klingt gut. Was ist mit dem richterlichen Beschluss?«

»Ich habe ihn gerade abgeholt und bin mit den Technikern auf dem Weg ins Hotel.«

»Ich treffe dich dort.«

»Was ist mit dem anderen? Haben wir ihn?«

»Nein, das kann man wirklich nicht behaupten. Er hat Dan Sommerdahl vor einer Dreiviertelstunde überfallen und ist dann getürmt. Ich habe die Fahndung gerade herausgegeben.«

»Hat dieser glatzköpfige Clown etwa selbst versucht, ihn zu verhaften?«

»Etwas in der Art. Ich erklär dir alles, wenn wir uns sehen. Waage bleibt hier.«

Als Flemming die Wohnung verlassen wollte, trafen zwei Mitarbeiter der Kriminaltechnischen Abteilung ein. Flemming überredete einen von ihnen, ihm für einen Moment Johannes Hansens Sakko zu überlassen. Er durchsuchte rasch die Taschen: eine halbe Packung Stimorol mit Lakritzgeschmack, ein Feuerzeug, ein Kugelschreiber mit dem Logo des Hotels Marina, mehr nicht. Kein Handy, keine Brieftasche. Johannes Hansen musste beides bei sich haben. Verfluchter Mist. Flemming warf einen Blick auf die Techniker, die in weißer Schutzkleidung, Haarnetz und Gummihandschuhen das Wohnzimmer nach Spuren durchkämmten. Einer der beiden hob den Kopf, sie bekamen Blickkontakt. Flemming grüßte mit zwei Fingern und ging zu seinem Wagen.

Auf dem Weg ins Hotel rief er im Krankenhaus von Christianssund an, niemand konnte ihm etwas Neues über Dan Sommerdahls Zustand sagen. Er versuchte es auch bei Benjamin, aber sogar der Anrufbeantworter war abgestellt. Die letzte Chance war Mariannes Handy, sie ging sofort ran.

»Hej, Flemming«, sagte sie. Sie klang völlig normal. »Ich sitze im Auto.«

»Hoffentlich mit einem Headset?«

»Ja, sicher. Ich bin doch kein Idiot.«

»Und?«

»Sie operieren ihn gerade. Nach der Beschreibung des ersten Assistenzarztes kann es länger dauern. Es ist eine tiefe Wunde, in der viele winzige Sehnen und Muskeln zerschnitten wurden.«

»Mist, verdammter.«

»Er hat eine Vollnarkose bekommen.«

»Gut. Hast du schon mit Benjamin gesprochen?«

»Nein. Aber der Chirurg sagte, er säße starr vor Schreck im Wartezimmer. Ich werde mich gleich um ihn kümmern. Es kann nicht sonderlich angenehm sein, solch einen Überfall mit ansehen zu müssen, ohne irgendwie eingreifen und helfen zu können.«

»Hast du den Kindern etwas gesagt?«

»Oh, das müsste ich wohl … Nein, ich warte, bis Dan in der Lage ist, selbst mit ihnen zu reden. Dann hören sie gleich, dass er okay ist.«

»Und wie geht es dir, Marianne?«

»Mir? Na ja, solange ich mich zum Weitermachen zwinge … Dans Mutter passt auf Rumpel auf.«

Flemming musste ein paar Sekunden überlegen, bis ihm einfiel, worüber Marianne redete. Der Hund. Natürlich. Er gab ihr noch einige mitfühlende Worte mit auf den Weg, dann beendeten sie das Gespräch.

Frank Janssen wartete in der Lobby.

»Hast du eine Schlüsselkarte?«, erkundigte sich Flemming.

»Na klar«, lächelte Janssen. »Die Techniker haben bereits angefangen, wir können uns in der Wartezeit noch einen Drink genehmigen.«

Wenige Minuten später standen zwei Gläser Bier vor ihnen, und Flemming schüttelte eine Zigarette aus der Packung.

»Ja, genieß es, solange du's noch kannst«, sagte Frank und wedelte sich den Rauch aus dem Gesicht.

»Am 1. August ist Schluss! Dann höre ich auf.«

»Wie vernünftig!«

»Nein, nicht mit dem Rauchen. Ich höre auf auszugehen. Wenn das Rauchverbot in Kraft tritt, bleibe ich zu Hause und rauche meine Zigaretten in Ruhe zu Hause.«

»Und gehst du dann auch nicht mehr zur Arbeit?«

»Es ist doch nicht verboten, in seinem eigenen Büro zu rauchen?«

Frank nickte mit einem breiten Lächeln. »Von August an musst du jedes Mal, wenn du rauchen willst, raus auf den Marktplatz.«

»Eigentlich hab ich's ja gewusst. Es ist mir nur gerade gelungen, es erfolgreich zu verdrängen.«

»Tut mir leid.«

Flemming betrachtete ihn mit gerunzelter Stirn. »Themawechsel«, sagte er dann. »Ich bekomme jedes Mal schlechte Laune, wenn ich daran denke. Hast du das Zimmer gesehen?«

»Ich habe nur kurz den Kopf reingesteckt, um die Arbeit der Techniker nicht zu stören.« Er trank einen Schluck Bier. »Ein Einzelzimmer, sauber und ordentlich. Seine Sachen liegen im Schrank und in den Schubladen, keinerlei Unordnung.«

»Könnte das nicht das Zimmermädchen gewesen sein?«

Frank schüttelte den Kopf. »Ich habe mit dem Mädchen gesprochen, das für 0309 verantwortlich ist. Sie sagt, es hätte immer so ausgesehen. Er macht sogar das Bett, wenn er morgens das Zimmer verlässt.«

»Das mache ich auch.«

»Auch wenn du im Hotel wohnst? Ich jedenfalls nicht.«

»Hat sie sonst noch etwas gesagt?«

»Ja, sie findet fast jeden Tag die Reste von ein paar Joints im Aschenbecher oder im Papierkorb.«

»Ach ja?«

»Dafür trinkt er nur äußerst begrenzt, und normale Zigaretten raucht er offensichtlich nicht.«

»Langweiliger Bursche!« Flemming drückte seine Kippe aus und lächelte. »Hast du ihre Handynummer?«

»Ja, sie hat sie mir aufgeschrieben. Hier ist sie.« Er zog einen Zettel aus der Hosentasche. »Erzählst du mir noch, was mit Dan Sommerdahl passiert ist?«

Flemming sank zurück in den Sessel und seufzte. »Ich habe noch nicht mit ihm gesprochen, ich weiß nicht, was ihn dazu bewogen hat, in die Wohnung zu gehen, aber …« Er erklärte so kurz wie möglich, wie die beiden Fälle zusammenhingen und wie entschieden Dan darauf bestanden hatte, bis zum Schluss beteiligt zu sein. »Er hat wirklich ein gutes Stück Arbeit geleistet«, schloss er. »Leider kennt er seine Grenzen nicht. Du hast recht, Janssen, er ist ein Clown! Ich würde toben, wenn ich mir nicht so viele Sorgen um ihn machen müsste.« Er stand auf. »Na, jetzt dürften sie langsam fertig sein. Gehen wir nach oben?«

Sie stiegen die Treppe hinauf in die 3. Etage, in der die technischen Untersuchungen tatsächlich beendet waren. Flemming öffnete den Garderobenschrank und warf einen einzigen Blick auf den eingemauerten Safe. »Kannst du jemanden besorgen, der den Safe öffnet?«

»Soweit ich es sehe, ist es einer, bei dem man sich selbst einen Code für das Schloss aussuchen kann«, erwiderte Frank.

»Das vermute ich auch.«

»Dann werden sie ihn nicht so einfach öffnen können. Ich rede mit der Rezeption. Sie müssen ja wissen, was man in einer solchen Situation unternimmt.«

Flemming ging systematisch zu Werk. Er untersuchte sämtliche Taschen der Kleidung, fand aber nichts als ein Päckchen Kaugummi und eine verschmutzte Zehnerkarte für den Bus. Er steckte sie ein. Die Daten der verschiedenen Busfahrten ließen sich häufig vor Gericht verwenden. Er überprüfte die Schuhe, einen nach dem anderen. Nichts. In den Schubladen ging er die Unterwäsche durch, faltete Socken auseinander und legte sie wieder zusammen, hob T-Shirts an. Nichts. Am Boden des Schranks stand ein schwarzer Samsonite-Koffer. Darin lag Johannes Hansens Waschzeug. Er kippte es auf den Boden und kontrollierte das Futter des Koffers auf Innentaschen. Nichts.

Flemming schloss den Schrank und durchsuchte die beiden Nachttische. Im rechten lag eine Hotelbibel mit einem zusammengefalteten Stück Papier als Lesezeichen. Er faltete es auseinander. Ein Computerausdruck mit persönlichen Informationen über Bente Petri. Adresse, Geburtstag, Bankverbindung, Arbeitsplatz. Das heißt, Johannes liest die Bibel, dachte Flemming. Aus irgendeinem Grund überraschte es ihn. Er schlug die Bibel an der markierten Stelle auf und überflog ein paar Zeilen, die Stelle kannte er aus dem Konfirmationsunterricht – das einzige Mal in seinem Leben, an dem er zur Bibellektüre gezwungen war. Johannes hatte offenbar im Matthäus-Evangelium gelesen, Kapitel 26. Judas küsst Jesus, damit die Soldaten des Oberpriesters den Sohn Gottes vor der Kreuzigung identifizieren und verhaften können. Gemütliche Nachtlektüre, dachte Flemming und klappte das kleine kompakte Buch zu. Er steckte es zusammen mit dem Lesezeichen in einen Plastikbeutel. Vielleicht bedeutet ein Ausstoß aus der Gemeinde nicht notwendigerweise, dass man seinen Glauben verliert? Dieser Gedanke wirkte sonderbar tröstlich auf Flemming, obwohl er selbst überhaupt nicht religiös war.

Ganz hinten in der Schublade lag ein weißer gepolsterter Umschlag mit einem kleinen Lager fertig gerollter Joints, vierundzwanzig Stück, um genau zu sein. Und in der unteren Schublade des Nachttischs fand er ein Ladekabel für ein Nokia-Handy sowie zwei fast neue Pornohefte. Flemming blätterte sie rasch durch und stellte fest, dass der Besitzer der Hefte ein ganz normaler Heterosexueller ohne sonderbare Vorlieben sein musste. Unter den Heften lag ein Stapel Quittungen von Restaurants, Bekleidungsgeschäften und einem Autoverleih. Alles kam in Plastikbeutel und wurde zur Seite gelegt. Auf dem Tisch lag *Sakrileg* in einer abgegriffenen Taschenbuchausgabe. Entweder hatte Johannes das Buch gebraucht gekauft oder es mehr als einmal gelesen. Das Lesezeichen bestand aus einem Zeitungsausschnitt: die Besprechung eines neuen japanischen Restaurants. Bewertet mit vier Kochmützen. Ab in einen Beutel.

Frank Janssen kam mit einer uniformierten Rezeptionistin, der es offensichtlich überhaupt nicht gefiel, sich am Safe eines Gastes zu vergreifen, ob er gesucht wurde oder nicht. Sie presste die Lippen zu einem missbilligenden Strich zusammen, als sie mithilfe eines besonderen Schlüssels den Code außer Kraft setzte und den Safe öffnete. Demonstrativ vermied sie es, auf den Inhalt zu schauen; sie nickte den beiden Polizisten lediglich zu und verschwand sofort wieder.

»Na, deinem Charme ist sie bestimmt nicht verfallen, was?« Flemming stellte sich neben Frank. »Und was haben wir hier?«

Der Inhalt des Safes war interessant. Etwas über zweihunderttausend Kronen in bar, ein nagelneuer dänischer Pass sowie zwei wiederverschließbare Beutel: einer mit weißen, der andere mit blauen Tabletten. »Viagra und Morphium, würde ich sagen«, erklärte Flemming und hielt die Beutel hoch. »Aber das finden wir schnell heraus.« Er schlug den auf Jonas Henriksen ausgestellten Pass auf, der mit einem Langzeitvisum für Indien versehen war, das fünf Jahre Gültigkeit hatte.

Flemming trat an das letzte Aufbewahrungsmöbel in dem einfach eingerichteten Zimmer. Auf dem Schreibtisch stand ein superflaches Notebook mit einem schwarzen Kabel. Weder Flemming noch Janssen unternahmen den Versuch, den Computer hochzufahren, der aller Wahrscheinlichkeit nach mit einem Passwort gesichert war. Dafür gab es Fachleute, und glücklicherweise verfügte die Polizei über die besten von ihnen.

MITTWOCH, 25. APRIL 2007, ABENDS

39 Sein Kopf war voller Wolle. Nasser Wolle. Sie verstopfte seine Ohren, sämtliche Geräusche von außen wurden erstickt; sie ließ seine Gedanken langsam und träge fließen; sie füllte seinen Mund mit Fasern, die zu einer immer größer werdenden, grauen Grütze anschwollen und … Ein heftiger Brechreiz übermannte ihn plötzlich. Dan hustete halb erstickt, bis eine kühle Hand sich an seine Wange legte und ihn beruhigte. Er sank zurück ins Bett. Irgendjemand da draußen sagte etwas. Vielleicht war es das Wesen mit der kühlen Hand. Die Wolle hinderte ihn daran, die einzelnen Worte zu unterscheiden, er war nicht einmal sicher, ob es sich um einen Mann oder eine Frau handelte. Er selbst versuchte etwas zu sagen, aber es blieb bei einer Reihe von Zuckungen um den Mund. Versuchsweise öffnete er die Augen einen Spalt, ein grelles Licht fuhr ihm direkt ins Gehirn. Schnell schloss er sie wieder und stöhnte leise, als er zurück in seine wollene Dunkelheit sank.

»Dan?« Jetzt verbanden sich die Geräusche zu seinem Namen. »Bist du wach, Dan?« Es klang wie eine Frau. Er konnte die Arme nicht bewegen und fühlte sich unendlich schwer. Vielleicht war ja auch im restlichen Körper Wolle? »Dan?«

Wieder öffnete er die schmalen Schlitze, und diesmal ging es sehr viel besser. Jemand hatte das Licht im Raum gedämpft, er konnte eine weiche, dunkle Silhouette vor einem nebligen Hintergrund erkennen.

»Ich glaube, er kommt zu sich«, sagte die Stimme. Es war ganz eindeutig eine Frau. Eine neue Gestalt tauchte neben der ersten auf. »Dan?«, sagte die Frauenstimme erneut.

Wieder versuchte er, etwas zu sagen; es gelang ihm, irgendetwas Zustimmendes zu brummen. Ja, er war Dan, und ja, er war wach. Die Wolle in seinem Kopf war nicht mehr ganz so undurchdringlich. Er räusperte sich. »Ma…anne?«, brachte er heraus.

»Das bin ich.« Die erste Gestalt beugte sich über ihn, die kühle Hand war wieder da. Also hatte er ihre Hand, Mariannes Hand, gespürt. Er versuchte zu lächeln.

»Möchten Sie ein bisschen Wasser?« Das war die andere. Auch eine Frau, konnte er jetzt sehen und hören. Sie trug weiße Kleidung. Eine starke Hand legte sich in seinen Nacken und stützte ihn, als ein Plastikbecher an seine Lippen gehalten wurde. »Sie dürfen nicht zu viel trinken. Nur den Mund benetzen«, sagte die Frau.

Dan trank dankbar. Die kühle Flüssigkeit verscheuchte noch eine Portion Wolle, er spürte seine Zunge, die Wange, den Gaumen. »Danke«, sagte er, als der Becher entfernt wurde und sein Kopf wieder auf dem Kissen lag. Er schloss einen Moment die Augen, und als er sie erneut öffnete, bemerkte er, dass die Frau in Weiß gegangen war. Marianne weinte. »Ist es so schlimm?«, fragte er.

Sie schüttelte den Kopf und schluchzte. »Ich bin nur so froh, dass nicht noch mehr passiert ist«, sagte sie. »Du hattest ein Scheißglück, Dan.«

»Bin ich genäht worden?« Dan hob die Hand und befühlte vorsichtig die Bandage, die seine linke Wange bedeckte.

»Vierunddreißig Stiche.«

»Hah!« Ein absurdes Gefühl von Triumph erfüllte ihn. Da können die anderen Jungs nicht mithalten, ging ihm durch den

Kopf, bevor ihm einfiel, dass kaum jemand Lust hätte, mit ihm zu konkurrieren.

»Sie hatten dich über zwei Stunden auf dem Operationstisch, Dan. Deshalb hat es so lange gedauert, bis du aufgewacht bist.«

»Wird es hässlich aussehen?«

Marianne sah ihn an. »Ganz verschwinden wird es nie«, erwiderte sie. »Aber du wurdest von einem supertüchtigen plastischen Chirurgen zusammengeflickt, es gibt gute Chancen, dass es einigermaßen ansehnlich wird.«

»Kann ich nach Hause?«

Ihr Lachen war Antwort genug. »Du hast außerdem eine solide Gehirnerschütterung, Dan. Vorläufig gehst du nirgendwohin.«

»Hast du mit den Kindern gesprochen?«

»Laura kommt dich morgen besuchen. Ich habe ihr gesagt, dass du heute Abend schlafen musst. Außerdem soll ich dich herzlich von Rasmus grüßen.«

»Ist er wieder in Dänemark?«

»Ja. Aber er kann frühestens am Samstag kommen. Er ist mitten im Schnitt seines neuen Kurzfilms.«

»Und meine Mutter?«

»Von ihr soll ich dich ebenfalls grüßen. Sie kümmert sich um Rumpel.«

Dan spürte plötzlich, wie die Erschöpfung ihn übermannte. Er schloss die Augen, er hatte das Gefühl, nur für einen Moment. Als er sie wieder öffnete, war er allein im Zimmer, das Licht war gelöscht. Er musste pinkeln. Durfte er selbst zur Toilette gehen oder musste er eine Schwester rufen? Ein paar Minuten grübelte er über dieses Problem nach, bevor er sich entschloss, es auf eine Probe ankommen zu lassen. Wenn er auf den Beinen stehen könnte, würde er auch die paar Meter gehen können. Er drehte sich auf die linke Seite, stützte sich mit der rechten Hand auf die Matratze und drückte sich langsam in eine sitzende Position. Der ganze Raum drehte sich. Er blieb einen Moment sitzen, und als das Schwindelgefühl nachließ, trat er vorsichtig auf den grauen Linoleumboden. Erst als er aufrecht stand, spürte er das unangenehme Ziehen eines Plastikschlauchs, der mit Klebeband an seiner linken Hand befestigt war. Er ließ den Blick gleiten und sah einen Beutel mit dem Rest einer klaren Flüssigkeit, der an einem Stativ hing. Dan setzte sich wieder und zog an der Schnur, um Hilfe zu holen.

Die weiß gekleidete Dame (oder war es eine andere?) tauchte nach wenigen Sekunden auf.

»Na, sind Sie wach?«, fragte sie lächelnd.

»Wie spät ist es?«

»Kurz nach ein Uhr nachts. Sie haben fast fünf Stunden geschlafen.« Während sie redete, legte sie ihn hin; als sei er ein Kind, das aus einem Albtraum erwacht ist. Sie stopfte sogar die Bettdecke um ihn fest. Dan widersetzte sich nicht. Gegen seinen Willen genoss er ihre freundliche, effektive Fürsorge.

»Darf ich selbst auf die Toilette gehen?«

»Damit warten Sie besser bis morgen. Wollen Sie ein Becken? Oder schaffen Sie es mit einer Flasche?«

»Die Flasche, bitte.«

Hinterher gab sie ihm ein paar Schmerztabletten und ein Glas kaltes Wasser mit Eiswürfeln. »Haben Sie Hunger?«

Zu seiner Verblüffung spürte Dan, dass er tatsächlich hungrig war. Zehn Minuten später hatte sie ein Tablett mit etwas herbeigezaubert, das man mit gutem Willen eine Mahlzeit nennen konnte. Vier halbe Scheiben Brot, beschmiert mit einer Substanz, die Margarine ähnelte, und belegt mit diversem Aufschnitt. Dazu ein durchsichtiger Plastikbecher mit Gurkenstückchen und ein Dessertteller mit einer Zimtschnecke. »Die ist von mir«, sagte die

Krankenschwester. »Ich dachte, Sie mögen nach alldem vielleicht etwas Süßes.«

Dan bedankte sich und begann zu essen. Als er fast fertig war, stand sie wieder neben ihm – diesmal mit einer Tasse Kaffee.

»Ein Polizist war heute Abend hier, um nach Ihnen zu sehen«, erzählte sie, als Dan in die brühend heiße Flüssigkeit pustete.

»Flemming Torp?«

Sie zeigte auf einen großen Blumenstrauß. »Der ist von ihm. Es gibt eine Karte.« Sie nahm einen kleinen Umschlag vom Nachttisch. »Soll ich sie Ihnen vorlesen?«

»Ja, danke.« Vorsichtig trank er einen Schluck Kaffee.

Die Schwester zog eine kleine Karte aus dem Umschlag und las: »Lieber Dan, wir haben Käsfeldt, aber J. H. ist noch immer auf freiem Fuß. Hoffe, du wirst bald gesund, damit ich dir ordentlich den Hintern versohlen kann, du Schwachkopf! LGF«

Sie ließ die Hand mit der Karte sinken. »Was meint er damit?«

Dan lächelte. »Das ist eine längere Geschichte.«

»Aha.« Sie legte die Karte wieder auf den Nachttisch.

»Wie lange muss ich das ertragen?« Dan hob die linke Hand, an der die Kanüle für den Tropf schmerzte.

»Ich kann ihn jetzt abnehmen«, sagte die Krankenschwester. Mit routinierten Bewegungen erledigte sie, was zu tun war. »Versuchen Sie jetzt, sich etwas auszuruhen, Dan.« Sie nahm das Tablett und ging.

Dan ließ den Kopf auf das weiche Kissen zurückfallen. Es roch sauber, beinahe aseptisch. Genauso wie alle anderen Krankenhauskopfkissen, an denen Dan im Laufe seines Lebens gerochen hatte: als man ihm als Zehnjährigem die Mandeln herausgenommen hatte; als erst Rasmus, dann Laura geboren wurde; als Dans Vater, nach einem langen Leben ohne kaum je einmal einen einzigen Tag krank gewesen zu sein, an einem bösartigen Tumor operiert wurde. Womit wuschen die ihr Bettzeug? Vielleicht gab es ein spezielles Spülmittel, das nur von Krankenhäusern benutzt wurde. Ein Duft, der Ruhe, Regelmäßigkeit und Reinlichkeit signalisieren sollte – die Grundlagen der Geborgenheit, die ein Krankenhaus zu vermitteln hatte.

Er löschte die Nachttischlampe und schlief wieder ein.

NACHT AUF DONNERSTAG, 26. APRIL 2007

40 Das Taxi schoss mit eingeschaltetem Fernlicht über die Autobahn. Es gab keinen Gegenverkehr, auf den Rücksicht genommen werden musste, denn um diese Uhrzeit in der Nacht war die Christianssund-Autobahn so gut wie verwaist. Im Autoradio lief ein Sender, der unablässig irgendwelchen Schmuse-Pop brachte; wenn der Fahrer eine Nummer kannte, summte er den Refrain mit. An dem Rastplatz fünf Kilometer vor Christianssund blinkte er. Er ließ den großen Wagen vor der Toilettenanlage ausrollen und hielt, ohne den Motor abzustellen. Ein paar Straßenlaternen beleuchteten den Platz notdürftig, am Rand herrschte tiefe Dunkelheit, kein Mensch war zu sehen. Der Fahrer ließ das Fenster auf seiner Seite herunter und rief ein gedämpftes »Hallo?«. Er wartete ein paar Sekunden und pfiff dann, als würde er einen Hund rufen. Endlich bewegte sich etwas. Ein großer Mann mit kurzen Haaren kam aus dem Schatten hinter der Toilette. Er hielt eine Hand in die Luft, schirmte die Augen vor dem kräftigen Licht ab und kam zögernd näher. Als er ins Scheinwerferlicht des Taxis trat, sah man seine schäbige Erscheinung: blass und erschöpft in zerrissenen Sachen, die vor getrocknetem Blut, Grasflecken und Dreck starrten. Seine Schuhe würden als Schuhe nicht mehr zu gebrauchen sein. »Hast du mit Avasthi gesprochen?«, rief der Fahrer, mit einem Mal besorgt, dass der falsche Mann seinen Rücksitz versauen könnte.

»Ja«, antwortete der Bursche und stieg ein. »Gut, dass du den Platz gefunden hast!«

Der Fahrer betrachtete ihn im Rückspiegel. »Kein Problem«, sagte er, ohne das Lächeln zu erwidern. Er wusste nicht, wer der Kerl war, was mit ihm passiert war und warum er hier abgeholt werden musste. Radjendra Avasthi hatte die Fahrt bestellt, das genügte ihm als Information.

Der Bursche zitterte vor Kälte. »Hast du eine Decke?«, fragte er.

Der Fahrer schüttelte den Kopf und drehte die Heizung auf. Sie fuhren auf die Autobahn, niemand sagte ein Wort. An der Abfahrt Christianssund verließen sie die Autobahn, fuhren nach links auf die Landstraße und bogen auf die Auffahrtsspur, die zurück nach Kopenhagen führte. Als er wieder auf der Autobahn war, warf er einen Blick in den Rückspiegel. Der Kerl schlief. Auch gut. Dann musste er nicht mit ihm reden. Der Fahrer drehte das Radio etwas lauter und beschleunigte.

*

Jay erwachte, als der Wagen in eine Straße mit Reihenhäusern einbog, die er nicht kannte. »Wo sind wir?«

»Auf Amager«, sagte der Fahrer, ohne ihn anzusehen.

»Wohin fahren wir?«

»In eine Kleingartenkolonie.«

»Wir fahren nicht in die Abel Cathrinesgade?«

»Das ist zu gefährlich. Avasthi hat einen besseren Platz für dich gefunden.«

Der Fahrer fuhr den Wagen durch ein Tor, in der Dunkelheit sah die Kleingartenanlage ganz gewöhnlich aus – und doch wieder nicht. Winzige, rot gestrichene Häuschen mit weißen Fensterrahmen standen ordentlich aufgereiht nebeneinander, dazwischen große offene Flächen. Sie sahen aus wie Spielhäuser, und es wirkte nicht so privat wie in gewöhnlichen Kleingartenanlagen, wo Hecken, Pforten und Namensschilder das Eigentumsrecht jeder einzelnen Parzelle markierten. Der Wagen rollte langsam die schmalen Wege entlang, bis er schließlich vor einem der Häuschen hielt. Der Fahrer wies mit dem Kopf auf das Haus, das ebenso dunkel und tot aussah wie die anderen. »Er ist da drin«, sagte er.

Jay stieg aus dem Auto. »Kommst du nicht mit?«

»Ich arbeite«, erwiderte der Fahrer und entblößte die Zähne zu einem ersten Lächeln auf dieser Fahrt. Dann fuhr er, und Jay stand allein auf dem seltsam kargen Gelände. Er schüttelte sich.

Die Tür des verdunkelten Hauses ging auf. Die Herzlichkeit, mit der Radjendra Avasthi ihn bei früheren Gelegenheiten begrüßt hatte, war verschwunden. Geblieben war eine distanzierte Höflichkeit. Er gab ihm die Hand, führte ihn durch das mikroskopisch kleine Haus, klopfte mit der Hand auf den gefüllten Kühlschrank, die Elektroheizung, das Trockenklosett und die schmale Matratze mit einem Schlafsack. Dann setzte er sich in einen Campingstuhl, während einer seiner unzähligen Freunde oder Verwandten ein neues Passfoto von Jay knipste – diesmal ohne Brille und mit Seitenscheitel – und in der Nacht verschwand.

»Tausend Dank, Avasthi«, sagte Jay. Er saß zusammengekrümmt auf dem Bett und hatte sich den Schlafsack um die Schultern gelegt. »Das werde ich dir nie vergessen.«

»Spar dir deinen Dank für Sanjay auf. Wenn es nicht wegen ihm wäre, hätte ich dir nie geholfen. Wie konntest du so unvorsichtig sein?«

Jay zuckte die Achseln. Er war erschöpft von dem vollen Tag und sah sich nicht in der Lage, dem einflussreichen Inder jetzt Bericht zu erstatten. »Ich muss dich leider um noch einen Gefallen bitten«, sagte er nur.

»Ja?«

»Mein gesamtes Bargeld liegt im Hotel.« Jay räusperte sich. »Ich muss dich bitten, auch mein Ticket vorzustrecken.«

»Du hast dein ganzes Geld an denselben Ort wie deinen Pass gelegt?« Radjendra Avasthi schüttelte langsam den Kopf. Seine Augen wirkten in der schwachen Beleuchtung schwarz. »Du schickst mir einfach das Geld, wenn du in Goa angekommen bist«, sagte er dann. »Ich schicke morgen früh einen Mann mit ein paar Sachen zum Anziehen. Du siehst zum Fürchten aus.«

»Danke.«

»Wir geben dir diesmal einen englischen Pass. Du heißt Andrew Cutter; so fliegst du wenigstens nicht wegen deiner merkwürdigen Angewohnheit mit den Anfangsbuchstaben auf.«

»Danke.«

»Den Pass und das Ticket bekommst du in drei, vier Tagen. So schnell es eben geht, wir beeilen uns.«

»Denk an das Visum.«

Radjendra Avasthi würdigte diesen Hinweis nicht mit einer Antwort. »Du musst die dänischen Flughäfen meiden. Auch Malmö ist zu riskant. Soll ich einen Privatflug für den ersten Teil der Reise chartern? Wir könnten dich zum Beispiel erst einmal nach Polen bringen, und von dort weiter zu einem internationalen Flughafen mit guten Verbindungen nach Goa. Vielleicht Moskau?«

»Klingt gut. Danke.«

Radjendra Avasthi erhob sich und streckte seinen kurzen, kompakten Körper, wobei er lautstark gähnte. »Wir werden uns nicht mehr wiedersehen, Jay.« Er streckte die Hand aus. »Geh nicht aus dem Haus, während du wartest. Bleib hier drin und lass die Gardinen den Tag über vorgezogen. Schalt kein Licht ein. Du könntest große Probleme bekommen, wenn auch nur einer der Nachbarn dich sieht.« Er beugte sich vor und senkte die Stimme, als würde er Jay ein besonderes Geheimnis anvertrauen: »In Wahrheit hast du natürlich bereits große Probleme. Nach dir wurde gestern Abend in den Nachrichten gefahndet. Mit Foto und einer Personenbeschreibung. Sie haben das Bild deines neuesten Passes verwendet. Du hättest also unter allen Umständen einen neuen gebraucht, falls dir das ein Trost ist.« Er richtete sich auf.

»Welchen Namen haben sie genannt?«

»Beide. Johannes Hansen und Jonas Henriksen.«

»Hm.«

Avasthi knöpfte seine Jacke zu. »Wenn ich du wäre, würde ich von nun an in Indien bleiben. Dänemark ist zu gefährlich für dich.« Er trat vor die Tür und blieb einen Moment stehen, während seine Augen sich an die Dunkelheit gewöhnten. »Und Jay …«, sagte er und drehte sich um.

Jay kam ein wenig näher. »Ja?«

»You owe me big time!«

Jay sah dem Mann nach, als er zwischen den Reihen der Spielzeughäuser in der Dunkelheit verschwand. Nach einigen Minuten wurde ein paar Hundert Meter entfernt vor dem eingezäunten Gelände ein Automotor angelassen; ein schwaches Licht beleuchtete die eben aufgeblühten Bäume. Das Licht bewegte sich langsam westwärts, das Motorengeräusch wurde leiser und leiser. Schließlich war es verschwunden. Jay schloss die Tür.

41 Als Dan am nächsten Morgen erwachte, ging es ihm sowohl besser als auch schlechter. Schlechter, weil die schmerzlindernden Medikamente aufgehört hatten zu wirken und die Schmerzen der tiefen Wunde nun ungehindert in ihm wüteten. Besser ging es ihm, weil die Wolle in seinem Kopf vollständig verschwunden war. Er zog an der Schnur über seinem Bett, um Hilfe herbeizurufen. Eine Krankenschwester im mittleren Alter, die Spitzen ihres kurz geschnittenen Haars gebleicht, stand einen Augenblick später in der Tür, den Oberkörper schräg vorgebeugt. »Ja?« Sie hatte ein Tablett in der Hand und sah beschäftigt aus.

»Darf ich selbst auf die Toilette gehen?«

»Ich frag mal.« Und weg war sie.

Es verging beinahe eine halbe Stunde, bis eine andere weiß bekittelte Dame erschien. Sie war Mitte dreißig und sah indisch oder pakistanisch aus, das dunkle Haar war in der Mitte gescheitelt und im Nacken zu einem dicken Knoten gebunden. »Guten Morgen«, sagte sie und griff nach Dans Handgelenk. Sie schaute auf ihre Uhr, während sie die Pulsschläge zählte. Dans Augen hingen an ihren sorgfältig polierten, ovalen Fingernägeln mit der hübschen hellbraunen Haut. »Schön«, sagte sie nach exakt fünfzehn Sekunden und ließ sein Handgelenk los. »Und wie geht es Ihnen heute Morgen?«

»Ich hätte gern eine Schmerztablette. Und ich muss ganz dringend aufs Klo!«

»Ich hole ein Becken.«

»Darf ich nicht selbst gehen?«

Sie hielt mitten in der Bewegung inne und zog die Brauen über den dunkelbraunen Mandelaugen zusammen. »Da muss ich erst fragen …«

»Egal.« Dan wedelte irritiert mit der Hand. »Ich kann's nicht mehr halten.« Redeten die hier nicht miteinander? Das war ja schlimmer, als bei der Gemeindeverwaltung ein zuständiges Büro zu finden.

Eine Stunde später hatte er den Krankenschwestern vergeben. Die Tabletten begannen zu wirken, die Blase war leer, und der Magen füllte sich mit einem den Umständen entsprechend ausgezeichneten Frühstück. Dan lehnte sich in das Kissen zurück und schob den Nachttisch mit der kleinen ausklappbaren Tischplatte zur Seite. Etwas zerstreut öffnete er die Schublade des Nachttischs und fand all die Dinge, die er in den Taschen gehabt hatte, als er eingeliefert wurde. Er sah routinemäßig seine Brieftasche durch. Es war alles, wo es hingehörte. Seine Schlüssel und ein kleiner Haufen angeschmuddelter Visitenkarten lagen ebenfalls da. Eine Schachtel Halspastillen, ein bisschen Kleingeld. Sein Taschenkalender, das Handy.

Und was war das? Dan zog die Schublade ein Stück weiter auf und entdeckte, dass ganz hinten eine neue, schwarze Lederbrieftasche von der langen, schmalen Sorte lag, die er selbst nie benutzen würde. Sie muss dem Patienten gehören, der vor mir hier gelegen hat, dachte er und wollte sich schon über den Reinigungsdienst des Krankenhauses aufregen, als plötzlich ein Bild über seine Netzhaut flackerte: seine eigene Hand an einem fremden hellen Jackett … die Hand auf dem Weg in die Innentasche … Daumen und Zeigefinger zum Pinzettengriff zusammengelegt … Verdammt! Er hatte die Brieftasche gestohlen! Wie konnte er das vergessen haben? Vielleicht war sein Gehirn ein wenig zu effektiv gewesen, als es mit Hochdruck daran arbeitete, den Überfall zu verdrängen. Vielleicht hatte es auch schlichtweg einige Minuten von der Festplatte gelöscht. Gut, jedenfalls war es Glück im Unglück, dass er in seinen letzten unverletzten Momenten zum Dieb geworden war. Vielleicht konnte er Flemming und die übrigen Polizeikräfte wieder für sich gewinnen, wenn er ihnen dieses wichtige Beweismaterial übergab. Er hatte durchaus das Gefühl, dass der Text auf der Blumenkarte verhältnismäßig ernst gemeint war. Flemming musste toben. Nicht, dass Dan es ihm hätte verdenken können … Der Mann hatte schließlich recht, Dan hatte sämtliche Vereinbarungen gebrochen und sich wie ein Idiot benommen.

Aber die Brieftasche ist ein gutes Versöhnungsgeschenk, dachte er. Genau das, was die Ermittlungsgruppe jetzt brauchte. Und um seine guten Absichten zu zeigen, würde er Flemming den Vortritt lassen, es zu untersuchen. Genau! Dan würde nicht einmal heimlich hineinsehen. Er griff nach dem Telefon, um Flemming sofort zu informieren. Er spürte bereits den Glorienschein funkeln, als die Neugierde doch überwog. Es konnte nicht schaden, den Inhalt kurz durchzusehen. Er konnte ja immer noch so tun, als hätte er vorher nichts gesehen. Dan hatte die Brieftasche aufgeklappt, bevor er weiter darüber nachdenken konnte. Drei nagelneue Kreditkarten – Master, Visa und American Express –, ausgestellt auf Jonas Henriksen, eine blau-weiße Plastikkarte ohne Text, wahrscheinlich die Schlüsselkarte des Hotels Marina, und ein bisschen Bargeld. Im Münzfach lag der Abschnitt eines Boardingpasses. Ein gewisser Jay Hansen war am Dienstag, dem 17. April, von Goa, Indien, nach Kopenhagen geflogen. Er hatte auf Platz Nr. 6 D gesessen, First Class. Dan notierte sich die Informationen in seinem Kalender. Johannes war unter seinem richtigen Nachnamen gereist, interessant. Vielleicht war Jay jetzt auch sein ganz legaler Name. Das müsste man untersuchen.

In einem Fach hinter den Kreditkarten steckte ein druckfrischer Führerschein mit dem Porträtfoto von Johannes in seiner Rolle als Jonas Henriksen. Lange starrte Dan auf das Gesicht des Mannes. Er sah überhaupt nicht kriminell aus. Sondern so, wie es Dan normalerweise mit einem Zitat der Talking Heads beschrieb: *People like us*. Einer, den man sich als Kollegen vorstellen konnte, mit dem man Badminton spielte oder mal einen trinken ging. Wie konnte ein so attraktiver, intelligenter Mann als vollkommen skrupelloser Verbrecher enden? Wenn es nur darum gegangen wäre, sich Geld zu beschaffen, aber so war es ja nicht. Johannes Hansen beraubte keine anonymen Banken und auch nicht irgendwelche Reichen, die gut und gern auf paar Millionen verzichten konnten. Er nahm seinen Opfern viel mehr als nur Geld. Er nahm ihnen ihre Würde, ihren Selbstrespekt, ihr Vertrauen sowohl in sich selbst wie in andere Menschen. Ein enormer Hass auf diesen zynischen Betrüger erfasste Dan, sein Kopf begann zu hämmern.

Er steckte den Führerschein wieder in die Brieftasche und wollte sie gerade zuklappen, als ihm ein zusätzliches breites Fach ganz hinten auffiel. Darin steckte ein kräftiges Stück Karton. Es war so groß, dass es sich festgeklemmt hatte; Dan musste vorsichtig vorgehen, als er es herauszog. Es handelte sich um ein Foto mit einem Gruppenbild von dreizehn indisch aussehenden Kindern, die alle breit in die Kamera lächelten. Mädchen und Jungen verschiedenen Alters, der Kleinste sah aus, als sei er ungefähr drei Jahre alt, die Ältesten kamen wahrscheinlich gerade in die Pubertät. Hinter ihnen standen drei ebenso lächelnde Erwachsene: ein Inder mittleren Alters, dem ein paar Vorderzähne fehlten, eine ältere Frau im Sari und mit einem roten Fleck auf der Stirn – sowie ein braun gebrannter Johannes Hansen, der seine Hände entspannt auf die Schultern der Kinder vor ihm gelegt hatte. Die Gruppe stand vor einer hohen Gitterpforte und einem beeindruckenden gemauerten Portal. Ganz oben an dem Portal stand etwas mit einer ziemlich verschnörkelten Schrift. Vielleicht war es Hindi. Tatsächlich sah es aus wie Johannes Hansens Tätowierung. Dan wünschte, er hätte sein Notebook dabei. Er zitterte vor Ungeduld und hätte das Foto am liebsten sofort mit Ursulas Schnappschuss von Jakob Heurlins nackter Schulter verglichen.

Die dunkle Krankenschwester stand plötzlich neben dem Bett. »Ich will nur Ihren Verband untersuchen«, sagte sie. »Bitte lehnen Sie sich einen Moment zurück und entspannen Sie sich.«

Dan gehorchte. Die große Wunde war sehr empfindlich, und es zog in den Stichen. »Ist es sehr geschwollen?«, wollte er wissen.

»Sieht gut aus«, antwortete sie. »Ein bisschen geschwollen ist es schon, aber es gibt keine Anzeichen für eine Infektion. Was ist das denn?« Sie beugte sich über das Bett und griff nach dem Foto. »Prāyaścitta?«

»Was sagen Sie da?«

»Prāyaścitta. Das steht dort.« Sie zeigte mit einem glänzenden, nicht lackierten Fingernagel auf die Schriftzeichen über der Gitterpforte. »Das ist Sanskrit.«

»Wissen Sie, was das bedeutet?«

Sie lachte. »Ja, natürlich. Es bedeutet ›Sühne‹ auf Hindi.«

»Sühne? Also wie ›seine Sünden bereuen‹?«

»Genau.« Sie kniff die Augen zusammen und betrachtete das Foto eingehend. »Darunter steht, dass es sich um ein Internat für elternlose Kinder handelt. Ein merkwürdiger Name. Sind die Kinder etwa dort, um für ihre Sünden zu büßen? Ich wollte da ja nicht wohnen.« Sie legte das Foto wieder auf Dans Bettdecke.

»Woher kommen Sie?«

Plötzlich verschloss sich ihr Gesicht. »Hørsholm.«

»So war das nicht gemeint. Entschuldigung.«

»Ist schon okay. Ich bin diese Frage nur so leid. Ich bin als dänische Staatsbürgerin geboren und hasse es, für eine Zuwanderin gehalten zu werden.« Sie trug das Frühstückstablett zur Tür. Auf der Schwelle drehte sie sich um. »Meine Eltern kommen aus einer kleinen Stadt nordöstlich von Mumbai.«

»Danke«, sagte Dan. Lange lag er da und starrte reglos auf die geschlossene Tür. Dann schaltete er sein Handy ein. Es gab acht unbeantwortete Anrufe. Alle außer einem stammten vom Nachmittag des Vortages, vier von Flemming, drei von Marianne und einer von einer Nummer, die er nicht kannte. Vielleicht ein Kunde seiner Agentur. Der letzte Anruf war an diesem Morgen von Benjamin gekommen.

Dan rief umgehend zurück.

»Dan! Wie geil!« Benjamin klang extrem erleichtert. »Ich wusste nicht so genau, ob Handys in Krankenhäusern überhaupt erlaubt sind.«

»Weiß ich auch nicht. Aber solange niemand etwas sagt, benutze ich es.«

»Wie geht's dir?«

»Ich habe Kopfschmerzen und bin ein bisschen durcheinander, aber ansonsten geht's mir eigentlich gut.«

»Kann ich etwas für dich tun?«

»Hast du angerufen und Ursula alles erklärt?«

»Ja, gestern Abend. Sie sollte es nicht aus der Zeitung erfahren, dachte ich. Ich soll vielmals grüßen.«

»Steht es in der Zeitung?«

»Oh ja. Ich muss schon sagen, Dan. Du hast wieder einmal die Titelseite des *Ekstra Bladet* für dich. KAHLKÖPFIGER DETEKTIV BEINAHE ERSTOCHEN.«

»*Oh my god.* Bring die Zeitung bitte mit.«

»Natürlich. Es war auch schon im Fernsehen. Johannes Hansen wird mit Foto und einer Personenbeschreibung gesucht. Aber die Sache mit Johannes' gewalttätiger Flucht gestern haben sie nicht erwähnt. Dein Name ist auch nicht gefallen.«

»Kannst du sofort herkommen?«

»Darfst du um diese Uhrzeit überhaupt Besuch empfangen?«

»Das geht schon.«

»Soll ich außer der Zeitung noch etwas mitbringen?«

»Bist du in Kopenhagen?«

»Nein, hier in Christianssund. Mitten auf dem Rathausmarkt. Ich war gerade im Präsidium zur Vernehmung.«

»Ging es hart zur Sache?«

»Nee, die waren ziemlich nett. Nicht wie beim letzten Mal.«

»Na ja, damals warst du der Hauptverdächtige, jetzt bist du ein wichtiger Zeuge. Das ist schon ein Unterschied.«

»Klar.«

»Kannst du mir ein paar Sachen aus der Gørtlergade mitbringen?«

»Sicher. Was denn?«

»Mein Notebook. Es steht in meinem Arbeitszimmer.«

»Sonst noch was?«

»Meinen Pass. Und die Digitalkamera.«

»Was zum Teufel willst du denn damit?«

»Ich muss ein Foto von einem Foto machen. Ich erklär's dir, wenn du hier bist.«

»Dan, verflucht!«

»Du weißt, wo der Ersatzschlüssel liegt.« Dan unterbrach die Verbindung, bevor Benjamin weiter protestieren konnte.

DONNERSTAG, 26. APRIL 2007, MITTAGS

42

Flemming Torp betrachtete seinen Augenzeugen durchs Fenster. Benjamin saß auf dem Rathausmarkt und telefonierte. Er hatte sich auf den breiten Granitrand des Springbrunnens gesetzt; der einzige Platz, auf dem man einigermaßen angenehm sitzen konnte, nachdem die alten, heruntergekommenen Holzbänke entfernt und neue, vornehme Sitzmöbel aufgestellt worden waren.

Flemming wusste es natürlich nicht mit Sicherheit, aber er hatte den Eindruck, dass es sich bei Benjamins Gesprächspartner um Herrn Sommerdahl persönlich handelte. Die leuchtende Verehrung, die er in den Augen des jungen Manns sah, ließ kaum einen anderen Schluss zu. Flemming wollte sich gerade umdrehen, als Benjamins Gesicht ihn innehalten ließ. Ganz offensichtlich hatte Dan etwas gesagt, das Benjamin beunruhigte. Er versuchte zu argumentieren, aber nach wenigen Sekunden wurde das Gespräch offenbar abgebrochen; Benjamins Schultern sanken resigniert herab, als er sein Handy in die Jackentasche steckte, aufstand und ging.

Ein rasches Klopfen an der Tür, dann steckte Frank Janssen seinen Kopf in Flemmings Büro. »Erik Käsfeldt ist bereit zum Verhör.«

»Ich komme.« Flemming riss sich los und zog sein Jackett an. In den Vernehmungsräumen des alten Polizeipräsidiums war es wie immer ein wenig frisch. »Wie hat er die Nacht überstanden?«

»Die Situation hat ihn anscheinend ziemlich mitgenommen. Das Wachpersonal hat berichtet, dass er im Laufe der Nacht mehrere Stunden auf Knien gebetet hat. Außerdem weint er sehr viel. Abgesehen davon wirkt er aber recht friedlich. Jedenfalls beschwert er sich nicht so viel wie die meisten anderen, er bedankt sich sogar, wenn ihm das Essen gebracht wird.«

Flemming stieß einen kleinen Pfiff aus. »Große Sache. Na, schauen wir ihn uns mal an.«

Erik Käsfeldt saß zusammengesunken in dem leeren Vernehmungsraum, die Hände hatte er vor sich in den Schoß gelegt, er sah aus, als sei er am falschen Ort. Ein etwas steif aussehender, grauhaariger Herr, der trotz einer schlaflosen Nacht in der Zelle sauber und anständig gekleidet war: grauer Anzug, hellblaues Hemd und ein gestreifter, bordeauxfarbener Schlips.

Als Flemming und Frank den Raum betraten, erhob er sich sofort und gab Flemming die Hand. »Ich glaube, wir sind uns noch nicht begegnet«, sagte er in einem Ton, als stelle er sich einem neuen Kunden vor. »Erik Käsfeldt.«

Frank Janssen schaltete den Kassettenrecorder ein und leierte Datum, Uhrzeit und die Namen der Anwesenden herunter.

Flemming legte ein Foto von Johannes Hansen als Jakob Heurlin vor den Buchhalter. »Kennen Sie diesen Mann?« Käsfeldts Augen richteten sich auf die Fotografie, aber in seinem Gesicht rührte sich kein Muskel. Er schüttelte den Kopf. Flemming schob das Hochzeitsfoto von Birgitte Johns und Joachim Heinsen vor ihn. »Und diesen Bräutigam?« Wieder ein entschiedenes Kopfschütteln. »Oder ihn?« Das Passfoto von Jonas Henriksen.

Erik Käsfeldt hob den Kopf und blickte Flemming direkt in die Augen. »Ich kenne diesen Mann nicht«, sagte er mit ruhiger Stimme.

»Und da sind Sie ganz sicher?«

»Ja.«

»Er heißt Johannes Hansen. Sagt Ihnen das etwas?«

»Tut mir leid. Ich habe keine Ahnung, wer er ist.«

Frank Janssen räusperte sich. Er schlug eine Seite in den Unterlagen vor ihm auf und las: »»Ich habe Erik Käsfeldt zusammen mit diesem Typ am 19. März gegen 14:00 Uhr am Flughafen Kastrup gesehen. Sie redeten lange an einer der Bars in der Transithalle. Als ich hinübergehen und Käsfeldt Guten Tag sagen wollte, hat er mich gesehen, daraufhin haben sich die beiden Männer sofort getrennt.«« Frank sah Käsfeldt an. »Diese Erklärung stammt von einer verlässlichen Zeugin, die Sie sehr gut kennt, Erik.«

Käsfeldt zuckte die Achseln.

»Können Sie mir erklären, mit wem Sie gesprochen haben?«, fragte Flemming sanft. »Es könnte ja sein, dass die Zeugin sich irrt? Vielleicht war es ja ein ganz anderer Mann, dann wird er sicherlich gern mit uns reden, um Ihre Erklärung zu bestätigen.«

Keine Antwort.

»Wo waren Sie am 19. März um 14:00 Uhr, Herr Käsfeldt?«

Käsfeldt blickte auf und zuckte erneut die Achseln. »Das kann ich Ihnen sagen, wenn ich meinen Kalender zur Hand habe.«

»Den habe ich hier.« Frank Janssen holte einen dicken dunkelblauen Kalender mit Spiralbindung aus einer Pappschachtel auf dem Fußboden.

Käsfeldt schluckte. Das Geräusch war unnatürlich laut in dem kleinen Raum. »Ja.« Er streckte die Hand aus, aber Janssen ignorierte ihn.

»Lassen Sie mich sehen«, sagte er und schlug das richtige Datum auf. »Was steht hier? Tatsächlich steht am 19. überhaupt nichts, Erik. Hier gibt es lediglich eine Wellenlinie, die den Zeitraum von 12:00 bis 16:00 Uhr abdeckt. Was bedeutet das?«

»Daran kann ich mich nicht erinnern.«

»Es ist Ihr gutes Recht, die Antworten zu verweigern. Aber das wird Ihrer Sache nicht gerade nützen, wenn Sie damit vor Gericht stehen.« Frank bückte sich nach der Pappschachtel und nahm weitere drei Kalender derselben Sorte heraus. »Die senkrechte Wellenlinie haben wir an einigen Stellen gefunden, auch in Ihren Kalendern der letzten Jahre. Ich finde es besonders interessant, dass es einen derartigen Eintrag auch für den 3. August des letzten Jahres und den 13. März in diesem Jahr gibt. Wir haben nämlich zwei andere Zeugen, die schwören würden, sie an diesen beiden Tagen mit dem Mann auf dem Foto gesehen zu haben.«

»Sie haben mein Büro durchsucht?« Erik Käsfeldts Kopfhaut glänzte unter dem dünnen grauen Haar.

»Ihr Büro und Ihre Wohnung«, entgegnete Frank. »Die Durchsuchungen sind noch in vollem Gang.«

»Das ist eine Verletzung der Privatsphäre.«

»Ja, das ist richtig, aber wir haben einen richterlichen Beschluss dafür.«

»Ich habe nichts getan.«

»Sehen Sie, in diesem Punkt werden wir uns kaum einigen können«, bemerkte Frank Janssen und legte die Kalender wieder zurück in den Karton auf dem Boden. »Nicht, solange Sie sich so verhalten. Wir können beweisen, dass Sie in großem Stil betrogen haben; wir wissen, dass Sie sich in mehreren Fällen der Dokumentenfälschung schuldig gemacht haben; und wir können beweisen, dass Sie vertrauliche Informationen Ihres Arbeitgebers an einen Dritten weitergegeben haben.« Er machte eine Kunstpause, um Käsfeldt Gelegenheit zu geben zu protestieren. Als das nicht passierte, ergänzte er nach einem Seitenblick auf Flemming: »Außerdem werden Sie der Mittäterschaft an dem Mord an Birgitte Johns sowie des Mordes an Mikael Kjeldsen beschuldigt.«

Erik Käsfeldt hämmerte die Faust auf den Tisch. »Damit habe ich überhaupt nichts zu tun!«

»Womit haben Sie nichts zu tun?«

»Mit dem Mord an Mikael!« Er sank in sich zusammen, plötzlich fingen seine Augen an zu schimmern. »Das lasse ich nicht auf mir sitzen.«

»Aber die anderen Dinge ... die Betrügereien, die Dokumentenfälschungen, der Tod von Birgitte Johns ... all das streiten Sie nicht ab?«

Erik Käsfeldt antwortete nicht. Vornübergebeugt verbarg er sein Gesicht in den Händen, seine Schultern bebten. Frank Janssen hatte sich zurückgelehnt. Flemming, der den letzten Teil der Vernehmung stumm verfolgt hatte, legte die Fotos zusammen und machte Anstalten aufzustehen. »Nun ja, wenn Sie nichts sagen wollen, dann ...«

Erik Käsfeldt sah zu ihm auf. Die Falten unter seinen Augen und am Nasenrand glänzten vor Tränen. Er schniefte. »Ich kann doch nicht gestehen, dass ich einen Mann kenne, den ich noch nie gesehen habe.«

Flemming ließ sich zurück auf seinen Stuhl fallen und betrachtete ihn über den Rand seiner Brille. Er schob dem verheulten Mann die obligatorische Schachtel Kleenex zu. »Wir wissen, dass Johannes Hansen aus dem Haus des Herrn ausgestoßen wurde«, sagte er dann. »Und ich weiß, dass es in Ihrer Gemeinde verboten ist, über die Menschen zu sprechen, die ausgestoßen wurden.«

Erik putzte sich die Nase. »Ja?«

»Und wir wissen, dass Sie in den letzten Jahren einiges mit Johannes Hansen zu tun hatten. Dieses Tabu haben Sie also längst verletzt, oder?«

Erik Käsfeldt blickte auf den Tisch und schüttelte den Kopf.

Das benutzte Kleenex faltete er geistesabwesend in immer kleiner werdende Vierecke. Noch immer antwortete er nicht.

»Hören Sie«, begann Flemming erneut. »Sie landen im Gefängnis, egal ob Sie mit uns reden oder nicht. Ich bin ziemlich überzeugt, dass Sie auch in jedem Fall ausgestoßen werden, wenn Ihre Freunde vom Haus des Herrn in den Zeitungen lesen, was Sie getan haben.«

Stille.

»Sie haben nicht nur mit einem Ausgestoßenen Umgang gehabt, Sie haben einem Ausgestoßenen geholfen, eine kriminelle Handlung nach der anderen zu begehen. Glauben Sie, die Ältesten wird es freuen, so etwas zu hören?«

Erik Käsfeldt sah ihn an. »Ich muss auf die Toilette.«

Flemming seufzte, nannte für die Aufnahme die Uhrzeit und drückte auf die Stopp-Taste. »Janssen, würdest du …«

Flemming saß allein im Vernehmungsraum, als die Sekretärin des Hauptkommissars ihren Kopf zur Tür hereinsteckte. »Entschuldige, Torp, ich muss dich bitten, sofort ins Büro des Hauptkommissars zu kommen.«

»Ich bin mitten in einer wichtigen Vernehmung.«

»Er sagt, es eilt.«

Als Frank Janssen und der Festgenommene zurückkamen, teilte Flemming ihnen mit, dass die Vernehmung unterbrochen würde. »Sie können einfach hier sitzen bleiben, Erik«, erklärte er. »Janssen, würdest du dafür sorgen, dass ihm jemand etwas zum Mittagessen bringt?« Frank hob eine fragende Augenbraue, aber Flemming schüttelte nur den Kopf und saß wenige Augenblicke später im Büro seines Chefs.

»Ich dachte, ich hätte mich beim letzten Mal klar ausgedrückt«, begann Hauptkommissar Hanegaard ohne jede weitere Einleitung. »Ich will diesen Dan Sommerdahl nicht in der Nähe irgendwelcher Ermittlungen sehen! Er vermurkst alles und lässt uns aussehen, als seien wir total inkompetent.«

»Beim letzten Mal war es in hohem Maße Dan Sommerdahls Verdienst, dass wir den Fall überhaupt aufklären konnten. Und dieses Mal ...«

»Das ist mir vollkommen egal!«

»Na ja, eigentlich war es anfangs ja Dans Fall.«

»Dans Fall?« Der Hauptkommissar schnaubte. »Als hätte er seine eigenen Fälle!«

»Er wurde von einer Frau beauftragt, die sich aus verschiedenen Gründen nicht an die Polizei wenden wollte.«

»Beauftragt? Was soll das bedeuten? Ist er so eine Art Privatdetektiv geworden? Glaubt er, wir sind hier in einem amerikanischen Krimi?«

Flemming versuchte zu erklären, was sich abgespielt hatte und wie die beiden Fälle miteinander verstrickt waren.

Hanegaard wartete, bis Flemming geendet hatte, und fragte dann: »Hast du je etwas von der Schweigepflicht gehört, Torp?«

»Selbstverständlich.«

»Hast du auch mal etwas von ganz gewöhnlicher Diskretion gehört?«

Flemming nickte.

»Aber du bist nicht auf die Idee gekommen, dass du beides verletzt, wenn du einen alten Schulfreund über die Details einer Ermittlung wegen Mordes informierst?«

»Doch, aber ...«

»Ich will von Dan Sommerdahl in Verbindung mit dieser und mit allen anderen Ermittlungen nichts mehr sehen oder hören, solange ich Hauptkommissar bin. Hast du verstanden?«

»Und wenn er uns wertvolle Informationen liefert, die möglicherweise bedeuten, dass wir ...«

»Das ist mir scheißegal!« Hanegaard erhob sich zum Zeichen, dass die Besprechung beendet war. »Und wenn dieser glatzköpfige Clown dir den Verbrecher auf einem Silbertablett serviert …«

»Genau das hat er getan«, unterbrach Flemming.

»Ja, und dann fängt er eine Prügelei mit ihm an und unser Mann kann entkommen – kurz bevor die Polizei eintrifft!« Der Hauptkommissar schmiss das *Ekstra Bladet* auf den Tisch. Wieso war jedes Mal er es, der Flemming auf die Zeitung aufmerksam machen musste? »Es ist vollkommen inakzeptabel, dass du wegen dieses Dan Sommerdahl erneut sämtliche Regeln brichst, die wir hier intern haben. Und es ist das letzte Mal, dass ich seine dämliche Fresse auf der Titelseite von *Ekstra Bladet* oder irgendeiner anderen Zeitung sehen will! Hast du mich verstanden?«

Flemming schäumte vor Wut, als er mit der Zeitung in der Hand in sein Büro kam. Er überflog den Artikel und fluchte leise vor sich hin. Der Journalist wusste enorm viel. Dass Dan angegriffen worden war, dass er den Täter seit Wochen beobachtet hatte, dass es möglicherweise eine Verbindung zum Mord in Balleslev gab. Verflucht, woher hatten sie die Geschichte? Flemming glaubte nicht eine Sekunde, dass Marianne oder Bente Kontakt mit der Redaktion aufgenommen hatten. Auch dass einer seiner Leute sich verplappert hatte, glaubte er nicht. Blieb noch Benjamin Winther … Wie sehr konnte man ihm wirklich vertrauen, wenn es darauf ankam? Der Bursche wollte möglicherweise sicherstellen, dass sein Abgott auch das Lob bekam, das ihm seiner Ansicht nach zustand?

Flemming schmiss die Zeitung in den Papierkorb, ging zu dem Imbiss auf dem Rathausmarkt und bestellte zwei Hotdogs. Er spülte mit einer Flasche Cocio nach, wischte sich den Mund mit einer der winzigen weißen Servietten aus dem Papierspender am Tresen des Wagens ab und nickte der Verkäuferin zu, bevor er zurück in den Vernehmungsraum ging, in dem Erik Käsfeldt und Frank Janssen auf ihn warteten.

Frank Janssen startete den Kassettenrecorder und sagte, was für das Protokoll gesagt werden musste, dann lehnte er sich zurück und überließ seinem Chef das Wort.

Flemming hatte sich gerade entschieden, seine schlechte Laune an dem kleinen grauen Mann auszulassen, als Käsfeldt das Wort ergriff.

»Ich möchte gern ein Geständnis ablegen.«

Flemming bemerkte, dass ihm der Mund offen stand, er schloss ihn sofort. »Was hat Sie zur Änderung Ihrer Haltung bewogen?«

»Der Herr hat zu mir gesprochen«, erklärte Käsfeldt in einem Tonfall, als sei die Botschaft des Satzes so gewöhnlich gewesen wie die, dass der Supermarkt keine fettarme Milch mehr habe. »Er hat mir befohlen zu gestehen.«

»Dann wollen Sie sicher einen Anwalt?«

»Nein, danke. Darauf kann ich nicht warten. Ich würde gern jetzt gestehen.«

43

Jay hatte Kopfschmerzen. Er durchsuchte den winzigen Küchenschrank nach ein paar Kopfschmerztabletten, fand aber nichts. Nicht einmal der Schatten eines Aspirins. In gewisser Weise war es ihm auch egal. Er wusste ja, dass nur ein oder zwei Joints diese Art von Kopfschmerzen lindern konnten. Und sein gesamtes Lager befand sich in der Nachttischschublade des Hotelzimmers. Verfluchter Mist. Mit zwei Fingern massierte er seine Schläfen und zwang seine Atmung zu einem tiefen, ruhigen Rhythmus.

Er versteckte sich jetzt bereits den zweiten Tag in dem kleinen Schrebergartenhaus und war kurz vorm Verzweifeln, was nicht nur an den Entzugserscheinungen lag. In den vergangenen einundvierzig Stunden hatte er lediglich mit dem Taxifahrer Kontakt gehabt, der ihm am Tag nach der unglücklichen Episode in Bentes Wohnung eine Zahnbürste, Deodorant und saubere Wäsche in einer einigermaßen akzeptablen Größe gebracht hatte. Jay saß ständig am Fenster und beobachtete das Leben in den Kleingärten durch einen Spalt der geblümten Gardine. Die Frühjahrsarbeiten hatten begonnen. Eine Heerschar von Rentnern war vom frühen Morgen an am Werk. Sie jäteten, hackten, setzten vorgezogenen Porree und Zwiebeln in die Erde, bauten Gestelle, an denen die Erbsen im Sommer hochranken konnten, tranken Bier und sahen überhaupt aus, als würden sie sich bei der milden Witterung vortrefflich amüsieren.

Jay achtete sorgfältig darauf, nicht gesehen zu werden. Den kleinen Ofen durfte er nicht anzünden, der Rauch hätte ihn sofort verraten. Immerhin hatte er einen kleinen altertümlichen Elektroradiator, der jedoch keineswegs ausreichte. Und nachts, wenn die Kälte am schlimmsten war, ließ sich die fehlende Wärme noch nicht einmal durch eine Kerze ausgleichen, selbst das kleinste Licht im Haus konnte ihn auffliegen lassen. Wenn es richtig kalt wurde, schaltete er zusätzlich die Elektrokochplatte in der Küchenecke ein und ließ sie eine halbe Stunde glühen, um sich zumindest die Hände aufzuwärmen.

Es gab kein Fernsehen, kein Radio, keinen Lesestoff im Haus. Nicht einmal eine alte Ausgabe einer Frauenzeitschrift fand sich, und auch auf seinem Handy konnte er nicht spielen, da er kein Ladekabel mitgenommen hatte und auf den Akku achten musste. Natürlich könnte er Radjendra Avasthi noch einmal um Hilfe bitten; es wäre großartig, wenn der Taxifahrer noch einmal mit ein paar Taschenbüchern, einigen Joints und einem Ladekabel für sein Handy vorbeikäme. Aber er hatte das Gefühl, dass sein Goodwill-Konto bei Avasthi erschöpft war. Jay war mit anderen Worten vierundzwanzig Stunden absolut sich selbst überlassen.

Auch das Essen ging allmählich zur Neige. Aus reiner Langeweile hatte er häufiger gegessen als gewöhnlich, der Kühlschrank war beinahe leer. Er füllte ein großes Glas mit eiskaltem Wasser aus dem Hahn und trank in großen Schlucken. Dann setzte er sich wieder auf seinen Beobachtungsposten, ein Auge dicht am Gardinenspalt. Es war bald fünf, und die Gartenfreunde räumten nach ihrem Tagewerk auf. Sie säuberten die Werkzeuge, spülten die Gummistiefel unter den Wasserhähnen an den Hauswänden ab und brachten die Gartenabfälle auf den gemeinsamen Kompostplatz. Im Garten gegenüber hatte ein vertrocknetes Männlein mit einem armeegrünen Sommerhut ein kleines Feuer angezündet. Er stand auf einen Rechen gestützt daneben, ganz in Gedanken versunken. Die orangefarbenen Flammen spiegelten sich in seinen Brillengläsern, der Duft von frischem Rauch drang in das stickige Zimmer, und Jay spürte ein wildes Verlangen nach … irgendetwas, das er nicht beschreiben konnte. Jedenfalls nicht nach dem Teil seiner Kindheit, an den er sich erinnerte. Dort gab es nichts Versöhnliches. Vielleicht bevor seine Mutter Mitglied der Gemeinde geworden war und Poul-Erik kennenlernte, in den Jahren, in denen sie mit Jay allein gewesen war, da hatte er möglicherweise auch gute Stunden erlebt. Jedenfalls in seiner Fantasie. Vielleicht hatte auch Jays richtiger Vater irgendwann einmal Gartenabfälle verbrannt. Vielleicht konnte er sich daran erinnern? Oder waren es die Eltern seiner Mutter gewesen, seine Großeltern, an die er sich kaum erinnerte? Hatten sie in einem Haus mit Garten gewohnt? Jay wusste es nicht … kannte nicht einmal ihre richtigen Namen, wusste nicht, ob sie und sein leiblicher Vater tot waren oder noch lebten. Als Jays Mutter und Poul-Erik heirateten, wurde jede Erinnerung an die Zeit verboten, bevor sie dem Haus des Herrn angehörten. Das forderten die Ältesten, und Poul-Erik war gerade einer von ihnen geworden. In seinem Haus wurden die Regeln der Gemeinde besonders streng befolgt. Die Vergangenheit war tabu. Ebenso tabu wie die Mitglieder, die man verstoßen hatte. Es gab nur ein wahres Leben: das Leben im Haus des Herrn. Die Welt außerhalb der Sekte wurde hingenommen, aber man hatte nichts mit ihr zu schaffen. Man musste so tun, als würde sie nicht existieren. Das hieß, Jay wurde jedes Mal bestraft, wenn er in einem Augenblick der Zerstreutheit seine Großeltern, seinen Vater oder seine alten Freunde aus dem Kindergarten erwähnte. Klatsch! Poul-Eriks Handfläche war groß wie ein Teller und schockierend schnell. Klatsch! Klatsch!

Jay holte seinen Schlafsack und zog den eingeschalteten Elektroradiator nah an sich heran. Er packte sich in den Schlafsack wie in einen weichen Kokon und nahm seine Beobachtung des alten Manns am Feuer wieder auf. Wie alt der Mann wohl sein mochte? Achtzig, neunzig? Jays Erfahrungen mit Männern, die älter waren als er, gingen kaum über Käs und Sanjay hinaus. Und keiner der beiden war auch nur ansatzweise so alt wie der Greis dort drüben. Der Mann holte noch eine Schubkarre voller Zweige. Er ließ sich Zeit, warf immer nur eine Handvoll auf einmal ins Feuer, um die Flammen unter Kontrolle zu behalten. Eine halbe Stunde später gab es offenbar nichts mehr zu verbrennen. Reglos starrte er in die Flammen, bis sie beinahe erloschen waren. Dann goss er einen Eimer Wasser in die Glut und verschwand aus Jays Blickfeld.

Langsam war die Dämmerung hereingebrochen, während Jay den Mann am Feuer beobachtete. Es war nach sieben, und die Einsamkeit in dem kleinen, dunklen Haus legte sich wie eine erstickende Decke über ihn. Jay hatte nie etwas dagegen gehabt, allein zu sein, aber es musste aus freiem Willen geschehen ... und mit der Möglichkeit der einen oder anderen Form der Beschäftigung. Seine momentane Situation brachte ihn jedoch beinahe um den Verstand. Seinen eigenen Gedanken überlassen zu sein, seinen Fantasien und Erinnerungen ... Mit einem Ruck setzte er sich im Stuhl auf. Plötzlich wusste er, warum sein ganzer Organismus sich dermaßen in Alarmbereitschaft befand. Ihn quälten nicht nur der Entzug und die Langeweile. Die gesamte Situation, der Schlafsack, die Kälte, das unzureichende Essen und das Gefühl, auf der Flucht zu sein, erinnerten ihn ganz physisch an die langen traumatischen Wochen nach dem endgültigen Bruch mit der Mutter und dem Haus des Herrn. Damals hatte er noch Johannes geheißen, sich selbst aber konsequent als Judas gesehen.

Als er das Krankenhaus verlassen hatte, in dem sein kleiner

Bruder lag, hatte er das leere Reihenhaus durchsucht und alles gestohlen, was er an Bargeld und leicht verkäuflichen Dingen finden konnte. Poul-Eriks Kamera zum Beispiel. Als er mit seinem Rucksack die Straße hinunterging, hatte er sich nicht ein einziges Mal umgedreht. Er war für den Rest des Tages und den größten Teil des Abends gelaufen, fort aus Christianssund, hin zu den Menschenmengen in Kopenhagen. Er wusste, dass man sich dort verstecken und notfalls auch verschwinden konnte, solange es nötig war.

Am Abend des nächsten Tages konnte er sich kaum noch auf den Beinen halten. Er hatte unter dem Halbdach eines großen Bauernhofs übernachtet. Erst als er dort in seinem viel zu dünnen Schlafsack lag und sein Magen vor Hunger knurrte, war sein Verteidigungsbollwerk gefallen; eine panische Hilflosigkeit löste sein Selbstvertrauen ab, eine lähmende Einsamkeit. Er hatte sich durch die Nacht gezittert und gebibbert, er hatte den Herrn um Hilfe und Weisung gebeten, aber keine Antwort erhalten. Am nächsten Morgen war er weitergegangen, erschöpft, verstoßen, ausgehungert, die ganze Bürde über das Schicksal seines kleinen Bruders auf dem Gewissen. Er hätte vor Verzweiflung schreien können.

Am späten Vormittag hatte Johannes eine kleine Stadt erreicht, in der es eine Haltestelle des örtlichen Bummelzugs gab. Er war in einen Laden gegangen und hatte sich eine ganze Tüte mit Brötchen und zwei Bananen gekauft. Die nette Verkäuferin hatte ihm vor dem Weitergehen den Weg zum ›Trittbrett‹, wie sie es nannte, beschrieben und eine leere Plastikflasche mit Leitungswasser gefüllt. Und je mehr der Bauch sich füllte, desto besser ging es ihm.

An die Wochen danach konnte er sich kaum erinnern. Er schlug sich irgendwie durch, hatte in Treppenhäusern und auf Bänken geschlafen, hier und da ein bisschen Geld fürs Essen erbettelt. Sein natürlicher Ordnungssinn ließ ihn einigermaßen sauber und reinlich bleiben. Johannes wusch sich auf öffentlichen Toiletten, kämmte sich weiter sein Haar, putzte sich die Zähne. Waren seine Sachen zu heruntergekommen und dreckig, klaute er sich einfach etwas Neues von den vielen Kleiderständern vor den Läden auf der Strøget. Er sah nicht aus wie ein Obdachloser, er war auch nie in die ›richtige‹ Obdachlosenszene geraten. Schon, dass er weder rauchte noch fixte oder trank, reichte, dass die anderen ihn als eine Art Bedrohung ihrer Weltordnung ansahen.

Als es kälter wurde, hatte er einige Tage ein paar Kleingärten im Südhafen im Auge behalten, und eines Abends, als dort alles wie ausgestorben schien, war er in die heruntergekommenste Hütte eingebrochen. In ihr fand er den Winter über eine feste Basis. Es war beißend kalt, aber allemal besser, als auf der Straße zu schlafen.

Als dann eines Tages der Frühling gekommen war, wurde er von einem Mann angesprochen. Johannes hatte sich gerade die Beute seines jüngsten Raubzugs angezogen: schwarze Jeans, einen Pullover mit Regenbogenstreifen und einen dicken, gefütterten Parka, und feierte seine geglückte Aktion mit einer Cola auf einer Parkbank am See des Ørstedsparks, als ein Mann in einer braunen Tweedjacke sich neben ihn setzte. Johannes bemerkte, wie der Mann in mittleren Jahren ihm immer wieder den Kopf zuwandte, aber er reagierte erst, als er plötzlich eine Hand auf seinem Oberschenkel spürte. »Wie viel?«

Im ersten Moment war Johannes verwirrt über die Frage, doch es dauerte nur den Bruchteil einer Sekunde, bis ihm klar wurde, was der Mann wollte. »Fünfhundert«, antwortete er, bevor er allzu viel nachdenken konnte.

Sie gingen in ein Gebüsch neben einer kleinen Holzhütte mitten im Park, und schon zehn Minuten später war es überstanden, der Mann wieder verschwunden. Johannes blieb mit heruntergelassenen Hosen an die Bretterhütte gelehnt zurück, Blut lief über seinen Oberschenkel. Er schwor sich, so etwas nie wieder zu tun.

Obwohl der Fremde vorsichtig gewesen war, hatte es so wehgetan, dass er sich nicht vorstellen konnte, je wieder sitzen zu können; vom Gang auf die Toilette ganz zu schweigen. Sein einziger Trost waren die fünf Hundertkronenscheine, die zusammengefaltet in seiner Brusttasche steckten. Dafür würde er sich endlich eine anständige Mahlzeit leisten können. Die brauchte er jetzt auch. Er wischte sich die Tränen von der Wange und ging mit steifen, schmerzenden Schritten aus dem Park auf die öffentliche Toilette an der Nørreport-Station. Er wusch sich mit Wasser aus der Lokusschüssel und dem größten Teil des Toilettenpapiers den Hintern, bevor er die neue Jeans wieder anzog. Die Boxershorts warf er zusammengeknüllt in den Müll.

Die Freude über die dampfend heiße Pizza, den knackigen Salat und das schmelzend süße Tiramisu hatte ihn damals nachdenklich werden lassen. Er hatte es ernst gemeint, als er beschloss, nie wieder homosexuellen Verkehr zu haben, aber der Gedanke an das schnell verdiente Geld köchelte in seinem Kopf. Waren es wirklich nur Männer, die bereit waren, für eine schnelle Nummer zu bezahlen? Vielleicht gab es ja auch Frauen, die Sex kauften? Er hielt sich für absolut qualifiziert, ihn zu liefern, obwohl er zu diesem Zeitpunkt noch nie intimen Kontakt mit einer Frau gehabt hatte – es sei denn, man rechnete einen Fall von hastigem Petting mit einem Mädchen im Bibelcamp im letzten Sommer dazu … Aber wenn man auf einen alten Schwulen anziehend wirkte, müsste man doch auch eine alte Vettel kriegen können, überlegte er. So schwer konnte das doch nicht sein. Er sah sich

Pornohefte an und fand, dass es nicht sonderlich kompliziert aussah. Wenn er nun den Rest des Geldes für einen Friseur ausgab und sich dann … Johannes' Gedankenfluss war bereits bei der ersten Schwierigkeit ins Stocken geraten. Wo ging man hin, wenn man seinen Körper einer reifen Frau verkaufen wollte? Ihm war klar, dass er sich auf schwankendem Grund befand. Er wusste absolut nichts über männliche Prostitution. Also beschloss er, das Projekt am Kultorvet zu starten, in der Hauptbibliothek. Dort hatte er sich im Laufe des Winters mehrfach aufgewärmt, Zeitung gelesen oder Musik gehört; er hatte das Gefühl, dort könnte er mehr erfahren.

Johannes hatte dann tatsächlich mehr als Glück. Er erhielt sein Wissen nicht nur aus Büchern, sondern fand etwas weit Besseres. Seine erste Lehrmeisterin wurde eine achtundvierzigjährige Bibliothekarin, die von den unverstellt naiven Fragen des jungen Manns nach dem Verlangen reifer Frauen und eventuellen Kontaktmöglichkeiten so inspiriert war, dass sie ihm für die Zeit nach der Arbeit Privatstunden anbot. Johannes wurde schnell zum festen Inventar ihres Doppelbetts, und schon nach wenigen Tagen brachte er seine Habseligkeiten aus dem Gartenhäuschen zu ihr. Die Bibliothekarin erwies sich als eine so kluge wie sinnliche Lehrmeisterin, und Johannes erkannte, dass er den Jackpot geknackt hatte, als er in der Bibliothek instinktiv vor ihren Schreibtisch getreten war. Er zeigte sich als gelehriger Schüler, der rasch bewies, dass er besondere Talente auf diesem, für ihn neuen Fachgebiet hatte. Und die hilfsbereite Dame stellte ihren Körper mit größtem Vergnügen für die Experimente des jungen Mannes mit seinen Händen, Lippen, der Zunge und anderen nützlichen Körperteilen zur Verfügung – sein Können wuchs mit jedem Tag.

Aber noch immer wusste er nicht, wohin er zu gehen hatte, um Kontakt zu anderen bedürftigen Frauen zu bekommen; in diesem Punkt war von der allmählich recht besitzergreifenden Bibliothekarin keine Hilfe zu erwarten. Allerdings war ihm aufgefallen, dass in einem bestimmten Straßencafé in der Innenstadt häufig Frauen allein saßen und an einem Wasser oder Weißwein nippten. So kam es, dass Johannes sich eines Tages im Mai in dieses Café setzte. Er investierte eine Cola, die er in kleinen Schlucken trank, und warf den potenziellen Kundinnen an den anderen Tischen schmachtende Blicke zu. Einige schlugen den Blick nieder und erröteten, andere setzten sich demonstrativ weg, um außer Sichtweite zu gelangen. Johannes war kurz davor aufzugeben, als eine blonde, solariumgebräunte Frau um die fünfzig plötzlich seinen Blick erwiderte und einladend lächelte. Er probierte es noch einmal, um sicherzugehen, das Ergebnis war nicht weniger ermunternd. Daraufhin stand Johannes auf und trat an ihren Tisch. Als er vor ihr stand, beugte er sich ein wenig vor. »Darf ich Ihnen Gesellschaft leisten?« Sie blickte zu ihm auf, ihre Mundwinkel kräuselten sich zu einem geheimnisvollen Lächeln. Ihr Wagen stand im Parkhaus des Kaufhauses Illum, sie fuhren direkt in ihre Wohnung in Frederiksberg. Als er gehen musste, gab sie ihm zwei Fünfhundertkronenscheine. Tausend Kronen, einfach so! Ob er wiederkommen wolle? Und könnte sie seine Handynummer bekommen? Johannes ging sofort in einen Mobilfunk-Laden, kaufte sich ein schickes Handy und schloss einen Vertrag ab. Dann schickte er ihr die nagelneue Telefonnummer per SMS – und hatte seine erste Kundin in der Kartei.

Danach ging es Schlag auf Schlag. Der Kreis der Kundinnen wuchs, parallel dazu Johannes' Selbstvertrauen. Er beförderte sich selbst in Hotelbars, wo wohlhabende Damen auf Geschäftsreise häufig einen Begleiter fürs Abendessen und das unpersönliche Hotelzimmer suchten. Er beließ es nicht mehr bei tausend Kronen, der Betrag wurde verdoppelt beziehungsweise durch feste

Tarife für einen Tag oder eine Woche ersetzt. Nach kurzer Zeit verdiente er so viel, dass er sich eine kleine möblierte Wohnung in der Innenstadt mieten und sich von der in Tränen aufgelösten Bibliothekarin verabschieden konnte. Die Verbindungen zu seinem früheren Leben hatte er ein für alle Mal gekappt. Er fing an, mit Genussmitteln zu experimentieren, die in seinem Elternhaus ebenso verboten waren wie Sex. Schnell stellte sich heraus, dass er mit Alkohol oder Zigaretten nichts anfangen konnte, aber nachdem er das erste Mal Haschisch geraucht hatte, wurde er ziemlich schnell abhängig. Er kaufte die fertig gedrehten Joints bündelweise und rauchte normalerweise ein oder zwei am Tag. Nicht so viel, dass er völlig high war und außerstande, seiner Arbeit nachzugehen; gerade so viel, um einen dämpfenden Schleier über die Widrigkeiten des Alltags und der Vergangenheit zu legen, die in immer größer werdenden Abständen in seinen Träumen auftauchte. Nach ein paar Jahren dachte Johannes überhaupt nicht mehr an seinen kleinen Bruder.

Nach der etwas unglücklichen Episode mit der norwegischen Frau im Casino Copenhagen, wo er der Versuchung nicht widerstehen konnte und sie betäubt hatte, um an ihr Geld zu kommen, musste er eine Weile unsichtbar bleiben. Er packte seine Sachen, besorgte sich ein Visum und brach zu dem ersten Reiseziel auf, das ihm einfiel: Indien. Einige Wochen reiste er umher, bis er im Bundesstaat Goa landete: traumhafte Sandstrände, turmhohe Kokospalmen und eine große Kolonie europäischer Hippies, die Haschisch im Überfluss hatten und das Leben genossen. Es war schön gewesen, solange es währte, aber das Märchen endete in einer Katastrophe, als er eines späten Abends verhaftet, verprügelt und eingesperrt wurde, weil er nicht genug Geld gehabt hatte, um die Polizeibeamten zu bestechen. An die erste Nacht in Fort Aguada wollte er sich bis jetzt nicht erinnern. Noch am selben

Tag verurteilte man ihn zu drei Jahren Gefängnis, der geringstmöglichen Strafe für den Besitz von Narkotika, aber mehr als genug für ihn. Nie zuvor hatte er solche Angst, nie zuvor fühlte er sich so einsam.

Jay schälte sich aus dem Schlafsack und schaute auf seine Armbanduhr. Es war spät, fast zehn Uhr geworden, während er vor sich hin gedämmert hatte. Jetzt durfte er wieder etwas essen. Mit verzweifelter Entschlossenheit pfiff er vor sich hin, als er Wasser in eine Kasserolle füllte und auf die Herdplatte stellte. Er holte eine neue Tüte Spiralnudeln aus dem Schrank und maß eine passende Portion ab. Mit ein bisschen Ketchup und einigen gehackten rohen Zwiebeln schmeckten sie einigermaßen. Er hatte schon von weit schlimmeren Dingen gelebt. Noch einmal musste er sich zusammenreißen, damit seine Gedanken nicht wieder nach Fort Aguada abschweiften. Wenn erst einmal eine Schleuse in jenen Teil seines Gehirns geöffnet war, in dem er das Grauen dieser Zeit versteckte, ließ sie sich kaum wieder schließen. Er musste in Bewegung bleiben, sich beschäftigen, vielleicht sollte er morgen sauber machen? Er würde alles tun, um diesen Gedankenstrom zu unterbinden. Alles.

SAMSTAG, 28. APRIL 2007

44 »Hast du's erledigt?« Dan saß im Bett, trotz der Kopfschmerzen, die seinen Schädel noch immer wie ein strammer Gürtel einschnürten, bebend vor verhaltener Energie. Zweieinhalb Tage waren seit der Auseinandersetzung vergangen, und der Gedanke, dass Johannes Hansen entkommen war, saß Dan wie ein Alb im Nacken. Flemming Torp hatte versprochen, ihn über eventuelle Fortschritte zu informieren, aber vorläufig gab es kaum gute Nachrichten. Die Antwort von Interpol war die einzige Information von wirklichem Interesse: Es gab eine Übereinstimmung der Fingerabdrücke von Johannes in den Archiven der indischen Polizei unter dem Namen Jay Hansen. Er hatte wegen Drogenbesitzes drei Jahre im Gefängnis gesessen.

Dan hatte den Verdacht, dass er nicht alles erfuhr und Flemming ihm nur hin und wieder einen Bissen zuwarf, damit er sich nicht ausgeschlossen fühlte. Flemming antwortete auf banale Fragen, wich den wichtigen Themen aber aus. Dan hatte inzwischen beschlossen, dass er selbst wieder in den Kampf ziehen musste, wenn in dieser Sache etwas geschehen sollte. Nötig war ein Einsatz ohne die internationalen Konventionen und Regeln des Polizeiapparats. Die unfreiwillige Pause der letzten Tage hatte er genutzt, um seinen nächsten Zug zu planen; Benjamin hatte er bereits am Tag nach dem Unfall dafür eingespannt. Nun stand er neben Dans Bett und trat unruhig von einem Bein aufs andere, zerrissen zwischen zwei Gefühlen: Es war ihm überhaupt nicht wohl dabei, Marianne und Flemming anzulügen, andererseits fühlte er sich geehrt, als Einziger in Dans Pläne eingeweiht zu werden. »Hast du's?«, fragte Dan ungeduldig. »Hast du sie dabei?«

»Ja, ja«, antwortete Benjamin und warf einen dicken weißen Umschlag auf die Bettdecke. »Beide Pässe sind mit einem Touristenvisum versehen, und die Tickets sind auf einen Flug um 18:20 Uhr ausgestellt.«

»Heute Abend?«

Benjamin nickte. »Ohne Zwischenlandung. Sie waren ein bisschen teurer, aber ...« Er zog seine Brieftasche aus der Gesäßtasche und legte Dans Visa-Card auf den Umschlag.

»Schon okay.« Dan steckte die Karte in seine Brieftasche. Er hatte längst aufgehört, seine Auslagen zusammenzurechnen, er hoffte, Ursulas Tochter würde alles erstatten und ihm die fehlenden Berichte erlassen. Wenn nicht, würde er das Geld aufs Verlustkonto schreiben und hoffen, dass Marianne es nicht herausfand. »Das heißt, wir müssen gegen 16:00 Uhr in Kastrup sein?«

»Ja. In zwei Stunden müssen wir los.«

»Schön. Ich erwarte vor heute Abend keinen Besuch, und was das Personal hier angeht, habe ich den Weg schon frei gemacht.«

»Wie?«

»Ich habe die Erlaubnis, den Abend mit meiner Frau zu Hause zu verbringen, wenn ich verspreche, mich ruhig zu verhalten.« Er verzog das Gesicht zu einem Lächeln. »Und das halte ich ja auch ein, ich verhalte mich schließlich ruhig, auch wenn ich in die Tropen fliege, statt nach Christianssund zu fahren. Soweit mir bekannt ist, läuft man bei einem Flug ja nicht durch die Gegend.«

»Aber die Krankenschwestern merken doch, dass du weit vor der Besuchszeit verschwindest?«

»Ich habe noch zwei Stunden Zeit, um zu verkünden, dass meine Frau versuchen wird, sich früher freizunehmen, und mich etwas eher abholen wird. Sie haben gewaltigen Respekt vor ihr. Denk dran, sie ist Ärztin und kommt nur eine Stufe unterm Herrgott.«

Benjamin setzte sich auf den Gästestuhl und schlug die Beine übereinander. Das Augenbrauen-Piercing steckte wieder an seinem Platz, bemerkte Dan. Benjamin war offenbar nicht mehr der Ansicht, wie ein gewöhnlicher Mann aussehen zu müssen. »Findest du … meinst du, das ist vernünftig, Dan?«

»Natürlich nicht! Aber ich bin sicher, es ist das Richtige.« Dan hielt eine Hand hoch und zählte seine Argumente an den Fingern ab. »Wir wissen, dass Johannes Hansen direkt aus Goa kam, bevor er meine Schwester kontaktierte. Wir wissen, dass seine Tätowierung der Name von einer Art Internat ist, mit dem er offenbar etwas zu tun hat und das sich wahrscheinlich irgendwo in Indien befindet. Wir wissen, dass er in seinem alten Pass ein fünf Jahre gültiges Visum für Indien hatte …«

»Das gefälscht sein könnte«, warf Benjamin ein.

»Das sicher gefälscht ist, ja. Aber man lässt sich doch keine Fälschung anfertigen, wenn man sie nicht braucht, oder?« Dan fuhr mit seiner Aufzählung fort. »Wir wissen auch, dass sein Pass, seine Kreditkarte und sein Bargeld weg sind. Alle Wahrscheinlichkeit spricht dafür, dass er im Moment irgendwo in Dänemark untergetaucht ist und auf neue Papiere und Geld wartet.« Dan hatte den kleinen Finger erreicht und drückte ihn hinunter, wobei er seine Zähne zu einem wolfsähnlichen Lächeln bleckte. »Und schließlich wissen wir, dass Johannes Hansens üblicher Lieferweg drei bis vier Tage für einen neuen Pass braucht.«

»Woher wissen wir das?«

»Das hat mir Flemming Torp gestern Abend erzählt, als ich ihn gefragt habe, wie dieser ganze Dokumentenfälscherzirkus vor sich geht.«

»Aber woher sollen wir denn …«

Dan ignorierte ihn. »Zählt man all diese Fakten und Annahmen zusammen, bekommt man ein klares und deutliches Bild über Johannes Hansens Situation. Er ist irgendwo untergetaucht, wartet auf Pass und Visum, sucht eine sichere Route nach Goa. Es ist unwahrscheinlich, dass er von einem dänischen Flughafen aus fliegt, da die Polizei die Kontrollen verschärft hat. Aber wenn er einen Weg findet, illegal das Land zu verlassen, kann er ohne Probleme einen Flug von fast jedem anderen Flughafen nehmen. Vor allem, wenn er seine Frisur ändert, eine andere Brille aufsetzt oder sich vielleicht einen ausländischen Pass besorgt hat. Es kann sein, dass Interpol informiert ist, nach einem Dänen in dem und dem Alter Ausschau zu halten … Aber wenn er mit einem deutschen Pass in einem französischen Flughafen steht, wird ihn kaum jemand verhaften.«

»Und dein Plan?«

»Ich bin mir sicher, er kehrt in zwei oder drei Tagen zurück nach Goa. Wir müssen ganz einfach vor ihm dort sein und am Flughafen warten, bis er auftaucht.«

»Und dann?« Benjamin war aufgesprungen. »Was, glaubst du, wird passieren? Der wird dich dann doch wirklich umbringen.« Seine Stimme klang belegt. »Ich will mir das jedenfalls nicht mit ansehen. Nicht noch einmal.«

»Uns wird schon was einfallen«, erwiderte Dan ausweichend. »Es ist gar nicht mal sicher, dass er etwas unternimmt. Denk dran, wir sind zwei gegen einen.«

»Ah ja, natürlich«, höhnte Benjamin. »Zwei Amateurdetektive gegen einen professionellen Verbrecher – und all seine indischen Kumpel!«

»Das wissen wir doch gar nicht.«

»Und du läufst mit einem Verband herum und stopfst dich mit

Tabletten voll. Du kommst doch für eine Prügelei gar nicht infrage.«

»Es geht mir jeden Tag besser. Und wer sagt denn, dass wir uns prügeln müssen? Ich will eigentlich nur mit ihm reden.«

Benjamin starrte ihn an. »Für wie groß hältst du die Wahrscheinlichkeit, dass Johannes Hansen Mikael Kjeldsens Mörder ist?«

»Für groß. Sonst würde ich das hier nicht machen.«

Benjamin schüttelte langsam den Kopf, ohne Dan aus den Augen zu lassen. »Du meinst es ernst, oder? Du glaubst wirklich, dass wir auf die andere Seite der Erde fliegen, einen einzelnen Mann in der unglaublichen Masse von Leuten finden, die da leben, und dass wir ihn überwältigen und zurück nach Dänemark bringen können? Sag mal, bist du völlig wahnsinnig geworden?«

»Du kannst ja zu Hause bleiben, wenn du meinst, dass ich irre bin.«

»Und dich allein fliegen lassen? Nie im Leben. Das kann ich Marianne nicht antun. Ich komme mit und passe auf dich auf, ob du willst oder nicht.«

SONNTAG, 29. APRIL 2007

45

»Hast du ihn erreicht, Marianne?«

»Er geht nicht ran. Jedes Mal, wenn ich anrufe, springt sofort der Anrufbeantworter an. Ich habe ihm 'ne Milliarde SMS geschrieben, aber darauf antwortet er nicht, dieses Arschloch!«

»Das kann er doch nicht machen!«

»Wird das jetzt unser neues Motto?« Marianne gab ein Geräusch von sich, das ein Lachen andeuten sollte. »Laura ist gestern sogar mit nach Hause gekommen, um ihn mit aus dem Krankenhaus abzuholen. Es sollte eine Überraschung sein, sie hatte sich so gefreut. Glaubst du, sie hat das Gefühl, im Stich gelassen worden zu sein? Ich habe eine derartige Wut auf ihn, am liebsten würde ich sofort die Scheidung einreichen.«

»Oje, immer mit der Ruhe.«

»Warum glaubst du eigentlich, dass er in Goa ist?«

»Weil Dan um jeden Preis Johannes Hansen erwischen will. Und ich glaube, dass Johannes Hansen auf dem Weg nach Goa ist«, erwiderte Flemming. »Darauf weisen jedenfalls der Boardingpass und der Visumstempel hin.«

»Hm.«

»Ach, verdammte Scheiße! Wie konnte ich es nur so weit kommen lassen!«

»Hör auf, dir Vorwürfe zu machen. Du konntest doch nicht wissen, wie verrückt Dan sich verhalten würde. Niemand konnte das ahnen!«

Es entstand eine kleine Pause. »Na dann«, sagte Flemming. »Ich muss weitermachen. Was hast du für Pläne?«

»Ich platze gleich, vielleicht sollte ich meine Wut nutzen und sauber machen. Heute Nachmittag wollen Laura und ich mit Rumpel an den Strand, wenn das Wetter hält. Und du?«

»Ich muss arbeiten.«

Flemming blickte lange aus dem Fenster, als er aufgelegt hatte. Er wusste, dass er den Hauptkommissar über die jüngste Entwicklung unterrichten musste, entschloss sich aber, bis morgen damit zu warten. Es gab keinen Grund, das Wochenende von noch mehr Menschen zu ruinieren. Und wenn er ganz ehrlich sein sollte, sehnte er sich auch nicht gerade nach dem Anschiss, den sein Chef ihm mit Sicherheit verpassen würde.

»Gehen wir runter?« Frank Janssen stand in der Bürotür.

»Gut.« Flemming legte die Unterlagen auf einen Haufen und stand auf. Zusammen gingen sie ins Vernehmungszimmer, wo Erik Käsfeldt auf seinem üblichen Platz saß. Er schien in den vier Tagen, in denen er in Haft saß, um zehn Jahre gealtert, vornübergebeugt saß er auf seinem Stuhl und starrte auf seine gefalteten Hände. Käsfeldt hob den Kopf, als die beiden Polizisten eintraten. Er nickte ein einziges Mal, dann sank er wieder in sich zusammen, ohne etwas zu sagen.

»Guten Morgen«, grüßte Frank und schaltete den Recorder ein. Nachdem er das Datum und die Namen der Anwesenden genannt hatte, lehnte er sich zurück und überließ die Bühne Flemming Torp.

»Ich habe Ihr schriftliches Geständnis gelesen, Käsfeldt.«

»Ist damit irgendetwas nicht in Ordnung?«

»Nein, es sieht gut aus. Sehr detailliert.«

»Ja, und was jetzt?«

»Ich habe noch ein paar Fragen.«

Erik seufzte. »Fragen Sie.«

»Ich finde, wir sollten uns noch ein bisschen über Mikael Kjeldsen unterhalten.«

»Ich habe nichts mit dem Mord zu tun.«

»Das sage ich ja auch nicht. Erzählen Sie mir von ihm. Wie kam es dazu, dass er bei Christianssund Invest eingestellt wurde?«

»Vor ein paar Jahren brauchten wir einen IT-Mitarbeiter auf Stundenbasis. Und da fiel mir Annemaries Sohn ein.«

»Woher wussten Sie, dass er die notwendigen Qualifikationen hatte?«

»Das wusste ich nicht. Aber Mikael hatte an Computern geschraubt, seit er zehn Jahre alt war, außerdem hat er Informatik studiert.« Erik Käsfeldt räusperte sich. »Ich habe ihm erklärt, für welche Arbeiten wir jemanden suchten, er hat sich unser System angesehen und gesagt, das sei kein Problem für ihn.«

»Gab es niemanden in der Firma, der es eigenartig fand, dass Sie den Sohn eines Freundes einstellten?«

»Wenn es jemanden gab, hat er es zumindest nicht gesagt.«

»Stimmt es, dass seine Stelle finanziell unterstützt wurde?«

»Ja, sein Gehalt wurde zum Teil rückvergütet. Durch seine Behinderung gab es ja ein paar Aufgaben, die er nicht übernehmen konnte. Aber im Alltag merkten wir davon wenig.«

»War man mit Mikaels Arbeit zufrieden?«

»Vollkommen. Er war ein sehr tüchtiger junger Mann. Und sehr pflichtbewusst.«

»Galt das auch für seinen Einsatz im Haus des Herrn?«

»Sie meinen, ob er zu den Treffen kam und sich an der Verkündigungsarbeit beteiligte? Ja, das hat er. Nicht so, wie wir Alten, es war aber akzeptabel, wenn man bedenkt, dass er studierte und nebenbei noch arbeitete.« Erik Käsfeldt legte seine gefalteten Hände auf den Tisch. »Mikael war ein guter Junge. Ist er immer gewesen.«

»Wie kommt es, dass solch ein guter, religiöser Junge anfängt, sich an Fällen von schwerem Betrug zu beteiligen?«

»Reiben Sie ruhig Salz in die Wunde, Herr Torp.« Käsfeldt sah aus, als hätte Flemming ihn geschlagen. »Sie wissen doch, dass es meine Schuld war. Ich brauchte Hilfe, als Johannes mir befahl, diesen Krankenbericht zu manipulieren. Ich weiß nicht, was er sich gedacht hatte, aber … Manchmal bat er mich einfach um die unglaublichsten Dinge, und diese Sache … Ich hatte keine Möglichkeit, die Aufgabe allein zu lösen.«

»Was ist mit Radjendra Avasthi? Hat er keine Hacker unter seinen Leuten?«

»Johannes bat mich ausdrücklich, Avasthi da herauszuhalten. Er sagte nicht, weshalb, aber ich glaube, er hatte Angst, dass sein Mithelfer Sanjay davon erfahren könnte. Er macht vieles mit, bei der Mittäterschaft an einem Mord zieht er offenbar die Grenze.«

»Im Gegensatz zu Ihnen.«

»Zu diesem Zeitpunkt ahnte ich doch nicht, wozu der falsche Krankenbericht dienen sollte.«

»Hm.« Schweigend betrachtete Flemming ihn einen Moment. »Wusste Johannes, dass Sie seinen kleinen Bruder um Hilfe baten?«

»Nein, natürlich nicht!« Erik Käsfeldt sah erschrocken aus. »Johannes hatte mir schon sehr früh erklärt, dass er nicht einen Ton über seine Familie hören wollte. Wir haben nie, im wahrsten Sinn des Wortes, nie darüber gesprochen. Für ihn waren alle drei ebenso tot wie er für sie. Vielleicht ist man zu solch einem Verhalten nur in der Lage, wenn man im Haus des Herrn aufgewachsen ist. Wir wissen, dass wir imstande sein müssen, stark zu sein, um die Menschen zu vergessen, die wir einmal geschätzt, ja, vielleicht sogar geliebt haben. Das konnte für jeden von uns ja einmal notwendig werden.«

»Also weiß Johannes nicht, dass Mikael tot ist?«

»Keine Ahnung. Er war in Dänemark, als der Mord durch alle Zeitungen ging, aber selbst wenn er darüber gelesen hat ... er weiß ja nicht einmal, wer Mikael Kjeldsen ist.«

»Was meinen Sie?«

»Mikael und seine Mutter haben ihre Namen geändert, als Poul-Erik, ihr Mann, ausgestoßen wurde.«

»Ah ja. Haben Sie Angst vor ihm?«

»Vor Johannes?« Erik hob seine linke Hand vor Flemmings Gesicht. »Sehen Sie den Finger da? Den hat er mir gebrochen, als ich aussteigen wollte. Einfach so ... knack!«

Flemming wusste nicht, was er glauben sollte. Es klang eine Spur zu unglaublich. Langsam schüttelte er den Kopf. »Kommen wir noch einmal auf Mikael Kjeldsens Eindringen in das Computersystem des Rigshospitals zurück. Wie viel haben Sie ihm gezahlt? Computer sind ein teures Hobby ...«

Käsfeldt zog ein entrüstetes Gesicht. »Für Geld hätte er das doch niemals gemacht.«

»Und wie haben Sie ihn überredet?«

Käsfeldt blickte auf den Tisch. »Ich weiß es nicht mehr. Ich habe ihn wahrscheinlich einfach gebeten, mir einen Gefallen zu tun.«

»Haben Sie ihn erpresst?«

»Wie meinen Sie das?«

»Ich versuche nur, Ihrem Gedächtnis auf die Sprünge zu helfen, Käsfeldt.«

»Ich verstehe Sie nicht.«

»Die Pornos, Käsfeldt. Mikael hatte einen riesigen Verbrauch an Pornofilmen, die er sich illegal aus dem Internet herunterlud.«

»Davon weiß ich nichts.«

»Aber Sie wussten doch sicher, dass er sadomasochistische Pornos sammelte?«

Eriks Blick flackerte. »Woher sollte ich davon wissen?«

»Genau das sollen Sie mir ja erzählen. Wer hat geplaudert? Oder haben Sie es vielleicht sogar selbst herausbekommen? Eventuell haben Sie sich ja in seiner Schreibtischschublade am Arbeitsplatz umgesehen?«

»Nein, das habe ich nicht!«

»Wer hat es Ihnen erzählt? Seine Mutter?«

»Nein, sie weiß es bestimmt nicht. Es war ein Mitglied der Gemeinde, das sein Laster durch einen Zufall entdeckt hat; sie hat sich mir anvertraut.« Käsfeldt breitete die Arme aus. »Sie war als gute Christin in ihren Grundfesten erschüttert über das, was sie in seinem Zimmer gesehen hat.«

»Man stolperte nicht einfach über das pornografische Material, das Mikael in seinem Zimmer aufbewahrte. Die Filme waren auf anonyme DVDs kopiert und lagen in einer verschlossenen Schublade. Wie konnte sie sehen, dass es sich um Pornos handelte?«

»Sie hat ...« Erik Käsfeldt wand sich. »Sie hat ihn gesehen, als er sich einen seiner widerlichen Filme auf dem Computer ansah. Er ... er berührte sich dabei selbst. Sie war schockiert.«

»Und dann ging sie zu Ihnen. Wieso?«

»Weil sie wusste, dass diese Art von Schweinerei ein Ausschlussgrund ist.«

»Porno oder Onanie?«

»Pornografie.«

»Und sie wollte, dass Sie Mikael ausstoßen?«

»Nein, im Gegenteil. Sie wollte, dass ich mit ihm rede und ihm auf den rechten Weg helfe. Sie wusste, dass ich mit ihm zusammenarbeitete, dass wir jeden Tag miteinander sprachen.« Erik trank einen Schluck Wasser. »Sie wollte verhindern, dass er ausgestoßen wurde. Sie wusste, wie viel Mikaels Mutter bereits verloren hatte.«

»Wieso habe ich nur das Gefühl, dass es sich bei der Frau, die den armen Mikael ausspioniert und Ihnen sein Privatleben präsentiert hat, um Kamma Moritzen handelt?«

Käsfeldt zuckte die Achseln. »Glauben Sie, was Sie wollen.«

»Sie ist recht aktiv, oder?«

»Kamma ist der treueste und fürsorglichste Mensch, den ich kenne. Sie hat ihre Eltern verloren, als sie noch sehr klein war, und seither hat sie hundertprozentig für die Arbeit in der Gemeinde gelebt. Sie sehen doch, welch eine Hilfe sie für Annemarie Kjeldsen ist. Und ich weiß nicht, wie ich die schwere Zeit nach dem Tod meiner Frau ohne ihre Hilfe überstanden hätte.«

»Ah ja, Kamma hat also geplaudert …«

»Mit den besten Absichten!«

»Ja, das sagten Sie bereits. Und Sie haben Mikael zu einem freundschaftlichen Gespräch gebeten. Wann war das?«

»Letztes Jahr im September. Es war ihm natürlich enorm peinlich, er war sehr betroffen und wollte alles tun, um eine offizielle Strafe der Gemeinde zu vermeiden.«

»Welche Strafe fanden Sie für ihn?«

»Die übliche: Gebete, Reue, freiwillige Beiträge zur Arbeit der Gemeinde.«

»Sie haben ihn bei dieser Gelegenheit nicht gebeten, sich in das Computersystem des Rigshospitals einzuhacken?«

Erik schüttelte den Kopf. »Könnte ich noch etwas Wasser bekommen?«

Flemming nickte Frank zu, der eine kalkfleckige Karaffe mit Wasser holte und auf den kleinen Tisch stellte.

Käsfeldt füllte sein Glas, räusperte sich, trank und stellte das Glas vor sich auf den Tisch. »Es waren drei Wochen seit meinem ersten Gespräch mit Mikael über seine ungesunden, schädlichen Angewohnheiten vergangen. Er bereute wirklich. Er vernichtete all diese widerlichen Filme.«

»Haben Sie gesehen, dass er es getan hat?«

»Nein. Ich wollte mit diesem Schmutz nichts zu tun haben. Er gab mir sein Wort, dass die Filme gelöscht seien, das hat mir gereicht.«

Flemming lächelte müde. »Sie sind naiv, Käsfeldt. Wenn er die Filme im September wirklich gelöscht hätte, wäre er für die letzten Monate seines Lebens beschäftigt gewesen. In seinem Zimmer fanden wir eine ganze Schublade voll mit selbst gebrannten DVDs.«

»Sind Sie sicher, dass es sich um Pornos handelte? Es könnte doch auch irgendetwas anderes ...«

Frank mischte sich ein. »Ich hatte persönlich das Vergnügen, mir alle DVDs, die Mikael Kjeldsen hinterlassen hat, ansehen zu müssen, und ich kann Ihnen versichern, dass sie nicht viel anderes enthielten als Lack, Leder, Handschellen und Körperteile in Aktion.«

Käsfeldt war entsetzt. Einige Sekunden lang war es völlig still in dem kleinen Vernehmungszimmer.

»Jetzt beruhigen Sie sich wieder, Käsfeldt«, sagte Flemming. »Sie waren dabei, uns zu erzählen, wie Sie Mikael überredet haben, in das Computersystem einzudringen.«

»Okay.« Erik Käsfeldt richtete sich auf. Trank einen Schluck Wasser. »Mikael und ich hatten verabredet, uns einmal in der Woche direkt nach der Arbeitszeit zu treffen. Wissen Sie, es erfordert einen massiven Einsatz, einem Menschen zu helfen, der den Weg der Sünde eingeschlagen hat. Wir beteten gemeinsam, und er erzählte mir von seinem Kampf gegen Satan und seine Versuchungen. Er war zutiefst unglücklich, sehr reuevoll.«

»Ah ja.«

»Nach einem Monat gab mir Johannes den Auftrag mit dem Rigshospital. Er nannte einen Betrag, mit dem ich den einen oder andern Nerd bezahlen sollte.«

»Wie viel?«

»Fünfzigtausend. Das war die Untergrenze, das wusste ich, doch dann fiel mir Mikael ein.« Er verstummte.

»Weiter.«

»Als Mikael und ich uns einige Tage später trafen, sagte ich zu ihm, sein ganzer Pornomissbrauch sei vergeben und vergessen, wenn er eine Arbeit für mich erledigen würde. Seine Neugierde war geweckt, das merkte ich.« Erik schüttelte den Kopf. »Das ist bei den jungen Burschen wie mit Drogen. Ist man erst einmal vom Hacken gebissen, ist es das Einzige, was das Adrenalin in die Höhe schnellen lässt. Als ich darüber hinaus noch das Geld erwähnte, war er Feuer und Flamme. Er bräuchte einen neuen Computer, sagte er.«

»Wieso konnte er die Krankenakte so perfekt ausfüllen? Verfügte er über irgendwelche besonderen Kenntnisse über Gehirntumore?«

»Nachdem er erst einmal das System überwunden hatte, war es sehr leicht, ein halbes Dutzend echte Krankenberichte auszudrucken, damit ich sie mir in aller Ruhe ansehen konnte. Dann entschied ich mich für einen und tauschte den Namen und die Geburtsdaten des Patienten mit Johannes' erfundenen Daten aus. Wie hieß er doch gleich?«

»Damals Joachim Heinsen.«

»Ah ja. Mikael legte den falschen Krankenbericht an, sobald ich das Signal von Johannes bekommen hatte. Das war am 5. Oktober letzten Jahres …«

»Der Tag, an dem Birgitte Johns ermordet wurde.«

»Ja, das ist mir inzwischen auch klar.« Käsfeldt trank noch einen Schluck Wasser. »Und dann haben wir ihn am 25. Oktober wieder entfernt, als wir ganz sicher waren, dass die Polizei den Fall gründlich untersucht hatte.«

»Und der Mann, der den Anruf der Polizei beantwortete ... der die Rolle des Oberarztes Kim Plesner spielte?«

»Das war ich.«

»Was ist dann passiert?«

»Nichts. Wie besprochen ließ ich Mikael in Ruhe. Tatsächlich sind wir uns ein wenig aus dem Weg gegangen. Ich habe es damals bereut, dass ich ihn in meinen ›Nebenjob‹ hineingezogen hatte. Es sollte ja niemand davon wissen, und er schon gar nicht. Vor allem, weil ich nicht nur mit ihm zusammenarbeitete, sondern weil er auch noch Gemeindemitglied war. Ich versuchte mir einzureden, dass ich Mikael vertrauen konnte. Er war immer so ein guter Junge gewesen. So loyal.«

»Aber er hatte sich verändert?«

»Es war, als hätte diese ganze Pornosache und das Eindringen in den Krankenhauscomputer etwas bei ihm ausgelöst. Wie soll ich das erklären? Als hätte er einen neuen Teil seines Gehirns entdeckt, den Teil, wo Lügen, Betrug und Zynismus sitzen. Er glaubte vermutlich nicht, dass er so sein könnte. Ich glaubte es jedenfalls nicht.« Erik verbarg sein Gesicht, bis er seine Stimme wieder unter Kontrolle hatte. »Im Februar kam er dann an und erklärte, er wolle sich nach der Arbeitszeit mit mir unterhalten. Wir hatten ohnehin eine Versammlung im Gemeindesaal an diesem Abend, also kauften wir uns jeder ein Sandwich und aßen es oben im Saal, bevor die anderen kamen. Dort konnten wir in Ruhe reden, es war nicht so kalt wie im Auto. Ich dachte, er hätte das Bedürfnis, mit mir zusammen zu beten, vielleicht wollte er auch einen Rückfall bekennen ...«

»Aber?«

Käsfeldt sah Flemming direkt in die Augen. »Er wollte mich erpressen, Torp. Es gibt kein anderes Wort dafür. Wie sich herausstellte, war er durch die Aufgabe, die ich ihm gegeben hatte, neugierig geworden. Er hatte viele Stunden darauf verwendet, alles durchzusehen, was er auf meinem Computer fand. Er hatte alte Mails von Johannes rekonstruiert; er hatte die EU-Lotto-Listen mit meinen Notizen über alleinstehende Frauen entdeckt; im Papierkorb des Computers hatte er Dokumente mit Notizen über einen der Fälle gefunden – die Frau aus dem Internat im Frühjahr. Natürlich hatte er nicht alles herausgefunden, aber doch genug, um einiges an Verhandlungsmasse zu haben.«

»Er wollte verhandeln?«

»Es ging um Geld. Wie immer. Zunächst wollte er nur fünfzigtausend mehr. Die habe ich ihm vielleicht etwas zu bereitwillig gegeben, denn es verging kaum mehr als eine Woche, als er wieder dastand und weitere fünfzigtausend wollte.«

»Hat er sie bekommen?«

Erik nickte. »Und auch die hunderttausend Kronen, die er eine Woche später verlangte. Er hatte durchschaut, dass ich reichlich Bargeld hatte. Er war vollkommen kalt. Mit einem Mal erinnerte er mich an seinen Bruder …«

»Haben Sie Johannes von alldem erzählt?«

»Ohne den Namen zu nennen. Groteskerweise genoss ich es irgendwo in mir geradezu schadenfroh, Johannes' kleinen Bruder angeheuert zu haben, ohne dass Johannes es wusste. Als sei es ausnahmsweise mal ich, der ein paar Asse im Ärmel versteckt hatte. Aber ich wagte es nicht, sie auszuspielen.«

»Und dann haben Sie Mikael umgebracht?«

Käsfeldts Stuhl schrammte vernehmlich über den Boden, als er aufsprang. Er schlug mit der Faust auf den Tisch. »Nein!«, brüllte er. »Das habe ich doch gesagt. Ich weiß nichts über den Mord.«

»Aber er kam Ihnen doch sehr gelegen, oder? Setzen Sie sich.«

Erik Käsfeldt fiel in sich zusammen. Die Schultern sanken in ihre normale schräge Position, seine Hände fielen schlaff herab. »Ja, schon«, flüsterte er. Seine Finger fanden die Rückenlehne seines Stuhls und stellten ihn wieder an seinen Platz. Er ließ sich schwer auf den Stuhl fallen. »Natürlich kam es mir gelegen. Das gebe ich zu. Ich schäme mich so.«

»Lassen Sie mich raten: Sie haben zu Gott gebetet, damit Mikael aufgehalten wird, nicht wahr?«

»Ja … also … aber ich habe doch nicht dafür gebetet, dass der Junge sterben soll. Ich hoffte auf ein Wunder, das ihn auf bessere Gedanken bringen sollte. Der Herr sollte auf Mikaels Gewissen einwirken. Aber dann passierte dieser Mord …« Die Tränen fingen an zu laufen, und dieses Mal unternahm er keinen Versuch, sie zu verbergen.

»Wo waren Sie am 28. Februar?«

Erik Käsfeldt schüttelte den Kopf, ohne zu antworten.

Flemming betrachtete das schluchzende Wrack im Stuhl gegenüber. Wieso hatte dieser demütige, vorsichtige Mann sich in eine Betrugsserie von geradezu unübersichtlichen Ausmaßen verwickeln lassen? Erik Käsfeldt wirkte nicht wie ein Mensch, der fähig dazu war, Risiken einzugehen. Gürtel, Hosenträger und Sicherheitsnetz – und dann so etwas? Es passte überhaupt nicht zusammen. Nun gut, früher oder später würden sie es herausfinden. Flemming wusste, dass noch sehr viele Stunden mit Verhören vor ihnen lagen. Es würde noch eine Menge Gelegenheiten geben, auch dieses Rätsel zu lösen.

»Ich schaue mal in seinen Kalender«, sagte Frank. Er schlug rasch den betreffenden Tag auf. »Ein Strich und … was steht da?« Er drehte den Kalender um und schob ihn Erik zu. »Blinis?«

Käsfeldt riss sich spürbar zusammen. Er räusperte sich. »Berlin.«

»Am 28. waren Sie in Berlin?«

Noch ein kräftiges Räuspern. »Ich bin am Dienstagabend geflogen und habe den ganzen Mittwoch und den größten Teil des Donnerstags auf einer Sitzung von EU-Lotto verbracht. Eine Konferenz aller europäischen Finanzierungsgesellschaften, mit denen die Firma zusammenarbeitet.«

Frank Janssen sah Flemming an. »Das stimmt mit den Notizen hier überein«, sagte er. »Haben Sie die Quittungen für den Flug, das Hotel und andere Ausgaben aufbewahrt?«

»Ich bin gelernter Steuerberater«, erklärte Erik Käsfeldt in einem letzten Versuch, seine Würde zu bewahren. »Selbstverständlich.«

Flemming hatte den Kalender zu sich herübergezogen. »Es fliegen ja ständig Maschinen von Kopenhagen nach Berlin«, sagte er. »Haben Sie Zeugen dafür, dass Sie ohne Unterbrechung in Berlin gewesen sind?«

»Tagsüber war ich wie gesagt in Sitzungen, am Mittwoch, dem 28., habe ich bei Bekannten zu Abend gegessen. Ich war dort bis zehn, dann bin ich ins Hotel gegangen und habe geschlafen.«

»Würden Sie uns den Namen und die Adresse Ihrer Bekannten geben?«

»Oh.« Erik erstarrte. »Kann man sie nicht unbehelligt lassen? Ich meine ... müssen sie unbedingt erfahren ...«

Flemming lehnte sich auf dem Stuhl zurück. »Käsfeldt ... Ich glaube, Ihnen ist noch nicht so ganz klar, worum es hier geht. Sie wurden gerade für vier Wochen in Untersuchungshaft genommen, und diese Untersuchungshaft können wir immer wieder verlängern. Wissen Sie, warum? Weil das Beweismaterial gegen Sie bereits jetzt so überzeugend ist, dass Sie einer Gefängnisstrafe kaum entgehen werden. Und wenn die erlassen wurde, entfällt das Verbot der Namensnennung, dann ...« Er sah ihn an, bis er sicher sein konnte, dass der Groschen gefallen war. »Die Gemeinde,

Ihre Kollegen, Ihre Freunde im Ausland, sie alle werden erfahren, was Sie getan haben. Tun Sie sich selbst den Gefallen und sehen Sie es ein. Je eher, desto besser.«

»Sie heißen Lüpertz«, sagte Erik so leise, dass Flemming ihn bitten musste, es zu wiederholen. Er gab ihnen die Adresse des Ehepaares und ergänzte unaufgefordert, dass diese braven Menschen der deutschen Gemeinde vom Haus des Herrn angehörten.

»Warum waren Sie nicht bei dem großen Treffen in Maribo? An dem Annemarie Kjeldsen und Kamma Moritzen teilgenommen haben? Ich dachte, so etwas sei obligatorisch?«

»Ich musste arbeiten.«

»Können Sie sich für so etwas nicht freinehmen?«

»Wissen Sie, was«, erwiderte Erik und lehnte sich seinerseits auf dem unbequemen Stuhl zurück. »Ich bin Ihre Vorurteile über meinen Glauben und unsere Gemeinde langsam leid. Sie stellen es so dar, als ob alles Zwang sei, als ob das Haus des Herrn eine Art Gefängnis ist. Begreifen Sie nicht, dass es mir ein Herzensanliegen ist, dem Herrn zu dienen? Es ist für mich eine Freude, an unseren Versammlungen teilzunehmen. Ich freue mich aufrichtig auf das gemeinsame Gebet und die Verkündigungsarbeit, ich freue mich darauf, zusammen mit meinen Freunden Gott zu lobpreisen. Ich hätte liebend gern an dem Treffen in Maribo teilgenommen, aber ich war an meinem Arbeitsplatz unabkömmlich. Wenn einige der anderen Gemeindemitglieder es kommentiert haben, dann, um ihr Bedauern darüber auszudrücken, dass ich auf dieses Beisammensein verzichten musste.« Er seufzte. »Und nun möchte ich Sie bitten, mich eine Weile in Ruhe zu lassen. Ich kann nicht mehr.«

Flemming sah ihn lange an. »Okay«, sagte er. »Ich habe nur noch eine einzige Frage.«

Käsfeldt zuckte die Achseln.

»Als Mikael anfing, Sie zu erpressen, haben Sie es Johannes gegenüber erwähnt?«

»Ja, ich habe ihn um Rat gebeten.«

»Und, bekamen Sie ihn?«

Erik schüttelte langsam den Kopf. »Er sagte, ich müsse selbst sehen, wie ich da wieder rauskomme.«

»Und er wusste nicht, wer Sie erpresste? Sind Sie ganz sicher?«

»Er wusste, dass es jemand ist, der in der gleichen Firma arbeitet wie ich. Und dass es sich um einen jungen Mann handelt.«

»Hm.« Flemming kratzte sich am Kinn. Wie viele junge Hacker arbeiteten wohl bei Christianssund Invest? Es dürfte ihm nicht schwergefallen sein, sich Name und Adresse zu beschaffen. Wenn er Johannes Hansen nur hier hätte, dann könnte er ihn ein wenig unter Druck setzen. Es gab gute Gründe für die Vermutung, dass er etwas mit dem Tod von Mikael Kjeldsen zu tun hatte – direkt oder indirekt. Flemming ertappte sich plötzlich bei dem Wunsch, dass Dans wahnsinniges Projekt gelingen möge. Und zwar rasch – am besten, bevor der Hauptkommissar morgen zum Dienst erschien.

MONTAG, 30. APRIL 2007, ABENDS

46 Als Jay auf die oberste Stufe der Flugzeugtreppe trat, spürte er sofort die Mauer aus heißer, feuchtigkeitsgesättigter Luft. Er blieb einen Moment stehen, berauscht wie immer, wenn er nach Goa zurückkehrte. Die Frau in der Schlange hinter ihm stieß ihre Korbtasche ungeduldig in seine Kniekehlen und brachte ihn zurück in die Wirklichkeit. Er lächelte entschuldigend und ging rasch die Treppe hinunter. Der Asphalt war so heiß, dass er noch immer nachgab, obwohl die Sonne bereits vor beinahe einer Stunde untergegangen war. Nur Sanjay hatte er Bescheid gegeben. Wenn er nicht da war, hatte Jay ein Problem. Avasthi hatte ihm nicht genügend Geld für ein Taxi gegeben, und das Heim lag anderthalb Stunden Fahrt vom Flughafen entfernt. Jay fühlte sich wie ein Bettler, wie der arme, aufdringliche Verwandte der Familie; ein Gefühl, das er nicht gewohnt war und das ihm nicht gefiel.

In der Ankunftshalle stand die übliche Gruppe Fahrer mit Schildern. Namen von Hotels und Reisegesellschaften mischten sich mit einzelnen Personennamen. Und mitten unter ihnen stand Sanjay, er überragte seine Landsleute um einen halben Kopf, lächelte und ließ die ihm noch verbliebenen Zähne aufleuchten. »*Jay, my friend!*« Er streckte ihm seine von der Arbeit raue Hand entgegen. »*No luggage?*«

Jay schüttelte lächelnd den Kopf. Plötzlich spürte er, wie müde er war. Er war mehr als einen Tag unterwegs gewesen. Erst mit

Avasthis Taxichauffeur über die Øresundbrücke zu einem Privatflugplatz im südlichen Schonen. Von dort mit einer winzigen Privatmaschine auf ein Stoppelfeld in Polen. Weiter mit dem Auto zum Flughafen in Warschau. Flug nach Moskau. Und ein weiterer Flug nach Goa. Alles mit dem neuen britischen Pass und ohne ein einziges Mal gestoppt worden zu sein. Es ließ sich viel über Radjendra Avasthi sagen, aber was er in die Hand nahm, funktionierte, dachte Jay. Leider war er ebenso gut im Eintreiben von Schulden. Und erst vor wenigen Tagen hatte er Jay freundlich darauf aufmerksam gemacht, dass Jays Schuld ihm gegenüber nahezu bodenlos war. Jay schüttelte den Gedanken ab und folgte Sanjay, der an dem Kordon von Männern vorbeiging, die beim Gepäck helfen, einen Blumenkranz verkaufen oder ein Taxi anbieten wollten. Jay wurde in Ruhe gelassen. Der Anblick von Sanjay, der Besitzer- und Beschützerstolz zugleich ausstrahlte, genügte, dass sich auch die Hoffnungsfrohesten zurückzogen und Jay passieren ließen.

»Stört's dich, wenn ich unterwegs etwas schlafe?«

»Ist in Ordnung.« Sanjay nahm den Rucksack und legte ihn in den Kofferraum des Wagens. »Wir können morgen reden.«

»Wir fahren direkt nach Prāyaścitta, oder?«

»Natürlich. Ich habe dein Zimmer vorbereitet.«

Jay lehnte den Kopf ans Fenster und schloss die Augen, als sein Fahrer den Wagen mit Todesverachtung in den Verkehr lenkte – Gas und Hupe durchgedrückt. Er war glücklicher als vor der katastrophalen Episode am Sundværket vor ein paar Tagen. Er war zu Hause, hier konnten sie ihn nicht erreichen. Er schlief sofort ein.

*

»*Follow that car, please.*« Dan wandte sich mit einem strahlenden Lächeln an Benjamin. »Ich habe schon immer davon geträumt, diesen Satz einmal zu sagen.«

»Klang auch total professionell.« Benjamin gähnte laut. »Mann, habe ich tief geschlafen.«

»Tut mir leid, aber ich brauche dich wach. Du verfolgst die Fahrt auf der Karte, nicht wahr?«

»Ja, ja.« Benjamin hatte die Karte bereits auseinandergefaltet und hielt den Finger auf die Straße, auf der sie gerade fuhren. »Noch ist es ja nicht so spannend.«

Das kleine weiße Taxi hielt sich auf der asphaltierten Straße vorbildlich ungefähr hundert Meter hinter dem rot lackierten Peugeot, in den sie Johannes Hansen hatten einsteigen sehen. Obwohl sie sich außerhalb der Stadt befanden, war der Verkehr dicht: Mopeds mit zwei oder drei Personen schlängelten sich zwischen hektische Tuk-Tuks, qualmende Lastwagen und gewöhnliche Autos, die meisten in einem miserablen Zustand. Ein paar Mal in der Minute hupte der Fahrer – wenn er an eine Ecke kam, wenn er überholen wollte oder wenn er einfach nur meinte, es sei zu ruhig. Alle anderen Verkehrsteilnehmer taten dasselbe. Das Resultat bestand in einer Kakofonie von kurzen, munteren Huptönen; ganz anders als die zornige, lang anhaltende und wütende Huperei, die man zum Beispiel in Rom erlebt. Wenn das Taxi durch ein Dorf fuhr, verringerte der Fahrer die Geschwindigkeit nur unwesentlich, allerdings musste er hier und da etwas Slalom fahren, um Kühen, Hunden und Menschen auszuweichen, die sich unbekümmert auf den überfüllten Straßen bewegten, an denen nirgendwo Bürgersteige zu sehen waren.

»Mann, was bin ich froh, dass wir nicht selbst fahren müssen!« Dan klammerte sich mit beiden Händen an die Rückenlehne des Beifahrersitzes. Es gab keine Sicherheitsgurte. Nur die Befestigungen dafür waren noch zu sehen. »Ist ja lebensgefährlich.«

Benjamin lächelte. Während Dan sich nach dem Flug ausruhte, hatte er zusammen mit ihrem fest engagierten Taxi-Chauffeur die notwendigen Recherchen unternommen, sodass er bereits ein wenig an den chaotischen Verkehr in Goa gewöhnt war. Benjamin hatte großes Vertrauen zu ihrem Fahrer Ashi, mit dem er sofort nach ihrer Ankunft am Sonntag eine Vereinbarung getroffen hatte. Bei Ashi handelte es sich um einen älteren Mann mit einem dicken, grau gesprenkelten Schnurrbart über den breiten Lippen, die ständig aussahen, als ob nur Millimeter zu einem Lächeln fehlten. Er sprach nicht besonders gut Englisch, fuhr aber selbstbewusst und entspannt. Sie konnten zufrieden mit ihm sein.

Dans Handy piepte. Eine SMS. Er klickte sie an und seufzte: »Schon wieder Marianne … ›Ruf sofort an. Nachricht von Flemming‹«, las er vor. »Wenn ihre Sätze aus drei Worten bestehen, ist sie wirklich sauer!«

»Das verstehe ich nur zu gut, Dan. War ja auch 'ne Scheißnummer, die du da mit ihr abgezogen hast.«

»Aber ich habe ihr doch erklärt, dass …«

»Du hattest eine Gehirnerschütterung, Dan. Du solltest überhaupt nicht hier sein. Und dann diese Wunde … Bist du dir eigentlich darüber im Klaren, welch heftige Infektion du dir hier einhandeln kannst? Ganz abgesehen von der Gefahr, dass uns dieser Psychopath überfallen könnte.« Benjamin schüttelte den Kopf. »Wenn ich deine Frau wäre, ginge es mir genauso wie Marianne. Aber jetzt sind wir hier, und ich werde dir helfen, so gut ich kann.«

»Jedenfalls habe ich keine Lust, sie ausgerechnet jetzt anzurufen. Weißt du, wo wir sind?«

»Da.« Benjamins Finger zeigte auf die Karte. »Wir fahren gleich durch Candolim, wir müssten gleich an eine Brücke kommen … Da ist sie!«

Dan und Benjamin waren Sonntagmorgen in Goa angekommen und hatten ein Hotel in der Nähe des Flughafens gefunden. Nach ein paar Stunden Schlaf hatten sie sich einen Überblick über sämtliche Landungen in den nächsten Tagen verschafft. Benjamin hatte eine Menge Zeit und ziemlich viele amerikanische Dollars verbraucht, um sich am ersten Tag in der Ankunftshalle aufhalten zu dürfen. Allerdings war ihm rasch klar geworden, dass seine Anwesenheit enorm viel Aufsehen erregte und ihre Mission gefährden konnte. Daher hatte er mit Ashi eine neue Vereinbarung getroffen. Seither saßen Benjamin und Dan jedes Mal in dem kleinen weißen Taxi vor dem Flughafen, wenn ein internationaler Flug landete. Sie wussten, dass es riskant war. Johannes hätte durchaus einen Flug nach Mumbai nehmen und mit dem Zug nach Goa gelangen können, aber die Hoffnung starb zuletzt und sie waren sich einig darin, es ein paar Tage lang zu versuchen, bevor sie aufgeben und wieder nach Hause fliegen würden.

Und heute, nach eineinhalbtägiger Überwachung in brütender Hitze, hatte ihre Beharrlichkeit endlich Früchte getragen. Sie erkannten Johannes Hansen sofort wieder. Als er aus der Glastür trat, begleitete ihn ein verhältnismäßig großer, sehr dunkelhäutiger Inder in einem schneeweißen Hemd. Sie unterhielten sich wie enge Freunde, Johannes hatte seine Hand auf die Schulter des Mannes gelegt. Es sah nicht nach einer zufälligen Begegnung mit einem Taxifahrer oder einem Träger aus.

»Hier können wir ihn nicht schnappen«, hatte Dan gesagt, als sie dem ungleichen Paar hinterherblickten. »Nicht, solange er mit diesem Kerl zusammen ist.«

Benjamin hatte stumm den Kopf geschüttelt. Er spürte die Angst wie einen Klumpen in der Brust und traute seiner Stimme nicht recht.

»Wir müssen sie verfolgen, dann wissen wir schon mal, wo er wohnt«, hatte Dan ergänzt. Und nun saßen sie in Ashis Taxi und fuhren in hohem Tempo durch die Dunkelheit in Richtung nördliches Goa. Der Wagen wich mit einer scharfen Drehung einem Moped aus, das plötzlich aus einer Seitenstraße kam, beladen mit Vater, Großmutter und einem kleinen Mädchen in einem feinen Kleid und weißen Schleifen an den Zöpfen. Dan konnte ein Keuchen nicht unterdrücken. Ashi erwiderte seinen Blick im Rückspiegel. *»Everything good, sir?«*

»Yes.« Dan zwang sich zu einem Lächeln. *»Quite alright.«* Er schloss die Augen und versuchte, sich zu entspannen. Sein Kopf schmerzte nicht mehr so sehr, aber die Stiche in der langen Wunde an der Wange spannten und juckten unbeschreiblich unter dem Gazeverband. Dan wechselte jeden Tag sorgfältig den Verband und desinfizierte die Wunde. Es war nicht so schwierig, und die Apotheken waren hier mehr als gut versorgt mit antiseptischen Mitteln und Penicillin, das auch ohne Rezept erhältlich sein würde, sollte es zu einer Infektion kommen. Er versuchte, das Jucken zu ignorieren, er konnte ohnehin nichts dagegen tun.

Eine halbe Stunde verging, eine ganze Stunde. Der kleine rote Peugeot fuhr noch immer gleichmäßig und ruhig Richtung Norden. Benjamin schaltete hin und wieder eine kleine Taschenlampe ein, um sicherzugehen, dass sein Finger der richtigen Route auf der Karte folgte. Es war beinahe rührend mit anzusehen, wie ernst er seine Aufgabe nahm. Wenn Dan die Augen öffnete, sah er Hausmauern, staubige Bäume, ein primitives Zelt vorüberhuschen.

Plötzlich wurde das rote Auto langsamer und bog links in eine schmalere Straße ein. Ashi folgte den leuchtenden Hecklichtern, die sich jetzt in einem erheblich langsameren Tempo bewegten. Sie kamen zu einem großen Dorf. Im Licht der Scheinwerfer sah Dan bunte Häuser mit großen Bäumen, dazwischen Haufen von Abfall. Auf den offenen Veranden saßen Kinder und Erwachsene auf Plastik-Campingstühlen und entspannten sich in der tropischen Nacht; die Männer mit einer Zigarette in der Hand, die Frauen in bunten Saris unter nackten, orangegelben Glühbirnen. Am Straßenrand leuchteten, von den Scheinwerfern des Wagens geblendet, hier und da ein paar wachsame Augen auf – vielleicht ein herrenloser Hund, der nach einem Bissen für die Nacht suchte.

Direkt vor dem Dorf verschwand der rote Wagen durch ein großes Gittertor hinter eine hohe, rot gekalkte Mauer.

Ashi suchte Dans Blick im Rückspiegel. »Ich fahre noch ein Stück weiter«, erklärte er. »Damit sie uns nicht sehen.« Dan antwortete mit einem Lächeln.

»Einen fantastischen Helfer haben wir uns da besorgt«, sagte er zu Benjamin. »Man sollte meinen, dass er nie etwas anderes gemacht hat, als Privatdetektiven zu assistieren.«

Ashi drehte und wartete einige Minuten, bevor er langsam an der Mauer zurückfuhr. Über dem nun geschlossenen Gittertor erkannte Dan sofort das Wort:

प्रायश्चित्त

»Prāyaścitta«, sagte er leise.

Ashi drehte sich um. Seine Augen strahlten. *»Yes, yes. Prāyaścitta!«*, sagte er. *»You read Indian letters?«*

Dan schüttelte den Kopf. *»This word is all I know. Atonement«*, erwiderte er lächelnd. *»Let's find a hotel somewhere.«*

*

Jay erwachte erst, als das Auto auf dem hübschen, fliesenbelegten Platz hinter dem Haus hielt, auf dem auch der kleine Ausflugsbus des Heims stand. Er stieg aus dem Auto und streckte sich.

»Danke fürs Abholen. Ich gehe noch ein paar Meter, Sanjay.«

Jay stellte den Rucksack in sein kleines, gemütliches Zimmer. Er überprüfte die korrekte Temperatur der Klimaanlage und trank eine ganze Flasche kaltes Wasser aus dem eingebauten Kühlschrank. Er ließ sich Zeit auf der Toilette, bevor er sich Gesicht und Hände wusch und seinen Spaziergang rund ums Haus antrat.

Alle Kinder schliefen. Die Geborgenheit, die sie in den Mauern des Hauses gefunden hatten, war geradezu physisch zu spüren. Jay ging von einem Raum zum anderen, steckte den Kopf durch die Tür jedes einzelnen Schlafsaals und ließ die entspannte Ruhe, die ihm entgegenströmte, auf sich wirken.

Prāyaścittas Kinder lebten – für lokale Verhältnisse – ungemein luxuriös. In jedem Zimmer waren lediglich vier Kinder untergebracht, sie hatten ihre eigenen Schränke, verfügten über einen Schreibtisch, um Schularbeiten zu erledigen, trugen heile und saubere Sachen in ihrer Größe, wuschen sich täglich, putzten sich die Zähne und bekamen jeden Tag drei ordentliche, nahrhafte Mahlzeiten. Mit ihnen lebten Erwachsene, die die Zeit und die Energie hatten, sie abends zu Bett zu bringen, ihnen eine Gutenachtgeschichte vorzulesen und auf tatsächliche und eingebildete kleine Schrammen zu pusten. Sie wurden ordentlich unterrichtet und erhielten großzügige Stipendien für ihre weitere Ausbildung. Obwohl ihre Eltern mittellos waren, hatten sie ebenso gute Chancen wie Kinder aus wohlhabenden Familien.

Insgesamt gab es vier Erwachsene, die sich um die vierzig Kinder von Prāyaścitta kümmerten. Kinder, die Jay persönlich ausgewählt hatte. Ein Mal im Jahr gab es an der Schule einen Aufnahmetag, an dem arme Tagelöhner aus dem gesamten nördlichen Teil Goas mit ihren Sprösslingen erschienen – in der Hoffnung, dass wenigstens ein Kind aus der Geschwisterschar vor den Augen des reichen Weißen Gnade finden würde. Doch nur die aufgewecktesten Kinder wurden in Jays Paradies aufgenommen. Dumme, Schwache und Behinderte wurden mit wenigen Hundert Rupien als Trostpflaster fortgeschickt. Er wollte nur Kinder, die das Potenzial hatten, ihre Chance auch zu nutzen. Das Resultat war eine Elitegruppe, die alle gängigen Muster durchbrach. Kinder, die sonst zu einem ebenso hoffnungslosen Dasein verurteilt gewesen wären wie ihre Eltern, konnten ein Leben als Optiker, Zahnarzt, Lehrer oder Bankangestellter führen.

Bezahlt wurde das alles von dem Vermögen, das Jay im Laufe der Zeit den dänischen Lotteriegewinnerinnen abgegaunert hatte. Der Gedanke an die Wirkung, die das Geld dieser ohnehin privilegierten Frauen hatte, verschaffte ihm die Gewissheit, dass Gott bereit war, ihm jeden einzelnen Betrug zu vergeben; jede einzelne Sünde, die er hatte begehen müssen, um sein Ziel zu erreichen. Für Jay war Prāyaścitta die ultimative Sühne, die endgültige Abbitte für all das Böse, das er in seinem Leben begangen hatte. Nicht zuletzt für das unglückliche Schicksal seines kleinen Bruders, für das er die Verantwortung trug.

Nach dem Unglück und der Flucht von zu Hause hatte ihn der Gedanke an Selbstmord, der für einen Judas wie ihn unvermeidlich war, wie ein Nachtmahr geritten. Dieser Gedanke war die notwendige Folge für die Annahme der dreißig Silberlinge. So stand es in der Bibel und Jay war gewohnt, die Heilige Schrift wörtlich zu nehmen. Er hatte den Herrn um die Kraft gebeten, es durchzuführen, aber letztlich war er zu feige gewesen. Vielleicht hatte er zu diesem Zeitpunkt auch schon das Gefühl, dass es möglicherweise einen besseren Weg gab: eine Möglichkeit der Sühne, die andern half, statt ihn zu zerstören.

Er kam auf die Lösung, als Sanjay ihn einige Wochen nach seiner Entlassung aus Fort Aguada wieder auf die Beine gebracht hatte. Sanjay hatte versucht, seinen tief depressiven Freund aufzumuntern, und war mit ihm aufs Land gefahren, in die klare Bergluft des Hinterlands von Goa. Auf dem Weg dorthin kamen sie an einem elenden Zeltlager nach dem anderen vorbei: primitive Konstruktionen aus Plastikplanen, Zeitungspapier und Bananenblättern, wo den Müttern, die im Schatten der Zeltplanen träge ihre schmutzigen Kinder beobachteten, die Hoffnungslosigkeit ins Gesicht geschrieben stand und ausgehungerte Hunde um den Abfall kämpften. Jay registrierte diese Lagerplätze zunächst, ohne sie wirklich zu sehen, so beschäftigt war er mit seinem eigenen Schicksal. Ein Lager nach dem anderen. Allmählich verdrängte Neugierde sein Selbstmitleid. Wer waren diese Menschen? Warum lebten sie in diesem reichen Bundesstaat, in dem es doch eigentlich Arbeit für alle gab, so erbärmlich? Sanjay erklärte, die Bewohner der Zeltlager seien Saisonarbeiter, die von einem Ort zum anderen reisten – eine ewige Jagd auf die Früchte, die sie zu pflücken hatten, Gewürze, die getrocknet und behandelt, Cashewnüsse, die geschält und sortiert werden mussten. Und die Kinder?, hatte Jay gefragt. Wie können sie zur Schule gehen, wenn die Eltern ständig umziehen? Sanjay hatte nur den Kopf geschüttelt. Er wusste es nicht.

Auf dem Rückweg hielten sie an einem Lager an der Landstraße östlich von Candolim, und Jay fragte die erwachsenen Bewohner mithilfe von Sanjay aus. Anfangs wollten sie nicht reden, aber nach einiger Zeit wurde ihnen klar, dass die Fremden keine Repräsentanten der lokalen Grundbesitzer oder der Polizei waren. Sie tauten nach und nach auf, und im Laufe des Abends erfuhr Jay alles, was ihn interessierte. Die Verantwortung für den Schulbesuch der Kinder oblag den Obst- und Gewürzplantagen, auf denen die Tagelöhner arbeiteten, und mit dieser Verantwortung wurde sehr unterschiedlich umgegangen. Hin und wieder gab es richtige Lehrer, die möglicherweise sogar über ein paar

Schulbücher zur Unterstützung ihres Monologs vor der Tafel verfügten. Anderenorts fand dann wieder überhaupt kein Unterricht statt. Die Eltern wagten nicht, sich zu beschweren. Bei wem auch? Durch die eher sporadische Ausbildung blieb den Kindern nur die Möglichkeit, in die Fußstapfen der Eltern zu treten, um selbst ein mühevolles Leben zu führen – heimatlos und ohne jede Sicherheit.

Jay und sein Freund hatten das Lager am späten Abend verlassen und waren zurück zu Sanjays Hütte im Nordwesten Goas gefahren, ohne allzu viele Worte zu wechseln. Als Jay im Bett lag und beinahe schon schlief, überkam es ihn plötzlich wie eine Offenbarung. Die Buße. Plötzlich erkannte er, dass sein Gefühl richtig gewesen war: Gott hatte einen Plan mit ihm, einen Plan, der ihn von dem Fluch und der Rolle des Judas befreien konnte. Einen Plan, der es ihm erlaubte, seine Sünden auf eine Weise zu sühnen, durch die sie zu einem Segen für andere werden konnten.

Jay war so begeistert von seiner Vision, dass er Sanjay wach rüttelte und ihm seinen Plan erzählte. Am nächsten Morgen hatten sie den besten Tätowierer der Gegend aufgesucht, damit er beide mit dem Symbol ihres heiligen Pakts versah, dem Sühnezeichen:

प्रायश्चित्त

47

»Ja, nein, also gestern konnte ich nicht anrufen … Nein, wir saßen in einem Auto, Marianne, und … Ja, zu diesem Zeitpunkt war ich völlig durchgeschüttelt und erledigt. Ich bin gar nicht auf die Idee gekommen, irgendjemanden anzurufen. Im Übrigen war mein Akku leer. Ja, ich weiß … ja … ja … Das ist nicht schön, nein … Ja, ich werde ihn anrufen … Ja … Nein … Vielleicht noch ein paar Tage. Jetzt hör aber auf! Ich bin sicher, auch indische Ärzte sind in der Lage, ein paar Fäden zu ziehen, wenn es denn sein muss … Hallo? … Marianne? Hallo? … Scheiße!« Dan griff nach dem Trinkwasser. »Sie hat den Hörer aufgeknallt«, sagte er, als er die Hälfte des Flascheninhalts in sich hineingeschüttet hatte.

»Solltest du nicht auch bei Flemming anrufen?«

Dan nickte und trank noch einen Schluck. »Mann, was für eine Hitze! Zum Verrücktwerden!«

Benjamin antwortete nicht. Er lag auf seinem Bett und hatte die Hände unter dem Nacken gefaltet, während Dan im einzigen Sessel des Zimmers saß und seinen Rechner auf den Knien balancierte. Beide trugen sie Boxershorts und sonst nichts. Trotzdem waren sie unaufhörlich in Schweiß gebadet.

Dan verzog das Gesicht zu einer Grimasse und gab Flemmings Mobilnummer ein. Er bekam gleich noch einen Anschiss. Und hörte eine lange Geschichte über all die Probleme, die er seinem besten Freund bereitet hatte, weil er sich weigerte, seine Nachforschungen aufzugeben. Wenn er meinte, dass sein Aufenthalt in Indien sich für unbestimmte Zeit verheimlichen ließe, damit er den Hauptverdächtigen im Balleslev-Mord jagen konnte, hatte er sich geirrt. Abgesehen davon sei das ein absolut ungehöriges Benehmen gegenüber Marianne, und außerdem sei Dans alte Mutter krank vor Sorge …

Dan ließ ihn reden. Erst als der Wortschwall abebbte, ergriff er das Wort und erklärte seinen Plan. Es dauerte, um Flemming davon zu überzeugen, dass es möglicherweise gelingen könnte, und als Dan zur Liste all der Gefälligkeiten kam, die der Kommissar ihm erweisen sollte, wurde es ganz still in der Leitung.

»Hallo?«

»Ja, ja, ich bin noch dran.« Flemming räusperte sich. Das Geräusch war verblüffend nah, wenn man die Entfernung zwischen Goa und Christianssund bedachte. »Verflucht, Dan«, sagte er. »Soll ich wirklich meinen Job für dich aufs Spiel setzen? Die Warnung, die ich gestern bekommen habe, war absolut glockenklar. Noch ein Fehler und ich falle die Dienstleiter so weit runter, dass ich mich gleich pensionieren lassen kann. Ich finde, das kannst du einfach nicht von mir verlangen.«

»Ich weiß, dass es eine Zumutung ist …«

»Eine Zumutung? Dan, es überschreitet jede Grenze!«

»Aber es muss doch niemand wissen.«

Flemming seufzte. »Alle werden es erfahren, Dan. Alle. Es gibt etwas, das ich gelernt habe: Wenn du in einen Fall involviert bist, ist das Risiko ziemlich hoch, dass die Geschichte es auf die Titelseiten der Zeitungen schafft. Du wirkst auf die Kriminalreporter wie ein Magnet.«

»Diese Geschichte kann geheim gehalten werden.«

»Es ist das allerletzte Mal, dass ich mit dir zusammenarbeite, Dan.«

»Ja, ja.«

»Ich meine es ernst. Ich habe im Augenblick keine besonders große Wahl, deshalb gehe ich auf deinen Vorschlag ein. Leider hast du recht, es ist unsere einzige Chance, den Mann nach Dänemark zurückzubekommen. Aber danach ist Schluss. Hast du verstanden?«

»Okay.«

Eine neue Pause. Und ein neuer Seufzer. »Gib mir ein paar Stunden. Ich muss zuerst aufs Präsidium und das Material heraussuchen.«

»Bist du noch nicht im Dienst?«

»Sei bloß still. Zu deiner Orientierung, hier ist es halb sieben morgens.«

»Ah ja.« Dann wunderte es ihn nicht, dass Marianne so unglaublich sauer gewesen war. Wieso hatte er nicht daran gedacht? Vielleicht lag es an der Hitze und der Kernschmelze in seinem Gehirn. »Flemming? Danke.«

»Ich will nicht mehr darüber sprechen. Wenn du ihn mit nach Hause bringst, kannst du die Sache als ausdebattiert betrachten.«

»Und wenn nicht?«

»Dann garantiere ich nicht für die Folgen.«

Dan grinste. »Versprichst du mir schon wieder Prügel?«

»Es ist mir ernst, Dan. Wenn ich in diesem Maß meine Befugnisse überschreite, meinen Job, die Pension und alles andere riskiere, und du bringst keine Ergebnisse … Dann ist es vorbei mit unserer Freundschaft.«

»Sorry. Es war unpassend, mich darüber lustig zu machen.« Dan sah auf die Uhr. »Schaffst du es in einer Stunde? Ich schreibe ein Konzept, das du benutzen kannst, und sende es per Mail; dann brauchst du nur ein paar Tasten zu drücken, um es fertigzustellen.«

»Ein paar Tasten? Du redest, als würdest du etwas davon verstehen. Du bekommst es, wenn es fertig ist. Das kann schon ein paar Stunden dauern.«

»Okay. Und noch einmal danke sch... Flemming? Hallo?« Dan schnitt noch eine Grimasse und warf das Handy auf das ungemachte Bett. »Er hat auch aufgelegt. Sag mal, wie benehmen sich diese Leute eigentlich?«

Benjamin schüttelte langsam den Kopf, ohne zu antworten.

*

Die Aufregungen der letzten Tage hatten bei Jay die Gedanken an Bente Petris Bruder verdrängt. Aber jetzt, als er sich in Sicherheit befand, tauchten sie wieder auf. Diesmal war es wirklich knapp gewesen. So knapp wie nie zuvor. Dänemark war als Operationsgebiet verbrannt. Vielleicht England? Oder Schweden? Natürlich war es ärgerlich, von nun an ohne den ausgezeichnet funktionierenden Lotto-Trick auskommen zu müssen, aber er wusste aus Erfahrung, dass sich auch ohne diese Besonderheit ein durchaus vernünftiges Einkommensniveau aufrechterhalten ließ. Prāyaścitta war eingespielt, die laufenden Ausgaben waren nicht so hoch, er konnte durchaus etwas weniger verdienen, ohne dass es sich bemerkbar machen würde. Jay ärgerte sich bei dem Gedanken an Käs, der in Christianssund in der Zelle saß und plauderte, um seine eigene Haut zu retten, aber er tröstete sich damit, dass der Idiot nie die ganze Wahrheit über sein Leben in Goa erfahren hatte. Käs kannte weder den Namen noch die Adresse der Schule, und das Risiko, dass jemand Jay hier finden würde, war minimal. Trotzdem war er unruhig. Er hatte ein Gefühl, wie man es kurz vor dem Ausbruch einer Erkältung mit sich herumtrug.

Die Mittagshitze hatte ihren Höhepunkt erreicht, die Kinder und Erwachsenen von Prāyaścitta schliefen tief. Mit Ausnahme von Jay. Er setzte sich auf die Bettkante und hatte mit einem Mal einen klaustrophobischen Anfall. Er kannte sich, wenn ihn diese Laune überkam. Es war nur eine Frage der Zeit, bevor seine Gedanken sich im Kreise drehten und die sorgfältig begrabenen Erinnerungen an Fort Aguada wiederauftauchten und übermächtig wurden. Er musste sich bewegen, wenn er sie abschütteln wollte. Die Hitze traf ihn wie eine massive Mauer, als er die Außentür öffnete und nach draußen ging. Er trug ein dünnes Baumwollhemd und eine kurze Leinenhose. An den Füßen Flipflops und auf dem Kopf einen breitkrempigen Strohhut, der ihn vor der erbarmungslosen Sonne schützte.

Jay überquerte den Vorplatz, dem die gewaltige Krone eines alten Baumes Schatten spendete, und öffnete das Gittertor zu dem staubigen Feldweg. Er ging auf der Schattenseite des Wegs ins Zentrum des Dorfs, wo zwei Tempel, ein winziger Kaufmannsladen und eine Post sowie ein kleines Café die komplette Geschäftswelt bildeten.

Er ging direkt ins Café, das als einziger öffentlich zugänglicher Ort im Dorf eine Klimaanlage zu bieten hatte. Jay blieb einen Moment an der Tür stehen und genoss die kühle Luft, die ihm gnädig entgegenströmte. Der Weg von seinem Zimmer in Prāyaścitta bis zum Café hatte weniger als fünf Minuten gedauert. Trotzdem waren sein frisch gewaschenes Hemd und seine Hose schweißnass, und eine dünne Schicht rotbrauner Staub überzog seine Füße und Unterschenkel. Die Flipflops waren schwarz gewesen, als er von zu Hause losging, nun war die Farbe unter der Staubschicht unmöglich zu erkennen.

»Ein kaltes Kingfisher?« Der junge Bursche hinter der Bar lächelte entgegenkommend.

»Ja, danke.« Jay setzte sich an einen Tisch ganz hinten in dem Lokal, so weit von der Hitze draußen entfernt wie möglich. Zusammen mit einem vermutlich nicht ganz sauberen Glas wurde ihm die Flasche mit Bier auf den Tisch gestellt. Jay schob das Glas zur Seite und trank aus der Flasche. Ah, was für eine Erfrischung ein eiskaltes, frisches Bier sein konnte! Schon nach wenigen Sekunden spürte er, wie seine Körpertemperatur sank. Er hielt die Handgelenke an die beschlagene Flasche – jedes an eine Seite – und sah sich in dem halbdunklen Raum um. Zwei Greise spielten irgendein Brettspiel. Sonst war das Café leer. Der Mann, der mit dem Gesicht zu Jay saß, nickte freundlich, als sich ihre Blicke begegneten. Jay nickte zurück, leerte die Flasche und bestellte ein weiteres Bier.

Die Tür ging auf. Jay blickte auf und blinzelte, um die große, breitschultrige Gestalt zu erkennen, die im Gegenlicht nur als schwarze Silhouette zu ahnen war. Ein Europäer, so viel war sicher. Es gab nicht viele Inder, die über 1,90 Meter groß waren.

»Hej, Johannes«, sagte der Bursche auf Dänisch.

Jay zuckte zusammen. Diese Stimme. Diese Körperhaltung. Der Glatzköpfige. Verflucht noch mal! Er sprang auf. »Du fasst mich nicht an«, sagte er und merkte zu seiner großen Irritation, dass seine Stimme ein wenig zitterte.

Die drei Inder starrten den Neuankömmling unverhohlen an, der jetzt langsam auf Jays Tisch zuging und sich setzte. »Das würde mir nicht im Traum einfallen«, sagte er. »Ich habe wirklich schon genug Körperkontakt mit dir gehabt.« Er berührte mit zwei Fingerspitzen seinen Verband. »Setz dich doch, Johannes. Wir erschrecken ja noch die netten Leute hier.«

»Bist du unbewaffnet?«

Dan hob beide Hände. »Du bist herzlich eingeladen, es zu überprüfen.«

Jay schüttelte den Kopf und setzte sich.

Dan bekam Blickkontakt zu dem Kellner und nickte, wobei

er auf Jays Kingfisher zeigte. Nur wenige Sekunden später stand eine Flasche vor ihm auf dem Tisch. »Skål«, sagte er und trank.

Jay trank ebenfalls einen Schluck. »Bist du dir eigentlich darüber im Klaren, wie gefährlich es für dich ist hier zu sein?«, fragte er. »Ich wohne hier. Ich bin hier eine angesehene Person. Der Barkeeper ist ein guter Bekannter, und zwei Minuten von hier gibt es ein ganzes Gebäude voller Menschen, die bereit sind, alles für mich zu tun.«

»In Prāyaścitta?«

Jay runzelte die Stirn. »Woher weißt du das?«

Dan lächelte. »Das Foto in deiner Brieftasche, Johannes. Es war nicht so schwer.« Er trank noch einen Schluck. »Ich weiß auch, dass es ein Heim ist, und ich weiß, was der Name bedeutet.«

»Wie hast du herausgefunden, wo …? Bist du uns gestern Abend vom Flughafen gefolgt?«

Dan lächelte breit. »Wir haben fast zwei Tage lang auf dich gewartet.«

»Wir?«

»Ja, ich bin nicht allein hier. So dumm bin ich trotz allem dann doch wieder nicht.«

»Und wo ist dein Begleiter?«

»Gleich in der Nähe – als eine Art Lebensversicherung.«

Sie saßen sich einen Moment wortlos gegenüber und betrachteten einander. Hätte ein Fremder die beiden Männer gesehen, die beide eine Flasche Kingfisher vor sich stehen hatten, hätte er sie durchaus für Brüder halten können. Sie waren ungefähr gleich groß, beide mit markanten Zügen. Der größte Unterschied bestand in der Augenfarbe. Bei dem Jüngeren war sie so dunkelgrau wie eine Gewitterwolke. Die Augen des anderen zeigten ein klares Blau. Jeansblau. Und dann gab es noch diesen Verband, der die ganze linke Gesichtshälfte des älteren Manns bedeckte.

Bestimmt hatte er ihn morgens gewechselt, dennoch hatte er bereits den schmutzigen, rosafarbenen Ton des feinen Staubes angenommen, den es hier überall gab – drinnen wie draußen.

»Mit wie vielen Fäden wurde es genäht?«, erkundigte sich Jay.

»Vierunddreißig.« Dan hob eine Augenbraue. »Plus Gehirnerschütterung und verdammt schmerzende Eier.«

»Sorry. Ich musste etwas tun.«

»Natürlich. Ich bin nicht hier, um Rache zu nehmen.«

»Weshalb dann?«

»Ich bin hier, um dich zu überreden, mit nach Dänemark zu kommen.«

Jay lachte laut auf. »Das ist ja wirklich saukomisch!«, sagte er und leerte seine zweite Flasche Bier. Er gab dem Kellner ein Signal und bestellte eine neue Runde. »Warum um alles in der Welt sollte ich das tun?«

Dan sah ihm in die Augen. »Weil ich davon ausgehe, dass du deine Strafe lieber in einem dänischen als in einem indischen Gefängnis absitzen möchtest.«

Jays Lächeln wurde eine Spur strammer. »Warum glaubst du, dass die indische Polizei Interesse an mir haben könnte?«

»Die indischen Behörden möchten Interpol momentan sehr gern ihre Kooperationsbereitschaft beweisen, es geht um die internationale Zusammenarbeit der Polizei. Und da du hierzulande bereits bestraft wurdest und dich außerdem unter falschem Namen und mit gefälschten Papieren im Land aufhältst …« Dan zuckte die Achseln. »Du würdest natürlich irgendwann an Dänemark ausgeliefert, um den Rest der Strafe zu verbüßen, aber es würde vermutlich Monate dauern. Vielleicht sogar Jahre. Sicher könnten wir sie überreden, dass du die Wartezeit in deinem Lieblingsgefängnis verbringst – dem guten alten Fort Aguada.«

»Woher weißt du, dass ich dort gesessen habe?« Jays Lächeln war zu einem schmalen Strich geschrumpft.

»Man nennt das Fingerabdrücke, Johannes.«

»Ich heiße nicht mehr Johannes. Ich heiße Jay.«

»Hat das was mit Numerologie zu tun?« Dan lachte.

Jay zuckte die Achseln. »Die Inder konnten meinen Namen nicht aussprechen, sie nannten mich nur bei meinem ersten Buchstaben – J –, der englisch ausgesprochen wird wie … aber das weißt du ja. Nach ein paar Jahren hatte ich mich so an den Namen gewöhnt, dass ich ihn ganz offiziell angenommen habe. Johannes ist tot, Jay lebt.« Er versuchte zu lächeln.

»Okay, Jay. Der indischen Polizei fehlt nur eins, um dich zu verhaften: deine Adresse.«

»Wer sagt, dass du es schaffst, ihnen meine Adresse zu geben, bevor ich dir und deinem heimlichen Freund den Mund gestopft habe?«

Dan zog ein zusammengefaltetes DIN-A4-Blatt aus der Gesäßtasche. Es war feucht von Schweiß, er musste es sehr vorsichtig auseinanderfalten. »Hier«, sagte er und schob das Blatt Jay zu. »Dies ist der Ausdruck einer Mail, die am Donnerstag an Interpol geschickt wurde, mit Kopie an die indische Polizei. Wie du siehst, erklärt die dänische Polizei ganz offen, dass sie im Besitz deiner Adresse ist. Allerdings wird sie zurückgehalten, solange Hoffnung auf deine freiwillige Rückkehr besteht, damit du deine Strafe dort verbüßen kannst. Kommst du nicht mit, wird die Adresse umgehend an die lokalen Behörden weitergeleitet.«

Jay vertiefte sich in das Dokument. Es bestand aus einer Menge gedrechselter Formulierungen und Hinweise auf die internationalen Konventionen. Es sah besorgniserregend echt aus. »Meine Strafe wofür?«, sagte er schließlich und lehnte sich auf dem Stuhl zurück.

»Für wiederholte Fälle von schwerem Betrug, Dokumentenfälschung und den Mord an Birgitte Johns.«

»Das könnt ihr nicht beweisen.« Jays Einwurf kam rasch.

»Vielleicht. Das wird sich zeigen. Andererseits bin ich überzeugt, dass du verantwortlich bist für den Mord an Mikael Kjeldsen.«

Jay zog die Brauen zusammen. »An wem?« Er hatte den Satz kaum ausgesprochen, als die Tür mit einem Schlag aufsprang, der die Fensterscheiben zum Klirren brachte und die beiden Alten hastig hinter den Tresen springen ließ, wo der Barkeeper mit weit aufgerissenen Augen die dramatische Szene betrachtete. Die Türöffnung wurde von Sanjays beeindruckender Gestalt vollkommen ausgefüllt. Er hatte einen Arm um den Hals eines jungen, dünnen Burschen mit einem Augenbrauen-Piercing gelegt, in der Hand hielt er einen alten Trommelrevolver, den er dem Burschen fest an die Wange drückte. Es sah aus, als wolle er einen alternativen Eingang zur Mundhöhle seines Opfers bohren.

»Ich hab ihn, mein Freund«, rief er und drückte den Revolver noch härter gegen die Wange. »Hände hoch, du Schwein«, schrie er Dan zu, der bereits aufgestanden war und nun seine leeren Hände langsam in die Luft hob.

»Wo hast du ihn gefunden?« Jay betrachtete neugierig den jungen Mann, der sich hilflos in dem Eisengriff des großen Inders wand. Dem Jungen standen Tränen in den hellen Augen, seine Gesichtsfarbe wurde mit jeder Sekunde, die verging, dunkler.

»Er stand draußen und beobachtete dich durchs Fenster. Und gestern habe ich den da …«, er nickte in Dans Richtung, »… und den Jungen hier vor dem Flughafen in einem Taxi sitzen sehen, als ich auf dich gewartet habe. Sie beobachteten die Tür, Jay, die haben ganz sicher nach dir Ausschau gehalten!« Er spannte den

Griff um den Hals des Jungen an, und das blasse Rot seines Gesichts verwandelte sich langsam in ein Violett.

»Lass ihn los, Sanjay. Du erwürgst ihn ja noch.«

Sanjay sah verwirrt aus. »Aber …«

»Lass ihn einfach los.« Jay fühlte sich plötzlich vollkommen erschöpft. »Setzt euch«, sagte er und schaute den jungen Mann an, der hustend und japsend am Nachbartisch zusammensackte. »Wer bist du?«

Der Junge hustete noch einmal. »Benjamin«, keuchte er. »Benjamin Winther.«

»Sommerdahl und Winther. Wie poetisch. Jetzt fehlt uns nur noch der Herr Lenz und die Frau Herbst.« Jay lachte über seinen Witz. »Warum lacht ihr denn nicht?«, fragte er Dan. »Ist dein Plan gerade einfach so in sich zusammengefallen, Dan? War das etwa deine Lebensversicherung?«

Dan schüttelte langsam den Kopf. Er behielt Sanjay im Auge, der seinen riesigen Sechsschüsser jetzt hinter den Hosenbund steckte. Dann wandte er sich wieder Jay zu: »Ich habe noch immer eine ausgezeichnete Lebensversicherung, danke.« Er setzte sich und gab Benjamin ein Zeichen, sich zu ihnen an den Tisch zu setzen. »Und ich würde dir gern davon erzählen. Ich finde nur, du solltest Benjamin erst einmal zu einem Drink einladen. Er sieht aus, als könnte er es gebrauchen.«

»Sanjay, bring Benjamin ein Bier. Und hol dir auch eins.«

DIENSTAG, 1. MAI 2007

48 Dan konzentrierte sich darauf, die ruhige Fassade zu bewahren, innerlich befand sich sein gesamter Organismus allerdings in Alarmbereitschaft. Als er gesehen hatte, wie Benjamins Finger in Todesangst über Sanjays massiven Unterarm krochen, war ihm plötzlich klar geworden, dass er nicht nur sein eigenes, sondern auch Benjamins Leben aufs Spiel setzte. Was hatte er sich bloß gedacht, als er den armen Jungen auf diese Kamikaze-Mission mitgenommen hatte. Warum hatte er nicht zugehört, als diejenigen, die ihm nahestanden, ihm zu erklären versucht hatten, wie wahnsinnig er sich verhielt? Er fühlte sich wie gelähmt. Sein Herz schien jeden Moment zu explodieren. Selbst jetzt, wo die Gefahr zumindest für eine Weile gebannt war, hatte er das Gefühl, als sei irgendetwas in ihm kaputtgegangen.

Sanjay hatte getan, worum Jay ihn gebeten hatte. Er hatte sich hingesetzt und die Arme auf die Tischplatte gestützt, die Augen auf die Fremden gerichtet. Seine kurzärmlige Jacke war die Oberarme hochgerutscht, Dan konnte jetzt die Tätowierung sehen. Dieselbe wie bei Jay, doch die dunklere Hautfarbe ließ sie hübscher aussehen, subtiler.

»Ja, sie sind identisch«, sagte Jay, der Dans Blick gefolgt war. »Prāyaścitta. Das Internat ist unser gemeinsames Projekt. Sanjays und meins. Ich beschaffe das Geld, und er steckt seine gesamte Arbeitskraft in den täglichen Betrieb.«

»Wie viele Kinder sind auf der Schule?«

»Vierzig. Und vier Erwachsene, wenn man Sanjay mitzählt. Die Kinder helfen beim Putzen, Kochen und Waschen, sodass kein Riesenaufwand an Personal erforderlich ist.«

»Und alle wohnen dort?«

Jay nickte. »Wir nennen es Internat, in Wahrheit ist es eher ein Kinderheim. Die Eltern können es sich nur selten leisten, zu Besuch zu kommen; und wenn die Kinder am Wochenende oder in den Ferien nach Hause wollten, wären Telefonate, Bustickets und so weiter nötig. Dafür hat niemand Geld.« Jay sah seinen Partner an und erklärte ihm auf Englisch, worüber sie redeten. Er bat ihn zu bleiben – *»Just in case«*, ergänzte er mit einem Blick auf Benjamin. Sanjay nickte und lehnte sich auf seinem Stuhl zurück.

Dann erzählte Jay die lange Geschichte, woher er die Idee zu Prāyaścitta hatte und wie die Geschäfte von Käs und ihm die Zukunft dieser Kinder in einer Gesellschaft sicherten, in der nur die allerwenigsten eine derartige Chance bekamen. »Ich hoffe, du verstehst«, schloss Jay, »dass das Geld meiner Betrügereien oder wie immer du es nennen willst, einem höheren Zweck dient als die Restaurants, Luxuswohnungen oder Segelboote, für die ein anderer es vielleicht ausgegeben hätte.«

»Vielleicht«, erwiderte Dan. »Aber wenn du hoffst, dass ich dich aus diesem Grund laufen lasse, muss ich dich leider enttäuschen. Du wirst ja nicht nur wegen Betrugs verdächtigt, Jay. Die Polizei hält dich für den Verantwortlichen an zwei Morden. Möglicherweise wird es schwierig, deine Schuld an Birgitte Johns' Tod zu beweisen, da hast du recht, aber der Mord an Mikael Kjeldsen … Da hängst du mit drin. Es gibt mehrere Spuren, die direkt zu dir führen. Außerdem hattest du ja ein einzigartiges Motiv.«

»Ich weiß noch immer nicht, wovon du eigentlich redest«, sagte Jay. »Wer ist Mikael Kjeldsen, und weshalb sollte ich etwas mit seinem Tod zu tun haben?«

»Mann, jetzt hör aber auf!« Dan konnte die Irritation in seiner Stimme nicht unterdrücken. »Erik Käsfeldt hat bereits gestanden, dass Mikael Kjeldsen den falschen Krankenbericht ins Computersystem des Rigshospitals implantiert hat. Und die Polizei weiß auch, dass er Käsfeldt ein paar Wochen später erpresst hat. Du hattest also allen Grund, ihn umzubringen.«

»Ach, der, so hieß er? Käs hat irgendeinen jungen Mann in seiner Firma erwähnt, aber …«

»Wo warst du am 28. Februar, Jay?«

»Das weiß ich wirklich nicht.« Er sah konfus aus. »Wieso sollte ich mich daran erinnern, was ich … Doch! Wart mal! Der 28. war der letzte Februartag, oder? Ja, ich weiß ganz genau, was ich gemacht habe«, sagte er triumphierend. »In der neunten Woche war ich mit Ursula und dem gesamten Internat auf Skiferien in Norwegen. Wir sind am Freitag, dem 2. März, zurückgekommen. Ich kann mich deshalb so genau daran erinnern, weil meine Mutter an diesem Tag Geburtstag hat. Und daran habe ich gedacht, als wir auf der Heimfahrt im Bus saßen.«

Dan sah ihn mit zusammengekniffenen Augen an. »Weißt du, was, Jay? Das kann ich sofort überprüfen. Darf ich?« Er holte sein Mobiltelefon aus der Hosentasche und schrieb eine rasche Nachricht an Laura: ›Hej, Schatz, merkwürdige Frage, aber antworte trotzdem asap: In welcher Woche wart Ihr auf Skifreizeit? War Jakob Heurlin dabei? LG Papa‹

Die kleine Runde wartete schweigend. Jay bestellte noch eine Runde Kingfisher, nur Sanjay schüttelte den Kopf. Er wollte kein Bier mehr, nur Wasser. Als sein Handy durch ein doppeltes Piepsen eine SMS ankündigte, zuckte Dan zusammen. Er las die Nachricht: ›9. Woche. Und ja. L.‹

Dan steckte das Handy wieder in die Tasche. »Glückwunsch. Du hast ein Alibi, Jay.«

Ein breites Lächeln zeigte sich auf Jays Gesicht. »Da kann man mal sehen.«

»Merkwürdig ist nur«, sagte Dan und schaute ihn mit zusammengezogenen Augenbrauen an, »dass es zwischen dir und diesem Mord so viele Verbindungen gibt.«

»Welche Verbindungen?«

»Zunächst einmal hat die Polizei deine Fingerabdrücke an der Lampe gefunden, die am Tatort stand.«

»Eine Lampe? Was für eine Lampe?«

Dan zog aus seiner Brieftasche eine Kopie des Fotos, das den Wecker mit dem Blaulicht zeigte. »Die hier.« Er faltete das Blatt auseinander und reichte es Jay.

Jay erstarrte. Er glotzte mehrere Sekunden auf das Foto und räusperte sich ausführlich, bevor er einen Schluck Bier trank und dann wissen wollte: »Wo habt ihr die denn gefunden?«

»Auf einem Regal in dem Gartenschuppen, in dem Mikael Kjeldsen in der Nacht auf den 1. März ermordet worden ist. Es heißt, sie wurde dazu benutzt, ihn mitten in der Nacht aus dem Haus zu locken.«

»Ich hatte mal so einen Wecker. Genau so einen. Und wenn meine Fingerabdrücke darauf sind, dann vermutlich, weil … Ich verstehe nur nicht …«

»Zunächst ging die Polizei wohl auch davon aus, dass es sich bei den Fingerabdrücken um einen Zufall handelt. Sie vermuteten, dass der Mörder oder einer der Hausbewohner die Uhr auf einem Flohmarkt gekauft hat. Gäbe es nicht diesen verwandtschaftlichen Bezug, wären sie sich vermutlich sicher.«

Jay runzelte die Stirn. »Verwandtschaftlicher Bezug?«

»Jetzt hör aber auf«, sagte Dan noch einmal. »Nur weil du als ausgestoßen giltst, musst du ja nicht genauso reagieren.«

»Ausgestoßen? Wovon redest du?« Mit einem Mal saß Jay stocksteif auf seinem Stuhl. Es geschah so plötzlich, dass Sanjay aufsprang, um ihn aufzufangen. Aber Jay wurde nicht ohnmächtig. Er blieb sitzen, beide Hände an die Tischkante geklammert, ein versteinerter Blick in den dunklen Augen.

Dan war verwirrt. »Mikael Kjeldsen war doch dein Bruder? Und Annemarie deine Mutter, oder? Sie lebt noch in …«

Jetzt stand Jay auf, langsam, vorsichtig, als hätte er Angst, das Gleichgewicht zu verlieren. »Einen Moment«, sagte er und ließ die Tischkante los. »Ich muss nur … ich will …« Er setzte sich wieder, den Kopf zwischen den Beinen. Dann legte er die Hände in den Nacken und drückte seinen Kopf noch tiefer nach unten.

Sanjay griff Dans Arm. »Du hast ihn vergiftet!«

»Nein, hab ich nicht!« Dan riss sich los. »Ich habe ihm etwas erzählt und gedacht, er wüsste es längst.«

»Was?«

»Dass sein Bruder tot ist.«

Sanjay warf einen Blick auf Jay, der angefangen hatte zu weinen. Sein Rücken und seine Schultern bebten. Der kleine Barkeeper hockte sich mit besorgter Miene neben ihn.

»Ja, natürlich wusste er es. Er war ja schuld am Tod seines Bruders«, erklärte Sanjay. »Er hat es nie überwunden.«

»Aber …« Nun war Dan vollends verwirrt.

»Aber das ist lange her, *mister*. Jays Bruder ist seit vielen Jahren tot. Wieso kommst du hierher und erinnerst ihn an diese Geschichte? Siehst du nicht, wie unglücklich du ihn machst?«

»Ich verstehe kein Wort.«

Der große Inder legte Jay eine Hand auf den Rücken. »Jays Bruder starb nach einem Unfall, als er acht Jahre alt war«, fuhr er ungeduldig fort. »Er ist verblutet, weil die Familie aus religiösen Gründen eine Bluttransfusion verweigert hat, die sein Leben hätte retten können.«

»Aber wie konnte das Jays Schuld sein? Es war doch offensichtlich die Entscheidung der Eltern?«

»Die Geschichte mit der Transfusion war natürlich nicht Jays Schuld. Aber es war seine Schuld, dass das Unglück überhaupt passiert ist.« Sanjays Hand lag auf dem Rücken des weinenden Manns. »Es war Jay, der seinem Bruder die Kiste mit Feuerwerkskörpern geschenkt hatte.«

»Er hat das doch sicher nur getan, weil er nett sein wollte. Ein Achtjähriger kann doch gut …«

»Es ist vollkommen egal, warum er es getan hat. Das Ergebnis war der Tod seines Bruders.«

»Aber das stimmt nicht, Sanjay.« Dan schüttelte den Kopf. »Mikael starb damals nicht. Ich habe keine Ahnung, was passiert oder nicht passiert ist. Jays Bruder hat jedenfalls überlebt. Er war gesund und munter, bis er vor zwei Monaten im Schuppen seiner Mutter ermordet wurde.«

»Unmöglich.«

»Leider nein. Die Polizei hat mehrfach mit Mikaels Mutter gesprochen, und sie hat Jay auf einem Foto wiedererkannt, das man ihr zeigte. Es war sein jüngerer Bruder, der in dem Schuppen erschlagen wurde. Das ist hundertprozentig sicher.«

Plötzlich hob Jay den Kopf. »Ich hätte dem Schwein nie trauen dürfen«, sagte er tränenerstickt. Er nahm eine der Servietten, die der Cafébesitzer geholt hatte, und putzte sich lange und gründlich die Nase. »Welchem Schwein?«

»Ich bin damals von zu Hause fortgelaufen. Als mir klar wurde, dass für meine Mutter und Poul-Erik die Regeln der Gemeinde wichtiger waren als das Leben ihres Sohnes. Natürlich wusste ich, dass es zum Ausschluss führen würde, aber dagegen konnte ich nichts unternehmen. Es war meine Strafe, weil ich Mikael diese Feuerwerkskörper gegeben hatte.«

»Und?«

»Was an Geld im Haus war, habe ich gestohlen, dann meine Sachen gepackt und …« Jay zog die Nase hoch. »Ich wusste, dass alles, was ich nicht mitnahm, zerstört würde. Meine Platten, meine Bücher, die Sporttrophäen, die ich als Junge gewonnen hatte. Mein Stiefvater würde alles verbrennen. Denn so macht man das im Haus des Herrn. Man löscht jede Spur von jemandem, der ausgestoßen ist.«

»Was meintest du damit, dass du dem Schwein nie hättest trauen dürfen?«

»Was? Ach so …« Er warf noch einen Blick auf das Foto und legte es beiseite. »Ein paar Tage nach dem Unfall rief ich zu Hause an, um mich zu erkundigen, wie es Mikael ging. Mein Stiefvater, Poul-Erik, nahm das Telefon ab. Natürlich wollte er nicht mit mir reden. Er hat mir erklärt, Mikael sei tot und ich ausgestoßen, weil ich Satan persönlich sei. Dann hat er aufgelegt. Ich habe danach nie wieder versucht, Kontakt zu ihnen aufzunehmen.«

»Willst du wissen, was tatsächlich passiert ist?«

Jay nickte, ohne aufzublicken, und Dan berichtete, wie das Krankenhauspersonal in Christianssund die Eltern nach Hause geschickt und Mikael ohne deren Einverständnis eine Transfusion gegeben hatte. Sie retteten dem Jungen damit das Leben. Dan ließ die Teufelsaustreibung weg, erzählte aber, dass Annemarie von ihrem Mann geschieden war und sie und Mikael ihren Mädchennamen angenommen hatten. Seine Mutter stand kurz vor einem Zusammenbruch, ein Mädchen aus der Gemeinde kümmerte sich um sie. Dan berichtete außerdem, dass die Gemeinde Poul-Erik Hansen vor vielen Jahren ebenfalls ausgestoßen hatte und er sterbend im Krankenhaus von Christianssund lag.

»Möge er in der Hölle schmoren!«, sagte Jay leise.

Einige Minuten saßen die vier Männer schweigend um den Tisch in dem kühlen Lokal. Die beiden Alten hatten sich wieder an ihr Brettspiel gesetzt.

»Erzähl mir von deiner Lebensversicherung«, forderte Jay Dan auf. »Wenn es sich nicht um ihn handelt …« Er nickte in Benjamins Richtung, der sich während des gesamten Dramas ruhig verhalten hatte, blass und stumm dasaß und die anderen anstarrte. Aber er hatte ja vor nicht allzu langer Zeit auch einiges durchmachen müssen, dachte Dan. Benjamin wusste, wie es war, einen Vater aus der Hölle zu haben.

Dan sah Jay mit dem Anflug eines Lächelns an. »Wenn du heute Abend nicht im Flugzeug nach Dänemark sitzt, wird die Adresse von Prāyaścitta zusammen mit einem Auslieferungsbegehren an die indischen Behörden geschickt. Es reicht nicht, dass ich die dänische Polizei anrufe oder eine Mail oder SMS schicke. Ich muss morgen früh um acht Uhr dänischer Zeit mit dir am Flughafen Kastrup stehen, wenn du das vermeiden willst.«

Jay sah ihn an. »Was noch?«

»Tauchen wir nicht auf, schickt die dänische Polizei gleichzeitig eine Erstattungsforderung an die indischen Behörden. Wir verlangen, dass das Internat geschlossen wird, die Gebäude verkauft und alle eventuellen Guthaben beschlagnahmt werden, damit deine Opfer in Dänemark einen kleinen Teil ihrer Verluste ersetzt bekommen.«

»Das könnt ihr nicht machen.«

»Selbstverständlich können wir.«

»Was weißt du schon, wo ich … Oh, Scheiße! Käs!«

»Erik Käsfeldt war so freundlich und hat uns eine komplette Aufstellung deines Teils der Beute in all den Jahren geliefert. Es ist nur eine Frage der Zeit, bevor die Polizei sämtliche Konten ermittelt hat und all deine liquiden Mittel im In- und Ausland sperren lässt.«

»Gib mir einen Moment.« Jay legte die Arme auf den Tisch und den Kopf auf die Arme. Er saß ein paar Minuten regungslos da, während die anderen schweigend versuchten, ihn nicht anzustarren. Ganz offensichtlich gingen dem Mann große und schwerwiegende Gedanken durch den Kopf. »Okay«, sagte er plötzlich und richtete sich auf. »Ich habe einen Vorschlag.«

»Und?«

»Die Schule kann nicht fortgeführt werden, wenn das ersparte Kapital nicht zur Verfügung steht. Wenn ihr meine Bankkonten räumt, muss Prāyaścitta innerhalb von wenigen Monaten schließen.«

»Das ist denkbar.«

»Damit kann ich nicht leben.«

»Tut mir leid. Vielleicht können wir dir helfen, ein paar andere Unterstützer zu finden. Wie du selbst sagst, steht die Schule ja inzwischen auf soliden Füßen, sodass es nur noch um die laufenden Kosten geht, die …«

»Du weißt nicht, wovon du redest. Es kostet ein Vermögen, eine Schule dieses Standards zu führen und den Schülern Stipendien zu zahlen, die aufs Gymnasium oder auf andere weiterführende Einrichtungen gehen sollen. Vergiss es. Ohne regelmäßige Einkünfte wird es schwer, aber nicht unmöglich. Allerdings hat die Schule ohne das momentan zur Verfügung stehende Vermögen keine Chance.«

»Tut mir leid«, sagte Dan noch einmal.

»Aber ich habe einen Vorschlag.«

»Das hast du bereits gesagt.«

»Du gibst mir drei Stunden, um so viel Geld wie möglich umzubuchen.«

»Und wenn deine Konten bereits gesperrt sind? Wir wissen doch nicht, ob Käs in diesem Moment mit der Ermittlungsleitung all seine Excel-Tabellen durchgeht …«

Jay schluckte. »Hoffen wir, dass es noch nicht so weit gekommen ist. Das wäre nämlich verdammt ärgerlich für euch.«

»Wieso?«

»Weil ich einen Tausch anzubieten habe.«

»Du wirst trotzdem mit uns nach Dänemark kommen müssen.«

Jay schüttelte den Kopf. »Das habe ich geschluckt. Vermutlich werde ich für die paar lächerlichen Betrügereien nicht allzu lange sitzen müssen.«

Dan erwiderte nichts. Wenn er ehrlich sein sollte, hatte er überhaupt keine Ahnung über das Strafmaß bei schwerem Betrug.

»Ihr lasst mich das Geld überführen, damit Sanjay und die anderen in Prāyaścitta darüber verfügen können, und ihr zieht die Anzeige bei den indischen Behörden zurück.« Er hielt Blickkontakt mit Dan und ignorierte Sanjays offensichtliche Verwirrung, weil sein Name genannt worden war. »Dafür komme ich brav mit nach Christianssund.«

»Und?«

»Und dann habe ich noch einen kleinen Extrabonus für euch, wenn all meine Forderungen erfüllt werden.«

»Ja?«

»Ich werde euch sagen, wer meinen Bruder ermordet hat.«

»War es jemand, der von dir oder Erik Käsfeldt dazu gezwungen worden ist?«

»Ich sage keinen Ton mehr, bevor du mir nicht eine schriftliche Garantie gegeben hast, dass die dänische Polizei ihren Teil der Abmachungen einhält.«

Dan sah Jay lange an, bevor er langsam nickte. »Ich werde es versuchen«, sagte er. »Wie machen wir es?«

»Ich habe in Prāyaścitta ein Laptop. Sanjay kann es in zwei Sekunden holen, dann kannst du an …«, er hob das Blatt an, »… Kriminalkommissar Flemming Torp eine Mail schicken. Er müsste mir die Garantie, die ich brauche, geben können.«

Dan sah sich in dem primitiven Lokal um. »Hier gibt's einen Netzzugang?«

»Ich habe ein mobiles Modem. Es ist nicht immer ganz stabil, aber … Machen wir's so?«

»Abgemacht.« Sie gaben sich feierlich die Hand.

MONTAG, 7. MAI 2007

49 »Ich sollte dir wohl danken.«

»Das ginge dann vielleicht doch zu weit.«

»Nimm das, was ich bereit bin, dir zuzugestehen, ruhig an, Dan.«

»Überanstrenge dich nicht.«

Wieder breitete sich Stille im Büro des Kriminalkommissars aus, das ihm heute besonders stickig und eng vorkam. Das warme Wetter hielt an, und jeder Tag hatte sie sommerlichen Temperaturen näher gebracht. Normalerweise hätte Flemming das Fenster zum Rathausmarkt geöffnet, aber gerade heute gab es größere Straßenarbeiten an der Algade, und der Maschinenlärm war bei offenem Fenster nicht auszuhalten.

»Recht muss Recht bleiben. Ohne dich hätten wir ihn nie geschnappt«, sagte Flemming.

»Oder sie.«

»Wahrscheinlich nicht.«

Flemmings Zorn war auch nach einer Woche noch nicht verflogen. Nicht einmal die vielen Ermittlungsergebnisse von Dan hatten dazu geführt, dass er sich beruhigte. Flemming fühlte sich verraten; er war zutiefst verletzt über den Mangel an ganz gewöhnlichem Respekt, und er machte kein Geheimnis aus seinen Gefühlen. Die Frage ist, ob unsere Freundschaft das überlebt, ging Dan durch den Kopf. Wie viel bedeutete sie ihm eigentlich? Wäre es nicht in vielerlei Hinsicht eher eine Erleichterung, hielte

Flemming in Zukunft ein bisschen mehr Abstand zu ihm? Seine Ehe würde jedenfalls weit besser funktionieren, wenn nicht ständig so ein Rüde um seine Frau herumschwänzelte. Sie zumindest hatte er ja noch. Marianne war so erleichtert, ihn wiederzusehen, als er aus Indien nach Hause kam, dass sie ihm nach heftigen Vorhaltungen, die sie ihm den ganzen Abend über machte, hundertprozentig vergeben hatte. Tatsächlich hatte er sie im Verdacht, ein klein wenig stolz auf ihn zu sein, aber diesen Gedanken behielt er klugerweise für sich. Offiziell distanzierte sie sich natürlich von seiner Vorgehensweise.

Im Augenblick versuchte Dan, die Stimmung ein wenig aufzulockern, bevor er und Flemming in die Vernehmungsräume mussten. Dan hatte von allerhöchster Stelle die Erlaubnis bekommen, bei dem Verhör von Mikaels Mörder zuhören zu dürfen. Eine Chance, die er sich nicht entgehen lassen wollte. »Was hat Kamma gesagt, als ihr sie verhaftet habt?«, fragte er beiläufig.

Flemming richtete sich in dem offensichtlichen Versuch auf, sich zusammenzureißen. »Nicht viel. Sie war wütend.«

»Aber hat sie gestanden?«

»Nein. Anfangs hat sie behauptet, Jay müsse es getan haben. Oder Johannes, wie sie ihn nennt. Jetzt setzt sie auf die Erklärung, der Herr persönlich habe Mikael das Leben genommen.«

Der Lärm der Straßenarbeiten war für ein paar lange Minuten das einzige Geräusch, das den Raum erfüllte. Dan ließ zum hundertsten Mal die Fingerspitzen über die Narbe gleiten, die sich nun für immer in seine linke Wange gegraben hatte. Sie fing ganz oben am Auge an, verlief über das Jochbein fast bis zur Nase und zog sich dann in einem Zickzackmuster bis hinunter zum Kiefer, ein paar Zentimeter links von der Spitze des Kinns. Die Haut war feuerrot und die Löcher der gezogenen Fäden waren noch immer zu sehen. Allerdings hatte Marianne ihm versichert, dass im Laufe der kommenden Monate alles ausbleichen und mehr und mehr verschwinden würde. Dan versuchte, die verunstaltende Narbe und sein neues, asymmetrisches Lächeln zu ignorieren, aber es fiel ihm schwer. Er war es gewohnt, dass das andere Geschlecht ihm mehr oder weniger subtile Komplimente machte. Jetzt drehten sich die meisten Bemerkungen um seine Narbe. Wie furchtbar es war und wie hübsch es sicher werden würde. Er konnte es schon jetzt nicht mehr hören.

Dan zwang sich, die Finger von der Wange zu nehmen. Wieder versuchte er, das Gespräch in Gang zu bringen: »Was hat Jay eigentlich gesagt, als er euch über seinen Verdacht erzählen sollte? Mir wollte er nichts sagen, und ich durfte ihn ja seither nicht mehr sehen.«

»Och, wie ungerecht.« Flemming lächelte ein bisschen steif, um die Bemerkung wie eine gutmütige Frotzelei klingen zu lassen. Er räusperte sich und fing an zu erzählen, warum Jay sofort wusste, wer den Mord begangen hatte, als er das Foto der Alarmuhr sah, wie er sie nannte. Wenige Wochen bevor er vor fünfzehn Jahren verschwunden war, hatte er sie seiner damaligen heimlichen Liebe geschenkt. Jay hatte beschlossen, von zu Hause auszureißen, sobald sich eine Gelegenheit bot. Er wartete nur auf den richtigen Moment. Kamma Moritzen hatte deutlich engere Beziehungen zur Gemeinde als er, sie wollte nicht mit. Aber Jay hatte ihr gern etwas zur Erinnerung schenken wollen … und er wusste, dass sie kein Foto von ihm behalten durfte. Wenn sie mit dem Foto eines Ausgestoßenen erwischt würde, hätten die Ältesten sie hart bestraft. Ein traditionelleres Abschiedsgeschenk wie zum Beispiel Schmuck wäre von ihren Eltern, die damals noch lebten, auch sofort bemerkt worden. Jay hatte ihr stattdessen einen seiner absoluten Lieblingsgegenstände geschenkt, bei dem sie immer an ihn denken konnte – den markanten Wecker, den er einige Jahre zuvor bei irgendeinem Preisausschreiben eines Comichefts gewonnen hatte. »Kamma hatte gesagt, sie würde ihn behalten, bis er eines Tages zurückkäme und seine Sünden bereute, um den Ausschluss aufzuheben«, erklärte Flemming. »Dann hätten sie heiraten können.«

»Sie hat all die Jahre auf ihn gewartet?«

»Er war der einzige Mann in ihrem Leben, sagt sie.«

»Aber weshalb hat sie bei dem Mord die Uhr als Lockmittel eingesetzt, wenn Jay wirklich die Liebe ihres Lebens gewesen ist? Sie muss doch gewusst haben, dass der Verdacht damit auf ihn fallen würde.«

»Es war bestimmt kein Zufall. Kamma hasst Jay – oder Johannes, wie sie ihn weiterhin nennt.« Flemming seufzte. »Wie soll ich das erklären? Sie verliebte sich in diesem Sommer vor fünfzehn Jahren in ihn. Normalerweise äußert sich das im Haus des Herrn lediglich in heißen Blicken oder einem zusätzlichen Händedruck, aber Kamma und Jay gingen einen Schritt weiter, als sie im August 1992 zusammen im Bibelcamp waren.«

»Haben sie miteinander geschlafen?«

»Nein, das kann ich mir nicht vorstellen. Aber sie haben sich vermutlich geküsst und ein bisschen gefummelt. Jedenfalls hat es gereicht, um Kamma zu überzeugen, dass sie heiraten und den Rest ihres Lebens zusammenbleiben würden. So ist das im Haus des Herrn. Als Jay dann fortging, war sich Kamma sicher, er würde wiederkommen. Er wusste ja, dass sie besudelt war und nie einen anderen Mann aus der Gemeinde heiraten könnte. Sie fühlte den Stempel der Sünde auf sich, wie Jay es so poetisch ausdrückt. Und sie war überzeugt, dass es sich bei ihm um einen Gentleman handelte. Aber als Jay auch nach Jahren nicht zurückkam, verwandelte sich ihre Liebe allmählich in Hass. Er tauchte nicht einmal auf, als sein größter Quälgeist, der Stiefvater Poul-Erik, ausgestoßen wurde. Es kam ihr nicht in den Sinn, dass er möglicherweise von diesem Ausschluss gar nichts erfahren hatte. Sie ging davon aus, dass die ganze Welt wusste, was in ihrer kleinen Gemeinde vor sich ging. Aus Kammas Sicht war es Jays Schuld, dass sie nie geheiratet hatte; seine Schuld, dass sie keine Kinder bekam; seine Schuld, dass Gott ihr niemals ihre Sünden vergeben würde. In Kammas Augen war Jay der Judas geworden, mit dem er sich immer verglichen hatte. Wie Judas hatte er denjenigen, den er liebte, mit einem Kuss verraten und sie einem Schicksal überlassen, das sie zu Recht fürchtete. Es kann nicht lustig für sie gewesen sein, als sie sich eingestehen musste, nie ein Leben wie die anderen Frauen der Gemeinde führen zu können.« Flemming hob die Schultern. »Um eine lange Geschichte kurz zu machen, Kamma schob die Schuld absichtlich auf Jay, als sie sich entschloss, Mikael mit ebendiesem Wecker zum Schuppen zu locken. Sie wusste, dass Jay der Letzte gewesen war, der das Innenleben der Uhr berührt hatte, als er für sie die Batterien wechselte. Und sie hatte wohl den Verdacht, dass sich seine Fingerabdrücke im Polizeiregister finden würden.«

»Ich verstehe nur das mit den Batterien nicht.«

»Was meinst du?«

»Wenn Jay damals die Batterien gewechselt hat und seine Fingerabdrücke fünfzehn Jahre alt sind … Wie hatte sie dann genügend Strom, um das Blinklicht einzuschalten und Mikael in den Schuppen zu locken?«

Flemming starrte ihn einige Sekunden fassungslos an. »Du hast recht. Wieso hat da noch keiner dran gedacht?«

»Vielleicht ist es nur eine Täuschung.«

»Was meinst du?«

»Na ja, ich meine es ganz wörtlich, Flemming. Ihr habt die

ganze Zeit vermutet, ein Blinklicht hätte Mikael zum Schuppen gelockt, aber ihr wisst es nicht mit Sicherheit. Der Wecker stand einfach da – also musste es so zusammenhängen.«

»Worauf willst du hinaus?«

»Ich habe keinen Zweifel, dass der Wecker dort hingestellt wurde, um den Verdacht auf Jay zu lenken. Nur musste er dafür ja nicht unbedingt eingeschaltet gewesen sein. Kamma wusste, was sie tat.«

»Aber wenn er nicht eingeschaltet war … was hat Mikael dann bewogen hinauszugehen?«

Dan zuckte die Achseln. »Vielleicht hat sie ihn ganz einfach gerufen, vielleicht hat sie behauptet, der Messias persönlich wäre ihr im Garten erschienen. Vielleicht hat sie um Hilfe gerufen. Es gibt tausend Möglichkeiten und streng genommen nur einen Menschen, der euch die Wahrheit erzählen kann. Frag sie einfach mal …«

Flemmings Telefon klingelte, und während der Kommissar ein kurzes Gespräch führte, dachte Dan daran, wie Kamma aussah. Ihr schwerer, matronenhafter Körper, ihr dichtes, dunkles Haar mit der altmodischen Frisur, die pummeligen Beine in den dicken Nylonstrümpfen und die billigen, etwas klobigen Schuhe. »Ich hätte nie gedacht, dass Kamma Jays Typ war«, sagte er, als Flemming aufgelegt hatte.

»Das ist auch ein bisschen eigenartig. Aber Kamma war damals ein dünner Hering, sagt Jay. Ich habe ihm ihr derzeitiges Aussehen nicht beschrieben, er hat wohl mein Erstaunen bemerkt, als er mir erzählte, dass sie seine erste Liebe gewesen ist.«

»Seine erste Liebe … und die erste Frau, die er verließ. Seither hat er kaum etwas anderes gemacht.«

»Tja, das Muster hat sich früh herauskristallisiert.«

»Worauf warten wir eigentlich?«, erkundigte sich Dan.

»Ich habe dem Hauptkommissar versprochen, ihn mitzunehmen. Er würde die Vernehmung gern zusammen mit dir verfolgen. Du bist schließlich sein neuer Held.« Die letzten Worte stieß Flemming höhnisch aus.

»Ach, nun hör aber auf, Flemming.«

»Ist doch wahr. Du bist der Grund, dass Hanegaard am Freitag von der Ministerin persönlich gelobt worden ist. Für diese elegante Lösung eines komplizierten Falls, wie sie sich ausdrückte. Ich glaube, er hat noch immer nicht ganz begriffen, was du getan hast und weshalb – aber gegen ein ministerielles Schulterklopfen hat er natürlich nichts.«

»Wieso, was glaubt die Ministerin denn?«

»Aus irgendeinem Grund meint sie, dass du seit einiger Zeit eine Art heimlicher Berater der Polizei von Christianssund bist.« Flemming versuchte, ein Lächeln zurückzuhalten. »Und das findet sie genial. Es klingt wie aus einem amerikanischen Krimi.«

Dan hob eine Augenbraue. »Heimlicher Berater? Und wie kommt sie darauf?«

»Keine Ahnung, Dan. Vielleicht habe ich irgendetwas Missverständliches gesagt, als ich die Fahndung bei Interpol abgeblasen habe. Schon möglich. Ich spreche ja nicht so gut Englisch.« Jetzt lächelte er wirklich. »In jedem Fall machen wir das jetzt formal korrekt. Die Sekretärin des Hauptkommissars ist gerade dabei, einen Beratervertrag aufzusetzen.«

»Ihr wollt mich fest anstellen?«

»Nein, Dan. Es gibt trotz allem Grenzen. Wir haben dich für einen Monat angeheuert, angefangen hast du vor drei Wochen. So haben die Verteidiger nichts in der Hand.«

»Danke, Flemming.«

»Ich habe das nicht deiner blauen Augen wegen getan. Bestimmt nicht. Aber wenn dieses kleine Manöver meinen Arsch und das Korps rettet, dann bin ich gern einverstanden, und du hast auch etwas davon. Das ändert aber überhaupt nichts daran, wie ich dein Verhalten sonst sehe. Nur, dass du es weißt.«

Ein hartes Klopfen an der Tür unterbrach ihn. Der Hauptkommissar steckte den Kopf herein. »Entschuldige die Verspätung«, sagte er und nickte Flemming zu. Dann richtete er seinen Blick auf Dan. »Lernen wir uns endlich kennen! Kjeld Hanegaard.«

»Dan Sommerdahl.« Die Haut an Dans Wange spannte sich, als er lächelte. »Ich hoffe, es ist okay, wenn ich …«

»Selbstverständlich, selbstverständlich.« Hanegaard sah Flemming an. »Gehen wir, Torp?«

Im Gänsemarsch ging es in die Vernehmungsräume, bis sie vor zwei Türen standen, die unmittelbar nebeneinanderlagen. Dan und Hanegaard gingen durch die eine, Flemming stellte sich vor die andere und wartete auf die Kriminalassistentin, die an dem Verhör teilnehmen sollte.

»Haben Sie sie schon einmal gesehen?«, fragte der Hauptkommissar und setzte sich auf einen Stuhl vor die Scheibe zum Nachbarraum.

»Nur einmal kurz auf der Straße.«

»Ich habe beim ersten Verhör zugehört«, sagte Hanegaard. »Wenn Sie mich fragen, ist die nicht ganz richtig im Kopf.«

Durch den Polizeispiegel konnten sie das Vernehmungszimmer deutlich sehen, in dem Kamma Moritzen auf die Polizisten wartete. Dan wusste, dass man nur von einer Seite aus durch den Spiegel sehen konnte, solange die Jalousien im Beobachtungsraum geschlossen waren und kein Licht eingeschaltet wurde. Ein merkwürdiges Gefühl, so ungehindert einen anderen Menschen anstarren zu können, dem man selbst verborgen blieb. Die wenigen Tage in der Zelle hatten ihre Spuren an Kammas adrettem Hausfrauenlook hinterlassen. Zusammengesunken saß sie auf dem starren Holzstuhl, das ungewaschene Haar hing wie eine ausgefranste Gardine über ihrem kaum erkennbaren Gesicht. Die Bluse, die man ihr gegeben hatte, war viel zu groß, und an den nackten Füßen trug sie ein Paar graue Pantoffeln. Sie hielt die Hände krampfhaft gefaltet, jeder einzelne Knöchel leuchtete weiß auf. Sie betete zu ihrem Gott.

»Bleibt sie die ganze Zeit so sitzen?«, erkundigte sich Dan.

Der Hauptkommissar zuckte die Achseln. »Es sieht nicht so aus, als ob Fräulein Moritzen Lust hätte, allzu viel Kontakt mit der Wirklichkeit aufzunehmen.«

Sie sahen, wie erst Pia Waage, dann Flemming Torp den tristen Raum betraten. Pia schaltete den Recorder ein, nannte das Datum, die Uhrzeit und die Namen der Anwesenden, bevor sie sich neben Flemming setzte – gegenüber von Kamma Moritzen, die nun aufgehört hatte zu beten und die beiden Polizisten mit Augen beobachtete, die wie schwarze Löcher in dem blassen Gesicht erschienen.

»Wir wissen, dass Sie Erik Käsfeldt im Haushalt geholfen haben«, begann Flemming.

»Seit Beates Tod, ja. Aber meist bin ich bei Annemarie. Also in den letzten Monaten … Sie wissen, seit Mikael …«

»Was tun Sie, wenn Sie bei Käsfeldt sind?«

Sie hob die Schultern. »Kochen, Kleider flicken, bügeln, putzen, so etwas. Ich fahre ihn auch zum Flughafen, wenn er auf Geschäftsreisen muss.«

»Also eine Art Mädchen für alles, und das ganz umsonst?«

»Erik ist ein viel beschäftigter Mann«, sagte sie stolz. »Er hat eine hohe Position in seinem Berufsleben, und seine gesamte Freizeit verbringt er im Haus des Herrn. Er ist einer der Ältesten. Gott braucht Eriks Arbeitskraft dringender als meine. Meine Kräfte sind von großem Nutzen, wenn ich sie so einsetze, dass

Erik sich auf die Gemeindearbeit konzentrieren kann.« Sie blickte auf ihre Hände. »Ich bin stolz darauf, ihm helfen zu können.«

»Haben Sie ihn am Dienstag, dem 27. Februar, auch zum Flughafen gefahren?«

»Am Tag vor Mikaels Tod?«

»Als Sie im Bibelcamp waren, ja.«

Sie dachte einen Moment nach. »Ja.«

»Und was haben Sie dann mit dem Wagen gemacht?«

»Ich habe ihn behalten, bis er am Freitag wieder nach Hause kam.«

»Da haben Sie ihn wieder abgeholt?«

Sie nickte. »Habt ihr ihn freigelassen?«

»Er bleibt vorläufig in Haft.«

»Was wird ihm vorgeworfen?«

»Das ist im Augenblick nicht unser Thema.«

»So eine Schweinerei!« Kamma klatschte eine flache Hand auf die Tischplatte. »Erik hat nichts Falsches getan. Er würde niemals etwas Falsches tun! Er dient dem Herrn. Die Gemeinde braucht ihn!«

Flemming sah sie an. Er hatte sie bisher nie so viele zusammenhängende Worte auf einmal sagen hören. Das war offenbar ein Thema, an dem sie Interesse hatte. »Sind Sie in Erik Käsfeldt verliebt?«

Zwei hochrote Flecken breiteten sich vom Hals über ihre Wangen aus. »Sie haben kein Recht, mich so etwas zu fragen!«

»Dann ist es also wahr?«

»Das geht Sie gar nichts an.« Ihre Hände, die gerade noch wie zwei tote Fische vor ihr lagen, fingen an, an einem leeren Plastikbecher zu fummeln. Sie riss kleine Ecken in den Rand, sorgfältig und systematisch. Langsam wurde ihre Gesichtsfarbe wieder normal. »Das hat nichts mit dem Fall zu tun.«

»Aber Sie haben engeren Kontakt zu ihm als zu den anderen Männern in der Gemeinde, nicht wahr?«

»Das würde ich nicht sagen.« Sie hielt den Blick wieder auf ihre Hände gerichtet. »Wir mögen uns alle im Haus des Herrn.«

»Aber Sie haben Erik Käsfeldt davon berichtet, dass Sie Mikael Kjeldsen beim Onanieren erwischt haben.«

Ihr Blick flackerte zu seinem Gesicht und zurück zu dem Plastikbecher. Sie antwortete nicht.

»Warum sind Sie damit ausgerechnet zu Erik gegangen?«

Sie zuckte die Achseln.

»War das nicht eine Angelegenheit, von der die gesamte Leitung der Gemeinde hätte erfahren sollen?«

»Das wäre schlimm für Annemarie gewesen«, murmelte sie.

»Wie meinen Sie das?«

»Sie hatte schon ihren ältesten Sohn und ihren Mann an den Teufel verloren. Ich wollte nicht schuld daran sein, dass sie auch noch Mikael verliert.«

»Weil Sie wussten, die Ältesten würden ihn ausstoßen?«

»Vielleicht nicht sofort, aber ...« Sie fing an, den dünnen Plastikbecher in schmale Streifen zu reißen. Sie bewegte die Finger langsam und sorgfältig, sodass jeder einzelne Streifen gleich breit wurde. »Irgendwann hätten sie ihn sicher ausgestoßen. Sie hätten den Schweinkram sehen sollen, den er sich angeschaut hat.« Sie warf den Plastikbecher fort und blickte Flemming direkt ins Gesicht. »Es war abscheulich!«

»Und dennoch ... Gleich ausstoßen?«

»Es war ja nicht das erste Mal. Der Teufel hatte Besitz von ihm ergriffen. Sein Körper wurde mit fremdem Blut verunreinigt, als er ein Kind war. Er war eine Beute des Bösen.« Eine Weile blieb es still im Vernehmungszimmer. Dann begann Flemming erneut. »Sie gingen davon aus, dass Erik mehr Verständnis hatte?«

»Er kannte Mikael doch. Sie arbeiteten zusammen. Erik konnte unter vier Augen mit ihm reden und ihn zurück auf den rechten Weg führen, ohne dass der Rest der Gemeinde davon zu erfahren brauchte.«

»Ist es ihm gelungen?«

»Ich dachte es.« Sie machte eine kleine Pause. »Aber dann habe ich ihn wieder gesehen, oben in seinem Zimmer. Und ich habe diese ... widerlichen Schweinerein gesehen, die er sich anguckte.«

»Sie haben ihm nachspioniert?«

Sie blickte auf, die dunklen Augen blitzten. »Ich bin zufällig an seinem Zimmer vorbeigekommen!«

»Und wie alle anderen jungen Männer onanierte Mikael Kjeldsen natürlich immer bei weit aufgerissener Tür und drehte den Computerbildschirm dabei so, dass alle sich mit anschauen konnten, was er sich ansah. Finden Sie, das klingt plausibel?«

Sie blickte zu Boden, ohne zu antworten.

»Haben Sie vielleicht Geräusche durch die Tür hindurch gehört, Kamma?«

Sie nickte.

»Und dann haben Sie leise die Türe geöffnet, um zu sehen, was da vor sich ging?«

Schulterzucken.

»Sind Sie wieder zu Erik Käsfeldt gegangen?«

Dieselbe Bewegung.

»Ja oder nein, Kamma?«

Sie sah Flemming in die Augen. »Nein!«, sagte sie dann. »Erik sollte nicht mehr da mit hineingezogen werden.«

Flemming betrachtete sie einen Moment. Dann sagte er: »Erzählen Sie mir, was Sie getan haben, als Sie Mikael dabei erwischten, wie er sich Pornos in seinem Zimmer ansah.«

»Ich habe ihn ausgeschimpft.«

»Was hat er dazu gesagt?«

»Er schrie mich an, er hat die übelsten Dinge über mich gesagt. Und dann hat er mich auf den Flur geschubst und die Tür verschlossen.« Ihre Augen glitten über Pias Gesicht. »Er ... er hatte sich nicht einmal die Hose zugeknöpft. Er ließ sie offen stehen, sodass ich seinen ... Sie wissen schon ... sehen konnte.«

»Und was haben Sie dann getan?«

»Ich beschloss, für ihn zu beten.«

»Sie haben ihn in Ihr Abendgebet eingeschlossen?«

Kamma warf ihm einen verächtlichen Blick zu. »Nein, ich wollte richtig für ihn beten, im Gemeindesaal, Christi zu Füßen.« Sie schloss einen Moment die Augen und öffnete sie langsam wieder. »Ich wollte eine Fürbitte leisten, als letzte Chance.«

»Eine letzte Chance, bevor Sie zu den Ältesten gehen würden?«

Sie nickte.

»Sie gingen also in den Gemeindesaal. Waren dort andere Gemeindemitglieder?«

»Ich bin schon eine Stunde vor der Zusammenkunft dort gewesen. Ich wollte nicht gestört werden.«

»Haben Sie sich auf einen Stuhl vor die Kanzel gesetzt?«

»Nein. Ich habe hinter der Abschirmung gekniet.«

»Welcher Abschirmung denn?«

»Eine Ecke unseres Gemeindesaals ist damit abgetrennt, direkt vor dem Kreuz. Wenn wir uns versammeln, um den Herrn zu preisen, entfernen wir die Abschirmung, aber außerhalb der Zusammenkünfte ziehen es die meisten vor, allein zu beten.«

»Ah ja ...«

»Als ich dort kniete und betete, kam jemand in den Raum. Ich konnte natürlich nicht sehen, wer es war, aber ich kannte ihre Stimmen.«

»Erik Käsfeldt und Mikael Kjeldsen.«

Kamma zog die Brauen zusammen. »Woher wissen Sie das?«

»Ich habe nur geraten.«

Sie sah ihn misstrauisch an, fuhr aber fort. »Sie unterhielten sich. Ich wollte aufstehen, damit sie sahen, dass ich da war, aber …«

»Ja?«

»Dann hörte ich, worüber sie sprachen, und wurde starr vor Schreck. Ich konnte mich einfach nicht mehr rühren.«

Sie sah Flemming an. »Ich wollte mich nicht zu erkennen geben, ich hätte Erik in Verlegenheit bringen können. Also blieb ich sitzen.«

»Und haben alles mit angehört?«

»Mikael erpresste Erik um Geld. Als hätte Erik irgendetwas Falsches getan! Ich verstand nicht viel, es hatte mit dem Rigshospital und einem Computer zu tun. Ich dachte, es ging um all das Schlimme in Mikaels Computer. Um den Teufel, der darin hockte und dafür sorgte, dass die Menschen solche Sauereien miteinander trieben. Aber warum sollte Erik Geld an Mikael bezahlen? Eigentlich hätte doch Mikael Abbitte leisten müssen.«

»Haben Sie gehört, um wie viel Geld es ging?«

»Fünfzigtausend.«

»Was ist dann passiert?«

»Mikael ist gegangen. Ich wagte noch immer nicht herauszukommen, denn ich hörte, wie Erik vor der Zusammenkunft noch die Stühle an ihren Platz stellte und so …«

»Wie konnten Sie hören, dass es sich um ihn handelte?«

»Er weinte.« Kamma hob den Kopf und sah Flemming ins Gesicht. »Erik, der niemals irgendjemandem etwas zuleide getan … Er weinte wie ein kleines Kind und murmelte dabei vor sich hin, dass der Herr ihm seine Sünden vergeben möge und ihn Gottes Strafe träfe.«

»Dann ist es doch nicht so merkwürdig, dass er sich ein paar Wochen später entschloss, Mikael Kjeldsen umzubringen.«

Sie sah aus, als hätte er ihr eine schallende Ohrfeige gegeben. »Sie glauben, Erik hätte …?«

»Ja, Sie waren es ja nicht, haben Sie gesagt, und Erik Käsfeldts Alibi ist leider nicht wirklich gut …«

»Aber …«

»Ich habe bisher nicht gewusst, was sein Motiv gewesen sein könnte, aber das haben Sie uns ja gerade geliefert. Vielen Dank, Kamma.«

Sie sagte nichts. Sie starrte den Polizisten lediglich an.

Flemming erhob sich. »Es ist 13:10 Uhr, und die Vernehmung wird für eine Mittagspause unterbrochen«, sagte er zum Mikrofon gewandt. Dann schaltete er den Recorder ab. »Jemand wird Ihnen etwas zu essen bringen, Kamma.« Er legte ihr eine Hand auf die Schulter. Sie schien es nicht zu bemerken.

*

»Was hast du für ein Gefühl?« Der Hauptkommissar griff nach dem letzten Stück Smørrebrød mit Schweinebraten.

»Sie gesteht, wenn wir zurückkommen«, meinte Flemming. »Oder sie erfindet irgendeine fantastische Geschichte. Sie wird niemals riskieren, dass Erik Käsfeldt wegen Mordes verurteilt wird. Und schon gar nicht aufgrund ihrer Zeugenaussage.«

»Ich bin nicht sicher, ob sie wirklich in ihn verliebt ist«, sagte der Hauptkommissar. »Aber sie sieht sich eindeutig als Beschützerin von ihm und Annemarie Kjeldsen.«

»Ganz deiner Meinung«, erwiderte Flemming und schob den Teller beiseite. »Aber ich finde immer noch, dass wir es mit einer eigenartigen Geschichte zu tun haben. Wieso hat Kamma geglaubt, sie würde Erik und Annemarie helfen, wenn sie Mikael erschlägt?«

»Darf ich etwas sagen?«, warf Dan ein.

»Selbstverständlich«, forderte Hanegaard ihn auf.

Flemming sagte nichts.

Dan legte das Besteck auf den Teller. »Ich habe Kamma ja praktisch erst heute gesehen, ich kann also nicht gerade sagen, dass ich sie gut kenne, aber ... ich finde es nicht unlogisch. Kamma sieht sich, wie der Hauptkommissar ganz richtig sagt, in der Beschützerrolle. Mit einem ganz großen B. Vielleicht nicht für die ganze Gemeinde, aber in jedem Fall für Erik und Annemarie. Der Mord an Mikael war eindeutig eine Handlung, die diese beiden Menschen schützen sollte. Erik vor einer Erpressung, deren Grund sie nicht verstand und die sie für reines Teufelswerk hielt. Und Annemarie vor der Demütigung und den Schmerzen, wenn sie zusehen müsste, wie ein drittes Familienmitglied ausgestoßen wurde.«

»So weit habe ich's auch begriffen«, sagte Flemming sarkastisch.

»Vielleicht bildet sie sich sogar ein, dass der Herr sie gebeten hat, sein Werkzeug zu sein? Mich würde es jedenfalls nicht wundern.«

»Vielleicht.«

»Aber es gibt eine Sache, über die zumindest ich bisher nicht nachgedacht habe ... Ich glaube, Kamma hatte einen schwerwiegenden Grund, ausgerechnet Mikael zu hassen. Einen Grund, der weit zurück in der Kindheit des Jungen liegt.«

»Wir hören«, sagte der Hauptkommissar.

»Johannes und Kamma waren in ihrer Jugend ein Paar. Kamma wusste natürlich, wie schrecklich es Johannes zu Hause erging. Sein Stiefvater verabscheute ihn und schlug ihn. Johannes war in Sünde geboren, unehelich und ohne den Segen des Hauses des Herrn. Er sagte, dass er besonders deshalb von allen, nicht nur von seinem Stiefvater, besonders kritisch betrachtet wurde. Kamma hat möglicherweise als Einzige versucht, ihn zu verstehen. Sie war sehr verliebt. Sie wusste vermutlich von seinen Überlegungen abzuhauen, wenn es zu Hause zu schlimm würde. Jedenfalls muss sie es geahnt haben, als er ihr seine geliebte Uhr schenkte. Aber ich glaube, sie hoffte noch immer, ihn zum Bleiben überreden zu können. Wenigstens für die paar Monate, bis auch sie achtzehn gewesen wäre und sie heiraten konnten. Dann hätten sie mit der vollen Unterstützung der Gemeinde eine eigene Familie gründen und Johannes seinen Stiefvater verlassen können. Kamma stellte sich möglicherweise vor, dass sie Johannes' Kummer lindern könnte, wenn sie ihm nach dem Mund redete und sich seine Probleme anhörte. Aber vielleicht bin ich auch nur …«

»Was hat das alles mit Mikael zu tun?«, wollte Flemming wissen.

»Johannes schenkte Mikael eine Schachtel mit Raketen, Kanonenschlägen und Feuerrädern. Er wusste, dass der Junge nach Feuerwerkskörpern verrückt war. Sie hatten schon früher Raketen abgefeuert, Mikael konnte also damit umgehen und Johannes war sicher, dass sein kleiner Bruder vernünftig genug sein würde.«

»Sind Feuerwerkskörper im Haus des Herrn eigentlich erlaubt?«

Dan zuckte die Achseln. »Keine Ahnung. Das ist eine der Fragen, die ihr Erik bei Gelegenheit stellen solltet.« Er trank einen Schluck Wasser. »Wir wissen, dass Johannes sich an dem Unfall schuldig fühlte, der Mikael beinahe das Leben gekostet hat. Ein Gefühl, das sicher nicht besser wurde, als sein Stiefvater ihm weismachte, der Junge sei tot.« Dan sah Flemming und Hanegaard an. Sie nickten, um zu zeigen, dass sie zuhörten. »Habt ihr euch mal überlegt, wie Kamma diesen Prozess erlebte? Kamma, die schwer verliebt war und nur darauf wartete, achtzehn zu werden, zu heiraten und ihn aus seinem unglücklichen Dasein zu retten.

Ausgerechnet als das Ende ihrer Wartezeit in Sicht kam, geschah der Unfall. Johannes' lästiger kleiner Bruder verhielt sich vollkommen idiotisch, und Johannes nahm die Schuld auf sich, floh und ließ sich ausstoßen, bevor sie oder irgendjemand sonst ihn aufhalten konnten. Seither hatte sie nie wieder etwas von ihm gehört. In ihren Augen muss es mindestens ebenso sehr Mikaels Schuld sein, dass sie Johannes verloren hat. Sie hat es vermutlich nie gezeigt, aber für mich gibt es gar keinen Zweifel, dass sie den Jungen gehasst haben muss. Sie hasste ihn ebenso sehr, wie sie den Teufel fürchtete, der ihm mit dem fremden Blut in den Körper gefahren war. So empfand sie es all die Jahre, von dem Unfall an bis zu seinem Tod.«

»Vielleicht ist da was dran.« Flemming nickte langsam. Er machte sich auf einem Block Notizen. »Und wenn sie ihn so sah, ergibt es plötzlich auch einen Sinn, dass ein bisschen Porno und Erpressung die Tropfen waren, die das Fass zum Überlaufen brachten.«

»Kamma meint in vollem Ernst, dass sie der Gemeinde – und vielleicht sogar dem Rest der Welt – einen Gefallen getan hat, als sie Mikael den Spaten über den Kopf zog; und dass sie ihm mit dem Mord definitiv den Teufel ausgetrieben hat.«

»Aber wieso hat sie einen alten Computerbildschirm auf die Leiche geschmissen? Mikael war doch längst tot.«

»Na ja, das ist eine ganz andere Sache. Wenn ihr mich fragt, liegt das Motiv hier nicht im persönlichen Bereich oder im religiösen Wahn. Ich habe den Eindruck, dass Kamma glaubt, die anstößigen Bilder würden direkt vom Teufel geschaffen, mit Unterstützung des Computers als Werkzeug – sie kommen für sie also direkt aus dem Bildschirm. Sie hat nie mit Computern gearbeitet, für sie sind sie etwas Unheimliches und Fremdes. Wir wissen, dass der alte Bildschirm auf dem Boden des Schuppens stand, seit Mikael sich von Erik Käsfeldts Geld eine neue Arbeitsstation gekauft hatte. Kamma muss ihn gefunden haben. Immerhin erledigte sie die gesamte Gartenarbeit. Vielleicht hat sie es in ihrem kranken Hirn als ein Zeichen des Himmels gesehen, als sie den alten Bildschirm dort gefunden hat. Das Werkzeug des Teufels, genau als sie es brauchte, um den Teufel auszutreiben. Eine Art poetische Gerechtigkeit. Mit Bösem wird Böses ausgetrieben und dieser ganze Quatsch.«

»Also, ich habe mir gedacht …« Pia Waage erhob zum ersten Mal während des Mittagessens ihre Stimme.

»Ja?«, fragte Dan.

»Nein, es geht eher um dich, Torp. Du hast am meisten mit Annemarie und Kamma geredet. Hast du irgendeine Idee, wie all das passieren konnte, während Kamma im Bibelcamp in Maribo war? Sie hat doch ein Alibi. Sie hat sich sogar ein Zimmer mit Mikaels Mutter geteilt.«

»Du hast vollkommen recht. Das ist der schwächste Punkt«, erwiderte Flemming. »Und man darf sich diese Bibelcamps des Haus des Herrn ja kaum als Trinkgelage und Party bis tief in die Nacht vorstellen. Annemarie Kjeldsen erzählt jedenfalls, dass sie dort immer sehr früh ins Bett gehen. So früh, dass sie nie einschlafen kann. Sie ist ein Morgenmuffel und hat von ihrem Arzt Schlaftabletten bekommen, die sie aber nur im Camp nimmt. Am Mittwoch, dem 28. Februar, hat sie die Tablette um halb neun genommen, weil sie sichergehen wollte, bis 22:00 Uhr einzuschlafen, um zum Morgengebet um 6:00 Uhr ausgeruht zu sein. Annemarie schlief also tief. Kamma konnte sich durchaus aus dem Zimmer schleichen, nach Christianssund fahren, Mikael umbringen und wieder zurückfahren, solange die Tablette wirkte.«

»Und ihre Sachen? Sie muss doch völlig blutverschmiert gewesen sein.«

»Ich glaube, sie hat sie irgendwo unterwegs weggeworfen. Vielleicht in einen Mülleimer auf einem Rastplatz. Keine Ahnung. Da können wir nur spekulieren.«

Flemming erhob sich.

FREITAG, 22. JUNI 2007

50 Noch nie hatte Dan so viele Tränen auf einmal gesehen. Alle weinten, Junge wie Alte, Lehrer wie Schüler. Die Einzigen, die die Fassung bewahrten, waren die anwesenden Eltern, die – um die Wahrheit zu sagen – sich in aller Diskretion freuten, ihre fast erwachsenen Kinder zurückzubekommen.

Die Internatsleiterin hielt die Maske ebenfalls aufrecht, als sie die Abschiedsrede für den Jahrgang 06/07 des Internats von Egebjerg hielt, doch als sie das Pult verließ und von vier untröstlichen Mädchen beinahe umgeworfen wurde, die sie unbedingt sofort in den Arm nehmen wollten, musste auch sie eine Träne hinter den dicken Brillengläsern wegwischen. Das Schüler-Quartett, das die gesamte vergangene Woche damit verbracht hatte, eine vierstimmige Version von *My Funny Valentine* einzuüben – eine cool aussehende Gruppe von zwei Jungs mit Piercings und Hosen, die in den Kniekehlen hingen, sowie zwei Mädchen mit durchlöcherten Netzstrümpfen –, musste bereits nach einer halben Strophe aufgeben, weil dem Sopran und dem pickligen Bariton die Tränen zu sehr liefen.

Dan erhaschte einen kurzen Blick auf Laura, die vor der Bühne auf dem Boden saß und die Arme um ihren Nebenmann gelegt hatte, einen schmächtigen Burschen mit schwarzem Augen-Make-up und einer dicken Strickmütze, die er über beide Ohren gezogen hatte. Beide badeten in Tränen. Dan blickte verstohlen zu Marianne und sah, dass sie sich ebenfalls die Augen mit einem zerknüllten Papiertaschentuch tupfte. Sogar sie weinte! Was war das für eine Massenhysterie? Er seufzte. Natürlich konnte er verstehen, dass den jungen Leuten dieser Abend naheging. Sie hatten ein fantastisches Jahr auf dem Internat erlebt, ganz neue Seiten an sich kennengelernt, neue Freunde gefunden, neue Gewohnheiten angenommen, neue Werte entdeckt. Selbstverständlich fiel es schwer, diese wunderbare Gemeinschaft zu verlassen und wieder nach Hause zu fahren; zurück in die Kinderzimmer daheim, aufs Gymnasium, die Technische Hochschule oder wo immer es weitergehen würde ... trotzdem. Mal ganz ehrlich! Mitten in Dans langem innerem Monolog wandte Laura sich um und begegnete seinem Blick über die Köpfe ihrer weinenden Freunde hinweg. Und bingo! Auch der abgebrühte Dan Sommerdahl hatte plötzlich einen Riesenkloß im Hals. Er blinzelte entschlossen und schickte seiner Tochter ein Lächeln, das sich hoffentlich nur so anfühlte, als würden seine Lippen beben.

Endlich war die Feierstunde in der Aula zu Ende und die Abgangszeugnisse verteilt, alle verließen die Halle. Dan stellte sich in einen Sonnenstrahl gleich rechts von der Eingangstreppe und wartete, dass jemand sich ihm anschloss. Marianne war in Richtung Parkplatz verschwunden, um Rumpel zu holen, die die letzten fünfzig Minuten allein im Auto verbracht hatte. Laura stand am Schafpferch und nahm an einer von Schluchzern reichen Gruppenumarmung teil.

»Ich gewöhne mich nie daran«, hörte er plötzlich eine Stimme nah an seinem Ohr.

Dan öffnete die Augen, neben ihm stand Ursula Olesen. »Hej, Urs. Woran gewöhnst du dich nie?«

Sie putzte sich die Nase und lächelte. »Einen Schülerjahrgang zu verabschieden. Weißt du, dass ich das jetzt zum zwölften Mal mitmache – und jedes Mal heule ich wieder genauso.«

»Oh, ihr könnt euch doch jederzeit treffen, wenn ihr euch sehen wollt.«

Sie schüttelte den Kopf. »Genau das passiert nicht. Nie. Inzwischen weiß ich es. Zehn Monate lang ist man intensiv zusammen, kennt einander in- und auswendig, kann sich kein Leben ohneeinander vorstellen, und man verabredet, sich wiederzusehen ... sehr bald!« Sie verzog das Gesicht zu einem Lächeln. »Und dann vergeht der Sommer, ein neuer Jahrgang zieht ein und die alten Schüler fangen auf dem Gymnasium an. Es ist vorbei, wenn es vorbei ist, Dan. Und so soll es auch sein. Wenn eine Beziehung zu Ende geht und ausgedient hat, wartet schon die nächste.«

Er sah sie sich genauer an, bemerkte die neue, cognacfarbene Frisur, die fröhlichen Augen, die frische, sonnengebräunte Haut. »Es sieht aus, als ginge es dir gut, Ursula. Und was du da sagst ... du meinst doch nicht nur die Lehrer-Schüler-Beziehung, oder?«

Ursula lächelte. »Nicht nur.«

»Aha. Und wer ist es?«

Sie schüttelte lächelnd den Kopf. »Es ist noch ein wenig zu früh, Dan. Aber ja, ich habe jemanden kennengelernt, und ja, ich bin glücklich!«

Marianne kam mit Rumpel an der Leine auf sie zu. Der kleine Hund war beim Hundefriseur gewesen, und sogar Dan hatte einsehen müssen, dass es sich bei Rumpel um irgendeine Art von Pudel handelte. Aber er würde den Hund trotzdem gernhaben, hatte er beschlossen. Er gehörte inzwischen ihnen. Rumpels erster Besitzer, der schwere Alkoholiker Poul-Erik Hansen, war vor ein paar Wochen gestorben. Dan und Marianne hatten Rumpel mit zum Begräbnis genommen – eine kluge Entscheidung, da sie zusammen mit Hansens Kumpel Ejvind die gesamte Trauergemeinde stellten, wenn man diejenigen abzog, die für ihr Erscheinen bezahlt wurden. Der Pastor hatte den kleinen Hund ein wenig scheel angesehen, aber als Marianne ihm erklärte, Rumpel sei das einzige Familienmitglied des Verstorbenen, hatte er nachgegeben. Nach der Beerdigung hatten Dan und Marianne Hansens Freund zu dem grünen Schuppen gefahren. Ejvind hatte den Schuppen nach dem Tod von Poul-Erik übernommen und einen ganzen Tag mit Ausmisten verbracht. Als Dan wieder auf die Straße biegen wollte, war Ejvind ihnen mit einer Pappschachtel nachgelaufen. Sie enthielt Poul-Eriks persönliche Habseligkeiten, und Ejvind wusste nicht recht, was er damit machen sollte. Ob nicht die Frau Doktor und ihr Mann …

Und so kam Dan an den Beweis, auf dessen Suche die Polizei so unwahrscheinlich viele Stunden verschwendet hatte. Ganz unten in der Schachtel, zwischen religiösen Schriften, einem zerknitterten Taufschein und ein paar alten Fotografien lag eine DVD in einem weißen Umschlag, auf dessen Vorderseite ein einziges Wort stand: Mikael. Dan steckte die DVD in seinen Computer und wusste sofort, dass es sich um ein Backup von Mikaels Computer handelte. Es enthielt das gesamte Material, mit dem der junge Mann Erik Käsfeldt erpresst hatte: Joachim Heinsens gefälschten Krankenbericht, eine detaillierte Beschreibung von Ursula Olesens finanzieller und persönlicher Situation im Herbst 2006, große Teile einer Mailkorrespondenz zwischen den beiden Betrügern. Flemming traute kaum seinen Augen, als Dan das Beweismaterial am Tag darauf ablieferte. Fast wären sie wieder gute Freunde geworden. Aber nur fast.

Mikael hatte also Kontakt zu seinem ausgestoßenen und versoffenen Vater gehabt. Natürlich wusste niemand um die Intensität ihrer Beziehung, und da die beiden inzwischen tot waren, würde man es auch nie herausfinden. Aber es hatte eine Beziehung gegeben, und das war an und für sich ja schon unglaublich genug.

Marianne hatte nun ihren Mann und seine Klientin erreicht. Die beiden Frauen umarmten sich. »Ich hoffe, dass Laura weiter malen wird. Sie hat wirklich Talent!«

»Danke.« Marianne lächelte. »Wir werden ihr bestimmt keine Hindernisse in den Weg stellen.« Sie wandte sich an Dan. »Übrigens, habt ihr die noch offenen finanziellen Dinge geregelt, du und Ursula?«

»Nun hör aber auf, Marianne.« Dan fühlte sich unwohl. »Ich habe Ursula ihr Geld schließlich nicht wiederbeschaffen können, also muss sie auch nicht bezahlen. Immerhin bleibt mir ja noch das Beraterhonorar der Polizei, wir kommen schon zurecht.«

»Natürlich bekommst du dein Geld, Dan«, protestierte Ursula. »Wir telefonieren nachher.«

»Nein, dann wird das nie was«, erklärte Marianne. »Ich kenne dich. Du bist der miserabelste Freiberufler der Welt. Du findest es immer peinlich, wenn der Moment gekommen ist, an dem du eine Rechnung schreiben musst.«

»Kannst du das nicht regeln, Marianne?«, fragte Ursula. »Anemone fragt auch ständig, ob sie nicht bald mal etwas bezahlen muss.«

»Also, jetzt hört aber auf! Ich habe dir dein Vermögen nicht wiederbeschafft, Ursula«, sagte Dan. »Es wäre vollkommen absurd, wenn deine Tochter für etwas bezahlt, das …«

»Soweit ich mich erinnere, wurdest du angeheuert, um Jakob zu finden – und das hast du getan, oder?«

»Schon.«

»Dann bekommst du selbstverständlich auch dein Honorar.«

Dan blickte zu Boden und trat gegen ein paar Steinchen. »Ich hätte das Geld wiederbeschaffen können«, sagte er dann. »Aber es wäre eine Katastrophe für eine Schar vollkommen unschuldiger Kinder gewesen, Ursula. Also habe ich mich entschieden … Die

Polizei weiß nichts davon. Aber ich erzähle dir die Geschichte gern, wenn …«

»Ist schon okay, Dan. Erzähl sie mir ein andermal.«

Dan hörte den plötzlich geistesabwesenden Tonfall und folgte Ursulas Blick. Er war auf einen ungefähr fünfundvierzig Jahre alten, mittelgroßen Mann mit einer viereckigen, hellbraunen Acetatbrille und welligem Haar von mausgrauer Farbe gerichtet. Wie ein Fotomodell sah er nicht gerade aus, so verloren, wie er inmitten der weinenden Jugendlichen und ihrer kofferschleppenden Eltern stand. Trotzdem war kein Irrtum möglich: Ursulas Gesicht leuchtete auf, als sei die Sonne persönlich aus dem Volvo V40 gestiegen und würde ihren Glanz auf das Internat von Egebjerg werfen.

»Entschuldigung«, sagte sie, ohne den Blick von dem Neuankömmling abzuwenden. Sie ging auf ihn zu. Ihr Gang war leicht, ihr Kopf erhoben. Sie rief seinen Namen und winkte, und als Flemming Torp sie entdeckte, lief er das letzte Stück auf sie zu und umarmte sie.

Dan und Marianne verfolgten das Schauspiel staunend und blickten sich mit hochgezogenen Augenbrauen an. Sie brachen gleichzeitig in schallendes Gelächter aus.

»Das ist doch unglaublich!«, prustete Dan. »Wusstest du davon?«

Marianne schüttelte den Kopf und steckte die Hand unter Dans Arm. »Er hat kein Wort gesagt. Sicher, es ist mir schon aufgefallen, dass er glücklicher wirkte als früher, aber …«

»Ich würde gern wissen, ob sie sich während der Ermittlungen kennengelernt haben oder ob es an dem Profil lag, das er auf dieser Partnervermittlungsseite hinterlassen hat.«

»Keine Ahnung … Meine Güte, wie lange die sich küssen. Brauchen die nicht mal Luft?«

»Wirst du etwa eifersüchtig?«

Marianne sah zu ihm auf, ohne eine Miene zu verziehen. »Ha, ha, ha.«

»Ich meine es ernst.«

»Ja, genau das ist ja das Schlimme, du Blödmann.«

In diesem Moment schleppte Laura eine Bettdecke und einen roten Rucksack heran. »Hej, Rumpel, du kleiner Scheißer!« Sie bückte sich und kraulte den Hund im Nacken. »Hilfst du mir mit dem Gepäck, Papa?«

»Bist du schon so weit?«

»Ja, und ich möchte jetzt ganz schnell nach Hause. Ihr nicht?«

Dan und Marianne sahen sich an.

»Doch«, antwortete Dan. »Wir auch!«

EIN GROSSES DANKESCHÖN AN …

… die treue Gruppe meiner Erstleser:

Rune David Grue und *Hanna W. Grue*, die wieder eine Menge kostbarer Zeit damit verbracht haben, als meine Superkritiker aufzutreten; *Claus Bregengård*, der eine unmögliche Mordmethode strich und damit den gesamten Plot änderte; *Trine Licht* und *Henrik Palle*, die einige Abschnitte entfernten, die viel zu früh zu viel verrieten; *Charlotte Weiss*, die immer für eine Ermunterung gut ist; sowie mein geliebter und verständnisvoller Ehemann *Jesper Christiansen*, ohne den es gar nicht möglich gewesen wäre, dieses Buch zu schreiben! Ein besonderer Dank an *Gitte Grøning Munk* und ihre Indisch-Kenntnisse, die mir bereitwillig mit einem einzigen, aber enorm wichtigen Wort behilflich war.

Und der guten Ordnung halber: Christianssund ist eine fiktive Stadt, Egebjerg existiert zwar, aber es gibt dort kein Internat; das Haus des Herrn gibt es nur im Kopf der Autorin – und wenn das Sundværket den Leser an den Kopenhagener Stadtteil Holmen erinnert, ist das gänzlich unbeabsichtigt ;-)

Und so geht es weiter: Sommerdahls dritter Fall …

ANNA GRUE

Die Kust zu sterben

Aus dem Dänischen
von Ulrich Sonnenberg

Atrium Verlag · Zürich

VORGESCHICHTE

AUGUST 2007

Viertel vor zwei. Sie musste sehen, dass sie hier wegkam. Kamille konnte jeden Moment nach Hause kommen, und Ingegerd hatte absolut keine Lust, noch einmal erwischt zu werden. Die kleinen donnerstäglichen Rundgänge im Haus der Tochter sollten möglichst geheim bleiben. Als sie beim ersten Mal entdeckt worden war, hatte sie gesagt, es handele sich um ein Missverständnis. *Ich dachte, ich sollte heute die Blumen gießen, Schatz.* Beim zweiten Mal war es ein bisschen peinlich gewesen. *Bitte entschuldige, Schatz, mein Gedächtnis ist auch nicht mehr, was es mal war.* Aber ein drittes Mal? Das hieße das Schicksal herausfordern.

Ingegerd war sich sicher, dass Kamille beim nächsten Mal die Schlösser auswechseln lassen würde. Und man hätte es ihr nicht verdenken können. Im Grunde war es doch eine Schande, die eigene Tochter so auszuspionieren. Erbärmlich. Ingegerd hasste sich dafür. Die naheliegendste Lösung wäre natürlich, sofort damit aufzuhören und das zu tun, was sie ihrem Mann gegenüber immer zu tun behauptete. *Ich fahre ein bisschen mit dem Rad herum, Jørn. Soll ich was von Netto mitbringen? Oder vom Bäcker?*

Doch wie hehr ihre Vorsätze auch waren, sobald sie ihre Wohnung verließ, waren sie oft genug vergessen. Dann landete sie vor Kamilles rot lackierter Haustür, an der eine perfekt geschnittene Buchsbaumkugel Wache hielt und sie wie ein riesiger dunkelgrüner Augapfel anglotzte. Sie klingelte. Redete sich ein, dass sie wieder gehen würde, wenn niemand reagierte. Nach Hause zu Jørn.

Ingegerd versuchte wirklich zu widerstehen, aber vergeblich. Den Schlüssel ins Schloss, Klinke gedrückt, Tür auf; ein letzter Blick auf das Buchsbaum-Auge, bevor sie lautlos die Tür hinter sich schloss und im dunklen Eingangsbereich stehen blieb. Sie nahm den vertrauten Geruch des Hauses wahr, während sie die vier Ziffern eintippte, mit denen die Alarmanlage abgeschaltet wurde.

Donnerstags unterrichtete Kamille an einem Gymnasium in Kopenhagen. Und Ingegerd nutzte die Gelegenheit, sich ungestört in dem hellen, ordentlichen Heim aufzuhalten, das den Mittelpunkt des Lebens ihrer Tochter und ihres Schwiegersohns bildete. Eines Lebens, von dem Ingegerd sich seit jeher ausgeschlossen fühlte. Sicher, man sah sich, so war es nicht, aber dennoch … Ingegerd hatte es im Grunde aufgegeben, wissen zu wollen, was an ihrem Verhältnis nicht stimmte. Eng war es jedenfalls nicht, aber so verhielt es sich vermutlich bei vielen Müttern und Töchtern. Daran lag es nicht. Oder nicht nur. Kamille und sie waren so verschieden, dass man nicht vermutete, sie seien Mutter und Tochter. Hätte Kamille nicht diese langen, seitlich gebogenen Finger geerbt, würde Ingegerd tatsächlich den Verdacht hegen, es könnte auf der Entbindungsstation zu einer Verwechslung gekommen sein. Ihrem Vater ähnelte sie schon mehr. Das Misanthropische hatte sie von ihm, jedenfalls bildete Ingegerd sich das ein. Ebenso die Haarfarbe. Hin und wieder zweifelte Ingegerd, ob sie ihr einziges Kind überhaupt mochte. Ein Gedanke, den sie mit aller Macht zu verdrängen suchte, der sich aber langsam und stetig in ihr Bewusstsein bohrte. Schwer zu ertragen. Es war eine Sache, dass sie ihren Mann satthatte, aber eine ganz andere, dass sie allmählich die Liebe zu ihrer erwachsenen Tochter verlor.

Ingegerd kannte durchaus auch Kamilles entgegenkommende, charmante Seite. Die zeigte sich allerdings eher bei offiziellen

Anlässen, bei Empfängen, Vernissagen und Einladungen zum Abendessen. Andere Menschen bewunderten Kamille, hielten sie für eine gute Gesellschafterin, und gewisse ältere Kunstprofessoren eiferten geradezu um ihre Gunst. In Wahrheit war sie wohl nur gegenüber Ingegerd so ... distanziert. Kamille lud ihre Eltern häufig zu derartigen Veranstaltungen ein. Ingegerd versuchte dann, sich über die Aufmerksamkeit zu freuen, das gute Essen zu genießen und sich einzubilden, sie seien aus Freundlichkeit, ja vielleicht sogar aus einer Art von Liebe eingeladen worden. Tief in ihrem Inneren wusste sie genau, dass sie nur als glamouröse Staffage dienten. In Kamilles und Lorenz' Kreisen war Jørn Clausen bekannt als einer der herausragenden Lyriker seiner Generation, und Ingegerds Ruf als scharfe und engagierte Literaturkritikerin bei Dänemarks größter Tageszeitung war noch nicht verblasst, obwohl sie bereits vor mehreren Jahren in Pension gegangen war. Die beiden hoben ganz einfach das Niveau bei gesellschaftlichen Ereignissen.

Diese Form der Geselligkeit verbesserte das Verhältnis zwischen Kamille und Ingegerd allerdings nicht. Im Gegenteil. Ingegerd fiel es unglaublich schwer, ihre Verwirrung zu verbergen, wenn Kamilles Gesicht sich innerhalb einer Viertelsekunde – der Zeit, die es brauchte, um den Blick von dem Gesicht eines einflussreichen Museumsdirektors auf das Gesicht ihrer Mutter zu richten – von zuvorkommender Nähe in eine ausdruckslose Maske verwandelte. Jedes Mal riss eine weitere Faser in dem Band, das sie eigentlich verbinden sollte. Jedes Mal wuchs in Ingegerd das Gefühl, dass ihre Tochter eine Fremde war. Und jedes Mal zerriss sie der Kummer.

Vor knapp einem Jahr hatte Kamille ihr eines Tages plötzlich einen Schlüssel zu ihrem Haus gegeben. Ob die Mutter so nett sein und die Post aus dem Briefkasten nehmen könnte, während sie und Lorenz für ein paar Wochen nach Los Angeles reisten? *Ich erwarte ein Paket, das vom Postamt geholt werden muss, bevor es zurückgeschickt wird. Auf dem Schreibtisch liegt eine Vollmacht, Mutter.* Und wenn sie bei der Gelegenheit auch die Blumen gießen würde? Dann wäre sie ihr sehr dankbar. Ingegerd hatte selbstverständlich zugestimmt. Man ist doch ein hilfsbereiter Mensch, eine liebevolle Mutter. Sie hatte es in keiner Weise bereut. Denn dort, in Kamilles leerem Zuhause, empfand sie endlich – zum ersten Mal, seit die Tochter klein war – eine Art Nähe. Ingegerd lief in Strümpfen über den kalten, glänzenden Steinboden, hob hier ein Kissen, rückte da ein schief hängendes Bild zurecht und blätterte in Kamilles Skizzenbüchern, während ihre Füße langsam eiskalt wurden. Bereits beim zweiten Besuch hatte sie Hausschuhe mitgenommen, und von da an lagen immer ein Paar Slipper in einer ihrer Fahrradtaschen; ein physisches Zeugnis, dass sie trotz guter Absichten nicht im Sinn hatte, ihre heimlichen Besuche im Haus ihrer Tochter aufzugeben.

Die größten Erlebnisse hatte sie, wenn sie in Kamilles Atelier umherging und die fertigen und halb fertigen Werke betrachtete. Zum ersten Mal konnte sie sich Kamilles Kunst ansehen, ohne dabei scharf beobachtet zu werden. Wenn ihr danach war, konnte sie vor einer Skulptur stehen bleiben und sie eine Stunde betrachten. Es gab niemanden, der ihr eine Meinung abnötigte und danach beleidigt war, weil sie sehr deutlich gesagt hatte, was gesagt sein musste.

Unglücklicherweise erlaubte Ingegerd Clausens unbestechliche Rezensentenseele ihr nicht zu lügen. Nicht einmal ihrer Tochter gegenüber. Sie brachte es nicht fertig, begeistert über die kühl kalkulierten Skulpturen aus Gips, Stahl und Spiegelstückchen zu jubeln. Egal aus welchem Winkel man sie ansah, das eigene Spiegelbild wurde wie ein Teil des Werks zurückgeworfen, Seite an Seite mit einigen stark vergrößerten Details aus Kamilles eigener Physiognomie – eine riesige Brustwarze hier oder der Ausschnitt eines Ohrs dort. Ingegerd gewöhnte sich nie an diese beunruhigende Mischung aus ihrer eigenen Person und ihrer Tochter. Es erschien ihr falsch, zumal wenn sie an die Distanz dachte, die in der Realität zwischen ihnen herrschte. So gesehen wirkte die Vermischung quälend intim und aufdringlich. Ingegerd hatte die Werke ihrer Tochter nie gemocht, doch durch die vielen Stunden, die sie allein mit ihnen verbrachte, war sie vielleicht ein klein wenig immuner geworden. Auf ihren donnerstäglichen Runden konnte sie die Entstehung jeder einzelnen Skulptur verfolgen und sich langsam an sie gewöhnen; so überwand sie ihr Unbehagen und reagierte etwas entspannter, wenn Kamille sie öffentlich präsentierte.

Das Atelier war ebenso aufgeräumt wie der Rest des Hauses. In hübschen, handgefertigten Schachteln lagen Spiegelreste, Zeichenkohle, Papier und andere Kleinigkeiten ordentlich aufgereiht in den Designerregalen. In der untersten Regalreihe standen glänzende, viereckige Stahlbehälter mit Deckel. In ihnen bewahrte die Künstlerin Gipspulver und einige größere, klobige Maschinen auf, die mit ihren langen Kabeln nicht einfach herumliegen sollten. Kamilles Arbeitstisch bestand aus einer drei Quadratmeter großen, frisch lackierten Holzfaserplatte, auf der nicht ein einziges Stück Papier falsch lag. Die Skizzen in einem Stapel, die Texte in einem anderen. Der Fußboden – ein auf Hochglanz polierter Betonboden, der wie feinster Marmor schimmerte – war stets sorgfältig gefegt und gewaschen. Sämtliche Spuren der täglichen Arbeit mit Gips, Glasscherben und Lötzinn waren wie weggeblasen, wenn Kamille Feierabend machte. Pünktlich um fünf schenkte sie sich das erste von drei Gläsern Rotwein am Tag ein und begann, das Abendessen vorzubereiten. Pünktlich, präzise, ordentlich – es war fast schon neurotisch. Von wem hatte sie das bloß? Jedenfalls nicht von ihren Eltern, dachte Ingegerd. Ihre eigene Wohnung glich der des Maulwurfs aus *Der Wind in den Weiden*, alles voller Möbel, Geschirr, Vasen und Kisten, Bücher und Fotos. Und einer reichlichen Menge Staub.

Außer den großen Oberlichtfenstern gab es keine Fenster in dem hohen Atelierraum. Eine Tür führte direkt in den atriumartigen Garten, in dem Kamille stand, wenn sie mit dem Schweißbrenner oder dem Winkelschleifer arbeitete, eine zweite Tür führte in den Eingangsbereich. Wenn man mit seiner Arbeit allein sein wollte, war dies der perfekte Ort. Ingegerd dachte an ihre eigene Arbeitsecke daheim im Wohnzimmer und erlaubte sich, zutiefst neidisch zu sein. Hier kriegte es ja niemand mit. Hätte sie solch einen Raum nur für sich, so abgesondert, so privat … so … Wer weiß? Vielleicht hätte sie den Roman geschrieben, von dem sie immer geträumt hatte? Vielleicht auch nicht. Aber sie hätte zumindest die Möglichkeit gehabt, in Ruhe zu arbeiten.

Es hatte nur nie zur Diskussion gestanden. Sicherlich hatte Ingegerd in der Familie das Geld verdient, doch ein richtiges Arbeitszimmer mit einer Tür, die sich schließen ließ, brauchte natürlich Jørn, der große Dichter. Jeder verstand, dass seine Kunst Ruhe erforderte, während ihre Arbeit eigentlich überall erledigt werden konnte. Diese paar Kritiken, so schwer konnte das nicht sein.

Ingegerd spürte, wie sehr die in vielen Jahren angestaute Frustration in ihr zehrte. Sie riss sich zusammen, bevor die Wut sie übermannte. Es dauerte Tage, um diese Wut wieder unter Kontrolle zu bekommen. Sie musste jetzt gehen; nach Hause zu Jørn, in ihre stickige Dreizimmerwohnung. Sie machte eine letzte Runde, ließ den Blick über die blanken Oberflächen wandern, überprüfte, ob alles so aussah wie vor ein paar Stunden, als sie gekommen war. Als sie sich ganz sicher fühlte, ging sie zur Haustür, wo ihre Schuhe standen.

Plötzlich hörte sie den Kies in der Einfahrt knirschen. Die Angst ließ ihre Muskeln erstarren, ein paar Sekunden stand sie wie gelähmt da, mit der Jacke über dem einen und der Tasche unter dem anderen Arm, halb über ihre Schuhe gebeugt. Einen Augenblick später setzte sie sich in Bewegung. Sie griff ihre Schuhe, drehte sich um und lief die kurze Treppe zum Atelier hinunter. Ihr Blick war starr auf die Tür gerichtet. Konnte sie es schaffen, sie zu erreichen, bevor Kamille die Haustür öffnete? Konnte sie sie wieder zuwerfen, bevor ihre Tochter das Haus betrat? Würde der Lärm sie verraten? Und wenn es gelang, was dann? Wie sollte sie aus dem Atriumgarten wieder herauskommen? Sollte sie über die Mauer zum Nachbarn klettern? Was passierte, wenn sie dabei einen Schuh verlor? Ihre Tasche? Oder die Jacke?

Die Entfernung zwischen den beiden Türen des Ateliers betrug knapp acht Meter, und Ingegerd Clausen lief die Strecke so schnell wie möglich. Allerdings war sie nicht schnell genug.